1988 年春，文学青年一枚

雪里梅花分外香

做"蓝领"也很好

苍山之巅

沾点牛气

与文学爱好者泛舟中流

石林留影

野外荷塘边

藏地游走

联大校门前与景琳合影

伊美的小脸与爸爸的大脸

王开林自选集

王开林 ◎ 著

天 地 出 版 社 | TIANDI PRESS

图书在版编目（CIP）数据

王开林自选集 / 王开林著 . 一成都：天地出版社，2018.5（2021.9重印）
（路标石丛书）

ISBN 978-7-5455-3378-1

Ⅰ . ①王… Ⅱ .①王… Ⅲ .①长篇小说—中国—当代
②散文集—中国—当代 Ⅳ .①I217.2

中国版本图书馆 CIP 数据核字（2017）第281410号

王开林自选集

WANGKAILIN ZIXUANJI

出 品 人	杨　政	
著　　者	王开林	
责任编辑	陈文龙　欧阳秀娟	
封面设计	今亮后声	
电脑制作	九章文化	
责任印制	葛红梅	

出版发行　天地出版社
　　　　　　（成都市槐树街2号　邮政编码：610014）

网　　址	http://www.tiandiph.com
	http://www. 天地出版社 .com
电子邮箱	tiandicbs@vip.163.com
经　　销	新华文轩出版传媒股份有限公司

印　　刷	廊坊市印艺阁数字科技有限公司
版　　次	2018 年 5 月第 1 版
印　　次	2021 年 9 月第 2 次印刷
成品尺寸	160mm×238mm　1/16
印　　张	39.25
字　　数	643千
定　　价	98.00 元
书　　号	ISBN 978-7-5455-3378-1

序言

王蒙

新华文轩集团在做一套当代作家的自选集，第一批将出版陈忠实、史铁生、张炜、韩少功、王蒙的自选作品，目前签约的则还有熊召政、王安忆、赵玫、方方、池莉、苏童等同行文友，今后还将考虑出版港澳台及海外华语作家的自选作品。好事，盛事！

现在的文学创作并没有太大的声势，人们的注意力正在被更实惠、更便捷、更快餐、更市场、更消费也更不需要智商的东西所吸引。老龄化也不利于文学作品的阅读与推广，因为老人们坚信他们二十岁前读过的作品才是最好的，坚信他们在无书可读的时期碰到的书才是最好的，就与相信他们第一次委身的情人才是最美丽的一样。新媒体则常常以趣味与海量抹平受众大脑的皱折，培养人云亦云的自以为聪明的白痴，他们的特点是对一切文学经典吐槽，他们喜欢接受的是低俗擦边段子。

孟子早就指出来了，"耳目之官不思，而蔽于物。物交物，则引之而已矣。心之官则思，思则得之，不思则不得也。"他强调的是心（现在说应该是"脑"）的思维与辨析能力，而认为仅仅靠视听感官，会丧失人的主体性，丧失精神的获得。因为一切的精神辨析与收获，离不开人的思考。

当然，耳目也会激发驱动思维，但是思维离不开语言的符号，而文学是语言的艺术，是思维的艺术，是头脑与心灵而不仅仅是感觉的艺术。文艺文艺，不论视听艺术能赢得多多少倍的受众，文学仍然是地基又是高峰，是根本又是渊薮。文学的重要性是永远不会过时与淡化的。

当代文学云云，还有一个问题，"时文"难获定论，时文受"时"的影响太大。学问家做学问的时候也是希罕古、外、远、历史文物加绝门暗器，不喜欢顺手可触、汗牛充栋的时文。

但读者毕竟读得最多最动心动情最受影响的是时文。时文晒一晒，静一静，冷一冷，筛一筛，莫佳于出版自选集。此次编选，除王蒙一人而外都是"文化大革命"后"新时期"涌现的作家，基本上是知青作家。知青作家也都有了三十年上下的创作历程与近千万字的创作成果。几十年后反观，上千万字中挑选，已经甩掉了不少暂时的泡沫，已经经受了飞速变化与不无纷纭的潮汐的考验，能选出未被淘汰的东西来，是对出版更是对读者的一个贡献。以第一批作者为例，陈忠实的作品扎根家乡土地，直面历史现实，古朴淳厚，力透纸背。史铁生身体的不幸造就了他的悲天悯人，深邃追问，碧落黄泉，振撼通透，沉潜静谧。张炜对于长篇小说的投入与追求，难与伦比，乡土风俗，哲思掂量，人性解剖，一以贯之，未曾稍懈。韩少功更是富有思辨能力的好手，亦叙亦思，有描绘有分解，他的精神空间与文学空间纵横古今天地，耐得咀嚼，值得回味。我的自选也忝列各位老弟之间，偷闲学学少年，云淡风清，傍花随柳，作犹未衰老状，其乐何如？

我从六十余年前提笔开写时就陶醉于普希金的诗：

> 我为自己建立了一座非人工的纪念碑，
> ……所以永远能和人民亲近，
> 我曾用诗歌，唤起人们善良的感情，
> 在残酷的时代歌颂过自由，
> 为倒下去的人们，祈求宽恕同情。
> ……不畏惧侮辱，也不希求桂冠，
> 赞美和诽谤，都心平静气地容忍。

看到文友们的自选集的时候，我想起了普希金的诗篇《纪念碑》。每一个虔诚的写者，都是怀着神圣的庄严，拿起自己的笔的。都是寄希望于为时代为人民修建一尊尊值得回望的纪念碑来的。当然，还不敢妄称这批自选集就已经是普希金式的纪念碑，那么，叫路标石就好。几十年光阴荏苒，总算有那么几块石头戳在那里，记录着时光和里程，记忆着希冀和奋斗，还有无限的对于生活、对于文学的爱惜与珍重。它们延长了记忆，扩展了心胸，深沉了关切与祝福，也提供给所有的朋友与非朋友，唤起各自的人生百味。

自序　想明白了才写

　　作家的写作习惯真是天差地别。有的人一定要躺着才写得自在，比如马塞尔·普鲁斯特、詹姆斯·乔伊斯，放松的状态下更能随心所欲。有的人一定要站着才写得顺当，比如欧内斯特·海明威，绷紧的状态下更能惜墨如金。有的人一定要在清早动笔，别人起了床就赶紧收工，写作似乎是一件令人害臊的事情。有的人一定要在深夜操觚，别人睡了觉才安心从事，文字似乎是一群怕受搅扰的精灵。有的人一定要用铅笔撰稿，失手擦去的文字很可能更有魔力。有的人一定要用钢笔作文，手稿也是财富，那是何等深谋远虑的心机。有的人喜欢缩在车里写作，比如弗拉基米尔·纳博科夫，摆弄几张卡片，奇思妙想招之即来。有的人喜欢藏在林中写作，比如安徒生，倾听半日鸟叫，童话故事轻松成篇。有的人喜欢关在"囚室"中写作，比如萧伯纳，那间花园小屋更像是他的牢笼。有的人非得泡在浴缸里，与自己裸裎相对，才能信笔驰骋，比如达尔顿·特朗勃、阿加莎·克里斯蒂。有的人非得去公墓里走一遭，说服死神，把躲在其背后的灵感捕捉住，才有续写惊悚小说下一章的把握。

　　其实，对于作家而言，重点在彼不在此，五花八门的写作习惯只是掩人耳目的障眼术，他们脑袋里千奇百怪的想法才是问题的关键。须知，成熟的想法宛如果实，就算作家懒得去采摘，也能等到它们从树上掉落下来。

　　当年，我还是文学门外的菜鸟，真是个狂热分子，无论白天黑夜，圆珠笔和稿纸始终处于待命状态。灵感未至，我担心它爽约。灵感已来，我又害怕它溜号。灵感就像一阵清风，来无影去无踪，岂是靠得住的？很多时候，我只能捉瞎，逮住一个想法就硬写，抓住一个念头就蛮写，结果无一例外，写完数行就掷笔挠头。

　　法国诗人夏尔·皮埃尔·波德莱尔有一句教言："今天应该写得多，因此应该写得快，但要快而不急，因此要弹无虚发，颗颗必中。要写得快，就要多想，散步时，洗澡时，吃饭时，甚至约会时，都要惦记着自己的主题。"此言貌似强调奋笔疾书，实则强调沉思默想。作家真要是把自己的主题想透彻了，想明白了，什么谋篇布局，什么遣词造句，全都水到渠成；什么凤头、猪肚、豹尾，半根毫毛不缺。

如何才能够打开自己的脑洞，想个透彻，想个明白？我需要的是方法和路径。老实说，在漫长的摸索期内，从不开窍到半开窍，与"透彻""明白"总隔着几百堵厚墙和数十条大街。平日的阅读更像是凿壁偷光，距离内心亮堂相差甚远。从半开窍到全开窍，需要的则是悟性和契机。直到某日，"十字法则"摆在我眼前，浑身遍体仿佛过电。"同情之理解，理解之同情"，没错，就是这十个字。

有时候，对于历史，对于现实，我有了足够的理解，却尚未适配恰如其分的同情。有时候，对于社会，对于他人，我有了足够的同情，却尚未适配恰如其分的理解。理解和同情，任何一方的缺席、隐身或延迟响应都会制约思想的深化和情感的升华。

想透彻了，就是同情呼应了理解。想明白了，就是理解呼应了同情。唯其能够理解，才会用心懂得。唯其能够同情，才会设身处地。理解和同情的接轨，就是智慧头脑与善良心灵的合龙，作家别无利器，这就是得心应手的利器。

没想透彻，率尔成章，所得只是劣作。想明白了，一挥而就，所得必为精品。因此波德莱尔的教言迎刃而解，"弹无虚发，颗颗必中"，那是何等的淋漓尽致，心满意足。

这么多年，我在写作的长路上跋涉，终于找到了"十字法则"——"同情之理解，理解之同情"，确定了自己的路数。理解力是左眼，同情心是右眼，无论哪只眼睛盲了，瞎了，变成"独眼龙"，都是可悲的，也是可惜的。

这本自选集，就是我向"十字法则"的致敬。一切辛苦，悟有所值。

目录

壹 辑

——大师之大，首在雅量之大，学问尚在其次。

是真虎乃有风

古今中外，各行各业的成功者数不胜数，我们不难从中遴选出自己特别心仪的偶像。然而凡事过犹不及，谁要是心性太热，将某位箭垛似的先贤推崇至完人、圣人和伟人的极峰，就会干出离谱的事情。"可爱者不可信，可信者不可爱"，这类怀疑主义色彩颇为浓厚的话语固然卑卑无足道，但其合理的成分仍不可一概抹杀。有时，评判者采取的政治立场和文化视角会起到杠杆作用，只要他们找得到合适的支点，撬翻任何一位完人、圣人和伟人的宝座都不在话下。孔子被古人尊崇为至圣先师，长达两千余年，却在二十世纪厄运缠身，被无知无畏者轮番打倒，就是一个典型的例证。

在中国现代史上，北大老校长蔡元培也被推崇为完人和圣人，当时和后世的众多学者一直有意无意地强化这种共识，他到底能否当此美誉而毫无愧色？仁者与智者所持的看法又究竟有多大的反差？这些问题的答案都值得我们探求。

一、如此翰林，绝无仅有

毛子水在《对于蔡元培的一些回忆》中讲到一件趣事。某次，北大名流雅集，钱玄同不无冒失地问道："蔡先生，前清考翰林，都要字写得很好的才能考中，先生的字写得这样蹩脚，怎样能够考得翰林？"蔡先生不慌不忙，微笑作答："我也不知道，大概那时正风行黄山谷字体的缘故吧！"黄庭坚字鲁直，号山谷道人，是北宋文学家和书法家，其字体不循常轨，张扬个性，宛如铁干铜枝，恰似险峰危石，以刚劲奇崛著称。蔡元培见招拆招，这样的回答既见出涵养有素，也显得幽默感十足，满座闻之，忍俊不禁。

自初唐迄于晚清，一千二百多年间，翰林多到数万计，但主动参加革命党，去革专制王朝老命的，除了蔡元培，数不出第二人。自达摩东来，一千五百多年间，和尚多到数以百万计，集情圣、诗魔、丹青高手和革命志士于一身的，除了苏曼殊，也数不出第二人。他们是在"古今未有之变局"中禀赋特出的产儿，堪称天地间绝无仅有的异数。

据教育家马相伯回忆，1901年，蔡元培担任上海南洋公学特班总教习期间，曾与张元济、汪康年一道拜他为师，学习拉丁文。每天清晨，蔡元培从徐家汇徒步四五里路到土山湾马相伯家上课。由于求学的心情过于急切，头一次，蔡元培去得太早，凌晨五点多钟，天边刚有一丝曙色，他就在楼下低声叫唤"相伯，相伯"。马相伯感到惊奇，大清早的，谁跑来这里喊魂？他推开窗子望去，来人是蔡元培。马相伯名士派头十足，他急忙摇手，对蔡元培说："太早了，太早了，八九点钟再来吧！"虽然有点败兴，蔡元培并没有感到不悦，三个钟头后，他重又来到马家。这一年，蔡元培三十四岁，身为翰林已达八载，但他仍有程门立雪的虔诚劲头。

近代以降，中国人在血渠泪河中蹚行了一百多年，与宗教精神早已背道而驰。太平天国焚烧庙宇，强迫和尚尼姑还俗。义和团摧毁教堂，疯狂杀戮西方传教士。嗣后，科学上位，主义蜂起，各种花样翻新的迫害方式不断升级，更扫荡了人们所剩无几的敬畏之心。蔡元培有见于此，特别提出"以美育替代宗教"的主张，他认为，上智者和强力者往往会利用现成的宗教（或大力推行个人崇拜）桎梏民众的思想和行为，下愚者求神拜佛，则容易陷足于迷信的泥坑而难以自拔，美育以修身养性为根本，它能使任何个体都平等地获得上升的阶梯和自我完善的路径。应该承认，这原本是一个不错的主张，可惜很难在中国实行。因为人生惨苦，世路险恶，人们受到强权恶政的宰制，往往无法掌握自己的命运。置身于无援无助的境地，他们要么忍气吞声，匍匐在专制魔王的脚下苟且偷生，要么含悲茹苦，祈求各方神佛的抚慰和麻醉。他们相信往世来生，相信善有善报，至少还不算彻底绝望。美育则必须在和平安定的环境中方可着手，在温饱无虞的日子里始能用心，然而一旦国人的欲望被激荡至沸点和熔点，宗教缺席，道德破产，美育也将失去立足之地。因此"以美育替代宗教"的愿景实则遥不可及。

蔡元培持之不变的座右铭为"学不厌，教不倦"。他三度旅欧，精研西方哲学，在巴黎访晤过居里夫人，在德国结识了爱因斯坦，两次高峰对话使他受益良多。终其一生，蔡元培对学问抱有浓厚的兴趣，对教育怀有炽热的感情，虽历经世乱，屡遭挫折，却从未泄过气、断过念、灰过心。戊戌变法时期，王照、张元济劝导康有为以开办教育、培植人才为先鞭，以维新变法为后图，康氏的目光则较为短视，他认为：强敌虎视鹰瞵于外，清廷河决鱼烂于内，如同老房子着火，纵有观音大士千手千眼为助，犹恐扑救无暇，王、张之议缓不济急，只好暂且作罢。无独有偶，辛亥革命前，严复在英伦邂逅孙中山，他开出的药方同样是"为今之计，唯急从教育上着手"，孙中山略无迟疑，以"俟河之清，人寿几何"一语作答，他认为，在清王朝旧体制的框架下，教育犹如被巨石镇压着的笋尖，是无法舒展其身子骨的。

当初，康有为、梁启超倡导变法维新，炙手可热，蔡元培冷眼旁观，并不看好康、梁的"小臣架空术"，维新派把孤立无援的光绪皇帝的细腿当成如来佛的粗腿去抱，企图富国强兵，拯救日薄西山、气息奄奄的没落王朝，这岂不是痴心妄想吗？改良教育和培植人才，如此重要的事情，康、梁竟认为无关大局，根本不留意，全然不着手，徒以空言造势，妄想撒豆成兵，倒有几分神汉巫公的派头。康有为所主导的四不像的变法维新和君主立宪果然一败涂地，蔡元培一针见血地指出其败因："由于不先培养革新人才，而欲以少数人弋取政权，排斥顽旧，不能不情见势绌。"蔡元培真心向往的是民主政治，极力主张的是教育救国，他放着好好的翰林不做，弃官南下，回家乡绍兴监理新式学堂，到上海南洋公学特班任总教习，与叶瀚等人发起成立中国教育会，组织爱国学社，开办爱国女学。

1903年冬，蔡元培为了使国人警醒，对帝俄觊觎中国东三省有所防范，创办《俄事警闻》报。这一时期，他受到普鲁东、巴枯宁无政府主义思潮的影响，发表小说《新年梦》，主张废除私有财产，废除婚姻制度。但他很快就发现此路不通，唯有以革命的霹雳手段刷新政治，才能使死气沉沉的社会获得生机。此后，他参加杨笃生领导的军国民教育会暗杀团，与陶成章等人秘密创立光复会，出任中国同盟会上海分会会长。由专制王朝的翰林转变为彻底的革命党，蔡元培无疑是古今第一人。

蔡元培写过《我在教育界的经验》一文，其中有这样一段话："自三十六岁以后，我已决意参加革命工作。觉得革命只有两途：一是暴动，一是暗杀。在爱国学社中竭力助成军事训练，算是预备下暴力的种子；又以暗杀于女子更为相宜，于爱国女学，预备下暗杀的种子。"然而，与同时代的革命党人相比，蔡元培的主张是相对温和的，当民族革命奔向最高潮时，"誓杀尽鞑虏，流血满地球"的激烈言论是主旋律。邹容的《革命军》痛恨满族人，视之为不共戴天的仇敌，欲斩草除根而后快。蔡元培在1903年4月的《苏报》上发表《释仇满》一文，给民族革命做了一个降调处理，他的言论更能服人，也更能安心："满人之血统久已与汉族混合，其语言及文字，亦已为汉语汉文所淘汰。所可为满人标识者，唯其世袭爵位及不营实业而坐食之特权耳。苟满人自觉，能放弃其特权，则汉人决无仇杀满人之必要。"革命通常都是流血的代名词，革命者能够保持冷静的理智，实为难上加难。

1912年3月，中华民国首任国务总理唐绍仪组阁，蔡元培执掌教育部。教育部次长范源濂既是蔡公的搭档，又是朋友。关于教育，两人的观点可谓相反相成。范源濂心存疑惑："小学没办好，怎么能有好中学？中学没办好，怎么能有好大学？所以当前教育界的重中之重是先要整顿小学。"德国铁血宰相俾斯麦早就透露过信息："普鲁士能够战胜法国，功劳全在小学教员。"蔡元培也心存顾虑："没有好大学，中学师资从哪里来？没有好中学，小学师资从哪里来？所以当前教育界的重中之重是先要整顿大学。"几番辩难之后，高下难分，彼此打成平手，两人便协调意见：从小学、中学到大学，教育部均须费大力气整顿，下大功夫培养。

蔡元培信奉安那其主义（Anarchism，无政府主义）胜过信奉三民主义，他崇尚个人自由、思想自由、学术自由和信仰自由，他认定"忠君与共和政体不合，尊孔与信教自由相违"。蔡元培力主废止尊孔、祀孔和读经的固有模式，乃是事有必至，理有固然。他的教育主张与旧派人物的意见多有抵牾，难以契合，他的改革举措也处处受阻。一旦意兴阑珊，求去之心遂九牛难挽。1913年，蔡元培挂冠出洋，为考察西方教育和研究世界文明史，前往德国游学。袁世凯慰留的话讲得颇为夸张："我代表四万万人留君。"蔡元培的回答也相当机智："元培亦对四万万人之代表而辞职。"

二、收拾北大这个烂摊子

1916年12月，北洋政府教育部任命蔡元培为北京大学校长。据沈尹默回忆，"蔡元培长北大之来由"是：教育部专门教育司司长沈步洲与北大校长胡仁源有矛盾，沈步洲心胸狭隘，耿耿于怀，必欲扳倒胡仁源而后快，他抬出蔡元培，论资望，论才学，均在胡仁源之上，教育总长范源濂乐见老上司在教育界重新归位，就顺水推舟，促成此事。那时，蔡元培刚从海外归来，风尘仆仆，抵达上海后，许多朋友都劝他不要率尔衔命，北大腐败透顶，烂到流脓，他若匆忙就职，恐怕整顿不力，清誉反受其累。但也有几位朋友鼓励蔡元培放手一搏，使用手术刀割治这个艳若桃李的烂疮，给中国教育界开创前所未有的新局，就算败北，尽心即可无憾。蔡元培具有极强的使命感，他选择的是锐意进取，而不是临阵退缩。1917 年 1 月 4 日，他到北大视事，着手收拾这个令人掩鼻的烂摊子。

有人说，蔡元培接手北大，是为了做一次安那其主义的完美实验，这可不是空穴来风。安那其主义信奉者的口号是："无地球以外的别个，又无他生来世的另一个，要做好就在这一个上做到好，要改良世界就在本街坊内改良。"蔡元培是坚定的安那其主义信奉者，他将北大视为亟待改良的"街坊"，实无足怪。

北大的前身是京师大学堂，与其将它称之为大学，还不如将它称之为官僚养成所。这样的看法是否有点失之武断？京师大学堂的创办者张百熙曾经礼贤下士，聘请文章经济极负时名的桐城派大家吴汝纶担任总教习，吴汝纶不肯就职，张百熙就在吴汝纶面前长跪不起，比程门立雪的杨时更有诚意。吴汝纶也是个认真的人，高龄应聘之后，他一丝不苟，即赴日本考察教育，无奈病魔窥伺于侧，赍志以没。1905 年，京师大学堂的管学大臣降格为监督，首任监督张亨嘉发表就职演说，只有寥寥一语，总计十四个字："诸生听训：诸生为国求学，努力自爱！"放在全世界高等学府的范畴来看，如此言简意赅的就职演说也是独一无二的。京师大学堂的生源很杂，其中有秀才、举人、进士，甚至还有翰林，因此在运动场上，体育教官礼貌端端地高喊口令："大人向左转！""老爷开步走！"京师大学堂距学界远，离官场近，又何足为奇？活动能力较强的学生，上乘的办法是猎官，组织同乡会，巧妙运作，做一任会长或干事，借以接近学校当局，毕业后即稳登升迁的阶梯；下乘的办法是钻营，以嫖娼、赌钱、看京戏、捧名角的方式结交社会上的实力人物，倚为借重的资本。民国初年，京师大学堂与国会的参议院、众议院被外界并称为"两院一堂"，其中的各色人物乃是八大胡同鸨儿妓女们最喜爱的客源，无非是因为他们囊橐鼓胀，吃喝玩乐包齐，舍得拿大把银洋撑场面。有的学生一年花销高达五千元，相当于普通人家十年的用度。总而言之，在京师大学堂，乌烟瘴气和歪风邪气盛之又盛，唯独研究学问的风气无影无踪。

比蔡元培执掌北京大学晚两年，1918 年 12 月，美国学者司徒雷登出任燕京大学校长。上任伊始，这位中国通即公开表态，他并不希望燕京大学成为世上和史上最著名的大学，只希望它成为当下中国最有用的大学。司徒雷登主张学术自由，言论自由，教育以求真务实为鹄的，他亲订燕京大学校训："因真理得自由以服务。"（Freedom through Truth for Service）燕京大学是美国教会大学，司徒雷登是美利坚自由公民，他有此学术观和教育观，合情合理。尽管蔡元培也曾赴欧洲游学数年，但他毕竟在中国传统教育体制和政治体制下浸润的时间更久，这位清朝翰林、民国元勋果然能破能立吗？破，要有大勇；立，要有大智。"有怎样的校长就有怎样的大学"，当年，这句话是可以获得印证的。北大将打上蔡元培的烙印，这既是历史的偶然，也是时代的必然。

蔡元培出掌北大后，立即发出呼吁："大学生当以研究学术为天职，不当以大学为升官发财之阶梯。"他承诺："自今以后，须负极重大之责任，使大学为全国文化之中心，立千百年之大计。"为了矫正学风，蔡元培从多方面入手：发起组织进德会，发表《进德会旨趣书》，会员必须恪守不嫖、不赌、不纳妾的基本戒条（另有"不作官吏、不作议员、不饮酒、不食肉、不吸烟"五条选认戒）；设立评议会，实行教授治校；组织各类学会、研究会，如新闻学会、戏剧讨论会、书法研究会、画法研究会等，使学生养成研究的兴趣；助成消费公社、学生银行、平民学校、平民讲演团。

在蔡元培的心目中，"所谓大学者，非仅为多数学生按时授课，造成一毕业生之资格而已也，实以是为共同研究学术之机关。研究也者，非徒输入欧化，而必于欧化之中为更进之发明；非徒保存国粹，而必以科学方法，揭国粹之真相"，因此大学理应是"囊括大典，网罗众家"的学府，遵循"万物并育而不相害，道并行而不相悖"的自然法则。他打过一个譬喻，颇具说服力，人的器官有左右，呼吸有出入，骨肉有刚柔，它们相反而相成。蔡元培决意改造北大，并非打碎另做，推倒重来，凡饱学鸿儒皆得以保留教职，更在国内延聘名师，不问派别，不问师从，但求其学有专长，术有专攻。至于不合格的教员，他坚决黜退，毫不手软，不管对方的来头是什么，靠山是谁，神通有多大。一名法国教员被黜退后，四处扬言要控告蔡元培。一位英国教员被黜退后，居然搬出英国驻华公使朱尔典这尊洋菩萨来与蔡元培谈判，蔡元培坚持成命，不肯妥协。事后，朱尔典怒气冲冲地叫嚣："蔡元培是不要再做校长的了！"对于这些来自外部的恫吓和阻挠，蔡元培无畏无惧，不为所动。

诚如冯友兰所言，"大学应该是国家的知识库，民族的智囊团。学校是一个'尚贤'的地方，谁有知识，谁就在某一范围内有发言权，他就应该受到尊重"。学术乃天下之公器，一致百虑，殊途同归，蔡元培不持门户之见，唯致力将北大改造成为中国的学术渊薮。蔡元培的改革理念和举措，最令人称道的是"学术第一""教授治校""讲学自由""兼容并包"。以党见和政见论，王宠惠信奉三民主义，李大钊、陈独秀信奉共产主义，李石曾信奉无政府主义，辜鸿铭憧憬君主立宪；以文学派别论，胡适、陈独秀、钱玄同、刘半农、周作人倡导新文学，刘师培、黄侃、吴梅坚守旧文学。特别是"性博士"张竞生，被封建卫道士辱骂为"三大文妖"之一，他在北大讲"美的人生观"，在校外出版《性史》，竭力提倡"情人制""外婚制"和"新女性中心论"。在半封闭半蒙昧的中国，张竞生的言论绝对算得上离经叛道，惊世骇俗，也只有在蔡元培的保护伞下，他才不会被大众的唾沫淹死。北大学生创办了三个大型刊物，分别代表左、中、右三派，左派的刊物叫《新潮》，中派的刊物叫《国民》，右派的刊物叫《国故》，各有各的拥趸，各有各的读者群，尽管彼此笔战不休，但相安无事。

蔡元培开门办学，特色鲜明，校内"三生"共存。"三生"是正式生、旁听生和偷听生。正式生是通过考试进入北大的学生，旁听生是办了旁听手续的学生，得到了校方的许可，偷听生则是未办任何手续、自己跑来听课的学生，尽管未获明文许可，但也无人将他们撵出课堂。偷听生中藏龙卧虎，不可小觑，代表人物就有金克木和许钦文。上课前，教授指定专人发放油印的讲义，对上课者不问来历，一视同仁，发完为止。有些正式生姗姗来迟，便两手空空，他们也不觉得有什么好委屈好奇怪的。"来者不拒，去者不追"，听课之自由可见一斑。有人说："学术是天下公器，'胜地自来无定主，大抵山属爱山人'，这正是北大精神的一面。"偷听生也因此乐得逍遥。

三、改造北大，维护北大

当年，北大被称为"自由王国"。你爱上课，可以；你不爱上课，也可以；你爱上你爱上的课而不爱上你不爱上的课，更是天经地义的准可以。贬低北大的人以此为口实，称北大是"凶、松、空三部曲"，意思是：学生投考时题目"凶"，入校后课程"松"，毕业生腹中"空"。还有一种类似的说法：北大把后门的门槛锯下来，加在前门的门槛上，即谓进校难，毕业易。事实上，北大约束少，最能出怪才。朱海涛有一段回忆文字写得极到位："北大的教育精神是提倡自立、自主的。……给你逛窑子的机会你不逛，那才是真经得起试探的人。给你抄书的机会你不抄，那才是真有读书心得的人。将你搁在十字街头受那官僚封建腐烂的北平空气熏蒸而不染，那才是一个真能改造中国的人。关在'象牙塔'里受尽保护的，也许出得塔门，一阵风就吹散了。"既然行为自由，思想也会同样自由。当时中国有多少党派，北大师生中就有多少党派；中国有多少学派，北大师生中就有多少学派。办大学，兼容并包，最考验校长的掌控力，弄得好固然可以形成"酒窖"；弄不好呢？就会形成"粪沼"。蔡元培对于中西文化择善而从，对于各类人才兼收并蓄，使之商量旧学，探讨新知，和平共处，不相妨害。他的态度绝无偏袒，他的器局皆可涵容，处事公平，无适无莫，大家自然心服口服。

世事无绝对，在北大，阋墙与内讧总还是有的，而这些响动多半与辜鸿铭和章太炎的大弟子黄侃有关。辜鸿铭不买胡适的账，他认为，胡适治哲学史，既不懂德文，又不懂拉丁文，简直是画虎成猫，误人子弟。黄侃也瞧不起洋味十足的胡适，但他对章氏同门诋诃更多，骂他们曲学阿世。于是众人暗地里戏称蔡元培为"世"，到校长室去被谑称为"阿世去"，意思是"巴结蔡校长去"。黄侃上课，骂师弟钱玄同有辱师门，骂得相当刺耳，两人的教室毗邻，字字句句都听得清清楚楚，学生在讲台下偷笑，钱玄同在讲台上泰然处之。

陈独秀撰《蔡孑民先生逝世后感言》，称赞道："这样容纳异己的雅量，尊重学术自由思想的卓见，在习于专制、好同恶异的东方人中实所罕有。"陈独秀尤其应该感谢蔡元培对他的爱护和包容。这位为科学与民主鼓与呼的急先锋，圭角毕露，锋芒侵人。他放浪形骸，不检细行，不拘琐德，往往主动授予敌对者攻讦的口实。陈独秀去八大胡同消遣，遭到过妓女的控告和警局的传讯，经《京报》大肆渲染，变成轰动社会的丑闻。尽管陈独秀运笔如枪，其盖世神功能够辟易千人，但若是没有蔡元培为他屡次三番解围，攻击者驱逐他出北大的愿望岂会落空？蔡元培是北大进德会的模范会员，"不嫖，不赌，不纳妾"这三条，他绝对遵守，但他只以道德严于律己，并不以道德苛以责人，这非常不容易。蔡元培爱护陈独秀，原因很简单，后者是难得的人才，其言论主张值得会意和同情。

守旧派的头面人物林纾原本是赞成"新学旧学并行"的，但新学分子破坏力巨大，竟宣布"古文死了""孔家店破产了"，使他不免生出"未得其新，先殒其旧"之慨，旧学被打上耻辱的烙印，这尤其令他痛心。一怒之下，"义愤"冲决了理智的堤防，他在上海《新申报》发表小说《荆生》和《妖梦》，《荆生》里的人物田必美、狄莫和金心异，分别影射陈独秀、胡适与钱玄同，说这三人经常聚在一起诋毁前贤，侮蔑斯文，荆生偶然听到了，立刻怒火中烧，将他们暴打一顿。荆生这个人物，乃是以徐树铮为原型，此人来头不小，是段祺瑞的头号智囊、陆军部次长，极为霸道，对新文化运动恨之入骨。《妖梦》类似玄幻小说，作者梦见那些非议圣人之言和祖宗之法的书生全被怪物捉去吃掉了，其中有个叫元绪公的，影射蔡元培。林纾巧用古字意，将蔡公比作乌龟，实属刻薄。身为守旧派代表人物，林纾敌视新文化运动，仇视科学与民主，与蔡元培、陈独秀、胡适、钱玄同等人志不相同，道不相合，是不难理解的，但他摆出一副急于助纣为虐的模样来，动辄扬言"宜正两观之诛"，宣称要将异己"寝皮食肉"，以恐吓、谩骂为取胜的法宝，这种做派着实令人不敢恭维，斥之为卑劣也毫不为过。

林纾的小说经由北大法科学生张厚载之手转寄《新申报》发表，张厚载写信向蔡元培说明情况，蔡元培回信批评张某的做法有欠妥当，既非爱护其师林纾，也非爱护母校北大。在这封回信中，蔡元培表明了自己对《荆生》和《妖梦》的看法："仆生平不喜作谩骂语、轻薄语，以为受者无伤，而施者实为失德。林君詈仆，仆将哀矜之不暇，而又何憾焉。"蔡元培的大度宽容真是常人望尘莫及的。

此后不久，林纾在《公言报》（此报专与北大为敌，专与新文化运动为难）上发表致蔡元培的公开信，这一回他跳将出来，攻击北大的教育"覆孔孟，铲伦常"，"尽废古书，行用土语为文字"，他以谣言为依据，难免荒腔野板："乃近来尤有所谓新道德者，斥父母为自感情欲，于己无恩。此语一见之随园文中，仆方以为拟于不伦，斥袁枚为狂谬；不图竟有用为讲学者，人头畜鸣，辩不屑辩，置之可也。"这段话的意思是："近来有些讲新道德的人，贬斥父母因为自身情欲发作才孕育了儿女，对自己并无恩德。这句话在袁枚的文章中可以见到，我认为这是不符合人伦的，应斥之为狂妄荒谬；没想到竟然有北大教授拿它来讲学，他长着人脑袋，却发出畜生的叫声，不值得与之辩论，放在一边就行了。"蔡元培答复时特意指出林纾笔下的这个典故出自于《后汉书·孔融传》，路粹枉状弹劾孔融，致使后者遭遇杀身之祸。袁枚只不过拾古人之牙慧，并不是此说的源头。林纾听信传言，妄加指责，捡根柴棍当枪使，实在是贻笑大方。林纾自视为桐城派文豪，以腹笥丰赡傲人，展读蔡元培的公开答复，就算隐身在自家书斋里，也必定面红耳赤，汗出如浆吧。

在答复林纾的公开信中，蔡元培阐明了自己的两项主张："（一）对于学术，仿世界各大学通例，循'思想自由'原则，取兼容并包主义，与公所提出之'圆通广大'四字，颇不相背也。无论为何种学派，苟其言之成理，持之有故，尚不达自然淘汰之运命者，虽彼此相反，而悉听其自由发展。（二）对于教员，以学诣为主。在校讲课，以无背于第一种主张为界限。其在校外之言动，悉听自由，本校从不过问，亦不能代负责任。例如复辟主义，民国所排斥也，本校教员中，有拖长辫而持复辟论者，以其所授为英国文学，与政治无涉，则听之。筹安会之发起人，清议所指为罪人者也，本校教员中有其人，以其所授为古代文学，与政治无涉，则听之。嫖、赌、娶妾等事，本校进德会所禁也。教员中有喜作侧艳之诗词，以纳妾、狎妓为韵事，以赌博为消遣者，苟其功课不荒，并不诱学生而与之堕落，则姑听之。夫人才至为难得，若求全责备，则学校殆难成立。且公私之间，自有天然界限。……然则革新一派，即偶有过激之论，苟于校课无涉，亦何必强以其责任归之于学校耶？"对于胡适等人提倡白话文，林纾诟病尤多，蔡元培的还击更为神准："《天演论》《法意》《原富》等，原文皆白话也，而严幼陵译为文言。小仲马、迭更司、哈德等所著小说，皆白话也，而公译为文言。公能谓公及严君之所译，高出于原本乎？"这一问不打紧，直把林纾诘问得哑口无言。此外，蔡元培对林纾宽待《红楼梦》《水浒传》的作者而苛责同时代的胡适、钱玄同、周作人，也不以为然，他强调，胡、钱、周等新文化运动的干将无不博览群书，并不是借白话文藏拙的"二把刀"。

蔡元培的公开信以道理服人，以事实讲话，无懈可击，林纾笔头子再厉害，也无隙可乘。对此话题，林纾从此噤声，也算是有服善之智和改过之勇吧。

守旧派并非个个都像林纾那样操切应对，甚至有人认为林纾以七十高龄"作晨鸡""当虎蹼"，写小说，骂群生，等于顶风撒尿，徒然弄得自己一身臊。严复就不肯接招，他以包容的心态说话："优者自存，劣者自败，虽千陈独秀，万胡适、钱玄同，岂能劫持其柄？则亦如春鸟秋虫，听其自鸣自止可耳。林琴南辈与之较论，亦可笑也。"这段话的意思是："优秀的人自然能生存，鄙陋的人自然会失败，即使有一千个陈独秀，一万个胡适、钱玄同，岂能劫持这道法则？这也像春天的鸟儿、秋天的虫子，听由它们自己鸣叫自己休止就行了。林琴南与他们较量辩论，庸人自扰，也太可笑了。"刘师培的观点更有意思：通群经才能治一经。没通经不敢吭声，通了群经不屑吭声。他不作任何辩驳，就等于作出了辩驳，简直就如同装聋作哑的大禅师，能够悄无声息地默杀一切。

北大学生很幸运，由于蔡元培的办学方针鼓励百家争鸣，他们仿佛漫步在山阴道上，千岩竞秀，万壑争流，自是大饱眼福，大饱耳福。学风丕变，人才蔚起，确为水到渠成。

在旧势力依然磐固的环境里，以效益论，激烈对抗反不如稳健从事更妥当。蔡元培能够在北大取得成功，决非偶然。比如男女同校，当时是很难办成的事情，北京好一点的戏楼（广和楼、富连成社）不卖堂客票，女人不能进去听戏。次一等的戏楼，也是另开一门，标明"堂客由此进"，男女之分，壁垒森严。因此北大招收女生，实行男女同校，这绝非不起眼的小举措。蔡元培的做法极富策略，先让女生旁听，然后招考，未向教育部报备，以免碰到硬钉子，反为不美。他心明眼亮，早瞅准了教育部因循旧章（仍是他在教育部总长任内制定的规则），并无禁止女生上大学的条款。那些反对者眼见木已成舟，社会舆论又偏向于赞成男女同校，也就不再横加指责了。

顺笔提及一件事，当年，陈独秀与汪精卫讨论男女同校的问题，汪精卫出以激烈的言辞："中国人把男女防闲看得这样重，只有索性实行男女乱交，才可稍稍破除这种固执的谬见！"陈独秀是一尊大炮，听到汪精卫这样说，也有点吃不消。他在《新青年》上发表答读者问的公开信，说是"精卫先生这句话未免太激烈一点"，"激烈"一词竟然出自领导新文化运动的"陈司令"的笔端，着实令人莞尔。

蛮干不如巧干，蔡元培引经据典，将法国大革命时代所标举的公民道德纲领自由、平等、博爱（他译为"友爱"）推衍出与中国文化相对应的解释："自由者，'富贵不能淫，贫贱不能移，威武不能屈'是也，古者盖谓之'义'；平等者，'己所不欲，勿施于人'是也，古者盖谓之'恕'；友爱者，'己欲立而立人，己欲达而达人'是也，古者盖谓之'仁'。"此说一出，那些习惯訾议诋毁自由、平等、博爱的封建卫道士，弯弓搭箭，茫然迷失标靶，只得敛手而退，哪儿凉快待哪儿去。斗士陈独秀喜欢打南拳，虎虎生威，刚猛至极。智士蔡元培则擅长于太极推手，柔若无声，四两拨千斤。

在北大，蔡元培的权威也曾受到过挑战。1922 年 10 月，数百名北大学生不肯交纳讲义费，为此包围红楼，气势汹汹。蔡元培挺身而出，他厉声质问道："你们闹什么？"为首的学生讲明来由："沈士远（北大庶务部主任）主张征收讲义费，我们来找他理论！"蔡元培说："收讲义费是校务会议决定的，我是校长，有理由尽管对我说，与沈先生无关。"这时，学生中有人恶语相向："你倚老卖老！"蔡元培毫无惧色，他挥拳作势，仿佛金刚怒目，公开叫阵："你们这班懦夫！我是从明枪暗箭中历练出来的，你们若有手枪炸弹，只管拿来对付我，站出来跟我决斗！谁要是敢碰一碰教员，我就揍他。"当时，观者如堵，听闻先生此言，无不面面相觑。五十五岁的老校长平日驯如绵羊，静若处子，现在忽然摇身一变，变成了拼命三郎，变成了正义之狮，大家傻了眼。蔡元培的可畏之处在此，可敬之处在此，可爱之处亦在此，一旦显露无遗，千人为之辟易。学生自觉理亏，满怀敌意受此激荡，竟霍然消释。闹事者收声而散，讲义费呢？教务长顾孟余答应延期收取，实则无限延搁。北大的这场"讲义风潮"仍然是学生占据上风，蔡元培心知尾大不掉，也无可奈何。

在北大，蔡元培重视美育，并且亲自授课。蔡元培倡导的美育是美感之教育，他说："美感是普遍性，可以打破人我彼此的偏见；美学是超越性，可以破除生死利害之顾忌，在教育上应特别注意。"他还说："美感者，合美丽与尊严以言之，介乎现象世界与实体世界之间而为津梁。……在现象世界，凡人皆有爱恶惊惧喜怒悲乐之情，随离合生死祸福利害之现象而流转。至美术则以此等现象为资料，而能使对之者，自美感以外，一无杂念。例如……火山赤舌，大风破舟，可骇可怖之景也，而一入图画，则转堪展玩。"审美能力是一种有待培养的能力，常人所处的层次较低，获得提升的机会也有限，蔡元培坚持的以美育替代宗教的主张就成了"过高之理"，终于停留在纸面上。

早在爱国学社任教时，蔡元培就曾断发短装，与学员一同练习正步。在北大，蔡元培也特别重视体育，他添设兵操、射击和军事学等课程，聘请军事专家蒋百里、黄郛等人担任教习。中国大学生实行军训，自北大始，应属无疑。北大学生军有过光荣的历史：1925 年孙中山抵达北京，他们去前门车站担负迎接和警卫的任务，还去孙中山的住地铁狮子胡同轮流站岗。据林语堂《记蔡孑民先生》一文所述：当年他在清华教书，有事去北大见蔡元培，"最使我触目的，是北大校长候客室当中玻璃架内，陈列一些炸弹，手榴弹！我心里想，此人未可以外貌求之，还是个蘧伯玉吧"。蘧伯玉名瑗，是春秋时期卫国的大贤人，是孔子的至交好友，他最为人称道的就是"行年五十而知四十九年非"，知过就改，精进不息。蔡元培先生年方五十，林语堂将他与蘧伯玉作比，确有深意存焉。

但凡了解蔡元培的人，都知道他自奉甚谨的"三不主义"（"一不做官，二不纳妾，三不打麻将"），他出掌北京大学，是为教育尽力，并不是做官，其萧然物外的书生本色丝毫未变。有一次，冯友兰为弟弟冯景兰办理北大预科肄业证明书，由于时间紧迫，为了省去中间环节，直接去景山东街北大校舍的一所旧式院落找蔡元培签字。他见到的景象是这样的："校长室单独在一个大院子中，我走进院门，院子中一片寂静，校长室的门虚掩着，门前没有一个保卫人员，我推开门走进去，外间是一个大会客室兼会议室。通往里间的门也虚掩着，门前没有秘书，也没有其他职员。我推开门进去，看见蔡先生一个人坐在办公桌前看文件。"冯友兰当时的印象很深，蔡校长显然不是官员，而是学者，甚至是一介寒儒。若将林语堂的所见与冯友兰的所见合在一处看，就真是相映成趣了，蔡元培从来就不是心口相违的人。

四、五四运动后的几次辞职

五四运动之前，由于北大师生的言论过于激烈，主张过于激进，北洋政府将北大视为眼中钉、肉中刺，对蔡元培施加了很大的精神压力。有一天晚上，蔡元培在家中与两位谋士商量对策，其中一位谋士劝告蔡元培，趁早解聘陈独秀，制约胡适，以保全北大的命脉，为国家保存读书种子，这样的说法似是而非。另一位谋士别无高见，也从旁附和。他们苦口婆心劝了许久，蔡先生终于站起身来，正气凛然地说："这些事我都不怕，我忍辱至此，皆为学校。但忍辱是有止境的。北京大学一切的事，都在我蔡元培身上，与这些人毫不相干！"若非蔡元培硬扛硬顶和巧妙周旋，北大那片息壤早被军阀政府的铁蹄践踏得寸草不生了，还哪有什么新文化运动的硕果可以结出？

据周策纵《五四运动史》所记，五四前夕，蔡元培召见过北大学生领袖狄福鼎，明确告诉后者，他对学生的爱国举动深表同情。

五四学潮，闹出的动静的确很大。十二校学生出于爱国赤诚，不仅打伤了被痛斥为卖国贼的驻日公使章宗祥，还纵火焚毁了同属亲日派的交通总长兼交通银行总理曹汝霖的豪宅赵家楼。此次学潮，北大学生是理所当然的先锋和主力，被捕者也是多数，三十二人中占去二十人。北京大学生的爱国正义之举立刻博得了全国舆论的广泛同情和支持。蔡元培毫不畏惧军阀政府的淫威，联合学界进步人士，极力营救被捕学生，三位重量级人物汪大燮（前国务总理）、王宠惠（前司法总长）、林长民（前司法总长）也联名具呈警察总监吴炳湘，自愿充当被捕学生的保释人，以为"国民为国，激成过举，其情可哀"。众多长者的努力总算没有白费，爱国学生于5月7日脱身囹圄，重获自由。

当时，外间传言满天飞，最耸人听闻者有二：其一是总统徐世昌要严办北大校长，安福系军阀甚至悬红要刺杀蔡元培；其二是盛传陆军部次长徐树铮已命令军队把大炮架在景山上，将炮口对准北大。不管传言是否可信，形势确乎咄咄逼人。1919年5月9日，蔡元培深夜出京，报上登出他的辞职公告，引用《白虎通》中的话，词颇隐晦："我倦矣！'杀君马者道旁儿'，'民亦劳止，汔可小休'。我欲小休矣。北京大学校长之职，已正式辞去。其他向有关系之各学校，各集会，自五月九日起，一切脱离关系。特此声明，唯知我者谅之。"这段话值得细细玩味。所谓"杀君马者道旁儿"，就是说那些在路边高声吆喝的人能让骑手忘乎所以地狂奔，最终必然累死坐骑才肯罢休。蔡元培已经意识到，五四学潮正迅速向全国蔓延，其势已经失控，那些想推举他做领袖的人何尝不是高声吆喝的路旁儿，"马"就是北大。他若再狂奔下去，马就必死无疑。所以他要悄然离京，为北大留下喘息之机。

蔡元培的辞职非同小可，引起全国学林的关注，都想了解他辞职的真实原因。天津的《大公报》为释众人之疑惑，刊出《由天津车站南下时的谈话》，透露了蔡元培辞职的内幕消息。一位朋友问蔡元培何以坚决辞职，蔡元培说："我不得不然。当北京学生示威运动之后，即有人频频来告，谓政府方面之观察，于四日之举，全在于蔡，蔡某不去，难犹未已。于是有焚烧大学、暗杀校长之计划。我虽闻之，犹不以为意也。八日午后，有一平日素有交谊、而与政府接近之人又致一警告，谓：'君何以尚不出京！岂不闻焚烧大学、暗杀校长等消息乎？'我曰：'诚闻之，然我以为此等不过反对党恫吓之词，可置之不理也。'其人曰：'不然，君不去，将大不利于学生。在政府方面，以为君一去，则学生实无能为，故此时以去君为第一义。君不闻此案已送检察厅，明日即将传讯乎？彼等决定，如君不去，则将严办此等学生，以陷君于极痛心之境，终不能不去。如君早去，则彼等料学生当无能为，将表示宽大之意敷衍之，或者不复追究也。'我闻此语大有理。好在辞呈早已预备，故即于是晚分头送去，而明晨速即离校，以保全此等无辜之学生。我尚有一消息适忘告君。八日午后，尚有见告政府已决定更换北京大学校长，继任者为马君其昶。我想再不辞职，倘政府迫不及待，先下一免职令，我一人之不体面犹为小事，而学生或不免起一骚动。我之急于提出辞呈，此亦一旁因也。今我既自行辞职，而继任者又为年高德劭之马君，学生又何所歉然，而必起骚动乎。我之此去，一面保全学生，一面又不令政府为难，如此始可保全大学，在我可谓心安理得矣。"

如果说报纸上的文字难免失真，蔡元培于 5 月 10 日写给学生的公开信则字字出自肺腑："仆深信诸君本月四日之举，纯出于爱国之热诚。仆亦国民之一，岂有不满于诸君之理。唯在校言校，为国立大学校长者，当然引咎辞职。仆所以不于五日提出辞呈者，以有少数学生被拘警署，不得不立于校长之地位，以为之尽力也。今幸得教育总长、警察总监之主持，及他校校长之援助，被拘诸生，均经保释，仆所能尽之责，止于此矣。如不辞职，更待何时？至一面提出辞呈，一面出京，且不以行踪告人者，所以避挽留之虚套，而促继任者之早于发表，无他意也。北京大学之教授会，已有成效，教务处亦已组成，校长一人之去留，决无妨于校务，唯恐诸君或不见谅，以为仆之去职，有不满于诸君之意，故特在途中，匆促书此，以求谅于诸君。"从这封信，我们不难看出，蔡元培勇于负责，颇有大局观和全局观，他悄然离京，是为了事态能尽快得到缓和，使各方趋于冷静，也是对北洋军阀发出抗议，表明其不肯合作的严正立场。

时隔多年，蔡元培撰回忆文章《我在北京大学的经历》，把他当年辞职的原因做了更清晰的梳理："……但被拘的虽已保释，而学生尚抱再接再厉的决心，政府亦且持不做不休的态度。都中宣传政府将明令免我职而以马其昶君任北大校长，我恐若因此增加学生对于政府的纠纷，我个人且将有运动学生保持地位之嫌疑，不可以不速去。"蔡元培的苦衷由此可见分明。个人的名利得失皆服从于大局的需要，这就是蔡公的一贯作风。

为了挽留蔡元培，教育界齐心合力，不仅北大八教授去教育部请愿，而且北京各高校校长提出总辞职，连教育部长傅增湘也挂冠而去。军阀固然强悍野蛮，眼下见势不妙，只得让步。总统徐世昌老奸巨猾，深知众怒难犯，他心劳力绌，别无良策，赶紧下令慰留蔡元培。然而蔡元培去意已决，于6月15日发表声明，措辞激烈：一、北京大学校长是简任职，是半官僚性质的，所以他绝对不能再做政府任命的校长；二、思想自由，是世界大学的通例，但北京大学却被强权干涉，所以他绝对不能再做不自由的大学校长；三、北京是个臭虫窠，无论何等高尚的事业，一到北京，便都染了点臭虫的气味，所以他绝对不能再到北京的大学任校长。一篇宣言，三个"绝对"，要让蔡元培回心转意，难度猛增。

当年，在北大，有几只著名的"兔子"，蔡元培，陈独秀，胡适，刘半农，四人都属兔，被人称为"兔子党"。完全可以这么推论，倘若陈独秀、胡适只有《新青年》这个作战的堡垒，缺少北大这个讲学的营盘，没有北大教授这个堂堂正正的身份，新文化运动就不可能具有高屋建瓴之势，不可能收获摧枯拉朽之功。倘若蔡元培不崇尚法国大革命的精神，不主张学术自由，不倡导"读书不忘爱国"，五四运动就不会轰轰烈烈地开展起来。这个推论可算有理有据。

蔡元培颇有先见之明，不愧为大智者，从一开始，他就对学生运动的后果忧心忡忡。蒋梦麟在回忆录《西潮·新潮》中写道："他从来无意鼓励学生闹学潮，但是学生们示威游行，反对接受凡尔赛和约中有关山东问题的条款，那是由乎爱国热情，实在无可厚非。至于北京大学，他认为今后将不容易维持纪律，因为学生们很可能为胜利而陶醉。他们既然尝到权力的滋味，以后他们的欲望恐怕难以满足了。"

五四运动后，北大学生对于政治过分热心，对于权力愈益迷恋，蔡元培针对这一不良苗头，倡导"救国不忘读书"，予以矫正。他不赞成二十岁以下的学生走上街头参与政治活动，不喜欢在大学校园里政治气息浓过学术氛围。然而五四运动之后，北大学生身上的政治标签就是骄傲的资本，最终完全走到了蔡元培愿望的反面去，他对此也无可奈何。

五四运动促使中国人解放了被缚的普罗米修斯，也诱使中国人开启了潘多拉匣子（古希腊神话中的魔匣，善恶俱在其中）。是非功罪，迄今争议不休，尚无定论。只有一点是确定无疑的，蔡元培领导的北大成为了中国学术界的重镇，也成为了国共两党的人才基地。

1920年4月，蔡元培在《新青年》上发表《洪水与猛兽》一文，指出洪水（新思潮）自有洪水的好处，就看谁能疏导它；猛兽（军阀）自有猛兽的可怕，就看谁能驯服它。这篇短文只有六百余字，摆事实，讲道理，令人信服。蔡公巧妙地将了保守派一军：

　　二千二百年前，中国有个哲学家孟轲，他说国家的历史常是"一乱一治"的。他说第一次大乱是四千二百年前的洪水，第二次大乱是三千年前的猛兽，后来说到他那时候的大乱，是杨朱、墨翟的学说。他又把自己的距杨、墨比较禹的抑洪水，周公的驱猛兽。所以崇奉他的人，就说杨、墨之害，甚于洪水猛兽。后来一个学者，要是攻击别种学说，总是袭用"甚于洪水猛兽"这句话。譬如唐、宋儒家，攻击佛、老，用他；清朝程朱派，攻击陆王派，也用他；现在旧派攻击新派，也用他。

　　我以为用洪水来比新思潮，很有几分相像。他的来势很勇猛，把旧日的习惯冲破了，总有一部分的人感受苦痛；仿佛水源太旺，旧有的河槽，不能容受他，就泛滥岸上，把田庐都扫荡了。对付洪水，要是如鲧的用湮法，便愈湮愈决，不可收拾。所以禹改用导法，这些水归了江河，不但无害，反有灌溉之利了。对付新思潮，也要舍湮法用导法，让他自由发展，定是有利无害的。孟氏称"禹之治水，行其所无事"，这正是旧派对付新派的好方法。

　　至于猛兽，恰好作军阀的写照。孟氏引公明仪的话："庖有肥肉，厩有肥马，民有饥色，野有饿莩，此率兽而食人也。"

　　现在军阀的要人，都有几百万、几千万的家产，奢侈的了不得，别种好好做工的人，穷的饿死；这不是率兽食人的样子么？现在天津、北京的军人，受了要人的指使，乱打爱国的青年，岂不明明是猛兽的派头么？

　　所以中国现在的状况，可算是洪水与猛兽竞争。要是有人能把猛兽驯服了，来帮同疏导洪水，那中国就立刻太平了。

在乱世，洪水不易疏导，猛兽也不易驯服，洪水害人，猛兽食人，总归是常态，太平的愿景不易变成现实。

1923年初，为抗议北洋军阀政府任命"早已见恶于国人"的政客彭允彝为教育总长，蔡元培发表《不合作宣言》，随即辞去北大校长一职，他在辞呈中剖白心迹："元培目击时艰，痛心于政治清明之无望，不忍为同流合污之苟安，万不忍于此种教育当局之下支持教育残局，以招国人与天良之谴责！"这次辞职，不同于上次，蔡元培确实再无留恋。同年7月，他携新婚妻子周峻前往欧洲旅行和考察。1926年6月，蔡元培回国后不久，即在上海致电国务院，永久辞去北大校长一职。翌年，国民政府成立，蔡元培出任大学院院长，其北大校长的名义才正式取消，他与北大的十年半缘分至此打上休止符。

完全可以这么说：蔡元培造就了北大，使之成为名副其实的中国最高学府；北大也造就了蔡元培，使之成为德高望重的教育界领袖。二者相映生辉，相得益彰。

五、唯仁者能爱人

世间的人雄、人杰莫不具有龙马精神。蔡元培的书房中挂着一幅刘海粟为他绘制的画像，题词是："其为人也，发愤忘食，乐以忘忧，亦不知老之将至。"

世间的人雄、人杰也莫不是性情中人。罗家伦等多位蔡门弟子忆及一件往事：在七七事变前两年，东邻虎视眈眈，战争的阴霾日益浓厚。蔡元培到南京履职，国民政府行政院长兼外交部长汪精卫请他共进晚餐，用的是西膳。蔡元培苦口婆心，规劝汪精卫改变亲日立场，收敛亲日言行，表明严正态度，将抗战的国策确立不拔。蔡元培说："关于中日的事情，我们应该坚定，应该以大无畏的精神抵抗，只要我们抵抗，中国一定有出路。"言犹未毕，蔡元培的眼泪脱眶而出，滴到了酒杯中，他旋即端起那杯掺泪的葡萄酒，一饮而尽。听其言而观其行，举座动容，无不肃然起敬，汪精卫则如坐针毡，神情尴尬，顾左右而言他。爱国，既有可能彰显为叱咤风云，也有可能表现为温言规劝。汪精卫若能听从蔡元培的忠告，又何至于日后身败名裂？

凡师长、朋友、同事、门生，都众口一词地肯定蔡元培是难得的忠厚长者，与人无忤，与世无争，但也不约而同地认为蔡元培临大节而不可夺，坚持原则，明辨是非。蔡元培不欺软，不怕硬，他的性格用"柔亦不茹，刚亦不吐"八字形容最为恰当。蒋梦麟是蔡元培的早期弟子，且与蔡元培共事多年，对其师的性格知之最深，其回忆录《西潮·新潮》中有这样一段文字：

"他从来不疾言厉色对人，但是在气愤时，他的话也会变得非常快捷、严厉、扼要——像法官宣判一样的简单明了，也像绒布下面冒出来的匕首那样的尖锐。"蔡元培应小事以圆，处大事以方，他"躬自厚而薄责于人"。他讲求一个"和"字，但不是和稀泥的"和"，而是"君子和而不同"的"和"。不可通融的事情他一定不会通融，不该合作的事情他一定不会合作。

蔡元培是古风犹存的君子，"可以托六尺之孤，可以寄百里之命，临大节而不可夺也"，"可亲而不可劫也，可近而不可迫也，可杀而不可辱也"，"可以欺以其方，难罔以非其道"。这样浑朴的君子，德操、器量、才学、智慧完备，四项整齐，无一项是短板。

禅家为使弟子顿悟猛省，有时会采取棒喝甚至使用木叉叉脖子之类的极端手段。教育家则有别于此，他们循循善诱，诲人不倦。蔡元培曾在南洋公学任教，黄炎培回忆道："全班四十二人，计每生隔十来日聆训话一次。入室则图书满架，吾师长日伏案于其间，无疾言，无愠色，无倦容，皆大悦服。……吾师之深心，如山泉有源，随地涌现矣。"先生之风，果然山高水长。

教育家胡元倓曾用八个字形容蔡元培："有所不为，无所不容。"有所不为者，狷洁也，非义不取，其行也正。无所不容者，广大也，兼收并蓄，其量也宏。蔡元培是一位对事有主张、对人无成见的长者。他一生从善如流，却未尝疾恶如仇，有容乃大，真可谓百川归海而不觉其盈。

最有说服力的例子应数辜鸿铭对蔡元培的尊重，这位脑后垂着长辫的清廷遗老不仅精通数门外国语文，而且天生傲骨，目中无人，袁世凯是天字第一号的强梁，辜鸿铭却将此公与北京街头刷马桶的老妈子等同视之。古怪之极的辜老头子偏偏信服一个人，这人就是蔡元培。辜鸿铭在课堂上对学生宣讲："中国只有两个好人：一个是蔡元培，一个是我。因为蔡元培点了翰林之后，不肯做官，就去革命，到现在还是革命；我呢？自从跟张文襄（张之洞）做了前清的官员以后，到现在还是保皇。"1919年6月初，北大教授在红楼开会，主题是挽留校长蔡元培，众人均无异议，问题只是具体怎么办理，拍电报呢，还是派代表南下？大家轮番讲话，辜鸿铭也登上讲台，赞成挽留校长，他的理由与众不同——"校长是我们学校的皇帝，非得挽留不可"，这么一说就显得滑稽了。好在大家的立场和意见一致，才没人选择这个时候跟辜老头子抬杠。有趣的是，梁漱溟后来也称赞蔡元培好比汉高祖，他本人无须东征西讨，就可集合天下英雄，共图大事，打了败仗总能赢回来。

1922年，蔡元培出洋考察欧美教育，纽约的中国留学生去码头迎接他，发现先生只带很少的行李，没带秘书，也没带随从，竟然是孤身一人，独往独来，其本身就像一位年长的留学生。他没去惊动中国驻纽约的领事馆和公使馆的外交人员，就住在哥伦比亚大学的小旅馆里。杨荫榆看到大家众星捧月的情景，不禁感叹道："我算是真佩服蔡先生了。北大的同学都很高傲，怎么到了蔡先生的面前都成了小学生了？"在那次欢迎会上，蔡元培先讲故事：一个人学到了神仙的法术，能够点石成金，他对自己的朋友说，往后你不必愁苦了，你要多少金子，我都点给你；那个朋友却得寸进尺，他说，我不要你的金子，我只要你的那根手指头。全场哄然大笑。蔡元培讲这个故事，用意是要启发中国留学生，学习专门知识固然重要，掌握科学方法才是关键，他说："你们掌握了科学方法，将来回国后，无论在什么条件下，都可以对中国做出贡献。"老校长的这番谆谆教导足够大家欢喜受用了。

唯仁者爱人以德，成人之美，这话是不错的。蔡元培的心地如同菩萨般善良，平生不知道如何拒绝别人的求助。晚年，他帮人写推荐信，一写就是数封，多则十来封，几乎到了有求必应的地步。傅斯年在《我所景仰的蔡先生之风格》一文中揭示了蔡先生的仁者心法："大凡中国人在法律之应用上，是先假定一个人有罪，除非证明其无罪；西洋近代法律是先假定一个人无罪，除非证明其有罪。蔡先生不特在法律上如此，一切待人接物，无不如此。他先假定一个人是善人，除非事实证明其不然。凡有人以一说进，先假定其意诚，其动机善，除非事实证明其相反。如此办法自然要上当，但这正是孟子所谓'君子可欺以其方，难罔以非其道'了。"在蔡先生的心目中，只有"道心唯微"，没有"人心唯危"，他始终相信人类趋善求美是主流的，是值得竭力推动的。

九一八事变后，南京学潮骤然形成惊涛狂澜，身为特种教育委员会委员长，蔡先生尝到了"自由之精神"的苦头。1931年12月14日，蔡元培在国府作报告时提醒学生，国难期间，开展爱国运动决不能以荒废学业为代价，他强调："因爱国而牺牲学业，则损失的重大，几乎与丧失国土相等。"这样的话，左派学生是不爱听的。翌日，数百名学生齐集国民党党部门口请愿，蔡元培和陈铭枢代表中央与学生交涉，结果话不投机。蔡元培先生还没说上两句话，即被学生拖下台阶；陈铭枢则被学生团团围住，木棍击头，当场昏厥。对于当天的突发事件，报纸上是这样记载的："蔡年事已高，右臂为学生所强执，推行半里，头部亦受击颇重。"其后蔡元培被警察解救，旋即送往医院，所幸并无大碍。一位是杏坛元老，一位是国军上将，当众受此折辱，在乱哄哄的二十世纪三十年代，这并不是孤立的个案，国民政府外交部长王正廷还曾被冲进办公室的学生连抽两记耳光，为此他愤然辞职。蔡元培对局势深感忧虑，但学生运动已经失控，他爱莫能助，三天后，发生"珍珠桥惨案"，死伤学生三十余人。

抗战初期，蔡元培因病滞留香港。有位素不相识的青年不嫌路途遥远，从重庆寄来快信，自称是北大毕业生，在重庆穷困潦倒，无以为生，请求老校长伸出援手，将他推荐给用人单位。蔡元培当即致函某机关负责人，称那位青年学有所成，这封推荐信不久即发生效力。然而那位青年报到时，所出示的毕业证书并非北大签发。某机关负责人赶紧写信询问蔡元培，是否真的了解那位青年的底细。蔡元培回复对方：不必在意那位青年是不是北大生，只要看他是不是人才。如果他徒有北大毕业证书而不是人才，断不可用；如果他没有北大毕业证书而是人才，理应录用。你有用人之权，我尽介绍之责，请自行斟酌。结果那位青年得到了这份差事，特意写信向蔡先生道歉，感谢他的再造之恩。蔡元培回信时，没有只字片言责备对方蒙骗欺罔，反而勉励对方努力服务于社会。

从这件事情，我们不仅能见识蔡元培恢弘的器局，而且能见识他善良的心地。当年，外间议论蔡元培的推荐信写得太滥，有的官员收到他的推荐信后，一笑置之。殊不知蔡元培助人为乐，体现了一种难得的服务于社会的精神。

蔡元培不惮烦劳，为素不相识的青年人写推荐信，除了爱惜人才，也因为他有一个定见："希望在中年人、青年人身上。为这些人挺身请命，披荆斩棘，是老年人的义务！"然而，有大力兼有高位的人与蔡元培同调的并不多，"坎坎伐檀"的倒是不少。

相比写信之勤、出手之快，蔡元培作序则要谨慎得多。1938年，他为首版《鲁迅全集》作序，八百多字的序言，乃是花费一个多月时间认真研读故人作品之后的心血结晶。他致书鲁迅的好友许寿裳，道出缘故："盖弟虽亦为佩服鲁迅先生之一人，然其著作读过甚少，即国际著名之《阿Q正传》，亦仅读过几节而已，深恐随笔叹美，反与其真相不符也。"国民党元老吴稚晖拜托蔡元培为某公作序，因作者"有太武断处"，蔡元培不肯敷衍笔墨。凡是书中有硬伤的，无论对方名气多大，也很难邀得他的青睐。"未读全书，率尔发言，不特自轻，兼亦轻大著也"，这理由很正当；"未曾研究此学，岂敢妄谈"，这理由也很诚实。写信助人与作序求真，二者的旨趣不同，蔡元培的态度亦迥异。

在那个时代，最难做到的无疑是男女平等，对此一端，蔡元培颇为留意。早在1901年冬，蔡元培与知书达理的黄仲玉女士在杭州结为伉俪，举行文明婚礼。正堂设孔子神位，代替普通的神道，如果说这还算中规中矩，那么以演说会代替闹洞房，就着实有点新鲜了。首先，由陈介石引经证史，阐明男女平等的要义。然后由宋平子辩难，他主张实事求是，勿尚空谈，应以学行相较。他的原话是："倘若黄夫人的学行高出于蔡鹤卿，则蔡鹤卿当以师礼待黄夫人，何止平等呢？反之，若黄夫人的学行不及蔡鹤卿，则蔡鹤卿当以弟子视之，又何从平等呢？"在场的人觉得很有兴味，都想听听新郎官的高见，于是蔡元培折中两端："就学行言，固然有先后之分；就人格言，总是平等的。"此言一出，皆大欢喜，举座欣然。蔡元培平日给夫人写信，信封上从来都是写明夫人的姓字，绝对不写"蔡夫人"，或在夫人姓字上加一个"蔡"字。世上多有新派言论、旧派做法的大人先生，蔡元培主张男女平等，乃是言行如一。1920年底，黄仲玉不幸病逝。其时，蔡元培在欧洲考察教育，他含泪写下祭文《祭亡妻黄仲玉》，一往而情深："呜呼仲玉，竟舍我而先逝耶！自汝与我结婚以来，才二十年，累汝以儿女，累汝以家计，累汝以国内、国外之奔走，累汝以贫困，累汝以忧患，使汝善书、善画、善为美术之天才，竟不能无限之发展，而且积劳成疾，以不能尽汝之天年。呜呼，我之负汝何如耶！"蔡元培一生有三段婚姻，与王昭的结合是包办婚姻，彼此能够相敬相惜，与黄仲玉和周峻的结合是自由婚姻，彼此能够相爱相知。蔡元培的家庭教育非常成功，他赞成儿女各自发展个人兴趣，崇尚实学，不以做官为目标，他的儿女多有出息，女儿蔡威廉是国内有名有数的画家，儿子蔡无忌是畜牧兽医专家，儿子蔡柏龄是物理学家，女儿蔡睟盎是社科院上海分院的研究员。

有人误以为蔡元培是一位雄辩滔滔的演说家，其实不然。他具有超然的态度，平日集会，其言讷讷，如不能出诸口，但与人交接，则侃侃如也，他最爱谈论的话题并非时事，而是教育、思想和文化。当教育部长也好，当北大校长也好，当大学院院长也好，当中央研究院院长也好，蔡元培偏重于理想，始终只负责确立宗旨，制定方针，他并不羁縻于行政。很显然，蔡元培知人善用，他总能擢选到好搭档，如范源濂、蒋梦麟、杨杏佛、丁文江、傅斯年，个个都是治学的高才、治事的高手，为他打理实际事务，充当大护法。对此，胡适在1935年7月26日致罗隆基的信中有一段评价可谓恰如其分："蔡先生能充分信用他手下的人，每委人一事，他即付以全权，不再过问；遇有困难时，他却挺身负全责；若有成功，他每啧啧归功于主任的人，然而外人每归功于他老人家。因此，人每乐为之用，又乐为尽力。亦近于无为，而实则尽人之才，此是做领袖的绝大本领。"

唯仁者恩泽广被而若无其事。蔡元培的人格魅力怎么高估都不为过，诸多大名鼎鼎的学者均发自内心地敬重他，乐于为他效命，在民国时期的教育界和文化界，他的凝聚力和感召力都是最大的，没有之一。无论在什么地方，蔡元培都能提携人才，聚集人才。

蔡元培唯一受到外界诟病和攻讦的就是他在1927年至1931年这四年间立场坚定地反共，甚至是"清党运动"的前台主将。一个向来主张"兼容并包"的蔼蔼仁者怎么会旗帜鲜明地反共清共呢？对于这个问题，蔡元培的女儿蔡晬盎提供了一个非常接近事实的答案："苏联共产党派来的鲍罗廷说，中国要完成社会主义革命，需要付出五百万人的生命。我父亲认为中国是个很虚弱的国家，经受不起大吐大泻，所以他反对暴力革命。"但蔡元培反共与强硬派代表吴稚晖不同，他并不主张以暴易暴，以杀人的方式铲除异端，这从来都不是他心目中的优选方案。

六、"是真虎乃有风"

中国古代的道学家讲究气象，譬如说，周敦颐的气象是"光风霁月"，程颢的气象是"纯粹如精金，温润如良玉"。蔡元培的气象该如何形容？

林语堂在《想念蔡元培》一文中有这样一段话："论资格，他是我们的长辈；论思想精神，他也许比我们年轻；论著作，北大教授很多人比他多；论启发中国新文化的功劳，他比任何人大。"诚然，我私心里认定，林语堂先生所说的"大"，即是大师之"大"。这个"大"字就是蔡元培的气象。

大师必须是仁智双修的学人，而且是学人中百不得一的通人。学人难在精深，通人难在渊博。学人守先待后，自我作古即堪称高明，唯通人能开创一代文化之风气。蔡元培的主要著作有《石头记索隐》《教授法原理》《中国伦理学史》《美育实施的方法》和《华工学校讲义》，这绝对算不上著作等身，也算不上学问精深，但他是一位真正的大师。培养人才，引领风气，为国家播撒读书、爱国、革命的种子，百年以来，蔡元培的功力和成就无人可及。在《我所景仰的蔡元培之风格》一文中，傅斯年总结道："蔡元培实在代表两种伟大的文化，一是中国传统圣贤之修养，一是法兰西革命中标揭自由、平等、博爱之理想。此两种伟大文化，具其一已难，兼备尤不可觏。"此言切中肯綮。

中国社会对人才一向求全责备，因此完人比外星人更罕见。孔夫子堪称道德楷模，就因他与卫灵公的美貌夫人南子有那么一点风无可捕、影也难捉的小暧昧，即为后人所诟病，孔夫子要做完人尚且无法全票通过，做完人之难不言而喻。传统意义上的完人必须立德、立功、立言，三者缺一不可，不仅要在公共事务方面恪尽责任、大有建树、广有收获，而且在个人私德方面也要无懈可击、无疵可寻。蔡元培就正是这样的士林典范。

1940年3月5日，蔡元培在香港逝世，全国哀挽，蒋梦麟的挽联是"大德垂后世，中国一完人"，吴稚晖的挽联是"平生无缺德，举世失完人"，这样的推崇，这样的评价，别人是绝对担当不起的，蔡元培则可以受之无愧。痛失老校长，傅斯年曾想写一篇《蔡先生贤于孔子论》，可惜他的想法没有兑现，要不然，那绝对是一篇好文章。

蔡元培具有淡泊宁静的志怀和正直和平的性行，我们称赞他为"大师"和"完人"，这仍然是瞎子摸象，偏执一端，其实，他何尝不是一位白刃可蹈、虽千万人吾往矣的斗士。他与清廷斗过，与袁世凯斗过，与北洋军阀斗过，与蒋介石斗过，多次名列通缉令，多次收到恐吓信，走在生死边缘何止一遭两遭。晚年，他与宋庆龄、杨杏佛发起组织中国民权保障同盟，营救一切爱国的革命的政治犯，竭力为国家、民族保存一二分元气。他料理鲁迅的丧事，刊刻鲁迅的遗集。他主持杨杏佛的葬礼，谴责特务暗杀爱国志士的卑劣行径。这些举动无一不是公开与当局唱反调，没有大无畏的精神能行吗？

1940年3月，冯友兰撰《蔡先生的一生与先贤道德教训》，对蔡元培的人格有透彻的认识和分析。他说，"蔡先生的人格，是中国旧日教育的最高的表现"，个人行为温良恭俭让，很容易与人合，但遇大事自有主张，"身可危而志不可夺"，因此又极不易与人合，遇有不合，便洁身而退。他感到遗憾的是蔡元培"未死在重庆（政府所在地）或昆明（中央研究院所在地）而死在香港"。

王世杰曾任北大教授，他在《追忆蔡元培》一文中写道："蔡先生为公众服务数十年，死后无一间屋，无一寸土，医院药费一千余元，蔡夫人至今尚无法给付，只在那里打算典衣质物以处丧事，衣衾棺木的费用，还是王云五先生代筹的……"老辈学人最不可及的地方就在此处：他们追求真理，不愧屋漏；他们坚守信念，不避刀俎；他们有以身殉道的精神，将知与行打成一片，决不与时俯仰，与世浮沉，决不放空言讲假话，于一己之艰难处境，甚少挂怀，甚少计虑。蔡元培念念不忘"学术救国，道德救国"，其人格魅力，其爱国精神，至死而光芒不减分毫。

蔡元培对北大的贡献就是对中华民族的贡献，关于这方面的评价，最为准确的莫过于美国哲学家杜威，他说："拿世界各国的大学校长来比较一下，牛津、剑桥、巴黎、柏林、哈佛、哥伦比亚等等，这些校长中，在某些学科上有卓越贡献的固然不乏其人；但是，以一个校长身份，而能领导那所大学对一个民族、一个时代起到转折作用的，除蔡元培而外，恐怕找不到第二个。"循着这个话头，多年后，冯友兰在《中国哲学史新编》第七卷中特意指出："杜威的论断是中肯的，我还要附加一句：不但在并世的大学校长中没有第二个，在中国历代的教育家中也没有第二个。"中、美两位哲人对蔡元培的奖誉如此之高，可谓无以复加，足见其显在的价值超越学术和政治之上，已升华为教育理想的化身。

朱熹尝言："是真虎乃有风。"蔡元培无疑是中国教育界的一头真虎，其风范垂之后世，令人景仰，确实值得一赞而三叹之。

寡言君子

  一个人一辈子若能做成一件大事，留下一句哲言，就可算功德圆满。梅贻琦大半辈子服务于清华，使它声名鹊起，将它提升为国内数一数二的名牌大学，这绝对是办成了一件大事。他说过，"所谓大学者，非谓有大楼之谓也，有大师之谓也"，此语广为流传，至今仍为人津津乐道，这绝对是留下了一句哲言。尽管它是从美国霍布根斯大学创办者吉尔曼校长的名言"Man, not buildings"化来，但化得妙至颠毫，化出了百分之百的中国味，他用孟子的名句"所谓故国者，非谓有乔木之谓也，有世臣之谓也"做旧瓶，装入了来自大洋彼岸的新酒。蔡元培就任北大校长时说过，"大学者，研究高深学问者也"，话不糙，理也不糙，但我仔细品咂，总觉得梅贻琦的那句话言近而指远，更耐人寻味。

  梅贻琦主张"行胜于言"，他做得多，讲得少，强调"为政不在多言，顾力行何如耳"。他爱做实事，肯干难事，能办大事，是知行合一的典范。学者、外交家叶公超用"慢、稳、刚"三个字形容梅贻琦，深得要领："……梅先生的慢，在他的说话上，往往是因为要得到一个结论后他才说话。因为说话慢，所以他总是说话最少；因为说话少，所以他的错误也最少。陈寅恪先生有一次对我说：'假使一个政府的法令，可以像梅先生说话那样谨严，那样少，那个政府就是最理想的。'因为他说话少而严谨，他做人和做事也就特别的严谨，天津人叫'吃稳'，梅先生可以当之无愧。当然梅先生是一个保守的人，但在思想上非常之新，在做事的设计方面也非常之新；在个人生活方面，他非常之有条理而能接受最新的知识。他有一种非常沉着的责任感，是我最钦佩的。……梅先生是一个外圆内方的人，不得罪人，避免和人摩擦；但是他不愿意做的事，骂他打他，他还是不做的。他处世为人都以和平为原则，而且任何事总是不为己甚。我对他的为人非常敬仰。"叶公超还在怀念文章中写道："梅先生是一位平实真诚的师友。……他有一种无我的 selfless 的习惯，很像希腊人的斯多噶 stoic 学派。他用不着宣传什么小我大我，好像生来就不重视'我'，而把他对朋友，尤其对于学生和他的学校的责任，作为他的一切。……最令人想念他的就是他的真诚。处在中国的社会，他不说假话，不说虚伪的话，不恭维人，是很不容易的一件事。"一位智者讷于言而慎于行，他就能慢工出细活，稳健从容。

清华大学的教授们竭诚拥戴梅贻琦，最根本的缘由就是他处事公平，待人诚恳，具有常人难以企及的服务精神和服务质量，有一位学者评价道："在现今条件下，服务有几个信条：（一）要肯做事；（二）要忠于所做的事；（三）要久于所做的事；（四）要专于所做的事。梅先生可谓具备这四个条件。"学者谢泳在《过去的教授》一文中仔细计算过清华大学的经济账："梅贻琦掌管清华后规定：教授的收入为三百至四百元，最高可达五百元，同时每位教授还可以有一幢新住宅；讲师的工资为一百二十至二百元；助教为八十至一百四十元；一般职员三十至一百元；工人九至二十五元。我们可以发现各个级别之间的差距，教授的收入是一般工人的二十倍。从管理学的角度看，这种差距是有道理的，就如一个家庭，主妇的收入不超过保姆的十倍以上，她很难管理好这个保姆。"二十世纪二三十年代，在北平学界流行一句顺口溜，"北大老，师大穷，唯有清华可通融"，择校者持之有故，择婿者亦言之成理。北大的历史更悠久，清华的学生更少俊，至于办学条件和师资水平，清华不仅可与北大颉颃，而且后来居上，在全国首屈一指。

与梅贻琦同时代的诸君子"誉满天下，谤亦随之"，胡适、陈独秀、傅斯年、蒋梦麟、罗家伦自不待言，就是一代宗师蔡元培亦难免遭小人恶评、敌手非议，唯独梅贻琦是个例外，世人"翕然称之"，这太不容易了。清华校史专家黄延复收集和研究过相当广泛的文字材料，而且一直抱持"苛求的心理"，搜寻时人、后人对梅贻琦的"异词"和"谤语"，却迄无所获。

清华人对梅贻琦的崇敬非比寻常，用一位校友的话可以概括："清华人对梅先生孺慕情深，像听戏的人对梅兰芳一样入迷，我们却是另一种'梅迷'。"

一、梅贻琦的慢

这个"慢"不是傲慢，不是怠慢，不是缓慢，也不是梅贻琦不惜时，不守时，而是指他从容不迫，张弛有度。大革命家黄兴一生教人"慢慢细细"，就是教人慢工出细活，急就章难成精品。

梅贻琦毕业于天津敬业中学堂（南开学校的前身），是张伯苓门下的得意弟子。1909年，他报考清华学校首批庚款赴美留学生，可谓"得风气之先"。张榜揭晓那日，看榜的人个个心情忐忑，唯独梅贻琦神色淡定，步履轻闲，不慌不忙，不忧不喜，单看他冷静的态度，旁人很难猜出他是否获隽。后来，大家在赴美的越洋客轮上聚首，才知道他叫梅贻琦。

当年，赴美留学的公费生，选修文科者居多，选修理科者次之，选修工科者少之又少。梅贻琦入美国东部吴士脱工业学院（Worcester polytechnic institute），攻读电机工程专业，于1914年获工学学士学位。七年后，他再次赴美，入芝加哥大学深造一年，获得机械工程学硕士学位，一度受聘为纽约大学讲师。美国的工业文明使梅贻琦大开眼界，理性告诉他，在短期之内，中国的发展速度还无法由蜗牛之慢提升为骏马之疾，急功近利只会欲速则不达，唯有办好大学教育才能培元固本，奠定现代化的基石。嗣后，他语重心长，告诫行将赴美留学的青年："诸君在美的这几年，亦正是世界上经受巨大变化的时期，将来有许多组织或要沿革，有许多学说或要变更。我们应保持科学家的态度，不存先见，不存意气，安安静静地去研究，才是正当的办法，才可以免除将来冒险的试验、无谓的牺牲。"他的意思是：莘莘学子必须降服浮躁的心魔，精研细究各种人文、科学课题，把功夫做到家，才能有所创获。

曾有人开玩笑说：梅贻琦做任何事都比别人慢半拍。民国时期，男人早婚的多，他却偏偏晚婚，三十岁才娶韩咏华。殊不知，梅贻琦为人极孝悌，晚婚实有苦衷。当年，中国留学生家境富裕的多，贫寒的少，国内的接济源源不断，梅贻琦却是个例外。庚子之乱，梅家到保定避难，天津的财物被洗劫一空，家境一落千丈。留学期间，梅贻琦每月必从牙缝里省出钱来，寄回家中，帮助三个弟弟上学。学成归国后，梅贻琦在清华担任教职，提亲者踏破了门槛，他总是婉言谢绝。为了赡养父母，帮助三个弟弟求学，他将自己的终身大事一再延宕。直到三十岁，梅贻琦才与二十六岁的韩咏华结婚，在当年这已不是一般的晚婚了。婚后，他一如既往，将每月薪水分成三份：父母一份，弟弟们一份，自家一份。三个弟弟均对长兄深怀感激之情，幺弟梅贻宝（担任过燕京大学代校长）曾含泪说："五哥长我十一岁，生为长兄，业为尊师，兼代严父。"

梅贻琦的教育观一以贯之。他强调"大学之良窳几乎全系于师资与设备之充实与否，而师资为尤要"，"师资为大学第一要素，吾人知之甚切，故亦图之至极也"。教育学生，他主张熏陶，不赞成模铸，流水线作业注定培养不出"博极今古，学贯中西"的通才，而只会扼杀"神骛八极，心游万仞"的天才。他的"从游论"颇具新意："学校犹水也，师生犹鱼也，其行动犹游泳也，大鱼前导，小鱼尾随，是从游也。从游既久，其濡染观摩之效自不求而至，不为而成。反观今日师生关系，直一奏技者与看客之关系耳，去从游之义不綦远哉！"师生从游则不止学问可以薪火相传，品德、情操也可以熏之陶之，化于无形，得之不失。也许为效不速，但结果上佳。梅贻琦曾说："学生没有坏的，坏学生都是教坏的。"这话看似绝对，细细体味它，却很有道理。

梅贻琦所倡导的通才教育以思想自由为基石。1941 年 4 月，借清华建校三十周年举行学术讨论会的时机，他发表文章《大学一解》，其中引用了宋代学者胡瑗的一段语录，强调思想自由和言论自由的重要性："艮言'思不出其位'，正以戒在位者也。若夫学者，则无所不思，无所不言，以其无责，可以行其志也。若云思不出其位，是自弃于浅陋之学也。"这段话的意思是："《易经》艮卦说'思想不要超出自己的本分和位置'，这正是为了规范当权的人。倘若是学者，就什么都可以想，什么都可以说，因为他们没有官员的职责，可按自己的心意去做。如果学者的思想也受到限制，那他们就只能在浅陋的学识中自我废弃了。"中国政界有多少个党派，清华师生中就有多少个党派；中国学界有多少个流派，清华师生中就有多少个流派。这一点与北大如出一辙。思想自由，言论自由，不因党见和政见歧异而相害，在清华大学和后来的西南联大，没有一位教授因为持不同政见或发表反政府反领袖的言论而被解职，这一氛围的形成端赖梅贻琦日复一日的营造和维持。

在多事之秋，梅贻琦寡言，但并不寡谋，更不寡断，他的"慢"既表现为丰沛的静气，也表现为充足的勇气。即使兵戎相见，军队开进了清华园，也休想扰乱他的方寸。

抗战前夕，北京高校学生的抗日激情空前高涨，冀察政委会委员长宋哲元对学生运动警惕性相当高，但他明令部下：巡查清华园，不许动粗。清华大学的学生对军人入校抱有敌意，竟做出过激之举，不仅缴下士兵的枪械，扣留领队的团长，还掀翻军用车辆。这样一来，事态迅速升级。当天晚上，军队荷枪实弹，进驻清华园，引起师生极大的恐慌。为了应付岌岌危局，清华校务会议的几位成员（叶公超、叶企荪、陈岱孙、冯友兰）齐聚梅贻琦家，商量万全之策，以求渡过眼前的难关。每个人都说了话，提了建议，唯独梅贻琦向隅静默，未发一言，不吱一声。最后，大家停下来，等他表态。足足有两三分钟的时间，梅贻琦抽着烟，仍旧默无一词。文学院长冯友兰说话有些结巴，他问梅贻琦："校长，你……你……你看怎么样？"梅贻琦还是没表态，叶公超忍不住了，用催促的语气问道："校长，您是没有意见而不说话，还是在想着方案而不说话？"

这时候，每隔一秒钟，都仿佛隔了半个月。面对几位同仁焦急的目光，梅贻琦从容作答："我在想，现在我们要阻止他们来是不可能的，我们现在只可以想想如何减少他们来了之后的骚动。"他要教务处通知有嫌疑的学生，叫他们处处小心，尽可能隐蔽起来。然后他打电话给北平市长秦德纯，此人曾是宋哲元的重要幕僚，请他出面说服宋哲元撤退军警。秦德纯应承下来。不久，宋哲元果然下令撤退了包围清华体育馆的士兵。

1936 年 2 月 29 日，大批警察到清华园搜捕闹事学生，逮走了十几个人。有些学生怀疑清华大学教务长潘光旦向当局提供了花名册，于是群起而攻之。潘光旦是残疾人（早年因为跳高弄断了右腿），学生抢走他的双拐，扔在地上，这位著名学者只得用一条左腿勉强保持身体平衡，状极难堪。梅贻琦见此汹汹之势，并不退缩，他是一校之长，怎忍让同事和朋友代己受过？他对那些不肯善罢甘休的学生说："你们要打人，来打我好啦。如果你们认为学校把名单交给外面的人，那是由我负责。"他还用沉痛的语气告诫大家："青年人做事要有正确的判断和考虑，盲从是可悲的。徒凭血气之勇，是不能担当大任的。做事尤其要有责任心。你们领头的人不听学校的劝告，出了事情可以规避，我做校长的是不能退避的。人家逼着要学生住宿的名单，我能不给吗？我只好很抱歉地给他们一份去年的名单，我告诉他们可能名字和住处不太准确的。……你们还要逞强称英雄的话，我很难了。不过今后如果你们能信任学校的措施与领导，我当然负责保释所有被捕的同学，维持学术上的独立。"

要让那些血气方刚的青年学生掐灭怒火，恢复理性，很不容易，但梅贻琦的耐性臻于极致，在军事当局和学校师生之间，他艰难地找准了一个平衡点。都说要快刀斩乱麻，他却是慢工出细活。多方的体面、利益均须顾全，这岂是急性子能够顷刻办妥的事情？

梅贻琦常常告诫莘莘学子"不忘国难"，从不反对青年学生参加抗日救亡运动，但他也在多种场合表明自己一以贯之的救国观和爱国观，"救国方法极多，救国不是一天的事，各人在自己的岗位上，尽自己的力，则若干时期之后，自能达到救国的目的了"，"我们做教师做学生的，最好最切实的救国方法，就是致力学术，造成有用的人才，将来为国家服务"。清华大学稍微懂事的学生个个能够体谅梅贻琦的苦衷，每次闹学潮，他们都担心自己的过激举动会动摇梅校长的地位，因此必先贴出坚决拥护梅贻琦校长的大标语。为了呵护学生，营救学生，梅贻琦与北平警察局的局长多有周旋，学生们的感激方式很特别，他们模仿梅校长的口吻，编成一首顺口溜：

> 大概或者也许是，不过我们不敢说。
> 传闻可能有什么，恐怕仿佛不见得。

这首顺口溜将梅贻琦在警察局慢条斯理、大打太极拳的神态、言语勾画得活灵活现。

抗战期间，梅贻琦是国立西南联合大学三位"当家人"之一，由于北京大学校长蒋梦麟和南开大学校长张伯苓常在重庆，国民政府对他们另有任用，西南联大的校务全靠梅贻琦主持。虽然蒋梦麟亮出"对联大事务不管即是管"的超然姿态，亦能苦心维系大局，但涉及经费分配等切身利益时，北大与清华难免会有龃龉，每当这种时候，最有力又最有效的弥缝者就是梅贻琦。应该说，与北大相争，清华是吃了不少亏的。如果清华不肯吃这些亏（有的还是哑巴亏），西南联大早就分崩离析了。在鸡鸣风雨的乱世，办教育亦如驾船行驶于怒海狂涛之中，一位勇敢睿智的掌舵人绝对是其他船员的保护神。黑云压城，炸弹如雨，西南联大依然弦歌不绝，为国家保存元气，培养出远胜于和平年代所能培养的高端人才，梅贻琦的功德可谓大矣。

抗战初期，物力维艰，西南联大经费奇绌，但为了使梅贻琦行动方便快捷，校方给他配备了一部小汽车。梅贻琦视小汽车为奢侈品，将它毅然封存于车库中，辞退司机，安步当车。若要外出应酬，他就坐人力车代步。若要去重庆出差，只要时间允许坐邮车，他就不坐飞机。坐邮车岂不是要比坐飞机慢得多也累得多吗？梅贻琦却舍快求慢，舍舒适取劳顿。"慢"与"累"后面当然还有一个字，那就是"省"，艰难时期，能省则省，梅贻琦节俭惯了。他总是说："让我管这个家，就得精打细算。"他讲的"家"，不是自己的小家，而是国立西南联大这个大家庭。

"尽人事而听天命",梅贻琦的慢始终是积极的,而不是消极的;是柔韧的太极功夫,而不是刚猛的南拳。

1945年,一二一学潮后,梅贻琦感到非常失望,一度想辞职让贤,清华教授会坚决挽留他,使之打消了去意。但他清醒地意识到,由于"左派"日益坐大,清华教授会已经从内部产生裂痕,很难再采取一致的态度和行动,五四以来形成的"教授治校"的原则和权威势必丧失殆尽,"民主堡垒"的光鲜面目骗得了外人,却骗不了自己。

梅贻琦那手"文火煲靓汤,慢工出细活"的功夫放在抗战期间尚能足敷所用,然而国共内战爆发后,全国上下弥漫着急功近利的情绪,他原先的慢半拍变成了慢三拍,很难再利济清华,走和留的问题就摆上桌面,令他煞费思量。

二、梅贻琦的稳

早在八十多年前,教育家陶行知就说过:"做一个学校的校长,谈何容易!说得小些,他关系到千百人的学业前途;说得大些,他关系到国家与学术之兴衰。这种事业之责任,不值得一个整个的人去担负吗?"有见于此,蔡元培为北大掌舵,梅贻琦为清华操盘,同为不二人选,乃属中华民族之大幸。

清华大学有一句话:"教授是神仙,学生是老虎,校长是狗。"这就透露出一个信息,在清华大学做校长不可能神气,倒有可能受夹板气,担子不会轻松,日子不会太好过。

1931年10月10日,梅贻琦临危受命,出任清华大学校长。此前,罗家伦在清华园厉行改革,大刀阔斧,内外受困,不得已辞职走人。嗣后,阎锡山派乔万选出任校长,尴尬人遇尴尬事,他被清华师生拒斥于校墙之外,不得其门而入。继任者吴南轩深得蒋介石的信任,"党国"是他的口头禅,独断专行是他的拿手戏,结果激怒清华师生,未能久安其位。清华乱象百出,代校长翁文灏也请求辞职,校政一度处于真空状态。这种局面令教育部十分头疼。当时,梅贻琦任清华学生留美监督处监督,人在美国,南京国民政府教育部部长李书华拟举荐他出任清华大学校长,致电相询,他婉拒不成,然后表示同意。

1931 年 12 月 4 日，梅贻琦到校视事。12 月 8 日，他宣誓就职，就职演说朴实无华，坦诚之至，字字句句嵌入清华师生的心坎："本人能够回到清华，当然是极其愉快的事。可是想到责任之重大，诚恐不能胜任，所以一再请辞，无奈政府不能邀准，而且本人又与清华有十余年的关系，又享受到清华留学的利益，则为清华服务乃是应尽的义务，所以只得勉力去做，但求能够尽自己的心力，为清华谋相当的发展，将来可告无罪于清华足矣。"归纳起来，梅贻琦的"施政方针"有以下四条：（一）办大学的目的一是研究学术，二是造就人才；（二）在学术上向高深的方面去做；（三）要培养和爱护人才，严格避免人才的浪费；（四）要尽全力充实师资队伍，延聘第一流学者来校执教。梅贻琦接手的是一个疮痍满目的烂摊子，他完善旧规，补充新血，只用一年多时间就使清华大学百废俱兴，焕发出勃勃生机。

清华学生闹学潮是拿手好戏，品评教授是家常便饭，驱逐校长是保留剧目。梅贻琦却创造了一个奇迹，在清华大学当了十七年校长，受到师生的一致拥戴，地位稳如磐石，他究竟有何秘诀？梅贻琦给出的答案颇为诙谐："大家倒这个，倒那个，乐此不疲，就没有人愿意倒梅（霉）！"

梅贻琦岿然不倒，并非他精于玩弄权术，而是他以德服人，建立坚实的民主制度是关键之关键。他对教授治校的原则一直奉行不悖，实行"四权分制"，主动削弱了校长的权力，教授会、评议会、校务会和校长各司其职，谁也不能取代谁，谁也不能僭越谁。清华大学教授会由校内全体教授、副教授组成，是清华大学的最高权力机构，表决权涵盖以下几个方面：审议改进教学和研究事业以及学风的方案；学生成绩的审核与学位的授予；从教授中推荐各学院院长及教务长。教授会由校长召集和主持，但教授会成员也可以自行建议开会。清华大学评议会是学校的立法、决策和审议机构，由校长、教务长、秘书长和各学院院长以及教授会推选的评议员组成，相当于教授会的常务机构。评议会的职权包括"议决各学系之设立、废止及变更；审定预算、决算，议决教授、讲师与行政部各主任之任免……"在清华大学，根本不存在外行领导内行的事情，教授会和评议会既分权，也分责，还分谤，就算有矛盾，有争端，也会有缓冲的余地，能够合情合理地解决。校务会则由校长、教务长、秘书长和四位学院院长组成，相当于评议会的常务机构，处理清华的日常事务。朱自清撰《清华的民主作风》一文，自豪之情洋溢于字里行间："在清华服务的同仁，感觉着一种自由的氛围，每人都有权利有机会对学校的事情说话，这是并不易的。"

以法治代替人治，民主至尊，无人可耍霸王脾气。校务分层负责，法度严明，梅贻琦只须念好"吾从众"的三字经，即可无为而治。1940年9月，梅贻琦与清华结缘达三十一周年，为清华服务满二十五周年，在昆明的清华师生为他举行公祝会，异域母校美国吴士脱工学院锦上添花，授予他名誉工程博士头衔。潘光旦的评价颇具代表性："姑舍三十一年或二十五年的德业不论，此种关系所表示的一种真积力久的精神已自足惊人。"梅贻琦在公祝会上致答谢辞，他将自己比作京戏里的"王帽"角色，这个定位相当有趣，也可见其骨子里的谦虚："他每出场总是王冠齐整，仪仗森严，文官武将，前呼后拥，像煞有介事。其实会看戏的人，绝不注意这正中端坐的王帽，因为好戏并不要他唱。他因为运气好，搭在一个好班子里，那么人家对这台戏叫好时，他亦觉得'与有荣焉'而已。"

乱世的显著特性就是政治风云变幻莫测，梅贻琦做清华大学的"王帽"（实则是定海神针）并不容易，他不可能回避那些找上门来的大麻烦（它们才真是左右逢源的）。跟蔡元培一样，梅贻琦在学术上兼容并包，在政治上温和中立。1945年11月5日，梅贻琦在潘光旦家与闻一多、闻家驷、吴晗、曾昭抡、傅斯年和杨振声等几位教授谈至深夜，回家后他在日记中写下心声："余对政治无深研究，于共产主义亦无大认识，但颇怀疑。对于校局，则以为应追随蔡子民先生兼容并包之态度，以克尽学术自由之使命。昔日之所谓新旧，今日之所谓左右，其在学校均应予以自由探讨之机会。此昔日北大之为北大，而将来清华之为清华，正应于此注意也。"他有这样的定见，公开提出"学术界可以有'不合时宜'的理论及'不切实用'的研究"的观点，就并不奇怪了。尽管梅贻琦在政治上严守中立，但他悉心保护教员中的左派激进分子，例如张奚若、闻一多和吴晗。张奚若和闻一多都是肝火炽盛的"左倾"知识分子，他们首开谩骂之端，专与领袖和当局为难，尽管梅贻琦对张、闻二人的过激言论不尽赞同，仍然顶住外界施加的精神压力和政治压力，曲意保全清华教授，甚至在蒋介石面前以战时学者生活疾苦为词，作缓颊之计。1948年8月，梅贻琦得知一份政治黑名单上有清华教授的名字，就连夜找到吴晗，对后者说："你要当心，千万别进城，一进去被他们逮住，就没有救了，在学校里，多少还有个照应。"

学校一般都强调德育、智育、体育全面发展，蔡元培加上美育，梅贻琦在四育之后再加上群育，达到五育齐全。群体意识的培养可以使人更好地融入社会，克服交往的障碍，使群中有己，己中有群。梅贻琦说："文明人类之生活，不外两大方面：曰'己'，曰'群'。而教育的最大目的，不外使'群'中之'己'与众己所构成之'群'各得其安所遂生之道，且进以相位相育，相方相苞，此则地无中外，时无古今，无往而不可通也。"这段话的意思是："文明人的生活，无非是两个方面：一是叫作'自己'，二是叫作'群体'。而教育的最大目的，无非使'群体'中的'自己'与多个'自己'所构成的'群体'各自得到安身立命的途径，而且进一步做到互相安置互相培育，互相匹敌互相包容，这样一来，地域不分中国外国，时间不分古代当代，所到之处都能通达。"

梅贻琦的这番话恰当地阐释了他的"稳字诀"。他寡言，但并非寡人。事实上，没有哪个刚愎自用的孤家寡人能够使群众心悦诚服，得到大家持久地拥戴和尊敬，即使手中掌握强大的军队也不行。谁若在群体中以鹤立鸡群的高姿态凸显自己，势必会招致众人的反感和敌意，一只鹤唯有在一群鹤中表现出领导才能，方可确立权威，稳居其位。清华大学有那么多天才学者和行政高手，他们对梅贻琦长期表示由衷的好感和敬意，这太难得了。这说明，在实践中，梅贻琦的"相位相育，相方相苞""舍己从人，因公忘私"的群己观非常成功。

抗战期间，稳定人心当属第一要务，让大家吃饱肚子是为政者的基本职责。梅贻琦主管西南联大的校务，他肩上的担子特别沉重。据郑天挺《梅贻琦与西南联大》一文回忆，梅校长做事，既稳靠，又无私："抗战期间，物价上涨，供应短缺，联大同人生活极为清苦。梅校长在常委会建议一定要保证全校师生不断炊，按月每户需有一石六斗米的实物，租车派人到邻近各县购运，这工作是艰苦的、危险的。幸而不久得到在行政部门工作的三校校友的支援，一直维持到抗战胜利。这桩大协作可见人谋之臧。三校中，清华的条件最好，在联大物质条件极端匮乏的时候，清华大学成立清华服务社，利用工学院闲置的设备从事生产，用其盈余补助清华同人生活。这事本与外校无关。梅校长顾念北大、南开同人皆在困境，年终送给大家相当于一个月工资的馈赠，从而看出梅校长的公正无私。"联大八年，梅贻琦不仅收获了清华师生的敬意，也收获了北大和南开师生的敬意，因为他处事公平，待人至诚。

子曰："刚毅木讷近仁。"仁者有德，德不孤，必有邻。梅贻琦被人誉为"寡言君子"，望之岸然，即之也温，待人和蔼可亲。开会议事，大家议论纷纷，莫衷一是，梅贻琦总是耐心地倾听，最后他提出意见，众人莫不折服。博采众长，无为而治，择善固执，不随俗转移，梅贻琦尊重别人的意见，自己也很有主见。校务丛脞，如遇难题，他喜欢先询问身边的同事："你看怎样办好？"对方回答后，如果切实可行，他立刻欣然首肯："我看就这样办吧！"如果不甚妥当，他就说"我们再考虑考虑"，从无疾言厉色，更不会当众失礼失态。

常言道："酒能乱性。"若非极稳重的人，醉后多半会出洋相，失语者有之，耍疯者有之，骂座者有之，泄密者有之。"一锭金，见人心；一缸酒，见人肚。"这句谚语不是没有道理的。还有一句西谚如是说："酒神面前无圣人。"这句话强调的同样是"酒能乱性"，英雄难过美人关，圣人也难过美酒关。梅贻琦嗜酒，而且恪守酒德，许多朋友抬举他为"酒圣"，这并不是一顶纸糊的高帽子。叶公超说："梅先生欢喜喝酒，酒量也很好，和熟人一起喝酒的时候，他的话比较多，且爱说笑话——可是比欢喜说话的人来仍然是寡言的。他的酒品非常值得怀念：他也喜欢闹酒，但对自己可绝不吝啬，他那种很轻易流露的豪气，使他成为一个极理想的酒友。"考古学家李济的回忆更是言之凿凿："我看见他喝醉过，但我没看见他闹过酒。这一点在我所见过的当代人中，只有梅月涵先生与蔡子民先生才有这种'不及乱'的记录。"蔡元培与梅贻琦都是海量，具备海量的君子总是对敬酒的人来者不拒，醉酒的概率反而更大。

有一篇纪念梅贻琦的文章，标题叫《清华和酒》，对梅贻琦的酒量和表现有细致地描述："在清华全校师生员工中，梅先生的酒量可称第一。……大家都知道梅先生最使人敬爱的时候，是吃酒的时候，他从来没有拒绝过任何敬酒人的好意，他干杯时那种似苦又似喜的面上表情，看到过的人，终生不会忘记。"

1947 年 4 月，清华复校后举行首次校庆活动，在体育馆大摆宴席，由教员职工先行发动，逐级向校长敬酒。梅贻琦一一笑领，老老实实地干杯，足足喝了四十多盅，真有一醉方休的劲头，整场宴席下来，他的表现毫无失礼失态之处。

酒能害事，酒能坏事，酒能败事，但梅贻琦稳如泰山，溪涧泉瀑适足为景，不足为患。这样的涵养功夫令人钦佩。

三、梅贻琦的刚

有人说，梅贻琦寡言而慎，无欲则刚，这当然不错。他寡言，但这并不意味着他不敢讲真话，不敢讲刺痛国民党政府中枢神经的狠话。在九一八事变一周年纪念会上，他就公开抨击过国民党政府放弃东北的不抵抗政策，"以拥有重兵的国家，坐视敌人侵入，毫不抵抗，诚然勇于内战，怯于对敌，何等令人失望！"1945年，昆明一二一惨案发生，他在记者招待会上严词谴责便衣歹徒行凶杀人的暴行。梅贻琦从来就不缺乏勇气，他有冷静的理智，也有火热的心肠。

梅贻琦外圆内方，不该通融的事情，他决不会徇私情，开绿灯。他与秘书有一个刚性的约定，凡是向他求情的信件，不必呈阅，不必答复，当然也不能弃之于字纸篓，"专档收藏了事"。抗战前，清华大学总务长某某是一位颇有名望的海归，办事干练，举重若轻，梅贻琦很倚重他，两人由同事发展为朋友。有一天，这位总务长忽发奇想，请求梅贻琦给他发放教授聘书，以重身价和视听。这个顺水人情，梅贻琦若肯做，只不过是举手之劳，但他认为行政人员与教授职司各异，不可混同，一旦开启方便之门，日后其他人必定以此为口实，也伸出手来谋个学衔充充门面，规矩一坏，方圆难成。梅贻琦不肯通融，那位总务长感觉丢了面子，伤了感情，于是拂袖而去。

据清华毕业生孔令仁回忆：西南联大附中师资水平出众，教学质量很高，在昆明极具号召力，子弟能入这所学校就读，仿佛跃登龙门。云南省主席龙云的女儿龙国璧和梅贻琦的女儿梅祖芬都想进联大附中，结果龙国璧名落孙山。龙云感觉特别不爽，他可没少给联大物力和财力的支持，区区小事，梅贻琦怎么也不肯给个顺水人情？他决定派秘书长去联大找梅贻琦疏通。这位秘书长却领命不行，龙云生气地问道："你还站着干什么？快去啊！"秘书长这才抖开包袱："我打听过了，梅校长的女儿梅祖芬也未被录取。"如此一来，龙云满肚皮的怒气全消了，对梅贻琦的敬意又添加了几分。

1943年3月4日，梅贻琦获悉母亲去世的噩耗，内心悲痛如同千杵齐捣。当天下午，由他主持召开联大常委会，蒋梦麟和张伯苓建议改期，他却说："不敢以吾之戚戚，影响众人问题也。"在当天的日记里，他剖白心迹："盖当兹乱离之世，人多救生之不暇，何暇哀死者？故近亲至友之外，皆不必通知。……故吾于校事亦不拟请假，唯冀以工作之努力邀吾亲之灵鉴，而以告慰耳。"这正是梅贻琦刚的一面，将痛苦强行镇压在心底，以百倍的努力告慰母亲的在天之灵。

1948 年 12 月，傅作义将军弭兵息战，北平易帜指日可待。当时许多大知识分子都面临着走还是留的抉择，要走的人无暇卜算黄道吉日，要留的人也无意整装进城。梅贻琦走了，他是自愿的还是被迫的？可谓言人人殊。梅贻琦的弟子袁随善回忆，大概是在 1955 年，梅贻琦在香港主动告诉过他当时离开北平的情形："1948 年底，国民党给我一个极短的通知，什么都来不及就被架上飞机，飞到南京。当时我舍不得也不想离开清华，我想就是共产党来，对我也不会有什么，不料这一晃就是几年，心中总是念念不忘清华。"这当然不是唯一的版本。据吴泽霖教授回忆，梅贻琦离校那天，他们在清华大学校门口相遇，吴问梅是不是要走，梅说："我一定走，我的走是为了保护清华的基金。假使我不走，这个基金我就没有办法保护起来。"冯友兰的回忆同样真切，离开清华之前，梅贻琦召集了一次校务会议，散会后，其他人离开了，只留下梅校长和文学院长冯友兰，梅贻琦说："我是属牛的，有些牛性，就是不能改，以后我们要各奔前程了。"这是他的诀别之词。从梅贻琦的个性来推测，若非他自愿，谁也不可能将他"架上飞机"。他和北大校长胡适都是自愿离开北平的。

梅贻琦不信奉马列主义，但他对中国共产党并无恶感，要不然，1954 年他就不会赞成（至少是默许）儿子梅祖彦放弃定居美国的机会，返回大陆，效力于母校清华大学。梅贻琦去世后，1977 年韩咏华回到大陆安度晚年，中国政府给予优厚待遇，推举她为全国政协第四届特邀委员。

既然如此，梅贻琦为何执意要离开大陆？这个问题一直没有标准答案，人们猜度他的心思也很难找到可靠依据。有人推测，他感戴蒋介石的知遇之恩，不走则近乎忘恩负义。此说较为含糊。梅贻琦确实多次受到蒋介石邀请，与领袖共进午餐或晚餐，"被排座在主人之左，得与谈话"，俨如上宾。莫非此举就足以令梅贻琦感激涕零，非走不可？梅贻琦若不走，显然不存在人身安全方面的顾虑，周恩来和吴晗都已明确表态希望他留下来，这是当时中共对高级知识分子的统战策略。但他还是去了美国。

当年，梅贻琦南下，国民政府行政院长孙科极力邀请他入阁，担任教育部长，但他坚守一以贯之的中间立场，反复婉谢。他向新闻界的告白相当简单，却出乎至诚："（我）不出来，对南方朋友过意不去；来了就做官，对北方朋友不能交代。"这句话隐约透露了他离开北平甚至离开大陆的苦衷，他重情重义，既然那些最诚挚最值得信赖的朋友多半要走，他怎么好意思留下呢？但他不愿做官，始终只属意于教育。

当然，有一个答案比较靠谱：梅贻琦对水木清华一往情深，清华基金是他的命根子，他从来不肯乱花一分钱，有人骂他"守财奴"，他毫不介意。梅贻琦离开大陆，正是为了保住清华基金。因为清华基金会规定，必须由清华大学校长和国民党政府的教育部长二人联署，才能动用清华基金的款项，如果梅贻琦留在北方，国民党政府很可能会更换清华大学校长，这笔宝贵的教育基金就可能被挪作他用。1951 年，梅贻琦主持清华纽约办事处，专心管理这笔基金。他只有一间办公室，只聘一位半时助理，自己给自己定月薪美金三百元。台湾当局过意不去，令他将月薪改为一千五百元，梅贻琦不同意，他说："以前的薪水是我自己定的，我不情愿改。"为了给公家省钱，他不住公寓，搬进一处很不像样的住所，小得连一间单独的卧室都没有。

叶公超每次到纽约去，准定拜访梅贻琦，话题总离不开劝他到台湾办学，把清华基金用于台湾的教育事业。梅贻琦照例回答（并非敷衍）："我一定来，不过我对清华的钱，总要想出更好的用法我才回去。"他不愿将这笔宝贵的经费拿到台湾去撒胡椒面，讨几声吃喝，他的想法十分长远。1955 年，梅贻琦由美赴台，用清华基金的利息筹办清华原子科学研究所，这就是台湾新竹清华大学的前身。

当然，我们也不应该把梅贻琦视为百分之百的苦行僧。他跟梁启超一样，喜欢打麻将。据其日记记载，从 1956 年到 1957 年，将近两年时间，他共打麻将八十五次，约莫每周玩一次雀戏。观其战绩，胜少负多，赢二十五次，输四十六次，平十四次，共输掉一千六百五十元。当年的阳春面每碗一元钱，算起来，破费不小。为了与朋友晤言一室，这笔钱（纯粹是私款）输出去也就值了。

1962 年 5 月 19 日，梅贻琦病逝于台大医院。他逝世后，秘书遵从遗嘱，将他病中仍带在身边的那个手提包封存了。

两个星期后，在各方人士的见证下，这位秘书揭去封条，打开手提包，装在里面的全是清华基金的明细账目，每一笔支出清清楚楚。众人唏嘘不已，赞佩不绝。

梅贻琦是清华校史上唯一的终身校长，他的墓园建于台北新竹清华大学校园内的山顶上，取名为"梅园"，园内有校友集资栽植的花木，取名为"梅林"。梅贻琦纪念奖章是台湾新竹清华大学毕业生的最高荣誉。

1989年，梅贻琦诞辰一百周年，由中央美术学院雕塑家王克庆设计的梅贻琦铜像安放于清华图书馆老馆校史展览室内。这座胸像惟妙惟肖，面容清癯，神色坚毅，活脱脱的就是老校长涅槃重生。"生斯长斯，吾爱吾庐"，梅贻琦对清华的热爱无物可以隔断，他对清华的贡献也是有目共睹的。他曾为清华大学题写校训——"自强不息，厚德载物"，这八个字，他终身践行，给清华学子树立了完美的典范，他馈赠给清华大学的精神遗产必定与母校相始终。

罗家伦曾为梅贻琦的画像题词，"显显令德，穆穆清风，循循善诱，休休有容"，这十六个字绝对不是溢美的恭维话。1962年，梅贻琦溘然病逝，罗家伦撰写的纪念词可谓推崇备至："种子一粒，年轮千纪，敬教勤学，道在斯矣。"诚然，一粒壮硕的种子能够长成一棵参天大树，其示范作用是不可低估的。

梅贻琦曾告诫莘莘学子："要有勇气做一个平凡的人，不要追求轰轰烈烈。"这个世界如此奇妙，只要你踏踏实实做人，踏踏实实做事，持之以恒，终身不懈，就绝对不会平凡，甚至能够名垂青史。谓予不信，请看"寡言君子"梅贻琦。

做一个好人到底有多难

在二十世纪中国学者中，胡适所领受的"礼遇"和"恶待"都是最高级别的，推崇他的人将他抬举到与神圣仙佛平齐的地位，批判他的人将他打入到与魑魅魍魉并排的行列。这么明显的分歧，这么巨大的差异，这么极端的褒贬，爱之者欲其上天堂，恨之者欲其下地狱，多半由于情感天平和政治杠杆居中作用。说到底，这两方面的结论是无一可靠的。人贵有自知之明，胡适的头脑显然比他的崇拜者和敌对者要清醒许多，也要诚实许多，他只想做一个对国家、对教育、对学术有裨益有贡献的好人，这个愿望看似中庸，不偏不倚，不高不低，要实现它，却也是千难万难。

胡适原名洪骍，清朝末季，这位垂髫少年请二哥嗣秬为他取一个表字。当时，严复翻译的英国著名博物学家托马斯·赫胥黎的《天演论》正在中国知识界一纸风行，"物竞天择，适者生存"一语，几乎口口能诵。胡二哥为弟弟胡洪骍所取的表字就是颇得风气之先的"适之"。后来，胡洪骍写文章，偶尔用"胡适"做笔名，感觉不错，大有"往何处去"的提醒意味。逗趣的是，后来有人用"孙行者"对仗"胡适之"，号称工切，虽然胡适属兔，但他身上确实有几分猴气。1910年，胡洪骍考取官费留学美国的资格，"胡适"这个名字正式派上用场，原名便逐渐被人淡忘了。

末世的青年人很容易迷失自己的人生方向，胡适也曾放浪形骸。早年，他在上海求学，最突出的表现是酗酒，有一次差点死掉，还有一次喝得烂醉，在街头与巡警干架，被"请"进班房。所幸胡适的诤友许怡荪规劝他洗心革面，去参加庚款留美考试，还为他筹措川资。1910年，胡适赴美之后，许怡荪的第一封信就对症下药："足下此行，问学之外，必须袯除旧染，砥砺廉隅，致力省察之功，修养之用。必如是持之有素，庶将来涉世，不至为习俗所靡，允为名父之子。"胡适与许怡荪缔交十年，他写字不潦草，做人不苟且，都是深受后者的影响和感化，可惜这位只比胡适大一岁的良友未满而立之龄即英年早逝。

在那个年代，年轻人几乎都受过梁启超那支生花妙笔的鼓动，胡适也不例外，《新民学叙论》中的那段文字——"未有四肢已断，五脏已瘵，筋脉已伤，血轮已涸，而身犹能存者；则亦未有其民愚陋、怯弱、涣散、混浊而国犹能立者。……苟有新民，何患无新制度，无新政府，无新国家！"——令胡适铭刻于心，念念不忘，他渴望做一位新民，求学益智就是他努力的方向。梁启超将中国学术思想史划分为七个时代，这也激发了胡适的野心："我将来若能替梁任公补作这几章缺了的中国学术思想史，岂不是很光荣的事业？"这点野心就是后来胡适写《中国哲学史》的种子。

留美期间，胡适酝酿出一个大胆的想法，用白话文取代文言文。他要"新辟一文学殖民地"，纵然匹马单枪，比堂吉诃德更孤立无援，也要深入敌后。当时，任鸿隽、梅光迪、朱经农等一众好友无人乐观其成，胡适却仍然豪气干云，誓与四千年中国传统文化掰一掰腕子。他在日记中自勉自励："梦想作大事业，人或笑之，以为无益，其实不然。天下多少事业，皆起于一二人之梦想。今日大患，在于无梦想之人耳。"他看到了几丝曙光，决定起而行之，他在日记中还写下壮语："文学革命其时矣，吾辈誓不容坐视。且复号召二三子，革命军前仗马棰。鞭笞驱除一车鬼，再拜迎入新世纪。"那时，他的勇气和狂气是最大的，词作《沁园春》的下阕唱出了响遏行云的高调："文学革命何疑！且准备搴旗做健儿。要前空千古，下开百世。将他腐臭，还我神奇。为大中华，造新文学。此业吾曹欲让谁？诗材料，有簇新世界，供我驱驰！"这也是胡适一生中少有的三C高调，当时他标榜的是"文学革命"，而不是后来降了调的"文学改良"。

回国之后，胡适的同志渐渐增多，其中的急先锋是刘大白，他将白话文称为"人话文"，将文言文称为"鬼话文"，将写作文言文的活人称为"活鬼"，呵斥他们"速回坟墓里去"。当时，胡适的同路人中，陈独秀、钱玄同、刘半农和周氏兄弟最具战斗力。

鲁迅在《忆刘半农君》一文中明确表态——"我佩服陈胡"，陈是陈独秀，胡是胡适。鲁迅与胡适曾有过几年惺惺相惜的"蜜月期"，彼此是新文化运动阵营中的主将和健将，"与子同袍"，是很正常的事情。后来，由于两人的政治主张和行为方式日形迥异，道不同不相为谋，鲁迅的"投枪"和"匕首"

也就瞄准了胡适。

1930年3月，鲁迅在上海《萌芽月刊》上发表《"硬译"与文学的阶级性》，这篇长文除了将梁实秋"问斩"，还向新月社诸君开刀："以硬自居了，而实则其软如棉，正是新月社的一种特色。"胡适是新月社的龙头大哥，当然首当其冲。此后，鲁迅骂胡适，逐年升级，骂他是"帮忙文人"（1933年3月6日，见于《申报·自由谈》的《王道诗话》），骂他是"日本帝国主义的军师"（1933年3月26日，见于《申报·自由谈》的《出卖灵魂的秘诀》），骂他"厚颜"（1933年6月18日，见于鲁迅致曹聚仁的信），骂他"和官僚一鼻孔出气"（1936年1月5日，见于鲁迅致曹靖华的信）。鲁迅将胡适视为劲敌，站在后者的对立面，这与鲁迅的"向左转"有很大的关系。

政治分歧与意气用事往往是硬币的两面，郭沫若骂过胡适为蒋介石的"难兄难弟"，郁达夫也骂过胡适为"粪蛆"，大抵属于此类。胡适自成名之日起，不被人攻讦和辱骂的日子估计是没有的，不被人误解和曲解的日子估计也是没有的。二十世纪五十年代，中国大陆批判胡适的雄文，稍加整理，就有八大册三百余万字，真可算得上千夫怒指，万炮齐发，火力之猛令人咋舌，居然没有把胡适轰成一堆炮灰，准头也忒差劲了些。

一、在政治方面太天真

1922年5月，由胡适起草的《我们的政治主张》在《努力周报》第二期发表，胡适、罗隆基等人主张"好人"（即"社会上的优秀分子"）从政，他们的观点是：好人理应"为自卫计，为社会国家计，出来和恶势力奋斗"，以图革新政治，建设国家。若寄希望于现政府中的衮衮诸公，则政治永远无法清明。在胡适看来，"坏人在台上唱戏，好人在屋里叹气"，"好人不出手，坏人背着世界走"，这种局面该到彻底改变它的时候了。但胡适有个清醒的认识，他不是做政治家的材料，不宜从事实际政治，理由是他"从小就生长于妇人之手"，心地过于仁慈，不够强悍。胡适与新月社同人宣扬"好人政府"，无异于指斥现政府中多为坏人，因此激怒了不少贪墨成性的官僚禄蠹。

固有的政治屏障犹如一堵铜墙铁壁，极其坚厚，又岂是书生的笔尖可以轻易捅出窟窿的？"好人政府"的论调无疾而终，教育救国的主张再次摆上桌面。当时，改良主义者有一个共识，即中国的万千弊端皆因民品劣、民智卑，故而无法自强，无法自治。

1930年4月，胡适在《新月》月刊第二卷第十期发表《我们走那条路》一文，用"五鬼闹中华"的形象说法指出危害中国的祸源，他所揭发的"五鬼"即"五个大仇敌"："第一大敌是贫穷。第二大敌是疾病。第三大敌是愚昧。第四大敌是贪污。第五大敌是扰乱。"胡适的这个观点颇遭时人和后人的诟病，因为他只谈到病象，未触及病根，专制主义和帝国主义这两把悬在中国人头顶的达摩克利斯之剑居然都被他的火眼金睛忽略了，有人说他存心"为帝国主义侵略中国和国民党反动统治作辩护"，这话固然有点上纲上线，但胡适的政治见解过于书生气确实贻人口实，授人以柄。应该说，在政治上，胡适是一个天真汉，也是一个迟疑者，有时候他想下水，又怕弄湿了鞋，弄脏了衣裳。偏就是这样，他还是心血来潮，最终被迫下水，违背了自订的"二十年不谈政治，不干政治"的禁约。

关于爱国，胡适早年的看法耐人寻味。他的座右铭是："我自命为'世界公民'，不持狭义的爱国主义，尤不屑为感情的'爱国者'。"1918年，他写过一首白话诗《你莫忘记》，其中有这样沉痛的句子："我的儿，我二十年教你爱国，这国如何爱得？……你跑罢，莫要同我们一起死！回来！你莫忘记：你老子临死时，只指望快快亡国。"他的诗句为何如此痛切？你必须参看他的另一句名言，才会霍然明白："争你自己的自由就是争国家的自由，争你自己的权利就是争国家的权利。因为自由平等的国家不是一群奴才建造得起来的！"在当时的中国，莠政害民，人皆为奴，区别只在于一部分人做稳了奴才，另一部分人尚未做稳奴才，人权根本无从谈起，爱国只是大忽悠。二十年后，亡国灭种的危机迫在眉睫，胡适权衡再三，终于放下了世界公民的身架，向爱国者的行列走去，这种妥协又何尝不是艰难的抉择。

九一八事变后的六年间，胡适高调主和。直到1937年，他才易调为"和比战难"，"苦撑待变"。1938年8月初，在旅法旅英期间，胡适接连收到蒋介石的两封加急电报，慎重考虑后，他从救亡图存的民族大义出发，复电称："现在国家是战时。战时政府对我的征调，我不敢推辞。"胡适在海外写信给夫人江冬秀，也说"现在国家到这地步，调兵调到我，拉伕拉到我，我没有法子逃。所以不得不去做一年半年的大使。我声明做到战事完结为止。我就仍旧教我的书去"，并没有一句"救国家于水火，解民族于倒悬"的大话。那个时期，胡适在赠给银行家陈光甫的一张照片上，留下了他此时此际最真实的内心写照："偶有几茎白发，心情微近中年。做了过河卒子，只能拼命向前。"胡适被卷入政治漩涡，乃时势所迫之下的万不得已，这个解释也为他的朋友们广泛认同，赵元任夫妇既认为胡适心志甚苦，从政是他的短板弱项，又认为此举无可厚非。

有趣的是，东邻敌国对此事的反应颇为紧张。东京的《日本评论》在日本舆论界独执牛耳，竟主动向政府献策："日本需要派三个人一同使美，才可抵抗胡适。那三个人是鹤见祐辅、石井菊次郎、松岗洋右。鹤见是文学的，石井是经济的，松岗则是雄辩的。"这也从另一个侧面证明，胡适任中华民国驻美大使，乃是当时众望所归的最佳人选。

1942 年 9 月 14 日，胡适卸任。四年间，由寄予厚望到超出期望，胡适受到美国朝野的一致敬重。他在美国读书、旅行、演讲、交游，了解美国文化一如了解本国文化。他任驻美大使，与美国先贤托马斯·杰弗逊任驻法大使，颇有异曲同工之妙。

胡适上任不久，首都南京即宣告失守，中国正处于最危险的关头，胡适的心脏也处于最脆弱的时期。此时，美国奉行孤立主义，援华呼声若断若续，胡适克服病痛，利用自己的影响，不断演讲和撰文造势。《日本侵华之战》刊登于纽约报章，反响强烈，使日本军国主义政府暴跳如雷，甚至呼吁美国国会"非美活动委员会"对胡适的"非美"活动有所制裁。胡适还利用母校哥伦比亚大学颁授给他荣誉博士学位之机，在演讲中巧妙地介绍中国的抗日战争。宋子文时任国民政府外交部长，对胡适此举大为不悦，竟冷言冷语地说："你莫怪我直言。国内很多人说你演讲太多，太不管事了。你还是多管正事吧。"其实，使馆的日常事务，助手皆可打理，大使的当务之急应该是多多接触美国的名流政要，向他们描述中国军民的惨烈抗战，以争取广泛的同情和道义上的支持，这才是正事，胡适干的也正是这个。

胡适与美国总统罗斯福都是乐天派，两人相见恨晚，交情融洽。珍珠港事变发生后，罗斯福亲自致电胡适，告知这条震惊天下的消息："胡适，我要第一个告诉你，日本人已经轰炸珍珠港！"负责马歇尔计划的霍夫曼曾戏言，胡适再不写信给他，他将削减援华经费两亿美元，幽默中见出爱重。胡适卸任时，美国副总统赫尔赞扬胡适是华府外交团中一位最有能力、工作效率最高且最受人敬重的使节。

　　尽管胡适是一位称职的大使，但他并不适合在官场生息。好友赵元任的夫人杨步伟在《我记忆中的适之》一文中写道："他卸任驻美大使后，我就劝他离开政治回到教育界来，盖我知其为人一生忠诚和义气对人，毫无巧妙政治手腕，不宜在政治上活动，常为人利用，而仍自乐。"胡适患病蛰居纽约期间，心境灰沉，后因经济上发生困难，径赴哈佛讲学一年。抗战胜利后，西南联大解散复原，胡适接任北京大学校长。1947年12月，蒋介石渴求美援，决定再度起用胡适担任驻美大使，胡适没有循用昔日的成文——"现在国家是战时，战时政府对我的征调，我不敢推辞"。在他心目中，内战与反侵略战争的实质迥然不同，是不可相提并论的。他托外交部长王世杰向蒋介石婉言辞谢，理由有二：其一，他接任北大校长为时仅一年半，毫无成绩，此时旁骛，在道义上，对不起国家、学校和自己；其二，他已年近花甲，此时再作冯妇，便是永久抛荒学术事业，他自己还有点不甘心。这两条理由都稳稳当当，站得住脚，蒋介石也不好再强人所难。

　　有些人罔顾史实，仅凭臆断就痛批胡适是"彻头彻尾冥顽不化的反共分子"，殊不知，胡适的思想近似活跃的化学分子，经常出人意料。1926年7月底，胡适赴英国参加"庚款咨询委员会会议"，取道苏联，在莫斯科，与美国芝加哥大学教授梅里姆（Merriam）、哈珀斯（Harpers）一同参观监狱，与共产党人蔡和森纵谈无产阶级的前途和命运，对苏联的现状他表示相当满意，因而在日记中写下"充分地承认社会主义的主张"，在致张慰慈的信中写下"我们这个醉生梦死的民族怎么配批评苏俄"，"我是一个实验主义者，对于苏俄之大规模的政治试验，不能不表示佩服"，"我这回不能久住俄国，不能细细观察调查，甚是恨事"。胡适也把自己的一揽子想法写信告诉了好友徐志摩，徐志摩则将胡适的观点摘要发表在《晨报》上，在国内引起轩然大波，有人批评胡适的信"几乎没有一句是通的，所发表的意见几乎没有一句是对的"，胡适不屑回应，这场风波也就很快平息了。据胡适的弟子罗尔纲回忆：二十世纪三十年代初，胡适曾异想天开，撰写文章，建议国民政府将东北的某个省份划拨给中国共产党，由他们去试验共产主义的治国方略，若试验成功，再行推广。这篇论文碍于当局的禁锢，没有发表，但胡适在口头上绝对宣扬过。美国作家艾格尼丝·史沫特莱在《中国的战歌》中即提及此事，应非虚妄。

若非对国民党太失望，胡适当不会转此念头；若非奉行自由主义，他也不会有此建议。胡适心目中理想的领袖人物绝对不是蒋介石。蒋介石虽然亲近英美，采取的却是实用主义态度，对英美的军事援助欢迎之至，对英美的政治制度则敬而远之，至于激进的共产主义试验，更是视之为洪水猛兽。

1948年3月29日，首届国民大会在南京召开。会前，蒋介石即放出风声，他和李宗仁都不竞选总统，总统要由一位国际知名的学者来担任。胡适正是他心目中不二的"理想人选"。胡适是北大校长，他去南京开会，北大师生前往东厂胡同一号西院胡适的住所竭力劝阻，胡适别的不说，只说电报都已经发出去了，亲戚朋友会去车站接他，因此决定不可改变。他一点也不会敷衍，完全是个不会撒谎的人，如何能够与职业政客周旋呢？蒋介石惯会导演耍猴逗鸟的把戏，他让王世杰将他的意思转告胡适，王世杰在胡适家里没讲，在汽车里也没讲，在中山陵的草地上才讲出来。美国驻华大使司徒雷登力挺胡适，他的推手太有力量了。胡适起初不同意，经过几番拉锯之后，才勉强应承下来，自以为做个甩手掌柜是无妨的，凡事总有蒋介石去打点和负责，他俩可以组成"最佳搭档"，他甚至幻想关起总统府大门做学问。正值国共内战期间，毕竟不是政治娱乐化的恰当时机，他的这种想法未免过于天真了。由于国民党内反对派的声音日益高涨，此事终成南柯一梦。蒋介石心计深不可测，他借用胡适打压李宗仁，走出了一步旁人意料之外的好棋。胡适成了蒋介石的过河卒子，书生再次毫无悬念地输给了流氓。

1948年冬天，胡适身处围城之中。一名北大学生是中共地下党员，跑来传递消息，解放区的广播有一段话关系到胡适的命运，只要他肯留下来，中共就让他做北大校长和北京图书馆馆长。胡适平静地说："人家会信任我吗？"他不肯采信那名学生的宣传，他更相信自己的判断。同年12月15日，胡适仓促离开北平，与陈寅恪同机飞赴南京，北平东厂胡同一号西院住宅中的书籍和信件，他连一页纸片也未带走。两天之后，就是北大五十周年校庆，傅斯年请胡适讲话，胡适最感到难过和愧疚的是他将北京大学的同仁留在了北平，只身飞到南京，自承为一个"不名誉的逃兵"，"不能与多灾多难之学校同渡艰危"，"实在没有面子再在这里讲话"，言毕痛哭失声，与会者莫不凄然。

半个月后，阳历除夕，胡适和傅斯年共度岁末，又哭过一回。他们吟诵陶渊明的《拟古》诗第九首："种桑长江边，三年望当采。枝条始欲茂，忽值山河改。柯叶自摧折，根株浮沧海。春蚕既无食，寒衣欲谁待？本不植高原，今日复何悔！"千年前的感喟，仿佛字字写实。师徒二人把盏诵毕，抱头痛哭。翌年，国民政府派飞机前往北平，点名要接走学界和文艺界的一些重要人物，胡适在南京机场恭候多时，应约而来的人却寥寥无几，他为之潸然落泪。

1949年初，美国白宫暗示蒋介石，中华民国必须拿出一块崭新的招牌，才能醒人耳目。因此有人敦劝胡适抓紧时机，组织一个政治团体，积极从事。胡适向来劝导青年人不要被人牵着鼻子走，他自己当然也不会甘愿扮演政治傀儡。1949年6月，国民党大势已去，宋子文给蒋介石出馊主意：任命胡适为行政院长，借重胡适的国际声望，以图获得友邦的奥援，从而力挽狂澜于既倒。蒋介石别无良法，也准备将死马权当活马医。对于此番别有用心的延揽，胡适敬谢不敏，他可不愿意贪虚名而取实祸。

1954年2月，蒋介石故伎重演，在"国民大会"第二次会议上，再次推荐胡适为"总统"候选人。胡适吃一堑，长一智，这回心如止水，不再上当，他向外界郑重表态，他的心脏病史已长达十五年，连人寿保险公司都不愿意给他开具保单，还如何担当得起"总统"的职责？有位好事者问他："要是你果真被提名，然后当选，又该怎么办？"胡适的回答颇为率性："如果有人提名，我一定否认；如果当选，我宣布无效。我是个自由主义者，我当然有不当总统的自由。"

胡适由美赴台就任"中央研究院"院长之后，常要填表，一遇"职业"栏，就颇费踌躇。有一次，他笑着说："我活到今天，还不知道我的本行是哪一行，还不知道我的职业怎样填法。"但有一点是肯定的，那就是他身上毫无官僚气息，从来不喜欢别人称呼他为胡院长，而希望别人叫他胡先生或胡博士，他说："我们是一个学术机关，称官衔，让做官的人去称吧。"他愿做政府的诤友，也只有似他这样无党无派的社会贤达做诤友才有价值。

二、真正的自由主义者

应该说，胡适一直不遗余力地解剖和批判中国社会，即使与鲁迅相比，也不遑多让。1918年6月，《新青年》推出一期"易卜生专号"，胡适写下了《易卜生主义》的长文，我们不妨看看他写的这段话："明明是男盗女娼的社会，我们偏说是圣贤礼仪之邦；明明是赃官污吏的社会，我们偏要歌功颂德；明明是不可救药的大病，我们偏说是一点病也没有，却不知若要病好，须先认有病；若要政治好，须先认现今的政治不好；若要改良社会，须先知道现今社会实在是男盗女娼的社会。"胡适要想在中国提倡"健全的个人主义"，这当然是一桩望山跑死马的事情，也是一道既缺土壤又缺水源的难题。他讲过这样一则寓言："一个人捉到一只雁，把它养在楼上半阁里，每天给它一桶水，让他在水里打滚游戏。那雁本是一只海阔天空逍遥自得的飞鸟，如今在半阁里关久了，也会生活，也会长得胖胖的，后来竟完全忘记了它从前那种海阔天空来去自由的乐处了！个人在中国社会里，就同这雁在人家半阁上一般，起初未必满意，久而久之，也就惯了，也渐渐地把黑暗世界当作安乐窝了。"但胡适显然是一个典型的例外，他一辈子都是奉行自由主义的学者，不肯曲学阿世，不肯随波逐流，即使是当着独裁者的面，他也敢发出自己洪亮的心声。在他看来，科学和思想若要兴盛，至少言论自由不可缺席。

　　就在这年的仲秋，胡适与陈独秀联名发表公开信《论〈新青年〉之主张》，他们指出："旧文学，旧政治，旧伦理，本是一家眷属，固不得去此而取彼；欲谋改革，乃畏阻力而牵就之，此东方人之思想，此改革数十年而毫无进步之最大原因也。"铲除旧文学、旧政治、旧伦理，是三件事，也可合并为一件事。此后发生的文化强拆、政治强拆、伦理强拆，似乎合理合法，无不轰轰烈烈，迄今来看后果，却无一样是乐观的。这充分说明制造废墟永远都要比建造广厦要容易得多。

　　1925年秋，孙中山尸骨未寒，由诗人徐志摩主持的《晨报》副刊即连篇累牍地讨论苏俄问题，虽然正方反方的意见全摆了出来，却不成比例，报社也隐然站在反对联俄的立场上，与孙中山的新三民主义适相抵牾。当时，陈独秀担任中国共产党总书记，对《晨报》的所作所为自然很难满意。同年11月29日傍晚，位于北京宣武门大街的《晨报》报馆被激进的游行者联手捣毁并纵火焚烧，此举震惊中外。事后，胡适与身居上海的陈独秀通信，就这桩突发事件交换看法，陈独秀拍手称快，认为烧得应该。胡适的内心顿起波澜，他维护言论自由，对陈独秀的态度深感失望。这位从不讲狠话的学者平生第一次也是平生唯一的一次发出了与好友绝交的严重警告："五六天以来，这一句话常常来往于我脑中。我们做了十年的朋友，同做过不少的事，而见解主张上常有不同的地方。但最大的不同莫过于这一点了。如果连这一点最低限度的相同点都扫除了，我们不但不能做朋友，简直要做仇敌了。"胡适所讲的"这一点"就是言论自由。他担心，一旦用暴力摧残舆论的恶行开了先例，成为惯例，激进分子动辄以非民主的方式强求民主，以反自由的方式硬争自由，现实的黑暗将会更加深不可测，自由和民主的萌芽将会惨遭践踏，"这个社会要变成一个更残忍更惨酷的社会，我们爱自由争自由的人怕没有立足容身之地了"。后来的事实证明，胡适的担心不是多余的，更不是杞人忧天。

二十世纪二十年代末，胡适膺任上海公学校长，他准许学生各抒己见，无分左、中、右，人人皆可畅所欲言。当时，有人捕风捉影，捏造事实，散布谣诼，说什么胡适讲过这样的大话：数年前，苏联派人来中国商洽成立中国共产党，第一个点名要见的就是胡适，由于当日有事，胡适让陈独秀去了，结果陈独秀成为了中共创始人。假如那天胡适前去接洽，十有八九他就是中共创始人了。许多学生愤愤不平，为了维护胡适的清誉，要将这份充满不实之词的匿名揭帖当众撕去，胡适却一笑置之，不准他们打压舆论，他提倡民主和自由，要以身作则。何况身正不怕影子斜，谣言止于智者，胡适没必要生这份闲气。

在中国，明哲保身是基本的生存法则，古今并无大异，胡适敢独持异见，对自己不赞成的主张坚决说"不"，这份胆量是一般人所没有的。胡适首肯美国的民主政治，对共产主义和三民主义两不买账。他具有怀疑精神，从不服膺终极真理，所谓"主义"全是"绝活"，不容许任何人质疑。有趣的是，胡适一辈子没写过批判共产主义的重磅文章，批判三民主义的重磅文章倒是写过好几篇。1929年，胡适数弹齐发：先后发表《人权与约法》《知难行亦不易》《我们什么时候才可以有宪法》《新文化运动与国民党》。

特别值得一提的是，针对孙中山的重要学说"知难行易"，胡适在《新月》二卷四期上发表《知难行亦不易》的述评文章，公然高唱反调，指出孙说的错误和危险，同时发表异议："行易知难说的根本错误在于把'知''行'分得太分明。中山的本意只要教人尊重先知先觉，教人服从领袖，但他的说话有很多语病，不知不觉地把'知''行'分作两件事，分作两种人做的两件事，这是很不幸的。"胡适认为社会科学的许多知识都要求知行合一，最可疑的是，孙中山是学医出身，却不举医生治病为例，医疗关乎人命，知非容易，行亦大难。胡适指出知行分离的危险有两点："第一，许多青年同志便只认得行易，而不觉知难，于是有打倒知识阶级的喊声，有轻视学问的风气。这是很自然的：既然行易，何必问知难呢？第二，一班当权执政的人也就借着'行易知难'的招牌，以为知识之事已有先总理担任做了，政治社会的精义都已包罗在三民主义、建国方略等书之中，中国人民只有服从，更无疑义，更无批评辩论的余地了，于是他们就掮着'训政'的招牌，背着'共信'的名义，钳制一切舆论出版的自由，不容有丝毫异己的议论。知难既有先总理任之，行易又有党国大同志任之，舆论自然可以取消了。"此文颇具洞见，胡适明里批孙（中山）的刚愎武断，暗里批蒋（介石）的专制独裁，文章的后半部分更加锋芒毕露，可谓一针见血："治国是一件最复杂最繁难又最重要的技术，知与行都很重要，纸上的空谈算不得知，鲁莽糊涂也算不得行。虽有良法美意，而行之不得其法，也会祸民殃国。……今日最大的危险是当国的人不明白他们干的事是一件绝大繁难的事。以一班没有现代学术训练的人，统治一个没有现代物质基础的大国家，天下的事有比这个更繁难的吗？要把这件大事办得好，没有别的法子，只有充分请教专家，充分运用科学。然而，'行易'之说可以做一班不学无术的军人政客的护身符！此说不修正，专家政治决不会实现。"国民党不容外人对国父发难，先是教育部对他下达"警告令"，然后就是各地党部要求中央严惩胡适，以儆效尤。

差不多同一时期，胡适发表的《人权与约法》和《我们什么时候才可有宪法》二文，竟有点与虎谋皮的意思，他要求国民政府在训政期间制定约法和宪法，明确国民的权利和义务，制约政府对人权的恣意摧残，对舆论的肆意打压，对财产的任意掠夺，从根本上收敛"只许州官放火，不许百姓点灯"的恶政、虐政和酷政。胡适对孙中山的《建国大纲》亦颇有微词，他的言论立刻引发了报章上的大讨论，当局也不得不做出一些妥协、让步，于1931年制订了一部训政时期的约法。

胡适痛贬不学无术的军阀政客，已涉足雷池，他意犹未尽，竟敢大不敬，在太岁（孙中山）头上动土，这就触犯了蒋介石的忌讳。那些嗅觉灵敏的御用党棍炸开了锅，刺激之后必有反应，果然一犬吠影，众犬吠声，胡适遭到围攻，被迫辞去中国公学校长一职，回到书斋，撰写《四十自述》。

胡适既是一位高调的世界主义者，又是一位低调的爱国主义者，他一生最急切的愿望就是提高中国的国际地位，迎头赶上欧美强国前进的步伐。他爱好和平与秩序胜过爱好自由与民主，始终反对以暴力争取自由。胡适并不是因为怕事而崇尚和平，是因为服膺民主的精神而崇尚和平。他极其注意言论自由，就是要保住民意的孔道。毫无疑问，和平、民主、自由是构成其信念和信仰的三元素。

1937年7月，国民党政府召集各界名流学者到庐山开谈话会，会上胡适照例掏心窝子讲老实话，邻座胡健中即席作打油诗一首相赠："溽暑匡庐胜会开，八方名士溯江来。吾家博士真豪健，慷慨陈辞又一回。"胡适则以白话打油诗戏答之："哪有猫儿不叫春？哪有蝉儿不鸣夏？哪有蛤蟆不夜鸣？哪有先生不说话？"在胡适的人生词典中，是没有"噤若寒蝉"和"韬光养晦"这两个成语的，他在任何场合都从不隐讳自己的见解，而且只说实话，不讲谎言。他这样做，岂止需要勇气，还需要元气和底气。

1956年，蒋介石七十华诞，有报纸征文为蒋祝寿，该报发行人和社长胡健中向旅居美国的胡适约稿。胡适遵嘱寄上一文，其中用了一个洋典故，说的是美国总统艾森豪威尔打高尔夫球时，幕僚前来请示，某个问题有两种解决方案，您想采用哪一种？艾森豪威尔挥杆不辍，让幕僚去找副总统尼克松定夺。胡适用典的意图昭然若揭，那就是劝蒋介石无为而治。胡适随文附信，对胡健中使出激将法："我谅你也不敢登！"结果呢？胡健中硬着头皮将文章登出来，这一回蒋介石居然雅量宽宏，未曾计较。

直到晚年，胡适认识到，自由重要，容忍更重要，他把"容忍就是自由"变成了口头禅，自有其深意存焉。他追求了几十年，何时在蒋家王朝的地盘上见过真民主、真自由？他讲这句话，说明他对政治的残酷性和残忍性已认识到位，不再抱有天真的幻想。

1958年圣诞节前夕，胡适去康奈尔大学拜访年近八旬的史学大师伯尔。伯尔很健谈，讲了许多话，令胡适铭记不忘的是这样一句："我年纪越大，越感觉到容忍比自由还更重要。"此后，胡适将这句话奉为圭臬，他原本认为"容忍就是自由，没有容忍就没有自由"，伯尔则更进一层，这种人文情怀真不可及，唯有超常的容忍，才能化干戈为玉帛，化暴戾为祥和。印度国父圣雄甘地领导的非暴力抵抗运动便将容忍发挥到了极致，树立起光辉的典范。

台湾新儒家徐复观在其短文《一个伟大书生的悲剧》中写道："就我的了解，即使是以他的地位，依然有他应当讲，他愿意讲，而他却一样地不能讲的话。依然有他应当做，他愿意做，而他却一样地不能做的事。……我深切了解，在真正的自由民主未实现以前，所有的书生，都是悲剧的命运；除非一个人的良心丧尽，把悲剧当喜剧来演奏。"遭逢专制扼喉的年代，自由艰于呼吸，民主难于生存，胡适身上的悲剧色彩是异常浓厚的，他一辈子面对无物之阵，大声疾呼也好，竭力奔走也罢，由于土壤贫瘠，种下龙种，收获的却多半是跳蚤，岂不悲哉！

1958 年 4 月 10 日，胡适就任"中央研究院"院长，就职典礼颇为隆重，蒋介石和陈诚亲临现场。蒋介石称赞胡适"个人之高尚品德"，并号召"发扬'明礼义，知廉耻'之道德力量"。胡适居然不领蒋介石的盛意隆情。他当众提出异议："刚才总统对我个人的看法不免有点错误，至少，总统夸奖我的话是错误的；我们的任务，还不只是讲公德私德；所谓忠信孝悌礼义廉耻，这不是中国文化所独有的，所有一切高等文化，一切宗教，一切伦理学说，都是人类共同有的。总统年岁大了，他说话的分量不免过重了一点，我们要体谅他。我个人认为，我们学术界和中央研究院应做的工作，还是在学术上。我们要提倡学术。"胡适的话令蒋介石怫然变色，也让台下的听众大眼瞪小眼。耿介书生老而弥笃，你单纯批评他不通世故，是不对的。他遵从自由主义的基本原则，尽可能不说违心话，不做违心事，不向权贵的谬论脱帽致礼，这就是胡适。

三、"箭垛式的人物"

新文化运动发轫之际，刀枪如林，箭矢如雨，有人指责胡适不分青红皂白打倒孔家店，实属罪大恶极，罪不容诛。打倒孔家店的猛将明明是易白沙和吴虞，这笔烂账却算在胡适头上，他不予置辩。胡适对于人身攻击向来不作公开回应，1919 年，林纾在上海《新申报》发表文言小说《荆生》和《妖梦》，攻击胡适和新文化运动诸将帅，连涵养功夫顶好的蔡元培都忍无可忍，回信辩驳了，胡适却未予理睬。

有一件事值得一提，胡适固然遭遇了林纾、章士钊、黄侃等保守派和国故派的阻击，章士钊以白话诗挑衅甚至逼迫胡适表明了"但开风气不为师"的态度，但胡适也得到了一些较为开明的老辈文人的赞赏和支持，其中最为突出的有长篇小说《孽海花》的作者曾朴，后者谦称自己是"时代消磨了色彩的老文人"，他写信给胡适，表达自己的同情："你本是……国故田园里培养成熟的强苗，在根本上，环境上，看透了文学有改革的必要，独能不顾一切，在遗传的重重罗网里杀出一条血路来，终究得到了多数的同情，引起了青年的狂热。我不佩服你别的，我只佩服你当初这种勇决的精神，比着托尔斯泰弃爵放农身殉主义的精神，有何多让！"这封信使胡适既感动又感慨，因为青年人可能会盲从盲信，但像曾朴这种见过大场面的老辈文人若非对白话文学心悦诚服，绝不会写这封信来向他致敬。

章太炎的大弟子、北大教授黄侃对新文学不存好感，对胡适抱有敌意，他曾在中央大学课堂上戏称胡适为"著作监"。学生不解其意，请他解释，黄侃的回答颇为阴损："监者，太监也。太监者，下部没有了也。"学生这才恍然大悟，原来黄侃是存心讽刺胡适的著作只有上部，没有下部。此喻遂传为笑谈。胡适的《中国哲学史大纲》和《中国白话文学史》均只有上部，下部长期付之阙如，倒也是事实。林语堂曾幽默地夸赞胡适是"最好的上卷书作者"，这一"美誉"则多少有些令人尴尬。

相比较而言，梁漱溟评价胡适就要客观得多，他的那篇《略谈胡适》有褒有贬有分析："……提倡语体文，促进新文化运动，这是他的功劳。他的才能是擅长写文章，讲演浅而明，对社会很有启发性。他的缺陷是不能深入；他写的《中国哲学史大纲》只有卷上，卷下就写不出来。因为他对佛教找不到门径，对佛教的禅宗就更无法动笔，只得做一些考证；他想从佛法上研究，但著名的六祖慧能不识字，在寺里砍柴、舂米，是个卖力气的人，禅宗不立语言文字，胡先生对此就无办法。"胡适为了考证禅宗高僧神会的身世，收集其遗著，往来于英伦和日本，花费了许多精力，在《水经注》的考证研究上更是倾注大量心血，至死而不休，却听任自己最重要的著作长期处于未完成状态，被胡健中批评为"尽走偏僻的老路"。究竟是因为胡适缺乏把握规律的宏观论点，还是因为他短少完成巨制的学术后劲？这着实是一个令人百思不得其解的谜。

1923年5月15日，胡适曾在致郭沫若、郁达夫的信中写道："我是最爱惜少年天才的人；对于新兴的少年同志，真如爱花的人望着鲜花怒放，心里只有欢欣，绝无丝毫'忌刻'之念。但因为我爱惜他们，我希望永远能做他们的诤友，而不至于仅做他们的盲徒。"他做青年人的诤友是未必讨好的，曾因为在一篇关于翻译的短评中径直批评郁达夫"不通英文"，而被郁达夫辱骂为"粪蛆"，弄得极不愉快。郁达夫揪住胡适当靶子，猛攻一气，甚至将胡适极为看重的考据学贬斥得一文不值，这显然是由于自尊心受损而出离了愤怒。

左翼文学青年百般挑怒胡适，无所不用其极，胡适却一概宽容，完全是一副"老僧不见不闻"的态度。1930年，胡适写《介绍我自己的思想》，其中有二三百字批判唯物史观的辩证法，这一页就让叶青等人骂了几年，胡适一直不回应不理睬。在抗战前夕，胡适寻求和平的举动遭到学生误解，曾在集会上被骂为汉奸，但他休休有容，仍苦口婆心地规劝他们。胡适屡遭围剿，他说自己"毫不生气"，未必尽然，但他化怒气为和气的功力，天下之大，确实没几人能够抗手匹敌。

"万物相生而不相害，道并行而不相悖"，反胡适的人枉读圣贤书，从来就不曾明白过这个道理。1934 年，胡适受邀去广东中山大学演讲，一位老教授竟然跪倒在校长邹海滨面前，抗议胡适来校，此公出尽洋相，阻挠却并未成功。

自成名之日起，胡适就是众矢之的，他被人射得浑身是箭，犹如刺猬，煞是醒目。尽管如此，胡适从不赞成自己的朋友或学生意气用事，去对论敌实施人身攻击。女作家苏雪林是反鲁急先锋，1936 年 11 月，鲁迅尸骨未寒，苏雪林即在《与胡适之先生论当前文化动态书·自跋》中写道："以鲁迅一生行事言之，二十四史儒林传不会有他的位置，二十四史文苑、文学传，像这类小人确也不容易寻出。"这样的措辞属于谩骂，已超越了文学批评的正常范畴，立刻遭到胡适的严肃批评："我同情你的愤慨，但我以为不必攻击其私人行为。鲁迅猖猖攻击我们，其实何损于我们一丝一毫？我们尽可以撇开一切小节不谈，专讨论他的思想究竟有些什么，究竟经过几度变迁，究竟他信仰的是什么，否定的是什么，有些什么是有价值的，有些什么是无价值的。如此批评，一定可以发生效果。余如你上蔡公书中所举……皆不值得我辈提及。至于书中所云'诚玷污士林之衣冠败类，二十四史儒林传所无之奸邪小人'——下半句尤不成话——一类字句，未免太动火气，此是旧文字的恶腔调，我们应该深戒。"胡适还特别提醒苏雪林："凡论一人，总须持平。爱而知其恶，恶而知其美，方是持平。鲁迅自有他的长处，如他的早年文学作品，如他的小说史研究，皆是上等工作。"1943 年元旦，胡适花费二十美金购获三十大本一套的《鲁迅三十年集》，然后连夜挑灯细读先前没有读过的文章，这是胡适在交卸了驻美大使职务后购读的第一套书，由此可见他对鲁迅心无芥蒂。时隔多年,1961 年 10 月 10 日，胡适在复信中劝苏雪林熄一熄"正义的火气"，"想想吕伯恭的那八个字的哲学，也许可以收一点清凉的作用罢"。胡适所提到的吕伯恭，是南宋思想家吕祖谦，他在《东莱博议》中提出八字方针："善未易明，理未易察。"这八个字的意思是说，"善"是不容易弄明白的，"理"也是不容易弄清楚的。既然"善"和"理"不容易弄明白弄清楚，掌握绝对真理的人就并不存在，宽容就变得不可或缺，唯其如此，才必须强调言论自由。人身攻击超越了言论自由的底线，这样做是不可取的。

中国文化界有一个非常耐人寻味的现象，数十年不变，批判鲁迅的必揄扬胡适，反之亦然，鲜有调和者，更鲜有兼爱者。鲁迅与胡适的旗下各有千军万马，双方杀来杀去，阵地数易其手，至今未分胜负。鲁迅倾向革命，胡适倾向改良；鲁迅倾向破坏，胡适倾向建设。以中国社会而论，改良显然比革命更温和一些，更迟缓一些；建设显然比破坏更紧要一些，更艰难一些。苏雪林是坚定的拥胡派，却偏偏具有鲁迅的愤疾，她崇敬胡适老而弥笃，实为奇事。苏雪林自称一生只曾痛哭过两次，一次是母亲去世，另一次便是胡适去世。她奋勇反鲁，务为驱除，虽在情理之中，却得不到胡适的赞同，此事最堪寻味。

作为文化界的当然领袖，胡适动辄获咎。1946年，他在《文史周刊》上发表了一篇论述曹魏校事制度（特务制度）的文章，即被上海的"进步作家"抓住"辫子"，说他为蒋介石的特务统治大张其目，制造舆论。二十世纪五十年代，胡适变成了浑身是箭的箭靶，大陆的"义士勇夫"万箭齐发，胡适隔洋观战，岿然无所损伤，闹剧煞是荒诞。

胡适中西学问俱粹，既热情讴歌现代文明（主张全盘西化、充分世界化），又维护农本社会（不主张革命）。正如他所言，一生"左右为难"。他自诩为世界主义者，却未能完全丢掉孔孟之道的包袱，无论是在"以小人始，以君子终"的西方社会，还是在"以道义为名，以乡愿为实"的中国社会，他自始至终都是一位文质彬彬的君子，天真而又本色。偏激的人嫌他的言行常常折中，不够诡异刺激；保守的人呢，又恨他离经叛道，为异端邪说树帜张目，铺路搭桥。共产党批评胡适对国民党是"小骂大帮忙"，国民党批评胡适对共产党是"姑息养奸"，他落了个两面不讨好。

1946年平安夜，北平发生震惊中外的"沈崇案"，胡适非常气愤，一度支持北大学生的抗暴游行，但他自始至终坚持法律解决此案的理性态度。尽管蒋介石授意外交部部长王世杰劝阻胡适，胡适还是毅然出庭做证，迫使美国军事法庭判处皮尔逊有罪。纵然如此，胡适的态度和做法仍然难以令全国的激进人士满意，不能获得他们的谅解。国人的尊严他要维护，国家的安定他也要维护，夹在二者之间，胡适怎能不左右为难？

胡适晚年，健康状况堪忧，但令他极感窒息的并非疾病，而是关涉其好友雷震的《自由中国》案。一些人公然倾泼脏水，无中生有地造谣和暗地里放冷箭，以围剿风烛残年的胡适为快事。胡适向来不缺绅士风度，也忍不住要骂他们"真是下流"。李敖在《文星》上发表《播种者胡适》，立刻招来反胡斗士徐道邻、胡秋原、任卓宣、郑学稼等的恶攻。李敖自诩为"五百年来白话文的第一名"，目高于顶，目空一切，乃是他的"固有风格"，他对胡适也并非衷心服膺，在文章中常以讥刺、调侃为快事。胡适不计微嫌，对李敖多加爱护，凡事能帮则帮。

1957年11月，"中央研究院"第三届第三次评议会以全票（十八票）推选胡适为"中央研究院"院长。翌年4月8日，胡适将存放在美国的书籍悉数运至台湾，作永久定居计。他不管天气潮冷潮热的台湾是否宜于健康，也不管那些抱有敌意的人如何不待见他。胡适到了台北，表面上热闹，骨子里更加寂寞和冷清。台湾大学教授徐子明、中国医药研究所所长李焕荣撰小册子《胡适与国运》，极尽人身攻击之能事，嘲骂胡适有领袖欲，讥笑胡适在美国混不下去了，回台湾是为了组织新政党，与政府为难。暗箭之外，另有毒镖，攻讦之凶恶，面目之狰狞，殆无以复加。面对汹汹之议，胡适处之泰然，不予理会，而且不无幽默地调侃道："大陆已印行三百万字，清算胡适思想，台湾还得加把油，否则不成比例。"

抗战期间，胡适临危受命，担任驻美大使，江冬秀并未随行，待在国内无所事事，整天东风白板红中发财，沉溺于牌局不能自拔。一旦失去父亲的管束，胡适的幼子胡思杜就频频逃学，混迹于上海滩声色犬马的娱乐场所，不仅学业荒废，眼见着人也要堕落了。无奈之下，胡适将幼子接到美国，但胡思杜恶习难改，竟把学费拿到跑马场去撞大运。最具讽刺意味的是，胡适曾骄傲地说，"思杜是我创造的"，言下之意，他对恩师杜威的实用主义念兹在兹，所以给爱子取名"思杜"。但他万万没想到，在大陆猛批胡适的文化清算运动中，胡思杜竟轻松自如地来了个窝里反，向他父亲投去一枚重磅炸弹，径直斥骂胡适是"帝国主义的走狗"。1951年，胡思杜在《中国青年》杂志上发表《对我父亲——胡适的批判》（1950年香港《大公报》首发），立场鲜明："他对反动派的赤胆忠心，终于挽救不了人民公敌的颓运，全国胜利来临时，他离开了北京，离开了中国。……从阶级分析上，我明确了他是反动阶级的忠臣、人民的敌人。在政治上，他是没有进步性的……"在大洋彼岸，胡适读到这篇出自幼子胡思杜之手的批判文章，唯有苦笑和悲叹。

在中国历史上，有些人物很有福气，胡适先生在《〈三侠五义〉序》中列举黄帝、周公和包拯三人为代表，称他们为"箭垛式的人物"，意思是：许多弄不清账户的荣誉最终都归集到了他们名下。其实，也不尽然。周公就险些被矢如雨下的谤议射得千疮百孔，差点被丑化为一个觊觎偪儿周成王御座的大奸臣，要知道，管公和蔡公作乱，打出的幌子就是"清君侧"。白居易赠好友元稹的《放言》五首之三这样写道："赠君一法决狐疑，不用钻龟与祝蓍。试玉要烧三日满，辨材须待七年期。周公恐惧流言日，王莽谦恭未篡时。向使当初身便死，一生真伪复谁知？"可惜世人是不可能有足够的耐心去明辨是非真伪的。古今圣贤的账户多得一些分外的荣誉，也难免要多吃一些额外的苦头，其代价并不低。所以说，胡适所讲的"箭垛式人物"，一方面固然有福气，另一方面也有祸殃。福兮祸兮，倚伏其间。他们有可能由稻草人变成神圣，也有可能由神圣沦为稻草人。

胡适尝言："我受了十年的骂，从来不怨恨骂我的人。有时他们骂得不中肯，我反替他们着急。有时他们骂得太过火，反而损害骂者自己的人格，我更替他们不安。如果骂我而使骂者有益，便是我间接于他有恩了，我自然很愿挨骂。"胡适的雅量真不可及，相比某位"八十万禁军教头"的眦睚之怨必报，其差别真不可以道里计。"名满天下，谤亦随之"，既然他命中注定要做"箭垛式的人物"，将荣名和谤议集于一身，就得容许别人瞄准和射击，让别人练出一流的眼法，然后扣动扳机。胡适很有人情味，他懂得中国传统恕道的要点和妙处，尽管一生遭受各种恶毒批判和疯狂攻讦，但他从来不知道恨人，更不会因主张不同、见解各异而恨人。

四、旧学邃密，新知深沉

当年，严复一针见血地指出：中国学人崇博雅，"夸多识"；而西方学人重见解，"尚新知"。中国学人善记诵而少发明，这确实是一大短板。蔡元培夸赞胡适"真是旧学邃密而且新知深沉的一个人"。在学术上，胡适"不立异，不苟同；不自立门户，也不沿门托钵"，他只开风气。当年，有一位联坛高手将"孙行者"对应"胡适之"，堪称工切。胡适确实有点像"唐僧小纵队"中的孙悟空，是向西方取经的头号主力，他扫清妖氛迷雾，为中国文化界取来了几部真经。

现代政治活动家、历史学家左舜生认为，学人有两大类别："其一是以学力见长，往往冥心独往，不轻于立说，可是一说既立，却也不容易动摇。这一类的学者，对于肯做精密研究的人，确也贡献甚大，但影响不会怎样广泛。其一则造端宏大，启发的力量极强，往往敢于批评，勇于假设，也时有创获，而影响力之大，则真是无远弗届，无孔不入。前一类的学者，如章太炎、王静安近似；后一类的学者，如梁任公、胡适之近似。"

胡适曾大声疾呼："盲目跟着孔夫子走的不是好汉，盲目跟着朱夫子走的不是好汉，盲目跟着马克思走的不是好汉。一切要证据，用大胆假设、小心求证的科学方法，去打倒一切教条主义。"在他看来，科学精神是思想和知识的法则，首在尊重事实，由铁的证据说了算，证据是唯一可信的牵引物，聪明人绝对不能由其他不明物事牵着鼻子走，而寻找证据必须极其审慎。他并不像陈独秀那么狂热地迷信德先生（民主）和赛先生（科学）能够包医百病，"可以救治中国政治上、道德上、学术上、思想上一切的黑暗"，他主张改良，慢工出细活式的改良，减少大出血和大破坏，用几代人的努力去实现理想，而不是幻想一蹴而就，毕其功于一役。但青年人更喜欢激浪狂飙高歌猛进，不喜欢和风细雨润物无声，因此陈独秀旗下集结了更多好汉。

胡适的《文学改良刍议》之"八事"虽是一服良药，亦颇有可议之处，如不用典，不要对仗，就几乎让人无法开口。有人指出，胡适说自己所倡导的"文学革命"是"逼上梁山"，一句话中就有三个典故，中国的成语更是布下"地雷阵"。对仗是汉文独特之美，如深文周纳、眉开眼笑、财大气粗、人穷志短，太多了，如果全都摒除掉，汉文就将不成其为汉文。胡适的《文学改良刍议》难免矫枉过正，大醇之中有微疵也是正常的。白话文比文言文更加明白晓畅，在普及科学和传播文明时能收百倍之利，早已是不争的事实。

哲人必定留下哲言，精妙哲言较之长篇大论更具穿透力和影响力。胡适的许多哲言（他自谑为"胡说"）丝毫不逊色于《论语》中孔子及其弟子的哲言。比如"大胆地假设，小心地求证；认真地做事，严肃地做人"，"有一分证据，说一分话"，"只认得事实，只跟着证据走"，"要小题大做，千万不要大题小做"，"做学问要在不疑处有疑，做人要在有疑处不疑"，"多研究些问题，少谈论点主义"，"呐喊救不了国家"，"真正自由平等的国家不是一群奴才建立起来的"，"生命本没有意义，你要能给它什么意义，它就有什么意义。与其终日冥想人生有何意义，不如试用此生做点有意义的事"，"不做无益事，一日当三日，人活五十年，我活百五十"。胡适勤者多获，以他的三倍乘法计，他在世间活了七十二岁，即相当于绝大多数人活足二百一十六岁。其实又岂止此数呢？

一位学者真要做到"大胆地假设，小心地求证"，并不容易，"胆欲大而心欲细"乃是必要条件。胡适在美国留学期间，读到柏拉图的《斐多篇》，苏格拉底对弟子们宣讲的临终遗言中有一句："我欠下阿斯克勒庇俄斯一只公鸡，尚未清还。我死了之后，第一件事你们早些替我清还，以了却我的心愿。"当时，胡适猜想债主阿斯克勒庇俄斯是鸡鸭店的老板，或者是苏格拉底的亲戚或邻居。事隔多年后，胡适从一本书上偶然发现正确答案，阿斯克勒庇俄斯既不是鸡鸭店的老板，也不是苏格拉底的亲戚或邻居，而是希腊神话中太阳神阿波罗的儿子，一位肉眼看不到的神祇，苏格拉底曾经向这位主司医药的神祇许愿，祭品为一只公鸡。由此，胡适更相信"小心的求证"之大有必要。

胡适有考据癖，丁文江去世之初，外界传闻有几种死因，胡适痛失挚友，悲不自胜，却仍然当着叶公超的面做了一番客观的推理分析，而且以冷幽默自嘲："在君一定会说，你又在做考据了。"胡适主张"没有证据不说话，有几分证据说几分话"，有时他也会做过头，留下话柄。他曾大胆地假设商朝是新石器的末期，没有青铜器，顾颉刚作《古史辩》时也持此见。可是河南安阳殷墟的发掘充分证明商朝已有成熟的文字和青铜器。二十世纪三十年代初，千家驹办《北大新闻》杂志，刊物中有篇文章断言法西斯主义就是"独裁"。胡适阅后不以为然，即在《独立评论》上撰文，考证法西斯主义源于意大利棒喝团，谓法西斯主义与独裁风马牛不相及，痛心于北大学生浅薄无知，妄意为文。殊不知，政治的逻辑完全不同于学术的逻辑，事实雄辩地证明，法西斯主义简直可以与最疯狂的专制独裁画上等号。

具体问题具体分析，是没错的。胡适治学如老吏断案，重视证据，最烦人轻作断言，什么"西汉务利，东汉务名；唐人务利，宋人务名"，什么"明代士大夫重气节"，诸如此类，他统统斥之为"胡说"。他在致弟子罗尔纲的信中写道："名利之求，何代无之？后世无人作《货殖传》，然岂可就说后代就无陶朱、猗顿了吗？西汉无太学清议，唐与元无太学党锢，然岂可谓西汉唐元之人不务名耶？要知杨继盛、高攀龙诸人固然是士大夫，严嵩、严世蕃、董其昌诸人以及那无数歌颂魏忠贤的人，独非'士大夫'乎？"罗尔纲作《太平天国史纲》，外界赞为民间良史，胡适却感到很不满意，他责备罗尔纲："你写这部书，专表扬太平天国，中国近代自经太平天国之乱，几十年不曾恢复元气，你却没有写。做历史家不应有主观，须要把事实的真相全盘托出来，如果忽略了一边，那便是片面的记载了。这是不对的。你又说'五四'新文学运动，是受了太平天国提倡通俗文学的影响，我还不曾读过太平天国的白话文哩。"如此严切的批评无异于当头棒喝，令罗尔纲知所改进。

胡适研究先秦诸子，他所考证出来的老子的生活年代与钱穆不相合，有人批评他有成见。胡适又好气又好笑，他对学生说："老子又不是我的老子，我哪会有什么成见？"有的同学问他该不该去听钱穆的课，他说："在大学里，各位教授将各种学说介绍给大家，同学应该自己去选择，看哪个更言之有据，更合乎真理。"

有人评价胡适的文章深入浅出，周正平稳，却少有奇气。胡适自谦他的白话文章就像新放的小脚，不如天足那么自然美观。

在现代学人中，胡适是演讲最多的一位，他在美国留学时即以口才绝佳而著称。这种出口成章，雄辩滔滔，是要以博学机敏为前提的，旁人轻易学不来。

胡适做北大校长时，壁报上每天都会更新骂他的揭帖，但他在红楼讲"宋朝理学的源流"，能装五百人的大讲堂被撑得满满当当，连讲台上也有人席地而坐。胡适讲课，"字正腔圆，考据博洽，还带上许多幽默，弄得人人叫好，个个满意"，他的魔力真够瞧的。胡适的讲演从来都是要掀掉屋顶，挤破墙壁的，这正应了徐志摩对胡适的那两句赞美词："你高坐在光荣的顶巅，有千万人迎着你鼓掌！"

胡适博闻强记，颇有过人之处。有一次，考古学家李济跟胡适讲起，他从殷墟中掘获商朝的跪坐石像，很想研究一下中国人的跪坐、蹲踞与箕踞，胡适即指出朱熹的文章中有一篇《跪坐拜说》，里面谈到汉朝文翁的跪坐像，很有文献价值。李济循此路标去查，果然所获不菲。

当然，对胡适的治学方法持批评观点的学者一直不乏其人，冯友兰就曾说："适之先生的病痛，只是过于自信和好奇。他常以为古人所看不出的，他可以看得出；古人所不注意的，他可以注意。所以他常抬出古人所公认为不重要的人物来大吹大擂，而于古人所公认为重要的，则反对之漠然。这是不对的，因为人的眼光不能相去那样的远啊！"冯友兰治学喜欢"顺着讲"和"接着讲"；胡适是考据派，对大人物的定论往往抱有更多的怀疑；两人的路数迥然不同，有此批评很正常。

胡适一生桃李满天下，最得意的弟子却要从物理学的根脉去寻。物理学家饶毓泰、吴健雄是他任中国公学校长时的学生，算起来，诺贝尔物理奖得主杨振宁、李政道是物理学家吴大猷的弟子，是饶毓泰的徒孙，胡适则是他们的太老师。

五、春风化雨

胡适和蔼可亲，总是满面笑容，言谈晏晏，使人如坐春风，与马君武那种盛气凌人、一言不合就用鞋底抽打对方耳光的做法大异其趣。

商务印书馆编译所所长高梦旦曾择定不到三十岁的胡适为接班人，胡适自觉经营业务非己所长，而且他更乐意留在学界，便推荐老成持重的王云五来代替自己。通过这件事，我们可以看到老辈学人对晚辈学人的爱惜和扶持。胡适提携后进同样不遗余力，最难得的是他不存党派之成见。千家驹是共产党员，胡适推荐他去陶孟和的社会科学研究所做事，陶孟和有顾虑，胡适说："你管他是不是共产党，你就看他在你这里工作行不行。"

北大教授温源宁作名人小传，称赞胡适，上课时总记得为衣裳单薄的女生关紧教室的窗户，以免她们着凉。这个细节很细，却彰显了胡适的绅士风度。

1954年，张爱玲从香港邮寄长篇小说《秧歌》给胡适，不免忐忑。胡适读完后，通篇圈点且题写扉页，将它寄还给张爱玲。她翻看时，"实在震动，感激得说不出话来"。张爱玲在美国定居之初，颇得胡适照拂。他们都喜欢《海上花》中精彩绝伦的苏白，在文学上多有共鸣。胡适呵护晚辈，从不溺爱，而是慈中有严。女兵作家谢冰莹请胡适题词，胡适的哲语敲击心坎，鼓舞精神："种种从前都成今我，莫更思量莫更哀。从今后，要怎么收获，先怎么栽。"

胡适爱才，惜才，奖掖晚辈，提携后进，乐意做青年人的朋友，他常用易卜生的名言"最要紧的事情，就是把你自己铸造成器"来激励大家。"平生不解掩人善，到处逢人说项斯"，胡适对许多人都有知遇之恩，他不在意对方的政治立场，只留意他们的才华和学问。如季羡林、杨联陞、沈从文、毛子水、邓广铭、千家驹、罗尔纲……不少青年才俊经由胡适栽培和提携，成为了国家栋梁、文化精英。

当然，胡适看人偶尔也有看走眼的时候。彭明敏曾得胡适的器重和帮助，赴法国学习国际航空法，学成之后任教于台湾大学，三十多岁即为教授。此人精神不健全，参加台独，竟公开扬言，要将外省人处死三分之一，放逐三分之一，留下三分之一供他们驱使，丧心病狂一至于此，忘恩负义一至于此，胡适地下有知，会作何感想呢？

　　当年，徐志摩致信梁实秋，有"胡圣潘仙"的谑笔。潘光旦腿瘸，像是八仙中的铁拐李，取的是形似。胡适被人尊为圣人，取的则是神似，盖因他在私底下从不说人坏话，有时，他听到一些不相干的流言蜚语，就会忍不住喟叹："来说是非者，便是是非人"。至于人有一善，他必口角春风，为之揄扬。

　　胡适固然是乐天派，也是务实派。他很少大言炎炎，像陈蕃所讲的"大丈夫当扫除天下"那样的豪言壮语，不可能出自他的口中。胡适性情温和，但主见鲜明，并不是凡事都点头说好的好好先生，更不会人云亦云，随俗从众，他看人全凭自己的理性判断，"众恶之，必察焉；众好之，必察焉"。叶公超说："有一时期，我们常常有所争论，但是他从不生气，不讥讽，不流入冷嘲热讽的意态。他似乎天生的有一个正面的性格。有话要主动地说，当面说，当面争辩，绝不放暗箭，也不存心计。……刻薄是与适之的性格距离最远的东西。他有一种很自然的醇厚，是朋友中不可多得的。"

　　帮助同行，是胡适的习惯动作。林语堂到哈佛进修，由于官费未及时发放，陷入困境。他打电报回国告急，胡适倾尽私囊汇寄两千美金，助其完成研究。林语堂回国后才知晓个中情形，自然感动而又感激。

　　1948年，胡适将自己珍藏的《红楼梦》甲戌本借给燕大学生周汝昌，他对周汝昌的品行一无所知，借后从未索还。周汝昌与其兄周祜昌擅自录下副本，然后写信告诉胡适，胡适无异词。周汝昌要做更深入的研究，为曹雪芹的原著恢复本来面目，胡适鼎力支持，他又将《红楼梦》戚蓼生序本和庚辰本借给周汝昌。三种真本汇齐，周汝昌如虎添翼。

　　"我的朋友胡适之"绝非浪得虚名。以至于林语堂在他主办的幽默杂志《论语》上宣布："这本杂志的作者谁也不许开口'我的朋友胡适之'，闭口'我的朋友胡适之'。"因为这样的人太多了，以至于鱼目混珠，真假莫辨。

　　1959年，台北街头一位卖芝麻烤饼的老人袁飚弄不懂美国的议会民主制与英国的君主立宪制有何不同，更拿不准二者孰优孰劣，他鼓足勇气，写信向胡适求教。胡适用公开信作答，极之乐观和欢忭。信中有这样一节文字："我还可以说，我们这个国家里，有一个卖饼的，每天在街上叫卖芝麻饼，风雨无阻，烈日更不放在心上，但他还忙里偷闲，关心国家的大计，关心英美的政治制度，盼望国家能走上长治久安之道——单这一件奇事，已够使我乐观，使我高兴了。"胡适请袁瓞到南港中研院去玩，不仅送书给他，还语重心长地说："社会的改造是一点一滴累积起来的，只能有零售，不能有批发……许多人做事，目的热，方法盲，我们过去有许多人失败的原因，也是犯了有抱负而没有方法的毛病。"胡适与一位卖饼的小商贩交流起来尚且没有障碍，能够平等待之，与其他人的交往情形就可想而知了。

十二岁少年余序洋患有糖尿病，他读到陈存仁的《津津有味谭》，对名医陆仲安治好胡适糖尿病的故事颇感好奇，他写信去向胡适求证。胡适毫不怠慢，回信说明那个故事纯属谣传，不足取信。在写信和复信这一点上，若论热心程度，胡适与蔡元培难分伯仲。

二十世纪五六十年代，由台湾赴美国留学是一件难事，两千美元的签证保证金，很多人都无力筹措，胡适有一笔款子，他决定贷给那些有为青年，不要他们付利息，只要他们得款之后归还本金，他再贷给其他有此需要的学生。朋友们不解他为何有此雅兴，他说："这是获利最多的一种投资。你想，以有限的一点点钱，帮个小忙，把一位有前途的青年送到国外进修，一旦所学有成，其贡献无法计量，岂不是最划得来的投资？"这种仗义疏财的菩萨心肠，在知识分子中是比较少有的，被他提携过的人该如何感念他的恩德？

健谈者多半好客。南宋理学家朱熹喜欢与客人聊天，虽在病中亦不改积习，弟子劝他少见人少讲话，他怒不可遏地说："你们懒惰，也教我懒惰！"胡适富有人情味，他比朱熹温和，在好客方面，则有过之而无不及。胡适不愿将人拒之门外，他有点像东晋名士王导，身上天然具备亲和力，应对周旋游刃有余，来者皆喜，满座尽欢，无论对方是谁，居高位者如是，处底层者亦如是。

温源宁在《胡适博士》一文中称赞道："他颇有真正的民主作风，毫无社交方面和才智方面的势利眼。胡适博士每礼拜日会客，无论何人，概不拒之门外。不管来客是学生或共产主义者，是商人或强盗，他都耐心倾听，耐心叙谈。穷困的人们，他援助。求职的人们，他给写介绍信。有人在学术问题上求教，他尽全力予以启发。也有人只是去问候他，他便报以零零碎碎的闲谈。各人辞别后，都有不虚此行之感。"当然，有时也会有妄人闯入，提一些莫名其妙的问题，逼他回答，甚至强求胡适再度发动新文化运动，组织反共团体，诸如此类，他为此浪费了不少时间，难免怄些闲气，受些窘迫。但胡适从未向外界关闭过自己的会客之门。蔡元培喜欢写信帮人，胡适也喜欢写信帮人，别人寄赠的书籍，他若喜欢，必定回信，除了感谢，还有讨论，日本学者柳田圣山寄示他所著的《唐末五代河北地方禅宗兴起之历史的社会情形》，胡适耽赏该作，回信竟长达数万言。

胡适"温而厉"，"其心休休然，其如有容"，奇妙的是，在他身上，和蔼与严正并不冲突，他常对朋友"规过于私室，扬善于公堂"。和蔼、正直都是美好的德行，相比较而言，正直比和蔼更难做到。胡适论人多客观少主观，虽为千夫所指的军阀，他也不没人一善，曹锟贿选，臭名昭著，胡适却肯定曹锟于军中选将有公平心，喜欢启用贤能，常得将士之死力。大知识分子普遍具有程度不一的精神洁癖，胡适却独能周旋于各色人等间，与逊帝、军阀、买办之流皆可交接。他相信人都有向善的本能，都有做好事的心力，应该感化他们，而不是与之摈绝交往，将他们推向无法逆转的反面。

常人中十有八九都怕老时受冷落，因此会拿出资格端起架子来倚老卖老，专与年轻人为难，甚至为敌，做些嫉贤妨贤害贤的事情。胡适不怕老，更不喜欢倚老卖老，他与年轻人最合得来，他说："老虽老，却是河南枣，外面皮打皱，里面瓢头好。"他自信，他的心是不老的，在任何时代，他都不是落伍者。

一团和气、满面春风的胡适竟然也有大发雷霆的时候，盛怒之下，他对学生拍桌申斥，还不止一次，这又是为何？赵捷民在《北大教授剪影》中写道：有一次，哲学系的学生代表去文学院向院长胡适提出请求，撤换讲师缪金源，理由是缪金源的课讲得不好，思想还停滞在五四时代。听了这种话，五四先驱胡适怒不可遏，拍着桌子呵斥道："什么是五四时代，你们知道吗？信口雌黄，太狂妄了！缪先生是好老师，不能换！"学生代表碰了一鼻子灰。还有一次，西语系的学生代表要求撤换系主任梁实秋，胡适也是把桌子拍得山响，申斥道："你们懂什么？梁先生是英国文学专家，不能换！"直接将学生代表顶在南墙上。胡适的性格固然温和，但他讲原则，所以当学生代表提出过分的要求时，他是不会微笑着答应的。

二十世纪五十年代，胡适在美国做寓公，仍为母校哥伦比亚大学的中文图书馆谋求经费，请友人（很可能是外交家顾维钧）捐赠两千美金。当时，美国人排华，各大学全然不把胡适当回事，也许是那些汉学家李鬼害怕这位李逵吧。想想看，拥有三十六个荣誉博士衔的胡适尚且不能在美国教授汉学，岂不悲哉！唐德刚谓之"狗可摇尾，而尾不可摇狗"，亦谑虐之至矣。

家在纽约，米珠薪桂，居大不易，胡适捉襟见肘，手头颇感拮据，胡夫人是麻坛高手，常出去赢些散碎美金贴补家用。唐德刚为胡氏夫妇忧心，他说："长此下去，将伊于胡底？"但胡适依旧热情款待来客，菜式为清炒豆芽菜和红烧豆腐，这位一流的学者大谈豆芽菜中的维生素和豆腐的益胃养胃，实则"司马昭之心，路人皆知"。正因为主人安贫乐道，客人莞尔之余，更增感激。

五四时期，不少勇士提倡新道德，践踏旧道德（旧道德被恶意地比喻为"骗娶少女的死鬼牌位"），把自己的快乐建立在别人的痛苦之上，一时间，休妻成风，某些狠角色还将自己的"光辉成果"高调展示出来，唯恐世人不知。很显然，胡适的所作所为要比他们善良得多。

徐志摩竖起大拇指，称赞益友胡适为"胡圣"。按理说，圣人泛爱万物，于男女之情能够控弦不发，顶不济也能"发乎情而止乎礼"。胡适却是真情至性，作伪表演非所愿为。早在美国留学时，他爱上韦莲司，有过情感上的大恍惚和大动荡。1923年，他在杭州烟霞洞疗养，过了三个多月的"神仙生活"，与才女曹诚英朝夕相处，诗词唱和，彼此心心相印。诗人汪静之是见证者，他的证词可谓实话实说："适之师像年轻了十岁，像一个青年一样兴冲冲、轻飘飘，走路都带跳的样子。"诗歌很容易流露至情，"百尺的宫墙，千年的礼教，／锁不住一个少年的心"，胡适一向讲求的含蓄和蕴藉此时也丢开很远，索性直抒胸臆。然而他一旦冷静下来，真要休妻再娶，则煞费思量。胡适深知，发妻江冬秀是小脚妇女，是弱者，是旧脑筋，没有文化知识，没有经济上自立的能力，更关键的是，她没有过错，更没有品德上的瑕疵，倘若把她打入冷宫，变成受害者，将是一件残忍的事情。何况江冬秀性格刚烈，捍卫婚姻的绝招是当众扬言要自寻短见，这可不能拿来赌运气。胡适以极强的理智力割舍了一段深情，曹诚英可就苦了。情伤难治，她只好与丈夫胡冠英离婚，到美国去留学，接受胡适旧情人韦莲司的照顾，好在她学成归来，做了中国第一位农学女教授。从此，曹诚英孑然一身，默默守护着那份愈长久愈浓烈的深情，"梦魂无奈苦缠绵"，一天天枯萎下去，苍老下去，最终两人被大洋彻底隔绝，音信渺茫。

胡适的妻子江冬秀是安徽绩溪人，裹小脚，半文盲。两人是由父母之命、媒妁之言缔结的婚姻关系。在多年待嫁的状态中，江冬秀望穿秋水，独守空闺。1917年，胡适赋诗《病中得冬秀书》，这首寥寥二十字的短诗含有一种自我麻醉的意味："岂不爱自由？此意无人晓；情愿不自由，也是自由了。"他的内心其实是苦闷的、彷徨的、矛盾的，唯有自宽自解。为了不伤及无辜，他宁肯牺牲自己的爱情和幸福。胡适曾说："吾于家庭之事，则从东方人；于社会国家政治之见解，则从西方人。"他还能拿出更具说服力的理由："智识上之伴侣，不可得之于家庭，犹可得之于友朋。此吾所以不反对吾之婚事也。"新旧阵营，剑拔弩张，胡适脚踏两界，却水火既济，不缺挚友，他的表现可圈可点，能够赢得双方的好感和同情，无论你尊重东方传统，还是推崇西方文化，均乐意谅解他、接纳他。

胡适属兔，江冬秀属虎，胡适"怕老婆"，可谓名声在外，他成立"怕太太协会"，用刻有"PTT"字样的法国铜钱做会员的证章，可发一笑。在中国驻美大使任内，他忙里偷闲，收集世界各地有关怕老婆的故事、笑话和漫画，数量相当可观，也是一大趣闻。最令人绝倒的是，胡适故意"反弹琵琶"，一改三从四德的旧腔老调，把昔日套牢在女人脖子上的绳索套回男人的脖子上来，主张男人要"三从四得"："'三从'是：一、太太出门要跟从；二、太太命令要服从；三、太太说错要盲从。'四得'是：一、太太化妆要等得；二、太太生日要记得；三、太太打骂要忍得；四、太太花钱要舍得。"在男权至上的社会，怕太太并非光彩事，河东狮吼，男人会觉得没面子；与此相反，在男女平权的社会，男人向自己的夫人"示弱"，才真叫文明行为，确有绅士风度。胡适是名副其实的绅士，身上不乏西方色彩和东方气度，在这个方面，其幽默感从未衰减过一丝一毫。

胡适的言行宛如和风细雨，他把"怕老婆"当成学问来做，相比辜鸿铭老头"不怕老婆，岂有王法"的疾言厉色，其尊重女性的表现更能赢得现代人的好感。

胡适虽非书法家，向他求字的人却不少，他写字从不潦草，这也是负责任，讲道德，不愿让收信人费猜寻，让排字工费眼力。平时，他喜欢写王安石《登飞来峰》中的两句诗，"不畏浮云遮望眼，只因身在最高层"，视此超凡入圣，襟怀自见矣。"得刘公一纸书，贤于十部从事"，这是古之雅谈，若改一字，用在胡适身上，也是再恰当不过的，"得胡公一纸书，贤于十部从事"，胡适平生写信甚勤，得其片言只字而欢忭久之的人不在少数。

唐德刚说："胡适的伟大就伟大在他的不伟大。他的真正过人之处，是他对上对下都不阿谀。……他说话是有高度技巧的，但是在高度技巧的范围内，他是有啥说啥！通常一个有高度清望的人，对上不阿谀易，对下不阿谀难，而胡氏却能两面做到。"唐德刚称道胡适："他可以毫不客气地指导人家如何做学问，他有时也疾言厉色地教训人家如何处世为人。但他从无'程门立雪'那一派的臭道学气味，被他教训一顿，有时受教者还会觉得满室生春，心旷神怡！"好一个"满室生春"，谁不受用？

陈之藩的回忆文章《在春风里》结尾处写道："并不是我偏爱他，没有人不爱春风的，没有人在春风中不陶醉的。"胡适就是这样的春风，教人如何不想他。

六、一杯在手，含笑而终

胡适曾为英年早逝的《学术》杂志创办人刘伯明撰挽联："鞠躬尽瘁而死，肝胆照人如生！"若将这副挽联移用在他自己身上，同样切合。

有人说，胡适是世间最幸运的书生，二十多岁即暴得大名，尔后四十多年，获得过世界一流大学颁赠的三十六个荣誉博士头衔，一直维持清名而不坠，虽在大陆受到过口诛笔伐的围剿，却无损其毫发。也有人说，胡适高处不胜寒，五四时期，他旗下猛将如云，健卒如雨；其后，他麾下将多兵少；及至暮年，几乎无兵无将，比诸葛亮六出祁山更恓惶。

梁实秋在《怀念胡适》一文中写道："他重视母命，这是伟大的孝道，他重视一个女子的毕生幸福，这是伟大的仁心。……五四以来，社会上有许多知名之士，视糟糠如敝屣，而胡先生没有走上这条路。"诚然，有些人利用新思想、新文化、新道德做护符，干些荡闲逾检的事。鲁迅、郭沫若、郁达夫、徐志摩等人都未能免俗，争先恐后地追赶休妻的潮流，胡适却忠于"父母之命，媒妁之言"，不忘故剑，依然得到俗世的幸福，创造了一个不大不小的奇迹。

迄至晚年，由于精力透支过多，胡适积劳成疾，诸病缠身，他患有严重的胃溃疡，胃被切除十分之六，还患有肺炎和心脏衰弱。

1962年2月24日，"中央研究院"举行第五次院士会议，胡适主持会议，选出六名新院士。会前，医院方面对胡适的健康状况颇感忧虑，打算派出医护人员陪在他身边，胡适坚决反对，他说："今天的会是喜事，他们一来，像是要办丧事。"结果一语成谶。下午五点在蔡元培馆举行酒会，胡适请凌鸿勋、李济、吴健雄三位院士讲话，科学家们对"科学生根"的问题意见不一，胡适病体支离，情绪受到困扰，他作总结时说："他们围剿我，我很欢迎，这是学术自由。……我挨骂了四十多年，我从来不生气。"他最后说的一句话是："好了，好了，今天就说到这里，大家请再喝点酒，再吃点点心，谢谢大家！"六点多钟时，客人离去，胡适与凌鸿勋夫妇握手时，心脏病猝发倒地。胡适尝以"路远不须愁日暮"勖人兼自勉，无奈病魔来袭，遽归道山。他说过，"医生的话不可不信，不可全信"，终因不全信医嘱，心情过于激动而陨谢。一杯在手，含笑而终，可算好死法。七十二岁终其天年，也较新文化运动中的其他主将和健将刘半农（四十四岁）、钱玄同（五十三岁）、鲁迅（五十六岁）、陈独秀（六十三岁）为胜。不少人认为：胡适死得其所，他生平最敬重蔡元培，如今死在"中央研究院"的元培纪念堂，与蔡元培同寿；而且有这么多朋友、学者为他送行。一个不平凡的人，终有不平凡的死。

胡适死后，清点遗物，好衬衫只有一件，好袜子只有一双，其他的衬衫和袜子皆曾打过补丁，身无长物，一寒至此，真正不可思议。他一生廉而不狷，贫而乐道，"苟非吾之所有，虽一毫而莫取"，他倾囊待客，为周济他人甘于胼手胝足，摩顶放踵。

毛子水撰写《胡适墓志铭》，其中有这样几句话，值得一录："这个为学术和文化的进步，为思想和言论的自由，为民族的尊荣，为人类的幸福而苦心焦思，敝精劳神以致身死的人，现在在这里安息了！我们相信形骸终要化灭，陵谷也会变易，但现在墓中这位哲人所给予世界的光明，将永远存在。"

通观胡适一生，他是孝子、慈父、好丈夫、忠实的朋友、诲人不倦的良师，这是公认的。"学问深时意气平"，胡适居处则恭，执事则敬，治事则勤，治学一丝不苟，待人无所不容。别人撰文批评他，甚至谩骂他，他反而会心平气和地夸赞对方"颇能读书""很有才气""可做研究"。蒋梦麟挽胡适："新文化中旧道德的楷模，旧伦理中新思想的师表。"他能将此四者调和于鼎镬之中，被世人奉为楷模和师表，诚大不易，诚大可敬。

不管做一个好人有多难，胡适都努力做成了，这比成仙成佛更有意义，也更有价值。

国士无双

　　由同时代人撰写的回忆文章，往往水分充足。原因很简单，友人着墨则不吝溢美之词，仇家弄笔则暗藏报复之意，前者为蜜丸，后者为毒饵，二者的可靠性值得怀疑。

　　二十世纪五十年代初，周作人在上海《亦报》上发表方块文字，恶攻傅斯年的计有两篇：一篇是《新潮的泡沫》，另一篇是《傅斯年》。知堂老人向来以为文平和冲淡著称于世，由于"汉奸"烙印黥在额头，难以洗脱，亟须捞到一把救命稻草，若能既释旧谴，又报私怨，则一事两便，何乐不为？抗战胜利后，傅斯年收拾过文化汉奸，周作人将他视为标靶，并不奇怪。在短文《新潮的泡沫》中，周作人骂罗家伦是"真小人"，是蒋二秃子（蒋介石）的"帮闲"，骂傅斯年是"伪君子"，是蒋二秃子的"帮凶"。周作人笔下的傅斯年是这样的："傅是个外强中干的人，个子很大，胆则甚小，又怕别人看出他懦怯卑劣的心事，表面上故意相反地显示得大胆，动不动就叫嚣，人家叫他'傅大炮'，这正中了他的诡计。"在周作人看来，傅斯年出任台湾大学校长，并非凭靠自己的实力，而是"因为陈诚是他的至亲"。周作人还臆测，傅斯年在台湾绝无久留之意，随时准备逃之夭夭。此文不足五百字，从中不难看出，周作人的情绪异常饱满，原因只有一个：傅大胖子死了，他格外开心。他搬出两三桩旧事来，意在贬低傅斯年。《时事新报》反对新文化运动，曾刊出沈泊尘的两幅漫画，"第一张画出一个侉相的傅斯年从屋里扔出孔子的牌位来；第二张则是正捧着一个木牌走进去，上书易卜生夫子之神位。鲁迅看了大不以为然，以后对于《学灯》（《时事新报》副刊）就一直很有意见"。周作人的意思很明白，鲁迅一度欣赏过傅斯年，他却从来就看不起这位一副侉相的傅大胖子。周作人还揭发了傅斯年的一桩"阴事"：傅斯年留学德国时经常在好友毛子水面前大骂秋水轩一派的文笔，可是他的枕头下却暗藏着一本《秋水轩尺牍》，关起门来偷着学，言与行违，这叫哪门子事体？

周作人受日籍妻子羽太信子挑唆，为家庭细故与长兄失和，独占八道湾十一号宅院。鲁迅以"昏"字总结其为人。周作人早年能做到不投机捧胡适，晚年也能做到不从众骂胡适，认为"交道应当如此"，确实不错。但胡适的弟子傅斯年是个特殊的例外，他褫夺了周作人的北大教职，乃是不共戴天的仇家。私怨之下，公信难存，周作人的短文就得反着读才行。

1946 年 5 月 4 日，西南联大解散，北大、清华、南开复原。此前，胡适已被当局委任为北大校长。由于他在驻美大使任上不胜繁剧，患上心脏病，尚须在美国休养生息，不宜亟归就职，因此迟至 1946 年 6 月 5 日他才从纽约乘船，回国履新。胡适出任北大校长，傅斯年鼎力支持，胡适在国外养病期间，傅斯年代行其职，代负其责，他痛下辣手，为胡适做了一番完全彻底的大扫除。

傅斯年疾恶如仇，富于爱国情愫，眼睛里容不得沙子，对于文化汉奸不假辞色，一言以蔽之："我是傅青主的后代，我同汉奸势不两立！"考古学者、金文专家容庚曾在伪北大任职，战后去重庆活动，登门拜访傅斯年。傅斯年见到容氏，瞋目欲裂，捶案大骂，声震屋瓦："你这民族败类，无耻汉奸，快滚！不用见我！"傅斯年还痛骂伪北大的学生为"伪学生"，因此引起一些人的强烈反弹，南宫博就曾撰文《先生，学生不伪！》，与傅斯年较劲。傅斯年以吞白日、贯长虹的气概视之蔑如，决心将那些堕落为汉奸的伪北大教授悉数清除，扫地出门，他向河北高等法院控告伪北大校长鲍鉴清附敌有据，应以汉奸罪论处。胡适的主张是尽可能宽容，对伪北大的落水教授网开一面，傅斯年却发誓："决不为北大留此劣！"周作人出任过伪南京国民政府委员、伪华北政务委员会常务委员兼教育总署督办，远比容庚的性质要严重，自然难以漏过傅斯年的大义之筛。周作人衔恨傅斯年，可谓切齿腐心，但他失足是真，失节是实（就算别有隐因，也难以摆上台面），后来他用方块文章恶攻一气，泄愤或许有助，立论却站不稳脚跟。

世间最赏识傅斯年，最理解傅斯年，最珍惜傅斯年的，无疑是胡适，他们谊兼师友，相知极深。1952 年 12 月 20 日，胡适痛定思痛，在"傅孟真先生逝世两周年纪念会"上发表重要讲话，他引用了自己为傅斯年遗著所写的序言，足见他对逝者的激赏和惋惜：

孟真是人间一个最难得最稀有的天才。他的记忆力最强，同时理解力和判断力也最强。他能够做最细密的绣花针功夫，他又有最大胆的大刀阔斧本领。他是最能做学问的人，同时又是最能办事又最有组织才干的天生领袖人物。他集中人世许多难得的才性于一身。有人说他的感情很浓烈，但认识他较久的人就知道孟真并不是脾气暴躁的人，而是感情最热，往往带有爆炸性，同时又是最温柔最富于理智的人。像这样的人，不但在一个国家内不容易多得，就是在世界上也不容易发现有很多的。

我细数了一下，在短短二百字中，竟包含了十二个"最"字。相比之下，毛泽东在《新民主主义论》中用相同篇幅向鲁迅致敬，充其量也只用了九个"最"字，就堪称极其隆重的礼遇了。胡适向来重视人才，爱惜人才，他对同时代的作家和学者多有推许，但如此密集地使用"最"字，尚属首次。这是纯粹的谀墓之词吗？健全的理性并不允许胡适溢美，他更不会把私谊掺杂进来，减弱自己的说服力。这只表明一点：胡适确实把傅斯年视为人间顶难得的天才。在这篇讲话中，胡适强调指出："我总感觉，能够继续他的路子做学问的人，在朋友当中也有；能够继续他某一方面工作的人，在朋友中也有；但是像他这样一个到处成为道义力量的人还没有。所以他的去世，是我们最大的损失。在他过世两周年的时候使我感到最伤痛的，也是这一点；这是没有法子弥补的。"

天才的出缺，比老叟的牙坑更难填充，后者可用义齿取而代之，前者呢？一旦瞑逝，就如同某个珍稀物种的消亡，世人徒呼负负，于事无补。

一、出头椽子

有人说：傅斯年生性好斗，喜欢出风头，甘愿做出头的椽子。这个说法不算胡诌。

1917 年，傅斯年在北大干过一桩自鸣得意的事情。北大有个同学脑满肠肥，一副小官僚的面孔，做些上不了台面的事情，有人草拟了一张"讨伐"的告示贴在西斋的墙壁上。恰巧傅斯年也厌恶此君，看他不甚顺眼，于是即兴撰写匿名揭帖去响应，表面上替此君鸣不平，实则极尽讽刺挖苦之能事。

傅斯年的匿名揭帖为北大读者所激赏，在上面密点浓圈，评语愈出愈奇，一时间北大校园内皆以此为谈资。不久，蔡元培在大会上演说，提起这件事，对诸生匿名"讨伐"某君的做法不以为然，他说："诸位在墙壁上攻击自己的同学，不合做人的道理。诸君若对他不满，出于同学之谊，应该规劝。如果规劝无效，尽可告知学校当局。这样的做法才是正当的。至于匿名揭帖，大肆挞伐，受之者纵然有过，也不易改悔，而施之者则为丧失品性之开端。凡做此事者，今后都要痛改前非，否则这种行为必致品性沉沦。"受到蔡先生一番劈头盖脸的教训，傅斯年深感内疚。以往，他对《大学》中的"正心""诚意""不欺暗室"早已背诵如流，滚瓜烂熟，却如和尚念经，浑然不解其义理，眼下受到蔡元培先生的当头棒喝，方始大彻大悟。从此以后，傅斯年做任何事情，都不再匿名，决不推卸自己的责任。

当年，北大教授讲课甚为散漫懈沓，沈士远在北大预科教国文，一篇《庄子·天下》，他可以从秋至冬讲上一学期，仍没把庄子的"天下"拿下来，弄得学生腻歪不已，曲肱而梦周公，沈士远因此得诨名"沈天下"。陈介石主讲中国哲学史，他从伏羲讲到周公也需要一个学期，这种"乌龟节奏"，傅斯年的学长冯友兰即亲身领教过。曾有人询问陈教授："照您这样讲，什么时候才可以讲完？"后者的回答很有点禅趣："哲学无所谓讲完不讲完。若要讲完，一句就可以讲完。若要讲不完，永远讲不完。"陈教授的回答固然巧妙，但他不通逻辑，将哲学和哲学史混为一谈，着实令人啼笑皆非。

胡适留学归来，才不过二十六七岁，执教于北大哲学系，专讲中国哲学史，持有金刚钻，包揽瓷器活。他异常大胆，一刀割断商朝的联系，将中国哲学史的坐标下移至西周末年。学生们都说胡适的做法简直是"造反"，此人根本不配教授这门功课，最好是把他轰下讲台，赶出校门。私底下起哄归起哄，真要拿主意，个个面有难色，一位机灵鬼便出谋划策："不妨请傅斯年去听听胡适讲课，他的国学根柢，他的判断力，大家全都信服，唯其马首是瞻，不会有错。"傅斯年果然不辱使命，听过胡适的中国哲学史课后，颇为赞可，对那些心怀不忿的同窗说："这个人，虽然读书不多，但他走的路是对的。你们不能闹。"一场引弦待发的逐师风波遂偃旗息鼓。胡适曾谦虚地说，他初进北大做教授时，常常提心吊胆，加倍用功，因为他发现傅斯年、顾颉刚等学生的学问比他强。傅斯年终身服膺胡适，捍卫胡适，甘心成为胡适的护城河。胡适开过这样的玩笑："若有人攻击我，孟真一定挺身出来替我辩护。他常说：

'你们不配骂适之先生！'意思是说，只有他自己配骂我。"抗战期间，傅斯年在四川李庄史语所驻地对众人宣称："人说我是胡先生的打手，不对。我是胡先生的斗士！"在孔子门下，子路是刚猛无比的大护法。在胡适门下，傅斯年无疑是保驾护航的头号勇士。

并非每个教授都有胡适这样幸运，难入傅斯年法眼的角色不乏其人。章太炎的及门弟子朱蓬仙开《文心雕龙》课，非其所长，讲台下的学生可不是善与之辈，他们的学问根基本就非常扎实，何况虎视眈眈，专等朱蓬仙送错上门。傅斯年等人做出一个大胆的决定：全班同学联名举发这些舛误，上书蔡元培校长，请求补救。此事要做就要做到万无一失，不可出丝毫纰漏。傅斯年认真研读朱蓬仙的讲义，逮获三十多处硬伤。蔡元培先生接到学生的联名信，感觉此事有些古怪，莫非教授之间不服气，有人暗加攻讦，借学生之手代为操作？此例一开，此风一长，北大将永无宁日。于是蔡先生决定召见联名的学生，当面找寻答案。大家听到消息，面面相觑，惴惴不安，一方面害怕蔡先生出题来考，另一方面则担心傅斯年一人肩负的责任太重，于是有能力的学生每人分配几条，各自弄明白了子丑寅卯，方才去校长办公室见真章。他们的猜测应验如神，蔡先生学问好，面试毫不含糊。所幸大家有备而来，一问一答如合卯榫。考完之后，蔡先生不吭声，诸位学生也不吭声，大家鞠了个躬，从校长办公室鱼贯而出。在返回宿舍的路上，实在憋不住了，个个扬眉吐气，捧腹大笑。结果是，这门功课重新调整，朱蓬仙歇菜回家。

早在北大中文系读本科时，傅斯年的天纵之才即为师兄师弟极力推崇，甚至有人称赞这位山东才俊是"孔子以后第一人""黄河流域的第一才子"。平日，甲问乙是中文系哪班，若乙回答他是傅斯年那班，彼此肯定会心一笑，既可说是欢笑，也可说是苦笑，因为这宗便利的代价太高，说是倒霉才对，被傅斯年这块重型"钢板"狠狠地压在下面，一般人休想翻身。后来，傅斯年到欧洲留学，俞大维自诩是触手成春的学者，竟也赶忙弃学文史而改择理科，他说："搞文史的人当中出了个傅胖子，我们就永无出头之日了！"由此可见傅斯年有多牛。

名师的绝学端赖高徒薪火传承，傅斯年是文史园地的壮苗，国学大家刘师培、黄侃等人心中有数，都抱着老儒传经的热望，期待傅斯年能够继承仪征学统或太炎学派的衣钵。傅斯年本可徘徊歧路，顾后瞻前，但他具备现代思维，乐意扛着科学精神和人文精神的大纛入于更广袤的学问之野。

1918年，傅斯年、罗家伦等北大高才生组织新潮社，编辑《新潮》月刊，由于经费上吃紧，决定争取校方的支持。陈独秀是北大文科学长，对《新潮》的面世乐见其成，他很想看到一家真正由青年学生创办的青年刊物来声援《新青年》，多一支新文化运动的偏师，就多一股进步的势力。但他怀疑傅斯年潜心国学，被黄侃视为高足弟子，可能是来探营的间谍。及至陈独秀读过傅斯年发表的文章《文学革新申义》后，此类疑虑烟消云散。据周作人1918年10月21日的日记所载，傅斯年已进入《新青年》的编委阵营，而且是十二人中最少年。蔡元培校长主张兼容并包，学术自由，对北大的新生事物异常宽容，校方同意为《新潮》垫付印刷费，并且代为发行。新潮社吸纳了当时北大文科学生中不少优秀分子，除了发起人傅斯年、罗家伦二位，还有毛子水、顾颉刚、冯友兰、俞平伯、朱自清、康白情、江绍原、李小峰、张申府、高君宇、谭平山、何思源等四十余人。这些成员绝非庸碌之辈，日后，他们在学术界内或学术界外几乎个个都有不小的名头和成就。《新潮》的政治色彩不如《新青年》那么浓厚，但二者的大方向始终是一致的。

《新潮》一纸风行，傅斯年、罗家伦等人出手不凡，"好像公孙大娘舞剑似的，光芒四照"（蒋梦麟语）。傅斯年发表高论，观点趋于极端，比如："吾国数千年来，所有学术，为阴阳学术；所有文学，为偈咒文学。若非去此谬误，自与西洋文明扞格不入。"将中国传统文化如此归类，大加贬损，显然失之简单粗暴。然而当时陈独秀、胡适、钱玄同等新文化大将都喜欢这么干，青年人也普遍觉得，持平之论不够过瘾，只有讲过头话语、写过头文章才算痛快淋漓，于是乎若不走极端就不算革命，成为了《新潮》作者的共识。傅斯年等北大学生的文章惊动了校内外不少读者，有位遗老气呼呼地拿着《新潮》杂志去向总统徐世昌告状，徐世昌非常反感这些锋芒毕露的激烈言论，就给教育总长傅增湘施加压力，傅增湘则向北大校长蔡元培点出陈独秀、胡适、傅斯年、罗家伦四人，要他加以惩戒。当时，顽固的保守派将陈、胡、傅、罗贬称为"四凶"，甚至说官方有意将他们从北大除名。传闻若此，动静全无，蔡元培主张兼容并包，岂肯助纣为虐？《新潮》绝对不是什么甜汤和温吞水。论影响力，它与《新青年》分庭抗礼，北大守旧派创办的《国民》和《国故》根本无法望其项背。

在中国现代史上，五四运动搭造了一座灯光璀璨的大舞台，许多人因为这一时期的精彩演出（哪怕只是跑过几圈龙套，当过一回票友）而身价百倍。

"五四青年"是一项经久耐用的荣誉，"五四健将"呢？更是一道衬托威仪的光环，蔡元培先生曾打趣"吃五四饭"比一般意义上的吃老本更使人受用无穷。这就难怪了，某些过来人颇为离谱，竟然削尖脑袋，殚精竭虑朝"五四"怀里钻；某些号称"革命家"的狠角色也未能免俗。

1919年4月底，北京政府的外交代表在巴黎和会（第一次世界大战结束后协约国的分赃会议）上的交涉宣告失败。1919年5月2日，林长民在北京《晨报》发表《外交警报敬告国民》，透露了更加令人震惊的内幕消息，和会之所以拒绝中国代表提出的公正解决山东问题的要求，是由于卖国贼心怀鬼胎，暗中同意换文。内奸究竟是谁？亲日派的章宗祥（中国驻日公使）、曹汝霖（交通总长兼交通银行总理）、陆宗舆（币制改革局总裁、中日合办的汇业银行的华方董事长）乃为众目所视，众手所指。北京学生组织原计划于5月7日举行国耻日集会游行，因此提前到5月4日，军阀横行引起民愤，强权政治招致国耻，学生要公开表示抗议。傅斯年参加了群情激愤的发难大会，被推选为二十名代表之一。罗家伦即兴起草的传单《北京学界全体宣言》令人血沸，颇具煽动力："……今与全国同胞立两条信条道：中国的土地可以征服，不可以断送！中国的人民可以杀戮，不可以低头！国亡了，同胞起来呀！"5月4日那天下午，天安门前，旗帜招展，人头攒动，北京总共有十三所学校三千多名学生参加集会游行，堪称史无前例，游行示威的总指挥是傅斯年。北大队伍前列，学生举着"还我青岛"的血字衣（谢绍敏咬破手指写的），打出白布对联，"卖国求荣，早知曹瞒遗种碑无字；倾心媚外，不期章惇余孽死有头"，这副对联带有人身攻击的意味，至于曹汝霖和章宗祥的祖先是不是曹操和章惇，估计没人认真考证过。很难想象，傅斯年身宽体胖，指挥一支如此庞大的游行队伍，该是气喘咻咻、汗流涔涔吧？游行队伍起初秩序良好，但在东交民巷使馆区受阻后，学生的情绪开始失控，纪律也随之松弛，有人大喊："大家往外交部去，大家往曹汝霖家里去！"傅斯年虽是容易激动的人，但每临大事，理智占先，他劝导众人保持冷静，不要过激，但他的声音被巨大的声浪淹没了。此后的火烧赵家楼和群殴章宗祥，已超出了学生和平游行示威的初衷，事态迅速升级，三十二名学生锒铛入狱。当天，傅斯年去了赵家楼吗？应该是去了，罗家伦的回忆文章中是这样写的，周炳琳更是言之凿凿地说，他亲眼见到傅斯年将曹汝霖家的红绸被面撕下围在腰间，他还在一旁诘问道："你这是干什么？"傅斯年是否参与了打砸烧？则众人语焉不详。有一点倒是确定无疑：在众人实施无羁的暴力之后，傅斯年及时撤离了乱糟糟的现场，他没有进入被捕者的名单。翌日，北大学生会召开紧急会议，一位陶姓学生丧失理智，颇为冲动，与傅斯年意见相左，当众撕破脸皮，由言语顶撞上升为肢体冲突。傅斯年吃了一记窝心拳，怒不可遏，向好友赌咒发誓不再参与北大学生会的工作。此后，学生运动纵深发展，形成燎原之势。在抵制日货的高潮时期，有歹人包藏祸心，蓄谋毁损傅斯年，竟放出冷箭，造出谣言，说是傅斯年接受了某烟草公司（这家公司乃中日合资）的津贴，奸人造谣中伤的动机昭然若揭。谣言止于智者，奸谋并未得逞。

回顾往昔，傅斯年在学生运动如火如荼时反而渐行渐远，真实原因是他对学问的兴趣要大过对政治的兴趣，他的领袖欲望并不强烈。有人说，在五四运动中，傅斯年的个人表现可用"虎头蛇尾"四字形容，这大致不错。在那个岔道口，傅斯年选择了另一条进取之路，考上山东的官费名额，前往英国留学。入英国伦敦大学研究院，师从史培曼（Spearman）教授研究实验心理学。五四之后，傅斯年向经历过那场学潮的人无私地奉献了三点忠告："一、切实的求学；二、毕业后再到国外读书去；三、非到三十岁不在社会服务。中国越混沌，我们越要有力学的耐心。"胡适认为五四运动是对新文化运动的"政治干扰"，傅斯年也有同感和共识。

傅斯年投考官费留学生时，遭遇波折，尽管他的成绩出类拔萃，但险些被刷落榜下。原因很简单，观念顽固保守的试官对这位五四健将和《新潮》主脑抱有成见，"他是激烈分子，不是循规蹈矩的学生"，这个理由已足够充分。所幸陈豫先生为傅斯年攘臂力争："成绩这么优秀的学生，尚且不让他留学，山东还办什么教育！"此言掷地有声，无可辩驳。

当年的风气使然，参与新文化运动的青年知识分子多数对自然科学颇为着迷，颇为倾倒，他们急欲寻求西方的科学方法，回头梳理东方文化。傅斯年除了自己的专业，还钻研化学和数学，修习地质学，因此被好友毛子水打趣为"博而寡约""劳而无功"，罗家伦则调侃傅斯年是"把伏尔泰的精神装在塞缪尔·约翰生的躯壳里面"。约翰生博士是英国十八世纪最博学也最风趣的文人，独力编纂一部完备的《英语词典》，享誉大英帝国。约翰生博士是大胖子，傅斯年也是大胖子，罗家伦的比拟不算失伦。傅斯年不以为侮，反以为豪，他顾盼自雄，拍打自己的将军肚，如同拍打得胜鼓。

二十世纪二十年代，在欧洲留学和游学的中国学者不乏天才横溢的精英，有蔡元培、陈寅恪、赵元任、俞大维、傅斯年、金岳霖、毛子水、徐志摩等，他们博而能约，广而能精。最难得的是，他们常常在柏林雅聚，各抬妙谛，各抒壮怀，互通声气。

与陈寅恪一样，傅斯年也是典型的"游学主义者"，欧洲名校的博士文凭光鲜至极，他却是绝缘体，根本不来"电"。傅斯年辗转于英国和德国的多所大学，选修了一些与他的研究方向风马牛不相及的专业，哪里有心仪的大学者，他就寻踪而至。在德国柏林大学，傅斯年亲耳聆听过爱因斯坦的相对论，在当年，有此运气和荣光的中国学者，屈指可数。

二、宁为玉碎，不为瓦全

傅斯年居然将世间最难兼容的褒称（"国士"）和贬称（"大炮"）集于一身。乍看，觉得离奇；细思，又觉得妥帖。他学问好，脾气大，论到气节和斗志，他都是首屈一指的。

当敌寇犹如蝗、蜂一般集结，准备疯狂入侵的时候，中国民间反抗者的表现方式各不相同，江湖豪杰断发文身，知识精英蓄须明志，冯友兰和闻一多就是在抗战时期成为了"美髯公"。傅斯年既是五四斗士，又是历史学家，他的做法很特别，给儿子取名仁轨，可谓态度鲜明。显然，这个名字有出处。刘仁轨是唐朝大将，驻守朝鲜，抗击日本侵略军，打过漂亮的歼灭战。

抗战期间，傅斯年为儿子傅仁轨书写文天祥的《正气歌》，嘱咐他"日习数行，期以成诵"。告诫儿子："做人之道，发轨于是，立基于是，若不能看破生死，则必为生死所困，所以异乎禽兽者几希矣！"

南宋灭亡后，文天祥被囚禁在大都（今北京），长达三年，元世祖忽必烈不打算杀他，而准备用他，于是让十二岁的宋恭帝去狱中劝降。文天祥见到宋恭帝赵㬎的那副委琐熊样，仿佛万箭穿心，但他仍以"君降臣不降"五字断然峻拒。傅斯年是北人，文天祥是南人，北人素来轻视南人的骨气，然而悠悠千百载，毕竟会有例外。

1935年，神州大地风云变幻，形势危如累卵，日本人大肆鼓噪"华北五省自治"。畏敌如虎的人极其天真，主张将北平降格为"中立区"，为此发起建立北平文化城运动。一时间，人心惶惶，议论纷纷。值此敏感时期，胡适身为"低调俱乐部"成员，发表了附和政府妥协政策的软性言论——《保卫华北的重要》。傅斯年读罢此文,怒不可遏,大有冰炭不同炉、薰莸不同器的意思,他宣称要退出《独立评论》杂志社,与胡适割袍断义、割席断交,幸得丁文江居中斡旋,多方调停,傅斯年才尽释前嫌,收回成命,与胡适言归于好。"吾爱吾师,吾更爱真理!吾更爱祖国!"如此理解傅斯年与胡适的友谊,则庶几乎近之。胡适也是爱国的,但他一度被自己的那个"和比战难"的论调绊翻在地。

北平市长秦德纯上任伊始,设宴款待教育界名流,他板起面孔,虚声恫吓,要大家看清形势,知所进退,还公然为敌张目,大放厥词,"在日人面前要保持沉默",以免惹祸,俨然要出面为日本军国主义政府招降纳叛。当时,全场名流闻之色变,噤声无语,气氛沉闷而凝重,唯有傅斯年愤然作色,拍案而起,当面教训秦德纯别忘了自己是中国人,是国民政府的官员,别站错了民族立场。他宣称,值此国运悬于一线的危急时刻,身为学人,宁为玉碎,不为瓦全。这种反抗的态度和不屈的精神,赢得了在场学者的敬佩。嗣后,一二九学生运动发出示威的强音,使得北平上空浑浊的空气为之一清。当时,亲日派嚣张,日本特务猖獗,傅斯年严正表态,很可能招致血光之灾,但他大义凛然,毫不畏缩。

抗战伊始,名校南迁,然后西迁,北大、清华、南开三校合并为西南联合大学,定址昆明(文学院和法学院在蒙自有三个月的过渡期),宝贵的师资和财力得以集中利用。因陋就简,办好一所战时的中国最高学府,这个奇妙的构想最初即源于傅斯年的灵感。此举壮哉!伟哉!在中国现代教育史上,理应大书特书一笔。西南联大经受住战火的考验,培养了大批栋梁之才,日后,获得诺贝尔物理学奖的美籍华裔科学家李政道、杨振宁,均是西南联大的高才生。

抗战胜利的消息传到重庆,傅斯年欣喜若狂,他从住所里寻出一瓶烈酒,跑到街上,手舞足蹈,犹如醉八仙,脱略于形骸之外。他用手杖挑起帽子,又像一位变戏法的魔术师。那晚,他在街头与民众笑闹了许久,直到酩酊大醉,手杖和帽子全都不翼而飞。国家出了头,老百姓有了活路,这是傅斯年最感畅怀、惬意的大喜事。至于国内局势将再度恶化,一场铁血交飞的内战即将爆发,则是傅斯年始料未及的,也是众多爱国者始料未及的。

三、"民国第一牛人"

　　傅斯年卓荦豪迈，每给人以不可企及之感。真名士，始能真本色，方能真性情。傅斯年被人谑称为"傅大炮"，即形容他忍不住炮仗脾气，口快心直，放言无忌。毕竟是多年的老朋友，罗家伦看傅斯年看得较为准确："孟真贫于财，而富于书，富于学，富于思想，富于感情，尤其富于一股为正气而奋斗的斗劲。"倘若傅斯年的"斗劲"欠缺钢火，他又怎能成为"民国第一牛人"？

　　周炳琳夫人魏璧曾说：傅斯年从欧洲归国时，决定带手枪去南方从事革命活动，他的办法是将西文精装的原版书挖出空洞，用来藏枪。那年月，安检措施并不严密，这样子就足以蒙混过关了。可惜这是一条孤证。国民革命军北伐胜利时，傅斯年任教于广东中山大学。有一天，他和几位同学在蔡元培先生家吃饭，大家兴致勃勃，个个开怀畅饮。这种场合，这种时候，傅斯年的"大炮"不鸣不响，更待何时？他信口开河地说："我们国家整理好了，不特要灭了日本小鬼，就是西洋鬼子，也要把它赶出苏伊士运河以西，自北冰洋至南冰洋，除开印度、波斯、土耳其以外，都要'郡县之'。"在座的同学都觉得此言痛快淋漓，唯独蔡先生越听越不耐烦，他声色俱厉地教训道："这除非你做大将！"听到蔡先生的当头棒喝，傅斯年的酒劲醒了一半，顿觉无地缝可钻。

　　在北大时，傅斯年与人对掐，从不害怕寡不敌众，他是山东大汉，身材魁梧，体积、力量、勇气，三者都是冠绝群雄。他的诀窍是："我以体积乘速度，产生一种伟大的动量，足以压倒一切。"傅斯年，虎背熊腰大块头，头发蓬松如乱草，戴一副美国滑稽电影明星罗克式的玳瑁眼镜，天气稍热就满头大汗，时不时掏出洁白的手绢揩抹汗珠，这样一个人，居然要扮演好斗的骑士（东方堂吉诃德），像吗？罗家伦曾劝傅斯年不要总是像好斗的蟋蟀一样，"被人一引就鼓起翅膀"，但江山易改，本性难移，傅斯年不可能把"沉默是金"这样的金科玉律当成自己的座右铭。

　　最逗趣的是，傅斯年与丁文江有过一段"过节"。1923年，一向倡导科学精神的丁文江与"玄学鬼"张君劢大战若干个回合，终获全胜。当时，傅斯年人在国外，十分关注这场论争，尤其欣赏丁文江的笔力和学养。过了三年，丁文江出任大军阀孙传芳治下的淞沪商埠总办，傅斯年以为自己佩服已久的这位狠角色竟然堕落成为禄蠹了，他感到极为失望。在巴黎，傅斯年向胡适连说三遍，回国后第一件事就是杀掉丁文江。1929 年，傅斯年回国，经由胡适介绍，结识丁文江。胡适用玩笑的口吻打趣傅斯年："现在丁文江就在你身旁，你干吗不杀他？"此前，傅斯年已了解丁文江当年出任淞沪商埠总办的苦心是为了做一回改革旧上海的试验，还哪有一点敌意和恨意？他尴尬一笑，抱怨胡适旧话重提，是故意恶作剧。胡适对傅斯年说："在君（丁文江字在君）必高兴，他能将你这个'杀人犯'变作朋友，岂不可以自豪？"此后，他们三人成为了声气相求、情同手足的好朋友。

1927 年 4 月 28 日，奉系军阀张作霖下令绞杀北大教授李大钊，报纸上的新闻报道皆口径一致地称李大钊在北京"就刑"，傅斯年愤然驳斥道：这不是"就刑"，是"被害"。1932 年 10 月 15 日，陈独秀被捕，国民党旗下的御用文人骂他"罪有应得"，傅斯年却为之公开辩诬，赞许陈独秀为"中国革命史上光焰万丈的大彗星"。那年月，黑枪林立，言责自负，傅斯年态度鲜明，勇气可嘉。

二十世纪二三十年代，国内以西方科学精神武装头脑的知识分子十有八九反感中医，鲁迅是一个典型，傅斯年也是一个典型。傅斯年认为，英国医学博士哈维发现血液循环已经三百余年，中医居然还把人体分为上焦、中焦、下焦三段，这简直是对于人类知识的侮辱和蔑视。由于傅斯年专修过实验心理学，同时涉猎过生理学和生物化学，他撰文批判中医时，不仅在立论上站得住脚，精确打击中医的命穴和要害，也是弹无虚发。那些欲将中医顶礼膜拜至国医地位的人，对傅斯年自然是恨得牙根痒痒的。

1934 年 8 月 5 日，傅斯年在《大公报》发表评论《所谓国医》，他笃定一副恨铁不成钢的语气，开篇就危言耸听，自揭家丑："中国现在最可耻最可恨最可使人短气的事，不是匪患，不是外患，而应是所谓西医中医之争。……只有中医西医之争，真把中国人的劣根性暴露得无所不至！以开了四十年学校的结果，中医还成问题！受了新式教育的人，还在那里听中医的五行六气等等胡说！自命为提倡近代化的人，还在那里以政治的或社会的力量做中医的护法者！这岂不是明显表示中国人的脑筋仿佛根本有问题？对于自己的身体与性命，还没有明了的见解与信心，何况其他。对于关系国民生命的大问题还在那里妄逞意气，不分是非，何况其他。对于极容易分辨的科学常识还在混沌的状态中，何况较复杂的事。到今天还在那里争着中医西医，岂不是使全世界人觉得中国人另是人类之一种，办了四十年的学校不能脱离这个中世纪的阶段，岂不使人觉得教育的前途仍在枉然！"此文一石激起千层浪，在医学领域引发新一轮科学和玄学（"巫术"）的激烈论战。

有一次，傅斯年为了中医问题在国民参政会上反对孔庚的议案，两人当众激辩，舌剑唇枪，各显其能，最终孔庚仓皇败下阵来，全然没有"胜固欣然，败亦可喜"的风度，竟倚老卖老，在座位上大出粗口，辱骂傅斯年。傅斯年不与孔庚斗粗鄙的口角，他当众放出一句狠话："你侮辱我，会散之后我和你决斗！"散会后，傅斯年果然去门口拦住孔庚，这才看清楚自己的对手七十多岁，骨瘦如柴，他的斗兴顿时大减，把握紧的拳头松开了，对孔庚说："你这样老，这样瘦，我不和你决斗了，让你骂了罢。"其实傅斯年是刀子嘴豆腐心，并不喜欢恃强凌弱，当他占尽上风时，反而不再动手。

1940年8月，《云南日报·星期论文》刊出冯友兰的《论中西医药》，其论点可解中医与西医的长期纷争："中医西医之分，其主要处，不是中西之分，而是古今之异。中医西医应该称为旧医新医。"中医的理论可能不通，但中药可以治病则是事实，所以"我们现在应该研究中药，而不必研究中医"，即不必研究中医的那套近乎玄学的理论。

傅斯年主张知识精英参政而不从政，所以他只做参政员，不做官员，在这一点上，他与胡适并非同道，胡适主张"好人政治"，认为好人要尽可能出去做官，国家才有希望，否则，"坏人在台上唱戏，好人在家里叹气"，"好人动口不动手，坏人背着世界走"，政治的清明将永无希望。傅斯年的好友朱家骅、罗家伦均踏入政界，操持权柄，快哉乐哉。傅斯年的办事能力实则远超朱、罗二人，蒋介石对他更是信任有加，倘若他愿意从政，不仅机遇多多，而且职位也绝对不会在朱、罗二人之下，但他始终坚执不可。傅斯年曾致书胡适，打开天窗说亮话："我们自己要有办法，一入政府即全无办法。与其入政府，不如组党；与其组党，不如办报。我们是要奋斗的，唯其如此，应永远在野，盖一入政府，无法奋斗也。"在政治上，他比胡适要成熟得多。傅斯年敝屣尊荣，连蒋介石钦点的国府委员他都力辞不就，在书信中他表明态度："斯年实愚戆之书生，世务非其所能，如在政府，于政府一无裨益，若在社会，或可偶为一介之用。……此后唯有整理旧业，亦偶凭心之所安，发抒所见于报纸，书生报国，如此而已。"1948年三四月间，胡适对是否参选总统颇感恍惚，傅斯年提醒胡适，他身为国内知识界的当然领袖，"名节"才是重中之重，当局拉他参选，目的是"借重先生，全为大粪堆上插一朵花"，真可谓一语唤醒梦中人。

有人说，傅斯年就像是东汉党锢传中李膺、范滂皆推崇备至的一流人物郭泰，"天子不得臣，诸侯不得友"，危言高论，处士横议。但傅斯年显然比郭泰更有行动力，更有胆魄，他凭借一己之勇拼掉了国民政府的两任行政院长，一位是孔祥熙，一位是宋子文，前者是蒋介石的连襟，后者是蒋介石的小舅子，可见其神勇非凡。傅斯年曾在参政院的会议上公开揭露真相："抗战以来，大官每即是大商，专门发国难财。我们本是势力国而非法治国，利益到手全不管一切法律，既经到手则又借法律名词如'信用'、'契约'等以保护之，这里面实在没有公平！"他平生痛恨中饱私囊的贪官，孔祥熙和宋子文是世间少有的大贪巨蠹，他自然视之若仇敌，深恶而痛绝。他说："我拥护政府，不是拥护这些人的既得利益，所以我誓死要跟这些败类搏斗，才能真正帮助政府。"他主张"惩罚贪污要从大官做起"，"除恶务尽"，"攻敌攻坚"，要打就要打活老虎，打大老虎。

抗战期间，傅斯年身为国民参政员，屡次质询行政院长孔祥熙，牢牢逮住其经济问题不放，使孔祥熙狼狈不堪，恼怒至极，却又无可奈何。蒋介石既想治理好"中华民国"，又想笼络住那些专挖墙脚的亲友，这种做法自相矛盾，最终害他丢掉了江山。蒋介石曾亲自出马为孔祥熙缓颊求情，欲使傅斯年一笑置之，得饶人处且饶人。蒋问傅："你信任我吗？"傅答："我绝对信任。"蒋说："你既然信任我，那么，就应该信任我所任用的人。"傅斯年对蒋介石荒谬的逻辑推导不以为然，他说："委员长我是信任的。至于说因为信任你也就该信任你所任用的人，那么，砍掉我的脑袋，我也不能这样说！"此言一出，满座皆惊，蒋介石亦为之动容。一个人在极峰面前敢于讲真话讲硬话，这才叫刚直不阿，这才是傲骨铮铮的男子汉。

傅斯年硬抗孔祥熙，打的是持久战和攻坚战。从1938年开始，他多次向蒋介石上书，不遗余力地抨击孔祥熙，孔某人的所作所为无一能入他的法眼。在他看来，孔祥熙无异于共产党的"义务宣传员"，民众几乎都指着孔祥熙的背脊来证明国民党政府腐败无能，"并无出路"。孔祥熙固然是一个深得蒋介石信任的不倒翁，但被傅斯年、马寅初这样的大学者揪住不放，掊击得体无完肤，学生运动的矛头也直指他为国内的头号大贪巨蠹。傅斯年曾说："（孔祥熙）以前是个taboo（禁忌），无人敢指名，今则成一溺尿桶，人人加以触侮耳。"1945年，孔祥熙的权势之路走到终点，咸鱼未能再翻身。

1947年2月15日，农历丁亥年正月二十五，傅斯年在《世纪评论》上再放重炮，发表了《这个样子的宋子文非走开不可》，造成一波强劲的倒宋风浪。即使悬隔六十余年，我读罢此文，仍要用"切中要害"四字来形容。傅斯年从五点入手，处处讲理，层层剥皮，使宋子文体无完肤。这五点是：宋子文的黄金政策、工业政策、对外信用、办事能力、文化水平。"墙上芦苇，头重脚轻根底浅；山间竹笋，嘴尖皮厚腹中空"，宋子文的形象就是如此了。"当政的人，总要有三分文化，他的中国文化，请化学家把他分解到一公忽，也不见踪影的。"傅斯年讽刺宋子文宴请来宾，只会夹菜喂客。尤其莫名其妙的是，抗战胜利后，宋子文去北平接收敌产，竟将别人的老婆也一并接收，还带到公共场合去招摇，丢人现眼，沦为笑谈。这样子的行政院长宋子文，傅斯年怀疑他究竟是否"神经有毛病"。此文中，讲理是一方面，发怒是另一方面："我真愤慨极了，一如当年我在参政会要与孔祥熙在法院见面一样，国家吃不消他了，人民吃不消他了，他真该走了，不走，一切垮了。当然有人欢迎他或孔祥熙在位，以便政府快垮。'我们是救火的人，不是趁火打劫的人'，我们要求他快走！"这一驱逐令斩钉截铁。傅斯年先后撰文弹劾孔祥熙、宋子文，希望蒋介石至少要"流共工于幽州，放驩兜于崇山"，最好能将他们"摒诸四夷，不与同中国"。这般毫不客气和行之有效的办法，蒋介石心太软，未肯采纳。蒋经国后来去上海打虎，同样是只闻霹雳，不见雨点。蒋家王朝气数已尽，痼疾难瘳，根基朽，大厦倾，纵然傅斯年驱逐孔、宋大功告成，也无济于事。

曾有人作诛心之论："傅斯年只反贪官，不反皇帝，仍是蒋介石的一条忠实的走狗！"这话其实站不住脚。准确地说，傅斯年向来敢"犯上"而不"作乱"。中央银行国库案是孔祥熙的硬把柄，傅斯年揪住不放，一个偶然的机会，他看到一份蒋介石为孔祥熙说情的绝密函件，他怒火中烧，动笔勾出要害，竟在"委座"的大名侧挥笔痛批道："不成话。"世间多有连贪官也不敢反的软骨动物，批评傅斯年这样的勇士，他们却"有胆有识"，真是滑天下之大稽，令人不敢恭维。

王人博教授有一句近乎开玩笑的名言："湖南人造反是为了当皇帝，山东人造反是为了受招安。"傅斯年是山东聊城人，说他"造反"，有点过分，说他忠君，一点也没错。他反贪反腐，除恶务尽，清君侧，除贼臣，不遗余力。

蒋介石深知傅斯年忠贞不贰，因此对其言语顶撞不以为忤。

十九世纪英国历史学家阿克顿爵士一度担任国会议员，但他在五年任期内，始终缄默不发一言，友人问他何以金口难开，他说："人家说的话，我一句都不同意。我说的话，人家也未必同意我一句，所以只好当哑巴。"阿克顿爵士还说过一句举世认同的金言："权力导致腐败，绝对的权力导致绝对的腐败。"他无疑是大智者，他的话饶有理趣，颇堪玩味。傅斯年是智者，更是性情中人，他身为国民参政员，无论如何也要担负言责。

"百士之诺诺，不如一士之谔谔"，傅斯年是唯一敢在蒋介石面前嘴叼烟斗、跷起二郎腿讲话的知识分子。妾妇之道，他不屑为之，韬光养晦，和光同尘，也与他的性情格格不入。称他为无双国士，就在于他真能做到心口如一，知行合一，绝不轻义苟利。直道如弦，像傅斯年这样刚正不阿的学者，西方多有，而东方罕见。

清代书画家傅山谈艺有名言："学书之法，宁拙毋巧，宁丑毋媚，宁支离毋轻滑，宁真率毋安排。"学书如此，做人又何尝不是如此。傅斯年不肯低调，不肯谦虚，不巧设城府，不预留退路，不工于心计，不屑于安排，他更像一位敢怒敢言的西方斗士，而不像厚貌深衷的东方学者。有人称他是"激进的保守主义者"，我却认为他是货真价实的自由主义者。这样的知识分子，在中国，不是太多了，而是太少了，凤毛麟角，珍稀难遇。

四、博大精深

蒋梦麟在《忆孟真》一文中写道："孟真博古通今，求知兴趣广阔，故他于发抒议论的时候，如长江大河，滔滔不绝。他于观察国内外大势，溯源别流，剖析因果，所以他的结论，往往能见人之所不能见，能道人之所不能道。他对于研究学问，也用同一方法，故以学识而论，孟真真是中国的通才。"诚然，胡适所倡导的"为学要如金字塔，要能博大要能高"，傅斯年是做到了的。

傅斯年磊落轩昂，自负才气，下笔万言，倚马可待，箕踞放谈，雄辩无敌，自有目空天下之士的实力。百分之九十九的狂人疏于俗务，傅斯年就偏偏是个例外。办起事来，他顶卖劲，顶负责，顶到位，顶有主见，他往往能力排众议，常有令人惊喜的创获。

为文，横扫千军如卷席。做事，直捣黄龙而后快。这就是傅斯年的功夫。

专才易得，通才难寻。一般学人，很难具有行政才能，蒋梦麟、傅斯年、丁文江是民国学者中公认的行政高才。1928年夏，中央研究院创立，蔡元培出任院长，傅斯年出任历史语言研究所所长，他襄助蔡先生规划院务，订立制度和方案，无不井井有条。

历史语言研究所的成功，史料学派的崛起，端赖傅斯年的惨淡经营。他主持中山大学文学院时，创办过语言历史研究所，那回只是小试牛刀，而真正大展身手，则是在中央研究院创办历史语言研究所。要了解傅斯年的学术理念，不可不读他的《历史语言研究所工作之旨趣》，其精髓为：

（一）凡能直接研究材料，便进步。凡间接的研究前人所研究或前人所创造之系统，而不繁丰细密地参照所包含的事实，便退步。

（二）凡一种学问能扩张他研究的材料便进步，不能的便退步。

（三）凡一种学问能扩充他作研究时应用的工具的，则进步；不能的，则退步。

我们很想借几个不陈的工具，处治些新获见的材料，所以才有这历史语言研究所之设置。

一分材料出一分货，十分材料出十分货，没有材料不出货。

总而言之，我们不是读书的人，我们只是上穷碧落下黄泉，动手动脚找东西！

果然我们动手动脚得有结果，因而更改了"读书就是学问"的风气，虽然比不得自然科学上的贡献较为有益于民生国计，也或者可以免于妄自生事之讥诮罢。

在创办史语所的报告中，傅斯年讲得很清楚："此项旨趣，约而言之，即扩充材料，扩充工具，以工具之施用，成材料之整理，乃得问题之解决，并因问题之解决，引出新问题，更要求材料与工具之扩充，如是伸张，乃向科学成就之路。"他倡导实事求是的学术理念，打破崇拜偶像的陋习，将屈服于前人权威之下的理性解救出来，一言以蔽之：钻出故纸堆，发掘新材料。早在中山大学文学院创办语言历史研究所时，傅斯年就在周刊的发刊词中透露了自己的学术理念："我们要实地搜罗材料，到民众中寻方言，到古文化的遗址去发掘，到各种的人间社会去采风问俗，建设许多的新学问。"傅斯年在中央研究院史语所干得最有声有色有成绩的事，就是发掘河南安阳殷墟，找到了若干震惊世界的殷商文化遗存（甲骨文和青铜器），有些发现弥足珍贵，能够解开历史的疑团。史语所集合了陈寅恪、赵元任、李方桂、李济、董作宾等国内首屈一指的语言学者和历史学者，堪称语言学和历史学研究的最重要机关。

当年，战乱不止，道路不宁，河南的地方保护主义严重，考古工作处处受阻，发掘的材料难以运出。傅斯年起用河南籍学者董作宾、郭宝钧、尹达、石璋如，以缓和史语所与地方保守势力的矛盾冲突。他还巧妙斡旋，动用一切可以动用的人脉资源，力保考古发掘不致半途而废，必要的时候，他甚至请求蒋介石签发手令，以图从根本上解决难题。有一次，傅斯年到开封办交涉，费时三个月，他返回史语所后，指着自己的鼻子对考古组的多位学者开玩笑说："你们瞧，我为大家到安阳，我的鼻子都碰坏了！"若没有傅斯年的执着和精明，殷墟的考古发掘势必被迫中止。

当年，美国历史学家费正清访问李庄，他亲眼见到的情形是："高级知识分子生活在落难状态中，被褥、锅盆瓢勺、孩子、橘子和谈话喧闹声乱成一团。这是一个贫民窟，但又住满了受过高等教育的专家，真是一个悲喜剧的好题材。"傅斯年就是地处李庄的史语所的当家人，英国科学家李约瑟来访，得到了一件心喜的礼物，一把黑折扇，傅斯年用贵重的银朱在上面书写了一段《道德经》，风度和风雅没折损丝毫。万方多难之际，史语所的研究经费奇缺，学者们的日食三餐也难以为继，傅斯年那么高傲，但为了中央研究院在四川李庄的三个研究所和中央博物院的生存之计，他不得不向第六战区行政督察专员兼保安司令王梦熊打躬作揖，只为借米一百三十石。

据一些前辈学人回忆，傅斯年主持史语所时，霸才、霸气和霸道均显露无遗，史语所的同事对他莫不敬畏有加，暗地里称他为"傅老虎"。在国民党的铁幕下，傅斯年力争自由，不曾有过丝毫惧色，但在史语所内，他说一不二的家长作风和党同伐异的门户之见相当严重，他瞧不起那些缺少留洋背景的本土派学者，这就难免会伤害一些具有真才实学的好人。女学者游寿（国学家胡小石的高足弟子）在史语所郁郁不得志，最终拂袖而去，就是一个显例。虽然有这样或那样的不足和不快，但傅斯年对史语所的苦心经营功不可没，连个性桀骜不驯、受过大委屈的女学者游寿也承认这一点。

五、功狗与功臣

1950 年 12 月 17 日，北京大学五十二周年纪念活动在台北举行。傅斯年登台演讲，话题转向学问和办事，他笑道："蒋梦麟先生的学问不如蔡孑民先生，办事却比蔡先生高明。我的学问不如胡适之先生，但我办事却比胡先生高明。蔡先生和胡先生的办事，真不敢恭维。"这当然又是他想到哪儿说哪儿，心直口快。好在蔡先生大度，在九泉之下，是不会生气的。胡先生也大度，深知傅斯年的脾气性格，同样不会生气。傅斯年走下演讲台，蒋梦麟对他说："孟真，你这话对极了。所以他们两位是北大的功臣，我们两人只不过是北大的功狗。"能够做北大的功狗，也了不起啊！傅斯年欣然认领这个荣誉称号。傅斯年是"北大功狗"，无妨他为"中央研究院"史语所的功臣，无妨他为台湾大学的功臣，因为他做了许多卓有成效的实事，转移了一时之风气。

傅斯年赴台之前，大陆易帜在亟，其死志昭然若揭。据陶希圣《傅孟真先生》一文追忆："在徐埠战事失利之后，我到鸡鸣寺去看孟真。历史语言研究所的图书都在装箱，他的办公房里也是箱箧纵横。他告诉我说：'现在没有话说，准备一死。'他随手的小箧里面藏着大量的安眠药片。"

傅斯年死志已决，最可靠的证据来自于他夫人俞大彩的回忆："那时，我的母亲患严重心脏病住院，大姐大纲，以南京危在旦夕，决奉母先飞广州，转香港就医，她要我同行，与她共同随机照顾病母。我虑及孟真旧病复发，加以他感时忧国，情绪极劣。母亲重病在身，长途飞行，极感忧虑，左右为难，不知何所适从。商之于孟真，他毫不迟疑地说：'你母亲病情严重，此行如有不测，你未能尽孝，将遗恨终生。你非去不可，不要顾虑我。'我略整行装，准备隔日启程。当夜，孟博赶来痛哭流涕，责备我不该离开孟真。他说：'你难道不知道哥哥随身带着一大瓶安眠药，一旦匪军攻入，他便服毒自尽么？那时，你将何以自处？'骨肉情深，感人肺腑，我们相对涕泣，我便放弃了广州之行。"俞大彩和傅斯岩（字孟博）都深知傅斯年的刚烈个性，没有他们的严密监护，后果不堪设想。

1949 年 1 月 17 日，傅斯年从上海直飞台北，台湾省政府主席陈诚亲往机场迎接，场面不小，动静很大。翌日，傅斯年即从台大代理校长杜聪明手中接受印信，正式履职。他为台大确立八字校训——"敦品励学，爱国爱人"。

傅斯年到台大履新，中文系教授黄得时请傅斯年题词，他不假思索，略无沉吟，挥笔写下"归骨于田横之岛"的字幅相赠。傅斯年用的是秦末汉初齐国贵族田横的典故，刘邦称帝后，田横不愿臣服于汉，率徒众五百余人逃亡，避居海上孤岛。后来田横被迫偕门客二人赴长安，于驿舍中忧愤自杀。留居海岛的追随者获悉田横死讯，于是全体追随主公于地下。

骁将胡宗南想在台湾岛上自杀，是因为感到乏味和无聊，他曾问随从："我们应该在什么地方自杀？"傅斯年的"蹈海之意"则源于其自身的血性，对弟子陈槃，他是这样表态的，对好友陶希圣，话讲得更为明白："希圣，你以为我是来做校长，我死在这里！"

此前此后，傅斯年与胡适争取大陆学人赴台，费了不少力气，却效果平平，其门生弟子尚且敬谢不敏，避之唯恐不及，仿佛恩师是要拉他们去跳粪坑和火坑，历史学家邓恩铭就曾对傅斯年说过"不"，傅斯年的妻姐俞大缜和俞大细也拂逆了他的美意，最终在"文革"中受难，自杀身亡。当年，学者、教授对蒋家王朝失望至极，不愿"抛骨于田横之岛"，其心情不难理解。中国人安土重迁，普遍心理是"宁为太平犬，不做乱离人"，在国民党军队大溃败之际，凡是往昔未尝与中共结下深仇大怨的学人，百分之九十五以上都不愿意选择那座岌岌可危的孤岛作为自己后半生安身立命的地方。陈寅恪与傅斯年是游学欧洲时的老朋友，而且他曾在傅斯年主持的历史语言研究所担任过历史组组长，抗战时期，陈寅恪在昆明躲空袭，他的口号是"闻机而坐，入土为安"，前面四字不难理解，后面四字的意思是说躲进防空洞才算安全。每当警报大作，别人狼奔豕突，傅斯年却要冒险爬上三楼，将陈寅恪搀扶下来。下雨天防空洞中水深盈尺，傅斯年还得弄一把高脚椅，让陈寅恪稳稳当当地坐着。想想看吧，一位大胖子搀扶着另一位半盲的学者躲避空袭，何等费劲，何等吃力！单从这件事，就不难见出傅斯年与陈寅恪友情之深挚。傅斯年曾亲自出面游说陈寅恪去台湾大学任教，甚至准备动用极其稀缺的专机将这位国宝级的学者接送到台湾。陈寅恪坚执不可，他自忖与现实政治素无关碍，晚景理应无忧，终老于中山大学于愿足矣。文革时期，陈寅恪遭到迫害，高音喇叭架设在他门外的大树上，大字报张贴到他卧室床头，存款被冻结，连不可或缺的牛奶也断了供，晚景之凄凉始料未及。那时，这位盲学者是否悔青了肠子？当初若接受傅斯年的邀请，播迁海隅，去台大任教，又何至于遭逢此厄？

台湾大学乃"五朝老底"，实不易办，改造一所旧大学，远比建设一所新大学更加烦难。傅斯年曾致函张晓峰："弟到台大三学期矣！第一学期应付学潮，第二学期整理教务，第三学期清查内务，不查则已，一查则事多矣！报上所载，特少数耳。以教育之职务作此非教育之事，思之痛心，诚不可谓为不努力，然果有效否？不可知也，思之黯然！"欣然也好，黯然也罢，一位负责任的校长，结局只可能是鞠躬尽瘁，死而后已。

在台大，傅斯年锐意改革，第一要务就是整顿人事，凡是不合格的教员一律解聘，对于高官要员举荐的亲友，他并不买账："总统介绍的人，如果有问题，我照样随时可以开除。"傅斯年真有包天之胆，说到就敢做到。"大一国文委员会""大一英文委员会""大一数学委员会"由许多著名教授组成，毛子水、台静农、屈万里都给大学一年级新生开课。杀鸡焉用宰牛刀？众人表示疑惑，傅斯年认定基础学科的建设乃是重中之重，若不用火车头去牵引，就不可能产生理想的动能和速率。新学期伊始，每位教师都会及时收到傅校长一封内容相同的亲笔信，他告知大家：说不定哪一天，他会跟教务长、贵学院的院长、贵系的系主任，去课室听讲，请勿见怪。不到两年时间，傅斯年真就"听掉"了七十多名教师，由于这些南郭先生的教学水平不入他的法眼，他不再与之续聘。傅斯年用人从来不看背景，只看能力，因此得罪了不少权贵，也受到外间的非议和攻击，甚至有些心怀宿怨的人骂他是"学阀"，是"台大的独裁者"，但傅斯年依然我行我素，至于妥协，在他的人生大词典中，压根就没有它的体面位置。有一次，蒋介石对他的亲信说："那里（指台大）的事，我们管不了！"傅斯年打就的"营盘"真是水都泼不进。

1949年，台湾四六事件前夕，全岛白色恐怖。警总副司令彭孟缉到台大搜捕匪谍，傅斯年怒不可遏，他吼道："我有一个请求，你今天晚上驱离学生时，不能流血，若有学生流血，我要跟你拼命！"台大学生尽可放心，这尊"傅大炮"绝不会在关键时刻变成哑炮。

1950年，台大新生入学考试，国文试卷由傅斯年亲自命题，题目摘自《孟子·滕文公下》："居天下之广居，立天下之正位，行天下之大道。得志，与民由之；不得志，独行其道。富贵不能淫，贫贱不能移，威武不能屈，此之谓大丈夫。"这是孟轲的夫子自道，也是孟真的夫子自道，傅斯年就是要做这样的大丈夫。很难说他得志了，只能说他抱憾而终。

据朱家骅回忆，傅斯年去世前几天，闲谈时对他说："你把我害苦了，台大的事真是多，我吃不消，恐怕我的命要断送在台大了。"一语成谶。1950年12月20日，傅斯年列席台湾省参议会，答复有关台大校政、校务的质询，当日提问者即铁骨铮铮的好汉、"大炮参议员"郭国基。两尊"大炮"对阵，外界所料想的狂轰滥炸并未发生，傅斯年因脑溢血猝然弃世，并不是某些记者所讹言的"被气死"。劳累、焦虑、忧懑、虚弱的体质（夏天刚做过胆结石手术）和高血压，合伙充当了残忍的杀手，攫夺了这位国士的性命。真令人难以置信啊，傅斯年想穿的那条暖和的新棉裤，竟然至死也未穿上。身为台大校长，如此清苦，怎不令人唏嘘！

傅斯年死后，哀荣自不用提，蒋介石亲往致祭，台大校园内专辟傅园，园内建造傅亭，安置傅钟。傅斯年尝言："一天只有二十一小时，剩下的三小时，是用来沉思的。"台大将这句醒世恒言化为实际行动，上课下课时，钟敲二十一响。

在大陆，傅斯年的死讯没有激起太大的波澜，只有周作人之类的冤家对头闻讯而喜，这些攻击手找到了死靶子，但几支冷箭不算热闹，也不算奋勇。当时，究竟有几人痛心，几人落泪？朋友之中，痛心落泪者首推陈寅恪先生，他以《〈霜红龛集·望海诗〉云"一灯续日月不寐照烦恼不生不死间如何为怀抱"感题其后》为由头，赋七绝一首，隐晦地表达了对故友的悼念：

> 不生不死最堪伤，犹说扶馀海外王。
> 同入兴亡烦恼梦，霜红一枕已沧桑。

《霜红龛集》是清代名家傅山（字青主）的诗集，彼傅虽非此傅，但爱国忧时则一，陈寅恪先生赋此七言诗，岂徒为私谊留一念想，也为公道存一写照。在日益窘迫的舆境下，尽管他不可能像以往那样赋诗激赞傅斯年"天下英雄独使君"，但拐着大弯的悼念更见其内心的至忧。

萧条乱世，白云苍狗，总体而言，知识精英的人生就是一场追梦未果的悲剧，目标依旧悬远，生命却已耗竭。这个事实竟是难以逆转，也无法改变的。"天地不仁，以万物为刍狗"，一位稀世天才的损失又算得了什么？生性豪奢的造物主何时何地怜惜过天才的英年早逝？权当是花的开谢，草的荣枯。如是而已。

贰 辑

——社会视之为超级怪物，他们也乐得成为怪物中的极品。

三副热泪

"男儿有泪不轻弹，只因未到伤心处。"男儿泪之所以比女儿泪珍贵些许，是因为他们倾尽激情，倾尽勇气，倾尽长才，倾尽睿智，仍然未洽其心，难遂其愿。

女儿泪洒满生命的旅途，那个"机栝"只要稍稍一触，轻轻一碰，眼泪就会像开闸的自来水一样哗哗地流淌出来，无论喜怒哀乐，她们都可以哭，不觉丢脸，而且哭过之后，倍感舒泰。精明的女人早就明白，该以何种哭的方式去获得实惠和好处，她们的泪也并非轻弹的啊，至少不会弹错时间，弹错地点，弹错对象，弹错火候。从古至今，犹如道家的薪尽火传，那些驭男有术的女人留下心得，东汉大将军梁冀之妻孙寿即倾尽所能，将它变成一门魅力四射的艺术：望之悯然且恻然的"愁眉""啼妆""堕马髻""折腰步"，还有许多非你我所知的花样。艺术之中显然夹带着撒娇扮媚的学问。她们逮住时机就哭，既可以哭得男人关心，也可以哭得男人开心；甚至暗藏着进攻和防御的整套武器，直折腾得男人心力俱疲，直泼洒得男人火气全熄，最终缴械认输。女人的泪又何曾白流了几滴？有井水的地方就歌柳词，女人落泪的地方就有情感的四季，春温夏热秋肃冬杀，四季分明啊！

男人肩负着征服世界、改造世界的重任，要饱经风霜，遍历危险，甚至直面死亡，他们无暇一哭，也无意一哭，一哭就会涣散心劲，卸掉车轮，解除武装，放弃阵营。男人动辄哭鼻子，掉眼泪，不仅难以博得社会的同情，而且很容易招致伙伴的轻蔑，就连妻子和情人也都瞧不起这样的软骨头。远古时期，积极进化的人类就关闭了男性的"泪阀"。数千年来，男人的势能只能通过其他途径（忠君、爱国、杀人、放火、从政、经商、习艺、赌钱、欺世、盗名、媚俗、健身、抽烟、吸毒、喝酒、做爱）去缓释和宣泄，倘若其中的那些必由之路依然被堵死，压力变得越来越大，最终势必引起体内的"水管爆裂"。因此热血男儿放声一哭，就会日月无光，天地失色。

一、大丈夫必是有血有泪之人

春秋时期，齐景公率领群臣登上牛山，悲去国而死，泫然泪下，竟不能自禁。这只是昏君酒醉饭饱后的一时之悲，难怪晏子既要笑他不仁，又要劝他归善。同样是在春秋时期，吴国大军攻破了楚国的郢都，楚国大臣申包胥到秦国求援，秦哀公不肯蹚这趟浑水，申包胥"依于庭墙而哭，日夜不绝声，勺饮不入口七日"，他终于感动了秦哀公，为之派兵驰援。同样是楚国大臣，屈原的泪水流向社稷苍生，且听，他在《离骚》中高吟"长太息以掩涕兮，哀民生之多艰"，隔着两千多年，我们都听见了，昏聩的楚怀王却听不见，也许是他充耳不闻吧。贾谊继承了屈原的衣钵，汉文帝执政时举国升平，但他的《治安策》劈头第一句就发出哀声："臣窃唯事势，可为痛哭者一，可为流涕者二，可为长太息者六，若其他悖理而伤道者，难遍以疏举！"倘若不是爱君爱民的痴情者，他怎会居安思危？又怎会痛哭流涕？

东晋初年，过江诸公聚集于新亭，多设美酒佳肴而郁郁寡欢，座中一人悲叹道："风景不殊，正自有山河之异！"于是群情惨然，犹如楚囚对泣，齐刷刷流下失国者忧伤的泪水。可他们只能哭，不能战，哭着哭着，金陵王气黯然收，东晋就宣告散学了。石头城的石头不怕风吹雨打，只怕蚀骨销魂的男儿泪，滴沥个不停，滴沥得太久，固若金汤的城池终于软化成一盘奶油蛋糕，任人分食。

墨子为歧路而哭，歧路容易亡羊。阮籍为穷途而哭，穷途毫无希望。阮籍喝下那么多醇酒，统统化为了泪滴，他比谁都醒悟得更透彻啊！杜甫为社稷哭，为黎民哭，为朋友哭，岂非天下第一伤心人？《梦李白》起句就是"死别已吞声，生别常恻恻"，不知你如何读完此诗，读时是否有所感应？我只知道自己早已泪眼迷蒙。辛弃疾豪迈卓荦，奔放不羁，他也要哭，那份忧伤残留在纸上，至今仍如通红的铁水，令人不敢用指尖碰触。他既不是雄着嗓门吼，也不是雌着喉咙哼，而是仿佛从高山岩缝啸出悲声："倩何人唤取，红巾翠袖，揾英雄泪？"问得好，然而谁也拿不出答案。轮到大才子曹雪芹痛哭时，他不想当众表演，只将一部《红楼梦》摊开在世人眼前，就急忙走开，犹如身披猩红斗篷的贾宝玉，静悄悄地踏过白茫茫的雪原，距离尘嚣越远越好。

还忖度什么？书中不是白纸黑字写着吗？"满纸荒唐言，一把辛酸泪，都云作者痴，谁解其中味！"他把那个"？"抻直了，变成"！"，又或许是时间抻直的吧。

我认为，最不可能痛哭的男人应该首推甘心为中国变法事业流血牺牲的第一人——谭嗣同，既然他只相信热血救世，泪水又岂能夺眶而出？这一回我又错了。1895年4月17日，清王朝与日本政府签订《马关条约》，割地赔银，丧权辱国，他乍闻此讯，悲愤填膺，亟吟成七言绝句一首："世间无物抵春愁，合向苍冥一哭休。四万万人齐下泪，天涯何处是神州！"都说男儿"落泪如金"，其实何止如金，那是灵魂的舍利子，亘古难磨。

倘若你没有做好足够的心理准备，就不要钻进历史的长卷中仔细打量。太多伤心事，创巨而痛深。人非木石，孰能无情？无论是脆弱的男儿，还是刚毅的男儿，他们挥泪如雨，原因都只有一个：泪水的阀门既为命运所掌握，也为时势所控制，没人能预计到何时何地就会泪奔。"任何一页历史，你都不可轻视，每个字都是用成吨的热血写成的！"依此类推，我就有足够的理由相信，其"蓄泪量"尤为丰沛，只要你翻开史书，万古泪河水，便向手心流。

天下可悲事既多，男儿痛苦锥心，虽欲不哭，岂可得乎？欲不哭而不得不哭，方为真哭。虽一哭再哭实属万不得已，但天地间的伟丈夫奇男子决然不肯以痛哭为美事为壮事，盖因痛哭则不祥，男儿泪落如雨的时代，绝非好时代，若非处于铁屋一般黑暗的困局，谁肯效仿女子掩袖涕泣哉？世间以哭为常事的才子，纵然狂诞不羁，也断然不肯将那不吉不祥甚矣的"哭"字嵌入名号。明末清初的画家八大山人（朱耷），本是明朝皇室苗裔，明亡后，隐居南昌。他常将"八大"二字连笔写出，其形貌宛若草体的"哭"字，可谓寄意良深。清代"文坛飞将"龚自珍将自己的初编诗文集命名为《伫泣亭文》，所谓"伫泣"者，取"伫立而泣"的意思，他将文集送给大名鼎鼎的宿儒王芑孙，向他请教，王芑孙劝诫道："天下之字多矣，又奚取于至不祥者而以名之哉！至于诗中伤时之语，骂坐之言，涉目皆是，此大不可也。"可见这位大儒对那个"泣"字颇为忌讳，认为它不祯不祥，不宜用为诗文集的书名。到了清朝晚期，竟然有人驾乎其上而行之，公然将"哭"字嵌入名号，时人斥之为异端，后人讥之为怪物。此人是谁？他究竟是疯子，还是狂夫？

二、人生必备三副热泪

他是近代诗歌王子易顺鼎（1858—1920）。多少美的、奇的、壮的、勇的、野的、豪的、逸的、雅的名号摆在那儿，他视若无睹，却拗着劲，偏要取个凄冷之极的别号"哭庵"。对此，他的说法披胸见臆：

> 人生必备三副热泪，一哭天下大事不可为，二哭文章不遇知己，三哭从来沦落不偶佳人。此三副泪绝非小儿女惺忪作态可比，唯大英雄方能得其中至味。

"三副热泪"的说法，原创版权理应归属于明末姑苏才子汤卿谋的名下，我们不妨听一听原始录音："人生不可不储三副泪：一哭天下事不可为，一哭文章不遇识者，一哭从来沦落不偶佳人。"易顺鼎稍加改造，化为己有。照他的意思，至味就是苦味、涩味、咸味、酸味、辣味。苏东坡曾说："盐止于咸，梅止于酸，食中不可无盐梅，而味在咸酸之外。"易顺鼎所说的"至味"也须往苦、涩、咸、酸、辣之外去咂摸吧。

易顺鼎早年问学于湘中大儒王闿运，受过后者的点拨，是王闿运的记名弟子，王闿运赏识易顺鼎的才华，将他和曾国藩的孙子曾广钧并称为"两仙童"。至于易顺鼎自号"哭庵"，王闿运则不以为然。据钱基博《湖南近百年学风》所记，王闿运为此专门驰书："仆有一语奉劝，必不可称'哭庵'。上事君相，下对吏民，行住坐卧，何以为名？臣子披猖，不当至此。若遂隐而死，朝夕哭可矣。且事非一哭可了，况不哭而冒充哭乎？"单从此信的词色来看，你很可能产生误会，以为王闿运性情古板，其实，这位老夫子是个顶诙谐顶洒脱的传奇人物。

易顺鼎的"哭庵"之号很怪，但与明末清初爱国者屈大均的"死庵"之号相比，仍是小巫见大巫。屈大均抗清失败后，削发为僧，匾其屋为"死庵"，以示"哀莫大于心死"，躯壳虽在，只属遗蜕。节士与才子，两相对照，高下立判。

诚然，易哭庵算不上叱咤则风云变色的伟丈夫，却不愧为吟哦则天地增色的奇男儿。天生尤物，总归是要给人好看好受。天生怪物，也同样出此初衷。

任何人有英才、雄才、霸才、鬼才、魔才附体，都绝非偶然，必有其因缘宿命，强求不得，固拒不能。

哭庵的第一声啼哭落在清末儒将易佩绅家。易佩绅，湖南龙阳（今汉寿县）人，长年陷身官场，带过兵，与太平军交过战，工诗善文，笔头子过硬，"儒将"之名洵非浪得。人到中年，同僚正犯愁如何才能钻营到更肥美的官职，正打算趁着手中权力尚未作废赶紧搜刮地皮，捞取实惠，易佩绅却与众不同，他突发奇想，剃个大光瓢，携两位美妾出家，狠敲了几个月木鱼。

易顺鼎夙慧过人，在《近代名家评传》中，王森然对此赞不绝口："生而颖敏，锦心玉貌，五岁能文，八岁能诗，父执多奖借之。"小小年纪，易顺鼎就被家乡长辈誉为"龙阳才子"。

晚年，哭庵喜欢在书札中钤一方朱文大印，印文为："五岁神童，六生慧业，四魂诗集，十顶游踪。"这十六个字皆有来历。他五岁时，恰逢江南战乱，逃难途中与家人失散，落入太平军之手，居然毫发无伤。僧格林沁亲王见他肤色白皙，宛如小小璧人一个，就抱在膝上询问其家世姓名，易顺鼎虽在髫龄，面对虬髯虎将，竟应答如流，毫不怯场。僧格林沁又问他识不识字，他索性将平日所读的古书琅琅背出，小舌头无一处打结。"神童"之名，自此传开。

有一回，哭庵请人扶乩，得知自己是明朝才子张灵的"后身"，好不欢喜。他原本就自信宿慧有根。意犹未尽，哭庵又一口气"考证"出张灵的"前身"为王子晋、王昙首二人，"后身"依次为张船山、张春水、陈纯甫三人，绵绵瓜瓞，无有断绝。以上六人均为哭庵的"前身"，合成"六生慧业"，他真是渊源有自的"鬼才"啊！哭庵的《眉心室悔存稿》收入他十五岁前的少作，其中的鲜词丽句已显露出这位龙阳才子的好色天性，且看，"眼界大千皆泪海，头衔第一是花王"，"生来莲子心原苦，死伴桃花骨亦香"，"仆本恨人犹仆仆，卿须怜我更卿卿"，如此绮艳悱恻的妙句，岂是普通少年可以写出？其超常的悟性可谓早露端倪。哭庵弱冠打马游南京，一日吟成七言律诗二十首，捷才惊人，其警句为："地下女郎多艳鬼，江南天子半才人""桃花士女《桃花扇》，燕子儿孙《燕子笺》"，古艳鲜新之至矣。他撮取自己历年诗作之佳妙者，分别编次为《魂北集》（作于京师）、《魂东集》（作于津门）、《魂南集》（作于台湾）、《魂西集》（作于西安）。总称"四魂集"。照此看来，他可真有点魂飞魄散的意思。易顺鼎一生吟诗近万首，《四魂集》是其精华。哭庵有山水癖，脚着谢公屐，游踪遍及南北，这位登山爱好者脚步停不下来，将泰山、峨眉山、终南山、罗浮山、天童山、沩山、普陀山、庐山、衡山、青城山一一践在脚下。杜甫《望岳》诗中有豪句"会当凌绝顶，一览众山小"，哭庵终生乐此不疲，所谓"十顶游踪"，即十度登峰造极。游山必有诗，他的山水诗与众不同，怪异夺目。"一云一石还一松，一涧一瀑还一峰，一寺一桥还一钟。""青山无一尘，青天无一云。天上唯一月，山中唯一人。""此时闻松声，此时闻钟声，此时闻涧声，此时闻虫声。"这样的山水诗日产十首、二十首应该不难。

易哭庵用十六字总括他的一生，固然妥切，但还有一项重大遗漏，那就是"无边风月"。太上忘情，其次不及情，情之所钟，正在我辈。易顺鼎无疑是"我辈性情中人"，人间少了他，好似《红楼梦》中少了风月之主贾宝玉，那个"情"字必定大为减色。天生尤物，又生才子，一幕幕活剧上演，完全可以无厘头。

易顺鼎十九岁中举人，人生路起始一帆风顺，而且大名鼎鼎，能有多少悲愁苦痛？再考进士，却头顶天花板，他的好运气已经用光。他以诗酒泄恨，发些"三十功名尘与土，五千道德粕与糟"的牢骚。哭庵，哭庵，无病他尚且呻吟，有病他能不号啕？易顺鼎中年丧母，痛极心伤，形销骨立，虽未"呕血数升"，但以泪代血，所差无多。他自撰《哭庵传》，历历道来，卒彰显其志：

天下事无不可哭，然吾未尝哭，虽其妻与子死亦不哭。及母殁而父在，不得渠殉，则以为天下皆无可哭，而独不见其母可哭。于是无一日不哭，誓以哭终其身。死而后已。自号曰哭庵。

慈母去世，易顺鼎在墓旁筑庐，由于仰慕皋鱼子的孝风，他将此庐取名为"慕皋庐"。《韩诗外传》中记载了那位大孝子的言行："皋鱼子被褐拥镰于道旁曰：'树欲静而风不宁，子欲养而亲不待，往而不可得见者，亲也。'遂立枯而死。"身在野外，孑影茕茕，母死不可复生，念之而恸，为此他哭了三年，直哭得目成涸辙，舌为枯根，哭得多了，哭声竟仿佛三峡的湍流，有万马奔腾之势。此后，他自号哭庵，笃定做个伤心人，终生无悔。他在《哭庵记》中写得十分清楚："吾之哭与贾谊、阮籍、唐衢、汤卿谋等不同，只哭母而不哭天下。"孝子哭慈母之颜不可见，忠臣哭昏君之心不可回，英雄哭用武之地不可得，志士哭天下之事不可为，四者本无高下之分，只不过伤心人别抱琵琶，曲调各异而已。

中年时期，哭庵筑室于庐山三峡桥一带，取名"琴志楼"。他喜爱此地松林邃密，兼有流泉可听。他为新居自制两联：

> 筑楼三楹，筑屋五楹，漱石枕泉聊永日；
> 种兰百本，种梅千本，弹琴读易可终身。

> 三闾大夫胡为至于此？
> 五柳先生不知何许人。

远避红尘，栖此长林，也好过活，然而他骨子里却是个耐不住寂寞的人，山中绛雪为饭，白云为田，久而久之，他的尘念就按捺不住了。

哭庵在庐山隐居期间，创作了大量意兴遄飞的诗歌。这些佳作得天独厚，湖广总督张之洞对它们激赏有加。张之洞既是封疆大吏，也是学问大家，他在武昌城创办两湖书院，延请天下名师主讲其中，培养了大批人才。张之洞评点易顺鼎的《庐山诗录》，颇多溢美之词："此卷诗瑰伟绝特，如神龙金翅，光彩飞腾，而复有深湛之思，佛法所谓真实不虚而神通具之者也。有数首颇似杜、韩，抑或似苏，较作者以前诗境益深造诣，信乎才过万人者矣。"能让张之洞这样不吝其词地奖誉，哭庵想不名满天下都不可能。其后不久，他被张之洞聘去主持两湖书院经史讲席，因此成为了张之洞的记名弟子。

张之洞好诗好客，平日乐见奇才异能之士簇拥左右，易顺鼎出入湖广总督府，每月总有数回，但也有不受待见的时候。某一天，张之洞吩咐幕宾："近来我心绪不佳，若跟哭庵见面，必有一场大恸，故不如远避之。"哭庵见拒受阻，便指天发誓："哭者有如此日！"张之洞姑妄信之，在书房接见他，可是两人才聊上几句话，易顺鼎突然大放悲声。张之洞怒形于色，拂衣而起，责问道："你怎么说话不算数？"易顺鼎赶紧抓住张之洞的袍服后襟不放，哭声更加惊天动地。张之洞无可奈何，只好忍着性子，等易顺鼎一把眼泪哭尽兴了，这才端茶送客。

哭庵手挥凌云健笔，一生"杀诗如麻"。汪国垣在《光宣诗坛点将录》中将他提点为"天杀星黑旋风李逵"，算得上慧眼识英雄。其评语如下："易顺鼎，快人快语，大刀阔斧，万人敌，无双谱。……实甫早年有天才之目，平生所为诗，屡变其体。至《四魂集》，则余子敛手；至《癸丑诗存》，则推倒一时豪杰矣。造语无平直，而对仗极工，使事极合，不避熟典，不避新辞，一经锻炼，自然生鲜。至斗险韵，铸伟词，一时几无与抗手。"钱仲联在《近百年诗坛点将录》中则将易顺鼎提点为天哭星双尾蝎解宝，评语赞中有弹，褒中有贬："樊、易齐名，哭庵才大于樊山，自《丁戊之间行卷》至《四魂集》，各体俱备。山水诗最工，其游庐山诗，经张之洞评定者，皆异彩辐射，炫人眼目。晚年老笔颓唐，率多游戏。"有人却特别欣赏易顺鼎晚年的诗作，这人就是易顺鼎的儿子易君左。有其父必有其子，易君左也是诗人兼名士，他在《我祖我父之诗》一文中评论道："先父一生爱游山水，崇拜美人，少年以公子身份，抱卓越才华……一入晚年，身世之感更深，而诗力更雄。……古诗樊篱，在晚年诗内已不复存在，虽有些涉及醇酒美人，但全是真性情流露，绝无道学家假面具。"诗人的生存状态原本与常人有所不同，易顺鼎爱走极端，反映到他的诗歌里，居然一点也未走样。

倘若一个人习惯于放浪形骸，就算他喜欢做官，也不知如何做官，因为他不可能自觉遵守官场的游戏规则。哭庵在官场里混来混去，混了半辈子，直到四十多岁才混出点名堂。光绪二十五年（1899）冬，他得到两江总督刘坤一的举荐，奉旨晋见慈禧太后。慈禧太后居然还记得易顺鼎曾是"五岁神童"，她询问江南的情况，哭庵谨慎作答；当谈到皇上读书一事时，他不失时机地称道恩师张之洞学问精深，如果皇上要请师傅，张之洞是最佳人选。哭庵才智超群，又有强力者为他铺路，却未能直上青云，究其原因，不外乎三点：一是其人性情难以捉摸；二是他动不动就哭成泪人；三是他好色如狂。第三点尤其得不到正人君子的谅解。"彼美一姝"可以养目，又岂止养目这样浪费资源？哭庵锦心玉貌，平日顶喜欢的就是追蜂逐蝶，寻花问柳，他早就跻入了登徒子的班次。

三、好色如狂痴

长篇小说《孽海花》第三十五回中有个叫叶笑庵的人物，其原型就是易顺鼎。作者曾朴借庄立人之口大讲叶笑庵的笑话：一是他多疑善妒，美貌柔顺的夫人回娘家，他居然下令把轿子的四面蒙得黑腾腾的，径直将轿子抬进娘家的内堂去，生怕男人打量她的姿色。二是他心狠手辣，大冬天毒打姨太太，把她剥得赤条条，丢在雪地里，眼看快要冻死了，夫人出面施救，他又迁怒于夫人，剥去她的上衣，揿在板凳上，打她一百皮鞭。结果夫人与他彻底翻脸，回娘家后再不理他。叶笑庵不消停，娶回名妓花翠琴顶缺。有道是一物降一物，花翠琴将叶笑庵整治得服服帖帖，百炼钢化作绕指柔。

文人狎妓，由来久矣，大雅如苏东坡，也未能免俗。清末文人眼看国势危殆，前途渺茫，更加醉生梦死。哭庵与袁世凯的次子袁克文交情颇深，又与诗人樊增祥雅相投契。"北樊南易"并称于世。樊增祥，字嘉父，号云门，别署樊山，晚号鲽翁，自称天琴老人，曾任江苏布政使。据《汪穰卿笔记》所载，即使在国势危迫之时，樊增祥仍能好整以暇，召集僚友撞诗钟，此举不免落下话柄。有人曾调侃道："樊方伯作诗钟，这是很有寓意的，不应当讥笑他。"究竟有何寓意？那人接着说："这就叫'做一日和尚撞一日钟'啊！"由此可见，樊增祥纵有诗才，也只是禄蠹一个。

平日，易顺鼎游逛花街柳巷，尽情狎邪；招惹倡条冶叶，多所攀折。他坦承自己有两大癖好，一为山水，二为女色。其艳情诗屡遭世人诟病，被斥之为伤风败俗的海淫之作。哭庵好色，如醉如痴，如癫如狂，金樽檀板，舞袖歌扇，到处留情，虽老姿婆娑，兴犹非浅。他喜爱观剧捧角，常与樊增祥等同好去各大戏园子选色征歌，比之当今追星族，实有过之而无不及。此辈名士衰翁，喧哗跳踉，得意忘形，仿佛吃下催情药，焕发第二春。他有《秋作》一首，泄漏出晚年的风流消息："旗亭说梦一衰翁，说梦谁复在梦中？才替荷花做生日，又看梧叶落秋风。……还共少年贪把臂，真成临老入花丛。"其侧帽癫狂之态，由此可见一斑。其师王闿运驰书半规劝半恐吓道："……乃至耽著世好，情及倡优，不惜以灵仙之姿，为尘浊之役，物欲所蔽，地狱随之矣。"对待师友的善意批评，易顺鼎通常是一笑置之，左耳进去，右耳出来，我行我素，放荡如故。

梅兰芳尚未成名时，哭庵赋诗《万古愁》，极尽赞美之能事，使之声名鹊起。1916年2月，梅兰芳在文明茶园献演《黛玉葬花》，哭庵、樊樊山等名士前往捧场。此剧由姜妙香饰贾宝玉，哭庵诋之不相称。有人当即打趣他："你老去演如何？"哭庵答得轻巧："应当差强人意。"满座为之欢哗。翌年，张謇整顿江淮盐务，得暇款段入京，众老友为之排宴，请他欣赏梅剧。看戏时，张謇击节赞美，"此曲只应天上有，人间哪得几回闻"；哭庵风格迥异，依着性子，扯开嗓子，高声叫好，调门之大，足以震落梁尘。张謇的清兴一再受扰，不胜其烦，他对哭庵说："白发衰翁，何必学那些浮浪轻佻的少年叫破喉咙？"哭庵立刻反唇相讥："我爱梅郎，大声喝彩不失为光明正大，不像酸状元，习惯用文字取媚于人。"张謇是光绪二十年（1894）的恩科状元，曾赠诗扇给梅兰芳，哭庵揭发的就是这件事。张謇见哭庵语锋侵人，就引用《打樱桃》中的台词讥刺道："怎奈我爱平儿，平儿不爱我！"意思是，臭美什么？你爱梅郎，纯属一厢情愿，再怎么咋呼，也终归无用。矛盾顿时激化，哭庵的反击弦外有音："莫非你硬是要听了《思凡》才说好吗？"他这话戳中了张状元的痛处，张謇有一名宠姬，因色衰爱弛遁迹空门。张状元闻言好不难堪，一怒之下，打算绝袂而去。恰巧樊樊山坐在身旁，见情形不妙，赶紧出面当和事佬，他引用《翠屏山》的台词来劝解："'你说石秀，石秀也说你。'两位还有什么好争强怄气的？"一语解纷，两只斗鸡火气顿消。这桩轶事妙就妙在当事双方墨守输攻，第三方裁定为和局，引用的都是戏剧台词，急切之间引用得如此妥帖，恰如其分，非修养有自而仓促莫办啊。虽只是一场短兵相接的舌战，那种文采风流着实令人拍案叫绝。

若论捧角之狂热，易顺鼎堪称京城第一人。哭庵有一妻两妾，但他意犹未尽，兴犹未浅，《十伶谣》足见其痴情博爱："能愁我者梅兰芳，能醉我者贾碧云。能瘦我者王克琴，能杀我者小菊芬。能眩我者金玉兰，能娱我者孙一清。能温我者小菊处，能亲我者小香水。能恼我者小玉喜，能活我者冯凤喜。凤喜凤喜汝何人，天桥桥头女乐子。"后来，哭庵迷恋刘喜奎，常与罗瘿公、沈宗畸等戏友去这位名伶家中做客，以博美人一粲为快。每次登门，他必定狂呼："我的亲娘，我又来了！"诗人刘成禺以此为调侃的题材，吟诗一首："骡马街南刘二家，白头诗客戏生涯。入门脱帽狂呼母，天女嫣然一散花。"刘喜奎称哭庵为干爹，两相抵消，还拜他为师，学习诗文。哭庵放浪于形骸之外，对刘喜奎的痴爱形于诗歌，竟有格调极低下者，比如这首《七愿》：

一愿化蚕口吐丝，月月喜奎胯下骑。

二愿化棉织成布，裁作喜奎护裆裤。

三愿化草制成纸，喜奎更衣常染指。

四愿化水釜中煎，喜奎浴时为温泉。

五愿喜奎身化笔，信手摩挲携入直。

六愿喜奎身化我，我欲如何无不可。

七愿喜奎父母有特权，收作女婿丈母怜。

　　初唐诗人刘希夷写过一首《公子行》，可谓风流蕴藉，"古来容光人所羡，况复今日遥相见？愿作轻罗著细腰，愿为明镜分娇面"，这是其中的四句，读者无抵触感。相比而言，哭庵的《七愿》格调太低，恶俗气息扑鼻。

　　民国初年，鲜灵芝与刘喜奎各树一帜，鲜灵芝在广德楼，刘喜奎在三庆园，争巧竞妍，比拼声色之美，几十个回合下来，刘喜奎被一群色魔纠缠不休，迫不得已，悄然隐去，从此鲜灵芝独擅胜场，一时无人可与争锋。哭庵创作了多首长诗纪其演出盛况，其中数句活生生描绘出他的癫态狂形："……我来喝彩殊他法，但道'丁灵芝可杀'。丧尽良心害世人，占来琐骨欺菩萨。柔乡拼让与丁郎，我已无心老是乡。天公不断生尤物，莫恨丁郎恨玉皇！"诗中的丁郎是谁？竟使哭庵垂涎吃醋，掀髯讨伐。他就是鲜灵芝的丈夫丁剑云。鲜灵芝本是丁某的妻妹，十四岁时即被姐夫引诱失身，其姊气死后，丁某强娶她为妻。鲜灵芝是丁某一手栽培出来的摇钱树，平日受尽苛待，少有自由，一度轻生，吞金自杀未遂，戏迷为此声讨丁剑云，闹腾得最凶的自然是易顺鼎，倘若他有鲁智深一半的武功，准定会揍得丁某鬼哭狼嚎。丁剑云艺名为丁灵芝。当时艺人中叫"灵芝"的，除开以上二位，还有年长的崔灵芝和李灵芝。灵芝号称仙药，能起死回生，清末民初的中国人多半醉生梦死，优伶以"灵芝"为艺名，显然有把戏院当医院的意思，除了讳疾忌医者以外，谁能拒绝他们的救死扶伤？鲜灵芝芳龄十九，鲜嫩欲滴，哭庵形容她是"牡丹嫩蕊开春暮，螺碧新茶摘雨前"。鲜灵芝有倾城之貌，唱腔玉润珠圆，再加上她很会暗送秋波，撩逗看客，因此不少观众为之疯魔，喝彩时，甚至有大叫"要命"的。于稠人广众之中，哭庵的喝彩声压倒一切，而且他别出心裁，嚷嚷的是"丁灵芝可杀"。此语一出，他要"篡位"的心思就暴露无遗了。

　　另有一事为人哄传：有一次，鲜灵芝在台上演《小放牛》，小丑指着她说："你真是装龙像龙，装凤像凤。"哭庵坐在前排，闻言一跃而起，大呼道："我有妙对，诸君静听：我愿她嫁狗随狗，嫁鸡随鸡。"顿时闹了个哄堂大笑。管他娘的丑态百出也好，四座皆惊也罢，哭庵目无余子。那段时间，他写诗首首必及鲜灵芝，好比俗语所谓"阵阵不离穆桂英"。

　　哭庵老当益壮，晚岁偷学少年，薰衣刮面，涂脂抹粉。樊樊山抓住这个趁手的题材，多次写诗挖苦和讽刺哭庵老来俏："极知老女添妆苦，始信英雄本色难。"意犹未尽，又补一刀："妇衣乍可更何晏，男色将来毋董贤。"何晏是何许人？他是曹操的养子，姿容俊俏，是位搽粉专家，世称"傅粉何郎"；董贤是何许人？他是汉哀帝的宠臣，二十二岁就官至大司马，权倾一国，其所以暴兴如此之盛，因为他是一位男风（同性恋）专家，投合了哀帝所好。樊樊山的诗句谑而至于虐，真是高手的恶作剧啊！

哭庵，哭庵，自哭母三年之后，眼泪的大闸就无法关闭，由其早年坚称的"天下事无不可哭，然吾未尝哭"变为"天下事无不可哭，吾遂哭之"。他用诗歌表明自己的真性情："我诗皆我之面目，我诗皆我之歌哭。我不能学他人日戴假面如牵猴，又不能学他人佯歌伪哭为俳优，又不能学他人欲歌不敢歌，欲哭不敢哭，若有一物塞其喉。歌又恐被谤，哭又恐招尤，此名诗界之诗囚。"在他心目中，薄命的美人尤为可怜，尤为可哭。哭庵暮年，火热情肠并不逊色于青皮后生，他长期以怡红公子自命，将一班美貌金嗓的女伶视为大观园的诸姐妹。他作诗《数斗血歌——为诸女伶作》，愿为众姝呕血牺牲，此诗腾于众口，传诵一时。诗中对名伶金玉兰赞誉极高："金玉兰，我曾见其演《新安驿》，北方佳人真玉立，明眸巧笑俱无匹，浩态狂香皆第一。风流放诞定与文君同，玉体横陈堪夺小怜席。能破城阳十万家，还倾下蔡三千邑。"他偶然得知金玉兰姓张，祖籍直隶南皮，与先师张之洞同姓同籍，遂于人前称金玉兰为"张南皮"。哭庵对人说："我看见玉兰，就仿佛看见了文襄（张之洞谥文襄）先师，假如能让我跟她晤言一室之内，哪怕是当场给她磕三个响头，我也在所不惜！"这想法简直将哭庵魔魇住了，于是他用巨金贿赂金玉兰的干爹许玉田，再三哀恳，许玉田勉强应承为他安排。殊不知金玉兰具有一般女伶所不易具有的坚贞品质，对那些趋之若鹜的好色之徒，一概拒之门外。哭庵名声狼藉，自然更属于她所轻蔑的首选对象。许玉田受人钱财，替人消灾，答应略施小计：由他创造时机，让哭庵与玉兰无意间撞见，然后再婉转陈词，疏通款曲，大抵不会惹怒美人。哭庵闻言，拊掌大喜，数日后，他身着盛装，手携厚礼，依约拜访许玉田，当然是醉翁之意不在酒，在乎"美味玉兰片"也。讵料金玉兰一听"易实甫"（哭庵字实甫）三个字，顿时怒火攻心，痛骂不止，迅疾转身返回自己的房间，再也不肯出来。如此场面，如此结局，哭庵既丢脸，又扫兴，唯有自恨无缘。此后，玉兰回乡省亲，正逢党狱兴起，直隶一地捕杀多人，传闻金玉兰也被捎带入案，惨遭枪决。哭庵悲愤莫名，无以自解，写诗抗议道："天原不许生尤物，世竟公然杀美人！"

感伤数日，才知这条噩耗纯属愚人节的误传，不禁癫喜万分，仿佛杜甫当年听说官军收复蓟北，"漫卷诗书喜欲狂"。金玉兰患白喉病逝世，年仅二十六岁，尚是云英未嫁之身。哭庵在印铸局代局长任上，接罗瘿公来电，得悉噩耗，顿时如丧考妣，昏厥在地，良久才苏醒过来。玉兰尚未装殓，哭庵坚请抚尸一哭，玉兰家人再三挡驾，但见他哭得惊天动地，不得已，就应允了他这个不合情理的请求。哭庵进入内室，紧抱玉兰的寒尸，大放悲声，泪如雨下，丝毫不低于当年哭母的水准。他体质虚弱，竟因此染上重病，委顿久之。金玉兰发丧时，哭庵力疾前往，扶棺志哀。当时报上有诗纪事："如此兰花竟委地，满座来宾皆掩泣。座中泣声谁最高？樊山、实甫两名士。"还有同调者啸泉撰文激其颓波："……闻易哭庵先生，亦感玉碎于须臾，悼兰摧于俄顷，曾演双吊孝（樊樊山也有份）之活剧，入芝兰之室，号啕而痛哭焉。噫！钟情之甚，不觉过于悲痛耶？然而泣尽眼中之泪，难回既逝之魂，抑或借金玉兰以自哭耶？伤心人别有怀抱，吾于易先生之哭有同情矣。"哭庵赋诗悼金玉兰，劈头四句为：

> 位比花王称武艳，籍同修县附文襄。
> 美人短命真为福，女子多才定不祥。

是真名士自风流。哭庵怜才好色，出于天性，至老而不衰。其昵友樊樊山每每取笑哭庵"贪财，好色，不怕死"，又有促狭鬼将三事并为两案：一为"贪财"，二为"好色不怕死"。说哭庵"贪财"，是由于他每月各项收入加起来高达千元光洋（民国初年，普通百姓人均月收入不足十元），却依然在人前人后哭穷，总说自己没钱刻诗集。哭庵"好色不怕死"，事例比比皆是，已无烦一一枚举。其实，哭庵是怕死的，他怕冷枪，怕流弹，怕乱匪，怕冤狱，所以他要躲，径直躲进风月场、温柔乡去，耽于女乐，以安孤心，以慰惊魂。他成长于幸福家庭，从小受尽呵护，应该说，他的性格比一般人更脆弱，一旦直面惨淡的人生，他就束手无策，裹足不前。这位真情至性的天才诗人，爱美，爱艺术，爱那些名已喧腾而身犹卑贱的坤伶，又有什么可奇怪的？借此迷醉，他忘记了乱世的悲风苦雨，也忘记了自己的年龄。他用真情去爱，爱得轰轰烈烈，真爱能使懦夫变为勇士，所以他敢跑去抚尸痛哭，不畏流言，不怕疫病夺命。从这个角度说他"好色不怕死"，大抵是不错的。他爱女伶，固然是好色的天性使然，但他用情极深，用意至诚，对美丽的女伶尊重有加，并非处心积虑地玩弄，从未使出猥亵强求的霸王手段来。一事能狂便少年，其用心痴癫，也说明他为人真挚，不耍贼奸，相比那些道貌岸然、心实龌龊的家伙，强出一大截。

四、做不成烈士，便做名士

你也许会说，堂堂七尺男儿，易顺鼎应该深明"天下兴亡，匹夫有责"的大义。这话当然是不错的。哭庵早年也想有所作为，他在广西龙州署理太平思顺道半年，因为极力反对"裁绿营，停边饷"，触怒两广总督岑春煊。岑春煊岂是好惹的？他在广东布政使任上时，劾罢两广总督谭钟麟，这是清朝绝无仅有的事情。他在甘肃布政使任上时，毅然向陕甘总督陶模求兵，率先勤王，保护慈禧太后、光绪皇帝去西安避难，立下大功，深得老佛爷的信任。岑春煊敢作敢为，才大胆壮，在两广总督任上时，捕杀广西巨盗陆、梁二人，注其鲜血满杯，竟当着广西巡抚柯逢时的面，一饮而尽，举座为之震惊。遂有"猛虎"之号。如此强悍的封疆大吏又怎会把全国著名诗人放在眼里，岑春煊将哭庵定性为"实属荒唐""不谙治理"，斥之为"名士画饼"（讽刺他只是画饼样的名士，于国无用）。由于双方龃龉难解，岑春煊上奏参劾。哭庵眼看自己行将削职，很不服气，他以北官黝的名言"恶声至，必反之"壮胆，致电朝廷，将岑春煊劲射过来的皮球再猛踢回去："为宪台保桑梓，为朝廷保地方，顺鼎并不荒唐，恐荒唐别有人在！"哭庵的好友郑孝胥在龙州驻节督办广西防务，从旁打趣道："他那里正要裁兵，你这里倒要养勇。"意犹未尽，郑孝胥还集四书成句为联安慰哭庵："假我数年，五十以学易；方寸之木，可使高于岑。"联语中嵌入易顺鼎和岑春煊的姓，郑孝胥显然是在为哭庵发言助威。

据李伯元《南亭笔记》所述，易顺鼎离开伤心之地广西龙州后，决定乘船去上海散心，沪埠好友闻讯而调侃道："从此租界多一光棍，而官场少一通人矣。"也有朋友劝导哭庵："君至上海，勿荒于色，遵时养晦，当有复起之时。"哭庵却并不领情，他说："我到了上海，是目中有妓，心中无官的了。"

哭庵从小被人目为神童，他才思敏捷，笔头子处处要做赢家，嘴巴子也次次想占上风。旧时谚语道是"山东出将，山西出相"。杨度是湘潭人，是将门之后，湘潭又出产酱油，酱与将同音，易顺鼎便打趣杨度："湘潭出将。"一语双关，闻者发笑。杨度岂肯吃这个哑巴亏？他的自卫还击更见功力，他调侃易顺鼎，可谓恶谑："龙阳出相。"易顺鼎是汉寿人，汉寿古名龙阳，旧时的男妓叫相公，相公又号龙阳君。如此转折一番，杨度同样是语带双敲，易顺鼎竟被他"敲"得丢盔弃甲，满面羞惭。

哭庵目睹国土沦陷敌手，也曾上书言战，力主"罢和议，褫权奸，筹战争"，词锋勇锐非凡，披肝沥胆；他还曾横渡海峡，抵达台南，投奔黑旗军统帅刘永福，决意抗击倭寇，舍身忘命。《寓台咏怀》一诗写得壮气充盈，豪情澎湃：

> 宝刀未斩郅支头，惭愧炎黄此系舟。
> 泛海零丁文信国，渡泸兵甲武乡侯。
> 偶因射虎随飞将，曾对盘雕忆少游。
> 马革倘能归故里，招魂应向日南洲。

易顺鼎愿意战死疆场，马革裹尸还，但事与愿违，清政府与日本政府签订《马关条约》，割弃台湾，刘永福也因粮饷不济最终放弃台南。于是，几声"奈何"之后，一地鸡毛而不可收拾，将"爱国主义"移情而为"爱帼主义"，沉醉其中，难以自拔。任凭恩师王闿运的警训响彻耳畔："乃至耽著世好，情及倡优；不惜以灵仙之姿，为尘浊之役。物欲所蔽，地狱随之矣！"他不怕恐吓，反倒觉得"地狱"比人间要好玩得多！

在专制时代，国家只是帝族的私产，人民只是皇家的奴婢，主子嫌你忒多事，你还能不敛手抽足，识相而退吗？哭庵是寒了心的，那时无数士子也都寒了心。

按理说，易顺鼎应该很容易堕落为浑不吝的"名士"，邹容在《革命军》中讽刺道："名士者流，用其一团和气，二等才情，三斤酒量，四季衣服，五声音律，六品官阶，七言诗句，八面张罗，九流通透，十分应酬之大本领，钻营奔竞，无所不至"，但哭庵心中有一腔孤愤和深情，最终用近乎癫狂的姿态保存了自己残剩的人格和尊严，这可说是不幸之中的万幸。由于文人的积习使然，他注定做不成革命志士，对此，我们不必苛求。倘若超越历史的时空，以今人的眼光去打量，以现代的头脑去评判：我们既要赞许一些人为国家大计、民族大义浴血牺牲，也应当准许一些人为自我本色、艺术本真苟全性命，只要他们不曾背叛良知，出卖灵魂，那么谁也没有资格谴责他们的生活方式。在清末民初的笔记史料中，涉及哭庵的文字不少，常有其同时代人在肯定他的天纵诗才后，笔锋一转，骂他是"色中饿鬼""花间老蝶""丑态百出""文人无行""不知人间羞耻为何物"，诸如此类。哭庵好涵养，所有的贬斥和诟谇他都照单全收，一一笑领，从不计较，从不反驳。应该说，他心中全无障碍，全无怨尤。那些身着迷彩服的"大人""君子"，反而不攻自倒，委琐不堪。

三尺积尘掩不住血光灼灼、泪光熠熠的近代史，英雄豪杰才子佳人联翩而至，复活于眼前，可谓"惊才绝艳"，非此四字不足以形容。以后人的眼光来看，乱世固然是悲哀的，又何尝不是美丽的？哀感之后的顽艳，残剩的都是凄凉！

光绪年间，哭庵游宦河南，任开封乡举监考人，请一位算命先生推过铁板神数，虽说在五十七八岁时"赖有吉人扶，当今复用吾"，他仍有官运可走，但神算子强调，他的寿命难过五十九岁大限。1916年，易顺鼎五十八岁，恰逢袁世凯帝制自为，他欣喜若狂，改名更生，为此赋诗一首："此前譬如昨日死，以后譬如今日生。产出中华新帝国，小臣亦改更生名。本无五十八岁我，帝国元年我始生。谁与我同生日者？同胞四万万同庚。"他以此为厌胜（用法术诅咒或祈祷，以达到制胜所厌恶的人、物或魔怪的目的），企图蒙混过关（鬼门关）。这一招似乎很灵验，易顺鼎活过了五十九岁，直到六十三岁，生命之钟才告停摆。

在清末民初的诗坛，易顺鼎与樊增祥齐名，他赞许对方为"平生第一知己"。然而樊增祥对此定位并不认可，对易顺鼎意下不无轻视，在致诗人黄哲维的手札中，他坦白相告："索观挽石甫（易顺鼎亦字石甫）诗，今以写寄，弟于此子意极轻之，而又怜之。轻之者，恶其无行也。怜之者，惜其有丽才而潦倒一生也。至其临殁一年，所受之苦，有较刀山剑树为烈者，亦足为淫人殷鉴矣。死前数日，新集排印成，或谓错字尚多，请其改正，渠卧而叹曰：'错讹由他，谁来看我诗也！'亦可悲矣。"嗣后，樊增祥为易顺鼎的新诗集题诗，末尾两句是"一世好名复好色，可怜生死穷愁中"，他对这位老友既轻视又同情，倒也没说半个字的假话。

樊增祥称易顺鼎为"淫人"，算不上诬蔑。易顺鼎晚年沉湎于声色，几近疯狂，因此患上严重的梅毒，痛苦万状，无药可医。1920年，易顺鼎病重，友人嶭良前去探望，哭庵正忙于编定自己的诗集，他说："非病也，才尽耳！无才，不如死。"没多久，他就去世了。有好事者别出心裁，代鲜灵芝撰成一副语气戏谑的挽联，送给易顺鼎：

　　灵芝不灵，百草难医才子命；
　　哭庵谁哭，一生只惹美人怜！

　　哭庵的生命已被死神席卷一空，唯独三副热泪长留人世。"不知年年辽海上，文章何处哭西风？"自古才子就是这样探问的，至今仍无标准答案。
　　后之视今，亦犹今之视昔。倘若真就这样一路探问下去，后人的问题就会提前浮出水面："寄迹于这等人间，托身在如此时世，你们为什么而哭？或者，你们为什么不哭？"我们应该怎样回答呢？

菊残犹有傲霜枝

1921年，日本作家芥川龙之介游历中国，他首途上海，西方友人约翰斯与他握手话别，善意地提醒道："你到了北京，不去看紫禁城也不要紧，但不可不见辜鸿铭啊！"

在西方人眼中，辜鸿铭具有极大的魅力和神秘感，他们视这位古怪老头为北京城内比三大殿更重要的人文景观，到了京城不去见他，简直就跟入宝山空手而归没什么区别。

辜鸿铭自嘲为 Crazy Ku，这位辜疯子的魅力和神秘感究竟何在呢？看其晚辈学者和作家对他的描述，单是外表，就令人觉得很有些滑稽可笑。

> 他生得一副深眼睛、高鼻子的洋人相貌，头上一撮黄头发，却编了一条小辫子，冬天穿枣红宁绸的大袖方马褂，上戴瓜皮小帽；不要说在民国十年前后的北京，就是在前清时代，马路上遇见这样一位小城市里的华装教士似的人物，大家也不免要张大了眼睛看得出神吧。（周作人《北大顶古怪的人物》）

> 先生喜征逐之乐，故不修边幅，既垂长辫，而枣红袍与天青褂上之油腻，光可鉴人，粲然立于其前，不须揽镜，即有顾影自怜之乐。（梁实秋《辜鸿铭先生逸事》）

> 袍作枣红色，衬以无领铜钮、肥大马褂一袭，下着杏黄套裤，脚着挖心式"夫子履"，青云遮头，鼻架花镜。每谈国事，则曰："你们中华民国！"盖先生发辫长垂，小帽红结，大如小儿拳，迄其天年，从未忘情于清室。（王森然《辜鸿铭先生评传》）

枣红色的旧马褂，破长袍，磨得油光闪烁，袖子上斑斑点点尽是鼻涕唾液痕迹，平顶红结的瓜皮小帽，帽子后面是一条久不梳理的小辫子，瘦削的脸，上七下八的几根黄胡子下面，有一张精通七八国语言，而又极好刁难人的嘴巴。脚下，终年一双梁布鞋。（王理璜《一代奇才辜鸿铭》）

　　一个背逆者，宣传君主主义；一个浪漫派，接受孔教作为人生哲学；一个主张专制者，却以佩着奴隶的标记（辫子）为得意。辜鸿铭之所以会成为中国近代最有趣的人物，即是由于上述矛盾。（温源宁《不够知己·辜鸿铭》）

　　这个小老头，像禁欲者一样瘦削，但面孔很有神采，直着脖子，身体微微前倾，颧骨突起，宽宽的额头下闪烁着两只带笑意的大眼睛。他穿着中国长袍。在北京人都已剪掉辫子的此刻，他却留着那条象征性的发辫。我们的谈话进行了一个多小时。辜氏口若悬河，我几乎插不上话。其实，这只是一幕长长的独白，令我毕生难忘，因为我从未见过如此固执己见、坚守确定信念的人。（弗兰西斯·波里《中国圣人辜鸿铭》）

述者各异，"辫子"却出现在每一段文字之中。中华民国推翻清朝，最显著的成就是什么？改旗、易服、放裹脚、剪辫子。剪掉那条垂于中国男人脑后、被洋人称之为 pig-tail（猪尾巴）的耻辱标记，则是最痛快的"精神手术"。辜鸿铭学贯中西，精通东方和西方多国的语言文字，为何独独对那条不伦不类的辫子敝帚自珍？辜氏的说法是："许多人笑我痴心忠于清室。但我之忠于清室非仅忠于吾家世受皇恩之王室——乃忠于中国之政教，即系忠于中国之文明。"这样连线、画等号确实有点像是脑筋急转弯的游戏。有人劝他剪掉辫子，免掉麻烦，他的回答却令人一愣："辫去而国富强则去之，否则固不去也！"有人将他的辫子视为前清遗老的残留物，他却将自己的辫子视为"一个标志和象征——几乎是一个宗教符号，一面中国民族性的旗帜"，或者说，是一本中华传统文化的护照。如果你据此认定他极度重视和高估男人脑后那根有碍观瞻的辫子，就未免太天真了。辜鸿铭以笔名汉滨读易者撰写《张文襄幕府纪闻》，下卷中谈及服饰和辫子，他说："今人有以除辫变服为当今救国急务者，余谓中国之存亡，在德不在辫，辫之除与不除，原无大出入焉。"脑后的辫子可以咔嚓一声剪掉，心中的辫子则剪不掉，辫子是有形的，"德"却是无形的，"德"到底是什么？他却语焉不详。

1919 年 8 月，胡适在《每周评论》第 33 期上登出一篇随感录，批评辜鸿铭由于"立异以为高"的潜在心理作祟，别人留辫子他偏要剪辫子，别人剪辫子他偏要留辫子，完全是玩世不恭，为了出风头、玩噱头。对此，辜鸿铭相当生气，要求胡适登报向他公开道歉，否则就要去法院控告胡适诽谤罪，这样的威胁之词自然当不得真。

一、学在西洋，回归中土

1857 年，辜鸿铭出生于马来亚槟榔屿，幼而岐嶷，被乡人目为神童。父亲辜紫云是华侨后裔，受雇于当地双溪吕蒙牛汝莪橡胶园，在苏格兰人福布斯·司各特·布朗（Forbes Scott Brown）属下任司里，为人忠厚，深得器重，其次子鸿铭被布朗收为养子。当辜鸿铭十三四岁时，他被布朗带去欧洲大陆，入苏格兰名校爱丁堡大学修习艺术和文学。辜紫云送儿子出洋时，特别叮嘱他两件事：第一，他不可入耶稣教；第二，他不可剪辫子。到了苏格兰，辜鸿铭处处受到歧视，每天出门上街，孩子们总跟在他身后叫喊："瞧啊，支那人的猪尾巴！"他牢记父亲的教训，忍耻含羞，不敢剪去辫发。直到某个冬日，辜鸿铭的监护人去伦敦办事，他偷闲约会女朋友，那位苏格兰少女很顽皮，将他乌黑的长辫当成玩具，竟有点爱不释手。辜鸿铭一时冲动，将父亲的教训抛到九霄云外，对女友说："你要是真心喜欢，肯赏脸收下这条辫子，我就把它剪下来送给你。"于是，"咔嚓"一声，转瞬之间，那条长辫就更换了主人。

在爱丁堡大学求学期间，每逢星期天，辜鸿铭必携带纸笔，如同一名私家侦探，去图书馆搜寻孤本秘籍，一旦找到，立刻抄录下来。五六年时间，光是抄书，他就抄了数十种。同为爱丁堡大学高才生，李提摩太最怕与辜鸿铭交谈，原因很简单，他读书也不少，在辜鸿铭面前，却显得孤陋寡闻。二十岁那年，辜鸿铭获得文学硕士学位。其后，他游学欧洲多国，在德国莱比锡大学获得工科学士文凭。大约在 1880 年，辜鸿铭返回马来亚，在英属新加坡殖民当局任职。人生的重大转变往往是由于某个机缘促成,有时是一件事,有时是一个人。正当辜鸿铭瞻望前途举棋不定之际,他幸运地遇到了《马氏文通》的作者马建忠。当时,马建忠在巴黎获得法学博士学位,奉李鸿章征召,回国入其幕府襄助洋务,他途经新加坡,寄寓在海滨旅馆。辜鸿铭慕名前往访晤,两人都有欧洲留学的背景,因此一见如故。三日倾谈,马建忠舌粲莲花,极赞华夏文化如何博大精深,源远流长,竟使辜鸿铭恍然若醍醐灌顶,其人生观和生活方式陡然发生转变。他决定前往中国,研究经史。

> 我在新加坡同马建忠相遇……是我一生中的一件大事。因为正是他——这个马建忠,使我再一次变成一个中国人。尽管我从欧洲回来已经三年多,但我还不曾深入了解中国的传统思想和观念世界……自己仍保留着一个假洋鬼子样……
>
> 我同马建忠相遇三天后,即向新加坡殖民当局提出了辞呈,不等其作出答复,就乘坐第一班汽船回到我的槟榔老家。在那里,我告诉我的堂兄,即我们家那位家长,说,我愿意蓄辫并改穿中国服装。

回归中土四十年后,辜鸿铭忆及往事,对于当初马建忠给他指点迷津,仍感激不尽。

二、幕僚生涯

光绪十一年(1885),一个偶然的机会,辜鸿铭由两广总督张之洞的幕僚赵凤昌(或谓杨汝澍)推荐,受聘为总督衙门的德文译员。他从此追随张之洞,由广州而武昌,由武昌而京城(中间在南京短暂任职),总计长达二十二年之久。刚入张之洞幕府时,辜鸿铭只是菜鸟,洋文虽然出众,国学却尚未入门,一代鸿儒沈增植颇为轻视这位假洋鬼子,对他说:"你说的话我都懂,你要懂我的话,还须读二十年中国书。"辜鸿铭受此刺激,从此钻研中国古代典籍,寝馈于斯。十余年后,他毅然践履前约,向沈增植扔出白手套,发起挑战,沈增植见势不妙,高挂免战牌。

在《张文襄幕府纪闻》一书中,辜鸿铭写到张文襄(之洞)对他"虽未敢云以国士相待，然始终礼遇不稍衰"，"余随张文襄幕府最久，每与论事辄不能听"，"张文襄尝对客论余，曰某知经不知权"，瞧，这几句话连皮带馅，实际上是三分感激夹带七分牢骚。张之洞少年得志，掇巍科（一甲第三名，俗称"探花"），点翰林，放学政，其后久任封疆大吏，办洋务，倡新学，标榜"中学为体，西学为用"，这八个字一度风靡全国。但张之洞骨子里渗透了旧文官习气，用人首重门第，次重科甲，三重名士，至于喝过洋墨水的人才，仅仅充当译员，很难得到他的举荐。辜鸿铭通晓欧洲多国语文，在外交场合为张之洞挣足了面子，却仍然只是处于养而备用的境地。张之洞是大傲哥，辜鸿铭也是大傲哥，一个是上司，一个是下级，难免会有冲突，会有顶撞，两人居然能长期做到彼此谅解，相互包涵，已属难能可贵。辜鸿铭拥有足够的闲暇，不见得就是一件坏事，他沉潜于经史子集之中，欣然感叹："道固在是，无待旁求。"一旦对儒家经典心领神会，他就放开手脚，在英文刊物上发表介绍和评述中国文化精华的文章，欧洲学者正是从他豁开的这扇窗口看到精深邃密的中国文化，因而感到兴奋和惊奇。俄国文豪列夫·托尔斯泰与辜鸿铭用书信探讨过中国文化对现实世界所能起到的作用，丹麦文学与社会评论家勃兰兑斯也在一篇长文中对辜鸿铭批判欧洲文化的观点表示激赏。辜鸿铭还做了一桩拓荒性质的工作，他用典雅的英文翻译《四书》中的《论语》和《中庸》，把文化输出这一项目做得风生水起。辜鸿铭歪打正着，因此在欧洲知识界挣得持久不坠的声誉，也可算是失之东隅，收之桑榆。

辜鸿铭静待时来运转，一等就是十七年。张之洞突然良心发现，这位模范幕僚虽然孤傲，倒也精明，却迟迟未获提升，做老板的实在有些过意不去。他对辜鸿铭说："十七年来，我对你有所疏忽，可是你为什么不提出要求呢？我很忙，把你的晋升给忘记了。"张之洞这回动了真格的，向光绪皇帝举荐辜鸿铭，御旨任命辜鸿铭为上海黄浦浚治局督办，月薪高达800两银子，确实是个肥差。辜氏对物质生活没有奢求，做官做得相当清廉，独善其身也就罢了，他在财务上盯得比老鹰还紧，居然揭发并控告洋人的贪赃舞弊行为，妨碍他们的财路，这就等于搬起石头砸烂自己的金饭碗。

1907年夏，张之洞奉旨进京，出任体仁阁大学士兼军机大臣，他在幕僚中精心挑选了两名"洋学生"——梁敦彦和辜鸿铭，随之一同北上。到了北京，梁、辜二人均入外务部，辜鸿铭任员外郎，后又升迁郎中，做了司长，总算混到出人头地了。

1910 年 1 月 17 日，辜鸿铭获得清廷赏赐的一项荣誉：以其"游学专门列入一等"，赏给文科进士。在同榜幸运儿中，严复居首，辜鸿铭居次，伍光建列第三。辜鸿铭对自己屈居第二，深感气闷，一直耿耿于怀，闷闷不乐。如果说严复、伍光建将西洋名著输入到国内，使国人眼界大开，算得上了不起的本事，辜鸿铭将中国儒家文化输出到国外，感化那些野性难驯的洋鬼子，就更是了不起的本事。但严复、伍光建的功绩国人有目共睹，辜鸿铭的功绩则是在西洋知识界有口皆碑，很显然，他吃了暗亏，能点个榜眼，不说心满意足，也该心平气和了。

三、遗老和教授

张之洞去世后不久，蛰居彰德的袁世凯大有卷土重来之势。辜鸿铭在许多公开场合辱骂过袁世凯是"贱种""流氓"，他还在《张文襄幕府纪闻》一书中嘲笑袁世凯的智商只相当于北京街头刷马桶的三河县老妈子，袁世凯耳目众多，难保他不秋后算账。外务部尚书梁敦彦是辜鸿铭的顶头上司和多年好友，为此忧心忡忡，及时向辜鸿铭发出警报，要他赶紧逃生。辜鸿铭够倔，但并不傻，他立刻辞职南下，跑到沪上，出任南洋公学校长（也有记载称他就职的是教务长）。

1911 年冬，唐绍仪、张謇在上海为袁世凯罗致人才，想把辜鸿铭招至麾下，他们知道辜鸿铭是保皇党，而清廷并未厚遇过他，于是设宴于名店，引用孟子的话去打动他，"君之视臣如犬马，则臣视君如国人；君之视臣如土芥，则臣视君如寇仇"。瞧，这话出口，就像是倒提宝剑，授人以柄，辜鸿铭当然不会错过冷嘲热讽的机会，他说："鄙人命不犹人，诚当见弃。然则汝两人者，一为土芥尚书，一为犬马状元乎？"这话的意思是："我的命不像别人那么好，理应被遗弃。然而你们两人，一个是清朝的邮传部尚书，一个是光绪二十年的恩科殿试状元，地位和功名不可谓不显著，岂是寻常的土芥和犬马可比？"辜鸿铭讥刺唐绍仪和张謇热衷功名，忘恩负义，他掷下杯子，拂袖而去。辜鸿铭把话说到这个分上，算是挖苦到家了，唐、张二人自取其辱，好生无趣。

1916 年，袁世凯的皇帝迷梦被蔡锷的超级远射踢爆了，退位之后，一命呜呼。他活着时，老百姓难获生人之趣，他死了，北京城仍要禁戏三天，娱乐场所悉数关门歇业。辜鸿铭不理会这道官方禁令，他将戏班子接至家中，照旧开演。警察登门干涉，他白眼告知：袁某某是忌日，我可是生日，这戏不演不行。警察也知道辜疯子的老辣厉害，跟他不可较真，于是睁一只眼闭一只眼，听之任之。

1917年，蔡元培主掌北大，以"兼容并包"为办学宗旨，延聘辜鸿铭为北大英文门教授。蔡元培的理由是："我请辜鸿铭，则因为他是一位学者、智者和贤者，而绝不是一个物议飞腾的怪物，更不是政治上极端保守的顽固派。"

据翻译家李季在自传《我的生平》中揭秘，辜鸿铭到北大任教，实有一波小曲折。1916年，李季所在的英文班专任英文教师是C先生，这位登徒子学问不弱，但常以妓院为家，就没好好地教过书，英文班的同学深致不满，强烈要求刚接掌北大的蔡元培校长辞退C先生，改聘辜鸿铭来给他们上英文课。为达成这一愿望，他们罢课数星期。李季笔歌墨舞地写道："自C去而辫子先生来，我们不啻'拨开云雾见青天'。"名师出高徒，李季用文言文翻译辜鸿铭的英文社论，就恰成双璧，得到了"辫子先生"的首肯，传为佳话。辜鸿铭是天字第一号的保皇党，他时刻以前清部郎自居，脑后拖着灰白小辫，在北大激昂亢进的氛围中来去招摇，保持鲜明的个人姿态。他反对女生上英文课，反对新文化运动，确实是当年一道奇异的景观。"辫帅"张勋复辟时，辜鸿铭在外交方面竭尽绵薄之力，梁敦彦荐他做外务部侍郎，据说张勋期期以为不可，理由是"辜鸿铭太新了"，这真是令人啼笑皆非的笑谈。好在那幕复辟闹剧只折腾了十多天就草草收场了，倘若再闹下去，保不定还会闹出更大的笑话。

辜鸿铭对其日本籍夫人吉田贞子珍爱有加，由于爱屋及乌，他特别欣赏近代日本的政教和文化，他曾说："有人纳闷处于孤岛之上的日本怎么会崛起为东方的强国。其主要原因就在于日本生下了许多我妻子那般贤淑的女子——她们像崇高的古罗马母亲一样伟大。"1924年，他应日本"大东文化协会"之邀，去东瀛巡回讲学（主题是"东方文化"），待了几年，并不如意。"东北大王"张作霖一度想聘请辜鸿铭为政治顾问，两人见了面，晤谈过几回，张作霖觉得货不对版，辜鸿铭也对张作霖观感不佳。他跟日本朋友萨摩维次谈及那次东北之行，仅仅一语带过："张作霖只不过是个马贼，他哪里懂得政治与文明。"

1928年，军阀张宗昌欲委任辜鸿铭为山东大学校长，辜氏未置可否，即于4月30日下午逝世于北京寓所中，享年七十二岁。辜鸿铭曾对近邻和好友凌福彭（现代女作家凌叔华的父亲）说：他想刻一枚图章，同康有为的"周游三十六国"比一比，看谁的棒！他要印上自己的履历——"生在南洋，学在西洋，婚在东洋，仕在北洋"。辜鸿铭年轻时在武昌娶日本少女吉田贞子为妻（一说为妾），勉强算得上婚在东洋。可见他童心未泯，骨子里是好胜的，他不肯让康有为专善独美。还有一事也可见出辜鸿铭的好强，他自夸能够背诵弥尔顿的代表作、数千行的长诗《失乐园》，好友梁崧生抵死不肯相信，他就当场表演，拿出一本英文原著，请凌叔华的堂兄做证，把《失乐园》背得流水滔滔，原原本本，一字不错，硬是堵住了梁崧生的嘴，使对方不服气不行。

在北大当教授，辜鸿铭并没有把本分之中的传道授业解惑当回事，他第一堂课要学生将讲义翻到 page one（第一页），等到最后一堂课他还是要学生将讲义翻到 page one。授课时间全在嬉笑怒骂中过去，但他的嬉笑怒骂全是学问。辜氏的英文课上座率极高，并不逊色于胡适。社会活动家袁振英在1915 年至 1918 年间是辜鸿铭的受业弟子，他写过《记辜鸿铭先生》等多篇回忆文章，辜氏顽固的政治立场他并不恭维，但辜氏热爱中国文化，对境外传播的超凡功力无人能及，高深的外文修养也足以俯视一世，袁振英极表佩服，他还特别认可辜氏诙谐有趣的教学方法，"学生也很喜欢"，"乐而忘倦"，辜氏"也很得学生爱戴，胡适之先生也比不上。因为北大在五四运动以前，还有许多学生反对新思潮的"。以怪论耸人听闻，以嘲骂语惊四座，以诡辩独擅胜场，眼瞧着那些青年听众两眼放光，舌挢不下，被牵着鼻子走，这才是辜鸿铭的赏心乐事。又有谁比北大的学生更合适做他的听众？要领会他的幽默讽刺，必须有点悟性。胡适初至北大任教时，辜鸿铭根本没把这位二十七岁的留美博士放在眼里，他批评胡适讲的是美国中下层的英语，与高雅不沾边，胡适"以为中国简直没有文明可言"的虚无论调，也令老爷子大光其火。胡适开哲学课，更让辜鸿铭笑掉大牙，他指出，欧洲古代哲学以希腊为主，近代哲学以德国为主，胡适既不懂拉丁文，又不懂德文，教哲学岂不是蒙骗小孩子？

1915 年 9 月初，代理校长胡仁源致完简短的开幕词，余下的时间就被辜鸿铭牢牢地攥在手心，尽兴尽致地谩骂政府和社会上的新生事物。他说，现在做官的人，都是为了保持他们的饭碗。他们的饭碗可跟咱们的饭碗不一样，他们的饭碗很大，里边可以装汽车，装洋房，装姨太太。又说，现在的作者文章都不通，他们所用的名词就站不住脚，譬如"改良"一词吧，以前的人都说"从良"，没有说"改良"的，你既然是"良"了，还改个什么劲？莫非要改"良"为"娼"？他这样讲了一个多钟头，尽管许多人不同意他的观点，但听得津津有味，盖因辜鸿铭的胡言乱语无不妙趣横生。

有一次，他向学生表示，他百分之百拥护君主制度，中国社会大乱，时局不宁，主要原因是没有君主。他举出一个小小的例子，以证明此言不虚：比如讲法律吧，你要讲"法律"（说时小声），没有人害怕；你要讲"王法"（大声，一拍桌子），大家就害怕了，少了那个"王"字就绝对不行。说到王法，还有一个笑话，辜鸿铭讨了一位中国太太，还讨了一位日本姨太太，她们对他很好，但有时也会联手对付这位古怪老头，因此辜鸿铭多少有点惧内，别人抓住这个现成的题材调侃他时，他的回答出乎意料："不怕老婆，还有王法么？"

四、愤世嫉俗骂强梁

辜鸿铭在西方获得赫赫之名，多半由于他的英文机智无比、火花四溅、酣畅淋漓，实在是太出色了；他的文化观点专搔痒处，专揭痛处，专骂丑处，实在是太精彩了，令欧洲学者为之心折，敬佩有加。罗家伦说，"善于运用中国的观点来批评西洋的社会和文化，能够搔着人家的痒处，这是辜先生能够得到西洋文艺界赞美佩服的一个理由"，这算是说到了点子上。辜鸿铭在中国获得盛名，则是由于他的言行怪诞不经，实在太离谱，他的态度桀骜不驯，实在太刺目，"他的灵魂中没有和蔼，只有烈酒般的讽刺"，令中国人的胃口吃不消，眼睛也受不了。他喜欢以诡辩与谬论玩弄"震惊白种或黄种庸人"的游戏，而且乐此不疲。欧洲人欣赏他大言不惭、狂狷不逊、立异为高的表演，而中国人多半漠视其中的妙趣。东方人的文化性格过于内敛，东方的文化土壤从来就不肯容纳异端和叛逆。西方人视之为罕见的天才，东方人却视之为少见的怪物，这就是根本原因所在。其实，我们只要逾越中国人数千年来自设的重重密密的樊篱，把辜鸿铭简单地视为一个极端有趣（低级趣味和高级趣味兼而有之）并具备一流才智的人，就能够从他自觉和不自觉的喜剧表演中清醒地观察到、深刻地认识到中国人的可爱处和可恶处，以及中国文化的可尊处和可卑处。然而问题是，很少有人能像他那样蔑视西方的价值观念，他到底是仅仅表现一种东方人的文化姿态，还是确实出于内心的真诚？

这始终是一个谜。辜鸿铭太擅长表演了，因此他的言行具有极大的遮蔽力和欺骗性，在一团驳杂的光影中，观众往往莫辨其虚实。

当年，欧美人在中国简直就如同洋菩萨，到处受到尊敬，辜鸿铭却对这种崇洋媚外的现象十分反感，他决定不失时机地羞辱白人，以证明中国人才是智慧优越的代表。有一次，他在电影院看电影，想点着一支一尺长的烟斗，但火柴已经用完。当他认出坐在他前排位置的观众是一位苏格兰人时，他就用烟斗和蓄有长指甲的手指轻轻敲击苏格兰人的那颗光头，一副傲形于色的样子，以不容拒绝的口气说："请点着它！"那个苏格兰人被吓坏了，以为撞见了邪煞，遭遇了中国黑道上的老大。苏格兰人自忖开罪不起，只得乖乖地掏出火柴，抖抖索索地点着辜鸿铭的烟锅。辜鸿铭深吸一口，吐出一团烟雾，同时也吐出了心头积郁的那口鸟气。辜鸿铭在洋人面前表现出来的霸气和优越感源自于他的机智幽默。

某天，辜鸿铭在北京椿树胡同私邸宴请欧美友人，点的是煤油灯，烟气呛鼻。有人说，煤油灯不如电灯和汽灯明亮，辜鸿铭笑道："我们东方人，讲求明心见性，东方人心明，油灯自亮。东方人不像西方人那样专门看重表面功夫。"你说这是谈佛理，谈哲学，还是故弄玄虚？反正他这一套足够唬住那些洋鬼子。

辜鸿铭辩才无碍，他既能在西洋人面前稳操胜算，也能在东洋人面前棋高一着，即使他面对的是日本前首相伊藤博文那样的高段位选手，他也能赢得体面。中日甲午海战后，伊藤博文到中国漫游，在武昌居停期间，他与张之洞有过接触，作为见面礼，辜鸿铭将刚出版不久的英文译本《论语》送给伊藤。伊藤早有耳闻——辜氏是保守派中的先锋大将，便乘机调侃道："听说你精通西洋学术，难道还不清楚孔子之教能行于两千多年前，却不能行于二十世纪的今天吗？"辜鸿铭见招拆招，他回答道："孔子教人的方法，好比数学家的加减乘除，在数千年前，其法是三三得九，如今二十世纪，其法仍然是三三得九，并不会三三得八的。"伊藤听了，一时间无词以对，只好微笑颔首。

辜鸿铭殊非当时一些萎靡不振的士大夫所可比拟，他生平喜欢痛骂洋人，反以此见重于洋人，不为别的，就为他骂得鞭辟入里，骂在要穴和命门上。洋人崇信辜鸿铭的学问和智慧，到了痴迷的地步。当年，辜鸿铭在东交民巷使馆区内的六国饭店用英文讲演 "The Spirit of the Chinese People"（他自译为《春秋大义》），中国学者讲演历来没有售票的先例，他却要售票，而且票价高过"四大名旦"之一的梅兰芳。听梅兰芳的京戏只要一元二角，听辜鸿铭的讲演，要两块大洋，外国人对他的重视由此可见一斑。

辜鸿铭的讽刺锋芒，并非专门针对外国人，有时也会"枪口"对内。他在《张文襄幕府纪闻》一书中讲了许多笑话，令人喷饭。其中一则原文如下："昔有人与客谈及近日中国派王大臣出洋考究宪政。客曰：'当年新嘉坡（新加坡）有一俗所谓'土财主'者，家资巨万，年老无子，膝下只一及笄女儿，因思求一快婿入赘做半子，聊以自慰。又自恨目不识丁，故必欲得一真读书、宋玉其貌之人而后可。适有一闽人，少年美风姿，因家贫往新嘉坡觅生计，借寓其乡人某行主之行中。土财主时往某行，见美少年终日危坐看书，窃属意焉。问某行主，知是其里人欲谋事者，遂托某行主执柯。事成，美少年即入赘做土财主家娇客。入门后无几何，土财主召美少年曰：'从此若可将我家一切账目管理，我亦无须再用管账先生。'美少年赧然良久，始答曰：'我不识字！'土财主骇问曰：'曩何以见若手不释卷终日看书耶？'少年答曰：'我非看书，我看书中之画耳！'噫，今之王大臣出洋考察宪政，亦可谓之出洋看洋画耳！"辜鸿铭讽刺清廷派亲王和大臣去欧美各国考察宪政，不是以"走马观花"四字去笼统批评，而是讲个土财主觅个文盲婿的笑话，以"出洋看洋画"五字去冷嘲热讽，令人喷饭之余，对于现实的认识更为清晰。

胡适在1921年10月12的日记中记录了辜鸿铭在王祖彦邀集的饭局上讲述的几个笑话，笔调相当俏皮："……他（辜鸿铭）说，徐世昌办了个四存学会。四存就是存四，可对忘八！"他说，俗话有'监生拜孔子，孔子吓一跳'。我替他续两句：'孔教拜孔子，孔子要上吊！'此指孔教会诸人。他虽崇拜孔子，却瞧不起孔教会中人，尤恨陈焕章，常说'陈焕章'应读作'陈混账'！"陈焕章是康有为的弟子，他发起成立孔教会，打着尊孔读经的幌子，实则营私敛财，孔子被这些混账东西利用，气愤难平，当然只有上吊一途。

生逢乱世，很少有人像辜鸿铭那样愤世嫉俗，推倒一世雄杰，骂遍天下强梁，他性喜臧否人物，出语尖酸刻薄，不赏脸，不留情。慈禧太后去世后四年，辜鸿铭写过一篇《慈禧的品行、趣味和爱好》的文章，赞扬慈禧太后"胸怀博大，气量宽宏，心灵高尚"，"是一位趣味高雅、无可挑剔的人"。但这并不表明，他对慈禧太后没有微词。鄂中万寿节时，湖广总督府大排宴席，燃放鞭炮，唱新编爱国歌。辜鸿铭对同僚梁星海说，有爱国歌，岂可无爱民歌？梁星海怂恿他即兴编一首。辜鸿铭有捷才，稍一沉吟，便得四句，他朗诵道："天子万年，百姓花钱；万寿无疆，百姓遭殃。"话音刚落，满座为之哗然。辜鸿铭对于晚清的中兴人物，如曾国藩、李鸿章，亦颇有酷评。他认为曾是大臣，李是功臣，曾之病在陋（孤陋寡闻），李之病在固（凡事无所变更）。他还拿张之洞与端方作一番比较，结论是："张文襄学问有余，聪明不足，故其病在傲；端午桥聪明有余，学问不足，故其病在浮。文襄傲，故其门下幕僚多为伪君子；午桥浮，故其门下幕僚多为真小人。"

近世人物中，辜鸿铭最瞧不起袁世凯，因此后者挨骂的次数最多，也最为不堪。1907年，张之洞与袁世凯由封疆外任同入军机，辜鸿铭随喜，也做了外务部员外郎。有一次，袁世凯对驻京德国公使说："张中堂是讲学问的，我是不讲学问的，我是办事的。"言下之意是，他处理公务无须学问帮衬。辜鸿铭听人转述此话，忍俊不禁，立刻以戏谑的语气嘲笑袁世凯不学无术，他说："当然，这要看所办者何事，如果是老妈子倒马桶，自然用不着学问；除开倒马桶外，我还不知道天下有何事是无学问者可以办到的。"当时，有一种说法众人皆知：洋人孰贵孰贱，一到中国就可判别，贵种的洋人在中国多年，身材不会走形变样，贱种的洋人贪图便宜，大快朵颐，不用多久，就会脑满肠肥。辜鸿铭借题发挥，用这个说法痛骂袁世凯："余谓袁世凯甲午以前，本乡曲一穷措无赖也，未几暴发富贵，身至北洋大臣，于是营造洋楼，广置姬妾，及解职乡居，又复购甲第，置园囿，穷奢极欲，擅人生之乐事，与西人之贱种到中国放量咀嚼者无少异。庄子曰：'其嗜欲深者，其天机浅。'孟子曰：'养其大体为大人，养其小体为小人。'人谓袁世凯为豪杰，吾以是知袁世凯为贱种也！"他还骂袁世凯寡廉鲜耻，连盗跖都不如，直骂得袁世凯一无是处。

1919年，张勋六十五岁生日，辜鸿铭送给这位尸居余气的"辫帅"一副贺寿联，上联为"荷尽已无擎雨盖"，下联为"菊残犹有傲霜枝"。意思是清朝灭亡了，那顶官帽已经全无着落，但还留下一条好端端的辫子，足可笑傲于这个寒光闪闪的时代。撇开这副对联的精神内涵不谈，借喻确实贴切生动。辜鸿铭用苏东坡《赠刘景文》一诗中的名句作寿联，与其说是夸赞张勋的遗老骨气，还不如说他是别有深意，纯然作为自我表彰。毕竟张勋带头上演过复辟闹剧，他那条辫子已经臭名昭著，而辜鸿铭的辫子，无论大家是否情愿，都承认它具有中国传统文化的符号特点和象征意义，当新文化运动蓬蓬勃勃之际，称它为"傲霜枝"，虽不免有点滑稽，但还不算比拟失伦。

诙谐的人很可能严肃，古怪的人也很可能正直，辜鸿铭生平最看不惯官场里的蝇营狗苟。以段祺瑞为首的安福系军阀当权时，颁布了新的国会选举法，其中一部分参议员须由中央通儒院票选，凡国立大学教授，或在国外大学得过学位的，都有选举权。于是，像辜鸿铭这类闻名遐迩的北大教授就成了香饽饽。有位美国哥伦比亚大学毕业的陈博士到辜家买票，辜鸿铭毫不客气，开价五百元，当时的市价是二百块。小政客只肯加到三百。辜鸿铭优惠一点，降至四百，少一毛钱不行，必须先付现金，不收支票。小政客讨价还价，辜鸿铭大吼一声，叫他滚出去。到了选举的前一天，辜鸿铭果然收到四百块光洋和选举入场证，来人再三叮嘱他明日务必到场。等送钱的人前脚离开，辜鸿铭后脚就迈出大门，他赶坐下午的快车前往天津，把四百块钱悉数报销在名妓"一枝花"身上。直到两天后，他才尽兴而归。陈博士气歪了嘴巴，他赶到辜家，大骂辜氏轻诺寡信。辜鸿铭二话不说，顺手抄起一根粗木棍，指着这位留过洋的小政客，厉声斥责道："你瞎了眼睛，敢拿几个臭钱来收买我！你也配讲信义！你给我滚出去！从今以后，不要再上我这里来！"陈博士理屈词穷，又慑于辜氏手中那根粗木棍的威力，只好抱头鼠窜。当时，国会议员被称为"猪仔议员"，实由贿赂公行造成。辜鸿铭用贿款去吃花酒，杀"猪"杀得风流快活，堪称一绝。

在京城的某个宴会上，座中全是社会名流和政界大腕，一位外国记者逮住这个空当，采访辜鸿铭，所提的问题相当刁钻："中国国内政局如此纷乱，有什么法子可以补救？"辜氏不假思索，立刻开出一剂猛药："有，法子很简单，把现在所有在座的这些政客和官僚，统统拉出去枪毙掉，中国政局就会安定些！"想想看，他这话往报纸上一登，还能不炸锅？还能不招致各路强梁的忌恨？

五、天生反骨

北大教授辜鸿铭经常将孟子的那句名言——"予岂好辩哉？予不得已矣"——挂在嘴边。他雄辩滔滔，亦诡辩滔滔，其雄辩与诡辩如山洪暴发，势不可扼，难以阻截，当之者莫不披靡，不遭灭顶之灾不得解脱，英国作家毛姆和日本作家芥川龙之介都曾领教过他的厉害。

有一次，辜鸿铭在宴席上大放厥词："恨不能杀二人以谢天下！"同座的一位贵客好奇地问他："既然君咬牙切齿，必诛之而后快，请问，那两名罪犯是谁？"辜鸿铭朗声回答："严又陵和林琴南。"严、林二人同席端坐，严复涵养好，对辜鸿铭的挑衅置若罔闻，林纾则是个暴脾气，当即质问辜氏何出此言。辜鸿铭振振有词，拍桌叫道："自严又陵译出《天演论》，国人只知物竞天择，而不知有公理，于是兵连祸结。自从林琴南译出《茶花女遗事》，莘莘学子就只知男欢女悦，而不知有礼义，于是人欲横流。以学说败坏天下的不是严、林又是谁？"言者有理，闻者失色，林纾被顶死在南墙上，无从置辩。

王森然在《辜鸿铭先生评传》中如是评论传主："其为人极刚愎，天生叛徒，一生专度与人对抗之生活，众所是则非之，众所喜则恶之，众所崇信则藐视之，众所反对则拥护之。只得到与人不同之处，便足快乐与骄傲矣。林语堂谓：'辜为人落落寡合，愈援助之人愈挨其骂。若曾借他钱，救他穷困，则尤非旦夕待其批颊不可，盖不如此，不足以见其倔强也。'"

尽管辜鸿铭与日本夫人和中国夫人相处得很和谐，在家里也不像中国男人那样普遍喜欢颐指气使，作威作福，但他脑子里并没有女权的影子，他对女性的轻视往往出之以笑谈。譬如他用拆字法将"妾"字解释为"立女"，妾者靠手也，所以供男人倦时做手靠也。他曾将此说告诉两位美国女子，对方立刻加以驳斥："岂有此理！照你这么说，女子倦时又何尝不可将男子作为手靠？男子既可多妾多手靠，女子何以不可多夫？"她们甚为得意，以为这样子就可轻易驳倒辜鸿铭，使他理屈词穷，哑口无言，她们太低估自己的对手了。辜鸿铭果然祭出他的撒手锏，这也是他被人传播得最广的一条幽默："你们见过一个茶壶配四个茶杯，可曾见过一个茶杯配四个茶壶？"与此说相类同，他还在北京大饭店的宴会上戏弄过一位英籍贵妇。那位贵妇跟他搭讪："听说你一向主张男人可以置妾，照理来说，女人也可以多招夫婿了。"辜氏大摇其尖尖的脑袋瓜，连声否定："不行不行！论情不合，说理不通，对事有悖，于法不容！"那位英籍贵妇正要提出质询，辜氏又反问道："夫人代步是用黄包车？还是用汽车？"她据实相告："用汽车。"辜氏于是不慌不忙地说："汽车有四个轮胎，府上备有几副打气筒？"此语一出，哄堂大笑，那位英籍贵妇顿时败下阵来，面红耳赤，嗒然若丧。

有时，辜鸿铭也会强词夺理，针对外国人批评中国人不爱卫生、喜欢随地吐痰、很少洗澡的说法，他反驳道：这正是中国人重精神胜过重物质的表现。有一点倒是千真万确的，辜鸿铭迷恋三寸金莲，他娶的中国夫人，裙下双足尖若玉笋，莲步姗姗，绰约多姿，仿佛凌波仙子。他将小脚之妙总结为七字诀，流播士林，成为定论。他说："小脚女士，神秘美妙，讲究的是瘦、小、尖、弯、香、软、正七字诀。妇人肉香，脚唯一也，前代缠足，实非虐政。"他还说："女人之美，美在小足，小足之美，美在其臭，食品中其臭豆腐、臭蛋之风味，差堪比拟。"辜氏有嗜臭奇癖，常常捧着夫人的三寸金莲边捏边嗅，顷刻间即仿佛使用兴奋剂，产生幻觉，简直应验如神，灵感骤至，文思泉涌，下笔千言，倚马可待。辜氏喜欢巡游北里，逛八大胡同，其意不在选色征歌，而是专找小脚裹得好的妓女下单。他常说：三寸金莲乃中国女性特有之美，中国妇人小脚之臭味，较诸法国巴黎香水，其味尤醇，能使人神清气爽，心旷神怡。康有为曾送给辜鸿铭一条"知足常乐"的横幅，辜鸿铭笑纳之后说："康有为深知我心！"若让一位强悍的西方女权主义者听到他这些谬论，必定踹其裆，唾其面，批其颊。辜氏运气上佳，他游历多国，喋喋不休，居然从未遇到过一位凶巴巴的铁娘子，不用口舌，专用拳脚，使他望风而逃。

二十世纪三十年代，北京大学英文教授温源宁作文《一个有思想的俗人》，尝言："在生前，辜鸿铭已经成了传奇人物；逝世之后，恐怕有可能化为神话人物了。其实，他那个人，跟目前你每天遇见的那许多人并非大不相同，他只是一个天生的叛逆人物罢了。"这话也许算得上一针见血。辜鸿铭刻意追求与众不同，大凡别人赞成的，他就反对；别人崇拜的，他就蔑视。时兴剪辫子时，他偏要留辫子；流行共和主义时，他偏要提倡君主主义。由于才智出众，凡事他都能雄辩滔滔，自圆其说，也就不会穿帮。有人斥骂他为"腐儒"，有人称赞他为"醇儒"，其实都不沾边，他只是一位天生反骨的叛逆者。

辜鸿铭的小脑袋中装满了中国的孔孟老庄和欧洲的歌德、伏尔泰、阿诺德、罗斯金……仿佛大英博物馆的图书室，随便抽出几册黄卷来抖一抖，就能抖人一身知识的灰尘。欧美名校共颁赠给他十余个荣誉博士头衔，这个数目仅次于胡适。他恃智玩世，恃勇骂世，恃才傲世，不知得罪了多少人，至死仍我行我素，不投机，不曲意，不媚俗，以不变应万变。一位文化保守主义者如此牢固不拔，行之终身而不懈，举世能有几人？在中国官商士民被洋鬼子压迫得透不过气来的年月，只有他能捅出几个透气孔，给洋人和洋奴一点颜色瞧瞧，这已是非常了不起的成绩。有人说："庚子赔款以后，若没有一个辜鸿铭支撑国家门面，西方人会把中国人看成连鼻子都不会有的。"辜鸿铭、陈友仁被西方人评为近代中国两位最有洋气最有脾气也最有骨气的人，辜在思想上，陈在政治外交上，最善于大言不惭，为中国争面子。有了辜鸿铭，乱世因而添出一份意外的惊艳，这是无疑的。辜鸿铭对中国道德文化具有坚深的信仰，自视为"卫道之干城，警世之木铎"，他生平最痛恨中国人吐弃旧学，蔑视国俗，可惜他悲天悯人的善意无谁心领，他洞察古见的卓识无谁神会，一肚皮的不合时宜唯有出之以嬉笑怒骂之言、伤时骂坐之语，因此被人视为"怪物"，贬为"狂徒"，讥为"彻头彻尾开倒车的人"，徒然弄出许多纷扰。林语堂撰《八十老翁心中的辜鸿铭》，由衷地赞美道："辜鸿铭是一块硬肉，不是软弱的胃所能吸收。对于西方人，他的作品像是充满硬刺的豪猪。但他有深度及卓识，这使人宽恕他许多过失，因为真正有卓识的人是很少的。"应该承认，林语堂对辜鸿铭的推崇颇具洞见，并非毫无道理。

此外，我们还应该记住以下几条评价，须知，这些对辜鸿铭俯首折服的人物都不是那种以盲目吹捧为快、肯轻易去夸赞谁谁谁的：

国家养士，舍辜鸿铭先生而外，都是"土阿福"。（苏曼殊）

愚以为中国二千五百余年文化所钟出一辜鸿铭先生，已足以扬眉吐气于二十世纪之世界。（李大钊）

辜氏久居外国，深痛中国国弱民贫，见侮于外人，又鉴于东邻日本维新富强之壮迹，于是国家之观念深，爱中国之心炽，而阐明国粹，表彰中国道德礼教之责任心，乃愈牢固不拔，行之终身，无缩无倦。（吴宓）

辜鸿铭死了，能写中国诗的欧洲人却还没有出生！（白特夫人）

我想，如果说这位怪人还有些贡献，他的最大贡献就在于，在举世都奔向力和利的时候，他肯站在旁边喊：危险！危险！（张中行）

八部书外皆狗屁

名师出高徒，此言不虚。章太炎是国学大师，其高足弟子黄侃也是国学界第一流人物。

光绪三十年（1906），黄侃留学日本，就读于东京早稻田大学，巧就巧在他与章太炎租住同一幢寓所，他住楼上，章太炎住楼下。黄侃生性疏狂，不拘形迹，某日夜间，一时内急，他懒得去楼下如厕，掏出小家伙就从窗口往外浇注。章太炎正在书房用功，忽见一条"小白龙"从天而降，尿臊味扑鼻而来，他按捺不住心头的无名火，冲上露台，昂首大骂。黄侃年少气盛，岂是肯当场认错的菜鸟？他不甘示弱，也以国骂狠狠地回敬了几梭子。若论冲冠怒骂的功夫，章太炎认了第二，就没人敢认第一，江湖上称之为"章疯子"，他也乐得承认自己有神经病。这下可就热闹了，棋逢对手，将遇良才，仿佛张飞斗马超，挑灯夜战，八百个回合也难分高下。别人是不打不相识，他们是不骂不相交。翌日，黄侃向房东太太打听楼下住客究竟是何方神圣，这才弄清楚状况，昨夜他用尿水和国骂冒犯的是大学问家章太炎。黄侃固然狂妄骄矜，但他具有改过之勇和服善之智，半点不含糊，当即登门道歉，诚心诚意叩首，拜章太炎为师。

一、章门头号大弟子

章门弟子中有"四大金刚"和"五大天王"的名目，"四大金刚"系指黄侃、钱夏（钱玄同）、汪东和吴承仕，"五大天王"系指前四人加上朱希祖。此外，章太炎的入室弟子有"南黄北李"之说，南黄指湖北人黄侃，北李指山西人李亮工。章太炎在自述中认定"弟子成就者，蕲春黄侃季刚，归安钱夏季中，海盐朱希祖逖先"，仅列举三人。无论以上哪种说法，黄侃的名字都高居第一，称他为章太炎的头号大弟子应不为错。

　　黄侃历任北京大学、北京女师大、武昌高师、中央大学和金陵大学等名校教授。他读书多神悟，于国学堂奥无所不窥，尤善音韵训诂，在诗词文章方面均为一时之选。在治学方面，他主张"师古而不为所囿，趋新而不失其规"，"以四海为量，以千载为心，以高明远大为贵"。他还有两句治学名言为世人所称道：其一是，"须知求业无幸致之理，与其为千万无识者所誉，宁求无为一有识者所讥。"其二是，"学问之道有五：一曰不欺人，二曰不知者不道，三曰不背所本，四曰为后世负责，五曰不窃。"他生平圈点和批校之书多达数千卷，全都一丝不苟。他在文字、音韵、训诂方面的学问远绍汉唐，近承乾嘉，把声韵结合起来研究，从而定古声母为十九、古韵母为二十八，使"古今正变咸得其统纪，集前修之大成，发昔贤之未发"，在汉语音韵史上，树立了一个划时代的里程碑。黄侃批点的《十三经注疏》《史记》《汉书》《新唐书》，从句读到训释，都有许多发前人所未发的妙处。章太炎曾经将黄侃和李详并举，认为两人均为杰出的《文选》学家。黄侃的《文心雕龙札记》开创了研究古典文论的风气，历史学家范文澜先生在其《文心雕龙讲疏·序》中说："吾游学京师，从蕲州黄季刚先生治词章之学，黄先生授以《文心雕龙札记》二十余篇，精义奥旨，启发无遗。"黄侃常对人说，"学问须从困苦中来，徒恃智慧无益也"，"治学如临战阵，迎敌奋攻，岂有休时！所谓扎硬寨、打死仗，乃其正途"。黄侃生前曾对弟子刘博平说，自己的诗文造诣只算"地八"（骨牌中第二大的牌），"天九"（骨牌中最大的牌）已被古人取去了。若单论学问，他是决不会这么自谦的。

　　黄侃曾说："中国学问如仰山铸铜，煮海为盐，终无止境。"他满肚子学识，却慎于下笔，述而不作，这可急坏了恩师。章太炎批评道："人轻著书，妄也；子重著书，吝也；妄不智，吝不仁。"黄侃当即答应恩师："年五十当著纸笔矣。"1935 年 3 月 23 日，黄侃五十岁生日，章太炎特撰一联相赠，上联是"韦编三绝今知命"，下联是"黄绢初裁好著书"。上下联均用典故。"韦编三绝"说的是孔子读《易》，穷研义理，致使串结竹简的牛皮筋多次磨断，以此形容黄侃五十年来读书异常勤奋，颇为贴切；"黄绢初裁"源出曹娥碑后打哑谜似的评语——"黄绢幼妇，外孙齑臼"，曹操帐下头号智囊杨修的破解是："黄绢，色丝也，于字为'绝'；幼妇，少女也，于字为'妙'；外孙，女子也，于字为'好'；齑臼，受辛也，于字为'辞'（辞，古文一作"辤"。——编者注）。所谓'绝妙好辞'也。"章太炎运用曹娥碑的典故,希望黄侃兑现承诺,五十岁后潜心著述,写出"绝妙好辞"。谁知此联暗藏玄机,其中嵌有"绝""命""黄"三字。据黄焯《黄季刚先生年谱》所述,黄侃向来迷信谶语,接到这副寿联后,脸上骤然变色,内心"殊不怿"。果然是一联成谶,当年9月12日,黄侃因醉酒吐血,与世长辞。一代鸿儒,勉强仅得中寿,这无疑是学术界的大损失。

梁简文帝萧纲尝言:"立身之道与文章异,立身先须慎重,文章且须放荡。"黄侃却反其道而行之,他是大学者,著书极为慎重,立身却相当放荡,被人视为异数,斥为怪胎,骂为淫贼,他全都不管不顾。

二、不事张扬的革命者

黄侃(1886—1935)字季刚,祖籍湖北蕲春。黄侃的父亲名云鹄,字翔云,清末曾任四川盐茶道。黄侃幼承家学,颖悟过人,七岁时即作诗句"父为盐茶令,家存淡泊风",颇得长辈嘉许。黄云鹄为官清廉,却是个雅好诗书的痴子,他游览四川雅安金凤寺,与寺中一位能诗的和尚酬唱甚欢,因此流连多日,耽误了正经差事。上司怫然不悦,动手参劾了他一本,执笔的幕僚颇为草率,也不讲明前因后果,即将这件事归纳为"流连金凤"四个字。朝廷见到奏折,不清楚"金凤"是寺院名,误以为是妓女名。大清律例严禁官员狎妓,黄云鹄险些遭到严谴。黄侃十三岁失怙,但父亲身上的那份"痴",他全盘继承了,还将它发扬为"癫",光大为"狂"。

光绪二十七年(1903),黄侃考入武昌文华普通中学堂,与田桐、董必武、宋教仁等为同窗好友。他们议论时政,抨击当局,宣传民族革命思想,因此被学堂开除学籍。黄侃为了寻找出路,即以故人之子的身份前往湖广总督府拜见张之洞。接谈之后,张之洞赏识黄侃的才学,念及故友黄云鹄的交谊,便顺水推舟,以官费资助黄侃留学日本。

光绪三十年(1906),黄侃在东瀛加入中国同盟会,随后在《民报》上发表《哀贫民》《哀太平天国》等一系列文章,鼓吹民族革命,扬言"借使皇天佑汉,俾其克绩旧服,斯为吾曹莫大之欣",这话的意思是:倘若上天看重大汉民族,使它光复神州,恢复汉装,那就是我们莫大的欣喜了。他在《哀贫民》一文中,描述了家乡农民受尽盘剥压榨,过着"羹无盐,烧无薪,宵无灯火,冬夜无衾"的悲惨生活,对穷苦大众寄予了至深的同情。他大胆提出,必须革命，才能根治贫富不均的痼疾和顽症。

1907年，黄侃在《民报》第十八号上发表《论立宪党人与中国国民道德前途之关系》一文，历数立宪党人"好名""竞利"等病状，揭露他们佯为立宪，"无非希冀权位，醉心利禄而已矣"。政治上的腐败势必导致国民道德的整体堕落。同期，黄侃还以"运甓"的笔名发表《释侠》一文。咬文嚼字是其特长，他别出心裁，在诠释"侠"字时用上了看家本领：

> "侠"者，其途径狭隘者也。救民之道，亦云众矣，独取诸暗杀，道不亦狭隘乎？夫孤身赴敌，则逸于群众之揭竿；忽得渠魁，则速于军旅之战伐。术不必受自他人，而谋不必咨之朋友。专心一志，所谋者一事；左右伺候，所欲得者一人。其狭隘固矣，而其效或致震动天下，则何狭隘之足恤乎？

黄侃将革命勇士视为拯救群生的大侠，特撰此文，为他们的暗杀行为正名。他讥笑立宪党人"畏死"，称赞革命党人有"敢死之气，尚义之风"。黄侃极其鄙视那些在易水之湄挥泪送别荆轲的燕客庸流，在同时期的《感遇》诗中，他嘲笑彼辈"徒工白衣吊"。

宣统二年（1910），黄侃回国，他前往鄂皖边区，将孝义会改组为"崇汉会"，他发动会员，演讲民族大义，听众多达千余人。他还走遍鄂东蕲春、黄梅、广济、浠水、英山、麻城，以及皖西宿松、太湖等两省八县的穷乡僻壤，将革命道理直接灌输给民众，显露出非凡的领袖气质，被人尊称为"黄十公子"。

宣统三年（1911）夏，改良派提出"和平改革方案"，针对此议，黄侃奋笔疾书，为《大江报》撰写题为《大乱者，救中国之妙药也》的时评，署名"奇谈"。此文见报后，一纸风行，清廷震惧，《大江报》被查封，社长詹大悲及主笔何海鸣被捕入狱。詹大悲是条硬汉子，他将罪责包揽扛下，黄侃得以脱险。

侠气总是与官气相冲突，民国之后，黄侃"自度不能与时俗谐，不肯求仕宦"，"一意学术，退然不与世竞"。由于愤世嫉俗，黄侃回归书斋，不复参与政治活动，也不喜欢谈论自己的革命经历。多年后，他的入室弟子潘重规尝试揭开谜底："他认为出生入死，献身革命，乃国民天职。因此他觉得过去一切牺牲，没有丝毫值得骄傲；甚至革命成功以后，不能出民水火，还感到深重罪疚。他没有感觉到对革命的光荣，只感觉到对革命的惭愧。恐怕这就是他终身不言革命往事的原因吧。"事实上，还有另外一面。他的诗句"功名如脱屣，意气本凌云"（《怀陈君》）当然好，"文章供覆酱，时世值烧书"（《戏题〈文心雕龙札记〉尾》），"此日穷途士，当年游侠人"（《效庚子山咏怀》）则透露出满腹牢骚。

清朝灭亡后，黄侃一度为直隶都督赵秉钧所强邀，出任秘书长。1915 年，章太炎被袁世凯幽禁在北京钱粮胡同徐家宅院内，黄侃进京探望，遂以"研究学问"为名，入侍恩师。其时，"筹安会"大肆鼓吹帝制，刘师培在北京召聚学术界名流，挟迫众人拥戴袁世凯称帝，他的话才讲到一半，黄侃即瞑目而起，严词峻拒，他说："如是，请刘先生一身任之！"当众拂袖而退，到会的饱学之士也随之散尽。一位老革命者决不肯背叛自己的初心。

三、傲人骂人不饶人

自古狂傲不分家。有的人心底狂，骨子里傲，不显于词色；有的人口舌狂，脸色傲，常溢于言表。章太炎说黄侃"睥睨调笑，行止不甚就绳墨"（《黄季刚墓志铭》），汪东说黄侃"常被酒议论风发，评骘当世士，无称意者"（《蕲春黄君墓表》）。师友的评议不会诬人，可谓无一字无来处。

明代文人张岱尝言："人无癖，不可与交，以其无深情也；人无疵，不可与交，以其无真气也。"黄侃有深情，有真气，其"癖"与"疵"也就非比寻常。关于他的传闻极多，以至于真假莫辨。年轻时，黄侃拜访过文坛领袖王闿运，湘绮先生激赏黄侃的诗文，夸赞道："年方弱冠，你就文采斐然，我儿子与你年纪相当，仍一窍不通，真是钝犬啊！"美言很令人受用，黄侃得意忘形，狂性大发，他说："老先生尚且不通，何况儿子！"王闿运素来崇尚魏晋风度，这句话十分刺耳，他却嘿然带过，并未计较。

黄侃素性狂傲，视尊荣为敝屣，从不趋炎附势。国民党在南京执政后，其同盟会故友多据要津，他耻与往来。居正当时被蒋介石软禁，困苦万端，无人顾惜，唯独黄侃念及旧情，常至其住处，与之聊天解闷。后来居正东山再起，一朝显达，黄侃就不再出入居正之门。居正觉得好生奇怪，亲赴量守庐（黄侃的书房名），诘问黄侃为何中断往来。黄侃正色回答："君今非昔比，宾客盈门，权重位高，我岂能做攀附之徒！"

当年，北大头号怪物是辜鸿铭，第二号怪物是黄侃。黄侃在北大教书，课堂上，每当讲到要紧的地方，他就会突然停顿下来，对学生说："这段古书后面隐藏着一个极大的秘密，对不起，专靠北大这几百块钱薪水，我还不能讲，你们要叫我讲，得另外请我吃馆子。"最绝的是，他与陈汉章同为北大国学门教授，两人"言小学不相中，至欲以刀杖相决"，就是说，他俩切磋学问，一言不合，差点就打得头破血流。

在北大，黄侃恃才傲物，几乎骂遍同列，连师弟钱玄同也不放过。有一次，课堂上，黄侃忽作惊人之语："你们知道钱某的一册文字学讲义从何而来？盖由余撒一泡尿得来也。"他的解释是：早年在日本，师兄弟常来常往。某日，两人闲谈，黄侃上了一趟洗手间，回来后，他发现钱玄同不告而辞了，一册笔记也不翼而飞了。黄侃去世后，《立报》记者根据这条有趣的线索写成奇文《钱玄同讲义是他一泡尿》。周作人读罢此文，觉得不可思议，将报纸寄给钱玄同。没想到，钱玄同无意辟谣，居然还为死者圆谎："披翁（黄侃别号披肩公）逸事颇有趣，我也觉得这不是伪造的。虽然有些不甚符合，总也是事出有因吧。例如他说拙著是趁他撒尿时偷他的笔记所造成的，我知道他的意思是我拜了他的门得到的。夫拜门之与撒尿，盖亦差不多的说法也。"钱玄同肯作这样的转圜，恰恰说明他对师兄黄侃的学问真心实意地佩服。

钱玄同与黄侃分处于激进和守旧两个截然不同的阵营，抵牾和摩擦在所难免。钱玄同曾在《新青年》上发表通信，对黄侃的一阕新词横加挑剔："故国颓阳，坏宫芳草"有点像遗老的口吻，"何年翠辇重归"似乎含有希望复辟的意愿。诗无达诂，词也是这样，钱玄同的诠释未必就是确解，尽管他声明词作者并非遗老遗少，而是同盟会的老革命党，但他又点明这首新词的思想总与黄侃昔日的行动自相矛盾。黄侃本就对钱玄同痛骂推崇《昭明文选》的人为"选学妖孽"十分愤怒（因为他精研《昭明文选》，用功极深），这把火一烧，自然更加怒不可遏。他撰文要骂的就不只是钱玄同，还包括极力提倡国语文学的胡适、陈独秀：

> 今世妄人，耻其不学。己既生而无目，遂乃憎人之明；己则陷于横潦，因复援人入水；谓文以不典为宗，词以通俗为贵；假于殊俗之论，以陵前古之师；无愧无惭，如羹如沸。此真庾子山所以为"驴

鸣狗吠"，颜介所以为"强事饰词"者也。

其实，黄侃虽狂傲，并非目无余子。他与刘师培政见不合，但对这位国学大师始终以礼相待。别人问黄侃何故对刘师培尊敬有加，他如实回答："因为他与本师太炎先生交情很深。"当时，章太炎、刘师培、黄侃三人常在一起切磋学问，然而每次谈到经学，只要黄侃在场，刘师培就三缄其口，黄侃很快就猜透了对方的心思。有一次，刘师培感叹自己生平没有资质优秀的弟子堪当传人，黄侃即大声问道："我来做先生的关门弟子如何？"刘师培以为黄侃开玩笑，便说："你自有名师，岂能相屈？"黄侃正色相告："只要先生不认为我有辱门墙，我就执弟子礼。"第二天，黄侃果然用红纸封了十块大洋，前往刘家磕头拜师。刘师培当仁不让，欣然受礼，他说："我今天就不再谦让了。"黄侃乃是"老子天下第一"的人物，且只比刘师培小两岁，却肯拜其为师，这说明，在治学方面，其狂傲并非不分场合，不择对象。后来，大学者杨树达要杨伯峻拜黄侃为师，杨伯峻只肯送贽敬，不肯磕头。杨树达说："不磕头，你得不了真本事。"杨伯峻不得已，只好磕头如仪。拜师完毕，黄侃笑道："我的学问也是从磕头得来的，你不要觉得受了莫大委屈。"师道尊严，于此可见一斑。

周作人说过，黄侃脾气乖僻，"和他的学问成正比"。黄侃从不迷信同时代的学术权威，在1926年的日记中，他批评王国维治学不够严谨，真可谓见血封喉："国维少不好读注疏，中年乃治经，仓皇立说，挟其辩给，以炫耀后生，非独一事之误而已……要之经史正文忽略不讲，而希冀发见新知，以掩前古儒先，自矜曰：我不为古人奴，六经注我。此近日风气所趋，世或以整理国故之名予之。'悬牛头，卖马脯，举秀才，不知书'，信在于今矣。"

在自己的专业范畴内，黄侃俨若天尊，听不得歪嘴和尚念佛经。有一次，马寅初向黄侃请教《说文解字》，先大谈自己的心得体会，黄侃听完，不置一词，马寅初要他稍作评点，于是他轻松打发道："你还是去弄经济吧，小学谈何容易，说了你也不懂！"马寅初被他的这句话噎得够呛，半晌回不来元神。

黄侃任教于南京中央大学，绰号为"三不来教授"，即"下雨不来，降雪不来，刮风不来"，这是他与校方的约定，真够牛气的。每逢老天爷欲雨未雨、欲雪未雪时，学生便猜测黄侃会不会来上课，有人戏言"今天天气黄不到"，往往是戏言成真。

黄侃自号"量守居士"，书斋名为"量守庐"，典出陶渊明诗："量力守故辙，岂不寒与饥？知音苟不存，已矣何所悲。"量力守故辙也就是量力守法度，黄侃性格怪异，为人不拘细行琐德，治学却恪依师法，不敢失方寸，见人持论不合古义，即瞠目而视，不与对方交谈。黄侃读书尤其精心，有始有终，见人读书半途而废，他会露出不悦之色，责备对方"杀书头"。最绝的是，黄侃临终之际，《唐文粹续编》尚有一卷没有读完，他吐着血，叹息道："我平生骂人杀书头，毋令人骂我也。"

黄侃讲课，总是信马由缰，未入门者，不得要领；已入门者，自觉胜义纷呈。他治学，贵发明，不贵发现，因此听其讲学，常有新鲜感。冯友兰在《三松堂自述》中提及黄侃讲课的独到之处："黄侃善于念书念文章，他讲完一篇文章或一首诗，就高声念一遍，听起来抑扬顿挫，很好听。他念的时候，下面的观众都高声跟着念，当时称为'黄调'。当时的宿舍里，到晚上各处都可以听到'黄调'。"黄调与《广韵》吻合，不差毫厘，自是古味十足。

章太炎喜欢骂人，黄侃也喜欢骂人，章太炎偏好骂皇帝、总统、军阀、官僚、党棍，黄侃则偏好骂同行学者，连同门师兄弟钱玄同和吴承仕也不肯轻松放过。令人不解的是，他竟然自降身份，与拉黄包车的车夫对骂，只为纾解心头之忿，得到骂人的乐趣即可。

黄侃的脾气相当古怪，难以捉摸，有一事为证。他借住过师弟吴承仕的房屋，入住之后，晦气缠身，不仅自己贫病交加，而且爱子夭亡，他左思右想，认定此宅不祥。既然风水不佳，搬走就得了，可他偏偏不肯罢休，笔蘸浓墨，在房梁上挥写"天下第一凶宅"，在墙壁上写满"鬼"字偏旁（"魑魅魍魉魃魈"之类）的大字，弄得满室阴森，鬼气袭人。

好玩的是，当年，居然有人故意触怒黄侃，以求被他骂个狗血淋头，借此引起社会注目。可是任由这些找骂者百般撩拨，那"无上荣光的待遇"并不容易到手。原因很简单：对于学界的无名鼠辈，黄侃从来都是不屑一顾。

当年，应届大学毕业生照例要印制精美的同学录，将师生的照片、履历、留言汇为一集。印刷费用不菲，通常都由教授捐助资金。唯独黄侃对此种常例不以为然，他既不照相，又不捐钱，待到同学录印制完工，学校一视同仁，照样送给黄侃一册，留作纪念。黄侃收下册子，却将它扔入河中，怒骂道："一帮蠢货，请饮臭水！"

四、反感胡适、陈独秀和白话文

章太炎认为胡适的学问不行，黄侃也认为胡适的学问不行，真是有其师必有其徒。

某日，黄侃赴宴，胡适与之同席，谈到墨子的学说，兼爱非攻，一路往下讲，兴致蛮高。孰料黄侃越听越腻烦，即席骂道："现在讲墨学的人，都是些混账王八！"胡适突然闻此断喝，怒火中烧。停顿少顷，黄侃再补一刀："便是适之的尊翁，也是混账王八！"胡适不堪其辱，捋袖拔拳。黄侃见状，朝天打出一串哈哈，他说："且息怒，我在试你。墨子兼爱，是无父也。你有父，何足以谈论墨学？我不是骂你，不过聊试之耳！"此言一出，满座解颐，胡适也就只好打掉门牙往肚里吞。

黄侃崇尚文言文，反对白话文。他赞美文言文的高明，只举一例："假如胡适的太太死了，他的家人用白话文发电报，必云：'你的太太死了！赶快回来啊！'长达十一字。而用文言仅需'妻丧速归'四字即可，电报费可省三分之二。"对于这样一条近虐之谑，事后胡适作出了回应，不仅要为自己出头，还要为白话文出头。他对上课的学生说："行政院请我去做官，我决定不去，请诸位代我拟一份文言复电。"结果最省简的一份用了十二个字："才疏学浅，恐难胜任，不堪从命。"胡适拟定的白话电文稿却只有区区五个字："干不了，谢谢！"文言与白话各擅胜场，其实二者不是死敌，就看用者何人，用在何处。

五四时期前后，京剧名伶谭鑫培活跃于首都各大剧场，不少教授是其拥趸。某日课间休息，北大教授聚议谭鑫培的《秦琼卖马》，啧啧赞叹者不乏其人，胡适却将一瓢冷水泼下去："京剧太落伍，用一根鞭子就算是马，用两把旗子就算是车，应该用真车真马才对……"这句外行话似乎有些道理，没人唱反调，黄侃听了，不以为然，他说："适之，适之，我问你，唱《武松打虎》怎么办？"众人哄堂大笑。如果唱戏都要用实物，《打渔杀家》之类的武戏就更没法唱了。胡适是洋博士，喜欢对中国传统文化横挑鼻子竖挑眼，只要黄侃在场，是绝不会当众成全他的。

有一次，黄侃对胡适说："你提倡白话文，不是真心实意！"胡适问他何出此言。黄侃正色回答道："你要是真心实意提倡白话文，就不应该叫'胡适'，而应该叫‘到哪里去’。”此言一出，他仰天打三个哈哈，胡适则被他呛得脸都白了。

胡适著书，有始无终。《中国哲学史大纲》《白话文学史》都只完成上半部，下半部付之阙如。在中央大学的课堂上，黄侃取笑道：“昔日谢灵运为秘书监，今日胡适可谓著作监矣。”学生不解其意，黄侃的诠释颇为阴损：“监者，太监也。太监者，下部没有了也。”学生这才听明白，他是讽刺胡适著书有上部没下部，遂传为学界笑谈。

清朝末期，章太炎在东京主持《民报》，常有客人造访。某日，陈独秀求见，黄侃与钱玄同踱到邻室回避。主客间谈起清朝汉学的发达，列举戴震、段玉裁等朴学名家，多出于安徽、江苏一带，陈独秀认为湖北贡献微薄，没出过什么大学者。这句评语可就惹恼了听壁脚的黄侃，他大声抗议道：“湖北固然没有学者，然而这不就是区区；安徽固然多有学者，然而这也未必就是足下！”他的话咄咄逼人，火药味十足。身为主人，章太炎闻之尴尬。身为客人，陈独秀闻之窘迫。主客谈兴索然，随即拱手作别。

黄侃当面或背后恶声恶气地痛骂过陈独秀多次，陈独秀也是天王山人物，脾气火爆，但这位青年领袖对黄侃礼让三分，休休有容。1920年，陈独秀在武汉高师演讲，大谈新文化运动，当众感叹道：“黄侃学术渊邃，惜不为吾党用！”其服膺之情溢于言表。

五、七大嗜好全是催命符

2001年8月，《黄侃日记》经两代学人整理，由江苏教育出版社印行面世。这无疑是黄侃二十二年（1913年6月20日—1935年10月7日）私生活的真实写照，有趣的是，黄侃的许多逸闻都在这部八十余万字的《日记》中得到了证实。

大胆狂人就一定是不怕天地鬼神的狠角色吗？答案是否定的。清代著名学者汪中喜欢骂人，对同时代学术界身负盛名的大佬必讥弹其失，这一点他完全可以做黄侃的祖师爷。汪中生平有三憾三畏。他的三憾是：“一憾造物生人，必衣食而始生，生又不到百年而即死；二憾身无双翼，不能翱翔九霄，足无四蹄，不能驰骋千里；三憾古人唯有著述流传，不能以精灵相晤对。”他的三畏是：“一畏雷电，二畏鸡鸣，三畏妇人诟谇声。”为何如此，则不得其详。

古人今人相映成趣，参看刘成禺的《世载堂杂忆·纪黄季刚趣事》，令人捧腹。"黄季刚侃平生有三怕：一怕兵，二怕狗，三怕雷。"其中"怕雷"与汪中暗合。每次闻霹雳震屋瓦，黄侃就会"蜷踞桌下"。这段文字太有趣了，不可不照录，与人分享：

> 黄季刚侃平生有三怕：一怕兵，二怕狗，三怕雷。其怕兵也，闻日本兵舰来下关，季刚仓皇失措，尽室出走，委其书稿杂物于学生某，某乃囊括其重物以去。季刚诉诸予，且曰："宁失物，不敢见兵。"在武昌居黄土坡，放哨兵游弋街上，季刚惧不敢出，停教授课七日。其怕狗也，在武昌，友人请宴，季刚乘车至，狗在门，逐季刚狂吠，急命还车回家，主人复牵狗来，寻季刚，约系狗于室外，始与主人往。其怕雷也，十年前，四川何奎元邀宴长洲寓庐，吾辈皆往。季刚与人争论音韵，击案怒辩，忽来巨雷，震屋欲动，季刚不知何往，寻之，则蜷踞桌下。咸曰："何前之耻居人后，而今之甘居人下也？"季刚摇手曰："迅雷风烈必变！"未几，又大雷电，季刚终蜷伏不动矣。

有人可能不会相信这样的描写，但从《黄侃日记》中求证，怕雷、怕兵、怕狗之说并非杜撰，全是千真万确的。黄侃还交代了他怕雷的原因，主要是受《论衡·雷虚》和地文学书籍的影响，因而落下了心悸的病根。

有癖有疵的人必多爱好，明代文人张岱自承爱好多达十二项——"好精舍，好美婢，好娈童，好鲜衣，好美食，好骏马，好华灯，好烟火，好梨园，好鼓吹，好古董，好花鸟"，清代文人袁枚自承爱好多达八项——"好味，好色，好葺屋，好游，好友，好花竹泉石，好珪璋彝鼎名人字画，又好书"，其中有几项爱好（好美食，好色，好精舍，好书画）两人是完全相同的。黄侃的嗜好也不少，这位天才学者英年早逝，竟与之大有干系。

黄侃爱藏书，这个嗜好不要命，只要钱。当年，名教授工资高。毛泽东在北大图书馆打工，每月薪水为八块光洋，黄侃任北大文科教授，每月薪水为三百二十块光洋，是毛泽东薪水的四十倍。这是个什么概念？折算一下，毛泽东的月工资相当于今天的人民币一千元，黄侃的月工资相当于今天的人民币四万元，悬殊之大，令人咋舌。黄侃藏书，似乎不差钱，但他藏书多达三万多册，斥资购买《四部丛刊》《道藏》之类卷帙浩繁的经典系列，动辄数百块、上千块光洋，也有点吃不消。据说，黄侃的夫人常感手头拮据，私底下竟要向娘家求援。黄侃坐拥书城，仍未有餍足之心，其诗句"十载仅收三万卷，何年方免借书痴"就透露出个中消息。除开藏书，黄侃还有七大嗜好，它们都颇具"杀伤力"。

黄侃的第一大嗜好是美色。爱美之心人皆有之，黄侃在这方面经常逾越人伦，颇遭物议。据说，他一生结婚达九次之多。当年，刊物上载有极端攻讦："黄侃文章走天下，好色之甚，非吾母，非吾女，可妻也。"黄侃的发妻是王氏，两人聚少离多。他当过同乡、同族女子黄绍兰的塾师，后来，黄绍兰从北京女师肄业，去上海开办博文女校，黄侃跑到上海追求她。发妻尚未下堂，黄侃心生一计，骗取黄绍兰与他办理结婚证书，男方用的是李某某的假名。黄侃的解释是："因你也明知我家有发妻。如用我真名，则我犯重婚罪。同时你明知故犯，也不能不负责任。"谁知好景不长，黄侃回北京女师大教书，与一苏州籍彭姓女学生秘密结合，此事被黄绍兰的好友侦知。黄绍兰闻讯，欲哭无泪，婚书上男方的姓名不真，又如何对簿公堂？更可悲的是，她与黄侃生有一女，其父憎恨她辱没家风，毅然决然地与她断绝了父女关系。后来，黄绍兰投在章太炎门下，深得章夫人汤国梨的同情，她摆脱不了黄侃给她心灵投下的巨幅阴影，最终疯掉了，自缢身亡。汤国梨撰《太炎先生轶事简述》，公开表态，她看不惯黄侃极不检点的私生活，骂他"有文无行，为人所不齿"，是"无耻之尤的衣冠禽兽"。

黄侃在武昌高师任教时，武昌女师学生黄菊英与他的大女儿同年级，常到黄家串门做客，以伯叔之礼事黄侃，黄侃对她也非常友善。都说日久生情，黄侃重施故技，将黄菊英手到擒来。这个丑闻迅速传遍武汉学界，轰动南北。黄侃怕兵、怕狗、怕雷，固然没错，但他从来就不怕别人骂他无耻缺德。他居然还有十足的雅兴，要门生弟子帮忙收集骂他的报章杂志，以供闲暇消遣。他填写了一阕新词《采桑子》，赠给黄菊英：

今生未必重相见，遥计他生，谁信他生？缥缈缠绵一种情。

当时留恋成何济？知有飘零，毕竟飘零，便是飘零也感卿。

黄菊英读罢这阕新词，泪眼婆娑，大受感动。她认定，人生莫大的幸福就是"嫁为名士妻，修到才子妇"，于是毅然脱离家庭，与黄侃结为夫妻。

很难想象，浪子黄侃居然是位大孝子。他对老母极为孝顺，每次母亲从北京返回老家蕲春，或是由蕲春来到北京，他都要一路陪同。好笑的是，老母亲舍得下儿子，却离不开一具寿材，黄侃就依从老母的心意，不厌其烦，千里迢迢，带着寿材旅行。这真是旷世奇闻。何处买不到一口像样的寿材？只是黄母的寿材别具一格，上面有黄侃父亲黄云鹄亲笔题写的铭文，自然是人间绝品，无可替代。黄母去世后，黄侃遵依古礼，服孝三年，他还请苏曼殊为他画了一幅《梦谒母坟图》，他亲自写记，请章太炎写跋，这幅画成为他的宝物，至死不离左右。

章太炎对于黄侃身上的各种毛病（尤其是藐视道德的男女作风问题）均表示宽容和理解，他认为黄侃酷似魏晋时代"竹林七贤"那类放荡不羁的人物，不管他如何蔑视礼法，逃脱责任，毕竟丧母时呕血数升，仍是纯孝之人，内心是善良的，并非残忍之徒。

黄侃的第二大嗜好是佳肴。"食不厌精，脍不厌细"，黄侃是个实打实的美食家。川菜、粤菜、闽菜、苏菜、苏州船菜、湘菜、东洋菜、法国菜、俄国菜、德国菜，他都要一饱口福。1915年，他的恩师章太炎触怒袁世凯，被软禁在北京钱粮胡同的一所徐姓大宅中，黄侃前往陪住，顺便将中国文学史中的若干问题向章太炎请教。章氏向来不重口腹之欲，饭菜很不讲究，厨子手艺奇差，菜式单调，黄侃举箸难下，根本吃不消，于是他怂恿章太炎换了个四川厨子。黄侃是大教授，薪水高，频繁出入茶楼酒肆，不算什么难题，居家时他也自奉颇丰。据王森然《黄侃先生评传》所记载："每食，有不适口，辄命更作，或一食至三四更作，或改作之后，仅食三数口而已。于是事其事者甚劳，而夫人苦矣。"毫不夸张地说，北京、上海、南京、太原、苏州、武昌、成都等地的著名酒楼，他都去用过膳，多半是教育界朋友的雅聚，喝醉的次数还真不少。黄侃对待美食亦如对待美人，说不出一个冷冰冰的"不"字。黄侃为了满足口腹之欲，有时甚至甘愿装"哑巴"。据刘禺生《世载堂杂忆》所记载："季刚闻某物未尝新者，必设法致之，多与则饱飏，必时时请求，则深自卑抑。一日，有制熊掌、蛇羹、八珍延客者，主人则经其痛骂者也。所设皆未曾入口者之品，季刚乃问计于予，且自陈由入席至终席，不发一言。予商之筵主，因延季刚，果尽日陪坐，讷讷如不出诸口者。人皆谓季刚善变，不知其有所欲也。"饮食无度的结果与纵欲无度差不多，美色是伐性之斧，美食是腐肠之药，二者失度都会伤身。

黄侃的第三大嗜好是饮酒。黄侃的侄子黄焯撰回忆文章，说黄侃"每餐豪饮，半斤为量"。黄侃对酒不挑剔，黄酒、白酒、洋酒，他爱喝；糟醴、麦酒、啤酒，也可将就。喝到"大醉""醉甚""醉卧"不算稀奇。稀奇的倒是，黄侃居然劝别人喝酒要节制。有一次，北大教授林损从温州来，"下火车时以过醉坠于地，伤胸，状至狼跋"，黄侃认为"似此纵酒，宜讽谏者也"，醉猫劝醉猫，少喝三两杯，此事令人绝倒。因为杯中之物，黄侃与三任妻子都闹得不可开交，黄侃在别的嗜好方面常生悔意，唯独饮酒，他从不自咎，反而将妻子视为自己的"附疣之痛"，夫妻情分因此坠落谷底。"一手持蟹螯，一手持酒杯，便足了一生"，名士习气，黄侃多有沾染。辞世前，他偕友人登北极阁、鸡鸣寺，食蟹赏菊，饮巨量之酒，致使胃血管破裂，吐血身亡。这项嗜好最终要了他的性命。

黄侃的第四大嗜好是喝浓茶。王森然的《黄侃先生评传》有这方面的描述："其茶极浓，几黑如漆，工作之先，狂饮之，未几又饮之，屡屡饮之，而精气激发，终日不匮矣。"功夫茶也算不了什么，他好饮苦茶，简直就是把苦茶当成了兴奋剂，害处不言自明。

黄侃的第五大嗜好是下围棋。黄侃对黑白世界颇为痴迷，他在《日记》中多处写下"手谈至夜""手谈殊乐"，尤其是在 1922 年 4 月 8 日至 5 月 4 日所写的《六祝斋日记》中，不足一月时间，有关下围棋的记录即多达十三处。下围棋须耗费大量心力，黄侃不肯轻易罢手，经常自晡达晓，通宵彻夜，对枰长考。以其虚弱的体质，从事此项脑力游戏，除了透支精气神，别无他法。

黄侃的第六大嗜好是打麻将。黄侃从不讳言自己既有赌性又有赌运。在 1922 年 1 月 15 日的日记中，黄侃写了一句"日事蒲博而废诵读"。他在打麻将方面颇为自得，颇为自负。其实，牌技也就一般。客观地说，他的赌兴够豪，可以与梁启超一争高下。

黄侃的第七大嗜好是逛风景。黄侃在北京的时候，教学研究之余，最爱与学生结伴游山玩水，经常陪同他出游的是孙世扬（字鹰若）、曾缄（字慎言）两位，因此有人戏称孙、曾二人为"黄门侍郎"。孙世扬在《黄先生蓟游遗稿序》中写道："丁巳（1917 年）戊午（1918 年）间，扬与曾慎言同侍黄先生于北都。先生好游，而颇难其侣，唯扬及慎言无役不与，游踪殆遍郊坼，宴谈常至深夜。先生文思骏发,所至必有题咏,间令和作,亦乐为点窜焉。"

《庄子·大宗师》尝言:"其嗜欲深者,其天机浅。"意思是沉溺于嗜欲之中的人天赋的灵性有限。这倒未必。大文学家、大艺术家、大思想家中嗜赌、好色、贪杯的不算少,他们的灵性却大大超过常人。规律只在于:嗜欲深者病痛多,嗜欲深者寿命短。黄侃既多病又短命,全是嗜欲惹的祸。其实,他有自知之明,《日记》中不乏自责之词,他曾发誓要戒烟、戒蟹、戒酒、谢绝宴请,摒弃无益之嗜好,但都是说过就忘,很难落实。性格的弱点不易克服,拔着自己的头发毕竟无法离开地球。黄侃填写过一阕《西江月》,有全面自诫的意思:"行旅常嫌争席,登临未可题诗。欢场无奈鬓如丝,博局枉耽心事。似此嬉游何益?早宜闭户修持。乱书堆急酒盈卮,醉后空劳客至。"自诫归自诫,嗜欲却总是占据上风,黄侃别无自救的良法,就只好既多病又短命了。

新文化运动旗帜初张时期,北大的章门弟子做柏梁体诗分咏校内名人,咏陈独秀的一句是"毁孔子庙罢其祀",专指他打倒孔家店,甚得要领。咏黄侃的一句是"八部书外皆狗屁",这八部书是《毛诗》《左传》《周礼》《说文解字》《广韵》《史记》《汉书》和《昭明文选》,这只是个约数,大体上是不错的,除此之外,黄侃还特别喜欢《文心雕龙》《新唐书》等名著,他以博学著称,治学从不画地为牢。我们换个角度去理解,黄侃只看重学问和文艺,至于个人私德,则悍然不顾,那么这句诗就算是形容得当了。

性博士

二十世纪二十年代，编纂《性史》的张竞生，主张在美术课堂中公开使用裸体模特儿的刘海粟，以及谱写"靡靡之音"《毛毛雨》的黎锦晖，被国内顽固的保守派指斥为"三大文妖"。卫道士们躲在黑屋子中哀叹"世风日下，人心不古"，以他们灰度极深的青光眼看来，"三大文妖"仍是小巫，蔡元培、陈独秀、鲁迅、胡适、钱玄同、刘半农等人才是开启潘多拉匣子的罪魁祸首，必须为世道人心的日益败坏负主要责任。所幸时间的裁决更见公正，它使喧嚣归于寂静，使重出炼炉的黄金展露灿烂的笑容。

在"三大文妖"之中，张竞生遭受的误解最深、诟骂最多、攻讦最狠毒，不仅旧派人物看他不顺眼，连一些新派人物也站在其对立面，决计不肯给他好果子吃。大儒梁漱溟"谅解其人与下流胡闹者有别"，这样的高姿态已属难能可贵。张竞生得了个"性博士"的花名，还得了个"大淫虫"的恶号，被人斥为"下流坏"和"卖春博士"，可谓一无是处。老鼠过街，人人喊打，正是这份可疑的道义感使许多庸人摇身一变，成为勇士，在他们的心目中，张竞生就是那只大白天跑上街头讨打的该死的耗子。后果可想而知，张竞生早早地就被撵出了学术领域，被剥夺了话语权，唯有独守一隅，枯槁而终。历史会将他彻底遗忘吗？我想这是不大可能的，毕竟在二十世纪二十年代他是最有胆、有识、有趣的一个，像他这种超五星级的"怪物"，放眼现代中国，充其量也只够两个巴掌的数目。

一、愤青和革命者

张竞生（1888—1970），出生于广东饶平县，他初名江流，学名公室，1912年底赴法留学后，改名竞生，取"物竞天择，适者生存"之意。当时，围绕着这八字经，新派青年取名、取字、取号为"竞存""天择""竞生"的颇多。孙中山的爱将和叛将陈炯明字竞存，胡适有两位同学，一个叫孙竞存，一个叫杨天择，胡适的学名是洪骍，表字为适，也是他二哥从八字经中捞出一个字来。张竞生的父亲一度赴新加坡淘金，颇有些积蓄，回饶平后，买田造屋，还娶了一房姨太太。张竞生小时候多次看到本村张姓族人与邻村杨姓族人发生血腥械斗，日后回想，仍然胆战心惊。他的童年毫无快乐可言，最大的根源是他父亲所娶的小老婆阴险狠毒，逼得他两位哥哥去南洋做工，还逼得他两位嫂嫂相继服毒自尽，这样的悲剧使他对旧式家庭的人情冷酷和人道缺失体验良深。

所幸他还可以求学念书，读完汕头的同文学校，然后考入广州的黄埔陆军小学，这所学校由两广总督兼任总办，规格不低，名头不小。倘若他肯挨到毕业，将来当个军官，混出点名堂并不太难。可是他天生就不安分，暗中偷看中国同盟会机关刊物《民报》，这还是小错；居然与姓韦的监督对着干，带头剪辫子，闹食堂，这就是大逆不道。张竞生被黄埔陆军小学开除，他认为革命就须冒险，也不失为一条好的出路，毕竟清王朝腐败无能，它不灭亡简直没有天理。

那时，他想出一个大胆的主意，与另一位同学结伴前往新加坡，投奔孙中山。孙中山并没有接见这两位懵懂青年，此前，他已得到消息，清廷将派遣杀手到新加坡暗算他，出于防范，他以养病为由，对来历不明的客人一律避而不见。张竞生在新加坡等待了一个多月，最终耗尽盘缠，毫无所获，唯有怅然返回饶平，服从父亲的命令，迎娶一位十五岁的女子为妻。在回忆录《浮生漫谈》中，张竞生这样描述自己的新娘："我娶她那一日，她的容貌，虽未像某先生所说的那位她，如猴子一样的尊容。但我的这一位矮盾身材，表情有恶狠狠的状态，说话以及一切都是俗不可耐。我前世不知什么罪过，今生竟得到这样的伴侣。"这种盲婚，毫无爱情基础，很难让他留恋。他决定逃避家庭，去上海求学，入法国教会所办的震旦学校。一学期后，他不安分，又跑到北京，考入京师大学堂（北大前身）法文系，谋求深造。当时的京师大学堂，就像是一所官办的大私塾，从教制、师资到课目的安排都乏善可陈。学生多的是闲工夫，不是逛八大胡同，就是请吃请喝，忙于交际应酬，为将来做官预先垫步。张竞生烦闷得要死，常去藏书楼翻寻尘封已久的佛经，直读得满头雾水，如堕七彩云中。他最大的收获是在那所禁锢甚严的藏书楼中发现了一本德国人类学家施特朗茨所著的德文奇书，此书的"人体写真"中有"布袋奶"，有"荷忒托民族的广阴大部"，图片下面附有说明文字，多方比较研究，这本奇书让张竞生消解了"一时苦恼的情绪"，日后他从事性学研究，成为性学家，这可能就是最初的肇因。除了这个刺激，还有一个刺激也找上门来。

有一天，革命党人张俞人告诉张竞生，汪精卫因刺杀摄政王载沣，被囚禁在刑部大狱里，极有可能掉脑袋，同盟会拟设计营救这位英雄，请他从中出力。张竞生闻言，又惊又喜，惊的是此事万分机密，他竟能参与，喜的是他要救助的是革命党人。当时，陈璧君和方君瑛已潜入北京，具体计划是：陈璧君出巨资（不少于一万元）给一位可靠的革命党人捐得主事一职，然后为他谋求刑部监狱官的实缺。这样一来，就有机会接近汪精卫，寻隙将他放走。这个迂缓的计划可能出自于某个笨蛋的头脑，虽然有点想象力，却毫无可行性，终于宣告作罢。

1911 年 10 月，武昌新军发难，汪精卫获释，张竞生加入汪氏组织的京津保同盟会，得到汪氏的赏识。南北议和时，汪精卫推荐张竞生充任南方议和代表团的秘书，事成之后，即鸿运降临。1912 年，中华民国临时政府稽勋局在全国范围之内遴选合格的革命青年，以官费生资格派赴日本或欧美国家留学，公布头批二十五人名单，为首五人是：张公室、谭熙鸿、杨杏佛、任鸿隽、宋子文。张公室即张竞生，名列榜首，可见当时中华民国临时政府对他是十分器重的，倘若日后他选择在政界发展，前程不可限量。

二、在异域的风花雪月

刚到法国时，张竞生想学外交，有位好友劝他学习社会哲学，这一选择也合乎他的心愿。巴黎大学的哲学系太自由了，他有取之不竭、用之不尽的闲暇，完全可以心猿意马。起初，他想到邻国比利时去学习园艺，还想兼修与哲学风马牛不相及的医学，将来好有个实在的职业。他修完医学院的预科，只能算是过屠门而大嚼，然后就打消了做医生的想法，这次的半途而废令他终生引以为憾。学医期间，有件事令他印象深刻，仿佛一道阴影困在心头，久久挥之不散。某一回，他参观解剖室，好戏谑的友人手执利刃对那些尸体横切竖割。他看在眼里，顿时感到反胃。更过分的是，那位友人用刀尖指戳一具女尸的阴部，对他们说："不知你生前用这玩意害了多少人，到今天竟沦落到如此下场，任人宰割如砧上肉！"张竞生闻言，悲愁和痛惜之情齐集三寸灵台，一发而不可收拾。

虽生长于乡间，张竞生先后在上海、北京等地求学，也算是积攒了不少见识，再加上天性浪漫，是个多情种子，到了花都巴黎——全世界猎艳者的头号天堂，他肯定有所斩获。其回忆录《十年情场》对于自己在花都"打过一些性欲的擂台"津津乐道，描写极为大胆，儿童不宜的地方触目皆是。张竞生好与女人玩精神恋爱的游戏，初到巴黎的时候，他住在"人家客店"，对一位学习制图的女子产生兴趣，那女子声称要守身如玉，张竞生自惭手段欠缺高明，便只好偃旗息鼓。其后不久，他在海边的一家咖啡店认识了一位娇俏玲珑的女招待，彼此情投意合。他自鸣得意的是，其情敌是一位英俊的德国大学生，他居然能够漂亮地胜出。"我以为能打败德人的情敌，是我以弱国的地位，也算莫大的光荣。"简直就是为中华民国挣了脸，应该授予勋章一枚。他们常常在海边野合，达到天人合一的境界。有一次，两人酣睡在大海边，差一点被潮水卷走。很显然，张竞生非常满意这位情人的性具和性趣，"她的表情与性趣，完全与西班牙人一样的天真热烈。她的性具，有如我国人所传说的大同女子一样，似有三重门户，回旋弯曲，使人触到也即神魂颠倒"。他们相爱了两年有余，其间，这位情人为他生下女婴，不幸夭折。世事总有不如人意处，他的法国情人性格温柔，礼貌周全，却患有精神疾患，遇到刺激，就口吐白沫，不省人事，张竞生好几次被吓得魂飞魄散。此外，她的文化程度低，连法文字母也认不周全。久而久之，张竞生对她的病况和智力水准产生了顾虑，再加上家中还有黄脸婆，他对于重婚怀有恐惧，迄至第一次世界大战爆发，这场风花雪月就打上了休止符。

巴黎岌岌可危，张竞生跑到英国伦敦，与房东的女儿在白天上演对手戏，只是那女子性情不够热烈，所以这份感情终归是形而下的内容，无法升华。其后，在法国里昂，张竞生与一位瑞士少女一见钟情，却因为老板娘监视极严，始终无法得手。所幸他与一位女教师搭上了线，在圣诞前夕进入实证阶段，有趣的是，那位女教师看见床头耶稣受难像，如遭电击，立刻起身穿上内衣，表情严肃而又悲哀地说："耶稣既然为人类而死，我辈在这个死难节日，怎能谋求肉体的快乐呢？"于是，两人的欲念云收雨霁，相拥而眠，未及于乱，他们之间隔着一位耶稣，以后也一直是精神恋爱。

张竞生崇尚卢梭热爱自然的浪漫主义，在野外漫步遐想是他的一大爱好。在巴黎近郊圣格鲁林区，他遇到一位避难的女诗人，二十余岁年纪，生得娇巧玲珑，从外形、气质到谈吐，都是张竞生喜欢的类型。这女子的品德也是上佳，张竞生问她："你是为钱财而爱我吧？"她简直如同受到侮辱，面露鄙夷之色，连一杯定情的咖啡也不肯喝。他们在林区中享受到人生无上的快乐，这位金发女子所写的定情诗才思斐然，通过张竞生的翻译，诗味犹醇：

　　"云霞头上飞，思归不必悲。偶逢有情郎，我心极欢慰！东方游子不忍归，西方娇女正追随。你痴情，我意软，稚草同野卉！洞房花烛日，骄阳放出万丈光辉。紧紧相拥抱，好把心灵与肉体共完美！好好记起我洁白清净的身份，任君上下左右周身一口吞！"

　　末句真是惊人，非发乎至情写不出。这位女子有一宗好处，是张竞生从别的女子那儿不曾得着的，那就是她除了吐气如兰，浑身也是香馥馥的，这位法国的"香妃"使他的欲望异常高涨，甚至疑心山间的花蕊都散发出精液的味道。他们效仿猿猴在树上寻欢，效仿比目鱼在海中做爱，"在这样香甜的性交中，我与她已到尽力去驰骋；她也如受电击一样的颤动"，至此，张竞生已是"愿作鸳鸯不羡仙"。战争期间，好景不长，胜会难再，这位法国"香妃"接到未婚夫的来信，他在战场上受伤，将去南方疗养，她与母亲要前往陪伴。两人执手泪眼相看，张竞生译出苏曼殊的四句情诗给她听："谁怜一阕断肠词，摇落秋怀只自知。况是异乡兼日暮，疏钟红叶坠相思。"情到深处人孤独，总归是这样的收场，"终久是倩影渺渺，余怀茫茫"。

　　最深挚的一段爱情宛如风筝断了线索，张竞生好一阵消沉与落寞。所幸他总不会欠缺新的艳遇，去填补内心的空虚。有一回，他到巴黎北站送客，遇到一位明眸善睐爽朗娇健的女子，堪称西方的史湘云，她崇拜卢梭，信奉浪漫派的人生哲学，因此与张竞生一拍即合。尤其难得的是，她醉心于考究东方人的情操，此前，她对日本人、印度人、南洋的华侨都失望了，现在碰到张竞生，偏偏这位"支那人"为东方世界争了光，赢得西方史湘云的爱情和赏识。《红楼梦》中的史湘云戆直爽快，缺乏工巧的心计，待人以诚而近于傻。"西方的史湘云"除了具备这些优点和缺点，还有一项独门绝活，她懂得精湛的房中术，做爱时喜欢处于主动的地位，作为受益者，张竞生饱享人间极乐。她讲述自己的性爱经历，十六岁时曾遭到一位军官的摧残，那以后她向一位老妇学习房中术，便为了找回女性的尊严和快乐，而只有像女教官一样完全处于主动地位，她才能达此目的。他们去法国瑞士交界处的古堡旅行，在悲情中做爱，张竞生因此领略到浪漫派的真谛，那就是："悲哀的情感比较欢乐的（情感）更为高尚，纯洁，诚实，真挚与饱满。"在山峰上，在丛林中，在湖畔，在月下，"西方的史湘云"扮演数个角色，使张竞生爱恋一人，恍如爱恋多人，他写道："故在俗眼看来，一切性交都是猥亵的，但由她艺术家安排起来，反觉得是一种艺术化的表演。"一位浪漫的中国男子遇到一位浪漫的法国女子，他甘拜下风，当对方提出三个月期满就各奔东西，永不相见，张竞生简直觉得一颗心仿佛从天堂掉到了炼狱，所有的"为什么"全无答案，"西方的史湘云"只留下一本小说《三个月的情侣》，让他仔细领会情爱的变幻无常。

三、在北大提出新主张

1920 年，张竞生获得法国巴黎大学哲学博士学位后，旋即收到潮州金山中学校长的聘书。船到香港，他循例要去广州领取委任状，也就是说他有机会见到广东省长兼督军陈炯明，当面向他递交条陈，提出建议。有趣的是，张竞生不关心别的，只关心节育和避孕，中国人"多子多福"的旧思想遭到刺激，陈炯明本人也受到嘲弄，须知，这位广东省长兼督军可是儿女成群。陈炯明读罢字迹潦草的条陈后，对潮属议员兼财政厅长邹鲁说："这是一位神经病！"其言下之意是，让这家伙当校长简直误人子弟。张竞生的洋博士学位到底还是有用，他当了几个月的金山学校校长，厉行改革，大刀阔斧，辞退了一些名声不好、水平不高的教师，因此惹发风潮，有人在校内对他动武，有人打电报，发传单，散布谣言，诬蔑张竞生有神经病，是"卖春博士"，指责他在《汕头报》提倡避孕节育，闹得满城风雨，一塌糊涂。张竞生悲愤欲绝，灰心到了极点，险些跳海自杀。所幸没过不久，云开雾散，蔡元培聘请张竞生去北大哲学系当教授。

在北大哲学系，张竞生如鱼得水，任教时间长达五年（1921—1926），他的讲义《美的人生观》《美的社会组织法》相继出版，为他在学术界赢得了声誉。周作人对《美的人生观》评价相当高："张竞生的著作上所最可佩服的是他的大胆，在中国这病理的道学社会里高揭美的衣食住以至娱乐的旗帜，大声叱咤，这是何等痛快的事。……总之，张先生这部书很值得一读，里边含有不少好的意思，文章上又时时看出著者诗人的天分……"当年，蔡元培倡议以美育替代宗教，稳步提升全民素质，张竞生的思想与之暗合，理论与之呼应，甚得青年学子的欢心。在《美的社会组织法》中，张竞生主张建设一个情爱与美趣融合的社会，其极端处，便是竭力提倡"情人制""外婚制""新女性中心论"。在封闭、愚昧和长期以男权为中心的中国社会，张竞生的浪漫派理论无疑是一根捅入马蜂窝的竹竿，招来无数身着长袍马褂的论敌。其"情人制"的理论大体如下：

　　……男女的交合本为乐趣，而爱情的范围不仅限于家庭之内，故随时势的推移与人性的要求，一切婚姻制度必定逐渐消灭，而代为"情人制"。

　　顾名思义，情人制当然以情爱为男女结合的根本条件。它或许男女日日得到一个伴侣而终身不能得到一个固定的爱人。它或许男女终身不曾得到一个伴侣，但时时反能领略真正的情爱。它或许男女从头至尾仅仅有一个情人，对于他人不过为朋友的结合。它也准有些花虱木蠹从中取利以欺骗情爱为能事。但我们所应赞美者，在情人制之下，必能养成一班如毕达哥拉斯所说的哲人一样，既不为名，也不为利，来奥林比亚仅为欣赏；也必有些人如袁枚所说的园丁，日常与花玩腻了，反与花两相忘。实则在情人制的社会，女子占有大势力，伊们自待如花不敢妄自菲薄。男子势必自待如护花使者，爱惜花卉，然后始能得到女子的爱情。爱的真义不是占有，也不是给予，乃是欣赏的。

　　……在情人制的社会，男女社交极其普遍与自由，一个男人见一切女子皆可以成为伴侣，而一个女子见一切男人皆可以为伊情人的可能性。总之，社会的人相对待，有如亲戚一样：笑脸相迎，娇眼互照，无处不可以创造情爱，无人不可以成为朋友。门户之见既除，羞怯之念已灭，男女结合，不用"父母之命，媒妁之言"，全恃他创造情爱的才能，创造力大的则为情之王、情之后，其小的则为情的走卒和情的小鬼。

　　……在情人制之下，社会如蝶一般狂，蜂一般咕啜有趣，蚊群一样冲动，蚁国一般钻研，人尽夫也，而实无夫之名；人尽妻也，但又无妻之实。名义上一切皆是朋友；事实上，彼此准是情人。

张竞生在法国生活八年，多次猎艳偷情，拈花惹草，深得其中乐趣。再加上他研读过托马斯·莫尔的《乌托邦》、康帕内拉的《太阳城》和圣西门、傅立叶的空想社会主义著作，主张"情人制"，乃是顺理成章的。然而国内那些观念保守的人、头脑僵化的人、性格沉闷的人、感情板滞的人，更别说那些以捍卫三纲五常为己任的卫道士，要他们接受这套"歪理邪说"，认同此类洪水猛兽，除非动用刀枪。有人认为，张竞生以蜂、蝶、蚁、蚁四物为喻，等于自己猛抽自己的耳光，足证"情人制"只是下三烂的货色。读者十有八九陷入了情绪化的泥潭之中，不再讲理，不再服理，轻则害羞，重则怀恨，张竞生还哪有辩解的地方？至于他竭力提倡的"外婚制"，从优生强种的立场出发，建议中国女人多与俄国男人、欧美男人、日本男人通婚，中国男人多与满、蒙、回、藏女人通婚，南方人多与北方人通婚，也被人嘲笑为瞎扯淡，当时表兄妹结婚仍被称赞为亲上加亲，是人间美事，张竞生的优生强种说就未免显得过于超前了，非普通智识者所能接受和赞成。像德龄女士（华裔旅美作家）那般泛过洋、见过世面的女子，不愿由慈禧太后作伐嫁给王孙公子，而乐意嫁给美国人，实在是不可多见的范例，由她站出来支持张竞生的理论，当然是个不错的选项，可是显得势单力薄。中国人一向主张"肥水不落外人田"，对"外婚制"的理解和接受还有一个相当漫长的过程。

1922年4月19日，美国节育专家山格夫人访华，由胡适担任翻译，张竞生陪同，在北京大学开演讲会。张竞生一向主张节育，借此机缘，极力介绍山格夫人的主张，可是言者谆谆，听者藐藐，收效微不足道。乱世中保种不易，再加上"不孝有三，无后为大"、"积谷防饥，养儿防老"的传统思想作祟，正确的节育主张出现在一个错误的时间和错误的地点，尽管北京城中知识精英密集，也很少有人受此启发，认识到节育的必要性和重要性。

有一次，张竞生经过上海，汪精卫请他到家里吃饭，汪氏子女多，他有些不好意思地说："我也是赞成节育的，但结果竟是这样呵！"这就说明，赞成节育的人尚且不能少生，更何况那些反对节育的人。张竞生认为，"男女交媾的使命，不在生小孩，而在其产生出了无穷尽的精神快乐"，他还改动古诗句"美人自古如名将，不许人间见白头"为"美人自古如名将，不许人间见儿孩"，劝导女人不要轻易怀孕。若要小孩，则须出于优生的考虑，选择惠风和畅的日子，以大自然为洞房，以树影为花烛，享受和谐的性爱，由此而怀孕的胎儿，将来不是英雄，便为豪杰，其次也会是才子佳人。张竞生的节育理论遭到社会排斥，招致轮番咒骂，他久已习惯被人误解，即使臭溷浇头，他也只当它是洗澡水。

四、《性史》引起的轩然大波

1923 年 4 月 29 日，张竞生在北京《晨报》副刊上发表了《爱情的定则与陈淑君女士事的研究》一文，引发关于爱情的大讨论。事由是：1922 年 3 月，张竞生在南北议和时的同志、留法时的同伴、北大生物系主任谭熙鸿丧妻之后不久，即与亡妻的妹妹陈淑君同居，而陈淑君在广东尚有未婚夫沈某，彼此未曾脱离关系，结果沈某感觉受骗受害，为此赶到北京，大办交涉，在报纸上刊登广告，斥责谭熙鸿败德、陈淑君负义，直闹得满城风雨，乌烟瘴气。张竞生发表此文，显然是支持和声援谭熙鸿的，他指出爱情的定则有以下四项：

（一）是有条件的；

（二）是可比较的；

（三）是可变迁的；

（四）夫妻为朋友的一种。

从 1923 年 4 月到 6 月，孙伏园主编的《晨报》副刊共发表讨论稿件二十四篇、信函十一件。梁启超、鲁迅、许广平、孙伏园都参与了这场讨论。全盘反对的人不多，完全支持的人更少，仁者见仁，智者见智。其中关于首项"爱情是有条件的"争议最大，张竞生列举的条件有六项内容：感情、人格、状貌、才能、名誉、财产。"地位"包含在"名誉"中。条件愈完全，爱情愈浓厚。极端的人认为爱情是神秘的，是无条件的，次者认为爱情只以感情、人格、状貌为条件，绝大多数人都认为若以财产为前提，爱情就未免庸俗和势利，沾染上了铜臭味。殊不知空着肚皮是无法恋爱的，鲁迅在小说《伤逝》中已痛切地总结出，"爱情要时时更新、生长、创造"，首先必须保证温饱，衣食无忧，否则爱情很容易夭折，幸福更是千难万难，甚至无从谈起。"贫贱夫妻百事哀"，无疑是一句大实话。

这场讨论费时近两个月。1923 年 6 月 20 日和 22 日，张竞生在《晨报》副刊上发表了长达三万字、分为上下篇的《答复"爱情定则的讨论"》，用全新的道德伦理观念为这次讨论作了总结。这次爱情大讨论虽在议论纷纷中偃旗息鼓，却有意外的收获，成就了一段良缘和一段孽缘：良缘属于鲁迅与许广平，孽缘属于张竞生与褚松雪。

反对缠脚，提倡天足；反对束胸，提倡丰乳；反对苟合，提倡殉情；包括制定爱情的游戏规则，张竞生觉得这些还远远不算过瘾，他真心想研究想讨论的是进乎其上的男女性爱，在当时的中国，这还是一座荒芜的废园，或谓之禁区也不为过。

1923 年 5 月，北京大学国学门成立"风俗调查会"，张竞生出任主席，他拟定风俗调查表，列出三十多项，其中有"性史"一项，教授们讨论选题时，觉得性史的调查和征集应该另立专项。1925 年深秋，张竞生在《京报》副刊上发出《一个寒假的最好消遣法》征稿启事，正式向社会征集性史。始料未及的是，来稿相当踊跃，他从其中选出七篇，其中就有褚松雪化名一舸女士撰写的《我的性经历》，恐怕是当时中国女子描写性事最为露骨的文字。张竞生为这些文章加上序言和批语，编为《性史》第一集，1926 年 5 月初，由北京光华书局印行。几乎是立竿见影，许多学校贴出查禁此书的公告。外界视之为洪水猛兽，反而起到了促销的作用，《性史》不胫而走。犹如祖坟被挖、姐妹被辱，卫道士们无不暴跳如雷，随即引发轩然大波。这七篇讲述性经历的文章涉及女性被欺凌、性冲动、性觉醒、性游戏、性饥饿、性冷淡、手淫、偷情、性和谐、性高潮等多个敏感话题，在批语中，张竞生一一给予针对性极强的评论。尤其出格的是，张竞生提示"新淫义"："我们所谓淫不淫就在男女之间有情与无情。若有情的，不管谁对谁皆不是淫；若无情的，虽属夫妇，也谓之淫。"有情为不淫，无情方为淫，《红楼梦》中，宝玉被称为"天下第一淫人"，即是"天下第一有情人"的意思，与张竞生的"新淫义"并不吻合，大相抵牾。

《性史》第一集摆事实，讲道理，对症下药，对于国人的性蒙昧有拨云见日之效，却不为保守派所谅所容。中国的许多事，可言者未必准行，可行者未必准言。在卫道士的青光眼看来，《性史》实为淫书，张竞生的所作所为实属诲淫，不仅误导青少年，而且败坏世道人心。百口莫辩，千夫所指，一旦涉足性爱禁区，大家就丧失了在学术领域内正常研讨的回旋余地。

多年后，张竞生在《两度旅欧回想录》中忆及这段往事，他的自我辩白值得一读：

> 有人要这样问："既是学者，又有钱游历全世界，别项学问又那样多，偏去考究那个秽亵的阴户问题，实在太无谓吧！"现先当知的是对这个问题的观察点，常人与学问家，根本上不大相同。常人不肯说，不肯研究，只要暗中去偷偷摸摸。学问家则一视同仁：他们之考究阴户与别项性问题，也如研究天文之星辰运行、日月出没一样。这个并无所谓秽亵，与别种学问并无所谓高尚，同是一种智识，便具了同样的价值。且人生哲学，孰有重大过于性学？而民族学、风俗学等，又在在与性学有关。学问家，一面要有一学的精深特长；一面，对于各种学问，又要广博通晓。无论哪种学问，都可研究。而最切要的，又在研究常人所不敢或不能研究的问题。

二十世纪二十年代，中国社会的情形是：礼教依旧森严，《论语·颜渊》中的"非礼勿视，非礼勿听，非礼勿言，非礼勿动"，仍然是中国人的行为准则。张竞生冲决网罗，破坏陈规，矫正陋俗，招惹众怒乃是情理之中的事情。科学要战胜蒙昧，需要胆识，也需要时间。张竞生是急不可耐的先行者，遭到误解和打击，自然难免。生物学家周建人提倡新文化，观念并不保守，他对《性史》也感到不满足、不满意，认为"一般人所需要的是由论料得来的结论，而不是论料本身。"殊不知，英国性学研究大家蔼理士的《性心理研究录》堪称本领域的皇皇巨著，书中就附有数十条性史材料，以为佐证。周建人抬高论证的效用而贬低论据的价值，这无论如何是说不过去的。

在《性史》第一集的序言中，张竞生用金圣叹评点《西厢记》的口气预作恐吓之词："这部《性史》不是淫书，若有人说它是淫书，此人后世定堕拔舌地狱。"说狠话吓人并不管用，这本书照样还是给张竞生惹来一身蚂蚁、一身腥膻，第二集竟被直接扼杀于摇篮中，然而坊间立刻涌现多种伪本，谬种流传，还有一本跟风之作《性艺》，是旧派小说家徐卓呆、平襟亚合著，盗用张竞生之名出版，赚得瓢满钵溢。《性艺》的内容是：张博士登报征求性友，每日都有一个女子叩门应征，试验性生活，其中有姨太太、寡妇、优伶、舞女等诸色人等，各有一套性技艺，其中尤以刀马旦在博士身上劈叉最为绝妙……张博士虽然大言不惭，提倡性学，实际上缺乏见识，每日被这些女人狎玩，等于是一名男妓。结局是，有个女人节外生枝，带来爱犬，不慎咬到张博士的"小博士"，一代奇人就此一命呜呼。总之，这类黄色书籍赚钱自有其人，骂名则全由张竞生背负。正是在此期间，张竞生得了个"性博士"的花名和"大淫虫"的恶号。

张竞生成了被俗众詈骂的对象，而且很少有人同情他。南开学校的掌门人张伯苓在校内悬出厉禁：凡阅读《性史》的南开学生一律给予记大过以上处分，凡传播者，直接斥退。中国人长期遭受心理压抑，羞耻感终究斗不过好奇心，鲁迅曾说："看到白臂膊，立刻想到全裸体，立刻想到性交，立刻想到杂交，立刻想到私生子。中国人的想象力唯在这一层能够如此跃进。"私底下，大家关起门来偷着乐，公开场合则显出道德完美无瑕的样子，将涉及性爱的书籍悉数贬斥为下流。心里可以想的，嘴上偏不准说；嘴上可以说的，笔下偏不准写；笔下可以写的，坊间偏不准印。鲁迅撰《书籍与财色》一文，以半嘲讽半讥刺的语气感叹，张竞生开美的书店，大卖《性史》，已"此道中衰"。真能替张竞生讲句公道话的只有周作人，他的话有所保留，也并未说满："假如我的子女在看这些书，我恐怕也要干涉，不过我只想替他们指出这些书中的缺点或错谬，引导他们去读更精确的关于性知识的书籍，未必失色发抖，一把夺去淫书，再加几个暴栗在头上。"在当时的语境下，这个态度就十分难得了。

五、书商和证婚人

1926年夏，张竞生依照蔡元培校长制定的成例（北大教员授课满五年后，即可带薪去国外游学一年），前往上海，打算登舟泛洋。不巧的是，这时候奉系军阀张作霖攻入北京，赶走了冯玉祥，免去了蔡元培的校长职务，任命刘哲为北大新校长。奉军入京后，疯狂屠戮民主人士和共产党人，《京报》社长邵飘萍、《社会日报》社长林白水、北大政治系教授李大钊先后遇害。在白色恐怖的局面下，蔡元培制定的规则自然作废，张竞生出洋游历的资格和资金全部泡汤，北大教职也成了镜花水月。他滞留在上海，受老友张继所邀，做过一段时间的上海艺术大学教务长，滋味不咸不淡。嗣后，为生存计，他与友人谢蕴如合股二千元，谢任总经理，张任总编辑，在书局林立的四马路开办美的书店，专门发行张竞生编译的"性育丛书"，还编辑出版《新文化》月刊。张竞生在《性育丛谈》中大谈"第三种水"（即女性在性高潮时所流出的巴多林液，世俗称之为"淫水"）和"阴部呼吸法"，比《性史》第一集走得更远，已将西方的性学伪饰为东方的房中术。尽管这两个名目在其他性学家的著作中无从考稽，算得上张竞生的独家发明，却被周作人谑评为"卖野人头"。张竞生的大忽悠居然蒙骗了全国读者，个个变成了"阿木林"（容易上当的傻瓜），这太不可思议了。由于张竞生的知名度和感召力，再加上美的书店所招收的女店员（此前，书店普遍只用男店员）性感漂亮，开张之后，门庭若市，张竞生在附近的饭店享有"专桌"和"专座"，每天开流水席，朋友来了随时管个酒足饭饱。有的买书人进书店时故意用戏谑的口气询问女店员："第三种水出了没有？"一语双关，起先女店员会红着脸作答，久而久之也就不害羞了，回答道："出了，都五回（意为第五次印刷）了！"生意太好，遭人羡慕嫉妒恨，当年，上海的书店业由江苏人把持，张竞生是广东人，谢蕴如是福建人，都不在这个体系当中，两个书呆子又不肯出面去拜码头、认干爹，江苏人便与警局串通，专寻美的书店的晦气。每过一段时间，张竞生即遭到法院传讯，警察动辄跑来罚款数百元，并且搬空店中书籍，这样频频捣乱，红红火火好端端的美的书店竟被摧残得生气全无，唯有关门大吉，宣告倒闭。

张竞生真是一个极度恪守个人信念的人。像他这样臭名昭著的"性博士"，居然有人请他证婚，已属一奇；证婚时，他大谈特谈夫妻性生活，大谈特谈"第三种水"喷出的快感，则更属奇中之奇，说是惊世骇俗，也不算夸张。这次证婚大约在1926年冬天，地点是上海东亚旅馆内，一次集体的文明婚礼，证婚词刊登在1927年1月《新文化》杂志创刊号上，题目是《如何得到新娘美妙的鉴赏与其欢心》。张竞生劝导新郎要有耐心，要知体贴，以三日为期，尽得新娘的欢心，然后收获圆满的性快乐。有一段说给新娘的话是这样的："在此，我又常告诉新娘们，当性交时，你们应大胆地处于主动地位，虽第一次也不可太过谦让，谦让就要自己食亏。你们新娘如能主动，则虽第一次不觉得苦而觉得乐，因为第一次也可达到'第三种水'喷出的快感。你们女子们每次必要交媾主动而以出'第三种水'为限，则不但你自己快乐，将来由此生子女时也聪明强壮。交媾本是男女二人共同之事，理当由男女分工合作。

如有一方不尽力，则失了交媾的真正意义。"他对新郎说的话更属离谱，他谈到处女膜无足轻重，男人不要对此小题大做，纠缠不清："若知新娘确与人有染，你们于肉体上应当庆幸有人为你们打破难关，使你们坐享便宜。因为处女膜的存在，正为使得第一个男子种种不便宜与使女子种种的留难。至于交媾的快乐，不在处女而在女子的'老练'也。于心灵上，你们新郎应知前此之事于你何与，但求今后伊能真爱你就好了。伊能爱你与否不在处女膜有无，而在彼此的情感，而遇这些与人曾经偷情的女子，你们更尽心恢复情感，这是一件情感竞争上更有趣味的事情。若你们新郎有这样态度，包管新娘感激流涕，懊悔前时无主宰，再安排新生命为新郎享用！"天下证婚人千千万万，没有人会像张竞生这样娓娓而谈性事；天下证婚词万万千千，也没有哪篇是如此殷切关怀生命的。张竞生比那班伪君子和真小人要伟大得太多，他的功德完全被人故意遮蔽、有意贬低了。然而他的教诲究竟有几人听得入耳？中国男人的处女情结由来已久，这个死结又岂是张博士三言两语就能解开的？

张竞生的理论和他推广这些理论的做法确实有诸多离谱的地方，别说普罗大众难以接受，就连蒋梦麟这样思想开明的北大同仁也认为张竞生是害群之马。1927 年，张竞生携家人到杭州游玩，适值蒋梦麟担任浙江省教育厅厅长，正是他向省政府提议，拘捕张竞生，罪名是"宣传性学，毒害青年"。所幸张竞生得到老朋友、民国元勋张继的关照，才被从轻发落，驱逐出境，三年不许踏入浙江半步。

周作人原本支持张竞生深入研究性学，后来发现他偷越边界，摇身一变，成为了反科学的江湖术士和道教采补家、禁忌家，不免啧啧"称奇"，因此不肯再为他鼓劲撑腰。周作人从不忌讳谈论性爱，但他自有定见，谈论性爱必须做到三点才行："一有艺术的趣味，二有科学的了解，三有道德的节制。"艺术崇尚自然，科学崇尚理智，道德崇尚洁净，三种态度均属可取。然而张竞生走火入魔，背道而驰。这正是他失败的主因。

六、踏上一条看不到尽头的下坡路

军阀当道，民不聊生，教育衰残，文化凋敝，国内的环境实在太恶劣了。蔡元培旅居欧洲，张竞生亦步其后尘，再次赴法游学。他得到广东省政府主席陈铭枢的私人资助，遂以翻译外国名著为职志，他原想集合同道翻译二三百种，但由于大笔经费无法筹措，终于只译出卢梭《忏悔录》《歌德自传》等数种，凑成一辑"浪漫派丛书"。张竞生第二度旅法，亦有多次艳遇，他去日出岛参加天体运动（与情人整日裸体相处）最有特色，但他对此涉笔不多，显然是意兴阑珊了。

1932年，张竞生四十五岁，即永久告别大学讲堂，回到广东饶平县，决定为家乡做点功德。"要致富，先修路"，他带领世代务农的乡亲们在山里修公路，风餐露宿，同甘共苦。当地农民老实本分，迷信观念重，在野外遇到坟冢，不敢动土。每当这种时候，张竞生就会挥舞藤杖，敲打坟头，大声叫道："黄土堆中的女士先生，为了活人幸福，死人应该让路！"大家听他念完这句大义凛然的"咒语"，才硬着头皮，提心吊胆，在张竞生敲打过的地方挥锄下镐，他们的告白是："死鬼你莫怪，是张博士吩咐开挖的。"冤有头，债有主嘛，那些孤魂野鬼若要降下什么祸殃，尽可去找张博士秋后算账。

1935年，由中山大学新校长邹鲁作伐，张竞生与黄冠南女士结缡，此后，黄女士椒蓼多子，共得五儿，张竞生极力提倡计划生育，至此心虚气短，也不敢再起高腔。他们的婚姻满打满算只有十八年，黄冠南女士最终在广州自尽，很可能是长期精神抑郁所致。

1948年，国民党为了应对政治危局，仓促行宪。张竞生拥有足够的资格，在饶平县竞选议长。他的演讲词可谓别出心裁："今天选举议长，各位参议员投票务必慎重。听说有人出钱收买选票，我有点怀疑，也有点相信。唯一能证明收买选票纯属谣言的办法，是请大家投我的票。我的穷出了名，把选票写上我的姓名，绝对没有被收买的嫌疑。议长要陈诉群众疾苦，替群众谋福利，这一点我相信自己绝对能够做到，因此我也投自己一票，这就叫作当仁不让。"别人贿选可没白花钱，张竞生的话说了等于白说，选举结果出来，他名下仅有一票。

二十世纪三十年代后，张竞生就不再研究性学，又由于"名声不好"，得罪了不少学界权威，各大学采取一致行动，皆不肯聘请他为教授。1953年，广东省成立文史研究馆，他是首批馆员，撰写了几篇回忆录，较有价值的有1959年4月撰写的《南北议和见闻录》。为了解决经济上的拮据，他决定撰写三部自传，公开自己的情史、性史，以飨大众，《浮生漫谈》《十年情场》和《爱的漩涡》便应运而生，先后在香港和新加坡出版，获酬甚丰。

令人匪夷所思的是，当年，文化部发下红头文件，将张竞生的《性史》

与希特勒的《我的奋斗》、蒋介石的《中国的命运》等书列为十大禁书。张竞生何其"有幸"，竟然忝居大佬的行列；又何其不幸，沦为了枯鱼之肆中的一条咸鱼，再难翻身。

张竞生的晚景颇为黯淡。"文革"的汹涌大潮不可能不冲击此类"残渣余孽"。批斗时，这位八旬老人被"请"上戏台，红卫兵照例背书："你出身于地主家庭，一贯反动，知不知罪？认不认罪？"张竞生泰然自若，反问一句："我十多岁就追随孙中山先生干革命，推翻了清王朝，何罪之有？"红卫兵算不清张竞生的旧账，就专算他的新账："你反对毛泽东思想，恶毒攻击毛主席！"张竞生哈哈大笑，这么瞎掰，他可不做冤大头："我在北京大学当教授，跟李大钊是好朋友。当年，李大钊是图书馆馆长，毛主席是图书馆管理员，我跟他们都是好朋友，毛主席不懂英文，还曾向我请教呢！我哪里会反对毛主席，绝无此事，不信的话，你们去问毛主席！"台上此问彼答，输攻墨守，台下有人吃喝，有人鼓掌，张竞生不费吹灰之力就逆转了剧情，将批判会变成表功会，红卫兵的那几把烂刷子很快用完，只好草草收场。

"文革"对张竞生最大的伤害就是居无定所，这位终身吃素、发誓要活到一百岁的老人，八十三岁时因患脑溢血猝死于一间茅屋中，身边既无亲友，也无书籍，孤苦伶仃。

张竞生自谓一生有三大憾事：一是没有娶得欧洲美妇为妻；二是没有办成现代化的潮州大学；三是没有完成翻译二三百种世界名著的宏愿。

有人称赞张竞生是中国人口学和性学领域的拓荒者，这大致是不错的。他倡导节制生育比马寅初还要早出许多年。他高举性解放、性自由的大旗，更是先驱中的先驱。曾有人称赞张竞生是中国文坛的一颗流星，是中国文化界和出版界的失踪者，他确实"失踪"了半个多世纪，在国内的绝大多数图书馆中，至今仍难以觅见其著作的踪影。

鲁迅在《两地书》中感叹道："至于张竞生的伟论，我也很佩服，我若作文，也许这样说的。但事实怕很难。……张竞生的主张要实现，大约当在二十五世纪。"鲁迅的调子太悲观了些，他的预言失了准头。张竞生的许多主张（节制生育、性解放等）固然超前，但如今都已在中国落地生根，开花结果，甚至远远超出了他的初衷。

很显然，张竞生身上有凡人难以克服的弱点，以至于实践失之毛躁，理论不够自洽，二者无法同步合拍：他极力标榜"新女性中心论"，主张情人各得自由，互不干涉，可是他对家里那位动不动就玩出走游戏的妻子褚松雪女士（"中国的娜拉"）不够厚道，不够宽容。在《新文化》月刊上，他发表《恨》一文，自曝家丑，极尽谴责之能事，不仅出了恶言，还动了黑脚，被人捅到报纸上，好不难堪；他主张节制生育，自己却是五个孩子的爹（马寅初有七个子女，同样主张计划生育，两人相映成趣）。凡此种种，大醇之中确有小疵。

到了二十世纪五十年代初，张竞生已经六十多岁，枯木逢春，老树开花，经人介绍，与南京一位资深美女确立恋爱关系，在张竞生的提议下，两人在石头城与五羊城之间鸿雁往返，张竞生美其名为"通信试婚制"，结果很圆满，有情人终成眷属。

从整体上来观察，"性博士"张竞生是有趣的、可爱的，甚至是了不起的，但他"弯道超车"，弄出个"车毁人伤"的败局，被直接吊销了"驾照"。国人能忘记他半个世纪，甚至一百年，但绝对不可能将他从群体记忆中永久删除和清空。

叁 辑

——合格的思想者与合格的行动者有可能合体，也有可能分身，但思想是空气一般的存在，缺氧的行动者将寸步难行。

雪拥蓝关

同治十三年（1874），英国军官布朗率领一支由二百多名武装人员组成的"探路队"进入中国云南境内，随行的翻译官马嘉理持有清政府总理各国事务衙门签发的外交护照，依循国际惯例，地方官理应保护他的生命安全。云南巡抚岑毓英"素饶胆略"，对于这些不速之客表面上热情款待，并派兵护送出境，暗地里却指使部将李珍国在途中伏兵截杀。事后，岑毓英又以不实之词谎称马嘉理为当地野人所害，意在推卸责任。英国公使威妥玛思维绵密，作风强悍，可不是那么容易善罢甘休的。经过长达一年的调查，威妥玛将此案的来龙去脉弄了个水落石出，证明曲在我方。光绪二年（1876）秋，清政府派遣直隶总督、北洋大臣李鸿章与英国驻华公使威妥玛签订了共计十六款的《烟台条约》，主要内容为：中国借路给英国（一是由缅甸入云南，二是由西藏到印度），中国向英国商船开放多处内地口岸。此外，还有一项附加要求，清政府必须派遣一位大臣远赴英伦，向英国政府当面道歉。

据梁溪坐观老人（张祖翼）所著的《清代野记》所记载，云南巡抚岑毓英派兵击杀马嘉理之前，安徽巡抚英翰派兵暗杀过两位英国传教士，由于是午夜时分的秘密行动，下手干净利落，没让英国教会和使馆找到证据，抓到把柄。那一次，除了两位英国牧师，遇害的还有两条船上熟睡的四十多位无辜平民。绿营兵一把火烧了船屋，把尸体深埋在荒郊，始终没有败露形迹。令人惊诧的是，英翰晚年竟以此"光辉业绩"自鸣得意。

一、临危受命，出使西洋

同治六年（1867）秋，陕甘总督左宗棠在戎马倥偬之际上书给总理各国事务衙门，就外交事务提出六条建议，其中第二条是"议遣使"，主要内容是：

"外国于中国山川、政事、土俗、人情靡不留心咨考，而我四顾茫然。驻京公使恣意横行，而我不能加以诘责。正赖遣使一节，以诇各国之情伪，而戢公使之专横。尊虑远隔重洋，择使既难，筹费不易，自是目今实在情形。唯思自海禁大开以来，江、浙、福建、广东沿海士商，经历各海国者实不乏人，其中亦有通晓各国语言文字者。除广东人情浮伪喜事不宜轻用外，其闽、浙两省堪膺斯选者尚多。唯责成各督抚及总理船政大臣精为访择，必有可应命者。此项人才，以游历为名，搭坐各国轮船，所费亦少；其使臣则五年一派，即从此项人才内挑派，假使持节。如彼时轮船局学艺已成，自能驾驶，无须搭雇外国轮船，则所费亦无多也。"泱泱大国，堂堂总理各国事务衙门，担心找不到合适的公使、大使人选，担心远涉重洋，使团的路费昂贵，这岂不是笑话吗？朝廷以密函形式向封疆大吏征求建议，左宗棠便在这两方面作了周全考虑。在他看来，向欧美各国派出外交使节已是大势所趋、大势所迫，可谓箭在弦上，不得不发。"时议歆泰西之富强，以安常习故为非策，群思舍旧而图新，却于彼此情实究少体会。"数年之后，左公犹有此叹。"清政亡于拖"，能拖则拖，不能拖也要拖，直到云南突发马嘉理事件，才被倒逼至非向英国派驻使节不可的地步，如此迟缓的办事作风真是令人咋舌。

　　诚然，弱国无外交。清政府在战场和谈判桌上屡屡吃亏认栽之后，羞愤交加，恼怒不已，所幸尚未失去最后那点理性，终于决定将坏事变好事，就汤下面，任命这位出使欧洲的谢罪大臣为首任驻英、法两国公使。当年，这个远涉重洋的差事并不是什么抢手的香饽饽，谁得到它，就将招致千夫指戳、万人唾骂，往坏处想，甚至有可能身败名裂。满朝文武莫不视之为畏途，值此群情汹汹的当口，谁会去充当天字第一号的冤大头？令朝野惊诧的是，居然有人挺身而出，"以为时艰方剧，无忍坐视之理"，这人就是郭嵩焘。但他很快就感受到了外界巨大的压力，揽下这趟钦差竟比做江洋大盗还招人憎恨，于是他敲起了退堂鼓，三次告病，请求朝廷另寻替人。开弓没有回头箭，朝廷的成议岂能轻易更改？何况遍寻国中，合适的替人就像是替死鬼，不可多得。好友李鸿章出面劝驾，两宫皇太后召见时，也是勉励再四。如此一来，郭嵩焘的心劲又如同春江之水，漫过长堤。

　　清廷的正式任命公布后，果然不出所料，郭嵩焘沦为众矢之的。郭嵩焘是湖南湘阴县人，家乡的保守派分子率先发难，群起而攻之，一副语意阴损的对联不胫而走，举国风传：

出乎其类，拔乎其萃，不容于尧舜之世；

未能事人，焉能事鬼，何必去父母之邦！

这副对联引经据典，列堂堂之阵，树正正之旗，煞有介事，却经不起推敲，晚清算什么"尧舜之世"？英国人也不是地狱恶鬼。钦差大臣郭嵩焘出洋，担负的使命是：代表清政府去向英国国王谢罪，莫非他尚未出境就要先向国人谢罪？双重的荒诞预示了他的前途布满荆棘。

中国的国门已被洋人的重炮轰开三十多年，清政府在办理外交事务方面，仍是幼儿园水平，事到临头，被逼无奈，才派出自己的第一位驻外使节，如此缓慢的节奏，连蜗牛都自愧不如。郭嵩焘以钦差大臣持节出洋，在其亲人看来，不算喜事，简直比丧事还要晦气得多，满门老小个个脸上都是愁云惨雾。

光绪二年（1876）冬，郭嵩焘携如夫人梁氏和随员登上了英国邮轮，这一去就是两年多。既然本国的文化精英都不能理解他的使命，英国幽默杂志《喷奇》奉送见面礼，登出整整一版漫画，将他丑化成一只梳着辫子的猴子，又有什么好大惊小怪的？

郭嵩焘既是硬着头皮的无畏者，也是动着脑筋的有心人。光绪四年（1878），郭嵩焘基于"公使涉历各国，正当考求其益处"的慧识，将他出洋途中备述见闻和思考的日记整理成册，取名为《使西纪程》，抄写一份，寄呈总理衙门。此书刊行后，立刻在国内引发了轩然大波，守旧派的头面人物们义愤填膺，口诛笔伐，虚拟的罪名是"用夷变夏"，实指的罪名则是"有二心于英国，欲中国臣事之"，恨不得食其肉而寝其皮的朝臣大有人在，将郭嵩焘撤职查办的叫嚣也是震耳欲聋。

《使西纪程》对国外的政治、军事、科教和民俗多有赞语和好评，相比之下，对国人不明外情，视西洋人为夷狄的情形，则多有微词和批驳，其中有这样一段话值得留意：

以夷狄为大忌，以和为大辱，实自南宋始。西洋立国二千年，政教修明，具有本末，与辽金崛起一时倏盛倏衰，情形绝异。其至中国，唯务通商而已。而窟穴已深，遍处凭陵，智力兼胜，所以应付之方，并不得以和论。无故悬一"和"字以为劫持朝廷之资，哆口结目，以自快其议论，至有谓宁可覆亡国家不可言和者，京师已屡闻此言，诚不意宋明诸儒议论流传为害之烈一至斯也。

可以这么说，《使西纪程》惹恼的是那些迷梦未醒的天朝完美主义者。铁笔御史们"深明大义"，早就从门缝里瞧扁了郭嵩焘，正愁无从下手，他却一头撞进罗网来。且不说以"叛臣贼子"的罪名指控他，单以"有二心于英国"的谣言污损他，郭嵩焘就会吃不了兜着走。清政府的折中处理耐人寻味，一方面安抚保守派，下令将《使西纪程》毁版，禁止流传；另一方面也安抚洋务派，让郭嵩焘继续留任，完成使命。

在近代工业的发源地伦敦，郭嵩焘仿佛进入了一个跟现实世界全然不同的魔法世界，举凡政治、军事、科技、教育、商业、金融和风俗人情，都是另一副面貌。他参观水晶宫，欣赏夜景之后，在日记中留下赞叹："街市灯如明星万点，车马滔滔，气成烟雾，阛阓之盛，宫室之美，至是殆无复加矣！"他以中国驻英、驻法公使的身份，成为巴黎万国博览会的嘉宾，西方科技之发达令他震惊不已。他访问牛津大学，对西方教育有了正面的接触和直观的认识，西洋学术昌明、人才激涌都是由于教育理念先进，格物致知，征实致用，相比之下，中国士子"习以虚文，以取科名富贵"，简直就如同在梦寐中鬼打墙。郭嵩焘认为，中国办新式学堂乃是最急迫之事。

中国近代洋务派的头号心愿是"师夷长技以制夷"，他们只承认西洋的军事科技才是中国望尘莫及的。郭嵩焘受李鸿章嘱托，订购英国的铁甲战船、水雷和枪炮，以巩固大清海防。为此，他考察了船厂、军火工厂。最令他兴奋而又震撼的事情则是出席英国海军检阅仪式和法国阅兵典礼，英国的海军、法国的陆军，军容之严整，武器之精良，都产生了极大的视觉冲击力，使这位公使的内心掀天揭地。他决心透过表象，寻找西洋列国全面繁荣强盛的真因，盗回火种，振兴神州。

二、先政教而后科技

以对待列强的态度来区别，晚清的士大夫可分为主战派和主和派两大阵营，郭嵩焘是坚定的主和派干将，这倒不是因为他认为中国太落后，才须忍辱求和。据历史学家蒋廷黻细心考证，郭嵩焘做过僧格林沁的秘书。当时，僧亲王率兵在天津抵抗英法联军入侵，特意向郭嵩焘请教攻守方略。郭嵩焘说："洋人志在通商，大人应该寻找正确的对策，而不是与之交战。海防无功可言，无效可纪，应当以安静为上。"僧王闻言默然。中国与西洋通商是个大课题，当时没几人敢提挈它，更没几人能理解它。后来，李鸿章说过一番颇有见地的话，大意是：中国与欧美各国通商是有益的，欧美各国的繁荣与中国人民的福祉有着不可分割的关联，难道他们愿意杀鸡取卵，涸泽求鱼，把中国人榨干榨尽，而不留一点东西？僧格林沁是蒙古籍悍将，百战之余，只知攻守，至于攻守之外还另有更精细的讲究，他就难以明白了。此后，塘沽炮台失陷，英法联军从天津杀向北京，抢掠之后焚毁圆明园，迫使清政府签订丧权辱国的《北京条约》。在军事和外交两方面，清王朝可谓完败。僧王回想郭嵩焘当初的建议，不禁感慨系之："朝官唯郭翰林爱我，能进逆耳之言。我愧无以对之，若早从其言，何至于此？"郭嵩焘主张与西洋各国通商，化干戈为玉帛，这就像是在旷野中疾呼高喊，纵然声嘶力竭，影响面却十分狭窄，传播效果也不容乐观。

　　清朝早期洋务派的主心骨（以林则徐、魏源为代表）主张"师夷长技以制夷"，晚期洋务派的领袖（以曾国藩、左宗棠、李鸿章、张之洞为代表）主张"中学为体，西学为用"，虽前后赓续，却是换汤不换药，更形象一点说，无异于"漏船载酒泛中流"。既然船（中学）是破的，人再聪明酒（西学）再好，又能受用几时？可悲就可悲在，当此紧要关头，力图自强自救的国人却没能及早从"天朝中心论"的迷梦中清醒过来，仍在"夷夏之辩"——所谓"天处乎上，地处乎下，居天地之中者为中国，居天地之偏者曰四夷。四夷，外也；中国，内也"（宋·石介《徂徕集》卷十）——的八卦阵中兜圈绕弯，不得其径而出。中国士大夫的优越感全摆在明处：华夏为内，夷狄为外；华夏为尊，夷狄为卑；华夏为上，夷狄为下；以夏变夷为顺，以夷变夏为逆。这种传统的夷夏观早已成为定式，无人质疑，更无人将这块遮羞布戳穿撕破。满人发迹于关外，原属夷狄，征服关内、统治中土应算是以夷变夏，所以明末清初一些崇尚气节、严夷夏之防的知识分子（例如顾炎武和王夫之）抵死也不肯承认清朝为正统王朝。然而清朝二百余年君临天下，早已积怯为勇，积健为雄，不再疑惑，不再尴尬，敢自居为天朝上国，对异邦外国持盲目的轻视之心，甚至当国门被洋人当成了厕门之后，这种可怜而又可笑的优越感仍然持续发酵。在他们看来，论船坚炮利、铁路轮机、声光化电，西方远胜于中国；

论典章制度、政教道德，无疑是大清帝国更为完美，洋人难望我项背。此调之高，响遏行云，唯有能唱三个C音的"阿Q合唱团"才唱得出来。

左宗棠是一大群糊涂虫中的明白人，起初他的主张也只是头痛医头，脚痛医脚："至中国自强之策，除修明政事、精练兵勇外，必应仿造轮船，以夺彼族之所恃。"（《上总理各国事务衙门》）光绪元年（1875），左宗棠的认识有所深化："近人见西洋制造之精，自知其不易及，遂欲以酒解醒，为苟且目前之计。鄙怀窃有未喻。夫言学而至于艺，言战而专于械，不过学与战之一端。我不能而人能之，吾不可不师其长，固也；若谓学止在艺，战止在械，夫岂其然？吾人读书，志其大者远者，博与巧非儒所尚，有时迂疏寡效，不如小道可观，致使人以儒为戏，此固学者之过，岂儒术误之耶？乡有富人造新屋，落成之日，饮馔款客，乃坐匠首于塾师之上，一座哗然，遂为笑柄。今之论者，得毋类是？所幸公道犹明，异说未逞，不至贻诮远人耳。"（《答董韫卿大司农》）左公的意思是：洋人的艺（工艺）与械（器械）确实精良，我们应该虚心学习，但学问非止工艺一端，打仗也并非单纯依靠器械。儒术在博与巧两个方面固然不如小道可观，但儒学指明大道，那才是精神力量的源泉。为了更好地说明问题，左公讲了一个故事，某富人新屋竣工，在款待宾客时，将为首的工匠置于塾师之上，他认为此举是荒唐可笑的。中国人也会夸赞鲁班神乎其技，但这位国之大匠的地位却不高，根本无法与至圣先师孔丘相提并论，难怪工匠精神长期遭到压抑，流落民间。殊不知，高达云霄的学术思想完全可以与俯接地气的工匠精神成为硬币的两面，严丝合缝，并行不悖。在任何场合，工匠与塾师谁坐首座的问题，都可根据循名责实的原则轻松解决。

李鸿章虽是一大群糊涂虫中的明白人，且与洋人接触频繁，他的见解却不过尔尔："中国的文武制度，事事远在西人之上，独火器不能及。"（《筹办洋务始末》）张之洞也是一大群糊涂虫中的明白人，他强调："中国学术精致，纲常名教，以及经世大法无不毕具，但取西人制造之长，补我不逮足矣。其礼教政俗，已不免于夷狄之陋。学术义理之微，则非彼所能梦见矣。"（《劝学篇·序》）有这样尊贵的衮衮诸公做大护法，"天朝中心"的童话遂歧变为"西学中源"的神话。不错，中国人老早就发明了黑色火药，却只知用它制造鞭炮和礼花，洋人改进配方之后，却用它制造子弹和炮弹；中国人老早就发明了精密的罗盘（指南针），却只知用它选墓址、卜宅基，洋人却用它航海探险，去认识世界、征服世界。就算中国是"夏"，就算"西学中源"，我们事事不如人，处处受欺侮，光图个虚誉空名，除了关起门来聊以自慰，又有什么可显摆的实惠呢？

郭嵩焘出使西洋之后，广见博闻，深思熟虑，其认识水平远远超出了同时代的衮衮诸公。他说："茫茫四海含识之人民，此心理所以上契于天者，岂有异哉？而猥曰东方一隅为中国，余皆夷狄也，吾所弗敢知也。"在国与国平等相待的基础之上，才能取长补短、扬长避短，"彼有情可以揣度，有理可以制服"。当时的中国尚以八股文取士，郭嵩焘眼中的泰西诸国则"讲求实在学问"，"其强国富民之术，尚学兴艺之方，与其所以通民情而立国本者，实多可以取法"。然而中国人只紧盯着洋人的坚船利炮，垂涎欲滴，这无疑是一叶障目，只见其小，未见其大。

第二次鸦片战争后，被动挨打的清王朝其愤在色，其怯在心，外交上执行的是彻头彻尾的"鸵鸟政策"，郭嵩焘曾用十二字加以概括，即"一味蠢"，"一味蛮"，"一味诈"，"一味怕"。因为愚蠢而行蛮，行蛮不逞则使诈，使诈不成则跪地求和。当局"不揣国势，不察敌情"，却妄肇衅端（杀马嘉理、杀外国侨民、杀传教士、杀外国公使），其结果必然是"贻祸天下"。洋务派有求变图强之心，可是舍本逐末，只在"造船制器"上煞费功夫，对僵化偏枯（半身不遂）的政教，对根子上的症结却视而不见，讳疾忌医，不肯狠投"虎狼药"，不敢痛下手术刀。这样偏瘫着办洋务，虽然办得热热闹闹，兴兴头头，又能办出什么惊天动地的业绩来？郭嵩焘强调："知其本而后可以论事之当否，知其末而后可以计利之盈绌。"中国地利尽丰，人才尽足，没有好的政教，纵然具备富强的表象，仍然白搭，何况连这个表象也不具备。洋务派的领袖们对大本大原不敢触及，对政教风俗不敢变更，只在细枝末节上修补点缀，郭嵩焘深感失望，在日记中对他们的批评可谓入木三分，"当国者如醉卧覆舟之中，身已死而魂不悟；忧时者如马行画图之上，势欲往而形不前"，"弄空枪于烟雾之中，目为之眩，手为之疲，而终一无所见"，"合肥伯相（李鸿章）及沈幼丹（沈葆桢）、丁禹生（丁日昌）诸公专意考求富强之术，于本源处尚无讨论，是治末而忘其本，穷委而昧其源也；纵然所求之艺能与洋人并驾齐驱，犹末也，况其相去尚不可以道里计乎"。郭嵩焘是怀疑者和独醒者，他已率先从"天朝中心论"的迷梦中破茧而出，手中所缺的只是一帖标本兼治（既能济时又能济世）的"药方"。他在中华古国寻觅多时，一无所获，于是，他将目光投向西方世界。按照传统的夷夏观，这真有点"礼失求诸野"的味道。

身为驻英公使，郭嵩焘有足够的机会近距离考察英国的宪政、商业、科技、教育、学术和风俗人情，真是不看不知道，看了吓一跳，英国之强并非只强在它的船坚炮利上，它的政体，即它的根本，同样勃勃有生机。郭嵩焘在日记中写道：

> 英国之强，始自国朝。……推原其立国本末，所以持久而国势益张者，则在巴力门（议会）议政院有维持国是之义，设买阿尔（市长）治民，有顺从民愿之情。二者相持，是以君与民交相维系，迭盛迭衰，而立国千余年终以不散。人才学问相承以起，而皆有以自效，此其立国之本也。……中国秦、汉以来二千余年适得其反。能辨此者鲜矣。

> 或为君主，或为民主，或为君民共主之国，其定法、执法、审法之权，分而任之，不责于一身；权不相侵，故其政事纲举目张，粲然可观。催科不由长官，墨吏无所逞其欲；罪名定于乡老，酷吏无所舞其文。人人有自主之权，即人人有自爱之意。

> 圣人治民以德。德有盛衰，天下随之以乱。德者，专于己者也，故其责天下常宽。西洋治民以法。法者，人己兼治也。故推其法以绳之诸国，其责望常迫。其法日修，即中国受患也日棘，殆将有穷于自立之势也。

郭嵩焘认识到："中外大势，一虚一实，一诚一伪。"英、法、德等西洋国家，之所以能够强者运强，是因为君民兼主国政，使用明确的法治而非模糊的德治，因此民气得通，民情得达，民志得伸，民才得展，无抑郁挫伤之弊，对此他不禁感慨系之，"西洋能以一隅之地"为"天地精英所聚"是理所固然，中国朝野人士若不幡然醒悟，急起直追，革故鼎新，除残去害，则西洋愈强，中国愈弱，势所必然。"自西洋通商三十余年，乃似以其有道攻中国之无道，故可危矣"，郭嵩焘洞烛幽微，能平心静气地看清这层利害关系，勇于承认中国之"无道"（政治腐败），寻找病症的内因，这才真正是先知先觉者的独到之处。他主张向西方学习，首先要学习西方实事求是的科学态度，找准自己正确的定位。他认为，世界各国按进化程度可分为三个层次：文明、半开化和野蛮。中国落在第二层次，很难顾盼自雄。为何清朝士绅的自我感觉异常良好？郭嵩焘的答案是："中国人眼孔小，由未见西洋局面，闭门自尊大。"他的话显然针对国内的守旧派而言，洋务派领袖们也概莫能外，对于西洋情势，他们只知其一，不知其二，只知其然，不知其所以然，犹如瞎子摸象，盲人打烛，各得一偏，与实际情形相去甚远。

郭嵩焘对中国浪费人才的现状尤其痛心，"西洋政教、制造无一不出于学。中国收召虚浮不根之子弟，习为诗文之不实之言，高者顽犷，下者倾邪，悉取天下之人才败坏灭裂之，而学校遂至不堪闻问"，而"欧洲各国日趋于富强，推求其源，皆学问考核之功"，因此要挽回一世之心，兴办实学乃是当务之急。可是天朝上国的办事效率太低，郭嵩焘在十九世纪七十年代中期即有此议，竟拖延到二十年后中国官方才着手创办第一所大学——京师大学堂。难怪郭嵩焘为中国的发展前途开列进度表时悲观中有乐观，乐观中也有悲观，他认为中国至少要用四百八十年的奋斗和努力才可望成为世界上的富强之国：学习西方军事，三十年初见端倪；学习西方的制造工业，五十年稍见成效；兴办学校，一百年方能培养出高端人才；再用一百年荡涤旧习；用一百年砥砺精英；用一百年趋于大成。唯有头脑发热的伟人才会开出远比这更为乐观更为浪漫的进度表，"五年赶英，十年超美"，诸如之类。有趣就有趣在，郭嵩焘是一位出了名的急性子，然而这一回他居然变得从容不迫，低调十分，定力十足，令人刮目相看。

郭嵩焘办理外交事务，处处不失官员威仪，觐见英王，不亢不卑，进退合度。同时，他遵守国际惯例，递交照会，均用西历；与洋人打交道，一律行握手礼；听音乐，看曲目单；游甲敦炮台，穿西装；见巴西国主，起立致意；使馆开茶会，让夫人梁氏出面接待。郭公使通权达变，行事颇为得体。相比之下，副使刘锡鸿则"孤僻自大，不近人情"，而且随地吐痰，洋相百出。英、法两国只重正使，不重副使，也使刘锡鸿的自尊心饱受折磨。但他也并非无事可做，受朝廷中守旧派大臣的怂恿，明处与郭嵩焘为难，暗处则监视郭嵩焘的一举一动。他向清廷寄出的秘密报告屡屡贬斥郭嵩焘的言行，诟骂自己的顶头上司为"汉奸"，更恶劣的是，他还无事生非，将编造的日记寄回总理各国事务衙门存档。郭嵩焘悔恨不已，当初一念之差，举荐刘锡鸿，现在处处受其挟制和毒害。所幸刘锡鸿的阴损行径影响不了西洋人士的判断力，英国自由派政治家格兰斯敦盛赞郭嵩焘是"所见东方人中最有教养者"。

光绪三年（1877）年九月，郭嵩焘从伦敦写信给两江总督沈葆桢，谈到他与副使刘锡鸿的矛盾冲突，愤愤不已："副使刘锡鸿近月鸮张愈甚，直谓蔑视国家制度而取效洋人，是为无君。……其门人刘和伯始具述其在京师受命李兰生，令相攻揭。……刘君乃嵩焘所提携，远适七万里，与同性命，而一意立异树敌，攻击不遗余力，竟不意天地间，只有此一种厉气。鬼嗥于室，狐啸于梁，自非万分蹇运，何以遇此！只好竭力求退，于刘君构陷情形亦不能不自明。谨将折稿一通，录呈台览。"沈葆桢是林则徐的女婿，为官清正，是郭嵩焘的好友，所以郭嵩焘写信向他倾吐愤懑，将奏折的副本寄给他看。信中提到的李兰生是军机大臣李鸿藻，一个老奸巨猾的政客，他不喜欢郭嵩焘，刘锡鸿听命于此公，不停地拆台、捣蛋、告恶状，列举郭嵩焘的"十大罪状"，有些罪状很可笑，"崇效洋人，用伞不用扇，穿洋服""令小妾学英语，败坏中国闺教""效洋人尚右"，其目的只有一个：让郭嵩焘丢脸、丢官，灰溜溜地滚回老家，他好取而代之。

郭嵩焘的言行和思想的确不合乎"天朝上国"的规矩尺度，在朝野名士的眼中，他始终是个异端。比如洋务派领袖们忙于造船制器，他却主张正本清源；朝野清流一致主战，他却认为在敌国环伺的危局面前，"无可战之机，无可战之势，直亦无可战之理"，只可随机应付，切忌不顾后果，一味浪战；洋务派领袖们认为强国乃当务之急，他却认为富民才是当前之要；朝野清流一致认为列强亡我之心不死，他却认为洋人以通商为治国之本，意在求利，我们不妨因势利导；洋务派领袖们主张工商业官办，他却主张工商业民营。他对诸多关键问题的看法与各路"神仙"格格不入，得不到各派的谅解，以至于孤立无援，就毫不奇怪了。

左宗棠堪称中国晚清时期最开明的几位大臣之一，光绪元年（1875）他在致沈葆桢的书信中批评过明朝的科学家、政治家徐光启："……徐元扈何尝不负时望，何尝不称博雅，一见西儒，竟入彼法，盖久处暗室，目无正明耳。"徐光启不仅虚心学习洋人的学问，还虔诚信仰洋人的宗教（天主教），后者是左公深致不满的原因。郭嵩焘主张学习洋人的政教，改造天朝的仪轨和制度，其破坏力之强，撕裂度之大，徐光启在明朝万历年间做梦都梦不着，至少是梦不全。难怪乎郭嵩焘的言论和主张惊骇到了清朝士大夫，遭到口诛笔伐，沦为众矢之的。谁在暗室？谁在阳台？易时而观，一目了然。

光绪十年（1884），淮军大将张树声在两广总督任上病逝，他的遗折中有一段至理精言格外醒目："……夫西人立国，自有本末，虽礼乐教化远逊中华，然驯致富强，具有体用。育才于学堂，论政于议院，君民一体，上下一心，务实而戒虚，谋定而后动，此其体也；轮船、大炮、洋枪、水雷、铁路、电线，此其用也。中国遗其体而求其用，无论竭蹶步趋，常不相及，就令铁舰成行，铁路四达，果足恃欤！"在这段话中，"育才于学堂，论政于议院"，即办学校开启民智，立议院保障民权，是要点中的要点。我们不知道，张树声是否与郭嵩焘通过声气，有过交流，他们的主张简直如出一辙。张树声选在遗折中进言，就算慈禧生气，也不能怎样了。智者不没善言，不留遗憾，真是了不起。这也说明了一个事实，郭嵩焘并不是一个人在战斗，与他同时期处于同一智识层面的官员、学者固然寥若晨星，但也并非绝无仅有，容闳、薛福成、冯桂芬、张树声等人庶几近之。

三、官场失意

郭嵩焘既知本末，又晓情势，通权达变，不肯拘泥于故常，李鸿章却批评他"有些呆气"。曾国藩一向以冰鉴自许，他固然认为郭嵩焘"芬芳悱恻"，与刘蓉对郭嵩焘的评价"莹彻无瑕"相互呼应，但他认定郭嵩焘只是"著述之才"，并非"繁剧之才"，即指他干不好实际事务，只能舞文弄墨。归结起来，若说郭嵩焘不会做官，测不准官海几级强风、几级巨浪，这倒是真的。他具有诗人气质，喜欢危言危行，在"混"字当先、主调为因循苟且的晚清官场上，处处受到排挤。他在宦海浮沉起落，去世前不久赋《戏书小像》诗二首，第二首是："世人欲杀定为才，迂拙频遭反噬来。学问半通官半显，一生怀抱几曾开。"郭嵩焘为人正直，不喜欢按官场潜规则出牌，因此总是遭到同官的谮毁和排挤，几度受到降职、撤职处分。

咸丰九年（1859），郭嵩焘与李端棻受命稽查山东财务。身为钦差大臣，一路上，衣食住行，他自掏腰包，"不住公馆，不受饮食"，廉洁过度，难免招致非议。王闿运写信批评道："君何为若是？是特中涤公之毒耳！"郭嵩焘挨骂，不生气，反而高兴。他中了曾国藩的毒，就相当于中了古今圣贤的毒，有何不可？有何不快？在山东，郭嵩焘决定变通经理，取山海之利以裨益饷需。李端棻为了"自谋网利"，百般阻挠，暗中向僧格林沁打了个小报告，郭嵩焘受到降官两级、调离原职的处分。

同年，郭嵩焘在诗中喟然感叹道："人生都是可怜虫，苦把蹉跎笑乃公。奔走逢迎皆有术，大都如草只随风。"他不甘心蹉跎岁月，但舞台和擂台全都属于别人。他有做清官的冲动，却无人给他点赞。

郭嵩焘既非满蒙贵族，又不愿削尖脑袋钻营，要在官场冒尖确实难于上青天。他生性戆直，开爽无城府，长于思考，拙于行动，的确更像个理论家，不像个实干家。曾国藩知人论世的功夫颇深，始终只将郭嵩焘视为承明著作的好手，从未推许他为治世调羹的能人。

同治元年（1862）秋，江苏巡抚李鸿章邀郭嵩焘前往任职。郭嵩焘途经安庆，去湘军帅帐中拜访了曾国藩，盘桓一月之久，两人相处融洽，无话不谈。临别之际，曾国藩书联一副赠郭嵩焘："好人半自苦中来，莫图便宜；世事多因忙里错，且更从容。"对于这样的箴告，郭嵩焘虽有心领，但并未神会。

当年，曾国藩写信给弟子李鸿章，叮嘱他多听郭嵩焘的建言，至于实际公务，则尽量少让郭嵩焘沾边，以免误事。曾国藩的观点直接影响到儿子曾纪泽，后者在写给九叔曾国荃的信中，竟以"花拳练步"四字来酷评这位有通家之谊的父执，曾国荃回信允为确评："以'花拳练步'之说喻筠老（郭嵩焘号筠仙），极为有识。筠老之取憎于一世在此，而吾之敬重筠老亦在此。与其交举世诟病筠老之一班朋友，则不若交筠老，以其犹有文字之知识也。"在中国，一位不甘庸碌的官员要成为实干家，就必须理顺身边复杂的人际关系，投足无碍，游刃有余，这显然不是郭嵩焘的长项。

同治二年（1863），郭嵩焘得两广总督毛鸿宾举荐，署理广东巡抚。"署理"只是代理，并非实授其职，这就使他处境尴尬：少做事吧，尸位素餐，他觉得愧对百姓；多做事吧，容易越权，又会惹恩主毛鸿宾不开心。他依着性子，无所顾忌，拿出当行本色，在广东办厘金，力行劝捐，手段凌厉，由于自信太强，求治过急，好似涸泽而渔，封山而猎，一时间粤商怨声载道。有人匿名作了一副对联咒骂郭嵩焘和毛鸿宾："人肉吃完，唯有虎豹犬羊之郭；地皮刮尽，但余涧溪沼沚之毛。"联尾嵌郭、毛二公之姓，指着和尚骂秃驴。毛总督见势不妙，处处诿过于郭巡抚。清朝同城督抚不和是常事，没什么好奇怪的，但面子上总还得勉强顾全。郭嵩焘管不住自己的大喇叭，在人前放出丑话："曾涤生（曾国藩字涤生）保人甚多，唯错保一毛寄云（毛鸿宾字寄云）。"他斗胆向自己的恩主开炮，这违反了官场的游戏规则，曾国藩不高兴了，亦反唇相讥："毛寄云保人亦不少，唯错保一郭筠仙。"此言一出，闻者无不喷饭。

郭嵩焘抚粤期间，"力图振作，而才不副其志，又不能得人为辅，徒于事前透过，事后弥缝"，不仅得罪了粤商，而且弄坏了官声。同治四年（1865），其治下被太平军余部折腾得够呛，为此他对左宗棠"驱匪入粤"的策略深致不满，两人闹了个大别扭。当初，郭嵩焘与毛鸿宾不和，左宗棠就没有为郭嵩焘撑腰，反而偏向毛鸿宾，认为郭嵩焘"迂琐如故，不足与谋"，以名士派头办差，往往处置不当。

同治四年（1865），由于督抚不和，郭嵩焘遭到朝廷严谴，顶戴难以保全，他写信向左宗棠求助，左宗棠的回复语气冷淡，批评郭嵩焘先濡忍、后暴发，两失其宜，结尾一段值得留意："督于抚虽有节制之义，然分固等夷，遇有龃龉，应据实直陈，各行其是，唯因争权势相倾轧则不可耳。老兄于毛寄云，心知其非，而不能自达其是，岂不谓委曲以期共济，而其效已可睹。兹复濡忍出之，迨贻误已深，而后侃侃有词，则已晚矣。谕旨敕就近查办，已将同里而兼婚姻之故，请旨回避。至贻误各节，则彰明较著，无待察访也。计此书到时，必已奉明谕及之，故不必有所隐匿。"此前，左宗棠奉旨节制广东军事，朝廷让他就近查办郭嵩焘，他以彼此是同乡、姻亲为由回避了，当然也没有递上奏章为郭嵩焘开脱罪责。

应该说，左宗棠对于广东的民情和郭嵩焘的表现都是看得比较清楚的，在致夏献云的书信中，还有这样一段评议："粤东民风之悍，人心之坏，圜顾九州，无与比者。昔幕湘时，曾与吁翁从容谈及，无不蹙额长吁，付之劫数。其小人习于贪淫，其君子工为侈诈。而官斯土者，文要钱，武怕死，习以为常。匪盗之多，甲于天下。郭筠仙洁清自矢，志欲有为，而上下交掣其肘，士绅又从而把持阻挠之，无怪其郁愤不已也。然此公与仆同里至交，知之已稔，就令能一意发拿，亦必不能有所树立，盖才短气急，近于迂琐故也。'封疆危日见才难'，不其信与？"

就事论事，郭嵩焘耿耿于怀，将"驱匪入粤"的烂账全赖在左宗棠头上，未免有点冤枉，何况"入闽、入粤，均是公患，并无此疆彼界之可言"。同治三年（1864）七月廿三日，左宗棠致信长子孝威，对此有个说法，值得留意："金陵克后，大局渐定。唯湖州贼数尚多，苦与官军鏖战不休，而江西逆贼败窜新城、南丰，有入闽窜粤之势。闽省西面与江西接壤，处处皆虞窜越。涤相立意驱贼入粤，为苟且之计。不知此贼入粤，则党羽蜂起啸应，贻害无穷。"驱匪入粤的始作俑者是曾国藩，事后看来，这确实是战略上的失误。不过，左公指责郭嵩焘"性近迂琐，所用各大将均是广东滥厕""粤东军事，吏事人才乏绝，又漫无区画，一种委靡纤啬之概，令人愁愤""粤有贼而不能讨，将借人之力与财以纾其难，而以为道固然也，人情宜有是乎？此非所谓恕也"，倒是事实。何谓"迂琐"？左公在答复郭嵩焘的信中给出了解释："阁下开府二年，于粤、楚人才未甚留心，已难辞咎；而小处则推求打算如弗至，此其所以近于迂琐也。"高连陞是广东提督，在粤作战，郭嵩焘却要福建供饷，福建的饷银四万两到账，却被广东扣发，打这种小算盘，在左宗棠看来，实在是太可鄙太可笑了。湘军大将鲍超援粤，郭嵩焘只答应每月给一万两白银购米，鲍军半饱不足，不能放胆前来。左公写信批评郭嵩焘："不图阁下惜此米价，欲鲍军之入而闭其门。"此前一年，李鸿章派郭松林、杨鼎勋两位提督率兵八千援闽，淮军自带饷银，福建方面仍以大笔粮饷补贴，"未尝见诸奏章，亦未以告李少荃"。武臣无筹饷之权、谋饷之才，所到之处应由地方官代办，郭嵩焘不尽职分，以推诿为善策，还要反复诉苦，左宗棠嘲弄道："谥之迂琐，不亦宜乎！"在另一封信中，左公将重话再讲一遍："天下事莫不败于寻常琐屑之人；治大国不可以小道理；天下事当放手去做。是三言者，愿为明公诵之。"

郭嵩焘好钻牛角尖，有时钻进去，就会出不来。一桩"小事"就足以让他吃不了兜着走。骆秉章是广东花县人，同治二年（1863），花县生员邓辅廷在骆氏祖坟附近依客家风俗葬骨坛三穴，被骆氏家族指控为"盗葬"，一纸诉状告到县衙。令人挠头的是，判定"盗葬"的标准居然有两个：清朝礼部的标准较为严格，"庶人茔地九步，穿心一十八步，止用圹志"；广东本地的标准较为宽松，"以穿心四丈为限，计由坟心量数至边，每面实止一丈"。邓氏葬骨坛在骆氏坟心的一丈开外，依照广东本地的标准，不算"盗葬"，但参照清朝礼部的标准，应判定为"盗葬"。

由于原告一方是封疆大吏，此案最终交由广东巡抚核实查办。骆秉章抚湘八年，造福一方，郭嵩焘不是不知道，这个案子不用他偏袒谁，只须让地方标准服从中央标准，判定邓家迁葬即可。然而这位大巡抚要做广东老百姓心目中的郭青天，他的判决是："该省通行章程，无税官山茔葬，以穿心四丈为限，计由坟心量数至边，每面实止一丈。邓姓原开坟穴，在该督祖茔一丈以外，照依定章，无可科罪。"

关于此案，左宗棠在同治五年（1866）回复蒋益澧的信中有个合情合理的分析："筠仙于骆籲公先茔一事，处置殊欠允协。以公义论，曲直固不可淆；以情理论，一品大员先墓尚不能保守，亦非朝廷尊礼大臣、体恤耆旧之意，况骆公八年湘抚，清操卓然，有功德于民者乎？筠仙以势豪例之，悖矣！"

不出众人所料，骆秉章被彻底惹恼了，他递上奏章，请求朝廷按礼部标准定案。一位封疆大吏、国家功臣，这个面子朝廷肯定会给。于是一道上谕发到广东："着瑞麟、郭嵩焘申明旧例，通饬各属，嗣后审断坟山案件，无论官民，均照例定禁步为限，毋得率以本省定章定谳，以致争端难息，流弊滋多。并着该督抚将邓辅廷盗葬之案，迅即按照定例丈尺核实定拟具奏，不准稍涉回护。"

结果可想而知，两广总督瑞麟遵照最高指示办事，责令邓家从骆家祖坟旁迁走骨坛。郭嵩焘尴尬了，于是故伎重演，既然与前任总督毛鸿宾斗过，没吃大亏，他就有胆量与现任总督瑞麟再干一场。然而今时不同往日，瑞麟是旗人，郭嵩焘是汉人，他先就矮了一截。再说，广东的军、政现状一团糟，太平军残部尚在境内负隅顽抗，此时郭嵩焘挑头弄出个同城督抚不和的戏码，朝廷岂能姑息？左宗棠奉旨查复瑞、郭之事，这回再难推脱。骆秉章原本担心左宗棠会袒护郭嵩焘，毕竟他们是同乡、好友和姻亲，没想到左宗棠铁面无私，连上四道奏章，将郭嵩焘任内的过失算了一回总账，尤其是广东军务方面，郭嵩焘罔顾大局，"迹近负气"，致使军情堪忧。如此一来，郭嵩焘就只能垂头丧气地接受罢官回家的命运。直到光绪元年（1875）初，经军机大臣文祥举荐，时隔八年多，郭嵩焘重又获得起复的机会，出任福建按察使。

除了政治、军事两方面的张皇失措，郭嵩焘的私德也牵动时议，遭到各方严厉谴责。事由很简单，郭嵩焘违反传统的尊卑礼数，令续弦的正妻、上海太仓名门闺秀钱氏认小服低，屈居于老妾邹氏之下，钱氏受不了这样的折辱，愤而大归（已嫁妇女回娘家后不肯再回夫家）。前庭遭淹，再加上后院起火，郭嵩焘左支右绌，如何应付？左宗棠向朝廷举荐蒋益澧出任广东巡抚，郭嵩焘致书指责左公此举为"相倾之计"，还恶语诋毁蒋益澧的为人。光绪二年（1876），左公致信刘典，提及郭嵩焘："郭筠仙与弟凶终隙末，谓其署抚由弟劾罢，死不甘休。此等意见从何说起？"显然，左宗棠护的是公义，郭嵩焘抱的是私怨。后者不为时论所与，进退失据，是其言行乖悖造成的，不应责怪朋友坐视不救，须反躬自省才行。

光绪八年（1882），郭嵩焘托曾国藩的三女婿罗允吉带信给左宗棠。左公回信："罗允吉来，出示手言，情词悱恻，如亲晤语。老怀怅触，彼此同之。"左公对郭嵩焘的新著《湘阴图志》评价不低，鉴于一家之言与官书有别，建议将此书改名为《湘阴图志记》。信尾，左公邀郭公赴江东一游，文字颇为动情："江南节署华而雅，园池可恣游眺，雪翁行窝亦在。公如有暇，乞鼓棹东来，俟菊开蟹大，饱啖……"雪翁，即湘军水师大将彭玉麟，昔日老友，所剩无多，相聚尤为不易。翌年，左公又写信诚邀郭公去南京俯就钟山书院山长一职。读罢这些书信，读者很容易产生错觉，左、郭二公芥蒂已消，旧隙已除，无须握手，欢好如初。

光绪十一年（1885），左宗棠在福州去世，郭嵩焘回想两人一生交谊，心结难解。他的挽联流露出内心的不满："世需才，才亦需世；公负我，我不负公。"他的挽诗更是毫不留情："攀援真有术，排斥亦多门。"单是这两刷子"石灰水"就足以将左宗棠的红脸抹成白脸，但凡有基本智商的人，谁又会相信左宗棠大器晚成，封侯拜相，只是靠"攀援"和"排斥"的手段获得成功？郭嵩焘比左宗棠活得久，他就有机会把分量最重的丑话讲在后头，但生人与死人斤斤计较，未免失策，除了彰显自家心胸狭窄，究竟有何裨益？

四、一生得意之处

郭嵩焘出生于湖南湘阴县，祖父是富甲一方的大商人，多财而不吝，"然诺一语，千金不惜"。县令某公找他借过重金，人死在任上，欠家愿用两位漂亮的丫鬟抵债，郭嵩焘的祖父烧掉借据，一笑置之。他还爱好诗文，闲暇时以吟咏为乐。应该说，这种豪迈家风和诗书气息对郭嵩焘影响很大，因此他并不像一般读书人那样轻视"商贾末业"。郭嵩焘十七岁入岳麓书院就读，十八岁与曾国藩、刘蓉义结金兰，十九岁中举人，三十岁中进士，点翰林，与李鸿章、沈葆桢是会试同年。他有两个弟弟郭崑焘和郭崙焘，都是湘军大体系中极有才干的角色，合在一起号称"湘阴三郭"。对他们三兄弟，曾国藩有一个堪称公允的评价："论学一二三，论才三二一。"意思是，在三兄弟中，大哥郭嵩焘的学问最好，小弟郭崙焘的才干最高。

郭嵩焘一生得意之处，既不是三年使西，也不是三年抚粤，而是他凭借三寸不烂之舌说动了居丧的曾国藩墨绖从戎，说服了大傲哥左宗棠欣然出仕，说转了负气而走的李鸿章重返曾大帅的幕府。

当年，曾国藩居母丧，咸丰皇帝敕令他在湖南境内办理团练，曾侍郎为了表明自己尽孝的决心，拟好奏章，恳请终制，准备交由湖南巡抚张亮基代为呈递，奏章正在誊抄，尚未派人送出，已近夜半时分，恰巧郭嵩焘来到湘乡荷叶塘曾国藩家致唁。宾主坐定后，谈及此节，郭嵩焘力劝曾国藩接下千斤重担。他说："公素有澄清天下之志，现在机会来了，千万不可错过。况且戴孝从戎，古已有之。"曾国藩的思想工作可没这么容易做通，郭嵩焘又搬出"力保桑梓"的大义，请动太翁曾麟书晓之以理，动之以情。圣旨可抗，父命难违，曾国藩这才硬着头皮应承下来，移孝作忠，赴省城操练民兵。嗣后，这位湘军大帅历尽千难万险，荣为"中兴第一名臣"，郭嵩焘当年苦口婆心的敦劝自然功不可没。

左宗棠恃才傲物，曾经婉言谢绝胡林翼的大力保荐。郭嵩焘不怕碰钉子，当面向他陈说利害，"贤者不出，其奈天下苍生何"，左宗棠被好友的至诚感动，遂于壮年告别隐居生活，起先辅佐湖南巡抚张亮基，嗣后辅佐湖南巡抚骆秉章，从师爷的谷底径直打拼到将相的峰巅，成为了中国近代史上活生生的传奇人物。

李鸿章与郭嵩焘都是丁未（1847）科的进士，这层同年关系在科举时代是非比寻常的，李鸿章一度与恩师曾国藩意见不合，赌气离开大帅府，前程顿时趋于黯淡，正是郭嵩焘劝他及早回头，才有了曾国藩保举李鸿章为江苏巡抚的下文，也才有了日后李鸿章飞黄腾达的好戏。在《玉池老人自叙》中，郭嵩焘得意扬扬地说："其（李鸿章）出任将相，一由嵩焘为之枢纽，亦一奇也。"

湘军反败为胜，得益于后防稳固，粮饷充足。郭嵩焘不无自豪地说，"湖南筹饷，一皆发端自鄙人"，虽然说在官民交困的危急局势下征收厘金（商业税）不是他的发明，但他不遗余力地宣传推广，功不唐捐，为此他戏称自己是个"化缘和尚"。此外，郭嵩焘还创议兴办湘军水师，湘军水陆并进，两翼齐飞，可谓相得益彰。

五、先知者必致疑，先行者必致谤

尽管郭嵩焘早年对湘军的贡献很大，对曾国藩、左宗棠、李鸿章的功业帮助不小，但由于他出使英国、法国三年，对西方文明赞不绝口，主张开眼看世界，虚心学习和引进欧洲的文明成果，尤其要学习其政治、教育方面的可取之处，遂招致国内顽固分子和保守势力的口诛笔伐和聚呵丛骂，种种苛责、贬斥和诅咒都将他视为标靶。连一向开明的文坛领袖王闿运也认为郭嵩焘不可救药，说他"殆已中洋毒，无可采者"。两江总督刘坤一曾经称赞郭嵩焘"周知中外之情，曲达经权之道，识精力卓，迥出寻常"，后来也改变看法，在写给左宗棠的书信中口吻大变，对罢使归来的郭嵩焘出言不逊："筠仙首参岑彦卿宫保，以徇英使之意，内外均不以为然。此公行将引退，未审何面目以归湖南。"算是被刘大人言中了，郭嵩焘回归桑梓，长沙、善化两县以"轮船不宜至省河（湘江）"为由，迫使他改行陆路。省城士绅在街头贴出大字报，直斥他里通外国、勾结洋人，是彻头彻尾的卖国贼。沿途官员见到他，均侧目而视，不予理睬。

然而与国内舆情形成鲜明反差的是，英国《泰晤士报》发表长文，认为郭嵩焘出使英国、法国意义重大。当时，严复在英国留学，他将该文完整译出，其中有一段是这样写的："郭钦差此行（指他辞职回国），凡在英、法两国见过者，均为惋惜。然或渠任已满，自请回国，亦未可知。渠是第一个驻英国之钦差。论事如其所见。所详报者，皆所得于西洋而有益于中国之事。其尤可称赞，令人思其为国之苦心，在将外国实事好处，切实说尽，以求入于偏疑猜嫌中国大之耳。此辈真是误叫作读书人，徒知餍中国古昔糟糠，而弃欧罗巴第十九世纪之肴肉也。"墙内开花墙外香，是因为墙外的人更为客观，更懂得欣赏。

在国内，也有一些人赞扬过郭嵩焘，多半是只言片语，并不全面。僧格林沁称道郭嵩焘"见利不趋，见难不避"，曾纪泽称道郭嵩焘"拼了声名，替国家办事"。这样的爱国使臣却沦为众矢之的，遭到国内士大夫的口诛笔伐，一时间，"骂名穷极九州四海"。对此，郭嵩焘一概蔑视。在致友人书信中，他表明了自己不以世间毁誉为进退的心迹："谤毁遍天下，而吾心泰然。自谓考诸三王而不谬，俟诸百世圣人而不惑，于悠悠之毁誉何有哉！"他还在诗中唱出内心的强音："流传万代千龄后，定识人间有此人！"如同一支响箭，他将自己的大自信射向遥远的时空。

若干年后，维新派杰出代表谭嗣同挺身而出，为郭嵩焘鸣不平，并且向这位湖南乡贤致敬："中国沿元、明之制，号十八行省，而湖南独以疾恶洋务名于地球。……然闻世之称精解洋务，又必曰湘阴郭筠仙侍郎，湘乡曾劼刚侍郎，虽西国亦云然。两侍郎可为湖南光矣。"维新派另一位大护法梁启超称道郭嵩焘是"最了解西学的人"。

郭嵩焘与李鸿章终生交好，但他对后者办理洋务方面的重大失策（偏重军事而忽略政教）多有批评，"观其勤勤之意，是为能留意富强者，而要之皆末也，无当于本计"，还说李鸿章"考求西洋军火，可云精博。……惜其徒能考求洋人末务而忘其本也"。反过来，李鸿章倒是真心推许郭嵩焘为中国精通洋务的第一流人才，称赞郭嵩焘"学识宏通，志行坚卓"，在致友人的书信中，李鸿章客观地评价郭嵩焘："虽有呆气，而洋务确有见地""所论利害，皆洞入精微，事后无不征验"。

郭嵩焘晚年心境如何？黯然归国时，绝望之情溢于言表："洋务不足与有为，决矣。鄙人愚直，尤不宜与闻。"这与亚父范曾鸿门宴后的那声悲叹"竖子不足与谋"千古同调。郭嵩焘闭门谢客，寂寞孤独，他的疏文是不会撒谎的："臣以庸愚，奉使无状，万口交谪，无地自容，积年以来，心气消耗，疾病日增，里居窬岁，足迹未尝一出门户。"然而一旦朝廷需要他进言，为钦差大臣崇厚签订的那份丧权辱国的《里瓦吉亚条约》提出补救方案，他就略无迟疑，洋洋洒洒地提出六点宝贵建议，对于后来曾纪泽赴俄改签条约有不可忽略的价值。特别可贵的是，他保持理性，在三千多字的疏文中多次强调万国公约的作用，反复提醒朝廷，要遵照国际公法办理外交，不可衅自我开。郭嵩焘对崇厚知根知底，崇厚无知、颟顸而又刚愎自用，尽管他把这次交涉办得糟糕透顶，但依循国际通例，朝廷只宜薄罚，不宜严惩，否则俄国人就会以此为口实，大动干戈。郭嵩焘痛切地指出："国家用兵三十年，财殚民穷，情见势绌，较道光、咸丰时，气象又当远逊。……窃以为国家办理洋务，当以了事为义，不当以生衅构兵为名。名之所趋，积重难返。"这道疏文呈上后，总算得到了"郭嵩焘所奏，不为无见"的谕旨肯定，他内心稍感欣慰。

光绪十七年（1891），郭嵩焘病逝。他若多活三年，中日甲午海战北洋舰队灰飞烟灭将证明他早先的预见（舍政教之本逐船炮之末不能使国家强大）是正确的；他若多活九年，庚子之乱也将证明他早先的预见（士大夫为求攘外的美名而轻举妄动，必定害苦中央政府）是正确的。预见变成了现实，他又该做何感想？腐朽没落的王朝一旦陷入恶性循环，越挣扎就会陷得越深，越折腾就会死得越快。

郭嵩焘去世后，李鸿章为他上奏学行政绩，援例请宣付国史馆立传，礼部赐谥，奏折中说："（郭嵩焘）生平于洋务最为究心，所论利害，皆洞入精微，事后无不征验。前后条列各件，外廷多不尽知。病归后，每与臣书，言及中外交涉各端，反复周详，深虑长言，若忧在己。迄今展阅，敬其忠爱之诚，老而弥笃，且深叹不竟其用为可惜也。"可是李鸿章得到的答复却是冷冰冰的："郭嵩焘出使西洋，所著书颇滋物议。所请着不准行。"光绪二十七年（1901），郭嵩焘墓木已拱，朝廷中一些"义愤填膺"的官员大发病狂，竟要将八国联军攻入北京的坏账、烂账算在这位前驻英、法公使头上，郎中左绍佐尤为激进，他坚请朝廷下令夷平郭嵩焘、丁日昌的墓庐而戮其尸，以此谢天下。这些家伙眼力太差，情急之下连扛罪顶缸的对象都找错了。所幸公道自在人心，几句"圣裁"并不能抹杀一切，蠢货的痛斥狂贬也注销不了郭嵩焘的思想光芒。与朝廷的无情无知相反，湘籍学问家王先谦为郭嵩焘撰写的墓志铭对其一生功德做出了高度评价，算得上盖棺论定："利在国家，岂图其私！……皭尔风节，百世之师。文章满家，鸾凤其仪。谤与身灭，积久弥辉！"这段话的意思是：只要对国家有利，哪里还谋求个人的好处！……你的高风亮节，堪称百代师表。家里满是文章，贤人俊士都为之心仪。诽谤与身俱灭，你的功德名誉越久越光辉！

我们观察历史，反顾来路，将郭嵩焘视为中国十九世纪末维新派的先声、二十世纪上半叶"全盘西化论"的嚆矢，当不为错。他痛恨反手关家门，力主开眼看世界，早已被证实是明智之见和明智之举。他是超越时代的先行者，生前缺少知音和同道，内心寂寞如沙。郭嵩焘主张学习西方的政教文明，面对重重阻力，可谓"雪拥蓝关马不前"，他叹息过，苦恼过，却从未绝望过，内心始终抱持沉重的乐观，他相信未来。

如今，郭嵩焘的在天之灵已不再孤独寂寞，中国早已加入了世界贸易组织，诚心诚意向西方学习的人越来越多。若请求郭嵩焘给我们一句赠言，他会说什么？他或许会说：

"学习西方政教永无止境。"

或许，就只有这么简明扼要的一句吧。

天地雄心

在长沙湘江西岸的岳麓山上，黄兴、蔡锷的墓庐庄严气派，参观者和拜谒者长年络绎不绝。然而在二百多里外的浏阳县牛石乡，我们见到的谭嗣同墓地近似荒冢，只是简简单单的格局，寒碜得令人心酸，凭吊者的身影更是难得一见。

依循清制，四品官墓前可置两对石兽，一双阡表。如今，石兽已残，唯阡表完好。谭嗣同出任过四品军机章京，从到任算起只有十三天，行刑前，他被褫夺官职，但名分犹存。谭家为了避开忌讳，墓碑上镌刻的是"故中宪大夫谭公复生之墓"，含糊得有些令人费解了。这无疑是一个不声不响的提醒，专制淫威不仅能够笼罩九州八荒，扼杀生人的性命，而且能够追及六尺黄泉，连长眠的死者也不放过，真是无往而不利啊！

站在墓道前，我远眺坦坦平畴、空空原野、莽莽群峰，近观萧萧黄叶、萋萋衰草、袅袅寒烟，胸中未经烈酒浇沃的块垒耿耿消受。阡表上的对联并非出自名家手笔，却颇为精奇，烈士的功业暂且被他搁置一旁，仅仅以高度形象化的文字赞美其人格魅力：

> 亘古不磨，片石苍茫立天地；
> 一峦挺秀，群山奔赴若波涛。

谭嗣同已经牺牲一百多年，但他始终牵连着敏感的政治神经，在"爱国主义"这四个最易讨好的镀金字样下，不少人兴致勃勃，奋笔疾书，所作的表面文章汗牛充栋。

依循大清律例，凡判处过死刑的犯官，其妻室殁后，不许同穴合葬。谭嗣同夫人李闰的孤坟就埋在毗邻的山头上，白茅黄土，隔垄相对。生前，谭嗣同投身维新大业，奔走四方，夫妻聚少离多；死后，颈断难续，九泉之下如何相认？谭嗣同遭受的是专制时代最为残酷的大辟之刑，李闰身为"犯官"亲眷，能不恸绝？她自号"臾生"（取"忍死须臾"之意），悼亡诗中有"惨淡深闺悲夜永，灯前愁煞未亡人"的痛句。想来，这位身处情爱荒芜地带、天赋敏感的知识妇女，内心只剩下悲苦的荆榛、寂寥的瓦砾，步步惆怅地走完她的余生。

夫君新丧，李闰怀抱空枕，竟夕呜咽。谭嗣同的父亲谭继洵辗转难眠，直听得心如针扎，他隔窗劝道："七嫂，你不要这样哭坏了身子，老七是为国殒命，将来的名声只会在我之上！"说这话时，谭父舐犊情深，又何尝不是老泪纵横。

秋空碧如晴湖，只有几朵舒卷的白云随风飘动，宛如可远观而不可亵玩的莲花。是啊，历史上的殷殷血渍早已被时光冲淡了，只余追思和怀想，不停地叩击我坚闭的心扉，直叩得它石屑纷扬。

一、侠士其身，佛子其心

谭嗣同（1865—1898），字复生，号壮飞，又号华相众生、东海褰冥氏、通眉比丘、寥天一阁主等。在他的这些名号中，华相众生和通眉比丘都打上了鲜明的佛门印记。

三十三年间，谭嗣同如此淬炼自己的身心：先是寒窗苦读，究天人之际，穷古今之变，于学无所不窥，对湖南先贤王夫之的学说尤为心折。十八岁时，谭嗣同在《望海潮》一词中写道："拔剑欲高歌，有几根侠骨，禁得揉搓？忽说此人是我，睁眼细瞧科。"二十岁后，谭嗣同壮游天下，饱览名山大川，寻访岩穴幽隐之士，"足迹遍西域，抵掌好谈兵"，幸获文天祥生前使用过的"蕉雨琴"和"凤矩剑"，他跟王五（王正谊）学习刀法，跟胡七（胡致延）学习拳术，向吴雁舟、杨文会请教佛学真谛，转学多师的结果便是成就文武全才。他说："《华严经》五地菩萨，为利益众生，故世间技艺，靡不赅习。所谓文字、算数、图书、印玺，地、水、火、风种种诸论，咸所通达，文笔、赞咏、歌舞、伎乐、戏笑、谈说，悉善其事。金刚藏菩萨说颂曰：善知书数印等法，文词歌舞皆巧妙。"在《日颂》中，谭嗣同细列一天的时间分配，可见其治事之精勤和学佛之精进："朝修止观，忘志矧气。饔而治事，无事书字。抑或演算，博诸工艺。日中体操，操已少憩。治事方股，否则诵肄。倦又抄写，抵飧斯既。遏此言矣，昏乃治事。中宵无文，磅礴唯意。"在这份日课安排的详表中，谭嗣同朝夕不懈怠，晨昏不虚度，治事、习艺勤勉，学佛尤其用心。他知行合一，在江宁（今南京）著《仁学》，阐述惊世骇俗的激进思想，摆脱专制樊篱，戛戛乎独造。有一点特别值得留意，那就是他对"仁"的释义径直突破了儒家的樊篱和疆域。《仁学·自叙》开宗明义：

> 仁，从二从人，相偶之义也。元从二从儿，儿，古人字，是亦仁也。无，许说通元为无，是无亦从二从人，亦仁也。故言仁者，不可不知元，而其功用可极于无。能为仁之元而神于无者有三：曰佛，曰孔，曰耶。佛能统孔、耶，而孔与耶仁同，所以仁不同。能调燮联融于孔与耶之间，则曰墨。

谭嗣同从字形入手，"仁""元""无"三字，都是从"二"从"人"，乃是三教（儒教、基督教、佛教）之核心。佛门至为广大，可以统领孔子、耶稣，将彼此之间成仁的隔墙打通，不再拘囿于一隅一户一域。佛界之性海，包罗万千，但凡山河大地、人欲天理，无所不容，释迦牟尼之为"能仁"，普度众生，实堪称大仁大德。谭嗣同的《仁学》以儒学、墨学、耶学为砖瓦门窗，佛学才是栋梁基础，至仁为佛，是其立论的大本正源。

谭嗣同自觉涤净了旧时代官宦子弟身上常有的不良习气，他不嫖妓，不纳妾，不赌钱，不吸鸦片，不玩物丧志，生命俊朗而刚强。他致书好友沈小沂，这样写道："嗣同幼娴技击，身手尚便；长弄弧弦，尤乐驰骋。往客河西，尝于隆冬朔雪，挟一骑兵，间道疾驰，凡七昼夜，行千六百里。岩谷阻深，都无人迹，载饥载渴，斧冰作糜。比达，髀肉狼藉，濡染裤裆。此同辈目骇神战，而嗣同殊不觉。"唯侠气鼓荡于胸的勇士才能具备这样强悍的意志力。

谭嗣同剑胆琴心，侠骨刚肠，一柄凤矩剑伴他走遍江南塞北，自制的崩霆琴和霹雳琴常伴随左右，还有文天祥弹奏过雅乐与悲声的那把旷代罕觏的蕉雨琴，是他万金不售的珍藏。他仰慕文天祥的浩然正气，不必怅叹知音异代不同时，只要手抚铮铮弦索，就能听到彼此心灵金玉相振的锵锵和鸣。

一位青年志士，书剑合璧，文武兼资，不干大事就是浪费生命。同样是三十岁，明朝末期，异族入侵，复社成员侯方域意志消沉，身陷泥坑，自署

"壮悔"；清朝末期，国事蜩螗，维新党人谭嗣同"振衣千仞岗，濯足万里流"，自号"壮飞"。一字之差，两人的精神境界判若云泥。壮飞，壮飞，其直上青云的鹏翼要冲决俗世的网罗。

> 初当冲决利禄之网罗，次冲决俗学若考据、若词章之网罗，次冲决全球群学之网罗，次冲决君主之网罗，次冲决伦常之网罗，次冲决天之网罗，次冲决全球群教之网罗，终将冲决佛法之网罗。(《仁学·自叙》)

在专制时代，别的且不说，要冲决"君主之网罗"和"伦常之网罗"，绝非常人的勇气和力量可以做到。典籍累累如丘山，谭嗣同最喜欢的是一部遭到历代儒生掊击不休、攻讦不厌的《墨子》。墨家有两派，一派"任侠"，一派"格物致知"。谭嗣同勇于实践，有墨子摩顶放踵的任侠精神，能忍大苦楚，能耐大寂寞。他创办湖南强学会，受到本地劣绅叶德辉等人的百般刁难，他在浏阳办算学社响应者寥寥无几，他在湖北赈灾如杯水车薪，更令他啼笑皆非的是，父亲谭继洵花钱为他捐了个候补知府，硬生生地把他塞进肮脏的官场。因此他"忽忽如有所失"，精神愈觉窒闷。所幸他在北方游历、访学之后，结识了许多硕德博闻的高人，其中西方的传教士对他具有正面影响。他在天津考察了铁路、轮船、工厂，眼界大开，他还和梁启超、夏曾佑等友人探讨新旧学问和吸鸦片、裹小脚之类的社会问题，有时争论得面红耳赤，吵闹得沸反盈天。

在谭嗣同的心目中，任侠即是"仁"。曾有人称赞，谭嗣同所著的《仁学》是中国十九世纪末的"人权宣言"，其激进的民主思想，即使置诸今日，仍堪称先进。"民贵君轻"和"君末民本"的思想失传了两千多个春秋，在漫长的君主专制时期，通读圣贤书、口口声声子曰诗云的儒家子弟助纣为虐，冷血的统治者钳制思想，桎梏人性，荼毒生灵，将偌大的国家变成病态、邪恶、压抑生机的人间地狱。

> ……故常以为二千年来之政，秦政也，皆大盗也；二千年来之学，荀学也，皆乡愿也。唯大盗利用乡愿；唯乡愿工媚大盗。(《仁学·二十九》)

明清之际，思想家、史学家黄宗羲提出"非君说"，其结论十分大胆："为天下之大害者，君而已矣。"明末清初思想家唐甄更是愤然斥骂："自秦以来，凡为帝王者，皆贼也！"

专制君主挟天下为私产，视国民为奴婢，逞其淫杀之威已太久太久，谭嗣同侠义为怀，再也忍无可忍。于是，他借用法国大革命时代最勇毅的志士丹东的壮语大声疾呼："誓杀尽天下君主，使流血满地球，以泄万民之恨！"（《仁学·三十四》）谁说谭嗣同只是温和的改良派？他才是狂飙猛进的革命者！《易经》中的那句系辞"汤武革命，顺乎天而应乎人"被他屡次引用。对于冷血无情的君主专制，谭嗣同欠缺万分之一的好感。

> 故华人慎勿言华盛顿、拿破仑矣，志士仁人求为陈涉、杨玄感，以供圣人之驱除，死无憾焉。若其机无可乘，则莫若为任侠，亦足以伸民气，倡勇敢之风，是亦拨乱之具也。……儒者轻诋游侠，比之匪人，乌知因于君权之世，非此益无以自振拔，民乃益愚弱而癫败！言治者不可不察也。（《仁学·三十四》）

谭嗣同是一位不折不扣的侠者，在滚滚红尘中，堪称极其醒目的异数，那些留着长长的"猪尾巴"（辫子）、饱读圣贤语录、善作八股文的士子，众口一词地嗫嚅"臣罪当诛兮，天王圣明"，而他昂藏于天地之间，高举"民主"和"自由"旗帜，满怀"大同"理想。

> 然为各国计，莫若明目张胆，代其革政，废其所谓君主，而择其国之贤明者，为之民主，如墨子所谓"选天下之贤者，立为天子"，俾人人自主，有以图存，斯信义可复也。（《仁学·四十四》）

最有意味的是，他从庄子"闻在宥天下，不闻治天下"一语中，悟出"在宥"是"自由"的转音。这种不拘一格的灵活性，显然是那些做定了奴才而窃窃自喜的儒生所不具有，也害怕具有的。

光绪二十二年（1896）秋，谭嗣同只身前往金陵，拜在著名居士杨文会门下研究佛学妙谛。在《谭嗣同传》中，梁启超这样称道传主："日夜冥搜孔、佛之书。金陵有居士杨文会者，博览教乘，熟于佛故，以流通经典为己任，君时时与之游，因得遍窥三藏，所得日益精深。……闻《华严》性海之说，而悟世界无量，现身无量，无人无我，无去无住，无垢无净，舍救人外更无他事之理；闻相宗识浪之说，而悟众生根器无量，故说法无量，种种差别，与圆性无碍之理，则益大服，自是豁然贯通，能汇万法为一，能衍一法为万，无所挂碍，而任事之勇猛亦益加。"谭嗣同心有灵犀，善于钻研，能够举一反三，闻一知十，以此天资学佛，何患无成。

嗣后，他辗转南北各地，再回金陵，著述《仁学》，打通儒学、墨学、佛学、耶学等中西学说的隔墙，"而别开一种冲决网罗之学"。光绪皇帝的老师翁同龢在日记中描绘谭嗣同，可算抓住了特质："高视阔步，世家子弟中桀骜者也。"谭嗣同不肯迷信权威，也不肯崇拜偶像，他说："合乎公理者，虽闻野人之言，不殊见圣；不合乎公理，虽圣人亲诲我，我其吐之，目笑之哉！"他醉心佛学，是因为他认识到佛学博大而精微，方整而圆通，是超乎众学之上集大成的智慧，完全贴合他的心性。佛教强调大无畏，他写信给恩师欧阳中鹄，有这样一段话："佛说以无畏为主，已成德者名大无畏，教人也名施无畏，而无畏之源出于慈悲，故为度一切众生故，无不活畏，无恶名畏，无死畏，无地狱恶道畏，乃至无大众威德畏，盖仁之至矣。"拥有了这种大无畏的精神，戊戌变法失败后，谭嗣同并未步康有为、梁启超之后尘，亡命海外，他毅然选择了杀身成仁，舍生取义，甘心为中国变法流第一滴血。

晚清时期，不少社会名流学佛参禅，从龚自珍、魏源到康有为、章太炎、杨度，谈空说有，蔚然成风，但他们学佛，多半是为了寻求哲学思想方面的释疑解惑。谭嗣同则更进一步，他寻求的是精神上的淬火加钢。梁启超说："佛教本非厌世，本非消极，然真学佛而能赴以积极精神者，谭嗣同外，殆未易一二见焉。"学佛的人应该是百分之百的行动者，学佛不仅为了度自身，而且为了度群生，只要恒沙万众仍在苦海中挣扎，则愿心愿力不减丝毫，这才是学佛者积极的态度。若将它视为静态的学问，就算皓首穷经，通晓全部佛典，也只不过是天下第一容量的字纸篓，何足珍奇。

"虽千万人吾往矣"，这种大无畏的气概，非侠士和佛子的合体，何能具备？谭嗣同三十一岁时，由京返湘，饯别席上有朋友吓唬他："湖南人以守旧闻名天下，你到了地方，最好闭口勿谈时务，要不然，以你这样子锋芒毕露的个性，当即就会被他们整治得毛羽凋枯，连立足都难，更休想雄飞。"回乡后，谭嗣同果然遇到了"乡贤"王先谦、叶德辉等又臭又硬的守旧派大力金刚的疯狂狙击，但他毫不畏缩，而是以百倍的努力协同其他维新志士，迅速将时务学堂、南学会、保卫局、《湘学报》、电报局、内河小轮船等实体创办起来。其中，南学会尤称盛业。创设此会的原意是将南部志士联通一气，彼此抱成一团，宣讲爱国道理，探寻救亡之路，实际上是将地方议会和学会合而为一。地方有事，公议而行，有点西方议会的味道；每七天集众讲学一次，演说世界大势和政治学原理，这又有些西方学会的功能。风云相应，时势相激，有志之士凝聚在一起，他们同舟共济，以最短的时间将湖南这个全国最顽固守旧的堡垒刷新为最激进的省份。

晚清名士李寿蓉（篁仙）是谭嗣同的岳丈，曾书赠一联给东床佳婿，其词为："两卷道书三尺剑，半潭秋水一房山。"语意含蓄，劝嗣同稍折锋头，养气定心，说白了，这是道家清静无为的思想在起缓释作用，但谭嗣同内心崇尚的是佛学而非道学。

三十一岁后，谭嗣同将侠气与佛法合而为一，倾心于大乘佛谛，悲智双修，他认为"救人之外无事功，即度众生之外无佛法"，参"菩萨道"的人，不应该只满足于看破红尘，于清清寂寂中做个"自了汉"，还应回向世间，把自己的大仁大爱施予大千世界，将芸芸众生从炼狱中解救出来。"以出世的精神，做入世的事业"，"地狱未空，誓不成佛"，日暮途远，大任在肩，谭嗣同不会轻言放弃。

光绪二十四年（1898），即为戊戌年，谭嗣同的浏阳老乡唐才质来访，请谭嗣同题写扇面。唐才质体质羸弱，是多病之身，谭嗣同便抓住这一特征，寄予深意，他的题词是："我不病，谁当病者？"这与地藏菩萨"我不入地狱，谁入地狱"的要领适相吻合。自身病而不耽于自身病，愿代群生受病，这就是典型的菩萨精神。七字微言绝非诙谐的调侃，谭嗣同用它激励友人，鞭策自己，固有厚望存焉。佛的智慧如灯，能除千年之暗；佛的智慧如药，能治万年之愚。谭嗣同倾心佛学，精修数载，入不二法门，达到了极高的境界。

同年四月初三，这是谭嗣同与妻子李闰结婚十五周年的纪念日，由于时局骤然剧变，这个日子还被赋予了更大的意义和价值。他奉旨赴京城参予新政，撰诗偈《戊戌北上留别内子》，世俗的夫妻之情颇得佛法加持：

……颂述嘉德，亦复欢然，不遗已生西方极乐世界。生生世世，
同住莲花，如比迦陵毗迦同命鸟，可以互贺矣。但愿更求精进，自
度度人，双修福慧。诗云：

　　　娑婆世界普贤劫，净土生生此缔缘。
　　　十五年来同学道，养亲抚侄赖君贤。

　　谭嗣同将人间夫妇视为佛界中的比迦陵毗迦同命鸟，"生生世世，同住莲花"，佳缘一旦缔成，则长存永在。夫妻之情深浓如此，不似缱绻缠绵，却胜过缠绵缱绻百倍。

　　戊戌年五月初二，谭嗣同寄家书给夫人李闰，信中有一语郑重叮咛："夫人益当自勉，视荣华为梦幻，视死辱为常事，无喜无悲，听其自然。"他强烈地预感到维新变法的前途凶险莫测，已经做好抛头颅、洒热血的思想准备。《金刚经》曰："一切有为法，如梦幻泡影，如露亦如电，当作如是观。"谭嗣同以平常心面对生死荣辱，并借此宽解夫人李闰，其侠士心性，佛子情怀，尽在言词内外彰显无遗。

　　谭嗣同持信大乘佛法，远比那些自求多福的小乘佛法修行者更能负起现世的担当。他勘破生死两界，舍身饲虎尚且可以为之，舍生取义又有何难？李敖说："'舍'是速决，是早退，是慧剑斩情，是壮士断臂，是为而不有，是功成弗居。"谭嗣同对王夫之的说法坚信不疑："一圣人之死，其气分为众贤人。"他勇于就义，自有原由："吾自少至壮，遍遭纲伦之厄，涵泳其苦，殆非生人所能任受，濒死累矣，而卒不死。由是益轻生命，以为块然躯壳，除利人之外，复何足惜？深念高望，私怀墨子摩顶放踵之志矣。"在《仁学》中，他还提供了另外一个圆融的解释："好生而恶死也，可谓大惑不解者矣！盖于不生不灭瞢焉。……是故学者当知身为不死之物，然后好生恶死之惑可祛也。"

　　倘若一个人能悟透佛家所说的万物不生不灭、俱为幻相而非实相的性理，就会视死如归。在他看来，死亡并非毁灭性的终结，只是夜晚的睡眠，还会在早晨醒来。

　　七岁时，谭嗣同昏厥过三天。十二岁时，他患过白喉病，再次死而复活。他早已参透生死两端的奥义，认定生命既是为我的，更是为人的；既是利己的，更是利群的。死亡既是中断，也是中继；既是完结，也是涅槃。康有为、章太炎和杨度均中年学佛，但他们只是在口头说说、笔头写写而已，远未修

成谭嗣同这样的大往大来的境界。

在中国近代史上，谭嗣同既是顶天立地的勇猛侠士，又是普度众生的智慧佛子。他追求凤凰涅槃的境界，坚信佛子度世度人的精神绝不会熄灭于长夜的黑暗之中。谭嗣同的仁风侠气，无疑是中华民族精神财富的重要部分，至今仍有待于我们去认识其核心价值。

二、变法：悬崖上的搏斗

十九世纪中叶，清王朝被西方列强围殴得满地寻"牙"，被太平军和捻军痛击成"颅内出血"，颓势之下，谋国者苟延残喘，依旧只肯作些小小的修补，不肯动大手术实行政治变革。垂死的王朝缺乏从内部重新改造自己的信心和勇气。光绪二十一年（1895）底，梁启超说："欲以变法之事望政府诸贤，南山可移，东海可涸，而法终不可变。"更早的时候，谭嗣同便看穿和揭破了最高统治阶层深藏不露的机心：

> ……方将愚民，变法则民智；方将贫民，变法则民富；方将弱民，变法则民强；方将死民，变法则民生；方将私其智其富其强其生于一己，而以愚贫弱死归诸民，变法则与己争智争富争强争生，故坚持不变也。（《仁学·三十四》）

谭嗣同憎恶那些高唱俗调"祖宗之法不可变"的守旧派顽固分子，讽刺他们，要是古代真有那么美好的话，你们还做今人干什么？趁早一头撞死了，去地下拜见老祖宗啊！有趣的是，他还借用敌方最合手的武器，从文字学的角度发论：任何偏旁与"古"字沾上了边，意思就会大坏。从而给了那些冥顽不化的老古董一记势大力沉的刺拳。

> 于文从"古"，皆非佳义。从艹则苦，从木则枯，从艹木则楛，从网则罟，从辛则辜，从攴则故，从口则固……从牛则牯，从广口则痼，从水口则涸。且从人则估，估客非上流也。从水为沽，孔子所不食也。从女为姑，姑息之谓细人。吾不知好"古"者何去何从也。（《仁学·十八》）

光绪二十二年（1896）四月，谭嗣同在长沙接到上谕，被召入京，参与新政。面对突如其来的荣宠，他脸上全无喜色。世有不虞之誉，也有无妄之灾，他料定此行凶多吉少，易去难回，但他临事的一贯作风就是既不畏惧，也不退缩。五月初二，谭嗣同给家居浏阳、一向相敬如宾的夫人李闰写了一封信，信中说：

　　　　夫人益当自勉，视荣华为梦幻，视死辱为常事，无喜无悲，听其自然。

这话叮咛得有些蹊跷。区区一个候补知府被朝廷擢拔为四品实授京官，大喜事一桩啊，为何要讲这门子晦气话？这说明，一方面，谭嗣同认为"朝廷毅然变法，国事大有可为"，另一方面，他对于错综复杂的时局只抱有谨慎的乐观。他深知此行万分艰险，已作最坏的打算。

有位稳重的朋友观望时局，以"龙不离渊，虎不离山"为词，规劝谭嗣同不要北上就职。"执者失之，为者败之"，清王朝由一位精神日益变态的女主当道，阴气沉沉，谭嗣同的个性太过刚烈，须知柔能克刚啊！这套说辞有阴阳家的气息，他一笑置之。

在临近湘江的酒楼上，唐才常为好友谭嗣同饯行。谁能料到，这两位刎颈之交一别而成永诀。席间，谭嗣同口占诗句，"三户亡秦缘敌忾，勠成犁扫两昆仑"，革命意气尽在言中。这哪里是准备去变法维新，分明以推翻清王朝为职志。难怪唐才常后来对弟弟唐才质说："复生（谭嗣同）虽役其身于清廷，从事维新，而其心实未尝须臾忘革命。"告别时，谭嗣同嘱咐唐才常在南方广泛联络会党，待机举事。从多种迹象可以看出，谭嗣同以变法维新为一时的权宜手段，他要谋求的是真正意义上的解决。可惜那时民族革命、民主革命的气候、土壤尚不具备，他只能蓄势待发。

光绪二十二年（1896）七月二十三日，谭嗣同抵达北京，此时"百日维新"的短剧已演到帝党与后党巅峰对决的高潮阶段。谭嗣同扮演的角色已不再是改革家，而是肝胆照人的侠士。他首次晋见光绪，看到这位面色灰白、身体纤瘦如豆芽的君主真像外界所传闻的那样，只是个二当家，甚至连二当家都算不上，只不过是暮气沉沉的古宫殿中一片薄纸剪影，内心顿时生出莫大的悲凉。开懋勤殿的建议被慈禧否决后，光绪的地位朝不保夕,岌岌可危,此时此刻,"圣之时者"康有为病急乱投医,居然想借助练兵专家袁世凯的小站新兵驱除后党势力。袁世凯善于投机,当初他加入康圣人主持的"强学会",并不意味着他就真的相信康有为的那套变法主张,只不过是首鼠两端,见风使舵。七月二十八日,光绪皇帝将染满泪渍的衣带诏交给杨锐,急切谋求外援,在生死成败之间,维新派别无选择,只得孤注一掷。在专制时代,皇上向臣下发出呼救(SOS)的诏书轻易难得一见,此处不可不录:

　　朕唯时局艰难,非变法不足以救中国,非去守旧衰谬之大臣,而用通达英勇之士不能变法,而皇太后不以为然。朕屡次几谏,太后更怒。今朕位几不保,汝康有为、杨锐、林旭、谭嗣同、刘光第等,可妥速密筹,设法相救,朕十分焦灼,不胜企望之至!特谕。

　　有人考证出这道由杨锐从宫中带出的衣带诏是康有为刻意伪造的,但不管怎样,可怜的"老板"即将破产,就要跳楼了,此事千真万确,维新派唯一的解救办法就是赶紧挪借一支强有力的军队。这主意听起来就显得滑稽透顶。皇帝贵为天子,富有天下,他的"账号"上竟然没有几把刀枪和几位忠心不贰的将军。当年,维新派内部有两种意见:谭嗣同和林旭主张找董福祥。董是甘军大将,并非荣禄心腹,平日有较强的忠君思想,但维新派人士与他交情不深,其实力也较为薄弱;康有为更看好袁世凯,这人练成了新建陆军,到过朝鲜,对世界大势有所认识,而且同情变法,新近又由光绪皇帝破格提拔为兵部侍郎,应该会知恩图报,最佳人选非他莫属。谭嗣同的好友毕永年是一位热血志士,听说康有为打算孤注一掷,把宝全押在袁世凯身上,顿感大祸临头。他分析道,袁氏是典型的滑头、风向鸡和反侧之辈,现在后党势焰遮天,他怎会为帝党效死力,拼死命?还是找董福祥较为稳妥,此人头脑简单,忠君意识浓厚,一定肯率军勤王。可惜这条意见被维新派忽略了。离京之前,毕永年写信给谭嗣同,大意是:鼎鱼幕燕,其势甚危,如今祸患孔亟,迫在眉睫,你还是早作脱身之计吧。

三、裸露在狼群之中

戊戌之秋，康有为、梁启超等人推举勇于负责的谭嗣同去法华寺游说袁世凯。关于此事，坊间有多种版本流行，最著名的是梁启超的《谭嗣同传》、袁世凯的《戊戌日记》和袁世凯之子袁克文的《戊戌定变记》。考虑到袁世凯其人狡诈成性，善于为自己涂脂抹粉，而且他的这部日记真伪难辨，梁启超为死友所作的传记较为可靠，尽管其中也有水分，比如将谭嗣同的原话"不有死者，无以召后起"篡改为"不有死者，无以酬圣主"。在梁启超的笔下，谭嗣同与袁世凯的对话大致是这样的：

"阁下认为皇上是怎样的人？"谭嗣同开门见山，单刀直入。

"是百年一遇的圣明君主。"袁世凯乃一世奸雄，当然不会嘲骂光绪皇帝是"傀儡"或"窝囊废"，甚至像后来章炳麟那样斥之为"小丑"。

"对天津阅兵的阴谋，想必阁下已经知悉？"谭嗣同亮出第一张牌。

"嗯，对此鄙人略有所闻。"关于这一点，袁世凯没必要装糊涂。慈禧要借天津阅兵之机废黜光绪，在高级官员之间，这已是半公开的秘密。

谭嗣同不再绕弯子、兜圈子，立刻拿出光绪手谕给袁世凯看，然后以道义相激。

"今日局势危殆，能救皇上的只有阁下一人，阁下想救就救。"谭嗣同稍停，用手抚摸了一下自己的脖颈，接着说，"如果阁下不愿施救，自可去颐和园告发在下，或者现在就杀掉在下，荣华富贵，唾手可得。"

袁世凯听完这句话，人格似乎受到了莫大的侮辱，沉下脸来，厉声辩白："阁下以为袁某是何许人？吾辈共同效忠皇上，鄙人与阁下又身受非同一般的知遇之恩，救驾的责任，不该只由阁下一人承担，阁下如有见教，鄙人甘愿听从驱遣！"

谭嗣同见袁世凯义形于色，就将计划原原本本地告诉了他，并且强调这是千载一遇的伟业，必定能够流芳百世，名垂青史。袁世凯也似乎成竹在胸："若皇上阅兵时策马驰入本营，传号令诛杀乱臣贼子，那么鄙人就能够与诸君同心勠力，以策万全。"

谭嗣同见袁世凯一副铁心勤王的样子，就再将他一军："荣禄待阁下一向不薄，到时候，阁下将如何处置此公？能否痛快下手？"

袁世凯笑而不答。他的幕僚出来代他发言："荣禄对大帅向来虚与委蛇，并非推诚相待。荣禄还说过'不能给汉人太大的兵权'，可见此公平日只是假意笼络……"

"可荣禄有曹操、王莽之辈的命世之才，乃一代枭雄，要对付他，恐怕没那么容易。"谭嗣同用的是激将法。

"只要皇上在袁某军中，杀荣禄简直就如同杀一条狗，易如反掌！"袁世凯把话说满了，仿佛已下定决心，要拼命干这一票。

然而，同一件事在袁世凯的日记中则是另一番描写，在他的笔下，谭嗣同的形象变成了"气焰凶悍，类似疯狂"的亡命之徒。在他看来，康有为等人存心挟天子以令诸侯，扰乱朝纲，专与慈禧太后过不去。应该洗刷的地方他都为自己洗刷得干干净净，应该粉饰的地方他也没忘记为自己描副关公脸。单看他的日记，真是天底之下再没有比他更忠悫无私的将军了。后来，其次子袁克文撰《戊戌定变记》，全面为老爹开脱罪责，树立光辉形象，竟以歪曲史实的笔法，滑天下之大稽。袁克文说，谭嗣同情急之下，掏出手枪来，要挟和逼迫袁世凯"火线入党"。试想，以谭嗣同远高于常人的智商，怎么可能出此下策，用手枪威逼袁世凯于另一空间另一时间去完成勤王的重任？撒谎者自以为聪明，却不小心拆穿了自家的西洋镜。

在百日维新这幕扣人心弦的短剧中，戏份最足的是"谭嗣同法华寺夜探袁世凯"，堪称重中之重、高潮中的高潮。可惜侠义之士谭嗣同被一世枭雄和奸雄袁世凯所诓骗。袁某算度极精，他不费吹灰之力就计算出，倒向慈禧太后的怀抱，有奶就是娘，成功率百分之百；投入维新派的阵营，高空走钢丝，成功率顶多不过百分之五十。英国一位诗人曾说："背信弃义是不会成功的，因为它一旦成功，就不叫背信弃义了。"这话耐人寻味。袁世凯有意要为自己的背信弃义正名，他要做一位"忠臣"（当然是忠于慈禧太后）。在袁世凯的心目中，国家的前途和利益无须多虑，个人的权力欲望高于一切，后来他使出乾坤大挪移的手段，做了总统，还要做皇帝，完全符合其一贯的强盗逻辑。怪只怪，维新派领袖康有为将二三百载一遇的历史转机当成孤注，全砸在袁世凯身上，真是盲目盲心，万劫不复。

至此，谭嗣同完全裸露在狼群之中，他的抉择不再限于成败，而是直面生死。

四、去留肝胆两昆仑

康有为奉旨南归后，仅隔一天，就发生了宫廷政变，光绪皇帝被幽禁于瀛台。慈禧太后恢复垂帘听政，立即下令捉拿康圣人。不可思议的是，她极为"大度"，居然匀出三天时间，给维新派志士仔细考虑死活去留的问题。军机四章京无一人逃出绝境和死地。他们全都大无畏？并非如此。他们太过天真，以为慈禧太后痛恨的是光绪皇帝和康有为。当时，连康有为的头号弟子梁启超都有这种浅识。他们一致认定，这场变法得到列强的暗中支持，必定会有大国公使站出来主持公道，消弭祸患。孰料慈禧太后罔顾后果，蔑视舆论，抛开大清律例，未经刑部过堂，就磨牙吮血，戕害维新志士。"六君子"中死得最冤的是康广仁，他与维新变法毫不沾边，只因是康有为的胞弟，就遭到株连和虐杀，难怪他在牢狱中怨愤至极，以头撞墙。杨深秀是一位豪杰御史，守正不阿，临危不苟，胆大包天。慈禧太后已经垂下雌威十足的帘子，开始训政，他却不依不饶，诘问光绪皇帝遭到幽禁的缘故，并且抗疏坚请慈禧太后返回颐和园，继续颐养天年。有人认为，杨深秀是求死得死，但也有人认为，他是求仁得仁。

人类社会最危险的"极限运动"莫过于革命和变法，拥吻死神乃是大概率的事情，然而许多"赤子"或"傻子"乐此不疲。死神窥伺于侧，它可以使身首瞬间分离，使热血骤然变冷，使利国利民的主张灰飞烟灭。真正的勇士并非一无所惧，或许他们不会怕死，但他们肯定会怕牺牲的意义和价值迅速归零。

革命家谭嗣同可以逃亡海外，他不逃；可以避走南方，他不避。他滞留于杀机四伏的京城，等待那把又冷又沉又锈又钝的鬼头刀反复研向自己的脖子。

不用说，谭嗣同武功高强，却玩不转政治这柄双刃剑。他的赤子之心完全裸露在狼群之中，太危险了，以大无畏的精神与专制、独裁的刀斧相抗衡，未战而生死立判。文天祥赋七律诗《金陵驿》，卒章言其志："千年成败俱尘土，消得人间说丈夫！"一个伟男子决意留下英名，就不可太计较成败利钝。

谭嗣同甘心赴死的理由，早已举世皆知，然而他递过来的接力棒谁能接住？百年的大蒙昧，百年的大酣沉，百年的大嬗替，至今回望那个颈血飞溅的历史瞬间，听到的仍是这句人间壮言：

> 各国变法，无不从流血而成，今日中国未闻有因变法而流血者，
> 此国之所以不昌也。有之，请自嗣同始！

有人说，谭嗣同的一腔热血全泼洒在贫瘠、荒凉的沙漠之中。有人说，谭嗣同是天底下最务实的人，却在戊戌年间务虚了。有人说，谭嗣同的大仁大义大慈大悲仿佛一封投错了地址的加急电报。不管人们说些什么，谭嗣同都完成了他的历史使命。

多年后，梁启超向同门师弟刘海粟忆述往事，仍然热泪盈眶，他说："戊戌年九月二十一日，康先生已经离京，他住的南海会馆被查抄，我对壮飞放心不下，要他立即出走，以避那拉氏的加害。他昂首望天，慨然有赴死之志，说话一片赤诚，闻之使我泪下。大意云：'吾辈前日欲救皇上，铁错铸成，无法可救；今日复欲救康师，虽已出京，生死未卜，再见无期。忧愤填膺，唯死而已！'谈到天黑才匆匆告别，我没有回到下榻之处，住进了日本使馆的一间密室。次日，壮飞提着一箱手稿来看我。我说：'日本友人希望你东渡避难，徐图后举。'他说：'任公请携吾文稿去东京，以图将来，吾一死以报圣主。各国变法，皆曾流血，中国不能例外，请从弟始，唤醒同胞则国事有望焉！'我说：'君死固重泰山，而株连伯父，长者无辜，于心何安？'对曰：'昨晚兄去，即仿吾父笔迹作书，叱弟不忠不孝，从此断绝往来。信置于枕下，故意使荣禄鹰犬获得，当不致牵累老父。身后之事已托付大刀王五，平素爱佩之凤矩宝剑，亦赠王君。此公任侠，可以信赖。诸事就绪，无所萦怀，长为别矣！'乃相抱拥泣，三去三回首，二十八日，壮飞蒙难……"

> 不有行者，无以图将来；不有死者，无以召后起！

谭嗣同义薄云天，把"行"而"图将来"的机会赠予康有为和梁启超，把"死"而"召后起"的责任留给自己。行者与死者各司其职，原本不存在孰勇孰怯、谁高谁低的比较和区分。生有何幸？死有何悲？康有为、梁高超比谭嗣同多活了许多年，究竟有益还是无益？有愧还是无愧？康有为长期扮演维新派领袖，周游列国，以保皇为名，以敛财为实，骗取和侵吞了海外华

侨的大笔捐款，却贻误了自立军起义，间接害死了一批青年志士。民国时期，他变本加厉，把倒车开成了飞机，在辫帅张勋导演的那幕拙劣之极的复辟丑剧中，混了个跑龙套的小角色，差点蒙着脑袋撞死在历史的耻辱柱上。梁启超几经蹭蹬和努力，中途也曾"失足"，他出任过北洋政府的司法总长，似乎全然忘记了袁世凯叛卖维新志士的那本旧账。直到1915年筹安会成立，他才幡然醒悟，投入革命阵营。1916年，梁启超协助弟子蔡锷远赴西南边陲，打响了护国战争第一枪，敲响了洪宪帝制的丧钟。从保皇到革命，梁启超脱胎换骨，总算未辜负谭嗣同诀别时的信任。

有件事情非常奇怪，谭嗣同的诗句"我自横刀向天笑，去留肝胆两昆仑"，原本不是哑谜，却变成了哑谜。许多人绞尽脑汁，猜想"两昆仑"是谁，结果有数种：康有为和王五，康有为和梁启超，谭嗣同和唐才常，谭嗣同和梁启超。尤其可笑的是，有人认为"两昆仑"就是"两位昆仑奴"的意思，指的是谭嗣同的两位仆人罗升和胡理臣。这么多学者喋喋不休，将"诗无达诂"的妙旨发挥到淋漓尽致。其实，诗意迎刃而解：我自横刀向天长笑，留下（"去留"为偏正词）肝胆，就像两座巍巍的昆仑山。何须用什么典故？豪壮之美尽在眼前。

五、丧钟的回响

有心杀贼，无力回天。死得其所，快哉快哉！

这是谭嗣同的绝命诗。其中的"贼"，究竟是确指，还是泛指？慈禧后党是贼，袁世凯也是贼，这个问题似乎可以轻松解决。但读完《仁学》之后，我认为，这首诗中的"贼"并非锁定某个人或某些人，而是直指铁血专制，唯有这架温床能够孳生人间一切邪恶。谭嗣同有心杀死此贼，但他势单力薄，终于回天乏术。

谭嗣同果真"死得其所"吗？宏愿落空，雄才未展，他应该死有余恨才对。三十岁出头，事业大有起色，难道他甘心在"维新"的标志牌下戛然而止？谭嗣同主张革命，却死于改良，就连目光如炬的历史学家钱穆也怀疑他知行分裂。

复生果以旬日知遇，遽忘其二千载君主之惨毒，三百年满廷之酷烈，竟自没齿效忠，称"圣天子"如常俗矣。然则复生之死，以《仁学》所谓冲决网罗，毁灭君臣父子之伦常言之，不将为无意义之徒死乎？

"徒死"即白白送死，死得莫名其妙，毫无价值。钱穆认定谭嗣同（字复生）为忠于清朝君主而死，有悖于他坚持的革命主张。在《仁学》中，谭嗣同有一个毫不含糊的观点：

> 故夫死节之说，未有如是之大悖者矣。君亦一民也，且较之寻常之民而更为末也。民之与民，无相为死之理；本之与末，更无相为死之理。然则古之死节者，乃皆不然乎？请为一大言断之曰："止有死事的道理，决无死君的道理。"死君者，宦官宫妾之为爱，匹夫匹妇之为谅也。（《仁学·三十一》）

到头来，谭嗣同既为维新事业而献身（死事），又因忠于君主而殒命（死君），岂非自相矛盾。《翁同龢日记》中有一语描绘谭嗣同的神态："高视阔步，世家子弟中桀骜者也。"在皇帝的师傅和当朝一品大臣面前，谭嗣同尚且不肯稍稍卑屈，如此傲岸不羁的人，又怎会自降身架，与宦官宫妾、匹夫匹妇同列？

谭嗣同很清楚，光绪皇帝徒有君主之名，全无君主之实，他也是纲常名教的直接受害者和牺牲品。试想，这位儿皇帝明知自己的命运被牢牢地攥在慈禧太后的虎爪之中，本可苟且偷生，隐忍度日，与老太婆暗中较量谁的寿命更长，但他无意韬光养晦，而是冒险犯难，变法维新，毅然追寻强国之梦。同处一条战壕，联手对付劲敌，谭嗣同将光绪皇帝视为战友而非君主，出于袍泽之谊，两肋插刀，侠义为怀，并不为错。

侠者轻生死，易去就，有担当，无畏惧。有时，侠者并不一定非死不可，如信陵君救赵，侯嬴估计他抵达了边境，在晋鄙营中夺取了虎符，便向北自刭，他忠守的乃是一言九鼎的信誓。谭嗣同即具备这种侠义精神，言出必行，意定不夺。

梁启勋的回忆文章《梁启超逃亡日本的经过》揭示了谭嗣同在戊戌年间不逃生、不避死的三个原因：其一，谭嗣同认为，大概往后十年八年，国内没有他的立足之地。流亡国外的话，他既不会讲英语、日语，又不会讲福建话、广东话，而华侨多是闽人和粤人，他的活动能力均会消失，变成废料；其二，他自知身患不治之症（肺结核），将不久于人世，杀身成仁，舍生取义，乃是大丈夫的本分，又岂能在病榻上苟延残喘？其三，他担心自己脱身而远飏，会连累古稀之龄的父亲。考虑到谭嗣同刚猛豪放而不失细致温润的性格，这三点都能站得住脚。

历史是不容许假设的，但我还是忍不住要假设一下。戊戌年间，倘若谭嗣同南逃或东渡，不曾喋血于菜市口，又会如何？东渡的话，他有完备而激进的革命思想，不难成为黄兴、蔡锷和宋教仁这些湖湘英杰的老大哥，或许能更早地掀起民族革命和民主革命的高潮；南逃的话，他有哥老会的掩护和唐才常等至交好友的追随，或许能集结南方的武装力量，将清王朝衰弱的命脉震成重伤。此外，谭嗣同还有一步妙棋可走，据梁启超回忆，大刀王五曾劝导谭嗣同："出了居庸关，乃东北千里之地，大山连绵，森林茂密；还有一片辽阔的土地，水草丰盛，人烟稀少。我打算买下一批骆驼牛马，在那里放牧，再招集游民，发展农牧经营，建立一个'塞外王国'。我奉你为主，也可以利用这些经营资助你的朋友，继续干你的事业！"去清太祖努尔哈赤的龙兴之地发展革命事业，大刀王五的想象力和行动力非同凡响。如果谭嗣同与大刀王五通力合作，肯定能够超过日后东北王张作霖的成就。可惜这个优选方案只是停留在口头。

谭嗣同深受西方民主思想的感召，连康有为和梁启超都认为他是华盛顿那样的"伯里玺天德"（president，总统）的上佳人选，只要他活着，以他的威望和才智必能使四方猛士云集影从，以他疾恶如仇的性格和掀天揭地的气魄，可以断定，他绝对不会像孙中山那样妥协屈从，将革命果实拱手相送。中国或许能更早地踏上民主共和之路。这个假设当然是颇为乐观的。

历史创造英雄，英雄也创造历史，谭嗣同具备英雄的全面素质，他缺少的只是一个舞台和一个机会。可悲的是，中国失去了谭嗣同，随即如黄河改道，弥望的只剩滚滚浊流。夜间，我阅读《太平杂说》，细细咀嚼作者潘旭澜笔下的这句话："志士枉流的热血，是历史最好的眼药水。"不禁惆怅良久。可疑的是，历史之眼疾能否"药"到病除？

台湾作家李敖曾撰文，假如他是谭嗣同，戊戌变法失败后，"我会学梁启超，我会走的。因为梁启超走了以后，他用《新民丛报》发挥那么大的力量，

最后把坏政府推翻。他不要做烈士，他要做个成功的人，做成功的人应该比做烈士正确。"这个假设很有意思，李敖将自己直接代入进去，表明主张。且不说梁启超创办的《新民丛报》有没有那么大的神威，李敖的观点——"做成功的人应该比做烈士正确"——也很容易引发争议。汪精卫就是一个典型的例子，年轻时他谋刺摄政王，被捕入狱，事后看来，做烈士应该是最美好的结局，偏偏他死里逃生；中年贵为国民党党魁，不可谓不成功；晚年投靠日寇，出卖国家，身败名裂。何谓失败与成功？何谓错误与正确？知人论世不易，设身处地也难。

鲁迅一贯主张韧性的战斗，明确反对志士无谓的流血，他在《空谈》一文中写道："改革自然常不免于流血，但流血并非等于改革。血的应用，正如金钱一般，各啬固然是不行的，浪费也大大的失算。……这并非吝惜生命，乃是不肯虚掷生命，因为战士的生命是宝贵的。在战士不多的地方，这生命就愈宝贵。……以血的洪流淹死一个敌人，以同胞的尸体填满一个缺陷，已经是陈腐的话了。从最新的战术的眼光看起来，这是多么大的损失。"这段话是颇为雄辩的，比李敖的那段话更具有说服力。

谭嗣同太高估"放血疗法"的作用了，在写给恩师欧阳中鹄的书信中，他大谈特谈流血的必要性："今日中国能闹到新旧两党流血遍地，方有复兴之望，不然，则真亡种矣。"然而我们观察谭嗣同死后的历史动态，会惊奇地发现，中国的民主进程一波三折，并非流血太少，而是失血太多，德才兼备的志士和天赋异禀的革命家普遍缺乏追求生命极值的战术意识。有时，"头颅堕地作雷鸣"，不仅失之轻率，而且是莫大的浪费。

在《丑陋的中国人》中，柏杨介绍伏魔使者的著作《唐圣人显圣记》，对戊戌六君子的牺牲毫无痛惜之感，其直白的描写和评论是这样的："只听一排枪炮声，六名犯官的头，早已个个落下。可怜富贵功名，一旦化为乌有。"诚然，尊权慕势的人只看重富贵功名，至于朝廷变法的意义和烈士捐躯的价值，他们要么漠视，要么无视，这也是冷冰冰的事实。

费正清著《伟大的中国革命》，坦言相告："显露在历史中的，不是最好的、最英明的人，而只是幸存者。"那些更具备美德和英才的领袖人物（谭嗣同，宋教仁）死了，结果剩下一大批将个人权力凌驾于全民利益之上的阴谋家和野心家，还有一大批坐享其成的庸人和废物，由他们来主持大局，决定国家和民族的命运，结果可想而知。

赴死是容易的，要紧的是尽可能活出自身的极值。正是基于这样的认识，一方面，我能够理解谭嗣同从容就义的雄奇意愿，另一方面，我并不欣赏他在百年前的那场血祭。他笑傲而死了，黑暗的政治铁幕在其身后仍复紧掩，根除专制主义毒素的血清依旧无人配制出来。须知，他的角色谁也替代不了。对此，可能连他自己都不曾清醒地意识到吧。

器识与命运

　　《翁同龢日记》堪称皇皇巨著，长达数百万字，但凡朝野名士，只要与作者有过片刻交集，就罕有从其笔端挂漏的。翁同龢贵为两朝帝师，一品大臣，为人谦冲开明，进入其视野并得到他激赏提携的多为同时代的优秀人物。然而直到光绪二十一年（1895），康有为仍迟迟未进入翁同龢的客厅。在《自编年谱》中，康有为言之凿凿地说，光绪十四年（1888）他就进京拜会过翁师傅，向后者当面讲述了俄国彼得大帝、日本明治天皇变法改制的故事，翁师傅如闻天籁，茅塞顿开。为何细心的读者披览《翁同龢日记》，竟找不到与此相关的蛛丝马迹呢？往好里说，这是康有为误记所致；往坏里说，就是他存心造假了。

　　康有为性格木讷，口才远非一流，梁启超极口夸赞康有为的演讲"如大海潮，如狮子吼，善能振荡学者之脑气，使之悚息感动，终身不能忘"，未免言过其实，但他确实凭借演讲倾倒过华侨美女和才女何旃理，使她成为了自己的三太太。康有为很会吹牛，"夫天不欲平治天下，如欲平治天下，当今之世，舍我其谁"，此类大话讲足了几皮箩，倒是稀松平常的。翁同龢是清流派掌门、主战派领袖，长期出入宫禁，坏消息听得太多，耳朵都起了老茧，眼见国势江河日下，难免忧心如焚。按理说，康有为口口声声强调维新变法，他的主张应该会打动翁师傅，事实则不尽然。

　　在《翁同龢日记》中，凡涉及康有为的地方，常有"狂甚"二字如影相随。这个"狂"字用的到底是褒义，还是贬义？值得思忖。若为褒义，就是狂者进取。若为贬义，就是狂妄自大。在翁师傅看来，康有为汲汲于功名，只想攀爬到更高的平台上去猎获荣华富贵。历史学家高阳作《翁同龢传》，仔细比对过《翁同龢日记》和康有为的《自编年谱》，充分考虑了翁同龢为避祸删削日记的可能性；他得出这样的结论：康有为志大言夸，惯于攘夺和作伪，公

然欺世，毫不惭汗，康有为屡屡言及翁同龢如何如何赏识他，只不过是虚构故事，谬托知己。高阳说："……且以康有为之言行而论，与翁同龢忠厚和平、谨守世俗礼法、不喜与人忤的本性，如水与火之不能相容，故可断言：翁同龢绝不会欣赏康有为。"翁同龢最青睐最信任的人是汪鸣銮和张謇，状元张謇尤其出色，被他赞为"霸才"和"奇才"。汪、张二人与康有为很少交集，也可以反证康有为是剃头挑子一头热。

翁同龢不欣赏康有为，并不意味着光绪皇帝就对康有为的欺世大言具有免疫力。自古以来，衣褐怀宝之士上书给深居九重的君王，皆可称之为顶尖级的行为艺术，沽名钓誉则绰绰有余，循名责实则迢迢不及，康有为原本玩的就是心跳，四年之间七次上书，弄个名满天下或谤满国中都不足为奇。其万言书内颇多狂悖之语，例如"求为长安布衣而不可得"，"不忍见煤山前事"，秦二世临死前乞求做黔首（老百姓）而不可得，明崇祯皇帝于城破之际跑到北京煤山（今景山）上吊，康有为用这两个亡国之君的典故说事，以增强万言书的惊悚效果，光绪皇帝对他大逆不道的胡话倒是颇为优容。草野书生康有为畅所欲言，其主旨（"养一国之才，更一国之政，采一国之意，办一国之事"）不乏动人之处。

翰林侍读学士徐致靖向光绪皇帝保举通达时务的人才，荐单上开列五人：康有为、黄遵宪、谭嗣同、张元济、梁启超。这位帝师对康有为推崇备至："忠肝热血，硕学通才，明历代因革之得失，知万国强弱之本源。当二十年前，即倡论变法，其所著述有《俄彼得变政记》《日本变政记》等书，善能借鉴外邦，取资我用。其所论变法，皆有下手处，某事宜急，某事宜缓，先后次第，条理粲然。按日程功，确有把握。其才略足以肩艰巨，其忠诚可以托重任，并世人才，实罕其匹。"翁同龢与徐致靖均为帝师，外间捕风捉影，穿凿附会，再加上康有为到处吹牛，迷惑视听，张冠李戴的荒谬结论便是：徐致靖夸赞康有为的美言竟出自翁同龢的"户头"。光绪皇帝身居九重，两眼一抹黑，他读了徐致靖的奏折，不禁欢欣鼓舞。变法维新，事在人为，既然康有为有志于此，有识于此，或许他真的就是那把能够掘开冰川的利镐。

　　我欲望鲁兮，龟山蔽之。
　　手无斧柯，奈龟山何！

据东汉名士蔡邕的《琴操》记载，这首《龟山操》是孔子所作，意思是："我想眺望鲁国，龟山遮蔽了它。手中没有斧柄，拿龟山莫奈何！"孔子忧念故国，以龟山蔽鲁比喻奸臣季桓子一手遮天。诗中的"斧柯"可释为"权柄"。男人不可一日无权，无权则处处遇阻，事事受欺。孔子感慨鲁国政治黑暗，百姓贫苦，他要讨伐权臣季桓子，心有余而力不足。康有为做梦都想进入清王朝的权力中枢，呼风唤雨，他对"手无斧柯"的感受同样痛切。

一、从草堂授徒到公车上书

康有为并非一帆风顺，他走过一段霉运。科举之路窄得可怕，也黑得可怕，他扑腾多年，成绩单是：考秀才，三战皆北，总算取得了监生的资格；考举人，六试不捷，心都考（烤）成了灰。清代科场流传一句谚语，"一命二运三风水，四积阴功五读书"，可见运气之重要，学问之次要。康有为屡试不中，内心受到莫大的刺激，早已对现实郁积了一腔孤愤，这种失意者最想改变现状。奇就奇在，名落孙山也会坏事变好事，他从八股制艺中匀出心思来，钻研传统学问，面壁之功殊非浅显。当时，理学大儒朱次琦，人称九江先生，笃守程朱，崇尚实践，是羊城首屈一指的大学者，康有为出入其门垣，求益问字，算不上正宗弟子。后来，他上书权贵，自称"侍九江之经席"，打出巧妙的"擦边球"。简朝亮是朱次琦的入室弟子，瞧见康氏矜夸，十分别扭，就公开讥诮后者"游僧托钵"。

不管怎么讲，康有为的瞑学功夫确属一流，从理学到佛学，从经学到西学，不过数年间，就已融会贯通。康氏屡次上书，言辞激烈，虽未蒙朝廷赏识，但已名动九州。一俟他回到羊城，梁启超就气喘咻咻地跑来拜师。这可真是一桩新鲜事。康有为是长期落魄的监生，梁启超则是少年得志的举人，举人拜监生为师，在清代罕有先例。进士陈沆向举人魏源求教，一度传为佳话，但求教与拜师有本质上的区别。李慈铭收樊增祥为徒，乡试奏捷、会试奏凯均迟于弟子，但樊增祥也并非中举之后才登门拜李慈铭为师。梁启超的《三十自述》所言不虚，十八岁的梁举人听罢三十三岁的康监生一席真言，不禁"冷水浇背，当头一棒，一旦尽失故垒，惘惘然不知所从事"，以至于"竟夕不能寐"。能让志骄意满的梁举人心悦诚服地唯康监生的马首是瞻，这绝非易事。

康有为的身价高了，名气大了，要与他结交的人顿时多起来，其中有一位可了不得，不得了，这人是谁？是"国父"孙文。那时孙文以西医资格，在广州双门底大街的圣教书楼悬壶，主张缓进改良，革命思想尚未萌芽，更别说开枝散叶，他委托好友向康氏输诚致意，以求晤言一室之间，切磋琢磨，商量探讨。但康有为惯用势利眼从门缝瞧人，在广东境内，孙文只不过是一位不显山不露水的西医。康有为端起一副臭架子，高不可攀，其答复相当傲慢："孙某如欲订交，宜先具'门生帖'拜师乃可。"这话过于托大了，孙文愤愤不平，他也是个舍我其谁的天王山人物，如何肯卑身执贽去万木草堂做康门弟子？这两位近现代政治舞台上的大明星就住在同城，却缘悭一面，至死也未交一语。

有诸多弟子的簇拥和供养，康有为遂打开局面，选址广州长兴里，弄了个后来盛传海内外的"万木草堂"，挂出油漆一新的牌匾，广收门徒，做起了"为天地立心，为生民立命，为往圣继绝学，为万世开太平"的美梦。康有为的胆子更大了，自号"长素"，大有压孔子一肩的意思。其实，他最想做的并非"素王"，而是"圣之时者"，隐秘的心思甚至是"不当皇上，就当和尚"。他的野心从很小的事情上都会暴露出来，比如他给五位得意门生取了逾越孔门"十哲"的外号，个个非同凡响：

> 陈千秋的外号是"超回"——超越颜回也。
>
> 梁启超的外号是"轶赐"——"轶"义为超车，子贡只能让道也。
>
> 麦孟华的外号是"驾孟"——凌驾于孟子之上也。
>
> 曹泰的外号是"越伋"——子思只能瞠乎其后也。
>
> 韩文举的外号是"乘参"——把曾子当马骑也。

康有为目空一切，是个典型的自大狂。梁启超对康有为的个性有这样的解说："先生最富于自信力之人也。其所执主义，无论何人不能动摇之，于学术亦然，于治事亦然。不肯迁就主义以徇事物，而镕取事物以佐其主义。常有六经皆我注脚，群山皆其仆从之概。"康有为若只想做个学问家，狂也好，狷也罢，都可由得他高兴如何就如何。但他想在政治擂台上挥拳踢腿，这种百牛莫挽的自信力加上万物皆备于我的教条主义就特别有害了，偏执狂心胸狭窄，还能拿出多少富余的空间去容人容物？康有为一生事业终成水月镜花，依照"性格即命运"的论断，不难找到悲剧根源。

光绪二十一年（1895）春，康有为偕同弟子梁启超赴京会试。放榜前，他联合十八省赴京应试的举人在松筠庵集议，由梁启超起草了一份长达万言的请愿书，他利用士气，牵头演出了"公车上书"的大戏，"请拒和约，迁都，变法"。此文遍传都下，倾动朝野。令人意外的是，慈禧太后一向心狠手辣，这回却以柔克刚，采用绥靖政策，一千三百多个手无缚鸡之力的文弱举人，在她看来，可算是一股潜在的民间力量，不开罪为佳。男人有招，妇人也有计，礼部提前放出黄榜，以此转移京城各路士子的注意力，让他们哭的哭，笑的笑，疯的疯，癫的癫，情绪一旦成了风中乱发，国事也就无心再去清谈。这次，康有为春风得意，梁启超名落孙山，但康有为仍然感到有些失望，他的状元美梦和翰林美梦双双落空。"如今脱得青衫去，一洗当年满面羞"，康有为哪还有心思搞什么"学潮"？忙于参加琼林宴，赴阙谢主隆恩，到处应酬。慈禧太后没抡一下大棒，只用几根"胡萝卜"就瓦解了千头攒攒的学潮，要说，统治者们应该跟她学着点，少用刀枪而多用谋略。

二、理论准备和政治力量

在专制王朝特设的竞技场，从上往下搞政治非常简单，只需加大愚民的广度和洗脑的深度，即可尽收全效，顶碍事的则用武力去荡平；从下往上搞政治则千难万苦，光是理论建设这个环节就够人煞费思量了。应该承认，康有为以"长素"自号，多少还是有点底气的，至少在今文经学这项实验田里，他是当代"杂交水稻之父"袁隆平先生这种水平的改良专家。今文经学，一言以蔽之，就是大搞"罢黜百家"和"一言堂"，主张"学术为政治服务"。西汉时期，以董仲舒为首的今文经学派得到汉武帝的支持，大张旗鼓，但好景不长；东汉时期，政治挂帅的今文经学派被以马融和郑玄为代表的古文经学派踢烂了场子。迄于清朝初期，政治环境较以往更加恶化，读书人妄议国是，风险骤增，只得一个猛子扎进故纸堆中，皓首穷经，因此以乾嘉学派为代表的训诂考据之学盛极一时。在康有为看来，古文经学派的学问都是"数千年无用之学"，学问脱离现实需要，不能干预政治，那有什么鸟用？天下士子眼看大清帝国日薄西山，气息奄奄了，难道不应该从孔孟之学的清澈源头吸取些可补时艰、能纾国难的启示吗？于是，他从四川学者廖平的两部书稿《辟刘篇》《知圣篇》中吸取思想精华（此事后来酿成学案，不少人认为康有为使出空空妙手，大行剽窃之实），出版了与时代精神紧密呼应的著作《新学伪经考》和《孔子改制考》。康有为认定孔子绝对不是专治"无用之学"的冬烘先生，而是宅心仁厚的政治家，救民于水火，解民于倒悬，这才是他要做的大事。可惜老夫子周游列国，四处碰壁，长期鹤鸣于野，不能一展雄才伟抱。康有为这样说，当然很容易打动那些忧患意识强烈的朝野人士，赢得经久不息的掌声。但他把话说得太满太绝，将实力雄厚的古文经学派直往垃圾堆里扫荡，这就触犯了众怒和众忌，连一向开明的帝师翁同龢都"惊诧不已"，称康有为"真说经家一野狼也"。学问做过了头，野狐禅参成了"野狼禅"，保守派还能够待见他？湖湘名士叶德辉是儒学原教旨主义者，他早就看穿了这套把戏，索性揭开康有为的底牌："康有为隐以改复原教之路德自命，欲删定六经，而先作《伪经考》，欲搅乱朝政，而又作《改制考》。其貌则孔也，其心则夷也。"孔教中人认定康有为是叛徒，是假洋鬼子，不值得信任。康有为用孔子纪年替代大清年号，使朝野为之侧目，啧有烦言。张之洞原本看好康有为，这下也不得不赶紧划清界限，下令查封强学会。

在康有为的著作中，最招致物议的还不是《新学伪经考》和《孔子改制考》，而是他的《大同书》。康有为标榜"大同"，无缺陷、无遗憾的理想社会必须消灭原有的国家、阶级、私有财产、婚姻和家庭，将现有的社会制度和伦理道德基础连根拔起。在他看来，人类的自私全发端于小家庭，只有实行公养、公教、公恤，才能杜绝孝道的种种弊端。婚姻则使女性遭受奴役、牢牢束缚而不易解脱，理应彻底取缔，代之以短期合同，夫妻合则聚，不合则离。康有为与西方传教士多有往来，从他们那儿了解到柏拉图的《理想国》、康帕内拉的《太阳城》和莫尔的《乌托邦》，虽是一鳞半爪，却如获至宝。《大同书》即由这些舶来的思想散片拼凑杂糅而成。客观地说，这些思想的七彩泡沫确实给当时沉闷单调的知识界增添了茶余饭后的谈资，但对改造中国命运这项艰巨工程毫无指导意义。其中某些谬见成为笑柄，比如他认为黑人是最劣等民族，务必漂白之，可用黑人与白人杂婚的方式，少则七百年，多则一千年，使地球上再无深色人种，这种见解实在是卑之无甚高明，被人唾弃不顾。

康有为立异标新，固然能够耸动当时知识界的视听，但这种空疏不着边际的理论既非思想金丹，又非政治利器，对读书人并没有醒脑提神的积极影响。王国维在《论近年之学术界》一文中，对康有为的评判切中肯綮："（康）氏以元统天之说大有泛神之臭味，其崇拜孔子也，颇模仿基督教；其以预言家自居，又居然抱穆罕默德之野心者也。其震人耳目之处在脱数千年思想之束缚而易之以西洋已失势力之迷信，此其学问上之事业不得不与其政治上之企图同归于失败者也。"这段话可谓一针见血。

盛名之下，其实难副。康有为目空一切，夸夸其谈，注定只能做做三脚猫的学问，绝对做不了成色十足的政治家。做学者，性格尽可以狂狷怪僻，心胸褊狭也无大碍；做政治家则不然，必须示人以天地广大，示人以江海包容，意气用事、感情用事徒然自损。康有为是个偏执狂，要他容人容物，就等于纳须弥于芥子，须弥山太大，而芥子太小。康有为心胸狭隘，最终使自身，也使维新派迅速陷入了孤立无援的境地，变成徒有其表的"空头帝党"——可怜的鸡蛋、鸭蛋、鹅蛋、鸵鸟蛋，他们齐齐挑战主管绞肉机的慈禧太后，除了粉身碎骨，还能如何？

政治家新开张，要想立于不败之地，手中必须抓稳三张大牌——理论、武力和联合战线，方可言智，言勇，言胜。康有为手中有理论，却没有枪杆子，缺少了一张关键牌，怎么办？那就一定要抓好联合战线，发展生力军。当时，除了死硬的顽固派，以那位说过"宁赠友邦，不畀家奴"的混球大臣刚毅为代表，康有为理应竭诚团结的力量至少有以下三支：

一支是政界的开明派，也是实力派，例如李鸿章、张之洞、刘坤一等大臣和督、抚高官，团结了他们，变法维新的阻力将随之锐减，上下同心，其利断金。可是康有为刚愎自用，自以为抱紧了光绪皇帝的大腿，就高屋建瓴、势如破竹了，不必将李、张、刘等大臣放在眼里。他在北京办强学会，一时间，投奔者络绎于途，唯恐不得其门而入。李鸿章主动赞助二千两白银，作为入会之资，还同意出借安徽会馆的数间房屋给强学会办公，这是求之不得的好事啊！李鸿章在政坛打拼数十年，门生故吏满天下，虽暂时失势（甲午海战后被短期停职反省），但影响力并未衰减，依然无人能出其右，他肯主动带头，又何愁强学会人气不旺？往后办事必将处处爽利。可是康有为颟顸之极，也蛮横之极，竟然不同意李鸿章入会，使后者碰了一鼻子灰，大为扫兴。康有为搞宗派小圈子，搞唯我独尊，好景如何能长？当时，对强学会感兴趣的还有力倡"中学为体，西学为用"的两江总督张之洞，他答应给强学会注资，从北京迁址到上海，开办费用由他独力承担。这样一来，亡羊补牢，犹未为晚。然而，只因张之洞以前辈学人的身份善意规劝康有为少谈"孔子改制说"，低调做人，多办实事，一言逆耳，康有为就拂袖而去，将事情搅黄。这样一来，进路、退路便全断了。

一位以改良中国社会为天职的政治家，竟缺乏起码的度量，康有为还能在最需要人脉、人缘、人气的官场玩得日曜月明，水流山转吗？问题的答案已不待蓍龟而可知。

还有一支力量——"太子党"，是康有为应该团结的。"太子党"的存在有形有迹，他们得天独厚，对政治濡染最深，教育最好，而且了解旧政权的内幕最真切，接受新思想比海绵吸水还要完全。如果他们不耽溺于吃喝嫖赌、贪赃舞弊，而能够为国事民生沥胆披肝，那么这些人最有办法从内部消解旧政权的压力，减轻武力斗争的阵痛，达到事半功倍的效果。那些大家公子——谭继洵之子谭嗣同、张之洞之子张权、曾国藩之孙曾广钧、左宗棠之子左孝同、翁同龢之侄孙翁斌孙、陈宝箴之子陈三立、沈葆桢之子沈瑜庆、林则徐的族裔林旭——多达数十人，若能拧成一股绳，其合力将不可低估。他们是方兴未艾的政治新血，观念超前，跃跃欲试，最渴望有所作为。但康圣人却并不看好他们。

谭嗣同由江苏道候补知府实授为四品军机章京，参知政事，可谓奇数。与他同授此职的还有杨锐、刘光第和林旭。林旭在四人中最年轻，时年二十六岁，雄姿英发，朝气蓬勃。康有为虽是维新派的精神领袖，却只任工部主事，兼总理各国事务衙门章京上行走，比四位军机章京的品秩、地位只低不高。由此也不难看出光绪皇帝对康有为并无急用、重用的意思。

在《自编年谱》中，康有为屡屡涉及算命测字，扶乩选穴，自炫天生慧眼和法眼，这回又怎肯放过送上门来的扮演张半仙和李铁嘴的机会？

> 时吾观复生（谭嗣同）和暾谷（林旭）之相，谓卓如（梁启超）曰："二子形法皆轻，不类开国功臣也。今兹维新，关中国四千年大局，肯荷非常，而二子起布衣而骤相，恐祸将至矣。昔何晏、邓飏执政，而管公明谓其鬼幽鬼躁，必及于难。吾今惧矣。"

瞧，维新派领袖康有为竟搬出麻衣相法来给自己的同志算命，认为谭嗣同、林旭二人"形法太轻"（骨相太轻，不贵重），不像是开国功臣，他们从平民突然升到军机处行走（相当于副宰相），恐怕要大祸临头了。三国时期，魏国的何晏、邓飏执政，管宁当众说他俩内心阴暗、性格浮躁，一定会死于非命。康有为将谭嗣同、林旭比作何晏、邓飏，实在是太不尊重同志了。他说"我现在害怕了"，更见其委琐。康有为假高明而真鄙陋，中国十九世纪末的改良派竟以此人的旗帜为帅纛，以此人的笔杆为指挥棒，先就错得离谱了。在康有为的心目中，举国上下只有一人具备补天之才、擎天之力。他自信过头，尚可理解，但他弄鬼装神，唬人吓己，又如何能干出经天纬地的大业？

至于第三支力量——民间知识分子，康有为更没把他们放在眼里。广东老乡孙文要与他缔结平辈之交，一而再，再而三，结果被他拒之门外，换了别人，肯定同样难以获得康圣人的青睐。殊不知，这支队伍变量最大，后来排满反清革命党人多半由民间知识分子组成，他们在江湖上时隐时现，其中不乏英雄豪杰。

身为维新派的精神领袖，康有为既偏执又褊狭，盟友少，而树敌多，不免穷于防范和招架。当保国会被后党刚毅和荣禄咬定为"只保中国，不保大清"，墙倒众人推时，那些开明疆吏，本来能够说上好话、帮上大忙的，全都默不吱声。

应该讲，历史给了康有为最好的机遇，可是这位自命为"圣之时者"的改良派领袖并未找到真北，把握契机，而是任由机会像细沙一样从指缝溜脱。百日维新失利，戊戌六君子喋血，固然是冥顽不化的慈禧后党丧心病狂地打压所致，但又何尝不是康有为的策略失误和性格浮躁的必然后果。在中国，百余年来，领袖的性格即政党的性格，领袖的命运即政党的命运，从来都是如合符节，分毫不爽。

客观地讲，康有为于西方哲学仅知皮毛，对西方的政治思想更属管窥蠡测，强不知以为知，草率上马，主持中国十九世纪末的维新变法运动，可谓先天不足。这位"圣之时者"应运而生，本可以团结多方面的政治力量，引导积贫积弱的中国一步步从沼泽中跋涉出来，然而，他师心自用，挟天子以令诸侯，耍什么"小臣架空术""借刀杀人术"，坐失千载一遇的良机，终于闹得众人丧气寒心。

历史是吊诡的，庚子之乱，慈禧太后仓皇逃离北京，在西安惊魂甫定，就耍出瞒天过海的惯技，以光绪皇帝的名义下诏变法，诏书由御用文人樊增祥操觚，词颇工畅，理实难通。其中有两句话最为关键："康有为之变法，非变法也，乃乱法也。夫康有为一小臣耳，何能尸变法之名？"一个不成气候的领袖也还是领袖，历史一旦赋予他这样的地位，就不可剥夺，诏书中的百般诋毁和极力抹杀徒然贻笑天下。

三、性格缺陷是致命伤

康有为从小读书甚勤，行坐不离书卷，言必称圣人，村人都叫他"圣人为"或"戆为"。但他并不戆，只是狂，只是孤高。他曾手书一联："大翼垂天四万里，长松拔地三千年。"一介狂生，大言不惭，他身上很少显露出民胞物与的政治家素质。十九岁结婚，花烛之夕，亲友们想闹洞房，康有为却笃守周礼，闭门不纳，使得众人大为扫兴。祖父去世后，他借题发挥，"于棺前结苫庐，白衣不去身，终年不食肉。……人咸迁笑之"。这些不近人情的细节，都是康有为在《自编家谱》中不打自招的。青年时期，康有为屡次落第，遂入南海西樵山白云洞，独居苦学四年，为了排解内心的苦闷，平日参禅打坐，念佛诵经，不免有点走火入魔，直弄得"歌哭无常"，落下轻度的精神疾患。当时，他胡乱读了些传教士译介过来的工艺、兵法、医学和基督教义之类的书籍，就自以为学究天人，乃是内圣外王的奇才，一世无二的大儒。疯子仍不妨为学问家，章太炎即为显例，但疯子有碍于做政治领袖，试想，众目睽睽之下，维新派的党魁康有为言谈举止古怪莫名，其信任度和支持率还能不逐日递减？康有为做过一件事，令人齿冷三天，依照明、清两代的惯例，考生进学——中举或点进士，都要拜主考官为房师，以报答他们的提携之恩。康有为却偏要在这个没题材可捞的地方捞题材，没文章可作的地方作文章，竟然拒绝拜主考官为师，弄得狂名满天下，令人侧目而视。你说，一介狂生，轻失师友欢心而不知悛改，还如何玩得转最需要凝聚力和感召力为润滑剂的政治飞轮？康有为是学问升级版的洪秀全，若论行动力和煽动力，康教主比洪教主差得太远，若论精神不健全、心理不健康，两人则在伯仲之间。

知兄莫若弟。康广仁致友人书，谈及康有为的败因，相当靠谱："伯兄规模太广，志气太锐，包揽太多，同志太孤，举行太大。当此排者、忌者、谤者盈衢塞巷，而上又无权，安能有成？"从政者大睨高谈，任性使气，目高于顶，适足以自隳前功，验之古今，罕有例外。戊戌年六月十六日（1898年7月24日），光绪皇帝召见康有为。在朝房中，康氏与军机大臣荣禄不期而遇，话题自然离不开变法维新。荣禄说："法是应该变的，但是两百多年的祖宗之法，怎能在短期内全部革新？"康氏闻言，不作任何解释，出口即发恶声：

"只要杀几个一品大员，法就可以全变过来了！"他吓谁呢？徒然示人以狂悖，反被荣禄一眼看轻了骨头。荣禄退朝后对人说："康南海变法，徒梦幻耳，设能自保首领，尚属大幸。"康有为用"麻衣相法"给谭嗣同、林旭算命，批评他们"鬼幽鬼躁"，而真正鬼幽鬼躁的倒是他自己。

四、遗诏和骗局

戊戌变法这幕悲剧存在许多疑问，其中最大的疑问是：光绪皇帝果真打算作掉慈禧太后吗？这位极有抱负的年轻皇帝渴望乾纲独断，不受后党掣肘，他要发动宫廷政变，冒险一搏，这样的小宇宙爆发完全符合事理逻辑。然而客观情形并非如此。

宣统元年（1909）秋，杨锐之子杨庆昶诣都察院上书，敬缴光绪皇帝的朱谕。庆亲王奕劻主张冷处理，秘而不宣，将它送交史馆收藏。但原文早已被赵熙、王式通录出。这道朱谕写于戊戌年七月二十八日，内容是向军机章京杨锐等人求取万全良策：

> 近来朕仰窥皇太后圣意，不愿将法尽变，并不欲将此辈老谬昏庸之大臣罢黜，而登用英勇通达之人令其议政，以为恐失人心。虽经朕屡次降旨整饬，而且有随时几谏之事，但圣意坚定，终恐无济于事。即如十九日之朱谕，皇太后已以为太重，故不得不徐图之，此近来实在为难之情形也。朕亦岂不知中国积弱不振，至于阽危，皆由此辈所误，但必欲朕一早痛加降旨，将旧法尽变，而尽黜此辈昏庸之人，则朕之权力实有未足。果使如此，则朕位且不能保，何况其他？今朕问汝，可有何良策，俾旧法可以全变，将老谬昏庸之大臣尽行罢黜，而登进英勇通达之人令其议政，使中国转危为安，化弱为强，而又不致有拂圣意？尔等与林旭、谭嗣同、刘光第及诸同志等妥速筹商，密缮封奏，由军机大臣代递，候朕熟思审处，再行办理。朕实不胜十分焦急翘盼之至，特谕。

光绪皇帝既要全变旧法，尽黜老臣，又要避免拂逆圣意（慈禧太后的意愿）。这样的良策别说康有为、杨锐等人绞尽脑汁想不出，纵然东方智圣诸葛亮、刘基复活，也将一筹莫展。政治斗争终须靠实力定局，光绪皇帝在宫中孤立无援，手中有几支笔却没几支枪，在国内影响有限，他主持变法，急于求成，必定激惹后党强势反弹，胜负的天平发生倾斜。

八月初二，光绪皇帝赐诏康有为，命令他督办官报，尽快出京，嘱咐他"爱惜身体"，寄望他"将来更效驰驱，共建大业"。八月初六凌晨，光绪皇帝即被慈禧太后幽禁在瀛台，"百日维新"宣告彻底失败，康有为逃亡日本，侥幸做了漏网之鱼。

令人发指的是，康有为还伪造了谭嗣同的狱中血书。这一秘辛本不为外人所知，却被知情人王照在《水东集》中检举揭发。伪造的血书如下：

> 受衣带诏者六人，我四人必受戮；彼首鼠两端者不足与语；千钧一发，唯先生一人而已。天若未绝中国，先生必不死。呜呼！其无使死者徒死而生者徒生也！嗣同为其易，先生为其难。魂当为厉，以助杀贼！裂襟啮血，言尽于斯。

这封信的意思是：接受衣带诏的共六人，我们四人必定会被杀头。那些摇摆不定的人就不值一提了。至关重要的只有康先生一人。上天若不想灭亡中国，康先生就必定能够幸存。唉，不要让死的人白死而活的人白活！嗣同做其中容易的事，康先生做其中艰难的事。我的亡魂一定变成猛鬼，助康先生杀死奸贼！撕破衣襟，咬出鲜血，该说的话全写在这里了。

为了抬高自己，康有为无所不用其极。他果真有那么重要，关乎国运的兴衰吗？答案是否定的。不幸的是，谭嗣同、林旭等人的颈血确实白流了。康有为逃亡海外，接受华侨供奉，他马不停蹄，周游欧美各国，对国内局势很少操心，只在溥仪、张勋之流上演历史丑剧的时候，他才粉墨登场，热热身，当当票友，凑凑份子。他对得起死去的"戊戌六君子"吗？他对得起拥戴他的同志吗？他对得起谁呢？

康有为在海外的表现乏善可陈。他赴加拿大、美国募捐，企图重整旗鼓，收复"失地"，唐才常领导的庚子年（1900）武汉自立军起义与他大有关联。起初，海外华侨虽然同情"戊戌六君子"惨遭大辟，捐款却并不踊跃。于是康有为诬称光绪皇帝特赐衣带诏，他奉朱谕出走海外，可便宜赐封公、侯、伯、子、男五等爵位。南洋华侨要他出示衣带诏原件，他说："此神翰也，出阅之时，必向北方摆香案，着朝衣朝冠，行三拜九叩之礼。汝等氓蚩，岂能污染宸笔。"这段话的意思是：这是神圣的书信，拿出来阅读的时候，必须朝着北方摆好香案，身穿官衣，头戴官帽，行三拜九叩的大礼。怎能让你们这些无知的人弄脏御笔！由于信息不对称，那些热衷爵位的富侨被康有为连蒙带唬弄晕了，纷纷中计上当。"报捐公爵者一万元，捐侯爵者九千元，捐伯爵者八千元，捐子爵者七千元，捐男爵者六千元，捐轻车都尉者五千元，列名保皇党者，皆光绪佐命之臣矣。"这份报价单摆明了是"杀猪"。令人莫名惊诧的是，一些洋鬼子也跑来凑热闹，纳金求爵，竟不肯甘居华侨之后。最滑稽的剧目莫过于英国疯子康乾伯（Comchanber）与美国跛子活木李（Homer Lee）对簿公堂。前者被梁启超"册封"为中国民军大元帅、男爵，后者被康有为"册封"为中国维新皇军大将军、子爵，两人都捐赠了数万元给保皇党，但谁受谁节制才对呢？职分并不明晰。他们互争雄长，结果真相大白，一时间传为笑柄。

康有为在海外募得巨额款项，真正输入国内援助武汉自立军的银洋不足其所得的十分之一，由于再三展期，自立军起义最终谋泄而败，唐才常、林圭等二十多位与义者壮烈牺牲。此事的真相，后来被知情人揭穿，康氏残余的声望就像遇冷的汞柱，一落到底。大学者严复同属保皇派，他批评康有为，痛疾见于言词："于道途见其一偏，而出言甚易。……鲁莽灭裂，轻易猖狂，驯至于幽其君而杀其友，已则逍遥海外，立名目以敛人财，恬然不以为耻。夫曰'保皇'，试问其所保今安在耶？必谓其有意误君，固为太过；而狂谬妄发，自许太过，祸人家国，而不自知其非，则虽百仪、秦，不能为南海作辩护也。"当代史学家高阳更是铁面无情，狠狠地掊击敲打道："近世高级知识分子，欺世盗名，奸险无耻，莫过于康有为！"从以上二人的酷评不难见出，有识之士对康有为的人品和晚年行事极端鄙夷。当年，"革命和尚"苏曼殊激于义愤，携短枪赴香港刺杀康有为，若非康氏平日防范甚严，请来印度人昼夜护院，恐怕难逃一劫。

五、晚年上演丑剧

袁世凯称帝后，骑虎难下，康有为写过《劝袁世凯退位书》和《再与袁世凯促退位远游书》。在这两封公开信中，康有为称袁世凯为"慰庭总统老弟"

和"慰庭前总统"。第一封公开信尚有半真半假的"善意"，他提醒袁氏，"况公起布衣而更将相，身为中国数千年未有之总统，今又称制改元，衮冕御玺，而临轩百僚，奏臣陪位已数阅月，亦足自娱矣。又过求之，恐有大患矣。公自审其才，上比曾、左、李诸公，应远逊之；而地位乃为羿、浞、王莽，势变之险如此，尚不急流勇退，择地而蹈，徘徊依恋，不早引去，是自求祸也"。可惜言者谆谆，听者藐藐，袁世凯根本没把过气角色康有为当回事。第二封公开信很不客气，简直就是诅咒袁世凯早死早生天，"嗟夫！公以顾命之大臣而篡位，以共和之总统而僭帝，以中华之民主而专卖中华之国土，荼毒无限之生灵，国人科公之罪，谓虽三家磔蚩尤，千刀剖王莽，尚谓不足蔽辜。但吾以为文明之法，罪人不孥，枯骨不毁耳。公早行一日，国民早安一日，时日曷丧，及汝偕亡。"康有为教训别人很痛快，被别人教训就没那么舒服了。

1917年，辫帅张勋举兵复辟，扶溥仪重登金銮殿，康有为不甘寂寞，参演闹剧。开场锣刚响起时，康有为相当高调。他不等溥仪下"诏"给赏，就以首辅自居，入宫之初，已珊瑚其顶珠，仙鹤其补服，以极品自封。他还预先草定八篇"诏书"，其中"虚君共和""废除大清名义""定中华帝国"的主张遭到刘廷琛等大臣的坚决抵制，未予采纳。因此他被众人视为怪物，他起草的"诏书"被众人当成笑柄。伪朝内阁议政大臣的行列中压根就没有康有为的位置，仅以形同鸡肋的弼德院副院长的虚衔敷衍他，院长是徐世昌，可谓敬鬼神而远之。好友徐致靖闻讯后，写信给康有为，劝他不要逆时代潮流而动，跟着辫帅张勋和小孩子溥仪瞎胡闹不会有好结果，其中有的话讲得很难听，说康有为出任弼德院副院长，相当于做徐世昌的姨太太，我替你感到难受和羞耻。就算受到老友责备，遭到国人唾弃，康有为仍沾沾自喜，欣然接受印信，居然觍颜将这个伪职写进老母亲的墓志铭。

万木草堂的领班弟子梁启超一向敬重恩师康有为，但在这个大是大非的节骨眼上他并不含糊，毅然拿出亚里斯多德"吾爱吾师，吾尤爱真理"的勇气，通电怒斥跳梁小丑借尸还魂的鬼把戏，"此次首造逆谋之人，非贪黩无餍之武夫，即大言不惭之书生，于政局甘苦，毫无所知"，词锋所指，康有为避无可避。段祺瑞马厂誓师，奋力扫除妖氛，梁启超即在其麾下出谋划策。康有为丢了官职，丢了脸面，富贵美梦被彻底搅成了黄汤，不禁怒火攻心，切齿詈骂："此次讨逆军发难于梁贼启超也！"辫子军难成气候，复辟闹剧昙花一现，不足半个月时间，就被讨逆军打回原形，纷纷作鸟兽散，溥仪逃至英国公使馆寻求政治庇护，张勋躲进荷兰公使馆抽大烟解愁，康有为则藏在美国公使馆赋诗泄愤：

> 鸱枭食母獍食父，刑天舞戚虎守关。
> 逢蒙弯弓专射羿，坐看日落泪潸潸！

这首诗的意思是：鸱子、猫头鹰长大后会吃掉自己的母亲，獍长大后会吃掉自己的父亲，刑天挥舞着盾牌、大斧，猛虎扼守着出入的要道。逢蒙拉开硬弓专射师傅的羿，我坐观日暮途穷，泪水流个不停。

康有为堆砌了几个动物界和神话中反噬的典故，攻讦梁启超忘恩负义，背叛师门。这恰恰说明他缺乏最起码的反省精神和自我批判意识。

1927 年初，康有为去天津为溥仪祝寿，他自作聪明，建议废帝溥仪改清室国号为"中华"，令溥仪心生不悦，以至于康有为不久归山，其门人徐良请求清室赐谥，竟未获许可。康有为死心塌地做奴才，结局不过尔尔，真是可悲可叹。

康有为中夜徘徊，受到良心谴责时，也曾撰联语表达内心的感伤：

> 复生不复生矣，
> 有为安有为哉！

复生是谭嗣同的字，若九泉之下有知，必然痛心，他会悔恨自己当初看走了眼，竟把满怀信任孤注一掷，押宝似的全押在这位陋儒和犬儒身上。

"性格即命运"，但我觉得，"性格"还稍嫌抽象了一些，换为更古雅的"器识"，才逼近真实。曾子说"士不可不弘毅，任重而道远"，裴行俭说"士之致远者，必先器识而后文艺"，顾炎武说"士当以器识为先。一命为文人，则无足观矣"，他们都把"器识"放在首要位置，并认为它能够起到决定作用，这显然是智者一生的心得。康有为的器识如何？其器量之狭小，识见之短近，上文多有指陈。历史选择这位小器浅识的狂生来充任十九世纪末改良中国现实的领袖，简直有点瞎扔骰子乱出牌的意思。我总觉得，历史并非是一位盲目盲心的上帝，恰恰相反，他比谁都心明眼亮。只不过他太喜欢捣乱，很少有一点正经，恰如《伊索寓言》所示，他总是故意选派"水蛇国王"来治理"青蛙王国"。更远的且不说，光是近代，"水蛇国王"何其多也，真够天下老百姓魂飞魄散的了。相比而言，康有为的根底显然要比众魔头好得多，却由于个人器识褊狭，师心自用，小算盘打得太多，最终老大徒伤悲。

1923年，陕西督军兼省长刘镇华请康有为到西安讲学，闹出圣人盗经的大笑话。康有为喜欢收藏宋版古籍，恰巧西安卧龙寺内尚存数函宋版藏经，康有为向寺僧定慧强借不还，引发诉讼，招来舆论的一致谴责。渭南文人武念堂以此题材作缩脚联一副，酷评康氏所为，极尽讽刺嘲骂之能事：

国之将亡必有
老而不死是为

横批是"王道无小"。上联缩去"妖孽"二字，下联缩去"贼"字，横批缩去"康"字。全联明嵌暗镶"康有为"姓名，骂他是妖孽，是贼，无一字无来处。

康有为在政治上竹篮打水一场空，晚年镌印，总结半生业绩，强作欢颜：

维新百日，出亡十四年。三周大地，游遍四洲。经三十一国，
行四十万里。

南海圣人康有为自鸣得意，调子极高，他短缺的不是财色，而是反省精神，至死而不悟。他行与言违，一生知行相悖。年轻时，康有为是个声名狼藉的嫖客，欠下大笔嫖资，被妓家追讨不休。康有为逃债，用的是三十六计最后一计。他选择水路，结果妓家闻讯前来搜船，从船头搜到船尾，一无所获。开船后，水手们才发现康有为躲在舱板下。此事传出，遭到众人耻笑，有死对头吟成一首讽刺诗，其中两句是"避债无台却有舟，一钱不值莫风流"。还是康有为的大弟子梁启超最了解老师，他批评道："先生日美戒杀，而日食肉；亦称一夫一妻之公，而以无子立妾；日言男女平等，而家人未行独立；日言人类平等，而好役婢仆……凡此皆若甚相反者。"此话的意思是：康先生每天都赞美不杀生，却每天都吃肉；也称道一夫一妻才是天下公理，却用没儿子作借口娶小老婆；他每天都说男女平等，可是他家里的女人并未独立；每天都说人类平等，可是他喜欢使用丫鬟仆人……凡是此类事情，都似乎言行大为相

悖。你若看过徐悲鸿画的《康有为妻妾成群图》，就一定会想：康有为以势利为先，以谎言为饰，不仅多求多欲，而且口是心非，历史故意出么蛾子，将他钦定为第一人选，去主持中国十九世纪末的变法维新，真是可叹可悲！令人苦笑。

清帝逊位后，康有为归国，动用华侨的大笔捐款，在杭州西子湖畔丁家山建造别墅一天园。民国六年（1917）暮春，他相中芳龄十九岁的船娘阿翠（张光），娶为六夫人。翌年夏天，康有为在杭州"挟妓游湖"，乘兴赋诗，"南妆西子泛西湖，我亦飘然范大夫"，竟把自己和船娘比作泛舟五湖的范蠡和西施，这种"名士风流"的丑表演只够传为江海笑谈。贪财，好色，爱慕虚荣，追求享乐，康师傅从未亏待过自己。然而凡事过犹不及。据毛丹的文章《康有为晚年》（刊于《万象》六卷九期）所述：六十九岁时，康有为受域外医学"奇迹"的蛊惑，竟然异想天开，麻着胆子，请德国名医冯·斯泰勒给他动了个巧夺天工的手术，移植"青春腺"（年轻公猿的睾丸），欲借此抗拒衰老，提升性功能，孰料手术惨败，没过多久，康师傅便一命呜呼。这真是一个令人莫名惊诧的昭示。戊戌年间，康有为土法上马，给罹患"尿毒症"的大清王朝动过"换肾手术"，因为草率从事，刚开个头，就砸了锅。他与冯·斯泰勒医生均悍然不顾"受体排异性"，又岂能避免悲剧结果？

我们过多地批判康有为的道德缺陷是没有任何作用的，绝大多数历史人物都是按照"功利优先，道德滞后"的原则行事，能够在道义上站得稳脚跟的角色本来就属凤毛麟角。兵家必行诡道，政治家又何尝不是如此，他们缓解精神压力的方式就是反复突破道德底线。我感到困惑不解的只是：康有为欲多谋寡，志大言夸，性格狂躁，器识褊狭，完全缺乏领袖气质，连功利的目的都无法达到，当年居然有那么多社会精英病急乱投医，指望这位闭门自封的"素王"能够将中国救出无涯的苦海，登于光明的彼岸，究竟是天真得匪夷所思，还是糊涂得难以置信？这就告诉我们，除非历史不开类似的玩笑，倘若一定要开，就会充满恶意。

人间已无梁任公

同治二年（1863），梁启超出生于广东新会县熊子乡茶坑村。小时候，梁启超喜欢与祖父相处一室，常于静夜躺卧在床头，听他娓娓动听地讲述古代英雄、豪杰、忠臣、义士的故事，其中陆秀夫身背南宋幼帝赵昺在崖山跳海殉国的悲壮之举感人尤深，这位热血少年的内心受到持久不衰的震荡。崖山位于新会县南部，离茶坑村不远，梁启超多次游览当地的三忠祠，徘徊久之，眺望海上来来往往的渔船，遥想当年的金戈铁马和峥嵘岁月，感叹唏嘘，不能自已。"海水有门分上下，江山无界限华夷"，前人为三忠祠撰写的这副楹联含蓄地点明了中华民族屡遭外寇侵略的历史，犹如刀砍斧剁般深刻，在梁启超的心中留下了抹不掉的印迹。

一、科举路上的顺与不顺

梁家名为耕读之家，田产却很单薄，仅够糊口而已，梁启超的父亲梁莲涧是一位穷秀才，他不甘心受穷，却不肯打拼，循的是"养儿防老"的懒人思路，别家的父亲送儿子出国留学，都要汇款接济，他倒是新鲜，专程跑到日本，向儿子索款购置产业。当时，梁启超手头拮据，无法应付他，梁莲涧竟以自杀相要挟，最终由梁启超的朋友和弟子解囊相助，集资一千二百块银元，梁莲涧欢天喜地，满载而归。梁启超平生不爱置田产，他曾当众开玩笑："假若十块钱买一亩田，或十块钱买一只鸡，我宁愿吃鸡，不买田。"由此可见，他根本瞧不起那些一门心思买田修屋的土财主。自此往深处打量，他的叛父情结便若隐若现。

梁启超才华早秀，在新会有神童之名。对对子，人出上联"东篱客赏陶潜菊"，他脱口即能对出"南国人思召伯棠"；吟诗，"咸鱼"这样的题目居然也难不倒他，"太公垂钓后，胶鬲举盐初"，典故用得满贴切；写八股文，同样不在话下，塾师出题"小不忍则乱大谋"，他笔下立刻就蹦出警句，"或大仇未报，凄凉吹吴市之箫；或时会未来，匍匐出细人之胯"。古人说，"小时了了，大未必佳"，王安石撰文《伤仲永》，即存此意。实则，从概率上来讲，这句话的逆推理更有说服力，应该是"小时不佳，大未必了了"才对。民间谚语亦如是说，"人看其小，马看蹄爪"，"三岁看大，七岁看老"。

别人在科举路上跌跌撞撞，蹭蹭蹬蹬，梁启超却顺水满帆，十三岁成秀才，十七岁中举人，只是在京城会试时莫名其妙地栽了个大跟头。据胡思敬《国闻备乘》所记：主持光绪二十一年（1895）乙未科会试的正主考官是大学士徐桐，副总裁则是启秀、李文田、唐景崇三人。"文田得启超卷，不知谁何，欲拔之而额已满。乃邀景崇共诣桐，求以公额处之。"也就是说，还有一些机动名额由徐桐灵活掌握，拨一个给李文田，即可成全梁启超。徐桐是个老顽固，不喜欢梁启超的试卷牵引古义，越出绳尺，硬是不肯拨给名额。他还对李文田祖庇粤省同乡，颇有微词。李文田无奈，只好将梁启超的试卷"抑而不录"，并在卷尾批曰："还君明珠双泪垂，恨不相逢未嫁时。"表明其惜才而又无奈的心情。从此之后，梁启超绝迹科场。

光绪二十二年（1896）秋，梁启超在上海出任《时务报》主笔，扔下《变法通议》的重磅炸弹，他认为中国的官吏制度、教育制度、科举取士制度都必须从头到脚实行改革，大清王朝变则存，不变则亡！这记晴天霹雳突然在头顶炸响，惊醒的国人不禁为之悚惧。日后，当量更大的重磅炸弹，梁启超还扔出过好几枚，最著名的就是那篇写于民国四年（1915）的《异哉所谓国体问题者》，将袁世凯的皇帝迷梦炸得支离破碎。

梁启超注定要比康有为走得更远，这得益于他的反省精神，既具服善之智，又有改过之勇，颠覆自我、重塑自我的决心无人能及。他曾撰写过这样一副对联："万事祸为福所倚，百年力与命相持。"可见他饱经祸患，竭力拼争，终生受益匪浅。

二、六大矛盾的集合体

梁启超为人天真、率直、热忱、进取、虚心、无我、和蔼可亲、全无城府、一团孩子气，他自称为"中国之新民"和"少年中国之少年"，识者皆认可，不觉其矫情。当初，他以举人之身拜监生康有为为师，可谓见贤思齐，不虚心绝对做不到；与朋友订交，他能多规过，少奖善，坦受直谏，不拒苦口良言，不恨人揭其短，即使是来自别一阵营和派系的攻讦（比如戢元丞、秦力山在《新大陆》杂志上纠举梁启超剽袭日本人德富苏峰的文章），他也从来不作反击，所以他的一干朋友，如赵熙、周善培等人都认为，梁任公是最可爱的朋友，即使到了身败名裂的紧要关头，也要想办法伸手救他。

尤其难得的是，梁启超精力弥满，至死不衰。从外貌看，他短小精悍，秃顶宽下巴，目光炯炯如虎，他喜欢穿长袍，步履稳健，风神倜傥。他三十余岁办《新民丛报》，志在开言路，通舆情，启民智，下笔动辄万言，不惮其难。他的文章气势凌厉，感情充沛，深刻影响了一代青年人的世界观和人生观。且看《饮冰室自由书》中的一段："……我国民全陷落于失望时代。希望政府，政府失望；希望疆吏，疆吏失望；希望政党，政党失望；希望自力，自力失望；希望他力，他力失望！忧国之士，溢其热血，绞其脑浆，于彼乎？于此乎？皇皇求索者有年，而无一路之可通；而心血为之倒行，脑浆为之瞀乱！"再看他的名篇《少年中国说》中的热血文字："少年智则国智，少年富则国富，少年强则国强，少年独立则国独立，少年自由则国自由，少年进步则国进步，少年胜于欧洲，则国胜于欧洲，少年雄于地球，则国雄于地球。红日初升，其道大光；河出伏流，一泻汪洋；潜龙腾渊，鳞爪飞扬；乳虎啸谷，百兽震惶；鹰隼试翼，风尘吸张；奇花初胎，矞矞皇皇；干将发硎，有作其芒；天戴其苍，地履其黄；纵有千古，横有八荒；前途似海，来日方长。美哉，我少年中国，与天不老！壮哉，我中国少年，与国无疆！"梁任公晚年著述，用力尤勤，仅仅是民国十九年（1920）这一年，他就撰成《清代学术概论》《老子哲学》《孔子》《墨经校释》，以及多篇佛教历史论文。别人玩上几天，他就成书一部，最出奇的是，他接连三十四个小时不睡觉，草成洋洋数万言的《戴东原哲学》。他彻夜写作，"固有春蚕食叶之乐"，这岂是外人轻易体会得到的？梁任公将"万恶淫为首，百行孝为先"改易二字，变成"万恶懒为首，百行勤为先"，他用这句警策的话作为座右铭，同时用它劝勉弟子。

梁启超身处大动荡、大混乱、大嬗变的时代，"其保守性与进取性常交战于胸中，随感情而发，所执往往前后相矛盾"。比如说，他所主张的"做人的方法——在社会上造成一种不逐时流的新人"和"做学问的方法——在学术界造成一种适应新潮的国学"，二者之间潜藏着难以调和的矛盾。他要逃避或解决这些矛盾，行之有效的办法就是善变，"不惜以今日之我难昔日之我"，这是他最令人敬佩的地方（从善如流），也是他最令人诟病的地方（立脚不稳）。康有为就曾批评这位大弟子"流质易变"，还有人诟病梁启超"见理不定，屡变屡迁"，认为他是"反复无常""首鼠两端"的无行小人，更有人酷评他"卖朋友，事仇雠，叛师长，种种营私罔利行为，人格天良两均丧尽"。梁启超一生所遭遇的全部荣辱、毁誉、成败、得失，莫不根源于一个"变"字。孙悟空有七十二种变化，梁启超则有八十一种变化。当别人趋于保守了，他还在激进；当别人开始退步了，他还在前行；当别人头脑僵化了，他仍旧活跃；当别人心态苍老了，他依然年轻。这就是他常变常新的好处。身为近现代政界、文坛和杏林最具争议的巨擘，梁启超在生活上，在政治上，在学问上，一生构成六大矛盾，他是一个典型的矛盾体，就像是一个大大的调色盘。

第一大矛盾是：梁启超反对一夫多妻制，自己却安享齐人之福。

梁启超曾发起一夫一妻世界会，订下不少戒条，其中最重要的戒条是"男人不得多妻"。梁任公十七岁中举，深得正主考李端棻和副主考王仁堪的赏识，赞为国士，许为大器。李端棻觉得做房师还不够过瘾，他主动结下这门亲事，宁愿自降辈分，去做梁启超的内兄。李端棻请王仁堪执柯作伐做月老，将堂妹李蕙仙许配给梁启超。梁任公的父亲梁莲涧乃是拘谨的乡儒，以寒素之家齐大非偶为词，一再表示不敢高攀。李端棻就让人转告梁莲涧："我固知启超寒士，但此子终非池中物，飞黄腾达，直指顾间。我只管物色人才，勿以贫富介介。且我知我女弟固深明大义者，故敢为之主婚。毋却也！"这桩婚事倒真有点像是剃头挑子一边热。李端棻学行渊雅，性情笃厚，他赞成变法维新，戊戌政变后，他赠予梁启超赤金二百两，助这位内弟在日本横滨创办《清议报》，因此受累，丢掉乌纱帽，流放新疆。李蕙仙比梁启超大几岁，贵小姐下嫁穷书生，她能处丰，亦能处约，持家有方，只是阃威太甚，任公敬她让她，也有些怕她，惧内之名一度与胡适不相上下。冯自由在《革命逸史》中有一节专门写到"梁任公之情史"，认定梁启超的婚姻并不美满："李女貌陋而嗜嚼槟榔。启超翩翩少年，风流自赏，对之颇怀缺憾，然恃妇兄为仕途津梁，遂亦安之。"这话说得有些过分，梁启超娶丑女就是走裙带路线，诸葛亮娶丑女就是美德可风，评家的话未可全信。

光绪二十五年（1899）冬，梁启超从日本乘船去美国檀香山，应华侨保皇会之邀，演讲中国局势，妙龄女郎何蕙珍临时充当译员。何女士是当地的小学教员，不仅身材窈窕，容颜妩媚，而且具有一般女子所不具备的才华智识。彼此交往之后，梁启超为之倾倒，于是梁郎赠小像，何女馈香扇，两情暗洽。然而待到梁启超微露求婚之意，何蕙珍以任公使君有妇，文明国不许重婚为由，婉言拒绝。任公情怀缱绻，难以自持，于是舒吐为诗，共计二十首，发表在《清议报》上。以下所录的是其中三首：

> 目如流电口如河，睥睨时流振法螺。
> 不论才华论胆力，须眉队里已无多。

> 眼中既已无男子，独有青睐到小生。
> 如此深恩安可负，当筵我几欲卿卿。

> 匈奴未灭敢家为，百里行犹九十赊。
> 怕有旁人说长短，风云气尽爱春华。

何蕙珍性情刚烈，不肯屈为姬妾，这是一场无望的情事，梁启超也害怕物议，只好撒手。但他还是被康师傅斥责为"荒淫无道"。梁启超怅然返回东瀛，心思一转，他决意做一回月老，将何蕙珍介绍给中年丧偶的同门师弟麦孟华，以免肥水流入外人田。但何蕙珍以恪守独身主义为由，婉言谢绝，她深心里爱慕的是任公，只可惜两人有缘无分。浪漫情怀与现实处境相冲突，胡适每每选择逃避，回到江东狮吼的妻子江冬秀身边，韦莲司和曹成英唯有黯然神伤；梁任公则是一味进取，终被不肯苟且委屈的何蕙珍拒之千里，好在他另有想头，回到夫人李蕙仙身旁，还有一位陪房丫头王桂荃侍候他，聊慰其落寞情怀。李蕙仙与梁启超生下思顺、思成、思庄，共一男二女，王桂荃为梁启超生下思永、思忠、思达、思懿、思宁、思礼，共四男二女，梁家人丁兴旺，倚赖王氏为多。梁启超是"一夫一妻世界会"的发起人，到头来，变易初衷，安享齐人之福。据张邦梅的《小脚与西服》所述，梁启超纳小妾，是妻子李蕙仙做主一手安排的，为的是开枝散叶。梁启超颇能取巧，妻只一名，妾是填房丫头，自可忽略不计，如此一来就算是遵守游戏规则了，这一矛盾显然暴露出他感情丰富、意志薄弱的一面。任公自称"风云气多，儿女情少"，事实则不然，反正信不信由你。

民国十二年（1923），在"科学与玄学"论战中，梁启超拍马上阵，掷下一句个人心得："人生关涉理智方面的事项，绝对要用科学方法来解决；关涉情感方面的事项，绝对的超科学。"撰写这行文字时，或许他再次忆起了那位夏威夷美人何蕙珍吧。

第二大矛盾是：梁启超倡导科学精神，却又尊孔尊儒，谈玄扶乩，乐此不疲。

梁启超曾大声疾呼："中国旧东西是不够的，外国人许多好处是要学的！"但他受康师傅影响太深，尊孔的心思总是占据上风："试将中国与泰西史比较，苟使无孔子其人者坐镇其间，则吾史殆黯然无色。且吾国民二千年来所以能抟控为一体而维持于不敝，实赖孔子为无形之枢纽。"殊不知，两千多年的肆行专制和独尊儒术，正是中国人思想不自由、学术不独立、人格不完整的根源，也是中国近代落后挨打的主要原因。

当年，严复翻译《天演论》，梁启超为之润饰十分之六七，但他的兴趣是散漫的，除了玩味佛老之学，他还一度对扶乩之类的迷信科目颇为上瘾。光绪二十二年（1896）进京前，梁启超与同门师兄弟扶乩问吉凶休咎，乩仙下凡，在沙盘上出示律诗二首：

> 蛾眉谣诼古来悲，雁殡衡沙远别离。
> 三字冤沉名士狱，千秋泪洒党人碑。
> 阮生负痛穷途哭，屈子怀忧故国思。
> 芳草幽兰怨摇落，不堪重读楚骚辞。

> 煮鹤焚琴事可哀，那堪回首望蒿莱。
> 一篇鹏鸟才应尽，五字河梁气暗催。
> 绝域不逢苏武驾，悲歌愁上李陵台。
> 男儿一死何当惜，抚剑纵横志未灰。

这两首诗若果真是乩仙所作，那么他（她）对戊戌党人的命运预言之准确灵验，确实令人惊诧莫名，可是梁启超于戊戌政变后才向外界出示这两首诗，就难免被人怀疑为故意杜撰陈迹，用于宣传。

第三大矛盾是：梁启超既想做专而精的学问家，又想做博晓一切的通人。

梁任公的记忆力极强，求知欲极炽，对各类学问皆有研究的兴会，贪多务得，细大不捐，追求速率，缺乏恒心，这是他治学的大病。梁任公颇有自知之明，他为长女梁思顺的《艺蘅馆日记》题诗，便对自己的痼疾痛下手术刀："吾学病爱博，是用浅且芜。尤病在无恒，有获旋失诸。百凡可效我，此二无我如。"梁任公教导女儿以父亲为殷鉴，勿蹈故辙，可见他并不是讳疾忌医的人。

梁家人最了解梁家人，梁漱溟写过一篇《纪念梁任公先生》的文章，他认为梁启超"热情多欲""感应敏锐"，"然而缺乏定力，不够沉着，一生遂多失败"。这是一个相对公允的评价，包括了梁启超作为"政治动物"和"学术动物"的双身。其实，梁启超也多次承认自己是一个失败者，但他要强调的是自己"连失败也觉得津津有味"，这种"烂漫向荣的长处"就将他救上岸来，变成了失败者中的成功者。

谭嗣同曾夸赞梁启超的文才堪比贾谊，章太炎的文才堪比司马相如。梁启超笔端常带感情，颇能动人，但丘壑不够，"时务体"文气太盛，缺乏令人百读不厌的绵长回味。他名心极重，一挑即起，耐不住孤独寂寞，好与后辈斗巧争强，时不时与胡适等人竞赛一番，兴趣容易转移，最终就成了一个无所不通的大"字纸篓"，缺乏专业方面的精深造诣。周善培（梁启超的诤友）曾当面批评梁启超与后辈竞赛的好胜心："论你的年辈、资格，应当站在提倡和创造的地位，要人跟你跑才对，你却总是跟人跑。不自足是美德，但像这种求足的方式，何时才到头呢？"梁启超自知其病，却不能自治其病，他刚认了错，一遇挑战，又故态复萌，仍被兴味牵着鼻子兜回老路上去。

魏铁三曾集古人诗句为楹联赞道任公博学："腹中贮书一万卷（刘长卿诗），海上看羊十九年（黄庭坚诗）。"任公五十华诞，名士罗瘿公撰写的贺寿联为："每为天下非常事，已少人间未见书。"下联同样是赞其腹笥丰富，一时无几。

有一次，上海美专校长刘海粟询问梁启超："你为什么知道的东西那样多？"梁任公想了想，回答道："这不是什么长处，你不要羡慕。我有两句诗：'吾学病爱博，是用浅且芜。'一个渔人同时撒一百张网，不可能捉到大鱼。治学要深厚。你应该尽一切力量办好美专，造成一批人才；此外还要抽出精力作画。基础好，天分好，都不够，还要业精于勤。以上两件事要毕生精力以赴，不能把治学的摊子铺得太开，摆得太大。盖生命有限，知识无穷。'才成于专而毁于杂'，一事办好，已属难得；力气分散，则势必一事无成。"任公能够讲这番话，说明他对自己的缺点是洞若观火的，只是不能改，如名医无法治己病。他一生秉承"趣味主义"，勤勉不倦，"平昔眼中无书，手中无笔之日亦绝少"，共计留下一千四百多万字的精神遗产，真正著作等身，若单论其宏富，中国近代作家无人能出其右。然而至今仍被众人提及的仅有《新民说》《王安石传》《李鸿章传》《戴东原哲学》等急就章，其学术方面的成果竟不大被同时代学者和后代学者所认可，折腾来折腾去，始终都只是个空头学问家，这就不能不说是梁启超的悲哀。早在二十世纪二十年代初，东南大学即有学者批评梁启超所著的《先秦政治思想史》"完全背离客观的学者态度"，还批评他"治学感情有余而理智不足，在精神上莫衷一是"。撇开学者之间的意气之争且不说，这都是梁启超博而不精的缺点所惹的祸。

南京宝华山慧居寺的大莲和尚颇有见识，在俗时，做过袁世凯的秘书，他曾当着黄伯易的面评论其业师梁启超，可谓鞭辟入里，切中肯綮："梁启超治学务博而不求精，泥于学古而忽于今用，服膺师训或改弦更张都不彻底，只依违两可之间，因此进退失据。梁启超单独搞政治总是捭阖不定，而且多疑善变，比乃师康长素真是自郐以下了！"这话虽然说得有点过头，但一针见血。黄伯易将此酷评转告梁启超，后者颇为动容，未加辩驳，足见他是心服口服的。

说到梁启超喜新务博而泛滥不归，急于下笔而好为人师，有个笑话妙趣横生：梁启超在檀香山只学习了几个月英文，就自以为掌握了英文的诀窍，他立刻动手编写了一部《英文汉读法》，教人短时间内速成英文，搞好翻译。结果如何？经《国民报》英文编辑王宠惠（后为中华民国外交部长、代总理）测试，梁启超的英语水平根本不及格。梁启超羞愧得无地自容，当场将书稿撕成碎片，扔到窗外做"蝴蝶"。

第四大矛盾是：保皇与排满原本冰炭不同炉，梁启超却一度踌躇莫决，左右摇摆。

戊戌变法乃历史上不朽之名剧，以"黄匣""朱谕"始，以"银刀""碧血"终，这一点想必没人持反对意见。变法前的国家情形是，甲午中日海战，北洋海军折损殆尽，赔巨款，割台湾，朝野为之震恐，士民为之激愤。即便如此，满族统治者猜忌最深、防范最严的仍旧是汉人，而非洋人。大臣刚毅在满汉之间掘出一条鸿沟，曾傲狠扬言："汉人强，满洲亡；汉人疲，满洲肥！"在他的心目中，汉人只不过是无须善待的"家奴"而已。"宁与友邦，不畀家奴"，这也是刚毅的高论。醇亲王更进一步，将汉人视为"家贼"，他对外国使节说："吾国之兵，用以防家贼而已！"康有为力主变法图强，清廷大臣居然有人一口咬定："变法者，汉人之利也，而满人之害也。"当时满汉之间的民族对立由此可见一斑。梁启超从小受到祖父的影响，华夷之辨谨记于心，感情上绝对是排满的，但理智告诉他，要改造国家，刷新政治，无论如何不应绕开决意变法的光绪皇帝，自上而下的变革仿佛高屋建瓴，易于收功。因此，其保皇与排满的矛盾实为理智与情感的冲突。"六君子"喋血菜市口，光绪皇帝被幽禁于瀛台，变法宣告彻底失败，在梁启超心中和笔下，感情占据上风，排满遂成为主调。1905 年，他发表《申论种族革命与政治革命之得失》一文，言论之激烈无异于革命党：

> ……鄙人诚非有爱于满洲人也。……鄙人虽无似，一"多血多泪"之人也。每读《扬州十日记》《嘉定屠城纪略》，未尝不热血溢涌！故数年前主张"排满论"，虽师友督责日至，曾不肯即自变其说。至今日而此种思想蟠结胸中，每当酒酣耳热，犹时或间发而不能自制。苟思有道焉，可以救国，而并可以复仇者，鄙人虽木石，宁能无歆焉！

近代著名翻译家严复抱有根深蒂固的保皇思想，他曾慨叹："梁氏实为亡清代二百六十年社稷之人！"这话即有感于梁启超的排满言论笔锋锐利，启发深到，影响广远。康有为终身保皇，表面看去，其节操坚如磐石，但观其实质，保皇只不过是他的幌子，他用这个名目在海外募捐敛财，中饱私囊，极其可鄙，他参演张勋复辟的丑剧，更可见其老眼昏花。梁启超保皇只是一幕戊戌前后的短剧，他很快就站到排满的立场上来，与革命党的观点多有暗合。张勋上演复辟丑剧，他协助段祺瑞马厂誓师，扫清妖氛；袁世凯大开历史倒车，他协助蔡锷云南起义，顾全国本。从保皇到排满，从排满到维护共和，梁启超的进步是显著的，康有为骂他为"枭獍"，骂他为"梁贼启超"，适足以说明师傅之昏聩，徒弟之清醒。

第五大矛盾是：梁启超尊师而又叛师，差一点酿成破门之变。

梁启超十七岁时与同学陈千秋慕名拜访康有为，听其高谈阔论，如闻大海潮音，惘惘然尽失故垒，梁举人遂不惜屈尊，做了康监生的弟子，他从心底里服膺康有为变易旧法、改良国家的信心和韬略。他对今文经学、对孔子改制、对虚无缥缈的大同世界则未必感兴趣。现代学人、梁启超的得意弟子周传儒在《回忆梁启超先生》一文中谈到这一点："梁重墨学，不讲六经，说明梁与康有为名义上是师生，而在学术上没有追随康氏。康有为讲今文经学，重《公羊传》；梁喜《左传》，平时不大讲三世说，也不谈《新学伪经考》《孔子改制考》，据此可见，梁任公与康有为思想有差异。"在行动方面，康氏迂阔粗疏，无论是发起公车上书，还是创办强学会、保国会，都很潦草，卒无所成。梁启超则敏捷强干，做《时务报》主笔，《时务报》则风行全国；做时务学堂的中文总教习，时务学堂则培养出大批爱国人才；在日本创办《新民丛报》，《新民丛报》则深受留学生喜爱；作为高参，驱张（勋）倒袁（世凯），无不克捷；他晚年退出政治漩涡，任教于清华国学研究院，乐育英才，同样成就卓著。他越活越精彩，康有为则是每况愈下、老境颓唐，实则由于他们的思想、个性、行事风格和处世方式迥异而形成巨大反差。一句话，梁启超与时俱进，康有为抱残守缺，有人轻诋梁启超操守不坚，便是看不惯他的善变，有时他会变得让那些自以为最熟悉他的人也看不明白。起初，康有为以爱国救国为职志，胆魄极大，信心极强，目标极远，梁启超敬他是黑暗世界里的火炬，是盲哑国中的先知，敬他智勇超凡，可是后来时势迁转，业已证明在旧政体的内部维新改良此路不通，康有为却胶柱鼓瑟，仍要保皇，仍想复辟，还去为弱智的溥仪站台，梁启超对康师傅的这些表演剧目很难再起佩服之心，师徒之间已经不复存在政治理念的契合点。梁启超反对康师傅，甚至斥骂康师傅，彼此反目实为必然。事实证明，那些终生追随康有为的保皇党顽部——万木草堂的旧弟子，一条末路埋头走到黑，完全浪费了生命，也没有给历史留下多少有借鉴价值的东西。孰是孰非？已不待智者而决。

康有为性情偏执，唯我独尊，门人弟子谁若拂逆他的意愿，就会火冒三丈。民国二年（1913），梁启超应袁世凯之邀，出任北京政府司法总长，康有为向这位大弟子请托甚多，又是要钱，又是荐人，梁启超不胜其烦，倒也耐烦，但无论怎样都做不到事事尽如其意，于是康有为大动肝火。梁启超向他赔罪道歉，叩下头去，康有为也不还礼，也不搭理，摆明了不给任公下步的台阶。这样一来，梁启超脾气再好，心中也难免会起反感。师徒之间的感情趋于冷淡，冰冻三尺，非一日之寒，原因多而复杂。

民国六年（1917）夏，张勋复辟，退位五年的溥仪又被抬出来做傀儡。康有为罔顾潮流之顺逆，乐为复辟派当枪使，出任伪职"弼德院副院长"。梁启超协助"北洋虎"段祺瑞讨伐辫帅张勋，通电直斥道："此次首造逆谋之人，非贪黩无厌之武夫，即大言不惭之书生，于政局甘苦毫无所知。"这支射出的响箭将康师傅当成活靶子，半点情面都不留。有人看不过眼了，径直诘问梁启超："今令师南海先生从龙新朝，而足下露布讨贼，不为令师留丝毫地步，其于师弟之谊何？"梁启超正色相告："师弟自师弟，政治主张则不妨各异。吾不能与吾师共为国家罪人也！"康有为对梁启超的表现做何感想？他不可能大度地认可这种"吾爱吾师，吾更爱真理"的行为。一方面，康有为写诗斥责梁启超忘恩反噬，另一方面，这位"素王"还弄明白了孔圣人那句感叹（"回也非助我者也"）的深意。康有为认定梁启超往日对恩师推崇备至，实属口是心非，要不然，怎么会在保皇大业上跟他唱反调，打擂台，不施援手，反扔石头？我们置身局外来分析，梁启超不肯蒙住眼睛追随盲人骑瞎马赶夜路临深池，并无过错，但事先他应该与康师傅沟通才对，说是摊牌也行。

民国十五年（1926），康有为去世，梁启超尽弃前嫌，亲自主持康师傅的大型追悼会，还撰写了至为感人的祭文，对康有为的历史贡献和学术成就做出了充分的肯定。这说明，任公秉性并不凉薄，他对康有为的态度之所以前后矛盾，更多的是出于彼此政见上的歧异，他若阳奉阴违，那才是小人儒，而从他的表现来看，仍算得上是堂堂正正的君子儒。

第六大矛盾是：梁启超有定则，却无定见，无定行。

梁启超的定则是爱国之心、立宪之志和新民之道，在这条定则之下，其见解、行动一直在不断流变，维新——保皇——君主立宪——护法——民主共和，仿佛三级跳远，助跑之后，他必然会有一连串的腾挪。他在《自由书·善变之豪杰》一文中写道："'君子之过也，如日月之食焉，人皆见之，及其更也，人皆仰之。'大丈夫行事磊磊落落，行吾心之所志，必求至而后已焉。若夫其方法随时与境而变，又随吾脑识之发达而变，百变不离其宗，斯变而非变矣。"现代作家郑振铎在《梁任公先生》一文中对梁启超的多变表达了深度的理解："他之所以'屡变'者，无不有他的最坚固的理由，最透彻的见解，最不得已的苦衷。他如顽执不变，便早已落伍了，退化了，与一切的遗老遗少同科了；他如不变，则他对于中国的贡献与劳绩也许要等于零了。他的最伟大处，最足以表明他的光明磊落的人格处，便是他的'善变'，他的'屡变'。"

五四时期，梁启超在俱乐部大讲欧洲的社会主义，被李大钊斥之为"安福俱乐部社会主义"，讲归讲，他心中并不认为中国是社会主义的合适土壤，在《晨报》上，他发表文章，与陈独秀、李大钊持完全相反的论调："布尔什维克何妨客气一些，先让资本家来掌握政权，大办实业，给中国三亿工农带来温饱。这样对工农既有好处，工农吃饱穿暖，中国也能富强……若一味争取政权，反而把工农害了。"陈、李二人自然不会与他打这种商量，结果是一番劈头盖脑的痛击。梁启超度量大，兴趣广，与论敌交锋，这个话题腻味了，便另选一个话题，往往是他率先挑起论争，却又第一个撤退。他曾对日本、英国文化赞不绝口，并且认定："中国经一次外化，就有一次进步。"但他在东南大学讲学期间，却对输入美国文化不表赞同，讽刺其为"雕花饭桶"。孟禄博士呼吁用美国学制来取代中国学制，梁启超不以为然，他指着餐桌上的饭桶对学生黄伯易等人说："这是一个饭桶，它只是一个装饭的饭桶！凭你把这饭桶雕花塑彩甚至把它描金也不会改变饭的质量。但中国之大，主张'美食不如美器'的人不在少数，让他们去欣赏他们的饭桶艺术吧！"这话足够幽默，但不无乖谬，还很伤人。

梁启超有定则无定见无定行这一点，外人难以理解，多有责难，他曾对学生李任夫等人作过自辩："我自己常说，'不惜以今日之我去反对昔日之我'，政治上如此，学问上也是如此。但我是有中心思想和一贯主张的，决不是望风转舵、随风而靡的投机者。例如我是康南海先生的信徒，在很长时间里，还是他得力的助手，这是大家知道的。后来我又反对他，和他分手，这也是大家知道的。再如我和孙中山，中间曾有过一段合作，但以后又分道扬镳，互相论战，这也是尽人皆知的。至于袁世凯，一个时候，我确是寄以期望的，后来我坚决反对他，要打倒他，这更是昭昭在人耳目了。我为什么和康南海先生分开？为什么与孙中山合作又对立？为什么拥袁又反袁？这决不是什么意气之争，或夺权夺利的问题，而是我的中心思想和一贯主张决定的。我的中心思想是什么呢？就是爱国。我的一贯主张是什么呢？就是救国。我一生的政治活动，其出发点和归宿点，都是要贯彻我爱国救国的思想与主张，没有什么个人打算。例如在清朝末季，在甲午战争以后，国家已是危如累卵，随时有瓜分豆剖之忧。以当时的形势来说，只能希望清朝来一个自上而下的彻底改革。康先生的主张是对的，我以为是有前途的，不幸成了历史悲剧。

可是后来情况变化了，清朝既倒，民国建立，已经成了定局，而康先生主观武断，抱着老皇历不放，明知此路不通，他还要一意孤行到底，这是不识时务。为了救国，我不能不和他分开。至于孙中山，他是主张暴力革命的，而我是稳健派，我是主张脚踏实地走的。我认为中国与法国、俄国的情况不同，所以我不主张暴力革命，而主张立宪改良，走日本维新的路，较为万全。我并不是没有革命思想，但在方法上有所不同而已。对于袁世凯之为人，因为他当时有相当力量基础，我拥护他是想利用他的地位来实行我的主张。孰知他后来倒行逆施，甘冒天下之大不韪，成为国贼。为了国家的前途，我当然与他势不两立，与他决一死战。回想我和蔡松坡发动讨袁时，我们约定，事如不济，以死殉国；事如成功，决不做官。我开始拥袁，是为了国家，以后反袁，也是为了国家。我是一个热烈的爱国主义者，即说我是国家至上主义者，我也承认。顾亭林说得好：天下兴亡，匹夫有责。假如国之不存，还谈什么主义、主张呢！还谈什么国体、政体呢？总之知我罪我，让天下后世批评，我梁启超就是这样一个人而已。"

梁启超自承：他固有定则，并无成见，治学、应事皆如此。康有为则完全相反，曾说："吾学三十岁已成，此后不复有进，亦不必求进。"梁启超终身自忧其学未成，"徇物而夺其所守"，无奈新思潮宛如小儿脾气和三月天气，难以捉摸，他应变不暇，暮年仍然被后生晚辈讥笑为落伍，岂不悲哉！

三、毁袁和倒袁

孙中山、黄兴、蔡锷等人对袁世凯都有一个缴纳高额学费的认识过程，拥袁——反袁——倒袁三部曲，任何一个环节都不曾短缺。梁启超亲身经历过戊戌政变，由于袁世凯的叛卖，"六君子"喋血菜市口，变法宣告彻底失败，梁启超已经交过一次高昂的学费，怎么还会认为袁世凯是可靠的进步力量，能够扭转中国的国运？孰料他乐得留级，把昂贵的学费再交一次，这个问题确实令人费解。一个巨大的"私"字横亘于袁某胸间，他欲移国库为其私产，圈中南海为其私家花园，可谓司马昭之心，路人皆知，为何仍能迷惑梁启超，引诱他出任北洋政府的司法总长？梁任公固然是书生，但他经历过大风大浪，岂能轻易就被袁世凯笼络？此事必定另有因由才对。

袁世凯当上总统后，派出密使去东京与梁启超通气，想把他拉进内阁。

梁启超的回答相当灵活："非其时不仕，非其官不为。"他说这句话，给自己留下了很大的余地。周善培撰《谈梁任公》一文，揭示了此中的秘辛：民国元年（1912），周善培听说袁世凯邀请梁启超去北京，便与赵熙乘船去横滨，劝梁启超矜慎其事。周善培说："对德宗（光绪皇帝）是不该去，对袁世凯是不能去。"梁启超被劝不过，于是吐露真言：他并不想去北京，但康师傅派人反复催促，要他尽快成行，他不能违拗恩师的意愿。当时，康有为写信给梁启超，做出了明确的指示："袁氏吾党世仇也，春秋复九世之仇，靦颜事仇，汝勿习与相忘。"康师傅反复叮咛，即担心大弟子在官场习惯了袁世凯的热汤饼，以至于认仇为友。近代名士刘成禺喜好交游，可谓"谈笑有鸿儒，往来无白丁"，在朝野眼线极多，人脉极广，所收集的信息极丰富，在《洪宪纪事诗本事簿注》中，他揭看了保皇党的底牌，力主阴谋论："民国二年，梁启超入京，以改组进步党为号召，养成项城帝制自为之尊严。如门徒张某提议金匮石室，门人徐某之主张终身总统，保皇党议员建议大总统有解散国会之权，修改约法等等，袁之称帝，无异康、梁党徒导之。欲取之，姑与之，大有郑庄公处置太叔段之风，本师训、复旧仇也。"所谓"旧仇"，即袁世凯出卖"戊戌六君子"，致使维新党人集体死难。刘成禺认为，保皇党议员为了报仇雪恨，故意推波助澜，教会袁世凯许多损招，促成其恢复帝制，康有为和梁启超必定在暗地里添柴烧火，想要取代袁世凯，先给他若干有毒的好处，这就像春秋时期郑庄公要干掉威胁其宝座的弟弟太叔段，先给予后者一大堆甜头，最终将他推进火坑。如此看来，筹安会助袁、挺袁之用力不齐，倒还不如保皇党误袁、毁袁之居心险恶。政治只有冷血的工具理性，原本就是只图利益，不顾道德的。梁启超舍身而入彀中，焉能例外？

梁启超从事纸面政治已经十多年，登上政坛，真正实践，这是头一遭，他有心试验一番，所以就欣然（绝非勉强）接下了康师傅的令牌。

民国元年（1912）春，清宣统帝爱新觉罗·溥仪下诏退位后十一天，梁启超致书袁世凯，奉劝他在政治上另辟蹊径："今日之中国，非参用开明专制之意，不足以奏整齐严肃之治。"中国古人说，"取法乎上，仅得其中"，让袁世凯取法民主宪政，尚且毫无亮色，让他取法开明专制，岂不是等于教他变着法子独裁吗？开明是假，专制是真。梁启超在熊希龄内阁当了一年多的司法总长和一年的币制局总裁，均无所施展，谈不上建树和政绩。袁世凯的专制独裁则一日紧似一日、一步快似一步地奔向皇帝御座，奔向杨度、袁克定等人为他掘就的豪华墓穴。梁启超辞职之后，不能不有所交代，在《大中华》第一卷第一期上，他发表文章《吾今后所以报国者》，宣告脱离政治：

> 自今以往，除学问上或与二三朋辈结合讨论外，一切政治团体之关系，皆当中止。乃至生平最敬仰之师长，最亲习之友生，亦唯以道义相切劘，学艺相商榷。至其政治上之言论行动，吾决不愿有所与闻，更不能负丝毫之连带责任。

然而干过政治的人要金盆洗手，比黑社会堂主洗脚上岸还要难上百倍千倍。梁启超又岂能真学陈三立，做乾坤袖手人？他见猎心喜，乃是天性使然。

民国四年（1915），筹安会成立，袁世凯意欲称帝的阴谋露出冰山一角，梁启超把握时机，在天津发表《异哉所谓国体问题者》，斥骂筹安会诸公是助纣为虐，为虎作伥，大戳袁世凯的痛处。文章刚刚脱稿，就有人向袁世凯告密。袁世凯惊慌之余，软硬兼施，派杨度送上二十万元银票，为梁启超的父亲祝寿，请梁启超销毁成文，如若不然，后果莫测。

袁世凯意欲称帝，此举用力甚猛，突破了许多人的心理底线，要梁启超妥协就难上加难了。梁启超为人为文固然富于感情，但并不短缺基本理性，他退出进步党，不肯连累朋友，就做得干净利落。有人想拖他的后腿，好言好语相劝："你已亡命十年，此种况味亦既饱尝，何必更自苦？"这话显然带有阻吓的味道。梁启超笑而作答："余诚老于亡命之经验家也。余宁乐此，不愿苟活于此浊恶空气中也。"

袁世凯赠送的二十万块银洋是一笔巨款，这张银票堪称试金石，梁启超究竟是不是真正的爱国者，一试即知。结果是，梁启超拒收银票，发表文章，揭露袁世凯改变共和国为君主国，其真实意图是要走家天下的专制老路。报纸登载此文，国人因此幡然醒悟。没错，梁启超非常漂亮地完成了康师傅的任务，在关键时刻出手，火候拿捏得极准，他不仅撰文直捣袁世凯的精神要塞，还极力赞成弟子蔡锷潜赴云南，高揭倒袁护国的义旗，为之倚马草檄——《云南檄告全国文》，确定护国军的四大政治纲领。这就一点也不奇怪了，政论宿敌章太炎也由衷称赞梁启超："共和再造赖斯人。"

从毁袁到倒袁，这个明暗战线，梁启超忽儿幕前，忽儿幕后，功夫全都做到了家。但是有一点却是他始料未及的，倒袁之后，中国长期陷于军阀混战的烂泥潭，百姓的苦难更为深重。神医有换头术，而无活人术，任公也不宜太过得意吧。

四、殒命于庸医之手

民国十八年（1929）初，由于一枚好肾遭到误割，导致尿血症迅速恶化，梁启超病逝于北京协和医院，丧命于庸医之手。有可靠的资料显示，初诊者是德国籍内科医生克里，主张采取更谨慎的疗法，梁启超却信任"海归"刘瑞恒，以性命相托，不料刘某粗心大意，手术孟浪，造成了无法补救的严重失误。当年，这桩医疗事故引发强烈的社会反响，梁启超的弟子陈源、徐志摩等人皆出离了愤怒，以恩师"白丢腰子"为由，欲向北京协和医院兴师问罪。病危时，梁启超反复叮嘱亲友和弟子，千万不要再向北京协和医院和主刀医生刘瑞恒发难，他大半辈子相信西医，就算这回性命被刘某断送，也不愿改变自己对西医的好感。

去世前半年，梁启超编定自己最后一部专著《辛稼轩年谱》，由于痔疮反复发作，每日他必须服泄油止痛才行。在此书的结尾，梁启超写下了一行力透纸背的文字："所不朽者，垂万世名。孰谓公死，凛凛如生！"这句话又何尝不是他的夫子自道。

任公去世后，挽联多多，稍加拣择，蔡元培、陈少白二位先生的联语最称允当，蔡联是："保障共和，应与松坡同不朽；宣传欧化，不因南海让当仁。"陈联是："五就岂徒然，公论定当怜此志；万言可立待，天才端不为常师。"

梁启超有一句名言传播极广，那就是："战士死于沙场，学者死于讲座。"他是病死的，也是累死的。他一生饱经忧患，却是一个不折不扣的快活人；他富有责任心，饶有兴味，所以他活得既丰富又精彩。在这两个方面，比较近代政治家和学者，都罕有能与之比肩者。

有人盛赞梁启超："如长彗烛天，如琼花照世。"以其长年炫目的光亮和色彩而言，这句赞词不算夸张。在《四十自述》中，胡适也承认自己"受了梁先生无穷的恩惠"。他强调说："跟着他走，我们固然得感谢他；他引起了我们的好奇心，指着一个未知的世界叫我们自己去探寻，我们更得感谢他。"胡适对梁启超推崇备至，还见于他对《时务报》和《新民丛报》的高度肯定。民国十二年（1923）秋，胡适在《努力周报》上刊文指出："二十五年来，只有三个杂志可代表三个时代，可以说是创造了三个时代：一是《时务报》，一是《新民丛报》，一是《新青年》。而《民报》与《甲寅》还算不上。"《时务报》和《新民丛报》的主笔均是梁启超，他在中国近现代史上所产生的酵母作用可想而知。这样看来，梁启超启发了几代人，教导了几代人，应属公正的评价。当然，也有人认为梁启超前半生"一舞剑器动四方"，后半生则音沉响绝，走的完全是一条陡峭的下坡路。

　　无论如何，有一点肯定无疑，人间已无梁任公，他曾经是特异的，也是唯一的。

肆 辑

——乱世、末世给智者、勇者提供各种机会，顶尖人物脱颖而出，他们未必是最善的，但一定是最强的。

不信书，信运气

　　梁启超盛赞曾国藩："曾文正者，岂唯近代，盖有史以来不一二睹之大人也已；岂唯我国，抑全世界不一二睹之大人也已。"这样的评价，不是最高，也是次高。蒋介石常说，他"平生只服膺曾文正公"。大家都知道，这位大独裁者出身于上海青帮，并非读书种子，他的案头和床头却长年摆放着两部必读书：一部是《圣经》，他与宋美龄结缡后，即正式接受教会洗礼，成为基督徒，为了取悦年轻貌美精明贤淑的夫人，平日他有一搭没一搭地翻看《圣经》福音，无非鼻子里插根葱——装象；另一部就是《曾文正公全集》，对于此书，他才真是情有独钟，除了自己反复阅读外，还多次将它当作礼品赠人。蒋介石受益匪浅，感悟甚多，可惜他没有做学问的兴趣，这方面的专论付之阙如，只在日记里间或留下明心见性的段落。

　　1922 年岁首，蒋介石节录曾国藩的"嘉言"以为"借鉴"，"韬光养晦，忍辱负重"，"以志帅气，以静制动"，"事亲以得欢心为本，养生以少恼怒为本，立身以不妄言为本，居家以不晏起为本，做官以不爱钱为本，行军以不扰民为本"，这几条都是他特别欣赏的。1925 年 2 月 10 日，他写道："终日在常平、候东看曾文正日记，公以勤、恕、敬三字自勖，可为规范矣。"1926年 3 月 8 日，他写道："昨今两日，看曾文正《嘉言抄》，乃知其拂逆之甚，谤毁之来，不一而足。而公劝其弟以咬牙立志，'悔'字与'硬'字诀，徐图自强而已。"取法乎上，可得其中，就算蒋介石只学到皮毛骨肉，未获精髓，他在抗日战争中所表现出来的百折不挠的精神，仍有一部分是拜曾国藩所赐，对此，他是乐于承认的。

　　无独有偶，服膺曾国藩的政治家，远不止蒋介石一个人，其死对头毛泽东有过之而无不及，在 1917 年的读书笔记中，他坦承道："愚于近人，独服曾文正。"后来，致书好友萧子升时，他又说："尝诵程子之箴，阅曾公之书，上溯周公、孔子之训，若曰唯口兴戎，讷言敏行，载在方册，播之千祀。"在他看来，曾国藩与周公、孔子、程颢、程颐齐肩，亦无愧色，可谓推崇备至。后来，这位革命家抛弃儒学，信奉马列主义，评论的基调有了天壤之别，但并未一概抹杀："曾国藩是地主阶级最厉害的人物……近代中国人尤其湖南人，从权贵政要、志士仁人到青年学子，大多佩服曾国藩，佩服其治学为人和带兵做事。……其政治立场和作为，自是站在历史进步反面的，但他毕竟是个复杂的人，有着多种身份的人，是个很多方面都留下自己影响的人物，所谓'道德文章冠冕一代'，是中国封建专制阶级最后一尊政治偶像。"毛泽东具有远超常人的叛逆精神，与蒋介石大异其趣，他顶礼膜拜曾国藩的时间较短，中途就粪土王侯，秕糠儒学，俯视千古了，这一点也不奇怪。

一、神医与教主的交集

有趣的是，曾国藩也效仿苏东坡，自诩有禅家"八风吹不动"的定力，却犹如百变金刚，生前死后，扮演的正角反角十分驳杂："中兴名臣""血诚儒者""百代之师""天地之完人""清王朝的走狗""汉奸""理学家""卖国贼""卫道士""伪君子""刽子手"和"厚黑教教父"。曾国藩以其出色的演技全面胜任，若涉足当今影视圈，去国外各大电影节捧回几尊"最佳男主角"的金奖，也不费吹灰之力。

按理说，后世史学家要对前人盖棺论定，一百多年时间已经基本够用了，然而曾国藩是个例外，"誉之则为圣相，谳之则为元凶"（章太炎语），各执一端、相持不下的局面并没有显著的改观。曾国藩或为圣，或为魔，或被捧上青云，或被挤下粪坑，荣辱都似鬼上身。像他这样身价暴涨暴跌，又暴跌暴涨的重量级人物，你掰掰手指，总共能数出几个来？历史的"大盘"潜藏着许多变数，我们勉强看得清楚，唯独这支忽儿狂飙，忽儿猛泻，又忽儿疯涨的"股票"，让人看得眼也花了，心也乱了，不知该拿它如何处置。

曾国藩备受后人非议，原因是多方面的。他收敛于内，用程朱理学将自己捆绑得像粽子似的，有自虐狂倾向。他发散于外，特别喜欢采用纲常名教的"强力漂白剂"给人洗脑，因此招惹到自由主义者的厌憎。还有一条罪状如影随形，他甘心充当清王朝的头号打手，毫不留情地镇压太平军，残杀了数以百万计的同胞，弄得尸积如山，血流成河。有人义形于色地质问，清王朝究竟有什么值得留恋的？它眼看就要断气，就让它早点断气好了，别人都把"药箱子"盖上，耷拉着脑袋，束手无策，退到一旁，曾国藩却硬要充当妙手回春的"神医"，强行出头，练成一支劲旅，拼尽全力为身患"尿毒症"、奄奄一息的腐朽王朝做成"换肾手术"。奇就奇在，他将死马当活马医，居然起死回生，将命若游丝、奄奄一息的清王朝从冥河边抢救过来，使它苟延了五十余年光景。你说，曾国藩多事不多事？

与曾国藩"神医"唱对台戏的是谁？是洪秀全教主，他是近代中国谈之令人色变的"伏地魔"，十余年的血雨腥风，数以千万计的生灵涂炭，都是他的杰作。

洪秀全创立的"拜上帝会"，巧借基督教中"圣父""圣子""圣灵"三位一体之说，用"天父""天兄""圣神风"的名目与之一一对应，带有明显的中国迷信色彩，与基督教的教义风马牛不相及。你瞧，烧炭工出身的东王杨秀清和西王萧朝贵哪像什么侠骨仁心的革命家？简直是个不折不扣的滑稽神汉。前者动不动就让天父附体，后者动不动就让天兄附体，闹腾得乌烟瘴气。按任何朝代的官方标准来衡量，拜上帝会都属于欺骗社会、裹胁民众、颠覆国家的邪教组织。西方基督教会从一开始就不承认它的合法性，对太平天国公然篡改《圣经》、败坏耶稣基督的光辉形象感到极为愤怒。这说明，洪秀全大胆使用西方文明世界的上帝冠名，并未得到合法授权，算不得拿来主义，只能算是偷来主义，改头换面而已。村学究洪秀全好歹也算半个小知识分子吧，只因考了四次府试连个秀才资格都没有获得，就对中华民族五千年传统文化恨之入骨。"敢将孔孟横称妖，经史文章尽日烧"（《太平军谣》），秦始皇喜欢焚书，希特勒也喜欢焚书，独夫民贼个个喜欢焚书，无不焚烧得烈焰冲天。历史早已无数次验证，斯文扫地的政权从来都与"文明""进步"毫不沾边。

邹容在《革命军·革命之教育》中说："有野蛮之革命，有文明之革命。野蛮之革命，有破坏，无建设，横暴恣睢，适足以造成恐怖之时代……文明之革命，有破坏，有建设，为建设而破坏，为国民购自由平等独立自主之一切权利，为国民增幸福。"太平天国究竟是野蛮之革命，还是文明之革命？我们不妨睁大眼睛看看其所作所为。

洪秀全本名"火秀"，后改名"秀全"，取的是"我乃人王"之意，何曾打算为天下人争万世之太平？他要做唯我独尊的专制君主。洪教主憎恨知识，自然也憎恨读书人，在其治下，很少有读书人能够一展平生所学。复旦大学教授潘旭澜著《太平杂说》，其中有一篇《文化的悲哀》，这样写道："读太平军史料，有个现象引人注意：有文化的人很少参加，极少数参加的，几乎没有贯穿始终者。"为何如此呢？一方面，是因为洪秀全"武大郎开店"，容不得他人处处强过自己，尤其是在文化出身上强过自己，翼王石达开是秀才，单凭这一点，他就没什么好果子吃；另一方面，则是因为"读书人有基本的人生社会常识，难于无条件盲从邪教胡说。这正是洪秀全所讨厌所忌克的。他不但要成为政治权威、宗教权威，还要成为文化权威。于是，有文化者的命运就可想而知了"。洪秀全所推行的蒙昧主义是专制主义的极端产物，孙中山在论及太平天国时，曾说："革命后仍不免为专制，此等革命不能算成功。"装神弄鬼，自欺欺人的蒙昧主义犹如附骨之疽，正是它，吞噬掉了太平天国体内最后一丝元气。它不仅摧残中国传统文化，还极大地挫伤了赣、皖、江、浙一带的民间工商业，南京城里市面萧条，昔日的繁华市景一扫而空，变成了一座冷冰冰、阴森森的大兵营。更令人发指的是，太平天国极端戕残人伦人性，诸王姬妾成群，天王洪秀全如同雄海狗一般拥有八十八位王娘，东王杨秀清也不甘落后，攻下武昌，短时间内，就急不可耐地强行征选了六十名良家少女，供他一人享用。他们这些饱汉都快撑死了，那些饿汉，中下级官兵的处境如何？说起来真是可怜，就算他们已有妻室，也要分营（女眷入女馆）而居，家人不得私聚，夫妇未经允许不准同床。违令者"斩首不留"。市民私产则勒令进贡，或干脆强行没收，投入"圣库"，成为洪秀全的私产。阖城上下，除王侯高干之外，兵民同吃同住同劳动，整个南京城实行彻底的军事化，总共折腾了十一年（1853—1864）之久。洪秀全是什么天父之子、耶稣之弟？简直就是撒旦的化身。诸王穷奢极欲，然后厉行禁淫、禁娼、禁赌、禁酗酒、禁吹烟（吸鸦片）、禁奸小弟（同性恋），完全是强盗逻辑：只许诸王放火，不许百姓点灯。剥夺军民的基本生趣，个人权利无从谈起，这是洪秀全治下最出格的一点。太平天国前后推行了十余年恐怖主义和蒙昧主义，南方数省的教育大幅萎缩，经济日益凋敝，倘若它通过掰腕子大赛扳倒了清王朝，在全国范围内倒行逆施，后果将不堪设想。清王朝的确没什么好的，它已烂到了根子上，是肺痨三期，但太平天国反文明，反人性，反社会，近乎疯狂，相比之下，更如同黑死病，令人恐怖万分。没办法，两害相权择其轻，保卫清朝的一方就不算绝顶反动。

最滑稽可笑的事情莫过于，某些历史学家数十年如一日地自称以马克思主义唯物史观研究中国近代史，一直不厌其烦地夸大太平天国的进步意义，殊不知，在一百多年前，马克思以同时代人的身份关注太平天国，对这次中国近代最大规模的农民起义所持观点完全是否定和批判的，他说："除了改朝换代以外，他们没给自己提出任何任务……他们给予民众的惊惶比给予老统治者的惊惶还要厉害。他们的全部使命，好像仅仅是用丑恶万状的破坏来与停滞腐朽对立，这种破坏没有一点建设工作的苗头。"结论毫不客气："显然，太平军就是中国人的幻想所描绘的那个魔鬼的化身。但是，只有在中国才能有这类魔鬼。这类魔鬼是停滞的社会生活的产物。"（转引自潘旭澜《太平杂说·后记》）我想，某些戴着自制的纸冠，动辄打出"马克思主义"这面大旗的中国史学家，看了大胡子老马对太平天国这番毫不留情的评议，肯定瞠目结舌，顿时感到索然无趣，或许还会有几分害臊吧。几十年来，某些史学家巧借马克思主义名义行使话语霸权，一直以肉麻的言论褒赞太平天国，并且曲为之辩，存心要使大家背对历史的真相，显然学行低下，可耻，可恨。纳粹集中营的幸存者、诺贝尔和平奖的获得者魏瑟尔先生曾说："忘掉历史无异于对历史的受害者进行第二次屠杀！"这句话宛如一记长鸣的警钟，今人理应时时睁开自己的眼睛去打量历史，于不疑之处找到更多的可疑之处。

　　美籍华裔学者唐德刚专治中国近代史，苦心孤诣，他在《晚清七十年》一书中阐述了许多精辟的观点，论及洪、杨政权的腐败时，他指出："朋友，我们要记着，所有搞独裁专制的独夫政权，没有一个是把老百姓放在心上的。这些英雄好汉大都起自民间，出身于被压迫阶级。可是他们一旦翻了身，其狠毒、其腐化、其堕落、其制造被压迫阶级而奴役之的劣行，往往百十倍于原先的压迫阶级。本来嘛，中国资源有限，少数人要腐化，要享受，则多数人就要被压迫，被奴役——不管这些新的统治者，打的是什么旗帜，叫的是什么口号啊！"这段话无疑是拆穿西洋镜、揭示真相的智者之言。

　　早在一千七百多年前，被历代儒生诬为白脸"奸雄"的曹操就说过，要是没有他，东汉末年"曾不知几人称帝，几人称王"，天下将会乱成一锅稀粥，绝非生民之福。曾国藩也是这样一位傲视沧海横流的人物，其主观上的努力使清王朝暂时度过了危险期，延长了四十多年的残喘，客观上的效果却是将改造中国的机会留给了未来的革命家，尽管双方的愿望有不少抵牾之处，心气也并不相投，但后者的机会确确实实拜前者所赐。

围绕曾国藩，研究中国近代史的学者团团而坐，济济一堂，他们至少还要争议两三百年，既然他是一块"三成熟的牛排"，我们就很难一下子将他吃透，那么何不先歇一歇，认真看看他的所作所为，别急于评骘善恶好坏，论定正邪忠奸，别那么脸谱化地框定一个人。曾国藩既会唱红脸，又会唱白脸，还会唱黑脸，唱得都不赖，观众激赏也好，反感也罢，他照常演出，不会塌台。能否心悦诚服地接受他的表演？那就得看你偏好怎样的剧目剧风，站在何种立场上去细细玩味了。至少有一点是肯定的，面对这样一位粉墨登场的行家，你绝对愿意奉陪到底。

二、不读兵书的人担任湘军统帅

有时候，历史就好像是《醒世恒言》中那位乔太守，喜欢乱点"鸳鸯谱"，心血来潮时，乱点的竟比深思熟虑后精挑细选的更合卯榫。在河决鱼烂的末世，曾国藩具备民胞物与之量，通晓内圣外王之学，欲救民于水火，解民于倒悬，此心此志，可昭告日月星辰。他不遗余力，博求济世良方，唯独对兵法兴趣不浓。历史仿佛有意要与世人开个天大的玩笑，让一位不爱阅读兵书的人带兵去"办此滔天之贼"，与太平军恶战十年，居然反败为胜，转危为安。

"凡人之作为、成就，皆在有心，若其丧心，何所不至。"俗谚也说，世上无难事，只怕有心人。曾国藩就是一位有心人，一位用心人。常州学者周腾虎博古通今，一度与左宗棠齐名。咸丰年间，曾国藩在江西苦撑，要钱没钱，要权没权，谁都不看好湘军的前景。周腾虎加入曾国藩幕府之初，却断言："自古成事，皆用心人。某遍历下游，无一人知此，必至溃败而后已。公虽兵微将寡，然成事者必公也！"曾国藩于"用心"二字最得要领，忽闻周腾虎一言道出，当即视之为"异才"。

自古儒臣多不习兵，能像韩琦、范仲淹那样奋勇戍边，或像王阳明那样干练剿匪的，多乎哉不多也。兵不厌诈，贵在出奇，这方面恰恰是曾国藩的短板，他在家书中对儿子坦白相告："行军本非余所长，兵贵奇而余太平，兵贵诈而余太直。"咸丰年间，左宗棠多次批评曾国藩"于兵机每苦钝滞"，就是说他太过笨拙和儒缓，临机而不善应变，当机而不能立断。后来，曾国藩还是用功苦读了不少兵书。同治元年（1862）七月二十三日的日记中有这样的记载："阅《通典·兵类》十五页……读《孙子》'鸷鸟之疾，至于毁折者，节也'句，悟作字之法，亦有所谓节者，无势则节不紧，无节则势不长。"由此可见，他阅读兵书时仍有点心猿意马，用兵法去悟书法，真是用宝剑雕花。但无论如何，曾国藩恶补了军事理论知识，又积累了实战经验，指挥大兵团作战就自如多了。

同治六年（1867）六月十五日，曾国藩与机要秘书赵烈文谈论兵事，就很有心得，他说："胜负不在形而在气，有屡败而无伤，亦有一蹶而不振，气为之也。余出兵屡败，然总于未战之先，留一退步，故尚不至覆巢毁卵。为将者设谋定策，攻则必取，不然毋宁弗攻；守则必固，不然毋宁弗守；攻之而为人所逐，守之而为人所破，虽全军不遗一镞，其所伤实多。"行军打仗，布兵御敌，首重士气，士气一失，则全军无形瓦解，曾国藩屡败屡战，终于大功告成，原因何在？他总是在战前就预留了回旋余地，所以能败而复振，避免崩盘。

毕竟兵凶战危，万事开头难，大笔学费，曾国藩是不得不交的。

年轻的烧炭工杨秀清堪称军事奇才，他统领的太平军就像一股所向披靡的龙卷风，清朝的绿营军则如残枝败叶，根本经不起狂飙的奋力一卷。太平军从广西金田杀到湖南长沙，只用了半年时间，再从湖南岳阳杀到江苏南京，只用了不到一年时间，真可谓摧枯拉朽。清朝绿营军的表现糟糕透顶，兵额多达六十四万之众，却不堪一击，倘若咸丰皇帝全指靠这些糜费粮饷的兵油子保家卫国，就真是痴心妄想。曾国藩的奏章中有"国用不足，兵伍不精，二者为天下大患"之语。国家安全不指望正规军还能指望谁？得依靠乡勇，即地方上的民兵。乍听去，你会认为这是一句不负责任的玩笑，实际上，这既不好玩，也不好笑，只是铁一般的现实。朝廷决策者的想法再简单不过了，太平军是由乌合之众纠集而成，战斗力极强，南方各省训练乡勇，首先发扬的是"地方保护主义"，然后才是"爱国主义"，凝聚人心无大碍。若能练出门道，树立声威，战胜流寇，就可纾解南方数省的战祸。"兵伍不精"的问题勉强解决了，"国用不足"怎么办？此时，中央已无法顾全地方。战争主要消耗生命和金钱，说句难听的话，朝廷不怕消耗生命，就怕消耗金钱，要打赢这场旷日持久的消耗战，军费开支的缺口大得惊人，国家拿不出钱粮，怎么办？把难题一层层往下推托，地方上开设厘金局也好，加征苛捐杂税也罢，总之浩繁的军费必须自行筹措，协商解决。"协饷"一词便由此而来。

值此危急存亡之秋，地方武装力量的雄起既是好事，也可能是坏事，朝廷特别害怕这股武装力量失去控制，落入到某位大野心家手中，变成一柄锋利无比的双刃剑，斩掉洪魔之后，再反过来灭清妖。咸丰皇帝素以苛察为能，对汉人心存戒惧，关键时刻要不要放权，难免狐疑。他心想，要是找对了人，既倒的狂澜还可挽回；要是挑错了人，江山极可能骤然变色，由"青"（清）转"红"（洪）。

咸丰二年（1852），曾国藩母亲去世，他卸下江西乡试正考官职位，回到老家湘乡荷叶塘居丧，礼部侍郎一职依例开缺。此时，太平军作难，刀山总得有人先登，火海总得有人先跳，朝中大臣们谨保自家首级，畏畏缩缩，仿佛彼此打好了商量，集体举荐曾国藩为平乱剿匪的最佳人选，夸赞他为人忠良，具备胆识和才干，能够竭力勤王，这简直就是把曾国藩往绝路上推。此前，咸丰皇帝求直言，曾国藩冒犯天威，递上《敬陈圣德三端预防流弊疏》，直陈咸丰皇帝有三个弊端"不可不预防"：其一是"琐碎"，过于苛察；其二是"尚文饰"，不实事求是；其三是"骄矜"，刚愎自用。奏章中列举的全是本朝实例，甚至对咸丰皇帝刊布自己的诗文集也不以为然。咸丰皇帝差点龙颜震怒，幸亏大学士祁隽藻出面施救，用"主圣臣直"四字作为台阶，才勉强过关。所幸曾国藩唯勤唯谨的办事作风有口皆碑，咸丰皇帝心中有数，就算他办团练能够办出名堂，反戈一击的可能性也不大，那就让他试一试身手吧。这是典型的"拿驴子当马骑"的心理。被皇帝点将，曾国藩并不开心，他宁愿在老家守丧三年，不想接下这支令箭。此时，好友郭嵩焘跑来劝驾，为他扫除畏难心理："公素具澄清之抱，今不乘时自效，如君父何？且墨绖从戎，古制也。"一位理学名臣，平日满嘴仁义道德，事到临头，却不为君父分忧，不为百姓解难，势必面临名誉上的直接贬损。曾国藩权衡再三，最终听从父亲曾麟书和好友郭嵩焘的敦劝，毅然戴孝从军，接受了这桩棘手的差事。

团练是什么？咸丰元年（1851），左宗棠在回复胡林翼的书信中有一个相对成熟的说法："夫团练云者，取其自相团结，免为贼所掳掠裹胁而已。自捍乡里，人有固志，熟于地形，便于设险，愚者亦能出奇，怯者亦能自奋，此其利也。"团丁保卫家园，保护亲友，自必人人奋不顾身。同时，左宗棠也指出团练最明显的短板和苦处："若使与猾贼驱逐于数十里外，彼乡民者，不习战阵，不知纪律，不走则死耳，乌睹所谓利哉？且无事之日，竭民之财力以奉兵，有事之日，复以其身命代兵冒险而赴敌，卒之训练未娴，十战十北，糜烂其民，以求一日之侥幸而不可得，仁者之所不为也。"但事到临头，无计可施，仁者不为也得为。胡林翼在贵州黎平训练团勇，收到了捕盗之效。江忠源在湖南新宁办团练，号为楚勇，除了帮助地方剿匪，他还率领楚勇赴广西作战，在蓑衣渡重创太平军侧翼，击毙南王冯云山，改变了太平军从水路袭击湖南省城长沙的军事计划，为长沙保卫战赢得了宝贵的时间。这说明，团练的表现值得期待，有时比正规军的战斗力还强。"虑民心之涣散不齐也，于是乎团之；虑民之临敌不足恃也，于是乎练之"，左宗棠将团练的要点和特点都提炼了出来。练成之后的乡勇也能远征，由民兵跃升为野战军，充当主战部队，这就是曾国藩要干的事情。

曾国藩遵循戚继光的遗法，"募农民朴实壮健者，朝夕训练之"，对于山野才智之士则以诚意相感召。《清史稿·曾国藩传》写道："国藩为人威重，美须髯，目三角有棱。每对客，注视移时不语，见者悚然，退则记其优劣，无或爽者。"曾国藩轻财好士，鉴人如伯乐识马，选拔了许多叱咤风云的名将，如罗泽南、塔齐布、杨岳斌、彭玉麟、李续宾、李续宜、曾国荃、左宗棠、李鸿章等，无不智勇双全。

万事开头难。曾国藩在长沙办团练，难处太多，因为皇帝给他的职衔是"帮同办理本省团练乡民搜查土匪诸事务"，与其丁忧前的卿贰（侍郎）之职并不相称，所以"筹兵，则恐以败挫而致谤；筹饷，则恐以搜刮而致怨"，处处束手束脚。此外，他与省城的官场和谐相处也是一件难事。赵烈文在《能静居日记》中揭示了这个症结："督帅二年冬奉旨督团至省垣，三宪轻之。帅自陈请剿土匪，遂设局劝绅富捐募兵勇。凡民以劫掠诉者，擒盗至，立杀之，戮数百人，乱民慑服。境内辞讼皆至帅所，邑长无复事，由是益遭忌，上下咸掣其肘。"在恶劣的环境中，曾国藩的生存能力和办事能力都太强了，捕杀盗匪，慑服乱民，审结案情，样样出色，这岂不是要把三宪（巡抚、布政使、按察使）分内的活儿抢光吗？难怪他们忌恨他，排斥他。湘勇是杂牌之外的杂牌，只要他们结伴进城，就会遭到标兵的歧视和欺凌，打骂是家常便饭。湘勇中也有倔强的，也有勇猛的，双方狠狠地掐过几回死架，仇怨越积越深，大有火并的危险。某日，曾国藩正在公馆内办理事务，手持长矛的标兵竟成群结队地拥入，见人就打，逢人就刺，曾国藩身上都险些被捅出血窟窿。曾国藩的公馆位于湖南巡抚的射圃内，曾国藩叩垣向巡抚骆秉章求救，由巡抚出面，这才制止了标兵的胡闹，使事态缓和下来。幕僚们气愤不已，建议曾国藩向朝廷奏明实情，但他不想惊动皇上，开罪地方，认为此时小不忍则乱大谋。事后，曾国藩息事宁人，主动让步，移节衡阳，他的祖籍在那里，岳家也在那里，这个决定是明智的。

有时候，聪明人让一步是为了进两步。赵烈文在《能静居日记》中提供了另一种解释：曾国藩有很强的好胜心，在京城任职时，好友梅曾亮是古文高手，何绍基是书法圣手，他"时时察其造诣，心独不肯下之"，他拿定主意，博览群书，要将他们全都甩在身后。在湖南抚署遭遇标兵威胁而险遭不测之后，他的自尊心受到了很强的刺激，"因是发愤募勇万人，浸以成军，其时亦好胜而已"。

曾国藩训练湘勇，并不性急，但有人心急如焚，比热锅上的蚂蚁还要焦躁。湘勇还未练成精兵，犹如一把钢刀还未开刃，就有人急等着用它割肉；一锅饭还未收水，就有人急等着用它充饥。军机处传达上谕，催促曾国藩速与"发贼"交战，及早挽救东南危局。君命难违，箭在弦上，不得不发。

出征之前，曾国藩亲笔草就了《讨粤匪檄》。这篇雄文是他的名作。令人惊讶的是，他大张旗鼓，强调的是捍卫名教，并非保卫朝廷。"举中国数千年礼义人伦，诗书典则，一旦扫地荡尽。此岂独我大清之变，乃开辟以来名教之奇变，我孔子、孟子之所痛哭于九原！凡读书识字者，又乌可袖手安坐，不思一为之所也。"他认为，粤匪假借洋教惑众，于名教为祸之烈，远甚于前朝。"李自成至曲阜，不犯圣庙；张献忠至梓潼，亦祭文昌"，粤匪所至之处肆无忌惮，毁坏孔庙，打烂牌位，弄残关帝、岳王的金身，将江宁学宫改造成宰夫衙，以璧水圜桥之地为椎牛屠狗之场，"以至佛寺、道院、城隍、社坛，无庙不焚，无像不灭"，这就招致天怒人怨，鬼神共愤。曾国藩举兵平乱，"不特纾君父宵旰之勤劳，而且慰孔孟人伦之隐痛；不特为百万生灵报枉杀之仇，而且为上下神祇雪被辱之憾"。行文至此，历数敌罪而申天讨的主旨已极其鲜明。湘军能够不断壮大，能够最终取胜，吸引读书人带兵乃是妙招中的绝招。曾国藩鼓动读书人冒死犯难，建功立业，捍卫名教，保全衣冠人伦，使数千年斯文不至于坠地以灭，扫地以尽，其信念的力量是不可低估的。粤匪把反人类、反人性、反人道、反文明的野蛮剧目推演至高潮，丧失知识精英的鼎力支持是其致命的败因，洪天王的"黑店"必然开不长久。

举个例子就能说明问题。同治三年（1864）夏，淮军名将刘铭传率部攻克江苏的军事重镇常州，在太平天国护王府的马厩里找到了一件超级国宝——虢季子白盘。它是上古礼器中的庞然大物，是西周青铜器中的极品。护王陈坤书绰号为"陈斜眼"，是个十足的文盲，有眼不识稀世奇珍，将虢季子白盘扔入马厩，当成马槽使用。如此暴殄天物，璀璨的中华文明如何经得起他们的摧残？曾国藩打出捍卫名教的旗号，以保留中华民族的衣冠文物为职志，稍具常识的人都不会骂他是反动和邪恶的，也都能够看到其维护正义的逻辑完全自洽。

曾国藩"以赛代练"，派遣罗泽南率领一千二百名湘勇支援江西，才这么一点人马，把它当成盐，不够咸，当成胡椒，又不够辣，简直就是垂饵于巨鲸之口，险些被太平军"打了牙祭"，连骨头渣子都不剩。湖北巡抚常大淳遇害于武昌，安徽巡抚蒋文庆殉难于安庆，湖广总督吴文镕败死于黄州，战局愈益不利。没法子，曾国藩硬着头皮，麻着胆子，亲自挂帅，冒险亮剑，要与"发贼"见一回真章。但不幸的是，咸丰三年（1853），湘勇北征岳州，囫囵吞下一场败仗，铩羽而归。

三、险些成了"龙王三太子"

曾国藩一生遭遇大厄的地点共有三处：一为靖港，二为湖口，三为祁门。

咸丰四年（1854）春，由于情报有误，曾国藩以为太平军的精锐主力去了湘潭，在靖港的守兵不多，有机可乘，于是率领五营（每营约五百人）湘勇水陆并进，趁夜偷袭，结果中了敌方的埋伏，输得脸色铁青。

湘军失利，士气大挫，纷纷夺路奔逃，水上的浮桥是用门扉床板搭就的，哪里经得起这番蹬踏？湘勇落水的落水，中箭的中箭，一个个狼奔豕突，哭爹叫娘。顷刻间，靖港就变成了一口沸腾的汤锅，湘勇沦为露馅的水饺。曾国藩亲临前线，督战使出奇招，将一面令旗插在岸头，手提利剑，大声疾呼："过旗者斩！"残兵败将见此情形，急中生智，绕过旗杆，逃得无影无踪。战局急转直下。那时节，曾国藩到底是气昏了，还是吓蒙了，早已无法求证。唯一可知的是，他羞愤交加，闭上眼睛，咬紧牙关，纵身跳进湘江。当年，安徽巡抚江忠源和湖广总督吴文镕都是战败后投水自尽的，好过沦为敌军俘虏，忍受朝廷处分。所幸曾大帅命不该绝，幕僚章寿麟一直关注着湘军大帅的一举一动，以防意外发生。这才不过一顿饭的工夫，曾大帅就不想玩了，不想活了，真是始料未及。章寿麟有好水性，是大块头，天生一双飞毛腿，他从凉沁沁的江水中捞起曾国藩，扛在肩上，朝着省城方向发足狂奔，好歹把湘军大帅的那条老命（曾国藩不算老，才四十三岁）从鬼门关捞了回来。

倘若曾国藩在靖港投水后不幸丧命，喂肥了翘白子鱼，怎么办？别人都会说，那可就大事不妙了，继起者谁有偌大的本领收拾此后愈益糟糕的局面？但有一个人并不悲观，他的看法与众不同，此人就是与曾国藩瑜亮一时的左宗棠。

章寿麟才情不俗，而且是曾国藩的救命恩人，却并未获得曾国藩的赏识和提拔，在官场中沉浮多年，漂荡无根，晚年心灰意冷，恭请丹青高手绘制了一幅《铜官感旧图》，内容是纪念他早年在靖港救起曾国藩的那次壮举，敬邀诸多湘籍名宦作序。不用说，章寿麟心里着实憋屈得很，借此一吐积郁。左宗棠用心撰写了一篇，论及曾国藩获救，他说："夫神明内也，形躯外也。公不死于铜官，幸也；即死于铜官，而谓荡平东南，诛巢馘让，遂无望于继起者乎？殆不然矣。事有成败，命有修短，气运所由废兴也，岂由人力哉！"言外之意是，曾某人死了，不仅地球照样转，天下也会照样澄清，我左某人强者运强，又岂是吃闲饭的无能之辈？靖港之战失利后，湘军名将罗泽南念及曾国藩兵单力薄，慨叹道："天苟不亡本朝，公必不死。"摆明了，左宗棠对这样的说法是不会苟同的，为此那个"悻悻争名"的负面评语就像狗皮膏药一样粘在他身上，甩也甩不脱。

据湘军大将李元度忆述：曾国藩获救后，翌日中午才抵达长沙，身上湿衣服仍未干透，蓬头跣足，神情狼狈不堪。部下劝他吃点东西，他也不碰碗筷。省城的官员，布政使徐有壬、按察使陶恩培、提督鲍起豹与曾国藩积不相能，个个幸灾乐祸，对他多有揶揄，甚至要奏劾他，遣散湘军。所幸湖南巡抚骆秉章识大体，顾大局，不肯落井下石，仍一如既往地支持曾国藩。抚署师爷左宗棠缒城而出，到江边舟中探望曾国藩，劝慰道："初战小负，大事犹可为，寻死绝非明智之举！"曾国藩圆瞪两眼，一言不发，叫从人拿来纸笔，开列军械、弹药详单，嘱托左宗棠保管。嗣后，曾国藩在船上撰写遗嘱（这是曾国藩的习惯，每遇棘手事，就写下遗嘱存档），处分后事，打算第二天自裁（这回更不得了，要对自己下毒手，白刀子进，红刀子出）。所幸塔齐布、彭玉麟率领湘军主力攻克了湘潭城，杀敌逾万，取得了咸丰年间军兴以来所未曾有的大捷，靖港的太平军闻风宵遁，他这才如逢大赦，破涕开颜，收拾破旗烂鼓，重整军实。

咸丰四年（1854），左宗棠在家书中述及此事："仆缒城出视之，则气息奄然，盖愤而投水两次，皆得救以免，而其志仍在必死。仆以大义责之，又日日至其舟中絮聒之。此公忠诚笃实，正灭贼之人，偶遇挫折，殆天之所以玉成耳。"曾国藩跳水不止一次，而是两次，左宗棠认为这是上天用艰难困苦在玉成他。左宗棠还补充了一条有趣的材料，说是曾麟书在湘乡荷叶塘听闻儿子吃了首场败仗后打算自杀的消息，立刻写了一封措辞严厉的家书派人火速送到省城，信中撂下这样的狠话："儿此出以杀贼报国为志，非直为桑梓也。兵事时有利钝，出湖南境而战死，是皆死所；若死于湖南，吾不尔哭也！"闻者无不肃然起敬。老爷子这回真的动了肝火，发了脾气，竟怒斥道：你堂堂男儿，报国捐躯，死哪儿去不行？现在吃了败仗，硬要在家门口弄死自己，岂不是让祖宗十八代都陪着你丢人现眼？要是你就这样嗝儿屁了，休想我为你流下一滴老泪！曾老爷子擅长做思想政治工作，一手软，一手硬，火候恰到好处。

靖港之战，是湘勇的"开门黑"，曾国藩跳水没死成，后来，他在湖口大败，情急心慌，又要投湖寻短见。比起往日的本色出演来，这回明显多出几许真人秀的成分，大家心知肚明。两次自杀，毫发无伤，"跳水冠军"的头衔，曾国藩拿定了，也没人怀疑或诬陷他服用了兴奋剂。英雄不问出身，也不问来路，所以兵败跳水并不是什么耻辱的纪录，反倒为曾国藩的人生增添了浓厚的传奇色彩。

四、总揽南方战区的军政大权

在别人看来，曾国藩是个威风凛凛的大人物，能够呼风唤雨，殊不知，他自认为是个苦人儿。梦境最能反映人的意识和潜意识，这一点早已为世人所知。同治五年（1866）十二月二十四日，曾国藩在日记中写道："余数十年来，常夜梦于小河浅水中行舟，动辄胶浅；间或于陆地村径中行舟，每自知为涉世艰难之兆。本夜则梦乘舟登山，其艰难又有甚于前此者，殊以为虑。"浅水行舟，陆地行舟，山间行舟，足见其辛苦、艰难不断升级。其实，曾国藩一生中最苦最难的时期，并非在同治年间，而是在咸丰年间。

从咸丰五年到咸丰十年（1855-1860），曾国藩统领湘军主力在鄂、赣、皖三省与太平军苦战，要权没权，要粮缺粮，要饷乏饷，湘军长期客寄虚悬在外，日夜煎熬。用古人的话来形容，就是"懔乎若朽索之驭六马，栗栗危惧，若将殒于深渊"；用当局者曾国藩的话来总结，就是"打脱牙齿和血吞"；用旁观者王闿运的话来描绘，就是"寒月漠漠如塞外沙霜"。最令曾国藩痛心和无助的是，一向倚为左膀右臂的大将塔齐布、罗泽南相继阵亡。湘人有一句口号纪实："拆掉一座塔，打碎一面锣，穿坏一部罾。""塔"指塔齐布，"锣"指罗泽南，"罾"指曾国藩，可见其处境艰难。他在奏折中写道："闻春风之怒号则寸心欲碎，见贼船之上驶则绕屋彷徨。"处境之悲苦，心境之忧伤，溢于言表。咸丰九年（1859）四月初七，他在日记中回忆道："念吾在江西数年，五年在南康，景象最苦，六年在省城，亦以遍地皆贼，同事多猜疑，心不舒畅。此外，四年在九江月余，七年在瑞州月余，亦无佳兴。"唯有驻扎在建昌和抚州的日子要好过一些。

咸丰十年（1860），曾国藩将大本营驻扎在皖南四面环山的祁门，只有一条水路与外界联系。李鸿章论其地形如在釜底，即阴阳家眼中之绝地，不如及早移军，以求进退自若。曾国藩则认为局势艰危，军心并非铁稳，本动则枝摇，唯有坚守大本营才是上策，并且说了一句气话："诸君如胆怯，可各散去！"祁门遭到太平军的围攻，两度危在旦夕，最终，还是曾国荃以"情词恳恻"的书信劝动大哥，使曾国藩在回信中发出感叹，"读《出师表》而不动心者，其人必不忠；读《陈情表》而不动心者，其人必不孝；读弟此信而不动心者，其人必不友"，遂于咸丰十一年（1861）三月下旬将湘军大本营迁移至安徽东流县。

据《欧阳兆熊笔记》所述，当时群敌环伺，曾府幕僚惶惶不可终日，都已经收拾好行李，放在船中，随时准备散伙逃命。幕僚程尚斋私下问欧阳兆熊："死在一堆如何？"可见士气之低迷，人心之悲观。曾国藩将众人的肚肠看得冰雪分明，干脆发令："贼势如此，有欲暂归者，支给三月薪水，事平仍来营，吾不介意。"众幕僚听了这话，且惭且愧，再看曾大帅，每天围棋一局，雍容坐镇，人心遂安戢如堵。不过一事总有两面，曾国藩示人以镇定从容，内心并非毫无忧惧，虎将鲍超统军驰援大本营，"超下马，将行礼，国藩遽趋前抱持之，曰：'不想仍能与老弟见面！'言毕泪下，盖喜慰之极，不能自持矣"。这就合乎人情事理了，曾国藩毕竟不是天生无畏的战神。

在南方战场上，曾国藩饱经磨炼，再怎么吃苦，再怎么遭罪，再怎么憋屈，他都只能隐忍。隐忍的最高境界是"百炼钢化作绕指柔"，可是谁都会有忍无可忍、是可忍孰不可忍的时候。咸丰皇帝多疑善妒，若非万不得已，岂肯轻易赏赐给一位汉臣制衡江南的兵权？这位万岁爷的顾虑，曾国藩洞若观火。尤其可怕的是，某些朝中大臣时不时地在皇帝耳边熏上几句阴险的谗言。曾国藩收复武昌，咸丰皇帝大喜过望，立刻让他署理湖北巡抚，击节赞叹道："真想不到曾国藩一介书生，竟能立此奇功！"军机大臣祁隽藻却在一旁大泼冷水，说什么曾某人只不过是一名在籍侍郎，相当于匹夫，匹夫一呼，应者云集，这未必是国家之福。祁隽藻与曾国藩的交情不差，曾国藩直言进谏时惹得龙颜不悦，祁隽藻帮他说过情，缓过颊，此人尚且扇阴风，点鬼火，其他宵小之徒的谗毁就可想而知了。曾国藩仅代理了七天湖北巡抚，就改署兵部侍郎衔带兵东下。嗣后，江忠源授安徽巡抚，胡林翼授湖北巡抚，刘长佑授广西巡抚，曾国藩仍与实授的督抚无缘，这个以湘制湘的策略，就连傻子都能够看出朝廷的戒心。曾国藩的忍耐到了极限，正巧老爹曾麟书于咸丰七年（1857）二月初四作古，他委军不顾，仓促回乡奔丧。清廷这才知道，这位向来听话的湘军统帅也有倔强的个性和驴脾气。怎么着？咸丰皇帝不蠢，干脆顺水推舟，批准三个月假期给曾国藩治丧，让他忠孝两全。

儿子曾国藩在外面过得不舒坦，老爹曾麟书在家乡也难免受气。对此情形，左宗棠在写给王鑫的信中讲了几句公道话："此老心地甚厚，唯不晓世故，多为人所欺蒙，以故多为乡人所诟责，然究是老辈典型也。"现在老爹翘了辫子，倒是给了儿子一个喘息之机。

在当时，大家都得兜着圈子说话，绕着弯子做人，于是说话做人都有精细的学问和技巧。三个月后，曾国藩呈上奏章，要求终制，为父守丧三年。在奏章中，这位失意者大吐苦水，实话实说，多年来他只挂个兵部侍郎的虚衔，别说实权比总督、巡抚小得多，甚至连提督都不如，这样处处受到掣肘，粮饷苦无着落，又如何能进一步开展剿匪荡寇的工作？话已说到这份上，意思再明白不过了：陛下要是仍不肯给臣实授南方战区的军权，臣就在家闲居，不打算出山了，陛下还是另请高明去收拾这个烂摊子吧。这岂不是半明半暗地要挟皇上吗？然而江西的战局正在发生好转，九江、湖口相继被收复了，内江外湖的水师也已会合，好运气都轮到了别人身上，朝廷也就将曾国藩撂在湘乡，不急于请他出山了。

咸丰六年（1856）秋，太平天国发生内讧，北王韦昌辉在天王洪秀全的授意下，血洗天京，剪除了东王杨秀清及其亲信。事变之后，洪秀全再传密旨，令翼王石达开铲除北王韦昌辉及其党羽。洪秀全使出一石二鸟之计，相当狠毒，他得逞之日，也恰恰是太平天国政权元气大伤之时。此前，清军江南大营被太平军攻破，全局受到震荡，形势岌岌可危。太平天国的内讧让清王朝得到了意外的喘息之机，咸丰皇帝心里乐开了花。他就不信没有曾国藩这把盐，嘴里会淡出鸟来。曾国藩被撇在湘乡，一撇就是一年半。在此期间，他撂下儒家经典，拾起道家书籍，领悟老庄哲学，道法自然，以退为进，以柔克刚，"知其雄，守其雌"，无为而无不为，因此他养足了静气。

应该说，是太平军青年骁将李秀成和陈玉成联手"请出"了修道成"仙"的曾国藩。他们召开枞阳军事会议后，联合作战，相继攻克安徽庐江、湖北黄梅等地。太平军饿虎扑食，江南、江北的形势持续恶化。这样的烂摊子靠谁来收拾？咸丰皇帝已经不可能再按常理出牌，由于周天受资望较浅，和春病体未愈，只好敕命忠勇可嘉的湘军统帅曾国藩出山，率部驰援浙江。曾国藩于咸丰七年（1857）六月初三奉旨，四天后从老家启程，乘船到达长沙后，立即镌刻了一个木印"钦命办理浙江军务前任兵部侍郎关防"，一看就知道，以这种名目的关防办理重大军务，难免被人掣肘，遭人冷遇。

咸丰十年（1860），清军重兵守卫的杭州、苏州相继沦陷，浙江巡抚罗遵殿自杀，两江总督何桂清弃城逃逸，围困江宁（今南京）的江南大营被太平军攻破，江宁将军和春逃至苏州境内的浒墅关而死。除此之外，英法联军的舰队越洋泛海而至，津、京两地危在旦夕。如此险恶的形势等于拧着咸丰皇帝奕詝的耳朵，逼迫他打消疑虑，重用曾国藩。曾国藩的机要秘书赵烈文留下了一部史料价值很高的《能静居日记》。在同治三年（1864）四月初八的日记中，他对于此事有一个清晰的回忆："自咸丰二年奉命团练，以及用兵江右，七八年间坎坷备尝，疑谤丛集。迨文宗末造，江右覆亡，始有督帅之授，受任危难之间。盖朝廷四顾无人，不得已而用之，非负扆真能简畀，当轴真能推荐也。"当时，如果满蒙籍的高官中有人能够胜任这个要职，就绝对轮不到汉籍侍郎曾国藩脱颖而出。据薛福成的《庸庵笔记》所载，正式任命之前还有一番曲折："苏、常既陷，何桂清以弃城获咎，文宗欲用胡公总督两江。肃顺曰：'胡林翼在湖北措置尽善，未可挪动。不如用曾国藩督两江，则上下游俱得人矣。'上曰：'善。'"如此说来，是肃顺推荐了曾国藩，咸丰皇帝首肯之后，及时调整了人选，赵烈文的主观判断——"非负扆真能简畀，当轴真能推荐也"，多少有点违背事理逻辑。四顾有人，至少还有胡林翼，但从全局着想，曾国藩确实是更为合适的人选。

此处有一个疑问，既然曾国藩是肃顺推荐到位的，咸丰皇帝驾崩后不久，为何慈禧太后与恭亲王联手做掉八位顾命大臣，肃顺首当其冲，却超规格重用曾国藩，不仅任命他为钦差大臣，实授两江总督，甚至还让他兼办浙江军务，节制苏、皖、赣、浙四省巡抚？欧阳昱的《见闻琐录》透露了一个重要原因："咸丰末，肃顺当国，内外官争相趋炎附势，倚为泰山，甚或进重金营善地，几不可以数计；即无此弊，而书信往来，无人无之。及得罪，籍其家，搜出私书一箱，内唯曾文正无一字。太后太息，褒为'第一正人'。于是天下督抚皆命其考核，凭一言以为黜陟。"别人都攀龙附凤，唯独曾国藩与权臣肃顺未有一词一字的利益勾兑，这就令慈禧太后大为放心，大为开心，也令她对湘军集团骤生好感和信任。曾国藩的感受如何？一则以喜，一则以惧。他在咸丰十一年（1861）十一月十四日的日记中写道："权太重，位太高，虚望太隆，悚惶之至！……古之得虚名而值时艰者，往往不克保其终，思此不胜大惧。将具奏折，辞谢大权，不敢节制四省，恐蹈覆竦负乘之咎也。"没有大权办不成大事，一旦大权在手，曾国藩又怕自己握不住，这种矛盾心理，他在日记中表现得淋漓尽致。

曾国藩总揽南方战区的军政大权后，仍然过了一段苦日子，步调才越走越顺，克服江宁（南京），爵封一等侯（除却清初三藩，一等侯爵是清王朝对汉族官员的最高礼遇。左宗棠收复新疆，军功盖世，也只封为二等侯爵）。朝廷原本许下封王的赏格，降为一等侯，连三等公都吝而未予，令人失望。最郁闷的是曾国荃，他先后攻克太平军的老巢安庆和江宁，劳苦功高，却只不过封为一等伯，与官文、李鸿章、左宗棠的爵位相同，心中如何能够服气？但康熙皇帝平定三藩后，颁布过"汉人永不封王"谕旨，祖训难违，就算朝廷公然违约，曾氏兄弟也不敢据理力争。

当年，坊间有多种说法流传，曾国藩掌握南方四省军权后，一时精神恍惚，萌生了异心。王闿运精修帝王学，辩才无碍，他极力怂恿曾大帅拥兵自重，称王，甚至称帝，与清朝、太平天国形成三足鼎立之势，以彼为鹬和蚌，听其相争，自为渔翁，坐收渔利。曾国藩有可能怦然心动了，但反复权衡，风险太大，当年内患日深，外侮日殷，称王、称帝很可能是一步臭棋，示天下以私，弄不好就会身败名裂，沦为千古罪人。何况湘军征战多年，师老兵疲，暮气渐深，将士多半贪财好货，无利时可以为利拼命，有了利，升了官，保命要紧，自然野心全无，难为大用。此外，曾国藩是世人心目中货真价实的理学宗师，奉行的三字真经是"慎""忍""诚"，倘若被天下人指斥为曹操那样的"奸雄"，无疑是自砸金字招牌。因此江南底定之后，曾国藩不仅推功诸将，而且数次递上奏章，沥陈曾国荃的病情，"心血过亏，万难再当大任，恐致偾事"，"遍体湿疮"，"肝火上炎，病势日增，竟不能握管作字"，说服朝廷恩准曾国荃开缺，回原籍休养。此外，曾国藩急于遣散湘军主力，首先着手遣散的就是九弟曾国荃统领的嫡系部队吉字营五万精兵，以此取信于天下。不过，据多种野史渲染，吉字营上下充满骄兵气焰，对于封赏不公颇有怨言，鼓噪喧哗，日甚一日，与"陈桥驿兵变"的前奏颇为相似，如果真的跳出几个冒失鬼来，后果实难逆料。曾国藩日夜忧惧，他要防患于未然，遣散湘军主力就是当务之急。

同治年间，由曾国荃主持，为曾国藩在湘乡荷叶塘兴建大宅院，名为"富厚堂"。湘乡风俗有个讲究，筑新屋，必诵上梁文，工匠善诙，用湘乡方言颂祷："两江总督太细（小）哩，要到南京做皇帝。"乡愚无知，亦可见民心之一斑。又据梁溪坐观老人所著的《清代野记》所述，彭玉麟收复安徽后，立刻派单舟送密件给曾大帅，全信寥寥十二字："东南半壁无主，老师岂有意乎？"此时，曾国藩的野心已经烟消云散了，因此装出一副生气的样子，压低嗓门说："不成话，不成话，雪琴还如此试我，可恶，可恶！"说完，立即把来信撕成碎片，当作点心，囫囵吞下，以免贻人口实。

曾国藩牢牢掌握着两江三省的兵权和利权，称之为晚清封疆大吏中的头号权臣，毫不为过。功高震主，权重也震主，"群疑众谤，殊无自全之道"。历史上，权臣的下场多半是大悲剧。同治元年（1862）七月二十八日，曾国藩写信给九弟曾国荃，头脑相当清醒，字字都渗透了理智："古来成大功大名者，除千载一郭汾阳外，恒有多少风波，多少灾难，谈何容易！愿与吾弟兢兢业业，各怀临深履薄之惧，以冀免于大戾。"曾国藩显然要向千古名帅郭子仪看齐，因此他不仅要根除自己的野心，而且要打消胞弟曾国荃的非分之想。同治三年（1864）三月二十五日，曾国藩在日记中写道："用事太久，恐人疑我兵权太重、利权太大，意欲解去兵权，引退数年，以息疑谤，故本日具折请病，以明不敢久握重柄之义。"不贪权，不恋栈，大敌当前，巨寇未灭，引退和请病假都是作秀，但这个秀作与不作可就大不一样，心迹不明则疑谤缠身。

五、晚年办砸了两件事

孔子对人性了解得十分透彻，作为儒家宗师，他为徒子徒孙订立了三条戒规："少之时，血气未定，戒之在色；及其壮也，血气方刚，戒之在斗；及其老也，血气已衰，戒之在得。"曾国藩位极人臣，唯一要担心的是功高震主。晚年，倘若他罔顾艰险，还想填平欲壑，还要得到新鲜的惊喜，就会直奔御座而去。所幸他的理智远远超过了勇气，及时刹车熄火，低调处世，明哲保身。他为朝廷卖命几十年，仍一如既往地韬光养晦，否则，虎跃鹰扬，志骄意满，徒然为亟速取祸之门。在沉重的专制铁钺下，腰板挺得太直是不合时宜的。

晚年，曾国藩体弱多病，精力衰退得很快，这也是其野心归零的重要原因之一。同治年间，他接连办砸了两件事，致使英名大损。

第一件是率兵镇压北方的捻军，此事办得好只不过锦上添花，办不好则前功尽弃。当时，吉字营五万精兵已被裁至三千人，训练骑兵和黄河水师均非短期能够见效，河防之策受到河南巡抚李鹤年消极抵制，大打折扣，淮军则被李鸿章遥控，调度不灵。捻军东奔西突，行踪飘忽不定，清军疲于应付，屡战不利。曾国藩办理北方军务，殚精竭虑，结果仍是一团糟，捻军壮大之后，一分为二，西捻窜入陕西，东捻杀入山东。同治五年（1866）十月十九日，曾国藩收到军机处转寄的上谕，满纸责备，语气相当严厉："曾国藩总统师干，身膺阃寄，各路将士均归调度，从未筹及陕、洛防务。办理一载有余，贼势益形蔓延。现在关中又复被扰，大局糜烂至此，不知该督何颜以对朝廷？若再不速筹援师赴陕，将此股捻匪设法殄灭净尽，则始终贻误，咎将谁归？"这就不仅仅是令曾国藩难堪，面子上挂不住，很可能要将他的老底掏空。曾国藩见势不妙，赶紧上章自劾，请求朝廷注销其侯爵，推荐精明强干的大弟子李鸿章出任钦差大臣，督办北路军务。同治七年（1868）七月二十八日晚，曾国藩对弟子赵烈文说："去年年终考察，吾密保及劾者皆未动，知圣眷已差，惧不能始终，奈何？"他是个细心的人，也是个敏感的人，忧虑已溢于言表。一年后，曾国藩上奏，建言勇丁改穿，帕首短衣利于行军作战，又责任宜专，中有总理衙门、兵部、户部层层检制之语，结果惹恼了恭亲王，招来几位御史上纲上线的诋毁，指责他要改衣冠就是要改变国家制度，这无疑又是一闷棍。

第二件是交涉"天津教案"，落下偏袒洋人的骂名。同治九年（1870）夏，天津城内谣传一个惨不忍闻的消息：许多儿童失踪遇害后，被法国传教士挖眼剖心竟至盈坛。谣言持续发酵，很快就积累了巨大的势能，造成大规模的民间骚乱，市民怒不可遏，围攻教堂，打死传教士、修女多人，还打死了当众开枪的法国领事丰大业。三口通商大臣崇厚张皇失措，处置无方，他挖了个深坑，自己无法填平，急于找寻垫背的替死鬼。崇厚是恭亲王面前的红人，恭亲王自然要回护他，帮他脱身。当时，直隶总督曾国藩患病，右目失明，无一隙之光，心情糟糕透顶，朝廷指令他接办辖区内的重大命案，不接还不行。晚清时期，办理教案就如同在刀尖上舞蹈，是大小官员最为头痛胆寒的差事。曾国藩由保定奔赴津门，预立遗嘱，连自己的灵柩选择水路搬运都做了安排。"余即日前赴天津，查办殴毙洋人、焚毁教堂一案。外人性情凶悍，津民习气浮嚣，俱复难和解，将来构怨兴兵，恐致激成大变。余此行反复筹思，殊无善策。余自咸丰三年募勇以来，即自誓效命疆场，今老年病躯，危难之际，断不肯吝于一死，以自负初心……"可见曾国藩有为朝廷拼命办差的意思。但他到了天津，冷静下来细想，国家内乱未靖，若外衅再启，财力、兵力均不敷急用，这件事真还不是自己横下心来一死可以断然决然了结的。于是，他决定牺牲名誉，力主和谈，"得尽其心，不求人谅"。同治九年（1870）六月十六日，曾国藩在日记中写道："本日办一咨文，力辩外国无挖眼剖心等事。语太偏徇，同人多不谓然，将来必为清议所讥。"如今已找不到这份咨文，七天后基于实地调查的奏折中有这样一节文字："至挖眼剖心，则全系谣传，毫无实据。臣国藩初入津郡，百姓拦舆递禀数百余人，亲加推问挖眼剖心有何实据，无一能指实者，询之天津城内外，亦无一遗失幼孩之家控告有案者。"他凭理性作出结论："盖杀孩坏尸、采生配药，野蛮凶恶之族尚不肯为，英法各国乃著名大邦，岂肯为此残忍之行？以理决之，必无是事。"这桩血案举世瞩目，乃是由一窝谣言加上无穷敌意造成的，曾国藩置身其间，回旋余地不大，惩治地方官，尤其于心不忍。日记中有"忍心害理，愧恨之至"的字样。此案末段交由他人办理，曾国藩因病脱身，但这口大黑锅仍得由他来背。既然曲在中方，天津教案的处置结果就绝对不会好看：罢免天津道周家勋，将天津知府张光藻、知县刘杰流放黑龙江，处死疑凶十八人，充军二十五人，赔偿损失五十万两白银。当年，曾国藩的奏折遭到恭亲王的删节后公布，其中"五可疑"的内容一字不存，将津民肇衅的原因悉数抹去，变成一面之言，似乎通篇都在为洋人辩诬雪冤，因此举国哗然，各界的唾骂纷至沓来，"汉奸""卖国贼"之类的恶号似乎专门为他量身定制。即使是知交朋辈，也不能体谅他的苦衷，腾书责难者甚夥。恭亲王耍出的小动作令曾国藩百口莫辩，对外界干脆以"外惭清议，内疚神明"相答，他喃喃念叨袁了凡的语录，"从前种种譬如昨日死，以后种种譬如今日生"。若能脱胎换骨，重新做人，他绝对不会迟疑。

曾国藩勇于负责，办理天津教案，实事求是，结果清誉碎落一地，他是否把肠子悔青了？没人知道。但他见摈于清议之后，精神就像斜墙上的瓦片一样摇摇欲坠，健康受损，天年被折，倒是事实。其时，还有另外一种声音，认为曾国藩与其大弟子李鸿章勇于议和，不惜赔上清誉，冒犯民心，说明他们一身敢任天下之大难。庚子年（1900），慈禧太后"顺应民意"，倚仗义和团，妄启兵端，自寻绝路。结果如何？输得鼻青脸肿，难看千百倍，最终仍要靠议和收场，国耻之深重，史无前例。

曾国藩，一介儒生，以天下为己任，统兵百万，平定江南，纾大难，除大憝，确实创造了奇迹。蔡锷在《曾胡治兵语录》中评点"将才之用"，特别表彰了曾国藩和胡林翼的"良心"和"血性"。他说："咸同之际，粤寇蹂躏十余省，东南半壁沦陷殆尽。两公均一介书生，出身词林，一清宦，一僚吏，其于兵事一端，素未梦见。所供之役，所事之事，莫不与兵事背道而驰。乃为良心、血性二者所驱使，遂使其'可能性'发展于绝顶，武功灿然，泽被海内。按其事功言论，足与古今中外名将相颉颃而毫无逊色，得非精诚所感，金石为开者欤。苟曾、胡之良心、血性而无异于常人也，充其所至，不过为一显宦；否则亦不过薄有时誉之著书家，随风尘以殄瘁已耳！复何能崛起行间，削平大难，建不世之伟绩也哉！"以爱国爱民的程度而论，蔡锷不遑多让，因此他对曾国藩的高度认可是值得我们留意的。

可靠的评价还来自敌手，据薛福成《书剧寇石达开就擒事》所云："达开到成都，对簿有司，供其前后抗官军事甚悉，口如悬河，应答不穷。自称年三十三，于当世诸将负盛名者，皆加贬辞。唯谓曾文正公虽不以善战名，而能识拔贤将，规画精严，无间可寻，大帅如此实起事以来所未觏也。"石达开不惧山高路远，勇猛西征，一方面固然是有所激，有所愤，要防备天王洪秀全下毒手；另一方面也是他想避开曾国藩统领的湘军，另辟一条生路。

六、两把金刷子：剃头和洗脑

功业尚在其次，大家对于曾国藩的为人更有兴趣，谈论得也更多。说到他，"曾剃头"的恶号就如同注册商标，这足以说明他够狠够辣。湘军刚集结时，曾国藩在奏章中声明："……臣欲纯用重典，以锄强暴。即良民有安生之日，臣身虽得残忍严酷之名，所不敢辞。"他主张杀降，将俘虏就地解决，命令曾国荃不可向饥民放赈，必须把江宁城内放出的妇女儿童强行遣送回去，以造成敌方内乱加剧，此类不义之举都遭到了时人和后人的谴责。

先说大规模的杀俘杀降和屠城，彰明较著的有几次：湘军大将曾国荃在安庆杀降，在南京屠城，淮军大将程学启在苏州杀降。曾国荃杀降卒，程学启杀降王，都不免背信弃义。据《凌霄一士随笔》所述，曾国藩在安庆得到淮军收复苏州的捷报，初闻大喜，继而怵然不乐，想到诸降王拥兵之多，余势之盛，不禁为淮军感到危悚。幕僚入帐祝贺，他却绕室彷徨，脸上只见忧色，不见喜气。直到后续的捷报传来，李鸿章的部将程学启诛杀了八位降王，他长舒一口气，心头那块高悬的巨石才落地为安，称赞李鸿章办事英明果决。在同治二年（1863）十一月二十三日的日记中，他写道："阅本日文件，见李少荃杀苏州降王八人一信稿、一片稿，殊为眼明手辣。"曾国藩杀害太平天国忠王李秀成，删削其供状，也引起过非议和猜测。在李秀成的供状后面，曾国藩亲撰批语，对自己的删削作了几点说明："自六月廿七日至七月初六日每日约写七千字，其别字改之，其谀颂楚军者删之，闲言重复者删之，其宛转求生乞贷一命，请招降江西、湖北各贼以赎罪，言招降事宜有十要，言洪逆败亡有十误者，亦均删之。其余虽文理不通，事实不符，概不删改，以存其真。"既然供状的全豹不为外界所知，有人就据此推断，李秀成的部分供词肯定对湘军不利，所以曾国藩不删不行。至于"闲言重复者""宛转求生乞贷一命""十要""十误"被删，可能都是幌子和烟幕弹。曾国藩老谋深算，倘若将李秀成押解赴阙，虽是首功一件，但保不准他会说出一大堆恶毒攻击曾大帅和湘军众将士的话来。何况李秀成的脑袋里还有一本南京和苏州的财富账，只要他透露个三言两语，湘军的剽掠行为、贪婪情状就会露馅穿帮。到那时，湘军大帅惹上浑身腥膻，功名打折尚在其次，授人以柄，则后患无穷，在青史上留下污名都很有可能。曾国藩杀害李秀成，是为了控制局面，爱惜羽毛。

至于对历史负责任，风格是可以切换的。由此可见，私心杂念之下，人间公义难存。

儒家亚圣孟轲有过这样的告诫："行一不义，杀一不辜，而得天下，皆不为也。"所谓"不辜"就是无辜，没有犯罪的人。然而掌兵者多行诡道，不杀无辜怎么可能？曾国藩手握生杀予夺之权，为大局着想，杀掉几个无辜简直就是小菜一碟。大本营中，每天午饭后，曾国藩照例要与幕僚下一局围棋。某天，忽然有一个人急匆匆跑来告密，说是某统领要叛变投敌了。告密者是某统领的部下，消息来源绝对可靠。出人意料的是，曾国藩闻言大怒，对告密者吼道："你诬告上官谋反，罪该处死！"他立刻下令，将告密者推出辕门，开刀问斩。嗣后，他若无其事，继续下棋。这个动静实在太大，一军皆惊，某统领闻讯后，立刻前来道谢，曾国藩召他进入帅帐，某统领叩首感恩："幸亏大帅知道我的为人，否则我就被冤杀了。"待他话音刚落，曾国藩就命令左右将某统领拿下，立斩不赦。这会儿，幕僚们都面面相觑，纷纷为某统领求情："要是告密者的消息可靠，大帅就不该斩杀告密者；要是告密者的消息不可靠，大帅就不该斩杀某统领啊！"幕僚们的逻辑推理只是1.0版本，曾国藩的逻辑推理才是2.0升级版。他笑道："我这样做不是你们所能明白的。"直到某统领被斩首示众后，他才从容揭开谜底："告密者的话是确凿可靠的，然而我要是不斩杀告密者，某统领就会立刻哗变，所以我用杀掉告密者的方式将某统领诱来大本营斩首。"幕僚们恍然大悟，对这场杀人游戏终于有了更深刻的理解，莫不佩服曾大帅算无遗策，手段高明，虽然残忍，却保全了大局。

曾国藩给外界的印象并不统一，其中难免有刻薄寡恩的一面，正是这一面颇招时人非议。李元度字次青，文采智略皆非凡品，在曾国藩幕中屡建奇策，驻守徽州时，仓促应敌而致败，听旨拿问期间，擅自离开大本营，惹怒曾大帅，再遭严劾，削职为民。嗣后，李元度得到浙江巡抚王有龄保荐，新授浙江按察使，募勇八千，号称安越军。曾国藩忿于李元度擅自回籍，与善于权诈的王有龄暗中勾兑，于是上奏第三度参劾他，朝中御史相当配合，终以"索饷不顾大局"的罪名将李元度革职，若非李鸿章联合沈葆桢、彭玉麟等人大力施救，李元度必遭充军发配（"发往军台效力赎罪"）的严惩。同治三年（1864）夏，江宁（南京）大捷，曾国藩得封侯爵，他回复彭玉麟的贺信，有这样一句话："今不才幸了初愿，膺此殊荣，所负者唯愧对次青，而于阁下亦钦钦怀歉，不能自已。"曾公于得意时，仍能知愧道歉，不容易。晚年，他致书许振祎，再作自我批评："仆自甲子以来，尝悔昔年参劾次青太过，又以剿捻无功，引为愧憾。"这样就好，良心不安总比铁石心肠要强。还有一个例子，既令人寒心，又令人困惑不解。咸丰年间，曾国藩在江西处境极其艰难，南城知县王霞举古道热肠，为湘军筹粮募饷，不遗余力，于患难之中施以援手，侠义无双。孰料曾国藩得势后，却对他视若路人。

儒家经典《中庸》有言在先："诚者，自成也；而道，自道也。诚者，物之终始，不诚无物。"有鉴于"天道忌巧"，无论是做人，还是打仗，曾国藩极力讲求"拙诚"，他尝言："以'诚'为之本，以'勤'字、'慎'字为之用，庶几免于大戾，免于大败。"曾国藩皈依孔孟，服膺程朱，自许为"血诚儒者"，平日讲求以诚示人，以德服人，但同时代的不少敌友始终怀疑他作秀演戏。左宗棠就一直不买账，严厉批评这位假想敌"貌似君子，实为小人"，这一酷评当然言过其实，令曾国藩相当郁闷和痛苦。除了讲求"拙诚"，曾国藩从"天道忌盈"的角度考虑，把"求阙"看得很重，用它来命名自己的书房。咸丰十年（1860）九月二十六日，他在日记中写道："是日因写手卷，思东坡'守骏莫如跛'五字，凡技皆当知之。若一味骏快奔放，必有颠踬之时；一向贪图美名，必有大污辱之时。余之以'求阙'名斋，即求自有缺陷不满之处，亦'守骏莫如跛'之意也。"由书法悟人生，曾国藩悟道之径不寡。

李伯元的《南亭笔记》中有一则轶事，讲到曾国藩受欺，令人忍俊不禁。某客衣冠古朴，谈吐非凡，到大帅营拜访曾国藩，评议当世人物："胡润芝（胡林翼）办事精明，人不能欺。左季高（左宗棠）执法如山，人不敢欺。公虚怀若谷，爱才如命，而又待人以诚，感人以德，非二公可同日语，令人不忍欺。"曾国藩闻言大悦，留某客入宿帅营，待若上宾，还给某客一笔重金，托他购买军火。某客重金到手，从此杳如黄鹤。曾国藩顿足而叹："令人不忍欺，令人不忍欺！"从这则轶事看曾国藩，虽然他识人的清鉴打了折扣，但一派浑厚天真，反而多出了几分可爱。

同治三年（1864）六月二十三日，曾国藩向朝廷呈递《金陵克服全股悍贼尽数歼灭折》，在这份详尽的捷报中，提及了幼天王洪天贵福（《李秀成自述》称他为"洪有福"，曾国藩称他为"洪福瑱"，左宗棠称他为洪瑱福）的下落："经过曾国荃亲讯，李万材供称：城破后，伪忠王之兄巨王、幼西王、幼南王、定王、崇王、璋王乘夜冲出，被官军马队追至湖熟桥边，将各头目全行杀毙，更无余孽。又据城内各贼供称，首逆洪秀全实系本年五月间官军猛攻时服毒而死，瘗于伪宫院内，立幼主洪福瑱重袭伪号。城破后，伪幼主积薪宫殿，举火自焚等语，应俟伪宫火熄，挖出洪秀全逆尸，查明自焚确据，续行具奏。"此处的说法尚显模糊，并不确实。同年七月初七日，曾国藩向朝廷呈递《贼酋分别处治粗筹善后事宜折》，则断定幼天王已死："洪福瑱以十六岁童骏，纵未毙于烈火，亦必死于乱军，当无疑义。"殊不知，幼天王侥幸逃出了重围，既未自焚，也未死于突围途中。同年七月初六日，左宗棠向朝廷呈递《攻剿湖郡安吉踞逆迭次苦战情形折》，首揭真相："昨接孝丰守军飞报，据金陵逃出难民供，伪幼主洪瑱福于六月二十一日由东坝逃至广德，二十六日，堵逆黄文金迎其入湖州府城，查湖郡守贼黄文金、杨辅清、李远继等皆积年逋寇，贼数之多，约计尚十余万，此次互相勾结，本有拼命相持之意。兹复借伪幼主为名，号召贼党，则其势不遽他窜可知。"此折一上，曾国藩就难脱作伪欺君的嫌疑。另外，还有一件事情，曾国藩无词平息时人的讥议。咸丰十一年（1861）夏，咸丰皇帝客死于热河，七月底湘军攻陷安庆，曾大帅被胜利冲昏头脑，直如三月不知肉味的饿汉，居然置国丧于不顾，军中纳娶陈氏妾（有人说，曾国藩纳妾只为找个挠痒人，他的牛皮癣奇痒难忍）。以今人的眼光看问题，皇帝蹬腿嗝儿屁，与曾国藩娶小老婆，二者风马牛不相及。但在清朝，身为朝廷命官，曾国藩这样做，悖逆了大礼，触犯了大忌，属于恣情纵欲，胆大妄为，若不是朝廷倚赖他剿灭太平军，此事不可能化小化无。曾国藩长期以克欲存诚自勖，屡屡对朋友晚辈谆谆告诫，到头来，却食言自肥。曾大帅纳娶年轻的姨太太，只享受了一年多的幸福生活，陈氏妾就在行营病逝了，这件事弄得自己气沮，惹得朋友不欢，确实有点得不偿失。明代思想家王阳明是一位实话实说的学者，他带兵剿除了赣南桶冈的乱军之后，深有感慨地说："破山中贼易，破心中贼难！"曾国藩能够率领湘军破江南百万太平军，心中的欲念却也有失控的时候，致使"吾心之贼破吾心之墙"，一代理学宗师，威信因此大打折扣。但反过来说，这恰恰证明曾国藩是肉眼凡胎，与神和圣并不搭界。

近代作家易宗夔著《新世说》，其中记录了曾国藩的言行，尽管篇幅有限，但寥寥数笔，往往传神。有一次，曾国藩与幕僚开玩笑："拼着老命艰苦创业，这不是常人能力所及，但也未可一概期待贤者大包大揽。应当在德行、文学、言语、政事四科之外，另设一科，叫'绝无良心科'。"这句玩笑话透露出可怕的内部信息，一个人要干成大事，先得脸厚心黑，将良心流放塞外才行。

所幸曾国藩的良心、良知、良能、良愿掉线的时候不多，否则祸害就大了。

　　曾国藩一生如楚人斫垩，运斤成风，最为人称道也最遭人诟病的两把"金刷子"一为杀人，二为洗脑。如果说他杀人尚属遥控行为，洗脑则为直接操作，这方面尤称行家里手。法国思想家卢梭有一句名言："谁控制了人们的思想，谁就可以控制他们的行为。"对于洗脑的好处，曾国藩领会极深。同治二年（1863）正月二十一日，曾国藩在日记中写道："念吾忝窃高位，剧寇方张，大难莫平，唯有就吾之所见多教数人，因取人之所长还攻吾短，或者鼓荡斯世之善机，因以挽回天地之生机乎！"在乱世，激扬善意，挽回生机，这样的洗脑倒是值得提倡的。然而有趣的是，曾国荃被大哥洗脑多年，他最大的不满恰恰是"处兄弟骨肉之间不能养其生机而使之畅"，认为大哥对他管束太严，限制太紧，批评太多，弄得彼此缺乏温情，心情也不舒畅。曾国藩的几个弟弟对大哥"敬而不亲，尊而不洽"，与其洗脑太勤大有干系。实际上，他们对大哥的洗脑也多半是阳奉阴违的，瞒着大哥在老家建造规模宏大的富厚堂和大夫第，就是一个显例。

　　曾国藩皈依孔孟，诚意正心的功夫堪称一流，即算如此，他仍然无法完全取信于人，冤屈该到哪儿去诉？孟子说："人之患在好为人师。"曾国藩喜欢给人洗脑，犯的就是这个毛病。不过，曾老师给人洗脑，你可以明里受洗，暗里拒洗，与法西斯的强行洗脑有着天渊之别。倘若一定要对此作出客观评价，曾国藩的洗脑技术不算太高明，成果也不算太突出，但相当厚道。某些研究者认为，曾国藩的洗脑对世道人心大有裨益，这正是他的功德所在。

七、不信书，信运气

　　古人在书面上强调"万般皆下品，唯有读书高"，在口头上的排位却是"一命二运三风水四积阴功五读书"，运气比读书重要得多。得运乘时者，幸致显宦，建功立业，如有神鬼相助。时乖运蹇者，沉沦下僚，一事难成，如有铙钩拖脚。

　　别人相信命运都好理解，最令人惊诧的是，洗脑大师曾国藩积累了数十年的"教学经验"，到头来，却将它们弃若敝屣，一改理学家的惯常面目，示人以阴阳家的普遍声气。朱克敏《雨窗消夏录》记载："曾文正公尝谓吴敏树、郭嵩焘曰：我身后碑铭必属两君。他任捃饰，铭词结语，吾自为之，曰：不信书，信运气，公之言，传万世。"临到生命的暮晚时分，曾国藩传世的口诀竟是"不信书，信运气"六字，这说明他的内心深处早已产生信仰危机，怎不教儿女、友人、部属跌碎眼镜？曾国藩平日讲求的是孔孟儒道和程朱理学，经他不懈的熏陶，别人已经深信不疑了，至少也是半信半疑，将信将疑，他这位"伟大的导师"内心却根本不相信，还有比这更荒诞的事情吗？我倒觉得，曾国藩还算良知未泯，真诚未绝。在生前，他肯揭破神圣的假面，拆穿真实的谎言，人之将死，其言也善，多少还讲求一点"临终关怀"（不是生者关怀濒死者，反过来，竟是濒死者关怀生者）。法西斯的洗脑大师们死到临头却仍旧一口咬定自己那套鬼把戏是天经地义的，是放之四海而皆准的真理，妄图将世人永久蒙在鼓里，锁在笼中，宅心反而不如曾国藩仁厚。

曾国藩认为，"自古成败利钝，皆由运气，而书册尽不足信"，但他崇信运气的态度前后有微妙的变化。壮年时，军书旁午，戎马倥偬，局势忽好忽坏，时好时坏，他的赌兴无一晷刻不与运气挂钩。"吾尝举功业之成败，名誉之优劣，文章之工拙，概以付之运气一囊之中，久而弥自信其说之不可易也。然吾辈自信之道，则当与彼赌乾坤于俄顷，较殿最于锱铢，终不令囊独胜而吾独败。"在这段话中，他特别强调自信心，运气还占不到绝对上风，但这种顽强的自信心逐年逐月消磨，终于所剩无几。同治八年（1869）十二月二十二日，他在日记中写道："日内，思古来圣哲名儒之所以彪炳宇宙者，无非由于文学、事功。然文学则资质居其七分，人力不过三分；事功则运气居其七分，人力不过三分。"曾国藩的好友胡林翼也有过类似的慨叹："成败利钝，实关天命，吾尽吾心而已。"两位大清帝国的柱石忠臣，身处艰危之境，都把天命和运气看得极为重要。

同治三年（1864）夏，曾国荃率领湘军主力吉字营攻克了金陵，铲除了太平天国的根基，"幸而有成，皆归功于己"，他在兄长面前从不掩饰自己的得意，曾国藩便经常提醒九弟："汝虽才能，亦须让一半与天！"歌词唱道，"三分天注定，七分靠打拼"，在曾国藩看来，至少五分天注定，打拼的人多得去了，成功的究竟有多少？

无独有偶，左宗棠与曾国藩并世齐名，也对运气颇感迷惑。同治四年（1865）三月中旬，他从福建写信给次兄左宗植，汇报近况，其中有这样一段话："见在大局虽稍有名目，然戡乱之人实不多觏。而运气却好，亦不可解。岂古来所谓命世英豪亦半凭运气耶？抑国家景祚方隆，群盗固应数尽耶？"

曾国藩于同治六年（1867）六月二十三日傍晚对赵烈文说的是"天下大事，运气主其六，人事主其四，至富贵利达，则运气所主尤多"。运气的重要性，不管是六分，还是五分，都足够惊人了。

同治六年（1867）九月初三日，曾国藩与幕僚、弟子赵烈文聊天，谈到胡林翼。赵烈文赞叹道："胡咏芝颇得古人家数，金国琛以贫乞返，立馈千金；鲍超母贫，时致参药；为子纳罗罗山之孙，以疆臣而为统将之晚辈；先恶刘霞仙，继折节事之。皆英雄举动也。使在开国龙兴之际，李靖、徐勣，明初徐（达）、常（遇春）之流，殆必及之，惜哉不遇时也。"曾国藩掀髯笑道："此吾运气口袋之说也，足下论世真能谛当。"何谓"运气口袋之说"？"师恒以人生皆运气为主，七尺之身，实以盛运气，故有斯雅谑。"一副皮囊，只用来装些运气，曾国藩不信书，信运气，也就好理解了，刘邦、朱元璋何尝知书？但他们皮囊里装满了好运气、大福气，就能笑到最后，笑得最好。

你可能会说，曾国藩以六字真言传世，玩的是黑色幽默。此言差矣。中国传统读书人口口声声不离孔孟之道，真心认可的却只是孟子的那句"尽信书不如无书"。他们往往以儒家精神吹响冲锋号（"天行健，君子自强不息"），却以道家精神鸣金收兵（"夫唯不争，故天下莫能与之争"）。临到晚年，血气既衰，斗志瓦解，他们回望来路，多半会惊得冷汗浃背，倘若运气再差些许，比九死一生更糟糕的结局将是一瞑不复视。曾国藩岂不是有过两次战败后因为绝望而跳水自尽的经历吗？正是有见于此，他才竭尽善意，给后人留下六字真言——"不信书，信运气"。

读罢曾国藩的六字真言，我不由得心中一凛，在这个现实的世界，你究竟还能相信谁？谁又是值得你信任的导师？你很可能受骗一生，被洗脑一辈子，最终，那人大声告诉你，以往的折腾都是逗你好玩的一场游戏，你受得了这样的恶补吗？你还能否心平气和？专制王朝的君臣，凡是有手段有学问的，都以给大众洗脑为平生快事，一级又一级地往下洗，直将万民的大脑洗成一片空白，他们才能恣意妄为，举国上下，也没有几人质疑其言行，只管山呼万岁，早请示，晚汇报，手之舞之，足之蹈之，丑剧一幕接一幕。曾国藩显然是一个坏榜样，最终他忍不住破坏了行规，可想而知，九泉之下他必定会遭到洗脑界的高明同行暴揍痛殴。

八、修身是首要工夫

儒家的理想是"修身齐家治国平天下"，四者并列，实为递进关系。修身是头号大前提，修身的火候不足则无从齐家，齐家的火候不足则无从治国，治国的火候不足则无从平天下。修身之难，难在以己为敌，以左手搏右手，就算一时狠得下心头，也不见得长久把得住关口，稍有懈怠，就会前功尽弃。曾国藩把日记当作修身的功课册，给后人留下了自我约束、自我斥责、自我鞭策的全息纪录。

人有积习，有陋习，妨碍修身，就得大扫除才行。曾国藩喜欢吸水烟，这个嗜好伤害身体，必须戒除。道光二十一年（1841）九月初一，他在日记中写道："是日早起，吃烟，口苦舌干，甚觉烟之有损无益，而刻不能离，恶湿居下，深以为恨。誓从今永禁吃烟，将水烟袋捶碎。因念世之吸食烟瘾者，岂不自知其然？不能立地放下屠刀，则终不能自拔耳。"曾国藩三十岁时患有肺病，吐过几次血，一度病危，险些丧命。他的肺病是因吸烟而引发，还是因吸烟而加剧？二者必有关联。瘾君子要戒绝烟瘾，谈何容易。一年多后，道光二十二年（1842）十月初七，曾国藩的日记中仍有"吃烟"的字样："本日说话太多，吃烟太多，故致困乏。"过了十四天，为戒烟，他在日记中发下毒誓："客去后，念每日昏锢，由于多吃烟，因立毁折烟袋，誓永不再吃烟。如再食言，明神殛之！"过了二十二天，烟瘾仍死死地纠缠他，令他极其难受，日记中留下了生动的描述："自戒烟以来，心神彷徨，几若无主，遏欲之难，类如此矣！不挟破釜沉舟之势，讵有济哉？"毕其功于一役，曾国藩向自身的不良嗜好开战，有血战到底的决心，终于取得了胜利。戒烟成功后，他还想戒掉自己的另一项嗜好——弈棋，认为下棋和观棋费时误事，质问自己："此事不戒，何以为人？"但下棋与吸烟，二者性质迥然不同，下棋既能提高弈者的思考能力，也能帮助弈者涵养静气，只要有度就有益，因此这项嗜好他还是保留了下来，日后，在戎马倥偬的军旅中，仍有对枰手谈的记录。

修身不只是个人行为，单靠自己审视默察、认真刻苦显然是不够的，还须借助外力的推动，听从朋友的诤谏。道光二十二年（1842）十月初三，曾国藩在日记中写道："岱云言余第一要戒'慢'字，谓我无处不着怠慢之气，真切中膏肓也。又言予于朋友，每相恃过深，不知量而后入，随处不留分寸，卒至小者龃龉，大者凶隙，不可不慎。又言我处事不患不精明，患太刻薄，须步步留心。此三者皆药石也。"陈源兖字岱云，是曾国藩的湖南老乡，两人还是同科进士、翰林，后来结为儿女亲家，他指出好友在待人处事方面的三个缺点：对人怠慢，恃才自负，处事刻薄。曾国藩接受药石之言，深自反省。日后，他虚怀若谷，以恕道待人，晚年将书斋命名为"无慢室"，受益良多，殊非浅显。

在日记中，曾国藩针对自己的毛病挥笔狠批，如同下药猛治，他骂自己"可恨""可耻""可鄙""可羞""真禽兽""真小人""真下流"，洵为常事。道光二十二年（1842）十月初八，他在日记中写道："灯后，何子贞来，急欲谈诗，闻誉，心忡忡，几不自持，何可鄙一至于是！此岂复得为载道之器乎？凡喜誉恶毁之心，即鄙夫患得患失之心也。于此关打不破，则一切学问才智，适足以欺世盗名为已矣。……与子贞久谈，躬不百一，而言之不怍，又议人短，顷刻之间，过恶丛生，皆自好誉之念发出。"士大夫好虚名与鄙夫患得患失如出一辙，曾国藩以载道自任，深知小器易盈，难堪大用，所以他与好友、书法家何绍基交谈后，发现毛病，痛加自责。其日记中多有此类断喝："为人好名，可耻！"哪怕只是乡贤贺长龄来信夸赞了他几句，他也认为自己是"浪得虚誉，愧极，丑极"。好名不可取，"喻利"如何？也是"鄙极丑极"。如果说好名、喻利是大过大恶，睡懒觉就应算小过小恶吧？但曾国藩并不这样认为。"晨醒，贪睡晏起，一无所为，可耻！"这还是骂得轻的。"醒早，沾恋，明知大恶，而姑蹈之，平旦之气安在？真禽兽矣！"他把赖床不起视为大过大恶。"又晏起，真下流矣！"骂得真够重的。道光二十三年（1843）正月间，曾国藩拜访好友和湖南老乡汤鹏（字海秋），日记中有一处自我斥责："同见海秋两姬人，谐谑为虐，绝无闲检，放荡至此，与禽兽何异！"他与汤鹏的两位侍妾开玩笑开过了头，回家后反省，诊断此病为"放荡"，便将自己臭骂一顿，简直狗血淋头。

修身无小事。曾国藩将正心、凝神看得要紧，所以对自己的坐姿特别注意，要像青铜鼎似的端庄稳重，为了取得最佳效果，他还从朋友那里学到焚香静坐的法子。曾国藩将"谨言"视为"功夫第一"，将"气浮言多"视为重症，言多必夸，言多必失，以口戕身的例子太多了，务必根治。"细思日日过恶，总是多言，其所以致多言者，都从毁誉心起。欲另换一个人，怕人说我假道学，此好名之根株也。""余自三十时即不能多说话，说至数十句便气不接续，神尤困倦。"将多言与好名、生病扯上瓜葛，可见他的重视程度。道光二十二年（1842）十二月初七日，曾国藩订立了一份课程表，共计十二项："主敬"为首，"静坐"为次，"早起"为三，"读书不二"为四，"读史"为五，"谨言"为六，"养气"为七，"保身"为八，"日知所亡"为九，"月无忘所能"为十，"作字"为十一，"夜不出户"为十二。细看这份课程表，他的功夫下得很实，也很宽，正心、诚意、修身、养性、健体、求知，全都包含其中。他认为，修身也好，求学也好，均宜用"鸡伏卵"的笨法子，持之以恒，急不得，快不得，巧不得，功到自然成。

修身之严，贵在持戒。年轻时，曾国藩立下三戒：戒吃烟，戒妄语，戒房闼不敬。持戒的目的是二如——"如日之升，如鼎之镇"，既有勃勃的生机，又有牢牢的定力。道光十九年（1839），曾国藩进京，临别求祖父赠言，祖父要他戒傲，他谨记于心。道光二十二年（1842）十月十四日，他在日记中写道："若日日誉人，人必不重我言矣！欺人自欺，灭忠信，丧廉耻，皆在于此，切戒切戒！"这就是要戒妄语。咸丰十年（1860）七月初七，曾国藩接到实授两江总督兼钦差大臣的谕旨，五天后，曾国藩拜发谢恩折，此折的御批朱文是："知道了。卿数载军营，历练已深唯惟不可师心自用，务期虚己用人，和衷共济，但不可无定见耳。"至此，曾国藩又想起了二十一年前祖父要他戒傲，与今日皇上要他不可师心自用实为一事，身为团队领袖，择善而从，谋定而动，都须从修身功夫得来。

曾国藩谈修身，喜欢由诀入理。他的口诀多半是一字诀，比如"勤""俭""谨""信""浑""淡""忍"之类。何谓"浑"？强调浑然厚实，精明不外露，他的解释是"劲气常抱于胸而百折不挫，是非了然于心而一毫不露"。何谓"淡"？他的解释是"不特富贵功名及身家之顺逆、子孙之旺否悉由天定，即学问德行之成立与否，亦大半关乎天事，一概淡而忘之，庶此心稍得自在。"他还说过"凡人我之际须看得平，功名之际须看得淡"，说来容易做来难，能做到七八分就算是顶上功夫了。数年后，欧阳兆熊为曾公撰写挽联，道是"将汗马勋名问牛相业，都看作秕糠尘垢"，也是在"淡"字上着力。曾国藩的性格原本好胜、好强，饱经磨难之后，他深知一点，办大事不可浮躁，能忍受常人所不能忍受的痛苦和委屈才算把握要领。

同治九年（1870）六月初三，曾国藩从保定赴天津办理教案前，给儿子曾纪泽、曾纪鸿写遗嘱，其中第三条是："修身之要，在于不忮不求。"还特意附上《不忮诗》《不求诗》二首。先看《不忮诗》："善莫大于恕，德莫凶于妒。妒者妾妇行，琐琐奚比数：己拙忌人能，己塞忌人遇；己若无事功，忌人得成务；己若无党援，忌人得多助；势位苟相敌，畏逼又相恶。己无好闻望，忌人文名著；己无贤子孙，忌人后嗣裕；争名日夜奔，争利东西骛；但期一身荣，不惜他人污；闻灾或欣幸，闻祸或悦豫。问渠何以然，不自知其故：尔室神来格，高明鬼所顾。天道常好还，嫉人还自误。幽明丛诟忌，乖气相回互。重者灾汝躬，轻亦减汝祚！我今告后生，悚然大觉寤：终身让人道，曾不失寸步；终身祝人善，曾不损尺布；消除嫉妒心，普天零甘露；家家获吉祥，我亦无恐怖。"忮的意思是妒忌，其害有数宗；不忮即不妒忌，其益也有多项。若能做到不忮，则内心坦荡，外行光明，不祈福自有福。再看《不求诗》："知足天地宽，贪得宇宙隘。岂无过人姿，多欲为患害：在约每思丰，居困常求泰；富求千乘车，贵求万钉带。未得求速偿，既得求勿坏，芬馨比椒兰，磐固方泰岱；求荣不知厌，志亢神愈忕。岁煖有时寒，日明有时晦；时来多善缘，运去生灾怪；诸福不可期，百殃纷来会；片言动招尤，举足便有碍。戚戚抱殷忧，精爽日凋瘵。矫首望八荒，乾坤一何大！安荣无遽欣，患难无遽愍。君看十人中，八九无倚赖；人穷多过我，我穷尤可耐；而况处夷途，奚事生嗟忾？于世少所求，俯仰有余快；俟命堪终古，曾不愿乎外。"此处，求的意思是贪求，贪求之不切实际者有数端；不贪求之得快慰者亦有多途。人各有命，富贵在天，少些贪求反而能活得舒坦。曾国藩将不忮不求视为修身的要点和重点，聪明人循此门径而入，则鲜有失坠的危险。

同治十一年（1872）二月初一，曾国藩去世前三天，他在日记中留下了深长的感喟："余精神散漫已久，凡遇应了结之件，久不能完，应收拾之件，久不能检，如败叶满山，全无归宿。通籍三十余年，官至极品，而学业一无所成，德行一无可许，老大徒伤，不胜悚惶惭赧！"曾国藩修身极苦，律己极严，去世之前仍自谓"德行一无可许"。真不知道，我们是应该赞美他谦虚呢，还是应该悲叹修身之难难于上青天。

九、观人鉴人如有神助

在《庄子·内篇·应帝王》中，郑国的神巫季咸"知人之死生、存亡、祸福、寿夭，期以岁月旬日，若神"，列子完全被他的神机妙算折服了，甚至断定季咸的道行远远超过了自己的良师壶子。于是，壶子要徒弟带季咸来给自己看相算命，就近测试其功力如何。季咸初见壶子，就预言壶子命将休矣，死期在十天之内。季咸走后，列子泪流满面，壶子笑道："刚才，我略施小计，以'地文'相示，所以季咸误认为我不久于人世了。"紧接着，列子又陪季咸来给壶子看了两次相，好玩得很，壶子分别示以"天壤"和"太冲莫胜"，忽有忽空，一会儿这样，一会儿那样，简直看不出个所以然，季咸被壶子捉弄得晕头转向，找不到北，因此爽然若失，逃之夭夭。他算是领教了什么叫作"至人无相"。

芸芸众生中毕竟罕有壶子那种自带若干变化的得道者，绝大多数人仍处在"相由心生，相随心转"的范畴之内，喜怒哀乐形于辞色，性格的诸多信息也都由眼神和表情流露出来，健康状况更难保密。于是一些高明的智者通过分析对方的"源代码"（性格之强弱、智识之浅深、胆力之小大、气质之纯杂、精神之盛衰）就可判断出其人大致的命运轨迹，倒不一定非要研究《麻衣相法》和《梅花易数》。

曾国藩被誉为人鉴，几乎没有争议。左宗棠傲视群雄，目高于顶，看谁都只是武大郎，居然也乐得承认曾国藩"有知人之明"。据黎庶昌编纂的《曾文正公年谱》记载，道光二十四年（1844），曾国藩初识江忠源。"江公素以任侠自喜，不事绳检。公与语市井琐事，酣笑移时。江公出，公目送之，回顾郭嵩焘曰：'京师求如此人才不可得。'既而曰：'是人必立功名于天下，然当以节义死。'时承平日久，闻者或骇之。"这段话应该是源自左宗棠所撰《江忠烈公行状》的结尾，文字方面小有出入。江忠源嗜赌好色，不拘形迹，在京湘籍人士皆知，但这并没有影响曾国藩的理性判断。八年后，江忠源率领自己精练的楚勇镇压太平军，在广西蓑衣渡击毙南王冯云山。嗣后，转战湖南、湖北、江西，累功升至安徽巡抚。十年后，庐州城破，江忠源投水殉节，追赠总督，谥为忠烈。曾国藩不仅预言江公"立功名于天下"，而且还预言江公"以节义死"，二者应验，若合符节，这就是他特别厉害的地方。

所幸《曾国藩日记》给我们提供了他鉴人的若干经验和理论，有点有面，还有整体的概括。从体形、面貌、神情、气色、语言、姿势、步态、行为去判断一个人的品德、性格、气质、功名、休咎，往往八九不离十。令人感到困惑的只有一点：曾国藩有神准的鉴人功夫，为何还要急于给几个女儿订娃娃亲，致使她们（除开小女儿曾纪芬）婚姻不幸，命运多舛，自己也要再三地怅叹"坦运不佳"？曾大人还怕找不到佳婿吗？那么急于求成，令人想不通。

曾国藩观人鉴人，首看气魄、精神和性格，次看言语、形体和举手投足。

他说："端庄厚重是贵相，谦卑含容是贵相。事有归着是富相，心存济物是富相。"这句话中，"端庄厚重"和"谦卑含容"比较好理解。至于"事有归着"，就是做事要有归纳，有着落，知进知退，能放能收，善始善终。"心存济物"就是要乐善好施，主动帮助弱势群体，赞助公益事业，回馈社会。舍得，舍得，多舍者必多得，所以有富相。关于贵相，曾国藩还有一个更具体的说法值得参考："细参相人之法，神完气足，眉耸鼻正，足重腰长，处处相称。此四语者，贵相也，贤才相也。"何谓"神完气足"？精神完好，意气充足。何谓"眉耸鼻长"？眉骨高耸，鼻梁端正。何谓"足重腰长"？步履稳重，腰板挺直。何谓"处处相称"？五官四体，搭配匀称。这样的体貌是贵相，是贤才相。

他说："巧召杀，忮召杀，吝召杀。孝致祥，勤致祥，恕致祥。"巧者诡诈，爱使心眼，爱耍心计；忮者妒忌，不能容人，不能容物；吝者鄙陋，一钱障目，不识大体。三者容易招致灾祸。孝敬父母，勤劳敬业，宽厚待人，则容易获得吉祥。

曾国藩品评人物，以不言者、寡言者、慎言者为上，以好言者、多言者、大言者为下。湘军名将刘松山"不言而善战，挺拔明白"，列入优等。湘军名将李续宾"于稠人广坐之间终日不发一言"，列入优等。湘军名将萧孚泗"口拙讷，神不外散"，也列为优等。他们"讷于言而敏于行"，深得曾国藩的信任和器重。

曾国藩鉴别人物，以"静气""良心""孝心"为上，以"浮""滑"为下。副将陈品南"挺拔，有静气"，列为优等。旗官文恒久"有静气，有良心"，列为优等。哨官刘培元"眼圆人滑"，斥为劣等。

常言道：眼睛是心灵的窗户。曾国藩特别留意对方的眼睛，凡是眼珠子滴溜溜乱转的，目光闪烁游移的，目光只盯着自己脚尖的，"目动神狠""目动言肆""睛无神光"之类，在他的日记中给出的都是差评。而"目不妄视""目不妄动"的，为人可靠，熊登武"目有精光，三道分明"，帮带张胜禄"目有神光，人倜傥"，守备李楚盛"目有精光数道"，守备李祖祥"目定鼻定，坚实可恃"，周玉堂"目光三道清明"，帮办王春发"口方鼻正，眼有清光，色丰美"，哨官李佑厚"目黄明"，均列为优等。

曾国藩喜欢"静而明白""朴实明白""明白有情"的人，在他的日记中，鉴人甚多，凡获此类评语者，非优即良，比如旗官朱绍辉、百长贺国秀等人。

军人须上阵杀敌，贵在挺拔壮健，有勇有力。在曾国藩日记中，凡是"挺拔诚实""挺拔有情意"的，都获佳评，哨官刘湘南"腰挺拔，面英发"，被赞为"可爱"，哨长廖世霖"鼻梁正，腰身正"，列为优等。相反，"无英气""无雄气"的娘娘腔，难获佳评。

咸丰九年（1859）三月初八，曾国藩在日记中写道："夜思相人之法，定十二字，六美六恶，美者曰长、黄、昂、紧、稳、称，恶者曰村、昏、屯、动、忿、遁。"六种美相如何解释？"长"就是身材高大颀长，"黄"就是眼珠栗黄，"昂"就是器宇轩昂，"紧"就是神气密紧，"稳"就是举止沉稳，"称"就是四体五官匀称。六种恶相如何解释？"村"就是言行庸俗粗野，"昏"就是满脑子糨糊，"屯"就是神色愁苦，"动"就是躁动不安，"忿"就是好发脾气，"遁"就是眼神躲闪。

同治四年（1865）十一月十三日，曾国藩在日记中回忆自己往昔探求的"观人之法"，撰成口诀："邪正看眼鼻，真假看嘴唇；功名看气概，富贵看精神；主意看指爪，风波看脚筋；若要看条理，全在言语中。"一个人的心术是奸邪还是正直，须观察其眼睛和鼻子，眼神清澈明亮者正，眼神凶狠昏暗者邪，鼻梁端正挺直者正，鼻梁歪斜塌陷者邪。一个人的心地是真诚还是虚假，须观察其嘴唇，具体如何判断，曾国藩未作解说，不得其详。一个人的功名是杰出还是平凡，须观察其气概，一个人的命运是富贵还是贫贱，须观察其精神。这两个方面，六美六恶中已经揭示。一个人遇事是否有主见和定见，须观察其手掌和指甲，"指甲坚者心计定，指长者聪明"。一个人经历磨难时能否站稳脚跟，须观察其脚筋，曾国藩对此未作详细解释，想必是脚筋强韧者更容易过关。一个人逻辑思维是否严密，须分析其言语。言之有物，言之有理，言之有分量，则其人有条理；反之，言不及义，胡言乱语，强词夺理，则其人无条理。

曾国藩的"相人之法""观人之法"大致如此。他要在行伍中挑选将才，所以特别留意对方是否沉稳、可靠、正直、忠诚、有主见、有定力、有静气、有韧性、有胸怀、有气魄、有良心，至于富贵贫贱，倒不是他关注的重点和要点。领导者要提高自己的眼力，曾国藩鉴人的方法是可资借鉴的。

同治八年（1869），曾国藩就任直隶总督，进京陛见数次，还拜会了几位军机大臣。事后，他对弟子赵烈文实话实说："两宫才地平常，见面无一要语，皇上冲默，亦无从测之。时局尽在恭邸、文（祥）、宝（鋆）数人，权过人主。恭邸极聪明，而晃荡不能立足。文柏川正派而规模狭隘，亦不知求人自辅。宝佩衡则不满人口。朝中有特立之操者尚推倭艮峰，然才薄识短。余更碌碌，甚可忧耳。"曾国藩动用自己的"观人之法"，发现朝中无人可以指望，就连两宫皇太后、恭亲王和几位军机大臣都难入其法眼，国事焉得不越办越糟。

十、世间尤物不敢妄取

曾国藩的高位和威名全摆在那儿，醒目之至，一目了然，不少将领和地方官员都琢磨着"近水楼台先得月"，但他居清守廉，从不收受重礼，这就给他们提供了一个极难攻克的课题。

鲍超，字春霆，是湘军霆字营的统领，在晚清时期被左宗棠称为"尤难驾驭"的骁将，但他对湘军大帅曾国藩还算礼貌周全。咸丰十一年（1861）十月初九，曾国藩在日记中写道："鲍春霆来，带礼物十六包，以余生日也。多珍贵之件，将受小帽一顶，余则全璧耳。"曾国藩的生日是农历十月十一日，鲍超提前两天送礼祝寿，礼物多为贵重物品。送礼者是麾下大将，这个面子曾国藩是一定要给的，礼物不能不收；他一向示人以清廉，倘若眼下破例收下厚礼，其他人就会立刻跟风。于是曾国藩采取折中而兼顾的手法，收下一顶小帽，将余下的贵重礼物都璧还给鲍超。要保住面子的保住了面子，要保住里子的也保住了里子，可谓两全其美，皆大欢喜，既未伤及袍泽情谊，又未伤及清官廉节。

每个人都有软肋，不爱金钱的人可能爱美色，不爱美色的人可能爱古董，不爱古董的人可能爱字画。送礼的人投其所好，一旦探明对方的软肋，就能"一击而中"，脱靶的概率将大大降低。曾国藩的软肋是什么？他特别热爱书法。在曾国藩的日记中，他梦见父母的次数较多，梦见朋友的次数较少，但他梦见乾隆朝名臣刘墉（字崇如，号石庵，俗称刘罗锅），不止一次，共计三次，并且在梦中"畅谈数日"，"周旋良久"，这岂不是令人奇怪吗？原因只有一个：刘墉是曾国藩特别喜爱和尊崇的书法大家，在其心目中，占有不可替代的位置。

咸丰十年（1860）九月二十七日，曾国藩在日记中写道："黎寿民送手卷，系刘石庵、翁覃溪二公乾隆四十八年在顺天闱中所写，各临《兰亭》一本，又书诗跋甚多。余以其物尤可珍贵，璧之。"黎寿民是已故监察御史黎樾乔的公子，黎樾乔是曾国藩的老友。故人之子赠送手卷，其中还有他最喜爱的书法家刘墉临摹的一本《兰亭集序》，就算他笑纳这份厚礼，也不能叫收受雅贿，但曾国藩欣赏过此帖之后，当即璧还原主，心中或许有些恋恋不舍吧，但他居清守廉的定力毫不示弱。

过了三个多月，曾国藩的定力又受到另一次更高强度的测验。咸丰十一年（1861）正月二十二日，他在日记中写道："是日，休宁瞿令福田送右军帖一本，王梦楼跋断为淳化祖本，且定为唐刻，考核未必确凿，而神采奕奕，如神龙矫变，不可方物，实为希世至宝。余行年五十有一，得见此奇，可为眼福。瞿令又送赵侍制仲穆所画飞白竹，上有施愚山、沈绎堂诸先生题跋，亦可宝也。余以世间尤物不敢妄取，审玩片刻，仍亦璧还。去年，黎令福时送刘石庵、翁覃溪二公在闱中所书手卷，余亦璧却。此三件可称祁门三宝。"休宁县令瞿福田将祖传的镇宅之宝、唐刻淳化祖本王羲之法帖赠送给顶头上司、两江总督曾国藩，其求官干禄的用意不言自明。曾国藩一眼就看出此帖是"希世至宝"，人间不可多得。他发出"余行年五十有一，得见此奇，可为眼福"的赞叹，足见这本王羲之法帖绝非凡品。

曾国藩的定力着实令人惊异，"审玩片刻，仍亦璧还"，他的定见则更加令人敬佩，"世间尤物不敢妄取"，取则见贪，取则伤廉。这与苏东坡《前赤壁赋》中所表达的卓见一脉相承，"且夫天地之间，物各有主，苟非吾之所有，虽一毫而莫取"。世间尤物，不可贪求，更不可贪占，非分而取，必受其殃，这样的例子，目击古今，比比皆是。

廉者洁，贪者污，曾国藩决心在官场做个干净人，既有这样的定见，也有这样的定力，他恪守原则，守得密不透风，软肋之处亦无懈可击。自此管窥，可见一斑。

十一、滑稽之雄

在读者的想象和印象中，曾国藩表情严肃，心事重重，既勇于自我批评，又乐于教训别人。其实，一人总有多面。同治六年（1867）六月十三日，赵烈文去曾国藩内室聊天，在几案上的书堆中看到坊本《红楼梦》，吃惊之余，他大笑道："督署亦有私盐耶？"当年，收购和贩卖私盐都是违法的，在禁运禁售之列，《红楼梦》被官方定性为淫书，当然也是禁书，曾国藩却有兴翻阅。茶余饭后，曾国藩与僚友谈笑风生，言语诙谐，号称"滑稽之雄"，并非整天一副苦瓜相，只不过其理学家的"罩袍"宽绰，幽默感被遮蔽了不少。

有一次，曾国藩打趣大本营中某位以怕小老婆出名的幕僚，倏然亮出上联——"代如夫人洗脚"，原以为某君的捷才不济，这回要吃个哑巴亏，当众出回洋相。可是他发招太过刚猛，迫使某君情急之下无暇顾及其他，比如说，嘲谑者是湘军大帅——自己的顶头上司和衣食父母，他只想给这位悍然来犯的假想敌施以致命的还击。于是，某君应声对出下联——"赐同进士出身"。曾国藩自取其辱，心里暗叫一声惭愧，脸色先是红了，然后白了。引火烧身，这位幽默控算是在明处吃了个暗亏。

咸丰十年（1860），刘长佑升任广西巡抚，不知他误听何人之言，说是钦差大臣、两江总督曾国藩上密疏保举了他，出于感激之情，他想换帖改称曾国藩为"恩师"。现成的便宜，到底占还是不占？曾国藩实事求是，力辩其误。来而不往非礼也，玩笑照样要开，他叫刘长佑以广西所产之治伤妙药三七见赠，用它来捐免"门生"二字。刘长佑也是个相当有趣的人，真的复信寄赠了两斤三七，封面上写明"捐缴三七若干，请饬局核明给奖"字样，曾国藩便将门生帖完璧奉还，"以代实收部照，不改称谓，仍为友朋如初"。同治四年（1865）闰五月十五日，赵烈文也写信要拜曾国藩为师，曾国藩便在回信中讲了上面这个故事，援例要赵烈文惠赠张惠言（字皋文）的《仪礼图》初印本，以捐免门生的新称呼，饬局给奖。"此次敬将大束璧还，亦足见捐政之宽大矣。贤如子厚，不敢为众人之师；贵如卫青，亦岂无长揖之客。请存此义，留作一段佳话可也。"赵烈文铁心拜师，旋即将门生帖寄了回去，后来还真的搜觅到了张惠言的《仪礼图》，为这段妙趣横生的佳话打上了圆满的句号。

咸丰末期，曾国藩将湘军大本营驻扎于安徽祁门，城在山下，地形地势局蹙不可守，曾国藩决定推倒城墙，没想到本地乡绅获悉此举，无不乐从。原因很简单：自从康熙年间江西某人来祁门做县令，修造此城，一百多年间无一位祁门秀才再中举人。于是曾国藩下令拆除城墙，构筑碉堡，以资守御。事后，祁门士绅禀请大帅令人撰写碑记，曾国藩便在禀牍上作四句谣谶："拆去西北城，几几出科名。东南留一节，富贵永不歇。"谣谶随风传开，其效竟如立竿见影，甲子科乡试祁门中了三名举人，丁卯科乡试祁门又中了两名举人。

同治元年（1862）二月初一，曾国藩在日记里写下这样一段话："公牍中所刻余官衔，字数太多，因删去十四字，令其另刻。戏题一绝云：'官儿尽大有何荣？字数太多看不清。删去几条重刻过，留将他日写铭旌。'"当时，他的官衔共有五个：太子少保、协办大学士、兵部尚书、钦差大臣、两江总督。这些官衔，别人求之不得，能拥有其中一个就足以光宗耀祖了，曾国藩却要删繁就简，只求一目了然。

同治三年（1864）七月初八，朝廷恩旨传至金陵，曾国藩获封一等侯，赵烈文入内贺喜，打趣道："此后当称中堂，抑称侯爷？"曾国藩笑着回应："君勿称猴子可矣！"封侯是人生得意事，但楚人沐猴而冠的成语摆在那儿，始终是一块心病，倒不如自己戏说，曾公的雅谑就足见文化含金量。

有一次，曾国藩与赵烈文说笑，他乐意接受好友邵懿辰赠送的谥号——"文韧"，视之为量体裁衣，再合适不过了。曾国藩死后谥为"文正"，这是朝廷对于文官的顶格美谥，清朝二百六十多年，获此哀荣者屈指可数，却终究不如"文韧"能够突出曾国藩百折不挠的精气神。

曾国藩是理学家，他的幽默感能起到平衡和调剂的作用，但有时也会招来麻烦。他曾作一语调侃左宗棠："季子才高，与人意见时相左。"将左宗棠的字（季高）和姓（左）都嵌入进去，寓庄于谐，切事而达意，略无雕琢，浑然天成。武健书生左宗棠却受不了这一"恶补"，甚至有点恼羞成怒，他决意要在气势上凌轹对方，于是打出一记刚猛的直拳："藩臣辅国，问伊经济又何曾？"同样将曾国藩的名（国藩）和姓（曾）嵌入首尾。二语合璧，恰成一副绝妙对联。真要举牌亮分，我认为曾公措辞谑而不虐，可得十分；左公负气较真，只得七分。不过，有人仔细考证，发现这副对联只是晚清时期文人附会的产物，将它们安置在曾、左两公头上，故意弄出一番热闹来。

左宗棠出生于嘉庆十七年（1812）十月初七，曾国藩出生于嘉庆十六年

（1811）十月十一日，前者正好比后者小整整一岁。同治元年（1862），曾国藩任两江总督协办大学士。在清朝，官员获授大学士就算入阁拜相。左宗棠时任浙江巡抚，按惯例，此后他致书曾国藩必须自称"晚生"或简称"晚"，才算合乎礼节。于是左宗棠有意向曾国藩讨个便宜，他在信中写道："依例应'晚'，唯念我生只后公一年，似未为晚，请仍从弟呼是。"左宗棠希望不要因为曾国藩获授协办大学士就疏远了彼此间的友好关系，他想一如既往，称兄道弟。曾国藩的回信相当幽默："曾记戏文一出，'恕汝无罪'，兄欲循例，盖亦循此。一笑！"那时候，曾、左的友情非常融洽。光绪元年（1875），左宗棠晋升为协办大学士，曾国荃依例称"晚"，左公便给他讲述了上面那个故事，让曾国荃继续称弟，以免生疏。

十二、晚清时期特异的产物

曾国藩规模远大，综理密微，以勤廉为本，慎独，主敬，求仁，习劳，一辈子活得真够累的，真够苦的。一介书生，他亲手练成了中国历史上最为强劲的民兵组织（湘军），他首建义旗，终成大功，是一位顶呱呱的传奇人物。庚子年间，慈禧太后一意孤行，利用声势浩大的义和团对抗列强，满以为民气可用，民间武装力量可恃，洋人再强再狠，强龙斗不过地头蛇。但义和团要对付的是无论军纪、武装还是后备财力都远远优于太平天国的八国联军，这就不奇怪了，反文明、反人性的歇斯底里大发作后，清王朝输掉了最后一条裤衩。

某些学者喜欢津津乐道历史人物的局限性，他们开列的"狙击"名单比北京长安街还要长。任何人都是特定时代的产物，试问，谁又能逃出"局限性"这个怪圈？今人多多少少接受了民主与科学的熏陶，批判专制时代的罪恶是对的，但对于历史人物，必须以审慎的眼光加以甄别。我们不能要求盐碱地上长出蓊郁茂密的森林，也不能要求专制国家的石板田中长出现代观念的庄稼，而只能退求其次。

历史学者梁启超天生鹰眼，对近世人物多有酷评，可他着实为曾国藩说了一大篇好话。他称赞曾国藩"一生得力在立志自拔于流俗，而困而知，而勉而行，历百千艰阻而不挫屈，不求近效，铢积寸累，受之以虚，将之以勤，植之以刚，贞之以恒，帅之以诚，勇猛精进，卓绝艰苦，如斯而已"，他对曾国藩的志向、趣致、性格、胸怀和百折不挠的精神充满敬意。以脾气古怪著称的学问家辜鸿铭对近世人物同样是多有讥刺，唯独对曾国藩肃然起敬，他曾说："微曾文正，吾其披发左衽矣。"其深层的意思是，没有曾国藩，洪秀全早已将中华文明扫地以尽。由此可见，曾国藩存亡继绝，不仅拯救了一个没落的王朝，更挽救了中华民族的衣冠文物，因而得到辜鸿铭的尊崇。

在中国近代史上，曾国藩是承先启后的关键角色，他既是清王朝的铁杆保卫者，又是它的掘墓人。这话怎么讲？湘军和淮军的成功培植了各地的军阀势力，一旦南方诸省纷纷宣告独立，清王朝就土崩瓦解了。史学家将曾国藩称为"近代军阀的开山鼻祖"，不能说毫无道理。时至今日，曾国藩仍被视为中国近代史上头号"标杆人物"和"箭垛式人物"，谁也无法回避他，绕开他，忽略他。

一百多年前，湖南人能够猛然振作，负天下之大任，纾天下之大难，都与曾国藩这只"领头羊"的一举一动息息相关，他将湘军做大做强，开启了湖南人才资源的大闸，最终赢得了"半部中国近代史为湘人写就"的盛誉。

曾国藩是近代湖南最具感召力的一面旗帜，就算是具有现代民主政治理念的名将蔡锷，也对曾国藩、胡林翼的才智、功业推崇备至，他亲手编辑《曾胡治兵语录》，加以评点，作为陶冶官兵思想情操和提高军事素养的教科书。在序言中，蔡锷对两位湖南先贤赞不绝口："曾、胡两公，中兴名臣中铮佼者也，其人其事，距今仅半世纪。遗型不远，口碑犹存，景仰想象，尚属非难。其所论列，多洞中窍要，深切时弊。爱就其治兵言论，分类凑辑，附以按语，以代精神讲话。我同袍列校，果能细加演绎，身体力行，则懿行嘉言，皆足为我师资，丰功伟烈，宁独让之先贤？"

曾国藩身上既有光明温暖的一面，又有阴暗冷酷的一面，其特质很难用"正邪"二字简单地加以概括。他的人生观是入世的，而非出世的，所以赵烈文屡次劝他学佛，粗涉之后，浅尝辄止。以往，人们受到极左历史观的误导，又有许多政治立场上的顾忌，不敢正视曾国藩的历史功绩。如今，曾国藩走出了浓厚的妖氛，成为了热门人物，世人的态度依然裂变为二：一是莫名其妙地鄙视他，人云亦云地咒骂他，视之为元恶大憝；二是奉他为近代完人和圣之时者，将他的《挺经》和《家书》视作修身立业的至尊宝典。应该说，这两种各趋极端的评价体系都有失偏颇，曾国藩既不是成色十足的刽子手，也不是近乎完美的圣人，他是一个确定了中国命运走向的狠角色。总体而言，他代表文明的一方战胜了野蛮的一方，牵引着整个国家暂时避开了万劫不复的苦难深渊，称之为时代英雄并不为过。

晚清七十年间，最吊诡的事实是：力保社稷者恰恰是力掘坟墓者，曾国藩如此，李鸿章如此，张之洞也是如此。唐浩明评点《曾国藩日记》，有这样一段精辟的议论："若要追溯大清王朝灭亡的原因，曾氏难辞其咎。他的胜利，不仅造就了数以百计拥兵自重不听中央调遣的湘淮地方文武，也在民间广播数以万计与朝廷离心离德的强悍种子。他们直接或间接与革命党联合，共同推翻了清朝廷。这当然不是曾氏的愿望，但大势如此，他无法阻挡。"如果说那个打开近代中国潘多拉魔匣的人是洪秀全，那个关上近代中国潘多拉魔匣的人就是曾国藩，无奈诸恶已经被悉数释放出来，魔匣中只剩下了"恐惧"和"希望"。

同治六年（1867）六月二十日夜，曾国藩与心腹幕僚、弟子赵烈文畅聊，他转述京中来人的所见所闻，"都门气象甚恶，明火执仗之案时出，而市肆乞丐成群，甚至妇女亦裸身无裤，民穷财尽，恐有异变"。赵烈文凭借其理性判断作出惊人的预言："天下治安，一统久矣，势必驯至分剖，然主威素重，若非抽心一烂，则土崩瓦解之局不成。以烈度之，异日之祸，必先根本颠仆，而后方州无主，人自为政，殆不出五十年矣。"曾国藩问道："然则当南迁乎？"赵烈文的推测是："恐遂陆沉，未必能效晋、宋也。"事后来看，赵烈文的预言奇准。更要命的是，曾国藩内心显然认同这个预见，他说："吾日夜望死，忧见宗祏之陨，君辈得毋以为戏论？"谁会以此为戏言呢？种瓜得瓜，种豆得豆，不知情者心中无数，难道播种者会不清楚？曾国藩三番五次强调"吾以夙死为愈"，就是担忧宗庙倾覆的奇祸及身而见。果然未出五十年，清朝经甲午之败和庚子之变的抽心一烂很快就土崩瓦解了，进入民国后，多年军阀混战（"方州无主，人自为政"）直接造成生民倒悬、国家危亡的局面。倘若曾国藩于九泉之下有知，唏嘘悲怆恐怕是难免的吧。

破天荒相公

世间英物，光焰摇曳万丈之长，直把同时代人比得黯然失色了，他还意犹未尽，不肯自谦自抑分毫，简直目无余子。结果必然闹得大家不是怕他，就是恨他。儒家忒注重一个"礼"字，以谦抑为上上德行。若有谁桀骜狂放，近乎披猖，以僭越为能事和快事，他所持的就是危道。在专制社会里，大人先生持危道而欲履险如夷，比小孩子终日舞刀而想毫发无损还难，至于身名俱泰的，则举世不多见。在这不多见的异人中，有一位超级大腕，他就是近代名帅、被梁启超盛赞为"五百年来第一伟人"的左宗棠。

左宗棠合该建奇功，获盛名，登高位。试想，一介书生，多的是才，是智，已相当了不起；他还武健刚强，具有凌轹古今的胆魄，岂非得天独厚？乱世救死不暇，其倚天剑、屠龙刀正好派上用场，又怎会久屈矮檐之下？这就难怪了，他偶傥轩昂，豪迈英勇，俯视一世，推倒群雄，身为中流砥柱，撑起了风雨飘摇的百年家国。

一、以耕读为本

嘉庆十七年（1812）冬，左宗棠出生于湖南省湘阴县东乡左家塅，祖父左人锦是穷秀才，以耕读为本，以授徒为业，父亲左观澜也是穷秀才，长年坐馆，教书育人，两袖清风，一怀明月。道光十二年（1832），左宗棠与二哥左宗植一道参加乡试，联袂中举，宗棠是第十八名，宗植是第一名（解元）。嗣后，南城灯火，北道风霜，这位长沙城南书院的高才生先后三赴春闱，第二次参加会试时，他发挥最佳，揭榜后写信告诉妻子周诒端："此次闱中文字甚得意，持示朋辈，亦决为必中。乃竟以湖南额溢被黜，仅取誊录。闻同考温侍讲呈荐甚力，总裁亦评为'立言有体'。科名虽无关人生大节，然实有天命存焉。特自问非战之罪，似尚可归见江东父老耳！"这次，左宗棠的考卷已经过关，却因为湖南考中的生员超过了定额，不幸成为了被规则"灭灯"的对象，这运气真是背到了姥姥家。倘若换了别人，考过三番，早已被"烤得焦糊"，但左宗棠神完气足，索性将八股制艺抛之脑后，拣选出一些经世致用的名著来，比如顾炎武的《天下郡国利病书》、顾祖禹的《读史方舆纪要》，还有乡贤贺长龄主编的《皇朝经世文编》、魏源编纂的《圣武记》，他潜心研读，宛如春蚕，胃口大开，钻进兵书、农书、医书和有关漕运、河务、盐政、舆地的簿籍中，"饕餮无餍"。在他看来，唯有实学才是硬道理。

道光十二年（1832），左宗棠入赘湘潭周家。当年，入赘绝非一件美事，通常是女方家境宽裕，男方经济薄弱，才会出此下策。在男权社会里，"倒插门"的婚姻近乎畸形，男方很容易被人看扁看轻，自卑感不易摆脱。左宗棠入赘湘潭周家的经历则有点与众不同，寡居的岳母王太夫人具有披沙拣金的慧眼，她认定女婿左宗棠绝非久处蒿莱的凡庸之辈，事实也证明了这一点，左宗棠乡试之后与其女儿成婚，结果双喜临门，二十一岁就已有举人的功名牢牢在握，日后这位贤婿更是大器晚成，名垂青史。左宗棠的妻子周诒端温润贤德，不乏咏絮之才，《饰性斋遗稿》收录了她的古体诗八首、近体诗一百三十一首。她的诗作言近旨远，以女性罕有的明达见长，请看这首七绝："清时贤俊无遗逸，此日溪山好退藏。树艺养蚕皆远略，从来王道重农桑。"乱世铁血交飞，人命危浅，左宗棠退隐乡间，不肯出仕，周夫人并无微词，但她了解夫君的抱负和才能，因此表明了更高的期许："书生报国心常在，未应渔樵了此生。"贤妻如同益友，如同诤友，这是左宗棠的福气。周夫人（正室）体质弱，主持家政；张夫人（侧室）体格强，操持家务；两人以姐妹相称，相亲相敬，合力鞠育四儿四女，同心同德。左宗棠安享齐人之福，家庭生活是美满的。入赘的经历并未在他的心理空间投射屈辱的阴影。

道光十五年（1835），左宗棠住在周家，干着大事：他依照比例，亲手绘制了一幅纵横九尺、别以五色的全国地图。他写信告诉次兄宗植："日来已着手画稿，每一稿成，则弟妇为影绘之，遇有未审，则共取架上书翻查之，十得八九，其助我殊不浅也。"他们夫唱妇随，合作的情形别有趣味，并不输给赵明诚与李清照的猜书赌茶。在这封信中，左宗棠还写道："新作小楼，极为轩豁，左图右史，乐此不疲。又作一联语云：'身无半亩，心忧天下；读破万卷，神交古人。'虽不免夸大，然自觉志趣不凡，知兄必斥其狂态逼人矣！"

二十五岁的年纪，左宗棠专治实学，造诣精深，想必左二哥赞他都来不及，怎忍斥责小弟？

男子汉、大丈夫具备仁心义胆，渴望干出惊天动地的事业，若非身居要津，手握重权，则无可施展。晚清的官场犹如市场，竟然明码实价：二三千金可捐得候补知县，四五千金可捐得候补知府。童谣唱道："若要顶儿红，麻加喇庙拜公公；若要通王府，后门洞里估衣铺。"什么意思？谁能通过僧人和裁缝的门径攀求到宫中太监的暗助、府中王爷的强援，即可荣升四品黄堂，否则就是老方丈闭关——不得其门而入。这简直就是晚清官场特有的黑色幽默。家资丰赡的举人受不了科举考试的蹭蹬之苦，及早捐官是良谋和上策，反正是羊毛出在羊身上，捐官的钱用之于上官，自然还能取之于下民。要是家底子贫薄呢？科举考试的独木桥就如体操比赛的平衡木，通过的人少，掉下的人多，至于入塾为师，入幕为僚，养家糊口固然不算难事，但要获取锦绣前程，希望极其渺茫。

湘贤名宦贺长龄、贺熙龄兄弟阅人无数，得其交口极赞的人少之又少，他们都将左宗棠视为不可多得的国士。贺长龄再三叮嘱这位忘年之交："方今天下人才奇缺，君须自重自持，幸勿苟且小就。"贺熙龄主持长沙城南书院讲席时，左宗棠是其门下弟子，两人亦师亦友，情谊牢固。道光十九年（1839），贺熙龄离湘赴京，船至九江，赏月忆旧，赋七律《舟中怀左季高》一首，前四句是："六朝花月毫端扫，万里江山眼底横。开口能谈天下事，读书深抱古人情。"诗前有小序："季高近弃词章，为有用之学，谈天下形势，了如指掌。"知子莫若父，识徒亦莫若师，左宗棠大材槃槃，贺熙龄青睐有加。

道光二十二年（1842）夏天，第一次鸦片战争结束，中英签订《南京条约》，乃是中国近代史上一系列奇耻大辱的开端。左宗棠正当而立之年，一介布衣，心忧国运，赋《感事诗》四首，有句"和戎自昔非长算，为尔豺狼不可驯"，主战之意不可遏止。他还撰成军事方略六篇，"料敌""定策""海屯""器械""用间""善后"，对付英国侵略军的战守机宜尽在其中，无奈朝廷中主和派占据了绝对上风，其策无处可投，其言无人肯听。对此左宗棠只能徒唤奈何，在写给周夫人的家书中，他对现状有一个传神的描写："因思时事之坏，只是上下相蒙，贤奸不辨，譬之人家婢仆相通，蒙蔽主人，大盗及门，犹诿为邻犬夜吠，彼主翁、主妇固惛然罔知也。"其讽刺的矛头直指道光皇帝。

"天下兴亡，匹夫有责"，此言固然不错，但最应该为天下兴亡负责的那些高官显贵多半醉生梦死，似林则徐那样既有救国之志又有救国之才的大臣，青天白日打灯笼，也找不到几个。优异人才蛰伏民间，根本无从施展自己的屠龙手段。

在外人看来，左宗棠真是淡定到了出奇的程度，亲友不堪其忧，他却沉得住气，读书破万卷，坐馆课孩童。他的学生是已故两江总督陶澍的儿子陶桄，这位弟子还是他未来的女婿。左宗棠与陶澍结缘纯属偶然。

道光十七年（1837），两江总督陶澍请假回乡扫墓，途经醴陵。其时，左宗棠在渌江书院任山长。陶公过境，总督驻节，县令是东道主，派人精心布置馆舍，左宗棠受其请托，撰写楹联。陶澍抵达住地，下轿伊始，不免有些疲惫，但这副楹联令他倦意全消，眼前一亮，"春殿语从容，廿载家山，印心石在；大江流日夜，八州子弟，翘首公归"，此联对仗工整，气势非凡，妙就妙在将陶澍受道光皇帝特赏、蒙圣上赐书"印心"二字的快意事无痕纳入。陶澍激赏久之，立刻召见了年轻的山长。事后，左宗棠写信告诉周夫人："予此联盖纪实耳，乃蒙激赏，询访姓名，敦迫延见，目为奇才，纵论古今，至于达旦，竟订忘年之交。督部勋望为近日疆臣第一，而虚心下士，至于如此，尤有古大臣之风度。唯吾诚不知何以得此，殊自愧耳。"一年后，左宗棠第三次进京参加会试，落第后乘船南下，绕道江宁，谒见陶澍，欢叙之余，彼此相约结为儿女亲家。左公素以老谋深算著称，他与陶澍结为亲家时，两人的名望、地位并不对等，年龄更是悬殊，相差三十三岁，故而外界对此一直存疑。赵烈文在同治三年（1864）三月初三的日记中提供了一个说法："左少时在陶文毅署买属巫觋，托年命之说与陶联姻。"买通女巫男觋来促成儿女婚姻，借此傍上大官以为靠山，左宗棠是否会干出这种下三烂的勾当？先且不论。陶澍具有大智大慧，极其廉明能干，又是晚年得子，要靠他单传祖脉，他岂会掉以轻心，被巫觋糊弄？这种说法破绽太过明显了。

道光十九年（1839），陶澍病逝于江宁，左宗棠受恩师贺熙龄重托，赴安化小淹收陶澍之子陶桄为徒。陶家的藏书汗牛充栋，陶澍的奏疏是政界出色的范本，左宗棠在此潜心清修，"因得饱读国朝宪章掌故有用之书"，真是再好不过了。他写信告诉二兄宗植："近来读书稍多，始知从前之狂妄。盖就其所自是者，亦仅足以傲当世庸耳俗目、无足短长之人，其于古之狂狷，固未能望其项背也。力耕之暇，还读我书，以勉其所未至，亦素志也。"左公心高气傲，至此格外谦虚，多读有用之书，宏其蕴蓄，为异日展布预先做好知识储备。道光二十四年（1844），他写信给姨妹夫张声玠，谈及近况："弟近阅新书万卷，赏心者数种已耳。学问之荒，人才之敝，可见一斑。"这些新书是其同时代人的著述，绝大多数都入不了他的法眼。

左宗棠在陶家坐馆，也并非全是好心情。道光二十一年（1841），左宗棠写信给前辈学者邓显鹤，其中有这样一句话："宗棠今岁仍馆陶文毅家，扁影山馆，如处瓮中，孤怀郁迭，欢惊实鲜，近状不堪为长者告也。"很显然，他的心情并不舒畅。为何如此？他在写给周夫人的家书中有所透露："吾以文毅平生知已之感，又重以吾师之命，既受重托，保此遗孤，唯凭我一腔热血，尽力维持，虽日在群阴构难之中，众口铄金之际，而不屈不挠，决不因无足轻重之毁谤而动心也。"陶家有大笔产业，却只有一个继承人，同族亲戚不免心存异想，虎视眈眈，寡母弱息颇感压力沉重，幸亏有左公代为主持，挡掉不少外界的欺侮。陶家族戚视之为眼中钉，暗中诋毁道：左公攀姻坐馆，意在图财，诸如此类。左公不动心不生气是不太可能的。

"买山而隐，为苟全之计"，"但愿长为太平有道之民"，左宗棠并非口头说说、笔头写写而已。祖上只传下几十亩薄田，长兄宗棫去世后，他与二哥宗植不忍分割家业，就将田产悉数留给了寡嫂。从二十九岁到三十七岁，左宗棠在安化陶家坐馆八年，每年束脩能得二百两白银，家中用度多方撙节，四年的积蓄足以让左宗棠了却一桩心愿。道光二十三年（1843），左宗棠相中湘阴县东乡的柳庄，购入七十亩土地，建成小型庄园，"略以古农法之便于今者行之"，"日与庸人缘陇亩"，植桑栽茶种稻谷，还喂了猪，养了鱼，鸡鸭成群结队，"别有一段乐意"。咸丰二年（1852），左宗棠为左氏家庙撰写新联："纵读数千卷奇书，无实行不为识字；要守六百年家法，有善策还是耕田。"在不惑之年，他仍然以耕读为本，认为"良农胜过贵仕"，"务实学之君子必敦实行"。

左宗棠自号"湘上农人"。他的语录之一是："农为人生第一要务。"他的语录之二是："治生自以务农为先务。果欲为隐居求志之处士，太平有道之良民，舍躬稼其何从乎？"道光十八年（1838），左宗棠第三次会试落第，在家书中写道："榜发，又落孙山。从此款段出都，不复再踏软红，与群儿争道旁苦李矣。"这次出远门，他最大的收获仍是购买了许多足供探讨的农书，他告诉周夫人："他日归时，与吾夫人闭门伏读，实地考察，著为一书，以诏农圃，虽长为乡人以没世，亦足乐也。君能为孟德曜，吾岂不能为仲长统乎？"仲长统是东汉末年的狂生，不乐名位，性喜卜居清旷，其高论影响后世："使居有良田广宅，背山临流，沟池环匝，竹木周布，场圃筑前，果园树后。舟车足以代步涉之艰，使令足以息四体之役。养亲有兼珍之膳，妻孥无苦身之劳。良朋萃止，则陈酒肴以娱之；嘉时吉日，则享羔豚以奉之。蹰躇畦苑，游戏平林，濯清水，追凉风，钓游鲤，弋高鸿。讽于舞雩之下，咏归高堂之上。安神闺房，思老氏之玄虚；呼吸精和，求至人之仿佛。与达者数子，论道讲书，俯仰二仪，错综人物。弹《南风》之雅操，发清商之妙曲。逍遥一世之上，睥睨天地之间。不受当时之责，永保性命之期。如是，则可以凌霄汉，出宇宙之外矣。岂羡夫入帝王之门哉！"左宗棠与仲长统似又不似，二人性情狂简相类，但仲长统秉承道家思想，清静逍遥，左公尊儒崇墨，经世致用而摩顶放踵。

左宗棠重视农耕，他特别喜欢陶渊明《读〈山海经〉》中的诗句——"既耕亦已种，时还读我书"，耕读者的惬意溢于言表。他有个见解与众不同：孔子训斥樊迟，孟子责备陈相，原意在于劝导学人立志要立大志和远志，并非说读书人不应当务农。由于后儒讲习不明，"遂至博极群书，不知五谷，宁奔走于风尘，而怠荒于稼穑，名为学者，实等游民"。古代大贤伊尹生于畎亩，诸葛亮躬耕南阳，务农有何不妥？左宗棠不仅喜爱干农活，而且编著了一部《朴存阁农书》，只可惜未及付梓就散失了。

道光二十五年（1845），左宗棠写信给恩师贺熙龄，汇报乡居生活，谈及农事，笔歌墨舞："乡居不能不耕田。耕田有数善：岁入之数较多，山泽之利并得，可以多蓄庸力，可以多饲鸡豚，可以知艰难，可以习劳苦。……今居乡既久，乃益习其利。明岁亦督耕十余石田矣。世间唯此事最雅、最正、最可久恃，而人每不之务，实为可叹耳！"务农好处多，左宗棠的身板子较绝大多数书生更为硬朗，他敦劝挚友胡林翼去田间地头亲身体验，后者心存疑惑，咨询本家几位叔叔，都说这不是读书人修身齐家的良策，于是他就放弃了。日后，左公成为中国近代史上最著名的三位"救火队长"之一，吃了不少苦头，办了许多大事，活到了七十四岁高龄，相比而言，胡林翼体弱多病，只活了五十岁，未尽其才，着实可惜。

左宗棠以耕读为本，受益良深，其荦荦大端有四：一、知稼穑之劳苦，晓民生之艰难，日后他做封疆大吏，重民命、惜民力均出于自觉；二、以实学指导实践，以实践验证实学，力戒空疏，务求切实；三、收放自如，进退有据，进则能兼济天下，退则能独善其身；四、小处着手，大处着眼，经世致用，有根有源。由此可见，左宗棠大器晚成，绝非偶然。

二、与林则徐的一面之缘

左宗棠心气极高，一生傲兀睥睨，能够入他法眼的大人物少之又少。林则徐任江宁布政使和江苏巡抚时，政绩卓著，与两江总督陶澍精诚合作，长达六年之久。后来林则徐临危受命，出任钦差大臣，赴粤禁烟，更引得举世瞩目。左宗棠赞赏林则徐办理洋务的眼光和查禁洋烟的魄力。鸦片战争爆发后，朝廷惊慌失措，将林则徐革职充军，左宗棠感到异常悲愤。

道光二十八年（1848），林则徐结束了遣戍新疆的苦难岁月，恢复官职，就任云贵总督。当时，贵州安顺知府胡林翼向林则徐力荐左宗棠，称赞他"有异才，品学为湘中士类第一"，话说得满满实实，林则徐或许有点将信将疑。不巧的是，那年左宗棠的孤侄要结婚，而且他听从恩师贺熙龄的安排，接受了陶（澍）家私塾的聘约，不可食言，因此未能成行。

翌年冬天，林则徐告病还乡，途经长沙，泊舟江畔，派人送信到湘阴柳庄，邀约左宗棠前来一晤。"是晚乱流而西，维舟岳麓山下"，"江风吹浪，柁楼竟夕有声"。左宗棠的心情非常激动，精神也有些紧张，登舟过板之际，不慎踏空，顿时沦为落汤鸡，当众出糗，好不尴尬。林则徐打趣道："此为君之见面礼乎？"左宗棠不乏急智，很会解嘲，于是应声而答："他人敬公，五体投地；晚生敬公，五体投水！"两人相视而笑。左宗棠更衣后，被引至客座，刚烫好的黄酒正好暖身。当时，林则徐六十四岁，左宗棠三十八岁；林则徐是封疆大吏，左宗棠是草野书生，但年龄、地位的悬殊丝毫也未妨碍两位忘年之交的竟夕畅谈。他们臧否人物，剖析时势，许多见解不谋而合。新疆的现状和前景显然是个重点话题。林则徐说："西域屯政不修，地利未尽，以致沃饶之区不能富强。"他又说："终为中国患者，其俄罗斯乎？吾老矣，空有御俄之志，终无成就之日，数年来留心人才，欲将此重任托付。……东南洋夷，能御之者或有人；西定新疆，舍君莫属！"林则徐还谈到南疆八城的农业开发，若一律按照苏州、松江的模式兴修水利，广种稻谷，美利不减东南。这些包含崖略的智者之言，字字句句如同重锤实锤，敲打着左宗棠的心坎，林则徐的卓识和信赖穿越时空，尤其令世人惊异。须知，最终能够百分之百兑现的预言无疑是伟大的预言。

这次见面，两人"宴谈达曙，无所不及"，林则徐验证了胡林翼鉴人的眼光不虚，左宗棠确实是只可得一、不可求双的命世奇才。于是他郑重其事，将自己在新疆境内收集的地图资料悉数赠送给左宗棠。二十多年后，左宗棠挥师绝域，成竹在胸，即得林公昔日之助。

尽管左宗棠与林则徐仅有一面之缘，仅得一夕之晤，但他受到林公的影响既深且广。他在陕甘总督任上，采取的政策是"不论汉回，只论良莠"，即脱胎于林则徐在云贵总督任上采取的"良则虽回必保，莠则虽汉必诛"的政策。他治理西北，禁种罂粟（称之为"妖卉"），禁运鸦片，也是秉承了林则徐在广东的禁烟宗旨。他在新疆指挥军队兴修水利、开凿坎儿井、种桑、种稻，都是遵从林则徐多年前的建议。

道光三十年（1850）冬，林则徐病逝于赴桂"救火"的途中。左宗棠骤闻噩耗，失声痛哭，撰挽联一副，寄达哀思："附公者不皆君子，间公者必是小人，忧国如家，二百余年遗直在；庙堂倚之为长城，草野望之若时雨，出师未捷，八千里路大星颓。"国家有难，栋梁先折，左宗棠对此痛心疾首。

光绪三年（1877），四川乡试副考官修吴观礼致书左宗棠，论及陶澍、林则徐二公的品德、功业，赞誉备至。左宗棠在回信中予以肯定，他写道："所论陶文毅与林文忠品概，均尚平允。两公当日亦各相倾倒，一雄伟，一精密，非近人所可及。设使两公迟死十年，则发逆、洋寇有人了办，不至流毒天下如此之久也。"应该说，这个结论是经得起推敲的。

直到暮岁，左宗棠仍然以早年拜晤林则徐，并且得到后者的赏识为平生"第一荣幸事"。林则徐赠给他的那副亲笔对联，他一直视为瑰宝，上联为"此地有崇山峻岭茂林修竹"，下联为"是能读三坟五典八索九丘"。此联原为大才子袁枚集句而成，闻者无不讥诮他吹嘘太过，作者只好急卷深藏。林则徐手录此联，赠给一位蛰伏草野的晚辈，可见其激赏之情排山倒海。左宗棠一生行迹遍及江南塞北，总以此联随身携带，悬挂于斋壁之上、帐幕之中，怀人的同时，借以励志。须知，"苟利国家生死以，岂因祸福避趋之"，林则徐具备的爱国情怀，左宗棠也完全具备。

三、最牛的师爷

师爷，又称军师、幕僚，是高官大帅的智囊团成员。中国古代最牛的师爷是谁？非诸葛亮莫属。中国近代最牛的师爷是谁？要是左宗棠认了第二，就没人敢认第一。诸葛亮由师爷上位，做到了蜀国丞相；左宗棠由师爷起步，做到了清朝军机大臣。左宗棠大半辈子喜欢以"今亮"和"老亮"自居，古今照映，同为标杆人物，倒也不算给自己脸上贴金。倘若单纯从功业上比较，左宗棠凭借收复新疆一项就能完美地超越诸葛亮，难怪梁启超盛赞他为"五百年来第一伟人"。

一个人四十岁开始做师爷，一直做到四十八岁，然后他就在两年之内靠军功晋升为封疆大臣，这样大器晚成的传奇脚本，也只有请左宗棠出任编剧，才能胜任愉快。

这位最牛的师爷，牛就牛在有才，牛就牛在任性，此外，牛就牛在他有个能通天的朋友圈。

道光三十年（1850）秋，左宗棠举家避乱，前往湘阴与长沙交界的东山，找到一个名为白水洞的地方，此处山高林密，人迹罕至，适宜藏身。左宗棠的考虑相当周全，就算乱军进入湘阴，"我既凭高结寨，不事张皇显与为敌，是我无害于贼，贼无所忌于我，亦无所利于我。使贼而不知踪迹之所在，必结队而过，可以幸安。纵其诇而知之，我之备御其设，彼知仰攻之难，又得不偿劳，亦且委之而去矣。"事隔不久，左宗棠就清醒地意识到，纵使深山更深处，也应无计避长毛，他和亲友在白水洞藏身避乱并非万全之策。

咸丰元年（1851），朝廷屡下恩诏，搜罗遗贤，特开孝廉方正科，郭嵩焘和本地士绅均推荐左宗棠应试，但他婉言谢绝。同庚好友胡林翼更是来信反复劝导，国难孔亟，何以安家？眼下盗贼蜂起，江南不靖，正是大丈夫建功立业之秋，不可坐失时机。湖南巡抚张亮基信任胡林翼的举荐，尚在上任途中，即卑辞厚礼，派遣使者赶赴白水洞，敦请左宗棠火速出山。郭嵩焘出面劝不动，胡林翼再接再厉，苦劝不休，大意如下：张公是文忠公（林则徐）一流的人物，肝胆血性，世间无几，值得辅弼。何况兵燹所及，地方糜烂，百姓遭殃，倘若湖南全境沦落敌手，柳庄虽偏僻，白水洞虽隐秘，岂能瓦全？与其独善其身，倒不如兼济天下。王柏心是左宗棠的知己，也写诗敦劝好友出山，"何当投袂平妖乱，始效留侯访赤松"，意思很明白，现在正值戡乱之日，还不到退隐之时。良朋好友的劝告尽可当成耳边风，但"保境安民"四字如施魔法，足以令左宗棠动情起兴。他毅然出山，辅佐巡抚张亮基，坚守省会，挽救湖南。

幕僚俗称师爷，并非官场的正途出身，由官员自聘，属于高参性质。在写给胡林翼的信中，左宗棠对幕职的看法是客观的："盖幕之职，助官为理，既为人役，自不得不殚精竭虑为之。三古以前无论矣，唐之马周以徒步而致卿相，本朝之王文端（王杰）、陈文恭（陈宏谋）、林文忠（林则徐），皆以幕客起家。就中正士本极乏，无如利其食者多，其途近杂，则亦有指为口实者。"左宗棠做师爷，主要目的并非谋食，他志存高远，光辉榜样乃是王杰、陈宏谋、林则徐这样的大能臣、大忠臣，但他没想到，做幕僚，受锤炼，居然长达八年。

　　咸丰二年（1852），左宗棠回复女婿陶桄，谈及省城内的人与事，笔调带着愉快的色彩："张中丞明爽果断，与仆情同骨肉，或可相与有成。"他致信胡林翼，也说："中丞开诚布公，集思广益，为近代所罕有。"张中丞即湖南巡抚张亮基，短期之内他们就结下了深厚的情谊，两人的精诚合作既舒心又高效。这年十月，太平军悍将、西王萧朝贵率领精锐士卒围攻长沙，一度打开缺口，但城中守军竭力堵防，危城得以保全。左宗棠写信向胡林翼汇报战况："贼自攻扑省城以来，日有死伤，精锐亦销折及半。伪西王萧朝贵已被炮轰毙。此贼凶悍狡诈，为诸贼之冠，一经授首，其谋遂衰。"张亮基抚湘，时间不足半年，听从左宗棠的良谋，获取鲍起豹、江忠源的死力，在惊涛骇浪中保住了省城，实乃大功一件。

　　江湖上有一个荒诞不经的传说，此处很难将它忽略：咸丰二年（1852），左宗棠瞒着亲友，独自投奔太平军，向洪秀全献计献策，结果未获采纳。先看范文澜《中国近代史》的表述："据比较可信的传说，当太平军围长沙时，左宗棠曾去见洪秀全，论攻守、建国的策略，劝放弃天主耶稣，专崇儒教，秀全不听，宗棠夜间逃走。"无独有偶，简又文《太平天国全史》亦坐实此事："据传说，左宗棠初以怀才不遇，郁郁不得志，尝投太平军，劝勿倡上帝教，勿毁儒、释，以收人心。唯洪、杨以立国之源头及其基础乃在新教，不能自坏之，不听。左乃离去，卒为清廷效力。"这两位历史学者相当卖力，将道听途说的臆测之词写进通史，真令人忍俊不禁。既然左宗棠投奔太平军走漏了风声，清廷耳目众多，岂能不知晓？岂能不追究？这个黑底岂能洗得白？可是就连那些最敌视左宗棠的人也对这个闪瞎眼的把柄视若无睹，怎么可能？就算捕风捉影吧，也得有风可捕有影可捉才行。清史研究专家杨东梁撰文《左宗棠曾想投太平军吗》，从四个方面入手分析：一是"生活环境不允许"，二是"主观动机不具备"，三是"时间安排不接轨"，四是"地点选择不相符"。

最终，他以翔实可信的考证否定了这个伪命题，并且推测道："传言起于二十世纪初，是与当时民族民主革命运动高涨的形势密切相关的。一些民主革命宣传家借助'先贤'威名，打着他们的旗号，以求达到动员民众反清的目的。正是在这样的历史背景下，左宗棠投奔太平军的传言也就应运而生了。"我们阅读现代学者、当代学者编写的通史书，稍不留神，脑筋急转弯就容易失控，"翻车"将是大概率的事故。

张亮基在湖南刚刚站稳脚跟，才干了四个月，就调署湖广总督，左宗棠随之前往武昌，仍旧专主戎幕。到任时，"寇去甫十余日，官衙民舍，悉被焚毁，公私荡然"。他写信告诉女婿陶桃："制军待我以至诚，事无巨细，尽委于我。此最难得，近时督抚谁能如此？然我亦劳累难堪矣。"他写信告诉周夫人："中丞公忠体国，极力振作。而所有批答、咨、奏，悉委吾手，昼夜劳思，竟无暇晷。委任之专如此，言听计从又如此，虽欲不感激奋发，其可得乎？"然而好景不长，由于湖北巡抚崇纶暗中倾轧，张亮基不安其位，九个月后，朝廷调任他为山东巡抚，于是左宗棠辞去幕职，重返湘阴。"湘上农人"静气十足，决定隐居藏身，"拟长为农夫没世"，这可是暴殄天物的节奏。湖南巡抚骆秉章招贤纳士的诚意丝毫不逊于张亮基，为了聘请左宗棠担任他的师爷，主意想尽，办法用尽，也未能如愿以偿。

左宗棠在山中一住就是半年，他写信向内弟周汝充吐露心声："……骆中丞及方伯、廉访诸公以书币见招，并委郑司马入山敦促，礼意优渥，实为可感。然年来心血耗竭，不欲复参戎幕，已托词谢之。自此匿迹销声，转徙荒谷，不敢复以姓字通于尘界矣！"很显然，左宗棠的归隐之意已决。他借了一笔数额不菲的银钱，建造白水洞的住所，为了还清欠债，他打算卖掉柳庄的田宅。在写给内弟周汝充的信中，左宗棠还详细描述了白水洞的居住环境："自入山以来，大小均尚清吉。唯屋宇湫隘，又山高而寒，日在云雾中，颇不如平地之好。尚须将前面作对面屋数间，始足御北飘而利居止。山中团法尚好，盗贼敛戢，迥不似去冬光景，差堪托足。"白水洞的居住环境不算理想，但新组的民团不错，盗贼不敢来讨便宜，左宗棠感觉满意。好友江忠源已擢任安徽巡抚，写信来邀左宗棠佐理军务，"其意甚勤，其词弥苦"，左公婉言谢绝。曾国藩想募勇三千，委托左宗棠训练，与江忠源会师，左公也没接茬。原因显然不是他致好友贺仲肃信中所说的"自维胆识薄劣，不足当重寄"，而是他的悲观心态在起缓释作用："贼势方张，而有讨贼之责，有封疆之寄者，无过人之才，天下事盖不知所届也！……天下无人，遂令贼纵横至此，可为痛哭！自分老死山中，不与世接，为干萤，为寒蝉，乃所愿也。"

咸丰四年（1854），太平军节节取胜，湖南东境承压，北境失守，形势危急。骆秉章的耐心耗尽，急智抬头，他派遣兵丁拘捕左宗棠的爱婿陶桄，扬言要治其抗捐抗税之罪。左宗棠迫不得已，前往抚署捞人，不存想巡抚骆秉章倒屣相迎，击掌大笑道："陶文毅公的佳儿、左季高的令坦，无缘无故就蹲班房，吃牢饭，天底下哪有这样的道理？"骆秉章棋高一着，左宗棠堕其阱里，入其彀中，不但不恼怒，反倒是对骆秉章骤生好感。这年二月，太平军攻占湘阴县城，土匪的踪迹到了梓木洞附近，情形甚危，白水洞不再是安身之地，于是左宗棠将家人送往湘潭安置。"念时事益棘"，他重为冯妇，专主湖南戎幕。

骆秉章为官清廉，知人善任，除此之外似乎别无所长，但一位封疆大吏具备这两大优点，就算得上德才兼备了。在《庸庵笔记》中，薛福成对骆秉章的评议有点像算命瞎子批八字，居然于不疑之处疑窦丛生："或谓骆公生平不以经济自命，其接人神气浑穆，人视之固粥粥无能，而所至功成，所居民爱，在楚在蜀，自有诸贤拥护而效其长。岂其大智若愚耶？抑骆公之旗常俎豆早有定数，大功之成不在才猷，而在福命耶？"薛福成认为骆秉章因人成事，并不是才高，而是福大，这代表了当时许多人的看法。最知骆秉章底蕴的人是谁？是左宗棠。咸丰十一年（1861），他在回复新晋湖南巡抚毛鸿宾的信中有这样一段评语："吁门先生之抚吾湘，前后十载，德政既不胜书，武节亦非所短，事均有迹，可按而知。而其遗爱之尤溥者，无如剔漕弊、罢大钱两事。其靖未行之乱，不动声色，而措湖湘如磐石之安，可谓明治体而识政要，非近世才臣所能及也。"骆秉章在四川总督任上，将太平天国翼王石达开逼上穷途末路，这是他一生中最引以为傲的功绩。从咸丰四年（1854）三月到咸丰九年（1859）腊月，左宗棠辅佐骆秉章，共计五年零九个月，出满勤，效全力，"唯我知公，亦唯公知我"才是关键，又岂是庸夫俗子瞎猜的"性喜弄权"这么简单？

凡事都有个过程。起初，骆秉章并不像张亮基那样信任左宗棠。一年后，骆公心中有数，于是彻底放手，"但主画诺，行文书，不复检校"。明眼人心知肚明，骆秉章倚重左宗棠，甚至超过了前任张亮基。左宗棠也对好友李续宜透底："中丞任我最专，故能驱使人，使各尽所长。"僚属向骆秉章汇报工作，他会问一句"季高先生云何"，意思不难明白，凡事左宗棠认可就行，他只管签名用印。"士为知己者死，女为悦己者容"，左宗棠显然被骆秉章的诚意感动了，在致女婿陶桄的信中，他这样写道："长沙大局略定，思更名隐姓，窜匿荒山，而中丞推诚相与，军事一切专以相付，不得不留此共相支撑。"在致内弟周汝充的信中，左宗棠重申此意："世局日艰，兄昼夜搰搰无少休息，徒以吁公（骆秉章字吁门）、涤公（曾国藩字涤生）拳拳之故，不能抽身。"

骆秉章放心让左宗棠主持湖南全省的军政要务，左宗棠毫不谦虚，也毫不含糊，这位"影子省长"用权如用刀，既敢做，又敢当，各色人事，该撤的撤，该裁的裁，该清盘的清盘，该登账的登账。有人啧啧称奇，戏称他为"左都御史"，依照清朝官制，各地从一品的总督均兼都察院右都御史衔，摆明了，戏称者是在夸赞（也可能是在嘲弄）左宗棠手中掌握的权力比骆老爷子还要大。

有一天，骆秉章听见抚署辕门外炮声隆隆，动静不小，惊问何故。左右告诉他："这是左师爷在拜发军报折子。"清朝有个惯例，巡抚呈递奏折给皇上，必须设香案供奉，鸣炮之后，巡抚朝向京城方向行跪拜礼，待仪式完毕，驿使方可策马启程。左宗棠只是巡抚衙门的师爷，根本不具备"拜折"的资格，他代表长官行礼，并不符合官场仪轨，何况骆秉章事先毫不知情。由此可见，一方面，左宗棠独断专行，追求高效率；另一方面，骆秉章对他的信任和放任无以复加。有人不服气，嘲讽此时的湖南抚署是"幕友当权，捐班用命"，至于骆秉章量才器使的本领，只有极少数聪明人能够看清。

左宗棠代骆秉章巡抚草拟奏章，写好了，也不管夜半更深，风冷霜重，硬是去把饱享齐人之福的骆秉章从小老婆暖暖和和的被窝里"揪"出来，让他奇文共欣赏。妙就妙在后者不但不生气，还拍案叫绝，跟着起哄，搬出窖藏美酒，与左宗棠一醉方休。骆秉章平日喜欢与姬妾饮宴作乐，事无巨细，均委托给这位铁笔师爷，任由他全权定夺。左宗棠弄权过瘾之余，还要嘲弄自己可爱的老板，说什么："公犹傀儡，无线以牵之，何能动耳？"够损的了，骆老板却一笑置之。你说奇怪不奇怪，对这位目高于顶的大傲哥，骆秉章能放下架子，陪他一块儿疯，一块儿狂，他以国士待左宗棠，左宗棠也以国士报之。单凭这一点，我就觉得晚清的官场还有几分生气。

多年后，左宗棠已封侯拜相，闲来无事且喝茶，与一位朋友月旦本朝人物，他问道："我和骆文忠公相比如何？"朋友笑道："依鄙人看来，骆公更为高明。"左宗棠愿闻其详，对方说："骆公幕府中有你大力辅佐，你的幕府中却见不到这种狂放不羁的天才。由此可见，你不如他。"左公闻言，掀髯大笑。单论雅量，左公确实远不及骆公。

咸丰年间，湖南以大局为重，出力出钱，流血流泪，义声著称于遐迩。"吾楚受邻省之累，迄无暇时，如衣敝絮而行荆棘之中，挂肤刺目"，"（湖南）以一省办五省之事，又须时以船炮军火接济湖北，司库不名一钱，军饷常欠数月"，彼时之窘况，左宗棠以"三空四尽""千难万苦"八字形容到位。他不畏难，肯任事，与同僚苦苦经营，纵然巧妇难为无米之炊，亦要无中生有。由于巡抚骆秉章聚拢了人心、人气，高参左宗棠多谋善断，大将王鑫能征善剿，众志成城，终于扭转了先期那种左支右绌、捉襟见肘的困局，将湖南这个不可替代的"采血区"建设成为照应面最为宽广的后方，湘军给东南主战场的粮饷接济得以源源不断。左宗棠在写给湘军将领刘腾鸿和王开化的信中各有一句总结词：前句是"吾楚人之忠勇，为天下冠，而（骆）中丞之公忠体国，不分畛域，亦天下所无也"，后句是"吾辈不敢说与国同休戚，然与湖南同休戚，一定之局"。这是他的心里话，也是一句大实话。

四、樊燮案：左宗棠因祸得福

咸丰年间，左宗棠主持湖南戎幕，不仅"虑事太密，论事太尽"，而且大胆用权，锐意办差，在湖南官场中，他轻而易举地得罪了那些不法之徒。永州总兵樊燮由于贪纵（多吃空饷、私役兵丁）落职，他恼羞成怒，跑到武昌，向湖广总督官文告状。官文是满籍庸官，执政、治军、御敌三方面都无过人之处，但他娴习官场登龙术，深得两宫皇太后的欢心。骆秉章鄙视官文的为人，公事上常给他钉子碰，尤其是下令把湘军名将王鑫从湖北调回湖南，令官文恼怒不已，怀恨在心，专等下手的题材。官文受理樊燮案，盘算着拿办"恶幕"左宗棠的同时，顺便收拾湘抚骆秉章。这是个一石二鸟的恶计。

咸丰九年（1859），左宗棠受到樊燮案的负面影响，愤而辞去幕职。他写信给好友胡林翼，详述案由之后，感叹道："大抵世道系乎人心，近今之心地厚者，工于护小人以误国；天分高者，工于陷君子以行私耳。人心如此，世道可知，此不独为一方悲者。嘻！"在写给湘军将领李续宜的信中他又说了一些气话："弟已决计出幕，不复多口谈论大局。自二年至今，所处之地，介于不绅不幕之间，踪迹太幻，早已为世所指目。今更孤踪特立，日与忌我、疑我者为伍，身家无可惜，性命不足惜，特拼此身家性命，而于大局、桑梓均无丝毫之裨，则殊不值耳。谨奉身暂退，以待机之可转。"他自知得罪的人多，彼辈来势汹汹，主使者乃是湖广总督官文，半在幕后，半在台前。在致李续宜的信中，左宗棠还表示了对官文的鄙夷不屑："至官相本无知人之明，亦无好贤之意，其待南军之优，则实由撑门面起见，亦无足怪。此公与弟则嫌隙已深，伏而未发者数年。润公尝言其心地之厚，而不知实未尝相忘也。然此公亦无杀人手段，弟早知之。弟将生死早置之度外，何况祸福？祸福早置之度外，何况毁誉？"润公即胡林翼，字润芝，时任湖北巡抚。

樊燮仗着大佬官文为他撑腰出头，原本以为此案只需走一下过场，告倒左宗棠，成为赢家，是分分钟的事情。事后，他才知道对方的硬实力和软实力均超乎想象，庸才挑战天才，并非次次都能稳操胜券。左宗棠忧馋畏讥？那倒未必；心灰意冷？多少有些。他辞职后，回乡下隐居是一条退路，赴京城赶考是一条进路。骆秉章已经年满六十七岁，咯血旧疾复发，请假调理，由于官文掣肘太多，去志益决。左宗棠写信给广西巡抚刘长佑，道出赴京赶考的原因和目的："弟出月当决计北行，二十余年未与会试，且借此出幕，一息谤焰，非真有慕于科名也。"他写信给好友刘坤一，讲得更为详细："弟性刚才拙，与世多忤。近为官相所中伤。幸所坐之事，容易别白，而当轴诸公尚有能知之、亮之者，或可不预世网，然亦险矣！自念草野书生，毫无实用。连年因桑梓之故，为披发缨冠之举，忘其愚贱，一意孤行，又复过蒙优奖，名过其实，其遭此谤焰，固早在意中。特欲借会试一游京师，脱离此席，非敢再希进取，以辱朝廷而羞当世之士也。"很显然，左公以进京赴试当作抽身而退的借口。

咸丰十年（1860）正月，左宗棠从长沙启程，挚友李概慷慨解囊，赠以川资三百两白银。三月初，他抵达湖北襄樊，受阻于寒风大雪。胡林翼派人日夜兼程，送信给左宗棠，劝他千万不要选在这个时候去京城自投罗网，赶紧回驾，待上谕下达，再确定何去何从。

同年（1860）闰三月，曾国藩驻军于安徽宿松，派人持其亲笔信迎接正在湖北英山逗留的左宗棠去湘军大本营共商大计。这次聚会，除了曾国藩和左宗棠，还有李瀚章、李鸿章、曾国荃、李元度等人。四月十日，胡林翼拨冗而至，曾、左、胡三人历史性地聚首在一起，这可能不是第一次，却绝对是最后一次。翌年秋天，胡林翼在武昌因病辞世，三人行就变成了二人转。

我翻阅曾国藩日记，宿松之会有迹可寻，"畅谈""熟商"之类的字眼反复出现，他们相处之轻松愉快实属难得，简直不像是置身于胜负未卜的战局当中。

"十二日。早饭后，与胡中丞、左季高畅谈。中饭后，与左季高畅谈。"

"十五日。早饭后，与胡中丞、左季高畅谈。"

"十六日。早饭后，与胡中丞、左季高商熟一切。傍夕，与胡、左诸公谈江南事。"

"十七日。早饭后，与胡润帅、左季高畅谈。申刻，与胡润帅畅谈至二更。季高、次青诸公亦同在。"

曾国藩的日记文字过于简略，他们三人聚在一起，除了谈论江南战事，还探讨了哪些重要问题？湘军集团的前途和命运肯定是要反复涉及的，而且是关起门来不可令外人知的密谈和深谈。要知道，康熙皇帝平定三藩之后，近二百年间，让汉人掌握兵权，这可是头一遭，朝廷能够毫不猜忌和提防吗？是祸是福，尚未可知。他们商议的详细内容究竟如何？唯有天知、地知、曾知、左知、胡知。嗣后，农历四月廿四日，曾国藩写信给大弟曾国潢，关于宿松之会，也是一笔带过："左季高在余营住二十余日，昨已归去。渠尚肯顾大局，但与江西积怨颇深，恐不愿帮助耳。"当时，曾国藩忧虑江西局势糜烂，湘军四面受敌，后路屡次被断，粮饷接济无着。

由于樊燮案尚未了结，左宗棠的去向并不明确，他想回乡下隐居，但更好的安排却并非如此。恰在宿松聚会期间，曾国藩接获上谕，大意是：左宗棠熟悉湖南的形势，战胜攻取，调度有方。现在东南局势吃紧，是令左宗棠留在湖南办理团练，还是直接调到湘军效力？咸丰皇帝如此垂询，足见"天心大转"，众人都为左宗棠感到高兴。一块石头落了地，一块心病断了根，左宗棠不再重弹"回柳庄隐居"的老调，"屏迹山林，不问世事"的八字方针也该抛之脑后了。曾国藩趁热打铁，向咸丰皇帝奏陈：左宗棠刚明耐苦，晓畅兵机，现在急需人才，无论委派何种差使，只要能让他安心任事，必将感激图报。胡林翼的奏折更有"技术含量"，先夸赞左宗棠"精熟方舆，晓畅兵略"，继而为他脱罪，"名满天下，谤亦随之"，然后建议咸丰皇帝令左宗棠在湖南募勇6000人，以为赣、浙、皖三省之后援。曾国藩、胡林翼的保荐起了关键作用，金陵大营溃败也起了辅助作用，好钢撂在一旁，钝刀岂能锋利？咸丰皇帝遂坚定了起用左宗棠的决心，立刻颁下谕旨，左宗棠以四品京堂候补职衔襄办军务，协助新拜两江总督曾国藩剿贼。至此，樊燮案宣告撤销。

樊燮案不算什么大案、要案，但它轰动了湘鄂两省，惊动了咸丰皇帝。官文视左宗棠为务必铲除的"恶幕"，强加"莠政""乱政"的罪名，用心可谓毒辣。所幸左宗棠福大命大，他的朋友圈（曾国藩、胡林翼、郭嵩焘、王闿运等）和贵人圈（肃顺、潘祖荫等）竭力保全他，这才逢凶化吉，遇难呈祥。

据胡思敬《国闻备乘》所记，樊燮案发酵期间，胡林翼用三千金结交朝中权贵，侍读学士潘祖荫火线驰援，亲撰《奏保举人左宗棠人才可用疏》，其中核心语句"天下不可一日无湖南，湖南不可一日无左宗棠"传播极广，直传得域内皆知，天下共闻，咸丰皇帝求才似渴，爱才如命，御笔一挥，就赦免了这位湖南抚署的王牌师爷。实情却并非如此简单，胡林翼、郭嵩焘、骆秉章均央求名士高心夔向朝中第一权臣肃顺疏通，其时，王闿运也在北京，与高心夔一样，同为肃门红人，由他俩出面充当说客，应该是八九不离十。但肃顺的谋虑更为周全，他是内臣，不宜先开口，此时若有皇上信任的人保荐左宗棠，他去敲打边鼓，则能收获奇效。于是大家依照肃顺圈定的脚本演出，才有了后面的"戏码"和"桥段"。潘祖荫着实卖劲，也非常给力，他把左宗棠运筹帷幄的本事夸上了天，"不得不为国家惜此人才"的表态也恰到好处，那句含有两个"不可一日无"的广告词更使左宗棠身价激增。其实，此前宗稷辰御史就上奏举荐过左宗棠，称他"不求荣利，迹甚微而功甚伟，若使独当一面，必不下林翼诸人"。左宗棠从邸报上得知后，写信告诉周夫人："诚不知其何以得之？遂至上动九重之听，命抚帅出具切实考语，送部引见，斯殆希世之奇逢也。自唯德薄，何以堪之？有不虞之誉，斯有求全之毁，无怪乎骂我者，日纷纷于吾耳目之前也。"挨骂事小，坐牢事大，一位师爷的命运牵系了那么多大佬的注意力，你说他是牛还是不牛？

据赵烈文的《能静居日记》所记，樊燮案能够顺利销案，曾国藩也是一个关键着力点，朝廷派出钦使钱宝琛调查此案，钱宝琛是曾国藩的门生，到了南方，曾国藩嘱咐他为左宗棠妥善解决这道难题。"左既罢事，气渐折，又佩帅德，遂修敬先达之礼。"左宗棠经此一劫，对曾国藩还是非常感激和敬佩的。

官文与樊燮的如意算盘彻底落空，左宗棠毫发无损地渡过了暗礁险滩，他用开玩笑的口气对亲友说："非梦卜夐求，殆无幸矣！"意思是：如果不是皇上梦见我，求我为他办差，我几乎无法幸免于奸人的毒手。祸福相倚，大丈夫谁不经历五灾八难？明眼人看得清清楚楚，数年幕府生涯，既是左宗棠的磨刀期，磨刀不误砍柴工，也是他的发皇期，他已练就军政各方面的顶尖功夫。实力无疑是最好的本钱，立功、立名固然要倚靠它，有时候，脱困、救命也要倚靠它。

樊燮案是小劫数，是大变数，此后，近代史上最牛的师爷左宗棠奉命练成楚军，成为出柙的猛虎，那些奸人和丑类很难再制住他的威风。

值得一提的是，同治七年（1868）春，直隶总督官文向陕甘总督左宗棠示好，饬备二万斤洋米，给楚军补充军粮。左宗棠困处愁城之中，对此义举既是欢迎的，也是感激的，嗣后两人还有书信往还，互相讨论军情。以国事为重，以私怨为轻，左公毕竟是胸襟广阔的好汉，不是怀恨记仇的小人。

五、楚军援赣、援浙

道光二十八年（1848），左宗棠从湘阴柳庄写信给二兄宗植，其强烈的自信溢于言表："年来于兵事颇有所得，自觉倘遭时命，假我斧柯，必能实实做到，绝非纸上谈兵。因思古人无不文武兼资，凡所称名将者，大抵习诗礼而知古今。汉赵翁孙所为奏章，于西北情事直如掌上螺纹，其文笔之简练精到，汉廷诸儒莫能过也。三国人才，犹多儒雅。未有不识丁之莽夫而可以折冲决胜者。昨见岳忠武书《出师表》，忠义之气不待言，即一种书味盎然溢于楮墨，决非迂腐小儒、轻薄名士所能伪为。益以叹将才固贵天生，而学问之功尤不可少也。古人谓'不为良相，即为良医'，弟则谓'不为名儒，即为名将'，亦可一洗凡庸龌龊之胸襟也。"乱世出儒将，左公精研兵书，志在扫平六合，做醇儒不合时宜，做大将大帅则当仁不让。咸丰年间，他在湖南抚署做兵马师爷，亲掌戎机，屡献韬略，此番历练对他后来带兵打仗大有裨益。

有人认为，江南战局岌岌可危，左公脚步姗姗来迟，仿佛急惊风遇到了慢郎中。左宗棠"热身"的时间太长，围观者的耐心根本不够用。曾国藩只比他大一岁，已是湘军统帅。郭嵩焘比他小六岁，已是翰林学士（在南书房行走，以备咸丰皇帝咨询）。左宗棠将近知命之年，仍在案牍劳形。左宗棠的心里究竟是怎么想的？道光二十三年（1843），他在答前辈贺桂龄的信中表明了态度："仕宦亨蹇，自是造物安排，不容措意。圣贤于出处大节，只讲'义'、

'命'二字，断诸义而俟之命。故夷险一致，而进退绰然。"他善养静气和浩气，守义而待命，因此淡定而从容，这就叫"好戏不怕开锣晚"。

咸丰六年（1856），左宗棠居湖南戎幕，深知江西战略地位之重要，江西若亡，湖南必为其续，因此救人就是救己，一定要竭尽所能。他写信给将军王鑫，有这样一段文字："江西为东南腹地，涤公为灭贼之人，岂可坐视其危亡而不救之乎？……以时局论，无急于救江西者，盖贼不得逞于西北，欲且霸江南，江西一有蹉跌，则江、浙、闽、广均为贼有，而吾乡亦危，东南大局不可为矣。"曾国藩苦等湘军名将罗泽南率兵重返江西战场，真是望眼欲穿，可惜就在这年农历三月，罗泽南不幸中弹，殒于武昌城外。当时，左宗棠"拟欲自领一军，为异日死斗之地"，但苦无饷银可筹，骆秉章也不肯放他出去单飞，湖南军务吃紧吃重，左公驾轻就熟，倘若仓促之间更换生手，必定于全局有碍。

咸丰八年（1858），左宗棠写信给好友胡林翼，自作评估，狂中露怯："湘上农人才、识、略三件，今世实无其匹，然未亲冒矢石，到底不敢自信。志在保桑梓以安天下，而精力渐减，不足副之。又性太刚直，与世多忤，终必罹祸，故欲善刀而藏耳。"他已积累了足够的知识和经验，但坐镇帷幄之中是一回事，决胜千里之外则是另一回事，即使在至交好友面前，也不敢把话说满，把态表足。此后，经过樊燮案折腾，左公厌倦了幕职，他告诉胡林翼："凡吾之所以不愿入幕，而愿即戎者，更有深意。昔年旁览世局，知官场为倾轧争夺之所，拘牵挂碍，不足有为。而鄙人气质粗驳，不能随俗俯仰，尤难入格。退处于幕，庶可息机行素，进退自由。不意仍为世所指目，卒与祸会也。若出幕而履戎行，其挂世网虽同，而进退存亡之机尚可自主。幸遇知心之人，克完吾愿，固将黾勉同之。倘其不然，则矢石锋镝之林，易毕吾分而足全吾名。与其生忧，何如死乐乎？"凡事小试身手易，大展身手难，左公的担心不无道理："弟此次带勇学战，枕戈而寝，与向之执笔而筹不同。营中训练及规划调度一切虽尚有几分，若临阵指麾，分合、进退、缓急、多寡之节，能合机宜与否，尚难自信。从前欲以五百人之长学战，归人统领者，原欲以增益其所不能。今选募五千，自为统带，譬如乡居富人，弃农学贾，起手即开大店生意，虽是好做，恐不免折阅之虞。"左公还自嘲"书生骑劣马，丑态百出"。

咸丰十年（1860）夏，左宗棠编练而成的楚军是一支新老结合的队伍，老湘营有一千多人，新勇有三千多人，左宗棠挑选士卒，首重朴实（无恶习），次重勇敢（无娇气），其定见为：天下事皆由朴实做成，皆由机巧弄坏。成军之初，五千楚勇只在长沙金盆岭经过了短期训练，朝廷就打算将这支队伍调往四川。左公心想：与其入蜀，仰人鼻息，不如援赣，与湘军合作。事实上，江西的局势也更为危险。当时，湘军大本营驻扎在安徽祁门，已被英王陈玉成、侍王李世贤统领的太平军三面合围，只在西南方还剩下一条生命线，通往景德镇，全靠左宗棠统领的楚军保护这个命门。在婺源、景德镇、浮梁、建德等地，楚军以一敌十，击退了太平军的大举进犯。左宗棠既富有文韬，又饶备武略，常能出奇制胜，与勇将鲍超配合默契，相得益彰。祁门解围后，曾国藩上奏为左宗棠、鲍超表功："臣在祁门，三面皆贼，仅留景德镇一线之路以通接济，该逆欲得甘心，赖左宗棠之谋、鲍超之勇，以守则固，以战则胜，乃得大挫凶锋，化险为夷。"左宗棠因此受到优诏嘉勉，由四品京堂升为三品京堂候补。

当时，江西的局面不容乐观，左公有一个形象的说法，"江西事如醉人走路，扶得东偏倒向西去。"太平军云聚乌合，完全是流寇性质，兵锋固然锐利，但如同猴子掰苞谷，得不偿失。楚军将少兵精，能攻善守，由于左宗棠指挥有方，连打数次恶仗，丝毫不落下风。

咸丰十一年（1861），左宗棠以区区五千兵力分守景德镇、浮梁五十余里城市浅滩，太平军多达四五万人，双方兵力相差悬殊。此地是江西的前庭、湘军的后院，稍有闪失，就会危及全局。楚军是新军，但其中的老湘营在湖南境内剿匪多年，并不缺乏作战经验，眼下与劲敌决一死战，能有几分胜算？左宗棠心里还真是十五只吊桶打水，七上八下。所幸宾佐同心，将士用命，不仅守住了要地，而且连战告捷。太平军堵王黄文金素以骁悍远近闻名，江湖人称"黄老虎"，竟也没有从楚军身上讨到半点便宜。景德镇一度被侍王李世贤统领的太平军袭破，左宗棠退守乐平城，先是全力死守，然后分三路反攻，太平军被冲乱阵脚，一溃十余里。应该说，老天爷也站在楚军这边，骤雨之后，河水暴涨，太平军大队人马惨遭溺毙，侍王李世贤易装逃逸，仅以身免，上饶、乐平同日解围。与此同时，李元度率领的一支湘军在徽州吃了败仗，退至休宁，所幸楚军大获全胜，湘军的后顾之忧得以解除。

乐平大捷后，左宗棠写信给周夫人汇报战况，以欢快的笔墨谈到自己亲临行阵后的显著进步："吾昔尝以未临前敌为恨。自到江西，往往策马督战，初犹惶惑，久则胆气愈壮，心志愈定，虽杀声震耳，矢石当前，而毫无怯惧之色。以是知凡事之不可不历练也，今而后可免纸上谈兵之诮矣。"在水中学会游泳，在战场上学会打仗，道理是一样的。左公既是战略家，又是战术家，何时该谨慎？何时要勇猛？他拿捏的火候恰好，楚军的高胜率就成为新常态。

这年三月底，左宗棠写信给长子左孝威，简明扼要地介绍了江西军情，对楚军的总体表现非常满意："贼势方张，勘乱之才不可多觏。若更有数军如楚军者，必不任贼势横行也。我精力尚勉强支持，然年已五十，志虑实不如前，深恐贻误。时局方艰，思之倍深廪廪耳。"楚军英勇善战，无奈兵单饷乏，危机四伏，左宗棠独当一面，常忧饥溃。他在家书中感叹道："贼不怕他，只无办贼之饷，无可如何，亦听之天而已！"此外，还有一宗可怕的事，夏日行军作战，疾疫繁兴，非战斗减员的比例很高，楚军七千余人分驻景德镇和婺源，"物故者不下二百余，患病未愈者约八九百，勉强能出队者不过三千余而已"，以如此单薄的兵力抗击数倍于己的敌军，左宗棠仍能批亢捣虚，节节取胜，真是匪夷所思。

江西解了围，侍王李世贤集结残军，抖擞余勇，窜入浙江，连续攻陷严州、绍兴、宁波、台州，楚军驰援浙江就成为当务之急。左宗棠目光如炬，他洞察局势，在家书中讲得清楚明白："浙江精华全在杭、湖、宁、绍、嘉兴五府，今皆为贼有。杭、湖、宁波城尚未失，而城外皆贼，一时难以飞越，余则皆贼占踞矣。援浙无数万之兵、数十万之饷，虽孙、吴、韩、白复生，亦难着力，吾亦知之。然明知其难，而又不敢避也。"

浙江首府杭州历来都是兵家必争之地，咸丰年间，就曾两次遭到血洗。第一次是在咸丰十年（1860）二月二十七日，太平军攻破杭州城，赵烈文在当年三月初一、初四、初十的日记中有相关的追记，"踩踏死者，不可胜计"，"淫杀之惨，更不可胜言，思之肉战，言之涕零"，"焚舟数千艘，人油浮水面如画，惨毒如此，不忍更闻矣"，"杭城居民十死六七，血流街衢尽赤，屋庐尽成焦土，横骸塞途"，总之是一场浩劫，生灵涂炭。所幸杭城陷落后不久，就被驰援浙江的清军将领张玉良收复了，但强敌环伺的危险并未因此彻底解除。第二次是在咸丰十一年（1861）十一月二十六日，左宗棠奉命督办浙江军务，刚过两天，省城杭州即宣告失守，浙江巡抚王有龄全家殉难，将军瑞昌手刃全家，然后尽节，这是极其无奈的狠心。此次杭州城落入敌手，全局为之震荡，值此危急关头，曾国藩决定将好钢用在刀刃上，密疏举荐左宗棠为浙江巡抚，他写信嘱托左宗棠："目下经营浙事，全仗大力，责无旁贷！"

一个多月后，朝廷即补授左宗棠为浙江巡抚，摆在楚军面前的任务可谓极其艰巨，面对十倍于己的劲敌，大笔军费尚无着落。"又要马儿好，又要马儿不吃草"，这句谚语正是当年窘况的真实写照。左宗棠作好了最坏的打算，他在家书中写道："危疆重寄，义无可诿，唯有尽瘁图之，以求无负。其济则国家之幸，苍生之福，不济则一身当之而已。"

楚军在江西作战时，左宗棠稍得安闲，便访察当地人才。婺源是朱熹故里，素称文献之邦，太平军在此二十余次杀进杀出，遗黎皮骨仅存。婺源教谕夏炘精研南宋理学，兼习时务，通晓兵法，左宗棠与他一见如故，请他参佐戎幕，代筹军食，两人讨论战守机宜，每每相得。楚军入浙，收复遂安后，夏炘写信致贺，字里行间，赞赏有加："钺下以五千士卒，当全浙数百万之敌，来谕谓'慎以图之，当可无患'。愚以为慎于前攻，亦当慎于后顾。得尺则尺，得寸则寸，乃吾人拳拳弗失之学，用兵何独不然。前此诸帅只知前攻，而所复疆土不转瞬而复失之，百姓之遭蹂躏更胜于未复之时。钺下自乐平、浮梁，而婺源，而遂安，前后所得，无复再失，此钺下之师所以超越诸将也。唯愿后此常守弗失。未得之地慎于前攻，不可轻犯贼锋，以堕诡计。已得之地，慎于回顾，不使贼出我后，顿失前功。"这封信讲到了点子上，揭示了左宗棠用兵的一大长处，"得尺则尺，得寸则寸"，"常守弗失"，治学如此，带兵如此，都可事半功倍。左宗棠在浙江采取"避长围，防后路"的策略，"宁肯缓进，断不轻退"，吃一口是一口，吃一斗是一斗，保全胜局，巩固后方，因此楚军偶有小负，从无大败，胜率之高，战斗力之强，堪称佼佼。

曾国藩有识人的眼光，有容人的度量，他称赏左宗棠"平日用兵，取势甚远，审机甚微"，尤其佩服左宗棠自持的定力，他在信中特意作了一番比较："弟当危迫之际，每每不自持而陈说及之。胡润帅昔年亦多不自持之时，独阁下向无此失，从未出决办不到之主意，未发强人以难之公牍，故知贤于弟远矣。"曾国藩承认左宗棠比他更贤能，是句大实话。

同治二年（1863）四月，朝廷任命左宗棠为闽浙总督，仍兼任浙江巡抚。此时，楚军已壮大数倍。士卒有勇，主将有谋，兵锋锐利，所向告捷。此年八月初，楚军攻克富阳，水陆两路直指杭州。尽管太平军的堡垒十分坚固，但楚军的攻势无比迅猛，杭州陷入重围，已成孤注。与此同时，李鸿章统领的淮军已攻克苏州、无锡、宜兴等地，其中一部与楚军会合，进攻嘉兴。太平军的处境日益艰窘，悍将蔡元隆等人相继叛变，致使军心动摇，杭州城内的守军士气低落，斗志消沉，突围时被蒋益澧率领的楚军主力彻底击溃，兵败如山倒。

楚军夺回杭州，就等于撤除了太平天国首都天京最重要的军事屏障，太平军的南路从此被彻底卡断，天王洪秀全已成瓮中之鳖，负隅顽抗不过苟延残喘。

曹操的诗作《蒿里行》描写战争惨状，可谓触目惊心："……铠甲生虮虱，万姓以死亡。白骨露于野，千里无鸡鸣。生民百遗一，念之断人肠。"一千多年后，战争的惨状有过之而无不及。咸丰十一年（1861）七月底，曾国荃率吉字营攻克军事重镇安徽安庆，城中绝粮已久，"人肉价至五十文一两，割新死者肉亦四十文一两。城破入贼居，釜中皆煮人手足，有碗盛嚼余人指，其惨至此"，这是曾国藩的机要秘书赵烈文亲眼所见，亲笔所书，载于当年八月十三日的《能静居日记》。同治二年（1863）四月二十二日，曾国藩在日记中写道："皖南到处食人，人肉始卖三十文一斤，近闻增至百二十文一斤，句容、二溧八十文一斤。荒乱如此，今年若再凶歉，苍生将无噍类矣！乱世而当大任，岂非人生之至不幸哉！"当年，数省饥馑，饿殍遍地。在家书中，左宗棠写道："浙江夙称饶富，今则膏腴之地尽成荒瘠。人民死于兵燹，死于饥饿，死于疾疫，盖几靡有孑遗。纵使迅速克复，亦非二三十年不能复元，真可痛也。""浙民死丧流亡之惨为天下所仅见，我入浙以后，日坐愁城，目睹情形，几于泪殚为河矣。一切赈救之策皆从无中生有，黾勉图之，无救十一。方引为惭恨，积为悲伤，而浙民与江、皖之民已相与颂仰之矣。"在奏折中，左公的笔墨尤为沉痛，描写得更加细致："人物凋耗，田土荒芜，弥望白骨黄茅，炊烟断绝。现届春耕之期，民间农器毁弃殆尽，耕牛百无一存，谷豆杂粮种籽无从觅购。残黎喘息仅属者，昼则缘伏荒畦废圃之间，撷野菜为一食；夜则偎枕颓垣破壁之下，就土块以眠。昔时温饱之家，大半均成饿殍。忧愁至极，并且乐生哀死之念而亦无之，有骨肉死亡在侧，相视漠然不动其心者。哀我人斯，竟至于此。"通观此折，解民于倒悬，救民于水火，正其时也。左宗棠既是军事长官，也是民政长官，他带兵进入杭州后，军纪严明，秋毫无犯，迅速采取了一系列兴利除弊的措施：掩埋尸骸者获酬；拐卖人口者处斩；勒索绅民者判刑；屠杀耕牛者入罪；官吏贪污必遭罢劾；富绅不仁必被纠弹；苛捐杂税一律蠲免；浮收滥取一概禁绝；改革盐政，裁革陋规，精减兵员，节省军饷；垦荒田，修水利，稻粮之外，种植桑棉，民工不足，济以兵力。

同治三年（1864）七月十六日，赵烈文在日记中写道："今春三月，在浙省绍兴，居民皆已复业，萧山诸境民舟夜行，橹声相应也。杭省百废俱起，复城未两月，已议及海塘，各郡之漕皆减定，颂声大作。以此观之，左公吏治实胜李（鸿章）数十倍，虽心术未能坦然，而民被大德，他眚不足言矣。"赵烈文是曾国藩阵营的死忠，其日记中对左宗棠的负评和微词不少，但这回他也被左公在浙江的治绩彻底折服了。

左宗棠治浙，魄力大，法禁严，缓急得当，条理清晰，因此经济复苏较快，民心归集甚安。《清史稿》中有语："百废俱兴，东南诸省善后之政，以浙江为最。"左宗棠能征善治，其战绩和政绩可谓双优。

六、史上最强的陕甘总督

同治四年（1865）四月，左宗棠抵达福州，其后不久，他就奉旨节制广东军事，摊子铺开了，权力更大，责任也更重。尽管广东本地的守军一味地怯战、畏战、避战，简直一团糟，但楚军善战，淮军也乘船从海上前来支援，协同对付侍王李世贤、康王汪海洋分别统领、互不买账的太平军残部，仍能处处占据上风。这年七月，太平军内讧，汪海洋杀掉李世贤。五个月后，楚军、淮军在广东嘉应州与太平军残部正面决战，汪海洋阵亡，余众覆灭，至此南方大规模的战事宣告结束，零星抵抗已不足为患。

同治五年（1866）五月，左宗棠奏请在福州设立船政局，自造轮船，选择马尾山麓作为厂址。嗣后，他又奏请以沈葆桢为船政大臣，设立求是堂艺局（船政学堂），招收学员。这年九月，左宗棠奉旨调任陕甘总督，十月离闽。

前任陕甘总督是湘军名将杨岳斌，"当饥噪之余，急申军令，操纵驾驭未合时宜，回患乃日深"，被迫卸任。赵烈文的《能静居日记》同治五年（1866）五月二十七日所记较为详明："接眉生某日信，寄到探条，甘肃省城于三月初三督标兵变，城陷，杨厚庵制军在广阳巡次，留署幕友道员吴贞陜等均被戕，在城文武均被禁胁制。两司具奏，其事因督标兵与楚勇争饷而起。现在其地每面一石，贵至银一百八十两，可为骇然。"一石面粉约为一百二十斤，一百八十两白银折合现价约为二万元，价格确实贵得离谱了。肚子总饿着，饷银总欠着，军人不哗变才怪。杨岳斌打仗是把好手，应对这种经济困局则一筹莫展，卸任倒不失为解脱。

前任陕西巡抚是湘中名士刘蓉，他能得民心，却遭到陕西官场的排斥，因此被朝廷撤职。杨岳斌失之严急，刘蓉失之宽缓，秦、陇局势每况愈下，以湘军名将、湘中名士坐镇西北的首个回合宣告失败。

左宗棠头白临边，五十五岁到西北督办军务。他在回复四川布政使江忠濬来信时有个说明："朝廷之改命鄙人持节而西，先秦后陇，非谓西事非鄙人不可，鄙人之果优于厚庵也，亦以鄙人素日勇于任事，不知择地而蹈，生死祸福不足动其心，区区血诚，稍异流俗耳。"同为湘人，又是好友，理应彼此照应，江忠源的弟弟江忠濬也确实为左公出了力。

烫手的山芋不好抓。左宗棠移任陕甘总督，任务艰巨。当年，他已做好充足的心理准备去打一场持久战，在写给杨岳斌的信中有这样一段话："自古用兵西北，御突骑以车，省转馈以屯田，两者决不可少。若徒侥幸数战之利，而速战取效，恐无利而有害也。……经营屯田、车炮，以待时会之来，不可浪战求胜。"左公还总结了军队屯田的四大好处："各营勇丁吃官粮，做私粮，于正饷外，又得粮价，利一；官省转运费，利二；将来百姓归业，可免开荒之劳，利三；又军人习惯劳苦，打仗更力，且免久闲致生事端，容易生病，利四。"但屯田是缓手，朝廷怕就怕急惊风遇上慢郎中，左公回复好友王柏心的来信时，即表示疑虑："自古用兵塞上，营田以裕军饷，车营以遏突骑，方略取胜，剿抚兼施，一定之理。壮侯（赵充国）初不见信于汉，韩（琦）、范（仲淹）终不见用于宋，是以千百数年富强之区，化为榛莽。兹承凋敝既尽之后，慨然思所以挽之，非倚任之专，积渐之久，何以致此！弟年五十有六，去日已多，揣朝廷所以用之者，不过责一时之效耳。以不可多得之岁月，而求难以骤至之事功，其有济乎？"治理西北，要见长效，主政者就必须拿出足够的耐心，用时间换空间，左公既担心朝廷倚任不专，又担心自己年事已迈，纵然能够获取短期效益，却于大局无补。应该说，这些担心绝非庸人自扰。当时，朝廷在西北用兵，数百里之内，有钦差大臣三位、总督一位、巡抚三位、侍郎两位，将军一位，还有两位亲王在京师遥控。"事权不一，各拥重兵，徒以束缚驰骤，为矜制之术"，可谓一团乱麻，左公想要雍容坐镇，了此勾当，殊非易易。

当年，西北的情形是"千里蒿莱，回、匪交乱，残黎困于贼，困于兵，又困于纵匪之官、纵兵之将"，"千里白骨黄沙，狼虎当道，极人世未有之苦，未有之荒"。同治七年（1868），左公向朝廷陈奏，主题是饷事八难：一为地方荒瘠；二为舟楫不通；三为汉回杂处，互相仇杀；四为利源塞绝；五为食物翔贵；六为公私困穷；七为骡马难供，民夫难觅；八为异地安插，用度浩繁。要解决这八难，自然是千头万绪。左公写信给陕西布政使谭钟麟，谈及大西北民穷财尽的现状，笔下文字更是令人伤怀："崔实《五原纪实》谓穷民自土穴出，下体不蔽。今甘、凉一带，及笄之女，且无襦袴，犹如昔时。吁，可骇也！"东汉时期，陇地的穷民生活情形如此，一千七百年后，少女衣不蔽体的现状依旧，社会进步为零，真是太不可思议了。民穷则匪悍，大西北既有捻军疯狂窜扰，又有回军大举叛乱，还有土匪、溃勇、饥卒到处烧杀抢掠，老百姓生无可恋。各驻军被哥老会渗透，欠饷时间将近两年之久。由于战乱频繁，人口锐减，政府每年征收的丁税、地税不及和平时期的十分之一，司库之中久无余钱剩米。偌大一个烂摊子，偌大一个销金锅子，别人望而生畏，左宗棠却敢于接手，咬牙承受，将杜甫的诗句"炎风朔雪天王地，只在忠良翊圣朝"当成口头禅，其自信源于两个方面：一是军事策略更为优异，二是人脉资源较为丰厚。从青年时代起，左宗棠就潜心研究西北边陲的历史、地理、军事、经济和风俗，对于兴屯、作战、运粮、筹饷诸事有较为成熟的想法。至于人脉资源，曾国藩是两江总督，骆秉章是四川总督，刘坤一是江西巡抚，曾国荃是湖北巡抚，杨昌浚署浙江巡抚，蒋益澧署广东巡抚。应该说，这些人要么是他的朋友，要么是他昔日的上司，要么是他提携过的部下，他们出于道义和情谊都会出手帮他。

军人在战场上流血搏命，吃粮领饷可谓天经地义，倘若他们吃不饱肚子，领不足军饷，后果将十分严重。鲍超是晚清湘军体系中的一员虎将，他带领的霆字营打过许多恶仗，也打过许多胜仗，这支善战之军，一旦闹起饷来，其凶险程度超乎想象。据赵烈文的《能静居日记》同治四年（1865）四月二十二日所记："是日闻鲍军兵变详细。先是鲍帅奉旨赴甘肃，请假由川省本籍绕行。其勇分二起，头起鲍自带，已先入川。二起八千，宋国永带，过江西时，索饷鼓噪，捆缚营官，裸辱其妻女，戮伤粮道段起。西省城门昼闭，搜刮得银二十余万金，与之而后定。由西赴楚，沿途不堪其扰。四月初六日，过鄂省六十里金口地方，各营齐心，不肯开船，必要还清欠饷百余万，方肯赴甘，宋国永无计约束，旋即一哄而溃，并结队大掠，窜至咸宁县，将一县官杀完，闻已至江西义宁州界。楚督、西抚已俱奏报，而中堂得信，既不闻奏，复不遣员招抚，事殊不妥。"溃兵为祸甚烈，中堂大人曾国藩却并未及时采取措施，因为鲍超是其爱将，欠饷太巨而致兵溃，非将之罪也，他也是左右为难。

左宗棠赴任之初，就看清楚了这道难题目，他"不以度陇为危，而深以在陈为虑（孔子在陈缺粮）"，他最担心的是军队吃不饱肚子而饥溃。殊不知，前途的艰难困苦远超预计，数年间，陕甘用兵，各省协饷根本做不到源源不绝，积欠总额接近三千万两白银。欠饷之军尤难责其令行禁止，左公禁止不了将士搜索财物，只能禁止他们妄杀平民。光绪元年（1875），四川布政使文格刚刚履新，就急公仗义，主动提出要为左公协助军饷，形诸公牍。左公驰书致谢："正当窘迫之际，如饿夫乍得壶飧，便有生气，感甚幸甚！"这真不是一句场面上的应酬话。光绪二年（1876），浙江巡抚杨昌浚捐赠一万两养廉银给左公做犒军的费用，无异于雪中送炭。最难得的是江西巡抚刘秉章，与左公无一面之雅，但相知过于旧交，协解之款，频年按数如期。左公在致谢信中写道："九州之大，相与支撑者，不越十余人。掉扁舟于极天怒涛中，努力一篙，庶有同登彼岸之望。如图各急其私，事固有未可知者。"

同治六年（1867）夏，左宗棠率军自鄂经豫前往陕西潼关，行至河南灵宝县，突遇山洪暴发，大量军需物资和枪炮都被冲走，死者千余人，左宗棠也落入水中，险遭溺亡，遇救得免。当时，许多人都认为这是不祥的异兆。三伏天行军，队伍被大雨淋过好几场，结果疾疫繁兴，病倒上千人，病死者二百余人。

西北地域广阔，气候条件和地理环境与江南迥异，长期生活在南方的将士初来乍到，水土不服，这个学费交得过于昂贵。所幸为左宗棠效力的湘军将领刘松山素以忠勇、宽厚、朴实、严谨著称，不争功，不透过，战绩彪炳。左公在奏章中称赞他为"一时名将"，并且认为，曾国藩晚年将湘军托付给刘松山，"庶不愧知人之明"。

尽管左宗棠对于各种困难早有心理准备，但实际情形仍然超出了他想象的边际。同治六年（1867）冬，楚军在秦中剿捻，由于捻军的骑兵如狂飙迅忽，当地的叛回扰害不休，楚军很难实现左公制定的"拦头、截腰、击尾"的战术，而且采粮殊为不易。他写信给陕西观察使陈湜，感叹道："弟昼夜筹调军食，须发为白，究于大局无能为力，愁恨何言！"西北的冬天来得早，野外滴水成冰，寒衣万难措办，也令左公忧心如焚。陕西的局势不容乐观，甘肃的情形则尤为糟糕："甘肃饷极绌，而多募勇丁，以致饥溃为贼者约有一半。现在入犯之贼，回不过十之六，各省溃卒竟十之四。收拾此局，殊不容易。"

溃卒饥勇造成的人祸，宁夏将军、署陕甘总督穆图善（字春岩）要负很大的责任。左公在写给姻亲夏献云的信中打开天窗说亮话："穆春岩人尚长厚，误用舒之翰为谋主，专务朘民，以养不能战之军。每岁得实饷亦近百万，将领瓜分，而勇丁不与，而勇丁亦皆解体。"穆图善是好好先生，于文理不甚通晓，诸事由谋士代为定夺，若辈因缘为奸，祸害军队和百姓。左公瞧不起穆图善，但对这位树大根深的满籍官员毫无办法，担心"一击不中，无以自处"。

枪炮一响，黄金万两，打仗打的是什么？既是人，也是钱。在财政困局之下，左公的应对之策是"精兵裕饷"，或谓之"减灶增饷"。他说："唯秦、陇之事，筹饷难于筹兵，筹粮难于筹饷，而筹转运尤难于筹粮，窘迫情形，为各省所未见。大约皖、豫能养两人者，秦中养一人尚虞不给。故用兵不能多。"他还说："自古西北用兵，以粮与运为最急最难。当兹三空四尽之时，饷尽资之各省协济，不能及半；粮则采之数百千里之外，专恃骡驼车驮转馈军前，又多乱沙荒碛，无人烟、无水草之地，劳费不堪，倒毙相继，其不能用大兵求速效一定之局。"塞外转馈到底有多难？"计一驼负粮二百斤，日行一站，越二十站，驼之料、驼夫之粮，已将所负者啖尽矣"，还哪有多余的粮食可供军用？后来出关运粮至哈密，每百斤粮费银十一两，简直贵到离谱。

同治七年（1868），西捻刚被扑灭，陕甘两地的回军叛乱又成心腹大患，左公八月赴京陛见，皇太后询问"西事何时可定"，左公答以"五年为期"。皇太后怪其迟缓，左宗棠解释调兵、运粮、筹饷数事均旷费时日，五年内平定陕甘，尚属快捷。真正了解西北局势的人则为左公捏了一把冷汗，以五年为期，不是时间长了，而是时间短了，左公这番夸口，实属骄傲轻敌。左公的答复是："天威咫尺，何敢面欺？"在皇上、皇太后跟前商谈国家大事，我岂敢当面撒谎？言外之意，他对平定陕甘是有成算的，也是有把握的。后来，西事遇到了波折，朝野内外议论纷纷，有人"疑其无能，疑其不能用人，疑其有意见"，有人攻讦他"老师糜饷"，左公一概不作辩解，这哪里是骄傲？分明是隐忍。

当时，陕西汉族士大夫"恨回至深，必云尽杀乃止"。西关外发生过一起恶性血案，民团纠众杀死回人一家八口，并且瞒住此事，不上报官厅。刘典署陕西巡抚，闻讯震怒，将首从五犯斩首弃市，汉族士绅罔顾是非，攻讦刘典祖护回人，可谓不通情理。左宗棠最讲实事求是，他对回民不存任何偏见，认为西北的乱局是由汉人造成，却叫回人背锅。此中因果，他在回复署浙江巡抚杨昌濬的信中讲得非常明白:"西事因从前无饷,而多所征调,于是扰掠不堪,逼民为贼,民尽逃亡,兵无从扰掠,旋亦变为贼。今之为乱者,不下二十余万。回少而汉多,其明验也。"因此左公向朝廷陈奏时,纯粹出于理智和良知:处理回事,宜剿抚兼施,以抚为先。汉回一视同仁,不分汉回,只分良莠。他在陕甘两省张贴安民告示,最关键的八个字就是"帝曰汉回,皆吾民也",这句话令回民安心。数年后,左公在致部将刘锦棠的信中提到奕山的一个定见,认为它特别值得寻味:"只要文武各官都肯以平民待回,不以牛羊视之,则回永不叛。"在家书中,左公写得更明确:"欲举其种而灭之,无是事,亦无是理。"他还告诉湖南老乡、护理陕西巡抚谭钟麟:"唯办回与办发、捻、土匪不同,急不得,缓不得;轻不得,重不得。而解散安插,尤无善策。"他不分汉、回、番众,每案总持平办理,杀人者死,抢劫者治罪、追赃,令人服气。左公抚回,最显著的成就是收服了素以狡黠著称的甘回首领马占鳌,使对方全心全意为稳定西北大局效力,打了不少胜仗。左公抚回的具体办法是:"马械缴尽,遣员赴四乡查验,发门牌,立十家、百家长,散其党,收其权。"实行十二条约束,以求打下长治久安的基础。

早在同治五年(1866),左宗棠就已移任陕甘总督,但直到同治八年(1869),左宗棠遵旨赴泾州接掌督篆,才算正式上任。此前,他以钦差大臣督办陕甘军务,代理陕甘总督的是宁夏将军穆图善。甘回首领马化龙先后两次率军攻陷灵州城,屠杀汉人多达十余万。此人盘踞金积堡,改名朝清,貌似归顺,实则桀骜不驯,豪猾狡诈,仗其家财之富,恃其地势之险,胁制甘回,陕回也多半仰其鼻息,各回部均从金积堡购取资粮、战马、枪械,马化龙获利颇多。金积堡地处灵州,唐朝的灵武,宋朝的西夏,明朝的河套,即为此地。穆图善庇护马化龙,称为良善,生怕左宗棠率军对金积堡动手,曾向朝廷陈奏左宗棠有进剿之意,恐怕激之使变。左宗棠早就看出马化龙是西北地区最危险的敌手和祸首,是必讨之贼,倘若朝廷受其投诚的假象蒙蔽,掉以轻心,姑息养奸,其势力得以持续壮大,马化龙很可能会成为李元昊那样的西疆大患,等到那时,就噬脐无及了。左宗棠为此做了两手准备:第一手准备是向朝廷递上密奏。如果马化龙诚心就抚,陕回也俯首帖伏,可免予查办;倘若他依旧阳顺阴逆,包藏祸心,则宜及时加以兵威,方期一了百了,不敢惮一时之劳,致成养痈之患。第二手准备是密嘱刘松山广泛征询攻打金积堡的方略,派人刺探敌情。"射人先射马,擒贼先擒王",直捣贼巢乃是擒王之道。

金积堡由五百多个堡寨联成，四面环水，易守难攻。左宗棠在回复刘松山的书信中讲得很清楚："以大局计之，欲平陕甘回逆，非先攻金积堡不可；而攻金积堡，非宁夏、固原均有劲军夹击不可。"数年之前，朝廷派兵攻打过金积堡，由于粮运断断续续，后路被其截断，遂至一败不振。鉴于前车之覆，左宗棠指示刘松山，进兵时，"非熟审路径，择水草佳处囤积粮食，层逼渐进不可"。这意思是，心急吃不得热汤圆。

同治八年（1869）五月，左宗棠决定分三路进军：北路，由刘松山率部，从绥德西进，直指金积堡；南路，由李耀南、吴士迈率部，从陇州、宝鸡趋秦州；中路，左宗棠和刘典率军，从乾州经邠州、长武赴泾州。三路互为犄角，总体而言，北路是主攻方向。

秦陇战事正告得手，哥老会成员却在楚军中秘密策动兵变，杀害了甘肃提督、被左公视为一时良将的高连陞。无独有偶，驻扎在绥德的湘军也因哥老会成员鼓动突然发生兵变，刘松山闻警驰回，军心复定。一旬之间，两次发生兵变，共计死伤一千余人，所幸兵变波及的范围不广，很快就被平定下来，元凶悉数落网，左公"讯毕手刃磔诛以祭"。后来，南路军在岷州还发生过一次兵变，也是哥老会成员煽动的，很快就被平定下来，徒党数千人被分散到各军营中。左公声明：对于军中的哥老会成员既往不咎，一旦再有不轨行为，则格杀勿论。除了兵变，陇军还发生过因闹饷而哗溃的恶性事端，溃勇骚扰民间，为祸不浅。左宗棠分析道："倡逃者多旧捻，若辈好吃喝，不耐劳苦，生性如此。又闻穆军赴陕，如登天堂，相形之下，未免触望。"陕、甘相比，天渊之别，旧捻均为降卒，本就怀有异心，怎肯在苦寒之地忍饥挨冻？

当年，有人建议左公在西北地区大面积种植罂粟，靠贩卖鸦片烟土来筹集军饷，免得到处吃瘪受气，但左公一口否决。他下令辖内各地一律禁止种植罂粟，违者严惩不贷。拔去烟苗，改种棉花，农民的经济收入并未受损，西北的社会风气则变好许多。后来，他主张对鸦片课以重税，朝廷有所顾忌，未能采纳。

同治九年（1870）是钦差大臣、陕甘总督左宗棠率军平定叛回的关键年份，西征军攻克了金积堡，拔去了甘肃境内论坚固和顽固均首屈一指的叛回据点。尽管取得了这个关系全局安危的重大胜利，但左公痛失了最为倚重的湘军大将刘松山。当年腊月，他在家书中一吐积郁："金积（堡）于十一月十六日已复，办法详正折及密片中，如经理得宜，西陲百年无事也，非频年纵横血战何以得此？此举最难最险，患不在贼而在时局，事后思之，且悸且愤。吾移督关陇，有代为忧者，有快心者，有料其必了此事者，有怪其迟久无功者，吾概不以介意。天下事总要人干，国家不可无陕甘，陕甘不可无总督。一介书生，数年任兼圻，岂可避难就易哉！"好个"岂可避难就易哉"，左公平定叛回，难度系数之高令人咋舌。你看看他笔下的这段文字："西宁进兵，六十余日，血战五十余次。其间二十余夜未曾收队，将士植立雪窟中，号寒之声，与柝声相应，良可念也！……论战事之苦，劳烈之最，则固汉唐以还所无也。"一个人就算从未亲身经历过雪虐风饕的折磨，读罢这段文字，也会不寒而栗。

同治十一年（1872），河湟战局进入收官阶段，西北地区的民生也有了起色。左公写信告诉杨昌濬："度陇以来，得尺寸之地，即加意抚绥，如铺瘵鸟，如养婴儿。又适值年谷顺成，全活稍众。入居兰州后，剔除弊政，先大纲，后小目，渐复十余年前之旧。民情和乐，气象尚好。"

同治十二年（1873），西征军进入了攻坚阶段，摆在他们面前的是肃州古城。左公督战了一个多月，仍未拿下。这并不奇怪，"肃城坚大，素为边方雄镇，久被贼踞，如虎负嵎"。西征军围城用的是铁桶阵，城中匪军粮尽援绝，无处可逃，只能坐以待毙。肃州城被攻陷后，左公欣慰地告诉沈应奎："首要各逆无一漏网，土、客各回，六十以上、十五以下及妇女概予免诛。数十年征伐之事，以此役为最妥善。……十年腥膻之场，化为净域，差足伸天讨而快人心。"但美中不足的是，各军争夺贼赃，大打出手，军纪遭到了破坏。其实，情有可原，西征军积欠饷银已高达一千七百多万两，尽管户部紧急拨发库银一百万两，仍只是杯水车薪。

左宗棠曾致书友人，实话实说："西事艰险，为古今棘手一端。鄙人贸然认之，非敢如壮侯自诩：'无逾老臣。'亦谓义不敢辞难耳。前年入觐面陈，非五年不办，慈圣颇讶其迟。由今观之，五年蒇事，即大幸耳。"五年之间，左公惨淡经营，不仅经历了折将（高连陞、刘松山）之悲，而且经历了丧妻（周诒端）丧子（左孝威）之痛，但他都顽强地挺了过来，此老愈挫愈奋，愈挫愈强，这是其亲友、部下乐见的，也是朝廷乐见的。左公功勋盖世，仍然难释心头之憾，他最痛恨的叛回首领白彦虎挣脱了天罗地网，逃往了中亚细亚地区。

七、跃马天山，挥师绝域

道光十三年（1833），左宗棠二十二岁，与二哥左宗植联袂入京，参加会试，双双落榜。逗留京师期间，他创作了八首七律诗，总题为《癸巳燕台杂感》，报效国家之志，哀悯百姓之情，尽在字里行间。第三首着意于新疆，尤其出色：

> 西域环兵不计年，当时立国重开边。
> 橐驼万里输官稻，沙碛千秋此石田。
> 置省尚烦它日策，兴屯宁费度支钱？
> 将军莫更纾愁眼，生计中原亦可怜。

二十二岁，年纪轻轻，同龄人还在狂啃四书五经，死磕八股文，左宗棠恶补的却是历史、地理之类的实学，以天下为己任，深入思考在新疆兴屯、置省这样的大事。他反复琢磨龚自珍的雄文《西域置行省议》，熟读徐松的专著《西域水道记》，备课之早，留意之深，与日后成功之巨，显然是适相匹配的。经略大西北，是左宗棠一生壮剧中的重头戏。在新疆，"兴屯"是方略，"置省"是愿景，迄至左公暮年，跃马天山，挥师绝域，收复失土，建置行省，其方略实行了，其愿景也兑现了，真可谓非常之人成就非常之功。

中亚地区浩罕汗国的帕夏（将军）阿古柏于亡国之余，从同治四年（1865）到同治九年（1870），五年时间内，率兵侵占了大半个新疆。左宗棠了解到的情况是："帕夏能战，相貌甚伟，自同治四年窃据喀什噶尔以来，颇有别开局面之意，其子亦傲狠凶悍。"阿古柏招亡纳叛，寻求英国支持，多办洋枪洋炮，军队装备精良，他以乌鲁木齐为轴心，建立了"哲得沙尔汗国"，窃踞新疆，俨然以宗主自命。伊犁及其周边地区则被俄国军队强行占领，俄国政府诡称这是为清政府代复领土，异日俟清政府收复乌鲁木齐、玛纳斯，即可商议交还，并无久假不归之意。实际上，俄国此举是趁机在新疆打入楔子，埋下伏笔，其野心和如意算盘昭然可知：进则可以侵占大片土地，退则可以索取大笔补偿。阿古柏及其死党在新疆实行严密的特务统治，先后与英国、俄国签订条约，在军事、商业、领事裁判权等众多方面达成协议，三方利益分沾，各取所需。

同治十二年（1873），左宗棠上书给总理各国事务衙门，对新疆局势有一个总体的预计："就兵事而言，欲杜俄人狡谋，必先定回部，欲收伊犁，必先克乌鲁木齐。如果乌城克服，我武维扬，兴屯政以为持久之谋，抚诸戎俾安其耕牧之旧，即不遽索伊犁，而已隐然不可犯矣。……要之，目前之务，不在预筹处置俄人之方，而在精择出关之将；不在先索伊犁，而在急取乌鲁木齐。"日后，左公收复新疆，采用的就是这条上策。

瓜分之祸迫在眉睫，清廷内部关于海防与塞防孰急孰缓、孰重孰轻却争论不休，"扶得东边，倒了西边"似乎将要变成大概率事件。海防之议由李鸿章主张，声调高于塞防。塞防由左宗棠主张，则是有理不在声高，他说："东南正办洋防，实则泰西各国均无肇衅之意，只因示弱太过，致外侮频仍，国势难振，而财用虚耗日甚，将有不堪复按者。"示弱太过的代表人物就是李鸿章。有人说，新疆是"漏卮"，每年徒然靡费数百万军饷，如今守不住了，倒不如听从英国公使威妥玛的建议，干脆忍痛"割肉"，任由阿古柏立国称藩。朝廷中也有"祖宗已得之地，不可弃而弗图"的声音，军机大臣文祥就是持此观点最为坚决的一个。左宗棠畅论天下大势，认为山川皆起于西北，倘若自撤藩篱，纵容强虏深入堂奥，将后患无穷，因此规复新疆，势在必行。他向朝廷慷慨陈词："关陇新平，不及时归还国家旧所没地，而割弃使别为国，此坐自遗患。万一帕夏不能有，不西为英并，即北折而入俄耳。吾地坐缩，边要尽失，防边兵不可减，糜饷自若。无益海防而挫国威，且长乱。此必不可。"值得庆幸的是，当时朝廷中，意见分歧不大，军机大臣文祥鼎力赞成左宗棠的主张，两宫皇太后的脑筋也并未短路，于是朝廷批准左宗棠的出征请求，任命他为钦差大臣，督办新疆军务，拉开了收复新疆的序幕。

嗣后，左宗棠在写给好友和老乡、云贵总督刘长佑的信中，把自己非要肩起这面鼓来打不可的理由讲得很透彻："西事筹画极艰，局外每持息事之议。弟头白临边，宜当归，不宜远志，亦自知之。无如乌垣不复，驻军无所，玉门以外，岂能玉斧断之？乌垣既复，而俄人踞北路，安集延踞南路，无论祖宗朝土宇疆索未敢拱手以送他人，且弃腴疆而自守瘠土，亦终为异族垂涎，而漠北漠南皆战场，神京亦时惊烽燧，奚但津沽足虞宵旰哉！排时议而勤远略，非得已也。"深谋远虑，力排众议而独承艰危，这是国之重臣的担当，不得已而为之，是因为除此之外别无选择。

当年，左宗棠在家书中写道："此时西事无可恃之人，我断无推卸之理，不得不一力承当。"北地苦寒，取暖条件极差，兰州道台、湘阴老乡蒋凝学出于爱护之情，特意禀明上峰请让左宗棠入住总督府，可这位湘军大帅却坚持住在军营，与士卒同甘共苦。后来，左公长子左孝威去军中省亲，随父入住安定军营，偶因拟稿未合，受到父亲诃责，引发咯血旧疾，又因营帐不密，为风寒所侵，遂久咳不愈，回家后一病不起。由此可见，艰苦的军营生活，连二十多岁的年轻人都吃不消，一位六十多岁的老人却挺得住，左公真是铁打的菩萨、铜铸的罗汉。

左宗棠年逾花甲，身为钦差大臣，督办新疆军务，为出塞囤积粮草，花费了一年多时间，那个过程真是费尽周折，千辛万苦。兵家云："千里馈粮，士有饥色。"这句话放在大西北来讲，算是妥当的，放在新疆来讲，却如同隔靴搔痒。超大范围、超远距离的转运，所耗费的人力、畜力均非常人所能想象，途中还有遭遇盗匪劫夺的风险。

光绪二年（1876），兵出嘉峪关，左宗棠命令士兵沿途栽种杨树、柳树和沙枣树，以示有去必有回，总共种活了二十六万多株。春天一到，绿柳成荫，蝉噪千里，原本荒凉的西域风景为之一变。三年后，杨昌濬帮办陕甘军务，巡游故道，诗兴遄飞，如有神助，于马上吟得七言绝句一首："大将西征尚未还，湖湘子弟满天山。新栽杨柳三千里，引得春风度玉关。"这首诗颇具大唐边塞诗的风貌和气骨，很快就传诵得天下皆知。时隔一百多年，在甘肃故道边，在兰州城内，仍能见到左公柳的身影，它们躯干遒劲，枝叶婆娑，胜似桃李无言，早已下自成蹊。

当年，左宗棠从酒泉大本营写信给陕甘学政吴大澂，笔调甚欢："近接军报，出塞各军已次第衔接西进，秋前当有战事。师行三千余里，涉戈壁，逾天山，疾疫不作，寒暑可耐，无物故者，盖国家威灵所及，亦有天幸也。"西征军在攻打玛纳斯南城时一度遇阻，守城的敌军负隅顽抗，困兽犹斗，但大将刘锦棠率十一营劲卒攻坚，令敌军无喘息之机，终于奏凯告捷。新疆与内地遥隔数千里，信息不畅，上海《申报》大肆造谣，说关外诸军遭遇败绩，已退守关内。左公嗤之以鼻，在回复刘典的信中，他骂道："此辈所为，专以张西讪中为意，其殆枭獍不若耳！"

令左宗棠担心的是："北路局势日宽，需才日急，而眼前足当一面、不染军营恶习者，实无其人，不得已而思其次，亦不多见。"在他看来，宁夏将军金顺优柔寡断，"工于伺便取巧，耻过文非"，属于"庸中佼佼"，"才短心忮，诸事不肯商量，恐未能一力承当，妥为经理"，要金顺别开局面，独自树立，只怕不行。大将刘锦棠总理行营事务，心精力果，能征善战，是公认的军事奇才，左公倚为股肱。光绪二年（1876），刘锦棠患伤寒病，险遭不测，好在服药之后，一场重病竟奇迹般地痊愈了。

光绪三年（1877），左宗棠写信给胡雪岩，且喜且忧："弟于春融进兵南路，甫及浃旬，先后将达坂、托克逊、吐鲁番各名城要隘概行攻拔，斩获极多，戎机实为顺利。本可乘胜进取，以取破竹之势，适协款迟迟不到，四月以前，仅只收二十余万，前欠各华款固未能清还，而前敌饷粮转运脚价亦无从筹给，兴思及此，无任焦灼。"悬师绝域，却无巨款接济，将士有饥寒之忧，这是危险可怕的事情。好在左公的副手刘典能干，与陕西巡抚谭钟麟协商，向秦中巨贾富室加息借得巨款，以解燃眉之急。与此同时，胡雪岩筹借洋款五百万，已有成算，将士有实饷可领，左公这才安心。这年夏天，阿古柏服毒自杀，内讧随即发生，其长子伯克胡里杀死掌权的弟弟海克拉，率众西窜。刘锦棠以铁骑数千紧追不舍，数十天内，就收复了南疆东四城喀喇沙尔、库车、阿克苏和乌什。左宗棠收到捷报，喜出望外，致书刘锦棠，盛赞之余有所告诫："未及三旬，连复四城，兵机神速，古近实罕其比。麾下威名震于海宇，自此收复西四城，俄、英诸族益知所惮，其于时局裨益匪浅，即仆亦与有荣焉。但愿于垂成之时，慎益加慎，以竟全功，是所至望。"

西征军收复新疆，胜局已定，左宗棠心情大好，写信回复坐镇后方的副帅刘典，瞻古瞩今，再次强调收复新疆的必要性和重要性，同时，对自己的书生班底能够成此千古不朽之大功备感欣慰："周、秦、汉、唐，皆先捐其西北，而并不能固其东南。我国家当天下纷纷时，不动声色，措如磐石，复能布威灵于戎狄错杂之间，俾数千里丘索依然金瓯罔缺，以此见天心眷顾，国祚悠长，非古今能几其盛美也。吾辈数书痴一意孤行，独肩艰巨，始愿亦何曾及此！而幸能致之者，无忌嫉之心，无私利之见，苟利社稷，死生以之耳。至于倚信之专，知人之哲，则庙堂谟谋之功，非臣下所能窥测。"实际上，论到"倚信之专，知人之哲"，是应该给两宫皇太后和军机大臣文祥等人点赞的，他们并非像世人所认为的那样庸碌。

在中国近代，论到霸才，倘若左宗棠自谦第二，则无人敢居第一。他智略过人，审时度势，堪称首屈一指的战略、战术大师。当初，他创立楚军，只有区区数千人，却能指挥若定，策应七百余里，令曾国藩心服口服。韩信将兵，多多益善；左宗棠将兵，则在精不在多，素以"节兵裕饷"为本谋。这就是说，他精简兵员，以求粮饷充足，借此提升军队的战斗力。在陕甘，在新疆，要做到这一点，难上加难，但他一直勉力而为。

只用五年时间，西征军就收复了北疆和南疆十余城，纵横驰骋上万里，取得完胜的战绩，这是前无古人的。西征军所到之处，军纪严明，左宗棠下令："大军所至，勿淫掠，勿残杀。王者之师如时雨，此其时也。"老湘诸营入疆征战，严禁杀掠奸淫，"回民如去虎口而投慈母之怀"，这也是西征军成功的一大因素。

光绪六年（1880）春夏之交，左宗棠率领大本营，从肃州（甘肃酒泉）出发，向新疆哈密进发，特意让戈什哈用马车运载一副沉甸甸的棺材，作为三军前导，以示老帅马革裹尸的决心。这时候，军事上胜负已分，大局已定。左公"舆榇入疆"更像是一场真人秀节目，相比戏文《水淹七军》中魏国白马将军庞德抬棺决战的死磕，显然多出了几许喜剧色彩和表演成分。

《清史稿·左宗棠传》夸赞传主："宗棠事功著矣，其志行忠介，亦有过人。廉不言贫，勤不言劳。待将士以诚信相感。善于治民，每克一地，招徕抚绥，众至如归。论者谓宗棠有霸才，而治民则以王道行之，信哉。"以霸才敦行王道，施之于天山南北，同样卓见功效。

完全可以这么说，在中国近代史上，左宗棠完美地超越了曾国藩和李鸿章，一度成为中国民间最得敬意和好感的人物。左宗棠收复新疆后，入京陛见，任军机大臣。当时，外国教会正在北京内城建筑一座哥特式教堂，原拟建成高楼，俯瞰皇室宫殿。民间众口相传，左侯（左宗棠获封二等恪靖侯）带了三千亲兵回京，对洋人的胆大妄为十分生气，将派兵毁掉这座教堂。教会颇为忌惮，赶紧修改施工图，降低了原定的高度。

李鸿章比左宗棠年轻十一岁，江南决战期间，两人有过不少军务上的交集，私交谈不上好。曾国藩的门人多半出息得不错，但要入左宗棠的法眼，还得再苦苦修炼一两百年。左宗棠重视塞防，李鸿章重视海防；左宗棠对外主战，李鸿章对外主和。两人一直较劲，共同语言少而又少。李鸿章对新疆之役极不赞成，他致书刘秉璋，疾言厉色地说："尊意岂料新疆必可复耶？复之必可守耶？此何异于盲人坐屋内说瞎话？"然而，事实胜于雄辩，左宗棠督师新疆，不仅收复了失地，而且威慑着伊犁城中的俄军，使清朝使臣曾纪泽在谈判桌上底气更足，回旋余地更大，《中俄伊犁新约》与崇厚草签的旧约相比，还是挽回了一些明显的损失。左公麾下的大将刘锦棠还守住了新疆，建置了行省，被朝廷任命为首任新疆巡抚，可谓功不唐捐。倒是李鸿章苦心经营的北洋水师，在中日甲午战争中一把玩完，全军覆没。塞防与海防，左公与李公，谁干得更漂亮？还用问吗？

八、"破天荒相公"

湖南读书人张扬血性，自何年何月开始？源头不易寻找，但至少可以追溯到一千一百多年前。大中四年（850），长沙人刘蜕在京城长安金榜题名，这是三湘子弟破题儿头一遭。唐朝时，长沙隶属于荆南地区，五十年间，荆南地区选送进京的举子居然从未考中过进士，人称"天荒"，荆南解元刘蜕春闱告捷，因此被赞为"破天荒"。魏国公崔弦时任荆南节度使，与有荣焉，遂致书祝贺，厚赠刘蜕"破天荒钱"达七十万之巨。孰料刘蜕婉言谢绝，在回信中，他解释道："五十年来，自是人废；一千里外，岂曰天荒。"刘蜕性格刚正，官声清白，言事不避权贵，虽遭贬谪，不改素节，在他身上，湖南人耿介的个性彰显无遗。

左宗棠有澄清天下之志，壮岁挥师江南，从太平军手中收复了大片失地；暮年挺兵塞北，不仅平定了回军的叛乱，还肃清了落入阿古柏手中的北疆和南疆。论功勋，左公与曾公在伯仲之间，甚至有过之而无不及。

道光二十四年（1844），魏源第六次入京参加会试，由于试卷潦草而落第，悲愤之余，他赋诗《都中吟》十三首，第一首中有这样两句："官不翰林不谥文，官不翰林不入阁。"按照清代相沿而成的惯例，汉族官员必须具备进士资质，才能点翰林，必须具备翰林资质，才能入阁拜相。左宗棠只有举人资质，从未点过翰林，却因盖世功勋被超擢为东阁大学士、军机大臣，可谓奇数和异数，较之刘蜕，难度不知要高多少倍，他死后还获谥文襄，把清朝二百多年来的各项纪录一路破完，难怪李鸿章啧啧称道左宗棠为"破天荒相公"。自左宗棠实现破冰之旅后，袁世凯连举人资质都没有，居然也做了军机大臣。但他们根本不是一路人，左宗棠以救国为夙志，袁世凯以窃国为初衷。左宗棠对清朝鞠躬尽瘁，死而后已；袁世凯则相反，一边假装给气息奄奄的清朝做"人工呼吸"，一边扼紧它的喉咙，掏空它的家底。被扼被掏的一方固然不值得同情，下狠手、下黑手去扼去掐的一方又岂是英雄豪杰。

道光二十四年（1844），左宗棠回复姨妹夫张声玠，有两句话很逗趣："天下两员官好做，一宰相，一知县，为其近君而近民也。宰相不可得，得百里之地而君之可矣。"三十多岁时，左公满足于做知县，四十多岁时，他仍然未改初衷："鄙人二十年来所尝留心，自信必可称职者，唯知县一官。同知较知县则贵而无位，高而无民，实非素愿。知府则近民而民不之亲，近官而官不禀畏。官职愈大，责任愈重，而报称为难，不可为也。"谁知年近古稀，他鸿运当头，居然入阁拜相。

光绪六年（1880）年底，左宗棠卸任陕甘总督，调任回京，以东阁大学士入军机处行走，堪称名副其实的一品宰相。入觐时，光绪皇帝问他："能早起否？"左宗棠操一口纯正的湘阴话回答："在军营弄惯。"自出道以来，他就一直肩负重任，事务丛脞，未曾清闲过几天。他入值军机后，要画诺的急件不多，枯坐无聊，常朗诵诗句"八方无事诏书稀"。有一天，他对大家说："坐久了，可以散吧。"于是同僚李鸿藻赋打油诗打趣道："军营弄惯入军机，饭罢中书日未西，坐久始知春昼永，八方无事诏书稀。"此外，左宗棠的如夫人张氏很会做豆腐干，分送给同僚，大获好评，被誉为"京中第一"。李鸿藻的打油诗也有道及："细君爱听恭维语，独步京师豆腐干。"真能逗人一笑。

大庭广众中，左公勇于发言，敢于表态，将某些同僚当成下属，甚至当成奴仆，呼来唤去。他指斥某些尸位素餐的满族大员目不识丁，还讥讽八旗子弟不学无术，成事不足，败事有余，因此触犯众怒，满蒙籍的高官贵胄对他恨得牙痒痒的。

在军机处，左宗棠未能久安其位。由于傲慢失礼，左宗棠遭到礼部尚书延煦弹劾，因此他嚷嚷"军机大臣不是人做的"，请求外放。慈禧太后乐得耳根清净，便顺水推舟，成全这位老臣。光绪七年（1881）九月，左宗棠获授两江总督兼充办理南洋通商事务大臣。

光绪十年（1884）五月，左宗棠第二次入值军机，只有短短的两三个月时间。中法战争期间，福建马江一役，南洋水师全军覆没，法军随即猛攻台湾。值此危急关头，左宗棠被任命为钦差大臣，督办福建军务，主持海防，说白了，就是去担任"救火队长"。早先定下的那个"终老京师，长备顾问"的打算已彻底泡汤。

左宗棠倒是不犯愁，也不着恼，仍要大言傲世，论到临敌制胜，天下鼠辈全都只能靠边站，还得左家老子亲自出马才行。

左公是乙科（举人为乙科，进士为甲科）出身，大器晚成，五十岁后干出了一番轰轰烈烈的伟业，这在清代是罕见的奇迹。对此，他是怎么想的，怎么看的？光绪二年（1876），左公向儿子现身说法，可谓字字实诚，没打半句马虎眼："吾平生志在务本，耕读而外，别无所尚。三试礼部，既无意仕进，时值危乱，乃以戎幕起家。厥后以不求闻达之人，上动天鉴，建节锡封，忝窃非分。嗣复以乙科入阁，在家世为未有之殊荣，在国家为特见之旷典，此岂天下拟议所能得？此生梦想所能期？子孙能学吾之耕读为业，务本为怀，吾心慰矣。若必谓功名事业高官显爵无忝乃祖，此岂可期必之事，亦且数见之事哉？或且以科名为门户计，为利禄计，则并耕读务本之素志而忘之，是可谓不肖矣！"左公的四个儿子原本都打算在科举方面有所作为，长子孝威表现最佳，年纪轻轻就考中了举人，四子孝同被左公看好，家书中称"四儿似是英敏一流"，光绪十一年（1885），左公去世，朝廷特赏孝同举人功名。左公常说，"读书者不贱，守业者不贫"，"子弟得一才人，不如得一长者"，"子弟以读书为业，能通经史、敦内行者上也；工制举业，不坠秀才家风者次之。无论成材与否，总不要沾染名流架势，贵介排场，纨绔习气。有一于此，鲜不败其家者矣。"

左宗棠希望几个儿子能够务本，效仿他，由耕读入手，求取实学，可惜他们不能深刻领会父亲的苦心，打了不少折扣。左公尤其不赞成他们再履戎行，光绪四年（1878），他在家书中发出过警告："将兵三世，其后不昌，为其杀人太多也。"甲午（1894）年间，左孝同受父亲的老部下吴大澂征召，前往东北，出任营务总办，兵败之后，他就离开了军队。

九、相期毋负平生

在晚清时期，左宗棠与曾国藩齐名，同为胡适先生所说的那种"箭垛似的人物"，褒也好，贬也罢，均属众矢之的。

曾国藩是文质彬彬的理学家，性格内敛，城府幽深，克己复礼的功夫堪称一流，给人的印象是心理较为压抑，精神较为苦闷。左宗棠是武健书生，有霸才，好张扬，率性豪迈，倜傥不羁，他不会作假，也不愿作假，敢于活出自己的精气神和天然本色，处处不同凡响。这两人的性情一寒一热，一卑一六。一个喜欢慢工出细活，一个喜欢快刀斩乱麻。一个"以学问自敛抑，议外交常持和节"，一个"锋颖凛凛向敌矣"，对外坚决主战。他们完全是截然相反的类型，可谓冰火两重天。

咸丰二年（1852），左宗棠回复女婿陶桄的来信，专谈湘、鄂、赣三省军情，差不多都是坏消息，对于庸将们的拙劣表现，颇有微词。他在信尾写道："曾涤生侍郎来此帮办团防，其人正直而肯任事，但才具稍欠开展，与仆甚相得，惜其来之迟也。"曾国藩到省城办理团练，左宗棠对他的评价是正面的，两人也很合得来，"甚相得"三字可见两人初交之欢洽。曾国藩字涤生，左宗棠用涤兄、涤翁、涤公之类的称呼，也颇显亲热。

咸丰四年（1854），左宗棠写信给前辈严正基，汇报湖南境内的战况，其中提到曾国藩，有这样一段文字："涤兄从岳州归后，无一日不见，无一事不商。'少阅历'三字是其所短，然忠勤恳挚，则实一时无两。……吾乡之危而复安，则中丞与涤翁之力也。"两年后，由于在筹饷方面意见不合，曾国藩与江西官场落下不快，左宗棠对此感到忧虑，写信给名将王鑫："江西大局赖此可望转机，而大僚与涤公渐有龃龉之意。涤公性刚才短，恐益难展布矣。"在写给胡林翼的信中他的说法大同小异："涤公方略本不甚长，而事机亦实不顺利。"他对曾国藩的苦况充满同情。

左宗棠与曾国藩失和是一桩引人关注的历史公案。两位一品大臣和多年好友关系一度降至谷底，他们何故失欢？这个问题疑点多多，令人困惑，绝对值得探究。梳理他们的多年交往，两人总共闹过三次明显的不快，均有迹可寻，有据可证。

第一次不快的原因较为简单。曾国藩的机要秘书赵烈文在咸丰十一年（1861）八月二十一日的日记中有准确的发踪指迹："左副帅为陶文毅亲家，督帅初奉旨督办团练时，欲捐陶氏金，左袒护之，以是有意见。左负气凌蔑一切，日益龃龉。"左宗棠是已故两江总督陶澍的亲家，陶家是安化的富户，曾国藩在省城办团练，需要大笔开销，于是向省内富户劝捐，陶家理应出钱万缗，左宗棠为女婿陶桄出面，求曾国藩减免，曾国藩不肯破例，两人为此失和。咸丰七年（1857）春，曾麟书病逝，曾国藩未经朝廷准许即弃军回家奔父丧，其后曾国荃亦弃营归乡。左宗棠致信曾国荃，对曾氏兄弟的行为直言批评道："此事似于义不合，盖军事重大，不比寻常宦游，可以自主；即如营中兵勇有父母之丧者，不俟允假即行回籍，带兵官能听之乎？况涤公受命讨罪，金革之事无避，古有明文。当此世局艰危之时，岂可言去？"在写给曾国藩的信中，他也没有隐瞒自己的看法："老兄之出与不出，非我所敢知也；出之有济与否，亦非我所敢知。区区之愚，但谓匆遽奔丧，不俟朝命，似非礼非义，不可不辨。"曾国藩的心情本就不佳，这封信令他更为恼火。赵烈文在日记中也提到了这件事，"七年，督帅以忧归，左责其弃王事，帅深忿而不能言"，试想，"深忿"可不是小小的不快，而是气愤填膺，连杀人的心都有。左宗棠写信给名将王鑫，倒是讲得明白："涤帅自前书抵牾后，即彼此不通音问，盖涤以吾言过亢故也。忠告而不善道，其咎不尽在涤矣。昨此间得寄谕，欲以弟帮办涤公军务而问可否，谕中又有云：'左宗棠无意仕进，与人难合。'其为帝心所谅如此。自念菲材，备深惭感。然恐合之两伤，如何如何！"性格太直爽，容易得罪人。左公智商极高，情商则为中不溜，对方负气，他也负气，还批评曾公"才短气矜""乡曲气太重"。

咸丰八年（1858），曾国荃充当信使，将长兄曾国藩的手书带给左宗棠，谈的是近况，流露的是求和的善意。左宗棠的性格固然狂狷耿直，但胸襟并不狭隘，在回信中他作了一番自我检讨，很有诚意："不奉音敬者一年，疑老兄之绝我也。且思且悲，且负气以相持。窃念频年抢扰拮据，刻鲜欢悰。每遇忧思郁结之时，酬接之间亦失其故，意有不可即探纸书之，略无拟议，旋觉之而旋悔之。徒恃知我者不以有它疑我，不以夫词苛我，不以疏狂罪我。望人恒厚，自恧殊疏，则年过而德不进之征也。来书'晰义未熟，翻成气矜'，我之谓矣。"此前，他们只是意气上有所冲犯，原非死疙瘩，信到心到，一解就开，所有不快烟消云散。

咸丰十年（1860）春夏之交，樊燮案销案不久，曾国藩就向朝廷保荐左宗棠为四品京堂，可谓一言九鼎。左宗棠只是举人出身，要省略前期的资历铺垫，像这样一步到位，并不容易。左宗棠奉诏练成楚军，开赴江西前线，为湘军大本营保卫"后门"。在江西作战期间，左宗棠与曾国藩的感情最为融洽，左公家书中常说"涤公于我极亲信，毫无间言"，"涤帅于我情意孚洽之至"。在粮饷奇缺的情形下，曾国藩尽可能周济楚军。有一次，他发现左宗棠的行军帐幕狭小，就令人赶制两顶大帐幕，赠送给他，如此关怀备至，令左公感动不已。可以说，危难时期，曾、左二公精诚合作，相依为命。咸丰十一年（1861）冬，太平军攻陷杭州，浙江巡抚王有龄殉节，曾国藩立刻举荐左宗棠为浙江巡抚，由于其军功显赫，破格擢用的难度就降低了许多。左宗棠对曾国藩的报答也可谓丰厚。咸丰末年,湘军大本营驻扎在安徽祁门,两度遭到太平军主力围困,危如累卵,朝不保夕。值此千钧一发之际,幸亏左宗棠与鲍超率军奋勇反攻,在乐平取得完胜,在鄱阳取得大捷,终于解除了湘军的后顾之忧,保住了湘、赣、皖紧密相连的补给线,全局化险为夷。

第二次不快的原因则较为复杂。同治三年(1864),左宗棠以书信答复四川总督骆秉章,已透露出他与曾国藩的不和:"涤相于兵机每苦钝滞,而筹饷亦非所长。近时议论多有不合。只以大局所在,不能不勉为将顺,然亦难矣。"曾国藩在奏牍中有"扫清歙南"一说,这四个字有歧义,既可理解为"扫清歙县南乡",也可理解为"扫清浙江全境",曾国藩的本义是前者,左宗棠则理解为后者,误认为曾国藩与之争功,闹了个老大的不愉快。此外,两人在战略上有根本的分歧,曾国藩"不言剿贼、抚贼而言驱贼",左公对此深致不满。这年六月十六日,曾国荃率军攻下太平军盘踞多年的巢窟——江宁(南京),取得了一场决定全局的胜利。曾国藩听信九弟所言,上奏朝廷,认定幼天王死于城破之日,自焚或为乱军所杀,太平军已经群龙无首,不足为患。可是没过多久,幼天王被堵王黄文金迎入湖州,左宗棠侦悉幼天王仍为军中在职领袖,立即奏报朝廷。慈禧太后获悉此讯,怫然不悦,责令曾国藩查明此事,"并将防范不力之员弁从重参办"。真要参办的话,曾国荃指挥吉字营攻打金陵,谎报或误报军情,必首当其冲,这样做,岂不是令功臣寒心?

曾国藩对于左宗棠的检举揭发十分恼怒,同年七月二十九日,他以《裁撤湘勇查洪福瑱下落片》回奏,一反往昔小心翼翼的作风,直接顶撞朝廷:"且杭州省城克复时,伪康王汪海洋、伪听王陈炳文两股十万之众,全数逸出,尚未纠参。此次逸出数百人,亦应暂缓参办。"此时,左宗棠任闽浙总督,与曾国藩平起平坐,又岂肯无辜受责?他于同年九月初六日具章《杭州余匪窜出情形片》自辩,辞气激越:"至云杭贼全数出窜,未闻纠参,尤不可解。金陵早已合围,而杭、余则并未能合围也。金陵报杀贼净尽,杭州报首逆实已窜出也。臣欲纠参,亦饿是而纠参之乎?至若广德有贼不攻,宁国无贼不守,致各大股逆贼往来自如,毫无阻遏。臣屡以为言,而曾国藩漠然不复介意。前因幼逆漏出,臣复商请调兵以攻广德,或因厌其絮聒,遂激为此论,亦未可知。然因数而疏可也,因意见之弊遂发为欺诬之词,似有未可。"最令人佩服的是其心思极为缜密,在奏章结尾处,左宗棠郑重表态:"臣因军事最尚质实,故不得不辩。至此后公事,均仍和衷商办,臣断不敢稍存意见,自重愆尤。"这件事至此不了了之。国家多难,朝廷正在用人之际,不宜裁决谁是谁非,谁对谁错,干脆由军机处转寄上谕,"朝廷于有功之臣,不欲苛求细故",一语解纷,双方言和。

很显然,朝廷害怕两位领兵的汉族大臣抱团,并不乐见他们交好,眼看他们交恶,倒真是窃窃暗喜,放心而且安心了。如若不然,双方呈递的都是密疏,怎么可能在明面上弄出这么大的动静,竟掀腾得天下皆知?

第三次不愉快的原因比较简单。同治五年(1866),左宗棠出任陕甘总督,此后将近十年,剿捻、平回都靠南方各省协助军饷。曾国藩身为两江总督,派遣大将刘松山统领的老湘营去西北作战,月饷六万两白银照解不误,便自觉仁至义尽了。但左宗棠有不同的看法,两江是富庶之区,老湘营带饷驰援西北是一回事,理应协助陕甘各军粮饷则是另一回事,曾国藩有钱不给,催索亦不顾,是存心报复,故意拖后腿,此举有很坏的示范效应,别省协饷也不再积极。左公长期在窘乡愁城中挣扎,不快和反感持续放大。光绪八年(1882),左宗棠出任两江总督。翌年,他写信给大将刘锦棠,谈及同治年间两江协助西饷并无难处,仍旧愤愤不平:"江南于西饷漠不关心,实出情理之外。弟莅任后,力矫前失,于边饷尤提前起解,即吉林、黑龙江亦然。江南藩、运究皆照旧存储,并未因之短绌。不解前人愤愤何乃至此!"左公所谴责的"前人"是谁?曾国藩首当其冲。

精明的后人喜欢逆向推测,曾、左二公自知功高震主,太平军被剿灭后,他们都有可能遭遇鸟尽弓藏、兔死狗烹的悲惨结局,于是急中生智,故意编出一套不和的戏文给朝廷看,以稀释慈禧太后的猜忌,这个推断并非空穴来风。最有力的证据是:同治十一年(1872)三月,曾国藩去世,四月十四日,左宗棠写信给长子孝威,特意剖明心迹:"君臣朋友之间,宜直,用情宜厚。从前彼此争论,每拜疏后,即录稿咨送,可谓锄去陵谷,绝无城府。至兹感伤不暇之时,乃负气耶?'知人之明'、'谋国之忠'两语,亦久见章奏,非始毁今誉,儿当知吾心也。丧过湘干,尔宜赴吊以敬父执,牲醴肴馔自不可少,更能作诔哀之,申吾不尽之意,尤是道理。……吾与侯所争者国事兵略,非争权竞势比,同时纤儒妄生揣拟之词,何直一哂耶?"同治年间,平定江南,左宗棠连自己密递朝廷的奏稿都抄送给曾国藩过目,使双方信息保持对称,知根知底,心照不宣。不和的假象完全是他们刻意营造出来的。

左宗棠与曾国藩失和,却与曾国藩的弟弟曾国荃交往密切,友情甚笃,彼此还缔结姻亲。曾国荃任山西巡抚时，被下属误导，解送军饷不及时，一度与左宗棠闹过别扭，但无伤大雅。光绪十年（1884），左宗棠卸任两江总督、南洋通商事务大臣，照例要向朝廷推荐三名继任者，其中就有曾国荃，后者顺利晋升。

据左宗棠光绪四年（1878）家书所载，曾国藩次子曾纪鸿托他向湘军大将刘锦棠（字毅斋）借钱，因为家中有人生重病，缺乏调养的费用。"毅斋光景非裕，劼刚又出使外洋，栗诚之窘可知。吾以三百金赠之。本系故人之子，又同乡京官，应修馈岁之敬。吾与文正交谊非同泛常，所争者国家公事，而彼此性情相与，固无丝毫芥蒂，岂以死生而异乎？栗诚谨厚好学，素所爱重。以中兴元老之子而不免饥困，可以见文正之清节，足为后世法也。"曾纪鸿字栗诚，喜爱阅读杂书，是位优秀的数学家，虽为小京官，却无意在仕途上发展，也不喜欢在官场中应酬，京城居大不易，宦囊屡空。左宗棠任军机大臣时，得悉曾纪鸿贫病交加，于是慷慨解囊，代付药饵之资，曾纪鸿病逝后，又代付殡殓衣棺和还丧乡里之费。其时，曾国藩长子曾纪泽（字劼刚）驻节英法，闻讯感动，从伦敦致书言谢。

据曾国藩小女儿曾纪芬撰写的《崇德老人自订年谱》所记，曾国藩去世后十年，左宗棠出任两江总督，一度邀请她去金陵（南京）的总督署小住，视之为侄女。曾纪芬的丈夫聂缉椝也获得左公特别照顾，安排在江南机器制造总局担任会办。后来，左宗棠还写信告诉曾国荃："满小姐已认吾家为其外家矣。"湖南人称幺为满，满小姐即指曾国藩幺女曾纪芬，外家即娘家，由此可见左宗棠与曾氏后人关系密切。

古人说，"思其人，犹爱其树，君子用情，唯其厚焉"，左宗棠对曾家人（弟弟、儿子、女儿、女婿）颇为慈祥，出钱出力，相当慷慨。

可笑的是，曾国藩的弟子薛福成只是众多摸象的瞎子之一，他在《庸庵笔记》中写道："左公不感私恩，专尚公议，疑其卓卓能自树立，而群相推重焉。"他怀疑左宗棠"不感私恩，专尚公议"是为了自立门户，光大门庭，以此获得与曾国藩比肩齐首的声名和地位，这种揣测就显得庸俗了，势必被左宗棠鄙夷不屑地归入"纤儒妄生揣拟之词"。现代掌故学家徐一士早就瞧出了这件无缝天衣的"破绽"，认为曾、左二公晚年失和是"异乎寻常"的。他们貌似决裂，实为共谋，保全彼此尚在其次，保全整个湘军集团才是当务之急，这也是两人共同的好友胡林翼的遗愿。

外界只看到两巨头反目成仇，相爱相杀，不明真相者各自站队，故而调和者少，挑拨者众，宛然形成两大敌对营垒，矛盾越积越多，死结越打越牢。同治三年（1864）四月十一日，曾国藩的机要秘书引用左宗棠从刚克复的杭州写来的一段书信内容后，给了左公一个差评："按于奏牍则文饰之，于书函则直言之，内以巧辞固宠，外以直道沽名，人以为诚，吾以为诈也。"这样的差评，在曾大帅幕府中，同调者应该不少。但有一点是值得留意的，《能静居日记》记录了曾国藩与赵烈文师徒二人私底下臧否同时代人物的一些片断，数次涉及曾国藩对左宗棠的观感和评价，"不可向迩"四字屡见不鲜，偏于负面。

看戏的不明就里，演戏的还得唱下去。曾国藩晚年对人说："我平生最讲求'诚信'二字，他居然骂我欺君，岂能不耿耿于怀！"开心也装不开心，惬意也装不惬意，为了互相保全，嘴皮子、笔头子累些也值得。若论"公忠体国"，曾国藩同样看好左宗棠，关心他的一举一动。同治六年（1867）六月初三，曾国藩在日记中写道："二更三点睡，梦兆不佳，深以陕中湘军为虑。"这说明曾国藩一直关注西北战况，日思夜梦，深深挂怀。

同治七年（1868），左宗棠在家书中谈到他与曾国藩的不和，将心里话一吐为快："吾近来于涤公多所不满，独于赏拔寿卿（刘松山）事，最征卓识，可谓有知人之明、谋国之忠。……此次捻匪荡平，寿卿实为功首，则又不能不归功于涤公之能以人事君也。私交虽有微嫌，于公谊实深敬服，故特奏请奖曾，以励疆吏。大丈夫光明磊落，春秋之义，笔则笔，削则削，乌能以私嫌而害公谊，一概抹杀，类于蔽贤妒能之鄙夫哉？人之以我与曾有龃龉者，观此当知我之黑白分明，固非专闹意气者矣。"这话讲得够清楚了，左公与曾公闹不和，只是私交上的嫌隙，在公谊上，在国家大事上，他始终敬服曾公的知人之明和谋国之忠，而且专门上奏，请求朝廷奖赏曾国藩，以激励疆臣。

当年，有人从西北边陲考察归来，与曾国藩谈及左宗棠治军施政，事事雷厉风行，卓见成效，曾国藩由衷佩服，击案赞叹道："当今西陲重任，倘若左君一旦卸肩，不仅我难以为继，就算起胡文忠（胡林翼）于九原，恐怕也接不起这副担子。你说是朝端无两，我认为是天下第一！"曾国藩说这话，的确有过人的雅量和诚恳，不是故意摆出高姿态。

同治十年（1871），大学者王闿运游历于江淮间，秋日路过清江浦，巧遇两江总督曾国藩的巡视船。久别重逢，宾主相见甚欢，一同看折子戏七出，其中居然有《王小二过年》。王闿运猜道："这出戏肯定是中堂点的。"曾国藩问他何以见得。王闿运实话实说："当初（你）刚起兵时就想唱。"曾国藩闻言大笑。俗话说，"王小二过年，光景一年不如一年"，曾国藩刚树立湘军大旗时，粮饷不继，困窘不堪，年年难过年年过，打掉牙齿和血吞，硬是拨云见日，熬出头来。咸丰八年（1858），曾国藩回湘乡荷叶塘守制，一度遭到朝中官员的恶意诋毁，他忧谗畏讥，进退维谷，致书好友刘蓉，吐露愤激之辞："自今日始，效王小二过年，永不说话！"现在，曾国藩垂垂老矣，体弱多病，心境颓唐，对世事人情更加看空看淡。碍于这两层意思，谁还敢在曾国藩面前哪壶不开提哪壶？王闿运善于察言观色，趁曾国藩心境回暖，建议他与左宗棠捐弃宿怨，重修旧好，本来只是一场误会嘛，何苦长期失和？曾国藩笑道："他如今高踞百尺楼头，我如何攀谈？"古诗道，"西北有高楼，上与浮云齐"，左宗棠在西北深耕多年，所以曾国藩有此一说。其实曾国藩的怒气早已消尽，芥蒂不存分毫，只可惜他们天各一方，无由把晤。

曾国藩与左宗棠为一时瑜亮，惺惺相惜。左宗棠个性太强，圭角毕张，锋棱崭露，对一切睥睨视之。道光十七年（1837），左宗棠二十六岁，写信给周夫人，对自己的性格有一番反思："蔗农师尝戒吾：气质粗驳，失之矜傲。近来熟玩宋儒书，颇思力为克治。然习染既深，消融不易；即或稍有觉察，而随觉随忘，依然乖戾。此吾病根之最大者，夫人知之深矣。比始觉先儒'涵养须用敬'五字，真是对症之药。现已痛自刻责，誓改前非，先从'寡言'、'养静'二条做起，实下功夫，勉强用力，或可望气质之少有变化耳。"移山易，改变性格难。多年后，左公向亲家夏廷樾坦白自承："弟平生待人，总是侃直，见友朋有过，即面纠之，何况子侄？此亲家所谓太露圭角者也。现今风气，外愈谦而内愈伪，弟所深恨。此等圭角何可不露？一笑！"年轻时，左公还觉得锋芒毕露是"非"，在社会上历练久了，虽也因此吃过亏，但他认定这就是真我之特质，理应保持。故此不难理解，左公予智予雄，纵然心中看得起曾国藩，仍以骂不绝于口为日常功课。

李伯元在《南亭笔记》中记叙潘季玉的见闻，令人绝倒：潘季玉三次去向左宗棠报告公务，均因左宗棠自炫平定西陲的功绩，痛骂曾国藩和李鸿章，找不到开口说话的机会，最终只好不了了之。左宗棠骂曾国藩成瘾，这说明他太在乎这位劲敌了。诚然，在左宗棠眼中，一世之人皆可推倒，只有曾国藩能与他相提并论。英雄的孤独，其极端形式表现为，对手死了，比朋友死了更可悲。因为相投契的朋友尚可广交，相颉颃的对手却不可多得，有时甚至会少到"天下英雄唯使君与我"这样的程度，所以对手一旦撒手尘寰，他的"剑"就将束之高阁，从此无所指，无所用，眼中的光亮和心头的火色也会随之暗淡。

曾国藩弃世后，左宗棠念及两人早年的交谊，颇为伤感，他在家书中对长子孝威说："曾侯之丧，吾甚悲之。不但时局可虑，且交游情谊亦难恝然也。已致赙四百金。"他还特制挽联一副，剖白心迹：

> 谋国之忠，知人之明，自愧不如元辅；
> 同心若金，攻错若石，相期毋负平生。

足见其生死交情，虽然中途搁浅，却并未漠然弃置，更未一刀两断。

当年，左公在回复江西巡抚刘坤一的来信时，谈及曾国藩因病辞世，喟然感叹道："横览九州同侣，存者无几。宇宙之大，岂可无十数伟材，错落其间，念之心痗！"能有十数伟材当然好，但似曾公、左公这种型号的，他的要求则未免太高，这张白条，就连老天爷都不敢打。

十、诸葛亮情结

两眼瞥见"诸葛亮"这个名字，你多半会联想起羽扇纶巾、舌战群儒、草船借箭、唱空城计之类。两眼觑见"左宗棠"这个名字，你会联想到什么？一定感到茫然吧。我却很有把握，会立刻与高卧南阳的孔明先生挂钩。听我这样一说，你兴许会摇头，要不然，你肯定感到疑惑：什么"菜"不好点，干吗偏要点诸葛亮？

经《三国演义》浓墨渲染，大笔夸张，诸葛亮算度精细，智慧高超，已近乎神，近乎妖，甚至为神妖所不及。诸葛亮高卧南阳时，"自比管仲、乐毅"，没有谁说他吹牛。诸葛亮仙逝后，以诸葛后身自诩自居的人，远不止一个两个，随便一拎，就可以拎螃蟹似的拎起一大串。刘伯温如此吹嘘，大家还有七八分相信，连宋献策（李自成帐下的军师）那样烂糟糟的货色也跳出来折花上妆，就不免令人恶心欲呕。说穿了，"诸葛亮情结"是那些好以智谋韬略骄人的"高手"共有的心结，怎么解都解不开。从这个意义上说，诸葛亮是举世无双的名牌釉彩，能给涂抹者以照彻一世的光泽。可是他们自诩归自诩，自居归自居，总还得时人和后人承认才行。否则，落入低仿赝品之流，徒然令识货者嗤之以鼻。南宋嘉泰、开禧年间的殿帅郭倪以诸葛亮后身自居，他依附太师韩侂胄，兴兵伐金，败如山崩，竟当着宾客的面涕泪横流，被人嘲笑为"带汁诸葛"，就是一个显例。

若要推选出近两千年来"诸葛亮情结"最严重的"患者"，你推选谁？无须去久远的古代搜寻，就在近代取材，我已找到现成的对象。他是谁？我不说，你也猜到了，这人就是左宗棠。他有一副联语广为流传，"文章西汉两司马；经世南阳一卧龙"，貌似夸赞司马相如、司马迁和诸葛亮，骨子里却满是洋洋得意的自况。牛皮不是吹的，他执掌戎机三十年，的确罕逢败绩，关键就在于他多谋善断。平日，他致书好友，喜欢在信末署名"老亮"。这两个字笔势矫健，奕奕有神，可见那份得意早已由心头传到指头。

咸丰年间，左宗棠只是湖南抚署内一位入不了官场品级的幕僚，但他高视阔步，仗的是什么？功夫硬，本领大，所以底气足。但自负只是他为自己精心涂抹的保护色，仿佛古人佩剑于腰，其意不在于进攻而在于防卫。左宗棠自负经天纬地之才，以"老亮"自居，常恨世人不肯推服，即使是曾国藩和胡林翼那样慧眼独具的人鉴，左宗棠也认为他们目力有限，未能窥测其堂奥之深，蕴蓄之富。为此，他在致郭嵩焘大弟郭崑焘的信中流露出不满之词："涤公（曾国藩）谓我勤劳异常，谓我有谋，形之奏牍，其实亦皮相之论。相处最久，相契最深，如老弟与咏公（胡林翼），尚未能知我，何况其他。此不足怪，所患异日形诸纪载，毁我者不足以掩我之真，誉我者转失其实耳。千秋万岁名，寂寞身后事，吾亦不理，但于生前自谥为'忠介先生'，可乎？一笑。"左公的幽默感不弱，但他纠结于朋友们对他的评价失准，只有一个原因，他们都没能看出左公就是当代的诸葛亮。

咸丰四年（1854），曾国藩克服岳州（岳阳），因左宗棠参赞军事有功，打算为他请求褒奖知府一职。左公听到这个消息，敬谢不敏。他在给刘蓉的信中谈到自己的抱负，口气大得惊人："此上唯督、抚握一省之权，殊可展布，此又非一蹴所能得者。以蓝顶尊武侯而夺其纶巾，以花翎尊武侯而褫其羽扇，既不当武侯之意，而令此武侯为世讪笑，进退均无所可。……若真以蓝顶加于纶巾之上者，吾当披发入山，誓不复出矣！"蜀汉开国后，诸葛亮被封为武乡侯，简称武侯。左宗棠左一个"武侯"，右一个"武侯"，口吻活现，令人解颐。说白了，他不愿意接受知府头衔，是嫌官儿小，不足以施展经天纬地的才干；要当官，就得当总督或巡抚那样的一、二品大员，否则还不如就这样穷守着，干耗着。信中，他自比为"武侯"，倒是有几分类同。孔明当年高卧南阳，羽扇纶巾，纵论天下大势，不就是要钓一条"大鱼"吗？

"今亮"追比"古亮"，处处有迹可循。比如引用诸葛亮的语录。咸丰六年（1856），左宗棠写信给湘军将领李续宜，有神闲气定之语："天下纷纷，吾曹适丁其厄。武乡不云乎：'成败利钝，非所逆睹。'则亦唯殚其心力，尽其职守，公敌之而已。"又比如运用诸葛亮的招数。同治八年（1869），左宗棠镇压陕、甘叛回，就从诸葛亮那儿借了一招。他在家书中写道："武乡之讨孟获，深纳攻心之策，七擒而七纵之，非不知一刀两断之为爽快也。故吾于诸回求抚之禀，直揭其诈，而明告以用兵之不容已，并未略涉含糊。于是回民知前之抚本出至诚，后之剿乃其自取。"抚剿之间，擒纵之际，攻心为上，"古亮"做得很好，"今亮"也做得不差。

左宗棠自比诸葛亮，尚未发迹，难免遭人讥哂；一旦得势，马屁精争先恐后，投其所好。他任陕甘总督时，陕甘学政吴大澂群集士子，采风作诗，命题为杜甫现成的诗句"诸葛大名垂宇宙"。这位学政大人吴大澂，多年后请缨北上，想在辽东做抗日英雄，结果一败涂地；眼下拍马逢迎，却大功告成。吴氏命题顺风传到左宗棠那儿，他十分开心，掀髯大笑，要是换了我，我也会笑出声来。

光绪元年（1875）十月初七，左宗棠六十四岁生日。事先他已放出话来，今年不想做寿，要静养心性。这就让他的僚属左右为难，祝寿吧，担心拂逆左公，不祝寿吧，又明显失礼。吴可读时任兰山书院山长，与左公过从甚密，意气相投，还是他的点子高，撰祝寿联一副赠左公，上联是"千古文章功参麟笔"，下联是"两朝开济庆洽牺爻"。左公一见此联，喜笑颜开，赞不绝口，他掀髯吩咐："不可负此佳联！"僚属会意，立刻张罗寿筵。吴可读的祝寿联之所以能让左公回心转意，妙就妙在：上联恭维左公的道德文章，可列入《春秋》之类的青史；下联称赞左公的丰功伟业堪比诸葛亮，典故出自杜甫的名诗《蜀相》，"两朝开济老臣心"，赞美得恰到好处。左公于咸丰、同治二朝历任督抚，平定东南和西北。"牺爻"，指伏牺（羲）八卦，两两相乘，可以演变为六十四卦，借指六十四岁生日。这副祝寿联对仗工稳，用典洽切，言简意赅，对左公的评价扼要而精准。左公有诸葛亮情结，自然是正中下怀。

左宗棠的"老亮"情结根深蒂固，既有一门心思大吹法螺的，也有明里捧场，暗里拆台的。他任陕甘总督时，某日，与性极诙谐的藩司林寿图聊天，说起智者料敌如神，就自诩能够明见万里之外。林寿图十分机灵，适时地给出一个甜头："此'诸葛'之所以为'亮'也。"左公大乐，两撇眉毛立刻飞扬起来。随后，他又谈及近代自比为孔明的谋士不乏其人，林寿图再发高论，给出的却是一个苦头："此'葛亮'之所以为'诸'也。"颠倒一字，讥诮的馅仁破皮而出，因为"诸"与"猪"谐音。话中有刺，绵里藏针，左公顿时涨红了脸，相当难受，却又不好发作。

诸葛亮除了是神算子，还是苦长工，给先帝刘备打工多年，不嫌活儿累，又继续给他弱智的傻儿子阿斗打工，直累得两眼晕黑。他认为，这不叫"自讨苦吃"，而叫"鞠躬尽瘁，死而后已"。因此，说到智慧，首推诸葛亮；说到忠勤，仍首推诸葛亮。他是中国人心目中"忠勤"与"智略"的双料冠军。左宗棠自认智略不逊于孔明，忠勤呢？也同样可以登上领奖台，与诸葛亮并列第一。

林语堂先生在《苏东坡传》中曾以绘声绘色的笔墨讲过这样一则小故事：

> 有一天，苏东坡吃完饭在房里踱来踱去，心满意足地捧着肚子。他问家中妇女，他腹内藏些什么。一个侍儿说："都是文章。"另一个说："满腹都是识见。"东坡不以为然。最后，侍妾朝云说："学士一肚子不合时宜。""对！"苏东坡捧腹大笑。

同样大小的肚子，装的东西肯定是不一样的。咸丰四年（1854），曾国藩在家书中写道："近年办理军务，中心常多郁屈不平之端，每效母亲大人指腹示儿女曰：'此中蓄积多少闲气，无处发泄！'"那时候，曾国藩满肚子全是闲气，只差"砰"的一声爆开了。

左宗棠大腹便便，茶余饭后，总喜欢捧着自己的肚皮说："将军不负腹，腹亦不负将军。"有一天，他心情大好，而不是小好，就效仿苏东坡当年的口吻声气询问周围的幕僚和亲兵："你们猜猜，我肚子里装的是什么？"问题一出炉，可就热闹了，有说满腹文章的，有说满腹经纶的，有说腹藏十万甲兵的，有说腹中包罗万象的，总之，都是唯恐马屁拍得不够响。可不知咋的，左宗棠这回始终拗着劲，对那些恭维话无动于衷，脑袋瓜摇了又摇。帐下有一位小营官在家乡原是个放牛伢子，他凭着朴素的直觉，大声说："将军的肚子里，装的都是马绊筋。"左宗棠一拍案桌，跳起身来，夸赞他讲得太对了。这小鬼就凭一句正点的话，连升三级，可谓鸿运当头。湘阴土话称牛吃的青草为"马绊筋"。左宗棠生于古历壬申年，属猴，但他最喜欢的却是牛，喜欢牛能负重行远，为此他不惜诡称自己是牵牛星降世。这话可不是说着好玩的，他在自家后花园里，专门凿了口大池子，左右各列石人一个，样子酷似牛郎和织女，此外，还雕了一头栩栩如生的石牛，置于一旁。他忠勤的一面，借此表现俱足。诸葛亮死而复生又如何？若要注册"牵牛星"的域名和商标，还得请左宗棠割爱。

同治元年（1862），曾国藩写信回复恭亲王，称赞左宗棠是文臣之中难得的统帅之才，智、勇、能劳苦三者兼备，这个评价相当中肯。左宗棠任陕甘总督时，昼作夜思，日不暇给，他自称为骆驼，北方的骆驼跟南方的黄牛一样，都能吃苦耐劳，负重行远。

诸葛亮一生唯谨慎，左宗棠一生多骄矜，其"老亮"成色就得打些折扣。他生性豪放，本该大为碍事，却为事并无大碍，也真够神奇的。

光绪二年（1876），左公为收复新疆日夜操劳，他写信给办理粮台的下属王加敏："人臣谋国，不可不预计万全，苟顾目前而忘远大，清夜自思，何以为安？范文正有云：'吾知在我者，当如是而已。'至成败利钝，非可逆睹，则虽武侯亦不易斯言，知心者当能谅之。"范文正是北宋大臣范仲淹，曾经营西北，防御西夏的入侵。武侯则是诸葛亮。在左公钦佩的古人中，诸葛亮排名第一，范仲淹的排名也不会低。

梁启超于中国近代人物特别推崇两人：一是曾国藩，二是左宗棠。关于左公的"老亮情结"，他作过中肯的评论："说到左宗棠和诸葛孔明才华的高下，人们可能还有争议，但说到对国家的贡献，诸葛孔明就得甘拜下风了。"你要是对这句话将信将疑，也不打紧，反正左公的功绩都是经得起推敲的。

十一、善用养廉银

左宗棠是中国近代史上数一数二的传奇人物，单论大器晚成，无人能出其右。他四十九岁投笔从戎，创建楚军，五十岁即获授浙江巡抚，五十二岁晋升闽浙总督，此后二十二年，出则为阃帅，入则为辅相，乃国之重臣。

国之重臣收入必定不菲。雍正皇帝登基之初，订立了高薪养廉的制度，至晚清时期，总督和军机大臣每岁的养廉银高达白银二万两，以当今的货币折算，约三百万元，数额相当可观。左宗棠为江苏无锡梅园撰写过一副对联："发上等愿，结中等缘，享下等福；择高处立，就平处坐，向宽处行。"这是其人生观的高度浓缩。他自奉甚俭，从小到大，从大到老，过惯了寒素的生活，养家之费多年不变，每岁仅区区二百两白银。他给出的第一个理由是：他在陶家坐馆时就只寄二百两，在湖南抚署做师爷时也只寄二百两，省吃俭用，不虞饥寒，断不能多寄。他给出的第二个理由是：士兵长期缺饷，他不可多寄银两回家。他给出的第三个理由是：钱寄多了，儿子们养成纨绔习气，反而有害。这三个理由都是刚性的，家人也不好抱怨。左宗棠任闽浙总督时，决意创设福州船政局，创建马尾造船厂，他致函总理各国事务衙门，以消除对方的"虚糜之虑"："宗棠首倡此议，所恃者由寒素出身，除当年舌耕所得，薄置田产二百余亩外，入官后别无长益，人所共知。"既然左公不屑为子孙积攒造孽钱，那么很多人就会犯嘀咕：他的大笔廉俸都用到哪儿去了？循着这个疑问，我们往下探究，就不难发现左公崇俭广惠，其仁心之厚、义气之深，堪称一时无几。

晚清时期，战乱频仍，社会动荡，公私匮乏，遇上大灾荒，老百姓势必挣扎在死亡线上。道光三十年（1850），左宗棠尚为布衣，即在族中建立"仁风团义仓"，率先捐出四百石稻谷，请几位公正的族人来管理，这座义仓救活了不少人，也维持了许多年。晋升为封疆大吏之后，左宗棠蒿目时艰，每每以赈济灾民为急务和要务。同治四年（1865），福建饥荒，左公时任闽浙总督，用自己的养廉银买米，为平粜之计，救助灾民。同治八年（1869），湖南大水，他捐出廉俸一万两。同治十年（1871），他捐出廉俸一万两给家乡湘阴赈灾。光绪三年（1877），西北大旱，他捐出廉俸一万两，以工（发动民众凿井）代赈，多方救济。他回复陕西巡抚谭钟麟："计开数万井，所费不过数万金。如经费难敷，弟当力任之，以成其美。"此外，光绪六年（1880），左宗棠拿出廉俸二千两白银给安西牧民购买种羊，拿出廉俸六千八百两赈济皋兰牧民。同治八年（1869），左公从西北写信给长子左孝威，字字见心见意："自入关陇以来，首以赈抚为急。吾不欲令吾目中见一饿毙之人，吾耳中闻一饿毙之事。"在这封家书中，他还写道："吾尝言士人居乡里，能救一命即一功德，以其无活人之权也。若居高官厚禄，则所托命者奚止数万、数百万、数千万？纵能时存活人之心，时做活人之事，尚未知所活几何，其求活未能、欲救不得者皆罪过也，况敢以之为功乎？"左公认为，高官有权救人之命，尽力尽心去做，尚恐效果不佳，罪过太大，又岂敢居功自得，这种仁者之见、仁者之行是许多高官所匮乏的。同治九年（1870），周夫人病逝，四个儿子在湖南主持丧事，左公从甘肃平凉寄回家书，交代极细，信中写道："尔母生平仁厚，好施予，此意尤当体之。吾意省城难民尚多，或于出殡之日散给钱文，亦胜饭僧十倍。……至于城中乞丐，亦当布施及之。"家中做丧事还能顾念难民、乞丐，这样有爱心的高官在当时真的是寥若晨星。

建造公共设施，开办公益事业，费用浩繁，筹款不易，遇到资金短缺时，左宗棠总是慷慨解囊。同治二年（1863），左宗棠拿出廉俸一万两，在浙江严州收购茶、笋、废铁等物，以商代赈，在杭州卖出后，再用这笔钱办军工、开书局。说到开书局，左宗棠对于文化扶贫事业十分热心，行迹所至，在杭州、严州、福州、汉口、西安、迪化（今乌鲁木齐）都开设了书局，印刷蒙书、经书、史书、农书等，价格低廉，受惠者众，费用缺口都是左宗棠用自己的廉俸去填平。同治三年（1864），左宗棠拿出养廉银修葺浙江抚署，还决定呈缴一万两养廉银作京饷（战争连年，国库空虚，京官的饷银匮乏）。同治四年（1865），杭州的湖南会馆合祀死事诸人，左公认为"极为合礼"，捐出养廉银一千两。同治五年（1866），左公支出养廉银八千两寄至湖南，请好友李概代为收存，"拟捐本县（湘阴县）书院膏火银二千两，普济、育婴各二千两"。同治九年（1870），兰州书院待建，他捐出廉俸一万两，每年补贴生员膏火费一千余两，参加乡试的秀才每人补贴八两，参加会试的举人每人补贴四十两。光绪四年（1878），兰州城墙急需修补，他又掏出养廉银三千余两，充作工料费。同治十一年（1872），左公还调动兵勇，在陕甘总督府右侧开凿挹清池，在府衙左侧开凿饮和池，引来玉泉山的极品泉水，供百姓汲饮，开凿费用数额不菲，用的也是左宗棠的廉俸。光绪七年（1881）冬，德国商人福克赴兰州办理织呢局务，去新疆哈密谒见左公，大谈水雷、鱼雷之妙用，左公遂决定用养廉银数千两采购水雷二百具、鱼雷二十具，分赠给浙江、福建两省，作为海防利器。这个想法，他多次提及，相当热心，最终是否落在实处，则不得而知。

战乱年代，百姓水深火热，军人的日子也不好过。左宗棠关心士卒疾苦，经常与他们同吃同住，一旦拖欠军饷，他就心急如焚。咸丰十一年（1861）末，他在家书中写道："自入军以来，非宴客不用海菜，穷冬犹衣缊袍。冀与士卒同此苦趣，亦念享受不可丰，恐先世所贻余福至吾身而折尽耳。"同治二年（1863）春，他回复史致谔，告诉对方："至身家之念，则早置度外。上年廉俸并入军用，亦未敢划算。"光绪七年（1881）冬，左宗棠履任两江总督兼南洋通商事务大臣。翌年，他在扬州阅兵，见士兵辛苦，一时兴起，自掏腰包，犒赏每人两碗味道鲜美的鸡汤面。左宗棠对老部下一直爱护有加。刘典是其经略西北时的得力助手，帮办军务，筹措粮饷，悉心匡助，极意经营，为左宗棠解除了西征的内顾和后顾之忧。尤其难能可贵的是，这位功臣素以"刚明耐苦，廉公有威""志存忠孝，义合经权""综核精密，宅心公平，进退人才，知明处当"著称于西北。他病故于兰州，身后萧条，左宗棠责无旁贷，从廉俸中划出六千两，五千两用于丧事，一千两给刘典的母亲建百岁坊。对于有过精诚合作的同僚和他敬重的朋友，左公十分记挂。同治十年（1871），陕西巡抚蒋志章病逝于任上，此公清操绝伦，身后萧然，左公致送赙金一千两。光绪五年（1879），吏部主事吴可读尸谏慈禧太后，立下遗嘱，向左宗棠托孤，左公拿出养廉银一千多两安置吴可读的家属，不负故人所托。同年，左公送老友谭钟麟进京入觐，恐怕后者应酬纷繁，阮囊羞涩，特意资助一千两白银，为之充实行囊。

左宗棠参加过三次会试，名落孙山，对于寒士"金尽裘敝，人困马嘶"的苦况有过切身体会。同治四年（1865），左孝威赴京参加会试，左宗棠汇寄养廉银八百两给儿子，嘱咐他分赠湘阴县应试的举人作"程仪及应酬之费"。同治七年（1868），左宗棠得悉长子左孝威会试不名，又汇寄养廉银一千两到京，嘱咐他将这笔钱分赠给同乡寒士，充作返程的川资。同治十二年（1873），左公告诉沈应奎："陇士贫苦可怜，拟以廉项二千两，为会试朝考诸生略助资斧。"左宗棠戎马倥偬，军书傍午，对西北地区的贫寒士子仍关怀备至，呵护有加，他鼎力促成陕甘分闱，于光绪元年（1875）正式实行。此前，"陇上道远费烦，贫士竟有终身不得入试者"。尽管西北财政极度拮据，左公仍拨出专款，在兰州兴建号舍，使甘肃、宁夏两地的贫寒士子能够就近参加乡试。甘肃秋闱初启之日，"应试士子半类乞儿，尚多由地方官资遣而来，睹之心恻"。为了让甘肃的贫寒举子赴京会试，左宗棠拿出三千两养廉银补贴他们的川资。这届甘肃乡试，安维峻一举夺魁，左公"掀髯而笑，乃如四十年前获隽之乐"。安维峻年少时家徒四壁，就读于兰山书院，院考连拿了七次第一名。他刚过弱冠之龄，器宇沉静，气度雍容，左宗棠对他青睐有加，寄予厚望——"将来可望成一伟人"。每至岁暮,左公就给他寄去学费和生活费,多年不辍。安维峻两度进京参加会试,两度落榜,左宗棠继续资助,直到光绪六年(1880),安维峻考中进士为止。日后,安维峻果然不负左公的殷切期望,成为了清末首屈一指的铁胆御史。他正色立朝,不怕丢官,不怕杀头,弹劾屡次言和的李鸿章,批评恋帝不撤的西太后。当他因言获罪、充军东北时,天下君子无不心存敬佩,出资者、护送者不乏其人。左公资助故人之子,亦屡见不鲜,光绪元年(1875),左公资助过已故好友江忠源的遗腹子江孝棠,"如不足仍当续寄"一语相当暖心,他以父执辈的口气规劝道:"为名人子不易,况名臣名将帅之后乎?居京师,以慎交游、寡言语为好。闭户读书,尤悔自寡闻。侄颇喜饮杯中物,能乱性,能伤人,盍节之?"这就叫爱人以德,足可告慰故友于九泉之下。

皇帝尚且有几门子穷亲戚,何况总督。左宗棠长期关怀本族的贫寒士子和鳏寡孤独废疾者,办义庄、义学,建祠堂、试馆,无不尽心尽力。同治三年(1864)七月,他写信给长子孝威,嘱咐道:"族中苦人太多,苦难普送。拟今岁以数百金分之,先侭五服亲属及族中贫老无告者。"周夫人娘家式微后,左公对两位内弟的关照从未中断过。光绪五年(1879),左公在家书中吩咐:"凡我五服之内兄弟贫苦者,生前之酒肉药饵,身后之衣衾棺木,均应由我分给。否则路人视之,于心何忍?"左公做了二十多年封疆大吏,而且封侯拜相,族人、亲戚、邻里、同乡自然攀附不绝,他们抱着幻想,不惧山水之遥,不辞跋涉之苦,只求谋取一官半职。对于他们的请托,左宗棠很少首肯。但他仍拿出廉俸,打发川资,送他们回家。由于找他谋官谋职的人多,为此他花费了不少冤枉钱。在家书中,左宗棠不免有些生气:"我年七十矣,从未得子侄之力,亦不以此望诸子侄。乃子侄必欲累我,一累不已,而至于再,何耶?""头白求归未得,而族人远来搅扰,实太不谅。"

长年累月,左宗棠将廉俸都用在他认定的"刀刃"上,家人生活难言富裕,感受肯定复杂,他是如何说服他们的?在写给儿辈的家书中,他总是谆谆告诫:"古人教子必有义方,以鄙吝为务者,仅足供子孙浪费而已。吾之不以廉俸多寄尔曹者,未为无见。尔曹能谨慎持家,不至困饿。若任意花销,以豪华为体面;恣情流荡,以沉溺为欢娱,则吾多积金,尔曹但多积过,所损不已大哉!""吾意不欲买田宅为子孙计,可辞之。吾自少至壮,见亲友做官回乡便有富贵气,致子孙无甚长进,心不谓然,此非所以爱子孙也。"斯人而有斯言，斯人而有斯德，积善之家必有余庆，耕读之士不忘本源。

光绪二年（1876），左宗棠考虑到长子孝威已过世，其他三个儿子孝宽、孝勋、孝同也已各自成家，决定将廉银分配到位，他在家书中吩咐次子孝宽："吾积世寒素，近乃称巨室。虽屡申儆不可沾染世宦积习，而家用日增，已有不能撙节之势。我廉金不以肥家，有余辄随手散去，尔辈宜早自为谋。大约廉余拟作五份，以一为爵田，余作四份均给尔辈，已与勋、同言之，每份不过五千两也。爵田以授宗子袭爵者，凡公用皆于此取之。"

左公做了二十多年一品大员，在家书中却将民间谚语"富贵怕见开花"当成口头禅，戒惧之情溢于言表。最终，他只分给每个儿子五千两白银，教他们早作打算，自食其力，这在当年绝对算得上一条新闻。

十二、大帅也是过河卒

左宗棠是一位深刻影响了中国近代历史进程的重量级人物，他固然精进不休，自强不息，但在人生的某些关键节点上也曾萌生退意。最终，所有的声音（包括他本人的心声）汇聚起来，达成了极其强烈的共鸣和共识："左宗棠既是军中主帅，也是过河卒子，只有进路，没有退路。其智慧、勇气、经验、本领乃是国力不容分割的一部分，国家多灾多难，危如累卵，时刻需要你挺身而出，肩负重大使命。你根本就没有机会退息林泉，即使是疾病和衰老，也不能拿来作为致仕的理由。"如此这般，我们就不难理解了，一方面，左宗棠屡次发出"事到头来不自由"的感慨；另一方面，他秉承诸葛亮的链式忠诚，"鞠躬尽瘁，死而后已"。

咸丰二年（1852），左宗棠首参戎幕，辅佐湖南巡抚张亮基，应对风雨飘摇的危局。开场就是大阵仗，长沙保卫战打出了赫赫威风，太平天国西王萧朝贵遭守军炮击身亡，太平军撤围而去。百忙百忧之中，左公致信好友胡林翼，为自己预设一条退路："何时真得扫除妖孽，高枕山林，弄稚子，曝帘日，浊酒三杯与邻父共话家常为乐，顾一时不能抽身何？"抽身确实很不容易。张亮基调署湖广总督，左公勉从赴鄂；不过数月，张公移任山东巡抚，左公辞别回家。他本想营巢于湘阴白水洞，与家人避难隐居，无奈桑梓不靖，湖南巡抚骆秉章以盛情重礼反复力邀，于是他慨然而起，再作冯妇，辅佐骆公，专主戎幕。

咸丰四年（1854），长沙大局略定，罗泽南、塔齐布所领湘军主力克服岳州。左宗棠似乎可以从幕府脱身了，但他未能走成。他写信告诉周夫人："仆自为吁公、涤公所留，昼夜撝撝，无少休息，疲困极矣。趁此稍闲，亟思摆脱，更名隐姓，窜匿荒山。而中丞推诚委心，军事一以托付，所计画无不立从，一切公文画诺而已，绝不检校。其相知相信如此！倘再抽身言去，于义不安，于心尤不忍也。且尽吾心力，以共相支此危局耳。"吁公是湖南巡抚骆秉章，涤公是湘军大帅曾国藩。左公讲义气，士为知己者用，士为知己者死，骆秉章信任他已达到无以复加的程度，这样一来，左公名为兵马师爷，实与影子巡抚无别。他要积累军政两方面的经验，湖南抚署是最适合的地方。

　　咸丰六年（1856），左宗棠写信给亲家夏廷樾，旧话重提："本地绅士居本省幕府，易致嫌怨。只候时局略定，即便长揖归田。"当时，左宗棠还担心一点，他会身不由己，被派到别处帮忙，这种忧虑在同期写给胡林翼的信中也有所流露："弟才可大受而不可小知，能用人而必不能为人用。此时此势，易地则无可下手。设朝廷因此谬采虚声，交不知谁何差遣，无论老头皮必将断送，且将数载所得之虚名并付流水，而朝廷以此再不信天下有遗才矣。"左公是遗才，而且是大才，好钢能否用在刀刃上，还得看机运如何。这就难怪了，他在另一封信中说了句任性的气话："与其抑郁而无所施，何若善刀而藏为愈。"

　　左师爷任劳任怨，在湖南抚幕总共干了八年，"樊燮案"害得他受了几多活罪，也意外地帮助他华丽转身。咸丰十年（1860）夏，左宗棠在长沙金盆岭编练楚军，这支劲旅生龙活虎，危急时刻，驰援江西，从根本上解决了湘军的后顾之忧。一代战神初试身手，将太平天国侍王李世贤逐出江西，将堵王黄文金击溃，表现极为惊艳。

　　同治二年（1863），浙江战事方殷，左公在家书中透露心思："我本无宦情，杭、嘉、湖了妥，当作归计。唯浙民凋耗已极，当为谋用长久，以尽此心。思欲流连一年半载，定其规画，未知朝廷不遽调离此间否，若闻中则匪我思存矣。"左公欲待浙江境内战事结束后，再花些时间将政治纳入正轨，然后辞官回家，他估计朝廷会派他去福建剿匪，对此他兴趣不浓。然而长期盘踞在浙江的太平军被驱逐到福建，收拾残局的头号人选非左公莫属，他也自觉义不容辞。

　　当时，求退的念头，左宗棠有，曾国藩也有。同治三年（1864）三月二十二日，曾公在日记中写道："日内郁郁不自得，愁肠九回者，一则以饷项太绌，恐金陵兵哗，功败垂成，徽州贼多，恐三城尽失，贻患江西；一则以用事太久，恐中外疑我擅权专利。江西争厘之事，不胜则饷缺而兵溃，固属可虑，胜则专利之名尤著，亦为可惧。反复筹思，唯告病引退，少息二三年，庶几害取其轻之义。若能从此事机日顺，四海销兵不用，吾引退而长终山林，不复出而闻政事，则公私之幸也。"当时，江西巡抚沈葆桢不肯拿出本省的厘金为湘军助饷，朝廷有人为他撑腰，曾国藩且愤且忧，担心围攻江宁（南京）的湘军主力功败垂成。所幸曾国荃很争气，他攻克了江宁。曾国藩作十一首贺寿诗给四旬初度的九弟祝寿，功成身退的思想贯穿其间，"已寿斯民复寿身，拂衣归钓五湖春"，"与君同讲长生诀，且学婴儿中酒时"，曾公的退意浓得化不开。

世人多半以为大官的日子好过得很，殊不知，乱世之中，大官既有沉重的责任要扛，又有繁剧的事务要办，还有复杂的人际关系要理，任重欲歇息，权重须避忌。于封疆大吏而言，卸下仔肩，引退山林，确属优选项目，但他们"将身货与帝王家"，进退不由自主，曾公如此，左公亦如此。细思极恐，他们都是拉磨的苦驴儿，根本就没有退路可选。

同治四年（1865）腊月中旬，清军在嘉应州（今梅州）击毙了太平军悍将、康王汪海洋，本月下旬又俘获了天将胡瞎子（胡永祥），广东全境解严，左公撤军返回福建。翌年正月初一，左公在家书中汇报了战况，结尾处写道："我近甚衰惫，不任烦剧之任，亦颇厌兵事，故急思脱身，暂将闽事了妥，渐作归田之计。"实际上，左公的内心是矛盾的，这可从同期他写给吴大廷的书信中看出来："为身计，宜及时退休自逸，稍乐余年；为天下计，则又不敢若是恝也。"自求多福？兼济天下？仍是二难选择。

同治五年（1866），左宗棠回复老部下杨昌濬的来信，感叹故友凋零，亦深感任重道远，他这样写道："弟已颓然老翁，来日苦短。其健在者，唯兄与克庵耳。频年驰驱戎马，备尝艰瘁，百战偶存，精气暗已销耗，当此多事之秋，不能恝然归去，为之怅然。事到头来不自由，亦只好作一日和尚撞一日钟而已。……闽事稍有眉目，半年之后，大致当有几分。弟一力担当，不敢遽思透谢，求为国家保此一隅，以为经画海疆张本。只要体气暂能支持，得免旷误为幸。"很显然，他情绪不高，"事到头来不自由"一句透露了若干信息。

同治六年（1867），左宗棠调任陕甘总督，对于经营西北，他素有兴趣和雄心，但毕竟年岁不饶人，回复家乡老友李概的来信，他的调门并不算高："弟今年五十又六，精力消磨殆尽，西征之役本非所堪，只以受恩深重，不敢诿避，亦姑尽瘁图之。济与不济，则不能逆睹。"应该说，"受恩深重，不敢诿避"是实话，见猎而喜才是真情，左公毕竟还有个平生夙愿要去完成。当年，他写信提醒大将鲍超："若徘徊襄樊，引疾乞退，则鄂事误，而秦事亦将因之以误，天下将责备贤者矣。"曾国荃在湖北巡抚任上干得处处不顺，想请病假，返湘调养，左公在回信中表达了不同意见，足见其心迹："每当夜静灯灺，兀坐深思，不觉心惕汗流，百忧交集。吾辈岂嗜进之人？然业已进则不可复退，以所处与众不同耳。愿公于续假时，稍为留意。"缘情推理，天下未靖，重臣大将称病求退，确实于义不合。同年四月初，左宗棠在信中对陈湜所讲的话最见胸臆："近日大局虽觉敉平，而封疆之才实难其选。偌大乾坤，无几个顶天立地男子拼命撑撑，欲气机大转，由乱而治，难哉难哉！"做"顶天立地男子"是左公自少至老都有的志气，老而弥坚，老而弥笃。

同治七年（1868），西捻刚被扑灭，陕甘两地的回乱又猛然抬头，这是辖区内"烫手的山芋"，左公无意撂给别人。由于频年转战，他的身体已被拖垮，精力已被透支。在家书中他写道："我近来腹泻仍如常，每日或一二次、三四次、五六七八次不等。脾阳虚极，肾气耗竭，心血用尽，面目尚如旧，而健忘特甚。只盼陇事早了，当急求退休，断不能肩此重任。"这一盼就是多年，在大西北苦煎苦熬，壮夫尚且吃受不住，何况一位体弱多病的老人。

同治八年（1869），左宗棠写信给卸任后回湘休养的前广东巡抚蒋益澧，既剖明自己的心迹，又安慰老部下："不佞以寒生忝窃过望，而关陇艰危之局无肯涉手者，不得不挺身任之。亦谓朔雪炎风，天实命我，不容他辞巧谢耳。至戡定之难期，窘乏之不可忍，纵古之贤杰当之，又岂有胜任而愉快者哉？默观时局，似底定之期当候诸亲政之年。阁下养望林泉，韬晦以待，最为得之。幸勿以此为故作慰藉之语。……弟年已望六，而病势有增无减，日欲暮而途正长，且勉且惧。"左公患腹泻已有数年，他在这年写给姻亲夏献云的信中表明了自己的担忧："孱躯日益不支，腹泻之症迄不见愈，近又加腰脚酸痛诸疾，饮食更减。区区私衷，能勉强支持将西事粗了，归就大暮，是为至幸，但恐未能耳。"除了腹泻，风寒深入筋络，左公还患上了健忘症，他告诉刘典："数日内所见之人，所作之事，亦恍若隔世，恐误国家大计。"他想等大军攻克金积堡后，"决志乞休，如不得请，则乞谢兵事，留西域，终其天年，亦所愿也"。人在江湖，身不由己，左公在战区负责，又岂能来去如风？真实情形就是如此。

同治十年（1871），西北地区军政局面渐趋乐观，但依然危机四伏。左公在家书中写道："衰病之余，畏慎未敢稍间，所虑智虑才气日绌一日，虽关内年内可望安谧，不能久待，仍当据实直陈，请朝廷预觅替手。一俟旧政告知，乃可奉身而退。或圣明不允放归，即老死西域，亦担荷少轻，可免贻误也。"左公做好了"老死西域"的心理准备，但他拿定主意，"请朝廷预觅替手"，以便卸下肩头的那副千斤重担。然而朝廷倚畀左公，不放心让别人接替，他既不能脱身，也不能歇肩。他告诉爱将刘锦棠："弟本拟收复河湟后，即乞病还湘。今既有此变（伊犁被俄国人占据），西顾正殷，断难遽萌退志，当与此虏周旋。"做完一事，又来一事，前事艰巨，后事更艰巨，左公被强行摁在西北苦寒之地，还要待足九年。

同治十一年（1872），关内尚未肃清，关外原本糟糕的形势急转直下。左公在家书中告知："吾腹泻如常，幸尚耐苦，活一日，办一日事，尽一日心而已。"这不是高调，胜过高调。他还写道："俄罗斯乘我内患未平，代复伊犁。朝廷所遣带兵大员均无实心办事之意，早被俄人识破。此事又须重新布置。我以衰朽之躯，不能生出玉门。唯不将关内肃清，筹布出关大略，遽抽身退休，此心何以自处？拟于关内肃清，先时告休，以待能者。近日腹泻稍已，唯老态日增，断难久胜负荷，恐误朝廷重寄耳。"内忧外患交乘，左公打算把分内事做好，等待能者接手，由于责任重大，他担心长此以往有负朝廷所托。同年十一月下旬，他在家书中分析关内、关外局势，进退两难的心情跃然纸上："我年逾六十，积劳之后，衰态日增。腹泻自吸饮河水稍减，然常患水泄，日或数遍，盖地气高寒，亦有以致之。腰脚则酸疼麻木，筋络不舒，心血耗散，时患健忘，断不能生出玉门矣，唯西陲之事不能不预筹大概。关内关外用兵虽有次第，然谋篇布局须一气为之。以大局论，关内肃清，总督宜移驻肃州，调度军食以规乌鲁木齐。乌鲁克复，总督应进驻巴里坤以规伊犁。使我如四十许时，尚可为国宣劳，一了此局，今老矣，无能为矣。不久当拜疏陈明病状，迄朝廷速觅替人。如一时不得其人，或先择可者作帮办；或留衰躯在此作帮办，俟布置周妥，任用得人，乃放令归，亦无不可。此时不求退，则恐误国事，急于求退，不顾后患，于义有所不可，于心亦有难安也。"左公此时欲退还留，另有一个潜在的重要原因，同治皇帝载淳将于翌年亲政，左公是国之重臣，倘若挑准这个时候坚请致仕，就是不给皇帝面子，"似又涉痕迹耳"，难免会令外界生疑，被流言中伤。左公好友彭玉麟向来以辞官求退著称，这年四月也应朝廷之请，出巡长江水师，左公回复雪帅的来信，既虑及对方"事到头来不自由，春蚕吐丝未尽，仍须作茧"，也谈到自己的进退："弟之不以衰疾为讳，又不早决引退之计，盖欲俟可退之时，再作区处耳。使吾身退而心安，亦奚取郁郁居此！"可退之时究竟是什么时候？恐怕只有天知道。这年腊月，左公病情加剧，上章恳请开缺，朝廷却相当悭吝，只赏给了他一个月假期。由此可见，当时根本不是左公想不想退、愿不愿退的问题，而是朝廷根本不准他脱离岗位。

同治十二年（1873），左宗棠告诉吴大廷："度陇以来如衣敝絮行荆棘中，动多挂碍。侧身天地，谁复鉴之？边方节度，例用丰镐旧家，不肖婆娑其间，易招怨尤。计关内肃清，争席者当攘臂而起。野老酒阑思睡，亦将黄垆一觉谢之，但恐逊南丰之欲了便了耳。"在这段话中，他谈到了自己的处境，清朝素以满族大员（丰镐旧家）镇守西疆，一个汉人，置身其地，易招怨尤和猜忌，等到关内肃清时，垂涎于陕甘总督的满人就会动心动手。左公想退，想离开西北，却还有许多未竟事宜要他办理。他对谢维藩讲的话更为直白："弟暮景衰颓，又多忧戚，心绪恶劣，日思乞退。而甫被新恩，不可以遽，无可如何！"左公所虑者国事，所忧者晚节，在一个大困局、大沼泽中，内心的挣扎乃是日复一日的。"天下大患，在正气凋丧，善类无多。志在功名者，已不数觏；进于此者，更无所闻。偌大乾坤，如何撑拄？忧烦何已！"左公进亦忧，退亦忧，然则何时而乐耶？

同治十三年（1874），左宗棠的身体状况大不如前，"两足木强，起立殊艰，阶除缓步，亦非曳杖不可，不图老态逼人如是之速"。左公屡蒙恩眷，欲乞退而难开口，虽是封疆大吏，却如过河卒子，进得一步，退不得半步。东坡有句"苦说归田似不情"，竟成了左公的"笔头禅"，他在书信中多次引用。

光绪元年（1875），朝廷统一西北事权，陕甘兵事、饷事责成左宗棠一手经理，于是他疏请于朝，起复老部下刘典帮办陕甘军务。他告诉王加敏："朝旨重在收复新疆，弟素不避事，亦不敢他词诿谢。然万里之行，内顾未遑，督篆兼绾本难，而举贤自代，意中亦少可者。此席非人所争，又虑事权他属，不能相助，而暗中牵掣，尤为可危，再四思维，非奏请刘克庵中丞帮办不可。"朝廷有意收复新疆，这恰恰命中了左公的兴奋点，他不仅打消了退意，还找来值得信赖的好帮手刘典，要大干一场，他只担心张空拳以往，缺乏雄厚的财力支持，千辛万苦、惨淡经营的事业"将如海市蜃楼，转瞬随风变灭矣"。这年，署理两江总督刘坤一打算乞休，左公在回信中持否定意见："来示拟作退计，据弟见殊可不必。吾辈进退之道，自觉绰然，唯思时势艰难，疆圻需贤尤亟，受恩之身，未宜恝然耳。"刘坤一刚满四十六岁，正当壮年，言退未免太早。朝廷授予左公东阁大学士后不到半年，就赶上新皇登基，朝廷对他的倚重有增无减。他在信中告诉谭钟麟："弟忝领阁班，仍膺重寄，暮年病体，恒恐不胜。特以国家多故，新主冲龄，陇事亦难得受代之人，未敢言去。然衰颓日甚，岂能久恋栈余？节钺之膺，枢廷或俱有深意，是尤私心所厚幸者也。"左公三朝受恩而竭忠报国，身为重臣，当此主幼国危之际，于情于理，他都不能卸下仔肩。

边荒寒苦之极，五月飞霜，八月下雪，南方人，就是青壮后生，也很难适应这样的气候，大将刘锦棠就险些病故，何况左宗棠年过花甲，体内种下不少病根，腹泻、气喘、风疹、两足浮肿麻木、双耳重听、吐血、健忘、嗜睡，"释杖不能疾趋，跪拜不能复起"，只能靠坚强的意志力硬撑到底。十年前，他上马督战，下马挥毫，身板子何其硬朗，至此已恍若隔世。光绪二年（1876），他回复江苏巡抚吴元炳，信中有这样一段话："陇之苦瘠甲天下，……其仰面求人，良非得已也。回思四十年前课徒自给，每遇岁阑解馆，出纸裹中物还盐米小债外，心中无事，隐几吟哦，直是天上矣。"钦差大臣、陕甘总督手握一方军政大权，其境遇尚不及一位清贫的塾师宽舒，可见其艰难困苦至于何极。

光绪四年（1878）腊月，西北局势已较为明朗和乐观，最令人头痛的筹饷事宜也得以顺利解决。左公又开始为自己的退休预作打算，在家书中写道："能于三年内将甘肃、新疆事局定妥，不但国势强固，国计亦纾矣。届时悬车，于义有合，于心斯安耳。"此信调子较为欢快。

光绪五年（1879），陕西巡抚谭钟麟请求退休，朝廷温旨慰藉，给假调理。左宗棠获悉此讯，回复老友，表明心迹："吾辈倦飞知还，忧劳之余，退志早决，而受恩既重，实有未可以恝者，不得不婆娑俟之。正如虚舟泛泛，听其所止休焉斯已耳。"左公不是恋栈之人，但国事日棘，尚未到高枕无忧的时候，他是不会自求多福的。同年，在致甘肃布政使崇保的信中，他的表达更为充分："时局如此，断不稍萌退志。近日奏报，并不敢以'力疾办事'等语上尘圣怀，盖自入关以来，即有'与西事相终始'一语见诸奏章，臣志已定，不待今日。特不知能免贻误否耳？"践誓言，重然诺，这正是左公的一贯作风。他不退，是因为艰巨任务还没有完成，担子还不能交卸。

光绪六年（1880）初，左公定下三路收复伊犁之策，朝廷却执意与俄罗斯和解，诏命驻英法大臣曾纪泽赴俄国复议条约。翌年正月，左公奉诏回京，入值军机，管理兵部事务，在总理各国事务衙门行走。左公对京城酬应纷纭、蹉跎拘束的日子难以适应，他根本闲不下来，想要逃避应酬，也不是没有去处，在京城揽些值得做而别人又不肯做的苦差来做，还是不难的。

当年，左宗棠率领自己从西北带来的亲兵近三千人疏浚京郊的永定河，在其上游建筑坚固的石坝。他对水利工程的热心正好使他摆脱了在军机处的单调无聊，一举解决了京畿多年失治的水患，无疑是利国利民的大功一桩。他在回复老部下魏光焘的信中说："种树、修路、讲求水利诸务，切实经理，必有其功。不佞十数年一腔热血，所剩在此，至今犹魂梦不忘也。"他写给恭亲王的那封专论治水的长信，可谓原原本本，其卓识、条理和办法全都体现出实学功夫，令人折服。

光绪七年（1881）七月，左公中暑，请求开缺养病，优旨赏假。同年九月，诏授两江总督兼充办理南洋通商事务大臣。销假召对时，慈禧太后和颜悦色地说："若论公事繁难，两江岂不数倍于此？以尔素来办事认真，威望素著，不得不任此重寄。尔可择用妥人，分任其劳。"接见过程中，慈禧太后相当体贴，她担心左公体力不支，还让左公稍歇，"与王公大臣商议，再由其代奏"。

左公出都，先回湘扫墓，掐指算来，他离开家乡二十二年矣，真可谓"山河不殊，物是人非"。左公屡承朝廷重寄，感戴先皇和两宫皇太后的知遇之恩，烈士暮年，壮心不已，求退之意反而由浓转淡。此后，他病情加重，就请假调养，身体稍好，又任劳任怨。老大的帝国需要这位重臣支撑，他是退无可退，休无可休的。同年，他回复李鸿章，认为自己以半退休的形式充当顾问是较好的选择："弟则衰病余生，杖不去手，待漏而趋，时虞陨越。陛见后当上疏自陈，以闲散长留都寓，聊备顾问，亦不敢遽谋归田，致负初心也。"左公的初心是什么？就是纾国难，解国危，兴国运。辛劳多年之后，他的心态已趋于平和，这在他回复沈应奎的信中可见端倪："幸外侮渐平，伏莽尚少，长揖归田，自有其会。已预拟封存归途舟车之费，曳杖而还，盖可止则止，可速则速，衰病余年，尚能自主耳。"

光绪八年（1882），左公在两江总督任上，病得不轻。他写信告诉郭嵩焘："实因病久不瘥，风涎满颊，刻有痰壅气闭之虞，案牍劳形，实所难堪。山鸟自爱其羽毛，晚节如有疏误，悔将无及，何能婆娑以俟，供人刻画乎？"他上疏吁请开缺回籍养病，朝廷准假三个月，留职安心调理。病到这个程度，朝廷仍只肯给他病假，不肯让他退休，可见重臣之雍容坐镇，关系甚大甚广，不可轻去。"马革桐棺，随天付与"，"衰朽余生，以孤注了结"，左公的态度是"自无不可""亦所愿也"。

光绪十一年（1885）夏，左公病情加剧，获准开缺回籍休养。"……该大学士夙著勋勤，于吏治、戎机久深阅历，如有所见，仍着随时奏闻，用备采择。一俟病体稍瘥，即行来京供职。"这道上谕抵达福州后，左公于农历七月二十六日拟成《恩准交卸回籍谢恩折》，翌日即口授《遗折》，给自己饱经忧患辛劳的一生打上了永久的休止符。

左公认为，"吾人进退之义，各有其至当恰好处，内度之于己、外度之于人可矣"。实际上，左公的角色是不可替代的。朝廷倚畀重臣，不能让他退，也不宜让他退。曾国藩去世后，左宗棠当了十多年的"救火队长"，国家哪里有重大险情，哪里就有这位"救火队长"的身影，每次他都能扑灭火龙。左公要退息林泉，朝廷固然不会同意，他本人也会一次又一次说服自己战胜疾病和衰老，去完成那些被世人视为"不可能完成的任务"。最终，此事的解决方案就只剩下一个：左公与世长辞，休眠如期而至。

十三、一代伟人，死不瞑目

在中国，无论古今，生者以挽联悼念死者，都堪称合情合式；活人用挽联"裁量"活人，倒是罕见罕闻。当年，江湖上有一个段子流传甚广，题目是"江忠源包送棺材，曾国藩包送挽联"。江忠源是湘军悍将，极重乡谊，凡是穷困老乡客死异地的，不管亲与不亲，也不管识与不识，他都会慷慨解囊，赠送一副棺材，使其入土为安。曾国藩爱写对联，尤其爱写挽联，死人总不够用，他就会偷偷地拿活人练手。有一次，湖南老乡、大才子汤鹏去曾国藩家拜年，瞧见老友的书案上摆放着一沓对联，就抽出来欣赏，他不看还好，看了竟倒抽一口冷气，其中居然有曾国藩给活人撰写的挽联，大过年的，这样子诅咒人不够厚道吧，更令汤鹏始料未及的是，给他量身定做的挽联亦赫然在目。汤鹏一怒之下，拂袖而去，从此与曾国藩绝交。汤鹏短寿，只活了四十四岁，曾国藩多少要负点责任吧。

据清朝文人朱应镐编纂的《楹联新话》所载，左宗棠二十七岁时患剧病，既百无聊奈，又百无禁忌，于病榻上自撰挽联一副：

> 痛此日骑鲸西去，满腔血洒向空林，七尺躯委残荒草。谁来歌骚歌曲，按铜琵冢畔，挂宝剑枝头，凭吊此松楸魂魄，愤激千秋？纵教黄土埋予，应呼雄鬼；
>
> 倘他年化鹤东还，一瓣香祝完真性，三分月认出前身。从此为樵为渔，访鹿友山中，订鸥盟水上，销磨著锦绣心肠，逍遥半世。只恐苍天厄我，又作劳人。

今生，左宗棠自认为是一个"雄鬼"，值得好友在墓旁弹奏琵琶，名贤到坟头赠送宝剑。来生，他最想做逍遥的隐者，自由自在，无拘无束。但他担心天公会再次辜负这美好的心愿，仍旧让他做一个劳苦之人。有趣的是，朱应镐录下左宗棠的这副自挽联后，复作辨伪之词："公自少即负经世之略，不屑以诗文自见。此联语气，与其平日志趣绝不相类，必属讹传。"岳麓书社出版《左宗棠全集》，也没有收录这副对联，很显然，编者同样有些拿不准。然而有一点倒是千真万确的：左宗棠生为劳人而死为雄鬼，竟与这副对联严丝合缝，毫无差谬。

左宗棠对外一直主战，但他始终无缘与英、法、俄、德、意、日这班列强的精锐之师正面交锋，未曾痛痛快快地决一雌雄，遂引为平生憾事。在写给次子孝宽的家书中，笔调慷慨激昂："值此时水师将领弁丁之气可用，悬以重赏，示以严罚，一其心志，齐其气力，我与彭宫保乘舢板督阵誓死，正古所谓'并力一向，千里杀将'之时也。……彭亦欢惬，并称：'如此布置，但虑外人不来耳！'诸将校亦云：'我辈忝居一二品武职，各有应尽之分。两老不临前敌，我辈亦可拼命报国！'答云：'此在各人自尽其心，义在则然，何分彼此？但能破彼船坚炮利诡谋，老命固无足惜！或者四十余年之恶气借此一吐，自此凶威顿挫，不敢动辄挟制要求，乃所愿也！'"在左宗棠的心目中，列强意欲瓜分中国，乃是一群不折不扣的饿鬼，他要跟他们拼死一战。左公越老越愤激，越老越雄健，确实因为他胸间有一口恶气郁积已久，未曾找到适当的机会畅快吐出。在家书中，他还特别引用兵部尚书、多年好友彭玉麟的豪言"如此断送老命，亦可值得"，这就叫"烈士暮年，壮心不已"。语气之豪迈，足令热血男儿肃然起敬。

一个人年逾古稀，头脑清醒，不昏愦，不僵固，已属难能；左宗棠还肯将一腔英雄热血挥洒在祖国南疆，更属可贵。

近代作家吴光耀撰写过一篇《纪左恪靖侯轶事》，叙述左宗棠暮年在福建时的战斗精神，文中对话相当生动，比小说还要精彩。字里行间，此老雄健不凡，刚强不屈，可谓活脱如画。用现代白话翻译出来，就是下面这段文字：

正月初一那天，左宗棠问左右今天是什么日子，都说是过年。左宗棠又问道："娃子们都在省城过年吗？"大家异口同声地回答："是的。"左宗棠却眉头一皱，下达命令："今日不准过年，要出队！洋人乘过年偷袭厦门，娃子们出队，我当先锋！"正巧闽浙总督杨昌濬过来拜年，从旁劝阻道："洋人怕中堂，自然不来，中堂可以不去。"左宗棠不干，他说："这句话哪里可靠？往昔我以四品京堂攻打浙江长毛，并非他们怕我才溃败。还是要打，怕是打出来的！"杨昌濬仍不停地挡驾，左宗棠老泪纵横，大声叫道："杨石泉（杨昌濬字石泉）竟不是罗罗山（罗泽南号罗山，战死疆场的湘军名将）的门人！"将军穆图善也过来拜年。左右通报将军到了府中，左宗棠怒喝一声："穆将军他来干什么？他在甘肃害死我的部下刘寿卿（刘松山字寿卿，湘军名将），我还有好多部下给他暗害！"他一边痛骂，一边泪流满襟。杨昌濬急忙解释："中堂在此是元帅，宜雍容坐镇；就算要去打洋人，也应当是将军、总督打头阵。"左宗棠说："你们两人已是大官！你们两人去得，我也去得，还是我去！"杨昌濬继续劝阻："我们固是大官，但不如中堂关系大局和全局。"左宗棠好一阵没吱声，然后语气稍稍和缓，对杨昌濬说："既然如此，那你们两人也不必去，命令各位统领去；各位统领不得一人不去！"此前，洋人侦察厦门至福州一带无重兵把守，想乘虚而入，在春节这天用大队兵船袭击厦门，然而他们在途中用望远镜望见厦门沿海的各个山头全都是左宗棠的军队严阵以待，立刻转舵，互相提醒："中国的左宗棠厉害，不可贸然进犯！"

中法战争前，左宗棠上书总理各国事务衙门，力主迎战："外人反复无常，得步进步，是其惯技。似非示武，不足以杜彼蚕食之谋，而纾吾剥肤之急！"中法战争时，尽管冯子材将军取得了镇南关大捷，但由于清军海战失利，军费缺口增大，最终以一纸和约收场。左宗棠从邸报上看到《中法新约》的详细条文，极其悲愤，顿时恶气攻心，呕血晕倒。在病榻上，他仍大声疾呼："出队，出队，我还要打！这个天下他们久不要，我从南边打到北边。我要打，皇帝没奈何！"

光绪十一年（1885）七月廿七日，左宗棠病逝于福州，遗折云："伏念臣以一介书生，蒙文宗显皇帝特达之知，屡奉三朝，累承重寄，内参枢密，外总师干，虽马革裹尸，亦复何恨！而越事和战，中国强弱一大关键也。臣督师南下，迄未大伸挞伐，张我国威，怀恨生平，不能瞑目！……方今西域初安，东洋思逞，欧洲各国，环视眈眈。若不并力补牢，先期求艾，再有衅隙，愈弱愈甚，振奋愈难，虽欲求之今日而不可得。伏愿皇太后、皇上于诸臣中海军之议，速赐乾断。凡铁路、矿务、船炮各政，及早举行，以策富强之效。"可惜左公的愿望落空了，他去世后，清朝国势江河日下，再无起色。试问，甲午战争的惨败、戊戌六君子的惨死和《辛丑条约》的惨赔，哪一桩能够告慰左公的在天之灵？

杀人手段救人心

在晚清的残晖余霭中，曾涌现出一大批光灿夺目的人物，乱世和末世的好处已经和盘托出，全在这儿：用武之地骤然放大了，风虎云龙乘时际会，少受许多委身草泽的憋屈。依我看，"国家不幸诗家幸"的说法固然不谬，但还有稍可完善的地方，变更一字，将它修改成"国家不幸兵家幸"，方才百分之百地敲准了鼓点。

晚清湘军那一拨子中兴将帅，无不是百战成功，百战成名，只要能爬出死人堆，挣回一口长气，最起码，也能博得四品以上的顶戴。想想吧，也真够神奇的，一群不娴舟马的文弱书生，跟着全然不习战阵的曾大帅，捣腾数年，就在江南飙起一股股腥风，泼下一阵阵血雨，直把那位金田起义时发誓要"手握乾坤杀伐权，斩邪留正解民悬"的洪教主逼得在深宫自缢也难，自裁也难，投水也难，投火也难，最后，总算咬紧五十岁的牙关，仰起天王级的脖子，将一小杯平日只舍得给别人抿上一口两口的鸠酒喝个精空。在一个根深蒂固的专制国家，仕途与利途是并联的两条"高速公路"，晚清湘军那一拨子中兴将帅，无不暴兴暴发，大富大贵，成就感非比寻常。

在乱世中，文士投笔从戎，冒死犯难，所为何来？说得好听些，是要解国危，苏民困；说得难听些，各自内心都揣着炽如火、沸如油的私念，升官发财才是第一目标。他们怀揣着一明一暗的两种愿望倒也在情在理，总之是风险投资，风险愈大，回报愈高。"人不为己，天诛地灭"，私底下众口一词这么说，说了几千年，早已说得顺嘴滑舌，字正腔圆。当年那些提拎着脑袋，孤注一掷赌前程的湘军将领，谋大权，图大钱，就算想疯了，也无可厚非。

总有些例外的人、例外的事，这旷荡冷寂的世间才显出若干热辣辣的趣味来。试想，大家求仁得仁，求义得义，求官得官，求财得财，仁与义容或有猫腻，官与财却货真而价实。按理说，这回无论是谁都该喜出望外，可是有一人，雪帅彭玉麟，偏要拗着劲自订"三不"原则："不受官，不私财，不要命。"这不是存心往大伙儿喉咙里塞根大鱼刺吗？从古至今，强梁之辈的人生哲学，虽可以省略掉"良知"和"道义"，却删除不了"权力"这个核心词语，做强梁的快意之处，尽在二字当中。难怪有人百思不得其解，彭玉麟够威够力，为何他非要别调别弦？倘若质疑者肯换一副眼光和胸襟去打量，又会如何？噢，的确大不一样。"不受官"，居然说得过去，脱了逢迎拍马的奴籍，做隐士，野鹤闲云，保全素心，好不自在。"不私财"，也说得过去，免了为富不仁的嫌疑，住茅庐，嚼菜根，喝稀粥，淡泊自守，得其所哉。可是彭玉麟意犹未尽，还额外搭上一条"不要命"，这就令大家雾水满头，丢开富贵也就罢了，干吗不好好地活着，非要去当烈士？这个疑团摆在眼前，绝非三言两语可以解开。

晚清奇士阎敬铭不乐意做官，他曾在回复山东宁海知州张朝玮的信中说："笔墨也可作生涯，何必向纱帽中讨生活。弟万分不肖，不能效古圣贤之出处，何难效并世而生之彭雪琴！"阎敬铭认为彭雪琴"不受官"固然高尚，但并非不可效法和超越，其自负之意溢于言表。光绪八年（1882），朝廷欲起用赋闲在家的阎敬铭为户部尚书，张之洞时任山西巡抚，他一向尊重和佩服阎敬铭，称之为师，这次也担心阎敬铭坚辞不就，特意写信劝驾："闻公平日尝有言，谓彭雪琴尚能孤行己意，坚不任职，岂我遽出其下。果尔，则又过矣。彭公所为，以之厉俗则可，以为蹈道则不可，有识之士不无遗议焉。彭公是奇男子，明公是古大臣，畸行之与纯忠，恐难一致而语。"张之洞的这段文字摆明了是抑彭扬阎。张之洞评定彭玉麟履行"三不"原则是"畸行"，畸行是脱俗、非凡的行为，可谓明褒而暗贬。《文子·道原》说："矜伪以惑世，畸行以迷众，圣人不以为世俗。"这话倒是有几分在理，儒家并不赞赏离群脱俗，特立独行。所谓"遗议"，比张之洞的评价低出一大截的也有：温和一点的，认为彭玉麟善于"矫情"；刻薄一点的呢，则怀疑彭玉麟精于"作伪"。好在订立"三不"原则的人终生恪守，"畸行"也好，"矫情""作伪"也罢，彭玉麟都用实打实的行动作出了响亮的回答。

一、投笔从戎

有的名言深藏玄机，比如"英雄不问出身"，细思极恐，其中藏有忌讳，超级猛人朱元璋（他是否英雄，姑且不论），出身不清不白，你若问得他烦了，恼了，恨了，轻则砍你一刀，重则灭你三族。彭玉麟还不至于这样吧。他家世寒素，父亲彭鸣九当过合肥梁园镇巡检，大约是个七品的武官，李瀚章（李鸿章的哥哥）是安徽合肥人，巡抚湖南时，特意为彭鸣九作传，"推为皖中循吏之最"，评价不低。这就不奇怪了，彭鸣九廉介明干，积攒了足够好的名声，却宦囊如洗，没能积攒足够多的金银。父亲病逝后，彭玉麟在故乡衡阳查江何隆甸度过了愁惨的少年时代，住茅椽，忍饥饿，犹自可，还有更令人难堪的，孤儿寡母遭受族中恶棍的欺凌，仅有的一点薄产也被侵吞，弱小的弟弟被人推挤，险些溺亡于附近的河中。某日，母亲王夫人泪流满面，把两个儿子彭玉麟和彭玉麒叫到跟前，对他们说："老是受欺受压的，这地方没法长住下去。你们尚未成年，还是远出避祸吧。记着，从今以后，你们要自强自立，等哪天有了出息，再来见我！"慈母泪落，滴滴伤情，那是揪心的深悲啊，令彭氏兄弟心血如沸。

母命难违，彭玉麒十三岁，跟人去跑远水生意，长期音信杳然。彭玉麟十六岁，就读于衡阳城中的石鼓书院，叩问经义，钻研诗书，颖悟是不用说了，精勤是不用说了，更难得的是他"缊袍敝冠，介然自守。……未尝有饥寒之叹"。不叹饥寒，并不意味着可以无视饥寒，没过多久，彭玉麟投笔从戎，在军营担任"稿公"（文书的谑称），职位卑微，但好歹有一份薄饷，可以赡养母亲，甭提他有多开心了。彭玉麟为人纯孝，妻子邹氏早年侍奉婆母汤药不够周至，其后就再难得到夫妻间的鱼水之欢，这惩罚真够重的。

二十岁后，彭玉麟的运气转好。衡阳知府高人鉴素以伯乐自许，某日，他到军营拜访协镇，看到案头摆放着一份文书，字体非颜非欧，气格亦豪亦秀，他询问协镇这份文书出自何人之手。协镇说作者是彭玉麟。高知府激赏道："此字体甚奇，当大贵，且有功名。"彭玉麟能够得到知府的青睐，执礼为其门下弟子，人生路走起来就顺坦得多了。他撰成一副楹联，"绝少五千挂腹撑肠书卷；只余一副忠君爱国心肝"，气节自见，高知府对他更加高看一眼。

彭玉麟的科场身份止于秀才，离举人尚差一大截，更别说进士。八股文，害死人，他闪得开身，是因为时势与英雄两造之际，双手把握住了奇妙的机会，这机会与其说是小气的清王朝给的，还不如说是大方的太平军给的。

彭玉麟平生第一仗，并非对付金田洪教主，而是对付新宁的李沅发，此人纠集瑶民，攻破城步，杀害县官，一场小打小闹，仅此而已，自然不堪一击。作为随军文案，彭玉麟立了功，却不愿接受蓝翎顶戴。那时，书生多自重，视武职如敝屣。他宁愿离开军队，去耒阳帮助富户杨江掌管当铺的银钱出入，屈大才为小用。真有他的，"为人司出纳，视其财如已有，放散无所顾虑"。后来，那些短见浅识的人总算明白，赈贫济困，好处多多，当地一场大动乱，处处杀人放火，唯独杨家当铺靠口碑脱祸，奇迹般地幸存下来。

咸丰三年（1853），曾国藩于衡阳、湘潭之间练勇治兵，博求奇才异能之士，有人推荐彭玉麟素具胆略，是上等将才。当时，彭玉麟正居母丧，不想出去折腾，恰巧曾国藩正在服丧期内墨绖从戎，他以自身经历为例，对彭玉麟说："乡里藉藉，父子且不相保，能长守丘墓乎？"这话在理，彭玉麟听了大为感奋，遂决意为湘军效劳。

二、授官必辞

晚清名士王闿运撰《诰授光禄大夫太子少保兵部尚书详勇巴图鲁世袭一等轻车都尉钦差巡视长江水师赠太子太保衡阳彭公年七十有五行状》，题目死长，官衔老多，但有趣的是，这篇行状所称赞的"衡阳彭公"彭玉麟有一种举世罕见的特质，那就是"授官必辞"。请看行状中的这处点睛之笔：

> 自此三十八年，诸将帅或官或罢，或先亡逝，唯公旦夕军中，未尝一日息，亦未尝一日官也。

"三十八年"是如何算法？彭玉麟于咸丰二年（1852）从军，于光绪十六年（1890）病逝，共计三十八年。

"未尝一日息"不难理解，具体到了什么程度？好奇的人还是想知道的。据《能静居日记》同治六年（1867）八月十六日所记，赵烈文回访彭玉麟，两人久谈。"彭患血症及气虚，上息颇委顿，大非往日之态，坐三板战船夹帐，暴赤日中，酷暑殊甚。余劝之将息，彭曰：'天下方多故，恒恐一息便安，顺流之势不可复挽。余统水师十五年，未尝陆处，今虽疲，要有一死耳。人欲可畏，滩溜中不敢不勉强力争，庶免破舟失楫之患。'"赵烈文多方劝导，希望彭玉麟"保身蓄德，期以济世"，并且批评他"以恙躯无大故而暴之炎日中"非自处之道，有违"圣人慎疾，大贤不立于岩墙之下"的明训。"彭逊谢，言行间一卒，不足轻重，君何过爱"，赵烈文闻言，"不觉怆然，闵默良久，归途殊不怡"。

"未尝一日官"尤其令人犯嘀咕。谁粗粗扫一眼彭玉麟的履历表，都能看到，上面依次有湘军水师统领、安徽巡抚、兵部侍郎、两江总督、兵部尚书，官职越到后来越大，就连国防部长的职务都赫然在列，作者却偏要说彭玉麟"未尝一日官"，这是为何？依我看，王闿运的意思可分两层：其一，彭玉麟辞官是出了名的坚决；其二，彭玉麟身上无官气，无官样，在民间从不耍高官的威风。

当年，朝野间流行一句话："彭玉麟拼命辞官，李鸿章拼命做官。"除开湘军水师统领一职外，其他数项官职，安徽巡抚、漕运总督、两江总督、兵部尚书，虽然是显赫的一品、二品大员，别人求之不得，彭玉麟却弃之如烫手的山芋，辞之再四。

咸丰十一年，朝廷接受两江总督曾国藩的举荐，诏授彭玉麟为安徽巡抚，他上疏固辞不就："久居战舰，草衣短笠，日与水勇、舵工驰逐于巨风恶浪之中。一旦身膺疆寄，进退百僚，问钱谷不知，问刑名不知，勉强负荷，贻误国家。……从军八年，专带水师，弃舟而陆，无一旅一将供其指挥，仓促招募，必致偾事。"他说的句句都是实话，毫无矫情的成分。

江南全境收复后，彭玉麟不肯贪位、恋权、忘亲，而要解甲归田，为慈母守丧终制，这个请求合情合理。他在奏折中自陈："臣墨绖从戎，创立水师，治军十余年，未尝营一瓦之覆，一亩之殖；受伤积劳，未尝请一日之假；终年风涛矢石之中，未尝移居岸上求一日之安。……臣之从戎，志灭贼也，贼已灭而不归，近于贪位；长江既设提镇，臣犹在军，近于恋权；改易初心，贪恋权位，则前此辞官，疑是作伪……"朝廷多方慰留，无奈彭公去意已决。

同治三年（1864）夏，湘军攻克江宁（南京），曾国藩、曾国荃兄弟因战功卓著，膺朝廷懋赏，一个得封侯爵，一个得封伯爵，彭玉麟驰书道贺，并且重申前约，欲解甲归田。农历七月二十五日，曾国藩回信，邀彭玉麟至安庆把晤。信中说："阁下志抗浮云，敝屣轩冕，十年前已深知雅尚。待大局初定，长江水师位置就绪，即听阁下长揖还山，并将范少伯之高风代为详奏，断不强为羁留，致负宿约。"然而曾大帅肯放人，朝廷却不肯放人，像彭玉麟这么能干的文武全才，朝廷既要重赏，也要重用。

同治四年（1865）二月，朝廷任命彭玉麟署理漕运总督。漕运，即水上运输，漕运总督掌管南北数省与京城之间的水运事务，既有兵权，又有利权，是首屈一指的肥缺，许多人梦寐以求，却无法挨边，彭玉麟居然照辞不误，理由很简单：他不懂漕政，再加上性情褊急，很难与各方协调。这道辞去漕运总督的奏折中有一句实诚话，"臣以寒士来，愿以寒士归也"，令人印象深刻。

在古代，官员获朝廷重寄，谦让原是通行的表面文章，这套标准动作只需一道奏折全部做完，朝廷坚持成命，身膺重寄的高官服从组织安排，走马上任，就心安理得了。倘若弄假成真，非辞职不可，难免有不识抬举之嫌，徒惹上峰不悦。彭玉麟辞官不是虚晃一枪，而是真心实意，态度相当执拗。朝廷感到困惑，同级官员也难以理解，甚至有人建议朝廷将他严厉处分。关键时刻，仍是曾国藩出面，向朝廷呈递《彭玉麟辞漕督任片》，认真解释："……查彭玉麟自咸丰三年初入臣营，坚与臣约，不愿服官。嗣后屡经奏保，无不力辞，每除一官，即具禀固请开缺。……咸丰十一年，擢任安徽巡抚，三次疏辞，臣亦代为陈情一次，仰邀圣慈允准。此次钦奉恩旨署理漕运总督。该侍郎闻命悚惶，专折沥陈。……顷来金陵，具述积疾之深，再申开缺之请，臣相处日久，知其勇于大义，淡于浮荣，不愿仕宦，系出至诚，未便强为阻止。且该侍郎久领水师，本于陆师不甚谙习。而失血旧病，亦不宜更膺重任。可否仰恳天恩，俯准另行简员署理漕运总督，免致彭玉麟再四固辞，贻误清淮、广东两处防务。出自圣裁。"既然辞职的理由如此充分，朝廷也就乐得体恤功臣。

曾国藩在奏折中所陈述的事实，与同治四年（1865）六月十四日他回复彭玉麟的书信相互印证，更为具体。"顷奉安庆惠书，知阁下积年辛苦，迥异他人。在舢板小艇之中，受风霜烈日，虽金石亦将刓敝，而况血肉之躯乎！故近年力劝改住屋宇，无再以船为家，盖深虑病之一发而难支也。此次病虽在标，然非禀赋素厚，何能禁此风波！务祈即在皖城觅一精洁之室，安居调养，万不可再周旋于孤舟风涛之中，至嘱至嘱！”彭玉麟长期住在船上，与水师官兵同甘共苦。他患有咯血症，病情不稳，上岸居住为宜，所以曾国藩在信中劝雪帅暂离风涛，在安庆城内找一所好房子，安心调养。由此可见，彭玉麟辞官，主观和客观两方面都有原因。

同治十一年（1872），朝廷为彭玉麟“设例外之例”，别置长江巡阅使一职，“有事而非差，无官而有禄”，对他的器重非同寻常。光绪二年（1876），左宗棠在酒泉回复彭玉麟的来信，既赞且羡：“求如公之独往独来，于露冕中见打包本相，千古更几人也！”

彭玉麟为人俭朴随和，对位卑者能免去官礼，平等相待，“生平治军严而不倨”。他能折节下士，乐意与他们结布衣昆弟之好，尤其喜欢跟墨客骚人相往还，当世称之为高雅。他跟大名士王闿运交情至笃，晚年退居衡阳查江，王闿运专程去拜访他，盘桓多日。彭玉麟暮岁主持抗法战事，王闿运致书冰案，道是“头白天涯，两心犹照，不减元白神交也”。部长大人退息故里，不住华屋广厦，而是“于府城东岸作草楼三重自居”，灌园种树，怡然自得，王闿运平生从不轻易推许时人，但他对彭玉麟赞誉独多。

部长级的高官，在清朝，所领俸禄颇为丰厚，朝廷意在高薪养廉。彭玉麟生性不爱浮华，自奉甚俭，平日“布衣蔬食，曲肱而枕之，乐亦在其中矣”。他不是守财奴，几千几万两的俸银和赏银，随手而尽，一部分用于周济穷困的亲友，赠予凯旋的部下；另一部分则用于赞助公益事业。光是独资改建船山书院一项，彭玉麟就出银一万二千两。此外，助建衡清试馆，出银一万两；助建育婴堂，出银二千两；助修《衡阳县志》，出银五千两。雪帅舍得花钱，他多财善贾的弟弟彭玉麒也舍得花钱，兄弟俩一生散银近百万两，多半花在公益事业的“刀刃”上。彭玉麟不喜欢密结朝中强援，所以那些高居庙堂之上的大佬想得到他一封书信和十两赙银都难上加难。

别人想当官，不得其门而入，彭玉麟却连兵部尚书那样高的官职都要辞掉，辞一次无效，就连辞数次，不达目的，誓不罢休。晚清名家盛昱一向以清正睿智著称于朝野，竟然也怀疑彭玉麟授官必辞是“抗诏鸣高”，结果落下“浅测”之讥，老大无趣。彭玉麟重职分而不重职位，他不恋栈，不贪钱，在以污浊为主调的官场，这确实很不简单，很不容易。

三、兵家梅花最关情

彭玉麟字雪琴，部属和友人都喜欢称呼他为"雪帅"。倘若你将这位赫赫有名的湘军水师统领视为粗莽武夫，那就大错特错了。

鄱阳湖滨有两座山，一座是彭郎山，另一座是小姑山。当地有一句"小姑嫁彭郎"的歌谣，可见两山之间关系亲密。雪帅指挥湘军水师击破敌军于小姑山，一时诗兴大发，其中妙句为"十万军声齐奏凯，彭郎夺得小姑回"，若单从字面上看，读者还以为彭玉麟是在带头抢亲，抱得美人归。名将风致，由此可见一斑。雪帅赋诗，精气神丰沛，诸君若有疑，请看其佳作《宿莫愁湖上》："石涧泉声瀑布流，万竿修竹拥僧楼。我来睡入云窝里，晓起推窗白满头。"末后两句想象奇诡，饶有趣味。他还是丹青高手，兰入妙品，梅称一绝，所至挥笔泼墨，无不兴致勃勃，老干虬枝，全树满花，其中最特别者，仿佛霜刃之上血珠未冷，凛凛然秉杀气如虹，人称其神作为"兵家梅花"。"海内传者过万本，藏于箧者，一牛车不能载。"如此，足见其雅兴之高，妙笔之勤。

说到雪帅画梅花，有一段轶事被人艳称不绝。年轻时，雪帅玉树临风，俊雅风流，卜居衡阳城中，邻家有女姓方名梅仙，明眸善睐，风姿绰约，是位大美人。梅仙爱慕雪帅的才华人品，托媒致意，甘愿委身相从，长奉箕帚。雪帅至情至性，也渴望迎娶梅仙为妻。只不过当时雪帅家徒四壁，与老母、幼弟相依为命，生计艰难，这桩喜事只得稍事延宕，以图来日下聘。然而天公却不肯成人之美，正当妙龄，梅仙病逝。"前机多为因循误，后悔皆以决断迟"，奈何！奈何！雪帅伤心，遂匾其庐为"梅雪山房"，发誓在有生之年为梅仙画梅一万本，报答厚爱。如此情深义重的男儿，世间倒真是少见难得。后来，雪帅对妻子邹氏颇为冷淡，邹氏侍奉婆母不周固然为重要外因，梅仙的倩影一直萦回于雪帅的心心念念，积郁而为无隙可乘的至爱情怀，则为主要内因。

清末小说家李伯元曾质疑这段轶事的真实性。他言之凿凿地说，彭妻名梅，因与彭母不洽而大归（女人被丈夫休弃，回娘家后不再重返夫家），抑郁而亡，彭知之大痛，遂决意终身不娶。怎么看着就像是陆游与唐婉婚姻悲剧的翻版呢？又是"东风恶，西风薄"？又是"错错错""莫莫莫"？李伯元还说：

"画梅之故，所以报其铁骨冰心也。"小说家的笔下难免掺入杜撰的成分，未可深信。彭玉麟娶邹氏为妻的事实见于许多可以传信的记载，不容忽略，李伯元却故意将它过滤了。

此外，这个故事还有第三个版本，源自刘禺生《世载堂杂忆》，其可信度略高：

> 彭雪琴孤贫时，梅香独识其为非常人，执巾进茗，磨墨拂纸，以不能约婚为恨。及其稍贵，梅已适人有子矣，因往来为太夫人义女。邀其夫俱从军，为保叙副将。梅家日用所需，纤悉为之经营。江南石炭，由衡州运载梅家，必由江南战船送衡（阳），他可知矣。如是者三十余年，情好弥至。一日，梅在西湖搜得一函，知其在杭别有所眷，取其书径归。雪琴徒步追数里，索以还，自是不甚相见。雪琴死，梅来吊，痛哭哀极，几欲殉身，知者皆谓梅不负彭也。

刘成禺字禺生，是清末民初的掌故大家，他提供的这个版本较为详尽。其一，彭玉麟所钟爱的女子名叫梅香，不是梅，也不是梅仙；其二，梅香嫁给别人后，才成为彭雪麟的义妹；其三，彭玉麟照顾梅香，为她丈夫谋得军职；其四，梅香在杭州发现彭玉麟心中另有眷念的美人，醋意大发，拿走情书，彭玉麟步行数里将它索回；其五，彭玉麟去世后，梅香虽老，仍亲临吊唁，差一点殉情而死。综合起来看，他们的爱情虽然不无波折和隔膜，却至死犹存。

这三个版本，哪一个才是正版？已经难以断定，考证也不易着手。雪帅为心爱的女子终生画梅，则绝无可疑，由此可见他的铁骨柔情根深蒂固，不是什么"真人秀"。

我们细赏彭玉麟所画的梅花，不难看出他所抱注的冰雪襟抱绝非简单一律，至少具备三种寄托：一是寄情，"三生石上因缘在，结得梅花当蹇修"。"蹇修"即媒人。无疑，情之所寄，情之所关，那位邻家小妹是他心头飘瞥不栖的惊鸿；二是托志，"无补时艰深愧我，一腔心事托梅花"。此处的梅花专指那些"兵家梅花"，平定天下之志尽寓其中；三是遣兴，"颓然一醉狂无赖，乱写梅花十万枝"。于狂放一端，雪帅岂肯让人拍马争先？他孤行己意，诗酒风流，原属才子本色。

在《南亭笔记》中，李伯元还记载了一桩轶事：彭玉麟画梅愈多，身价愈重，其作品出手，即为世人所珍藏。军中有一员哨弁，平日也能描画几笔，于是他打定馊主意，与两位书案合谋，假冒雪帅之名画梅，偷盖其名章和闲章，赚取松活的外快。日子一长，事情败露，雪帅怒不可遏，将哨弁和两位同谋就地正法，以如此凌厉的手段处理版权纠纷，可谓古今稀见，中西罕闻。事后，外界哄传彭玉麟视纸上梅花比泰山更重，视世上人命比草芥更轻，令人惊诧。这桩轶事的可信度如何？今时今日已难以断定。

四、霹雳手段，菩萨心肠

画梅也好，写诗也罢，都只是彭玉麟的余技和小技，他的奇技和绝技究竟是什么？

问得好，我若说出来，只怕会吓你一大跳。他的奇技和绝技是杀人！

王闿运的《诰授光禄大夫太子少保兵部尚书详勇巴图鲁世袭一等轻车都尉钦差巡视长江水师赠太子太保衡阳彭公年七十有五行状》称赞雪帅年轻时"辞气清雅，风采秀隽"，易宗夔的《新世说》描写中年的雪帅，绘声绘色，"貌清癯如闲云野鹤，出语声细微至不可辨。然每盛怒，则见之者不寒而栗"。易宗夔还以简约的笔墨描写了晚年的雪帅，"恂恂儒者，和气蔼然"。这就对了，他并无鳄鱼之吻、蝮蛇之心，也不是什么凶神恶煞。但令人费解的是，一位儒将干什么不好，偏要杀人，其好生之德何在？

雪帅杀人，首先在战场上。大将挥师征伐，杀人如麻从来就不是什么咄咄怪事。曾国藩的奏折中有这样的赞誉："附生彭玉麟，书生从戎，胆气过于宿将，激昂慷慨，有烈士风。"湘军水师初建时，彭玉麟就是营官，因屡建奇勋，升为水师统领。当年，湘军水师的船只共有三种类型：快蟹、长龙和三板。快蟹是快船，长龙是大船，三板是轻便的小船。水战的危险远远超过陆战，箭矢、刀枪、炮火、风浪，样样夺命，无所不可以死。汉阳之战，雪帅的长龙被炮弹击沉，他坠入江中，后面的三板赶紧来救，却拽不动他，原来是水下有人死死抱住他的双腿不放，三板上的军士大喊大叫："快放手，你抱的是统领大人！"雪帅呛了水，并不恼怒，对手下说："这时候他只顾自家性命，哪管什么统领不统领！"双双获救之后，才发现那人是同船的司舵，雪帅连笑带骂："早知道是这只猴子，我拎着你的头发扔十丈外去！"生死之际，他仍能从容谈笑，真是胆色超群。雪帅的船头插着一面小红旗，平时巡视各处，往来如风，若遇着营中有人赌钱、打架、抽鸦片，违令者可就倒霉了，不是脑袋落地，就是屁股开花。战时督战，红旗所到之处，将士无不奋勇杀敌。雪帅下定决心，要将湘军水师十八营合成一支纪律严明的劲旅，不树"杀威"怎么行？

咸丰年间，湘军陆战的胜率不足六成，堪称神勇的大将罗泽南和李续宾相继战死，塔齐布也因坚城不下在营中愤而吐血身亡；水战的胜率将近七成，这样高的胜率，不可能侥幸取得。雪帅身经百战，激烈的鏖战有湘潭之役、汉阳之役、田镇之役、湖口之役、安庆之役、芜湖之役、九洑洲之役，他无役不从。雪帅治军以勇气为高，湘军水师进攻梅家洲，太平军以巨炮防守，湘军初战不利，十多艘兵船受损，雪帅愤言："此险不破，万不令将士独死，亦不使怯者独生！"雪帅指挥作战，挺立船头，身先士卒，在枪林弹雨中，简直就是天神一般的存在。他几度陷入包围圈，负伤不下火线，每次都能杀出一条血路。

一将功成万骨枯，将军在战场上杀业深重，论其是非，难作定评。雪帅血战江南，究竟杀掉了多少人？大抵是不计其数。单是九洑洲一役，湘军水师就歼灭掉太平军劲卒一万余名。但从未有谁像指斥曾国荃那样，指斥他为"屠伯"。曾国荃所统领的吉字营攻破安庆城，一次性诱杀弃械投降的太平军将士近两万人，这激起了雪帅强烈的愤慨。后来，曾国荃竭力攻破江宁，再次疯狂屠城。雪帅忍无可忍，致函曾国藩，力请后者大义灭亲。曾国藩收到这封义正词严的来信，心里肯定打翻了五味瓶，有说不出的滋味。再怎么着，他也得回护自家那位嗜杀成性的九弟啊，何况杀俘、杀降和屠城都是战争中不可避免的产物，甚至是受情势所迫，不得不然。回信时，曾国藩大动肝火："阁下于十一年冬间及此次皆劝鄙人大义灭亲。舍弟并无管、蔡叛逆之迹，不知何以应诛，不知舍弟何处开罪，阁下憾之若是？来示谓国荃将兵则紊乱，鄙人在军十年，自问聋聩不至于此。舍弟之贤否，吉中营之好歹，鄙心亦自泾渭分明，亦自能访察。外间之议论，痛诋吉中营者，阁下为最；此外官绅商民，水陆各军，有贬吉中者，亦有褒吉中者。若如阁下之所诋，则安庆、金陵之绅民必痛憾吉中营入骨髓矣。"很显然，曾国藩恼怒了。彭玉麟与曾国荃不睦，与曾国藩也险些凶终隙末。其实，彭玉麟狠批曾国荃杀降和屠城，这与私交如何毫无关系，但充分说明，雪帅杀人，自有原则和分寸，屠杀手无寸铁的俘虏、降卒和平民，这样的残忍事他是干不出来的。

雪帅杀人，其次在官场中。湘军于同治五年（1866）完成裁撤的任务后，雪帅不愿做官，遂在同治八年（1869）以兵部侍郎退居衡阳查江老家。同治十一年（1872），朝廷表彰雪帅的盖世勋绩，任命他为首任长江巡阅使，每年巡视长江水师一次，"得专杀戮，先斩后奏"，实为钦差大臣，比旧戏中八府巡按的权力还要大。十余年间，他尽忠职守，处决了许多不法之徒，一时间，被沿江百姓视为保佑平安、伸张正义的"江神"。

雪帅铁面无私，真能做到大义灭亲，他有位外甥在其辖区内任知府，由于贻误军机，他二话不说，下令处斩。为此，他撰写挽甥联一副："定论盖棺，总系才名害马谡；灭亲执法，自挥老泪哭羊昙。"羊昙是东晋宰相谢安的外甥。此联大有白头人哭黑头人之慨，但哭归哭，痛归痛，法不容情，毫无商量。

李鸿章的堂侄李秋升横行合肥，夺人财物，霸人妻女，地方官睁一只眼、闭一只眼，不敢过问。可是他的运气还是差了一丁点，偏偏撞在雪帅的刀口上，直撞得身首分离。雪帅查得实情，不动声色，他邀李家恶少上巡江船"聊聊天"，后者向来胆肥，并未察觉此行有何不妥。见了面，叙过礼，雪帅的语气颇为温和："听说，有人状告你霸占民妻，真有这回事吗？"李秋升有恃无恐，油嘴滑舌地说："这种事都不算什么事，还劳彭伯问起。"雪帅闻言勃然大怒，下令痛加鞭笞，那条吃肉不吐渣的皮鞭直把李家恶少抽得一佛出世、二佛生天。安徽巡抚闻讯，风疾火燎地赶来求情，雪帅开栅迎接，密令手下速将李秋升斩首。巡抚还在字斟句酌，恶少业已命赴黄泉。事后，雪帅致书李鸿章，语气轻描淡写："令侄坏公家声，想亦公所憾也，吾已为公处置讫矣。"他给了李鸿章台阶下，后者心里恨得牙龈又痛又痒，还得回信道谢！

长江两岸恣意枉法、鱼肉百姓的军官，稍不留神，即成雪帅刀下之鬼。安庆候补副将（相当于旅长）胡开泰召娼杀妻，雪帅最痛恨此等烂糟货色，一刀就切了这家伙的狗头；湖北总兵衔副将（相当于副师长）谭祖纶诱劫朋友张清胜的发妻刘氏，还杀人灭口。谭祖纶的苞苴之术相当了得，州、县官员与之沆瀣一气，连湖广总督都暗中袒护他。雪帅趁湖广总督监临乡闱，出其不意，果断切下谭祖纶的狗头以正军法，令一军大惊，也令江岸上数万名围观的老百姓拍手称快。此外，一些衙署的贪官和关卡的悍吏，也都入选了他快刀切瓜的名单。平日里雪帅不穿官服，芒鞋草帽，素巾布袍，既不鸣锣，也不开道，更不扰民，各处的官吏听说雪帅驾到，都不知该如何款待和迎接，人人惴栗不安，心惊胆战，彼此朝夕提醒："彭宫保到了！"言外之意是：各安本分，免生事端，夹起尾巴，好好做人，要不然，吃饭的家伙可就难保了！

易宗夔著《新世说》，记彭玉麟轶事较多，其中一则描写尤其工致，如见其人，如闻其声。"彭雪琴力崇俭朴，偶微服出，布衣草履，状如村夫子。巡阅长江时，每赴营官处，营官急将厅事陈设之古玩，及华焕之铺陈，一律撤去，始敢迎入。副将某以千金购玉钟，闻公至，捧而趋，砰然坠地。公见之，微笑曰：'惜哉！'副将悚伏，不敢仰视。尝饭友人处，见珍馐，辄蹙额，终席不下箸，唯嗜辣椒及豆酱。有人谒之于西湖退省庵，公衣茧绸袍，加羊皮外褂，已裂数处，冠缨作黄色。室中除笔砚外，唯竹簏二事。久之，命饭，园蔬数种，中置肉一盘而已。"一品大员如此艰苦朴素，雪帅之不怒而威，不令而行，也就容易理解了。

专制国家以法治为名，行人治之实，有彭玉麟这样专切坏瓜的长江巡阅使，千里清靖，百姓得福。倘若换个贪鄙者弄权，后果就不堪设想了。

雪帅有一副传世名联，令人津津乐道，上联是"烈士肝肠名士胆"，下联是"杀人手段救人心"。联语中显然含有大乘佛谛："菩萨心肠，霹雳手段。"倘若杀了一人，能救众人，则"杀机沸天地，仁爱在其中"，是无可指责的菩萨行。无独有偶，湘军名将王鑫也曾撰写一联："行道无违，积德莫非积福；杀人而当，大悲亦是大慈。"两副对联的意思如合符契。北宋政治家范仲淹任参知政事时，每次看到州、县官吏贪墨污渎，即将其人的名字用笔勾去，僚友富弼宅心仁厚，为之扼腕叹息："又该有一家人要哭啦。"范仲淹当即回应："一家哭何如一路哭？"范公还算宽仁，只是将那些贪官污吏撤职查办，倘若换了武健的雪帅主持吏政，其中许多人必定身首分离。乱世用重典，以杀人为手段，以救人为职志，好是好，但此事颇有难明之处，因为几乎所有的强梁都宣称自己杀人是为了救人，甚至是为了"解放全人类"，不可能杀错，也没有杀错，真要甄别起来，谈何容易。你总不能说，任由他先四处杀人，看他杀对了，还是杀错了，再作评定吧。杀一无辜即为不义，因此说，要从执掌生杀予夺之权的强梁中找到一位义士，简直比从狼群中找一只绵羊还要难。世间有公道，有正义，全在一念之间顺转或逆转，一念可以仁，一念也可以忍，一念即可夺人性命，倘若是冤杀，一转念却不能使死者复生。悲哀的是，在晚清时期，杀人依旧被当作维护国家安全和社会稳定的戏码，不可少，也不会少。

中国古代、近代的顺民向来容易满足，只要一通喧闹的锣鼓给舞台上送来某个黑脸的"狄青天"或"包青天"，装腔作势地演唱一番，然后执法如山，杀个鸟官，铡个皇亲，看客就会积极配合，亮起嗓门，高声欢呼："真是大快人心！"回到现实生活当中，一旦自己遭遇不公不义的侵害，立刻傻眼，只能乖乖地缩起乌龟脖子，老实认命。

在专制国家，法律形同虚设，高级官员若肯洁身自好，已属难能可贵，既有胆量又有手段为百姓铲除大恶大憝的，实不多觏。如雪帅彭玉麟这样的"霹雳菩萨"，即使用快刀斩杀了一些罪不至死的角色，狠辣和残酷过头，但旨在惩恶劝善，有识之士亦不忍厚责于他。

五、晚年犹有劲节

自古迄今，数不胜数的大人先生晚节不终，彭玉麟最光辉的一笔，恰恰写在暮岁。光绪九年（1883），中法战事一触即发。彭玉麟年近古稀，住在衡阳退省庵养病，但他奉诏即行，以兵部尚书衔领钦差大臣，赴粤督师。十月初十，雪帅从衡阳启程，十一月初四抵达羊城。在《奏报赴粤部署大略折》中，他明确表态："臣一息尚存，断不敢因病推诿，遵即力疾遄征，以身报国。"嗣后，他赋组诗《续从征草》，放出豪言："得子始甘离虎穴，探珠直欲捣龙窝"，"将军报国头甘断，壮士从军胆亦雄"。

彭玉麟为何要头白临边，拣个烫手的山芋来抓，他就不怕一世英名毁于一旦？原因说来简单，却并不简单："盖公于通商约和，积愤久，每思一当敌，以死泄其怒。"这就是说，雪帅对于丧权辱国的"和议"恨之切齿，这次策马南行，已准备豁出老命，将一腔英雄热血挥洒在南疆。张之洞时任山西巡抚，在致名士张佩纶的信中，表明了自己的看法："中国重臣，只此数人，若闻何处有急，即奔命何处，是医家所谓头痛医头，兵家之大忌也。"大清帝国如同一座巨大的老宫殿，第一次鸦片战争爆发的时候是风雨飘摇，太平天国农民起义、英法联军入侵、阿古柏匪帮占领新疆、捻军横扫北方数省、陕甘回乱接踵而至的年月是火警四起。祝融氏屡次光顾老宫殿，后果可想而知。中法战争这把大火是全新的考验，彭玉麟年近古稀，病骨支离，仍要扼守南疆门户；左宗棠年过古稀，身体衰弱，还要督办福建军务。可怜两位湘籍老臣，不辞衰病，扮演的都是"救火队长"的角色。

在衡阳启程之前，彭玉麟就从全局着眼，奏调八营兵力（王永章章字四营、陶定升合字三营、王之春毅字一营）到广东布防。他抵达广州后，选在虎门大黄窖炮台驻钺，视察海疆，整顿防务，日夜焦劳，不肯向外界稍示松懈。整个中法战争期间，广东海防坚如磐石，令逡巡窥伺的法国军舰无隙可乘。此外，筹集军饷，购买军械，皆为当务之急，雪帅调动自己多年积累的人脉资源，向好友求援，向洋商告借，"巧妇作炊空妙手，征人无策遣愁哀"，这两句诗可见其艰辛。

当年，尽管刘永福统领的黑旗军鱼龙混杂，但战斗力强，在越南境内接二连三打了几次胜仗。彭玉麟瞅准这一点，认为清军应当把握稍纵即逝的战机，与其守株待兔，不如出关迎敌，与黑旗军合击法军，胜算不小，但这个大胆而又奇妙的战略构想未能得到两广总督张树声的响应。嗣后，淮军怯战，无缘无故地仓皇退兵，刘永福大受拖累，战局迅速逆转，黑旗军孤立无援，枪支弹药失去接济，只好败退关内。

中法两国交兵，于南疆的安危关系极大，军事、外交均相当棘手，两广总督张树声左支右绌，屡失战机，朝廷只好换人。光绪十年（1884）四月，张之洞临危受命，署理两广总督。张之洞是清流派的代表人物，仕途顺坦，心眼奇大，素以"经营八表"为己任。这回，他及锋而试，不敢逞能，倾尽诚悃，结交雪帅。早先他以书信致意，有"加官不拜，久骑湖上之驴；奉诏即行，誓鬺海中之鳄"的赞语，称誉雪帅为"岭外长城""中朝柱石"，感情投资颇为丰厚。

张之洞上任伊始，就同意彭玉麟的建议，重用老将冯子材，重新调整两广的攻防布局。冯子材六十六岁重新出山，果然不负众望，率领劲旅"萃军"奋力击退法国侵略者，取得镇南关、谅山大捷，这是晚清时期对外战争中一场干净利落的胜仗。正当战局顺利，前军进抵距离河内近在咫尺的屯梅时，一件令所有参战者瞠目结舌的怪事发生了，清廷"见好就止"，下令停火撤军。一幕胜方急于媾和的荒诞剧公然上演，原本可以毕其功于一役，将法军逐出越南，孰料虎头蛇尾，令将士心灰，令国人胸闷。议和派草率收场，真就能节省浩繁的军费？答案显然是否定的。列强瞅准清政府的畏怯处、软弱处，岂肯善罢甘休？一纸《天津和约》，字字仍是屈辱。

彭玉麟上书抗争，条陈"五不可和"与"五可战"，无奈把持朝政的是以和为贵的慈禧太后、李鸿章，他们已决定鸣金收兵，高挂免战牌。既然议和势在必行，彭玉麟就向朝廷提出一个十分大胆而又霸气的创议："必令偿我年余海防兵费千余万。"让战败方法国向战胜方中国赔偿战争损失一千多万两白银，这个强硬的要求，李鸿章揣在兜囊里，都没敢拿到谈判桌上去知会对方，也许他先入为主，视之为荒唐可笑的念头，自行放弃了吧。

彭玉麟不惜赔上老命，毅然出征，到头来，除了换取一腔悲愤，还招来一身疾患。在《请撤防开缺销差折》中，他写道："感受海瘴潮湿，几乎无日不病。谅山失利，得知法军将以大股于腊月底新春内犯广东，臣即亲赴虎门沙角炮台，枕戈度岁，督饬将士严阵以待，昼夜扶疾巡历海圩五门各要隘，复感风寒引动心忡，病情加剧，似中风之状。"他的诗句将真实的心境和盘托出："不许黄龙成痛饮，古今一辙使人哀"，"一腔热血倾冰海，从此归家只务农"。力主抗金的岳飞被坚持议和的皇帝、宰相合计谋杀于风波亭，力主驱法的雪帅能够解甲归田，是否应该感谢他们的不杀之恩？

王闿运为雪帅作墓志铭，知心贴肺，其中颇有悯然深惜之词："……常患咯血，乃维纵酒。孤行畸意，寓之诗画。客或过其扁舟，窥其虚榻，萧寥独旦，终身羁旅而已。不知者羡其厚福，其知者伤其薄命，由君子观之，可谓独立不惧者也。"念及雪帅头白临边，为国家抵御外寇，却因朝廷软弱而功败垂成，王闿运称雪帅"埋忧地下"，"以毕深恨"，可谓尽得死者胸臆而道之。雪帅去世时，妻与子都已先他而逝，身旁既无姬妾，也无僮仆，只有部曲官兵，不愧为天地间一条硬铮铮的汉子！除行状和墓志铭外，王闿运还为故友创作了一副挽联：

诗酒自名家，更兼勋业烂然，长增画苑梅花价；
楼船欲横海，太息英雄老矣，忍说江南血战功。

上联大扬，下联小抑，"忍说"其实是不忍说，王闿运对于彭玉麟斩杀同胞的"血战功"持有保留态度，正所谓"君子和而不同"。

在雪帅的整篇传奇中，有美人，有醇酒，有绝句，有梅花，还有寒冰样的利刃。他勇于杀人，乐于杀人，一生执着以逆向的恨意诠释正面的爱意，这种诠释是痛苦的，更是凄厉的，却不得已而为之，叫人轻易不能理解，难以明白。在悲剧年代，他的角色刚介绝伦；在邪曲年代，他的角色正直不欹。雪帅死后被谥为"刚直"，这两个字凝聚了乱世和末世里多少血泪！他特立独行，无畏无惧，难免会开罪那些因循苟且的权臣，于是，总有人诋诃他"高尚自喜""孤洁自矜"。真不知高尚和孤洁又有什么可讥诮的，世间能够以高尚和孤洁自勖自砺的人，不是太多，而是太少了，污浊的社会才因此丑态百出，不堪入目。

江海之心

晚清的"中兴名臣"，榜上有"曾左彭胡"之目："曾"是曾国藩，"左"是左宗棠，"彭"是彭玉麟，"胡"是胡林翼。四人中，曾国藩与左宗棠的大名腾于众口，播于遐方，经久而不衰；雪帅彭玉麟是能征惯战的湘军水师统领，以"兵家梅花"传世，晚年出任钦差大臣，赴粤督战，对于清朝而言，中法战争的结局算得上是体面的，中国近代史记性再怎么差，也很难淡忘这位老英雄；唯有胡林翼，当时为天下所推重，雅望之高，一世无几，只因尽瘁于国事，天不假年（去世时五十岁），功业垂成于撒手之际，可惜！可惜！晚生后辈总喜欢用势利眼看待历史人物，仿佛矮子观场，人云亦云地称赞浮出海面的"蓝鲸"，至于"水底蛟龙"，则老实对不起，他们毫无兴趣。我的好奇心比别人额外多出几点，可以毫不夸张地说，就因为多出这么几点与众不同的好奇心，就看到某些绝胜的人文风景。

一、浪子回头金不换

胡林翼（1812—1861），字咏芝，湖南益阳人，出身于家资富厚的书香门第，年少时，他身上有很重的公子哥儿习气，好为冶游，风流自喜。其父胡达源是鼎甲探花出身，智识过人，他对此子深以为忧，逼迫胡林翼攻读圣贤典籍，竟无异于赶鸭子上架，没辙，老爷子常常掀髯动怒，搬出家法来，也唬不住这黄口小儿。胡林翼自负才气过人，实践的是"人不风流枉少年"的情场理论，一时间，他根本没把那些陈言旧学放在眼里，更别说放在心上。没奈何，胡达源只好"转嫁危机"，将孽子送到好友、两江总督陶澍的幕府去，让他好好领教领教"军管"的滋味。胡达源始料不及的是，胡林翼到了江宁（南京），半点也不收敛，依然我行我素，秦淮画舫，选色征歌，兴趣更加浓得化不开。陶澍为人端肃，严禁僚属酒色荒嬉，却独独对胡林翼网开一面，还将掌上明珠毅然决然地许配给这位风流浪子。陶夫人再怎么反对也无济于事，就气呼呼地质问夫君："你看人是不是看走眼了？这胡家后生放荡不羁，怎么可以将女儿的一生幸福白白葬送掉！"陶澍捋须笑道："咏芝将来为国勤劳，没有闲暇寻欢作乐。现在他享受享受，不算太过分。"临到合卺（喝交杯酒）之夕，大家四处都找不到新郎官的影子，原来他独自跑到外面喝花酒去了，而且喝得烂醉如泥。这一回，陶夫人更加火冒三丈，埋怨陶澍神经搭错线，选择了这么个混账女婿。陶澍只好赔着笑脸劝解她，口气十分舒缓："咏芝是瑚琏之器（孔子曾如此夸奖子贡），不可小瞧，以后担当大事，保准不会胡作非为。至于他放浪形骸，你不要过分责备，他绝对会有改过之勇。"你倒是说说看吧，天底下到哪儿还能找到这样思想开明的岳父大人？

陶澍确实独具慧眼，识荦荦大才于头角未露之时，他一早就识得女婿精金美玉的真实价值。正如陶澍所料，胡林翼于道光十六年（1836）考中进士后，即革面洗心，脱胎换骨，完全摒弃了声色犬马之乐。但他还是为自己早年的荒唐（染上性病）付出了沉重的代价，婚后膝下荒凉，没有亲生子女，而且折损了寿命。

二、"左吹"一派的掌门大侠

咸丰皇帝即位后，将大部分注意力都集中在毫无起色的江南战事上。清朝的正规军（主要是绿营军）早已被年深日久的腐败掏成一具空壳，既无责任感，又无纪律性，战斗力简直孱弱到了令人咋舌的地步。如果说太平军是出柙的猛虎，绿营军就是待宰的羔羊。士兵的欠饷未发，军官的烟瘾先发，绿营军一触即溃，望风而逃，全在情理之中。咸丰皇帝指靠不上正规军，就只能指靠曾国藩新练的湘军。尽管湘军纯粹由民兵组成，但他们有朝气，有勇气，有正气，带兵者多半是读书人，具备道义情怀，视保境安民责无旁贷。湘军投入实战之后，敢打死仗，能扎硬寨，攻守表现远优于绿营军。咸丰皇帝不盲不聋，他看在眼里，记在心头，对曾国藩赞许有加，对湖南人感激不尽。他时常听到内臣、外臣奏报，湖湘俊杰之翘楚并非只有曾国藩，还有左宗棠，二者同为帅才，区别只在于：曾国藩早已发迹，左宗棠至今隐身。有人还找来更为雄辩的旁证：前朝大臣林则徐极其推重左宗棠，船过湘江，务求一见；

湘籍前贤陶澍、贺长龄、贺熙龄等人也都激赏左宗棠，誉之为国士。两江总督陶澍的遗愿之一就是与左宗棠结为儿女亲家。这类提醒的话，皇上听得多了，还能不长记性？

据《清史稿·左宗棠传》记载，咸丰皇帝询问过翰林编修郭嵩焘："若识举人左宗棠乎？何久不出也？年几何矣？过此精力已衰。汝可为书喻吾意，当及时出为吾办贼。"值此大清王朝危如累卵的敏感时点，皇帝亲口询问一位隐士、遗贤的履历，不用猜，左宗棠的前程已露出大片曙光。胡林翼获悉此事，竟忍不住放声欢呼："梦卜敻求时至矣！"

谁是"左吹"一派的掌门大侠？在胡林翼眼里，左宗棠是天生的大丈夫。说到命世奇才，除开左宗棠，他不作第二人想。我们不妨来看看胡林翼如何吹捧左宗棠，究竟狂热到了何等程度。左宗棠尚为塾师，并无惊人之举，胡林翼写信给郭嵩焘，就极力称赞左宗棠："横览七十二州，更无才出其右者。倘事经阅历，必能日进无疆。"此调之高，响遏行云，真有点吹不吹法螺由我、信不信断言由你的意味。后来，胡林翼向湖广总督程矞采举荐左宗棠，称赞好友"有异才，品学为湘中士类第一"。他向湖南巡抚张亮基举荐左宗棠，称赞好友"廉介方刚，秉性良实，忠肝义胆，与时俗迥异，其胸罗古今地图兵法，本朝国章，切实讲求，精通时务"。乍看有点夸张过度，但验于未来之事实，你就不得不佩服胡林翼的预判堪称神级表现。

胡林翼是否认真研究过《麻衣神相》《柳庄神相》《水镜神相》之类的相书？真实情况不得而知，但他鉴人的眼光极为精准，则是毋庸置疑的。年轻时，他在岳父陶澍的总督官邸中读书，初次接触江苏布政使林则徐，谈话不过半晌，即视之为当代伟人。他们的年龄相差二十余岁，由于志趣相投，结成忘年之交。日后，陶澍向朝廷举荐林则徐出任江苏巡抚，可以断定，胡林翼在岳尊面前敲过边鼓，绝非一次两次。

有世交的人未必能够做同学，做同学的人未必能够成好友，成好友的人未必能够结姻亲。胡林翼与左宗棠既是世交、同学、好友，又是姻亲，这就难怪了，论渊源之深，论友情之挚，无论是胡林翼眼中的左宗棠，还是左宗棠眼中的胡林翼，都是排名第一的真知己。胡林翼的父亲胡达源与左宗棠的父亲左观澜是岳麓书院的同窗好友，世交不虚。胡林翼与左宗棠同庚，只年长四个月，两人同为贺熙龄的入室弟子，也符合事实。左宗棠是陶澍的亲家，胡林翼是陶澍的女婿，这层姻亲关系有点错位，左宗棠的辈分高出胡林翼一级台阶。看他们的书信就好玩了，胡林翼称呼左宗棠为"丈"，左宗棠称呼胡林翼为"兄"，两人的礼数均未失毫厘。

道光二十五年（1845），胡林翼回到益阳会葬，去安化小淹探亲访友，盘桓十日，与左宗棠相处甚欢，两人白天畅谈犹未尽兴，再接着连床夜话，"纵论古今大政，以及古来圣贤、豪杰、大儒、名臣之用心行事，无所不谈，无所不合"。胡林翼与左宗棠的性格差异较大，照左宗棠的说法，他是"刚而褊"（刚直而乏包容），胡林翼是"通且介"（通达而有骨气）。左宗棠虑事周密，脑子绝对好用，但他心直口快，很容易得罪人。中国社会是一个人情社会，得罪人就很难办成事。真人面前不打诳语，胡林翼直言不讳，批评左宗棠"虑事太密，论事太尽"，应该引以为戒。左宗棠深感这八个字"切中弊病，为之欣服不已"，但他对胡林翼开出的药方——"我辈出言不宜着边际"，则有些不以为然，认为它"未免如官场巧滑者流趋避为工，模棱两可，似非血性男子所应出也"。事隔三十四年，光绪五年（1879），左宗棠以钦差大臣兼陕甘总督，负责收复新疆，他回复宁夏将军金顺，信中有两句话值得玩味："俄情叵测异常，好生枝节，接待有礼，令其无可借口。而议论一切，刚柔得体，不着边际，乃为得之。"左公终于参透了胡林翼的要诀，可惜好友已经故世多年。

有一年，左宗棠家里遭了灾荒，没钱过年，胡林翼时任贵州安顺知府，特意派大雪中送炭。左宗棠隐居山野，不肯出仕，胡林翼写信反复劝说，可谓苦口婆心。他希望好友及早"热身"，先在幕府中磨炼数年，积攒阅历和经验，为将来干大事、立大功做足前期准备。胡林翼举荐左宗棠，可谓不遗余力，一荐于云贵总督林则徐，二荐于湖广总督程矞采，三荐于湖南巡抚张亮基，四荐于湖南巡抚骆秉章，终于将左宗棠硬生生地"拽"出了白水洞，让天下收获到一位军政奇才。

左宗棠在湖南抚署佐幕三年后，仍旧与家人两地分居。胡林翼急好友之所急，找骆秉章合计，两人凑足五百两银子，在北城司马桥购得一所住宅，帮助左宗棠安下家来。司马桥是南宋词人辛弃疾任湖南安抚使时练兵的故址，此处有地种菜，有塘养鱼，左宗棠非常满意。有趣的是，咸丰十年（1860），胡林翼得悉左师爷在长沙城南金盆岭练兵，却"不私一钱""不顾其家"，就写信给左宗棠的同僚郭嵩焘，建议湖南抚署饬令盐茶局为左宗棠筹足三百六十两银子"以赡其私"。他还写信调侃左宗棠的"不私一钱"是"小廉曲谨"，戏谑间他将更好的主意和盘托出："尝笑世无不用钱之豪杰，亦决无自贪自污自私自肥之豪杰。公之小廉曲谨，妇孺知名矣。不私一钱，不以一钱自奉，又何疑而不以天下之财办天下之事乎！"日后，左宗棠平定西疆，真是"以天下之财办天下之事"，可以告慰好友于九泉之下。

咸丰十一年（1861）秋，胡林翼在武汉病逝，左宗棠撰挽联一副："论才则弟胜兄，论德则兄胜弟，此语吾敢当哉？召我我不至，哭公公不闻，生死暌违一知己；世治正神为人，世乱正人为神，斯言君自道耳。功昭昭在民，心耿耿在国，古今期许此纯臣。"胡林翼是兄，左宗棠是弟，他俩同庚，前者比后者大四个月。有一次，两人在一起聊天，胡林翼对左宗棠说："论才你远胜于我，论德我稍胜一筹，生前身后，此论不易。"胡公任湖北巡抚时，左公仍在湖南抚署当师爷，胡公请左公去湖北领兵，骆（秉章）公不肯放人，左公也心存疑虑，因此未能成行。胡林翼曾说："治世正神只好做人，乱世正人亦可为神。"意思是乱世造英雄。左公将这些私底下的话写进挽联，足见两人交谊之深，既如兄弟，又是知己。左公称赞胡公"功昭昭在民，心耿耿在国"，如此忠纯笃实的大臣是众人所期许的，古今难得。这副挽联既传情又传神，堪称佳作。

三、曾国藩称他为"胡老板"

"林翼貌英伟，目岩岩，威棱慑人。事至立断，无留难。"从《清史稿·胡林翼传》的概述来看，胡林翼既堪称猛人，又堪称能人。同治六年（1867）冬，曾国藩告诉弟子赵烈文："胡咏芝、江岷樵心术端正可共事，亦有英雄气。"胡咏芝是胡林翼，江岷樵是江忠源，这个评价相当高。

清末民初的作家徐宗亮在其《归庐谭晚录》中记载了好几桩胡林翼的轶事，都是《清史稿》中未加钩录的上佳素材。年轻时，胡林翼有名公子、大才子之称，为人豪宕不羁，后来虽致力于政事，但"口体之奉，未能如曾、左诸公啬苦也"，平日"餍饫极精"。这就说明，胡林翼是一位美食家。他不像曾国藩，吃白菜豆腐居然也能津津有味，使得幕僚们跟着一块儿清苦，个个面有菜色；也不像左宗棠，随遇而安，碰上士卒开饭，就跟着搭伙儿就餐，不管下饭菜是荤是素，填饱肚子就算数。徐宗亮还说，胡林翼"游戏笔墨，无关轻重，然亦可仿佛其英姿磊落"。胡林翼驻军湖北黄州时，有一天，他忧及军饷不济、士气低迷，就在公文纸上赋打油诗一首，钤上朱红大印，传令驰递各州县。诗为：

> 开口便要钱，未免讨人厌。
> 官军急收城，处处只说战。
> 性命换口粮，岂能一日骗？
> 眼前又中秋，给赏更难欠。
> 唯祈各路厘局大财神，各办厘金三万串。

中秋节快到了，给士兵发放欠饷，确属当务之急。这一纸"诗令"传递下去，不到半个月，送饷的船只络绎而至，有了钱，有了粮，湘军士气为之大振。

贤人和常人的区别就在于前者能化至难为至易，后者则与此相反。苏东坡在《念奴娇·赤壁怀古》中称赞雄姿英发的少帅周瑜"羽扇纶巾，谈笑间，樯橹灰飞烟灭"，说得相当轻巧，无非盛赞周瑜举重若轻，能化至难为至易。胡林翼谑称厘金局委员是"财神"，后来，曾国藩也谑称常为湘军主力供应钱粮的胡林翼是"老板"，倘若短缺了这位大老板的接济，本就屡战屡败、屡败屡战的湘军，将很难撑得过最初的几道难关。

胡林翼的本事显然不限于后勤，他对军事的讲求可谓深得要领，主要体现在他对地理、地形的重视上。胡林翼吩咐严澍森专治湖北、江西、安徽三省舆图，"凡溪港山阜，小路捷径，详细著明，某地至某地若干里，某村至某村绕出快若干里，用以行军。每乘太平军之虚，先据要地，而太平军用兵上游，不得逞"。他将这个经验推广到全国其他各省分，远及朝鲜、安南等藩属，这些地图统称为"胡文忠地图"。胡林翼还让严澍森搜集史籍中有关长江流域各省用兵的成败方略，分门别类，条分缕析，以证明地图之合理运用可奏大功。"以地图为棋盘，以兵略为棋子，浸久成书，遍及全史，此读史兵略所由滥觞。"胡林翼明悉大势，制定相应的策略：湖南乃湘军的粮库兵源，至关重要，为此必须以湖北为屏障，以江西为右臂，以安徽为左臂，实行扇形拱卫。这个策略使曾国藩有了一个较为稳固的后方和可靠的粮饷供应基地。打仗就是打钱，曾国藩能够大有作为，多获展布，胡林翼于咸丰九年（1859）出任湖北巡抚，乃是关键的节点。曾国藩一生只称呼过胡林翼为"老板"，戏谑的意味里隐约含有几分认真。

在赵烈文的《能静居日记》中，曾国藩每回谈到胡林翼，都充满敬佩和怀念之情。同治六年（1867）七月十九日，曾国藩对赵烈文说："到（咸丰）九年与鄂合军，胡咏芝事事相顾，彼此一家，始得稍自展布以有今日，诚令人念之不忘。"胡林翼对曾国藩统领的湘军照应周全，可谓雪中送炭，患难相扶，所以曾国藩对他的感念绝对是由衷的。

四、一流的调和手段

西方社会尊重个性，因此疯成嬉皮士和朋克，见怪不怪；中国社会讲求人情味，强调人与人相处之时"和为贵"，哪怕为此要泯灭个性也在所不惜。"世事洞明皆学问，人情练达即文章"，先须具备这样的深刻体知，做起官来才可如鱼得水，办起事来才能游刃有余。当时，湖广总督是满族人官文，此人姓"官"，的确很会做官，慈禧太后对他的忠顺印象深刻，恭亲王也对他的乖巧青眼相加；他名"文"，却既无文韬，又无武略，基本上是个大草包。此公极为贪婪，他从湖广总督调任直隶总督，家里的银子实在太多，悉数搬运引人注目，就在武汉三镇一连开办了九家当铺。古语说，"有其父必有其子"，官文死后，他的那些败家子急于分房析产，竟秘不发丧，直到把偌大的家产瓜分完了，才将老爹的死讯公之于世。官文除了根正苗红，对官场上的厚黑把戏十分精通，此外别无所长。你说，胡林翼打心眼里会瞧得起这号贪婪可鄙的不倒翁吗？但地位决定态度，他是湖北巡抚（相当于湖北省长），官文是湖广总督（相当于中南区的最高军政长官），纵然官文的口碑很差，胡林翼也得忍气吞声地屈居其下，督抚同城，搞好关系才好办事。起初，官文与胡林翼多有抵牾，前者没少给后者小鞋穿。换了别人，多半会结怨生隙、内耗、硬顶、窝里斗，但胡林翼不是这样，他以大局为重，主动与官文修和。这就引出一段精彩的故事来。

官文的妻子早死，有位如夫人专宠于闺阃，积年而成河东狮吼之势。知悉内情的人倒也不多。官文为了讨好她，办了个大规模的生日派对，僚属均前往贺寿。有位新到任的臬司（相当于省政法委书记）也去了，一见官文是给小老婆做生日，他本能地产生了抵触情绪，朝廷命官哪能如此降格？这人倒也耿直，大呼上当之后，立刻索回手本，愤愤而退。那位如夫人当众折了面子，又羞又怒，哭闹着怪怨官文、没及早将她扶正，落得今日丢人现眼。

胡林翼知道内情，倘若缺席，就会留下督抚不和的口实。在路上他恰巧遇着愤愤而退的臬司，后者尚在气头上，一五一十讲述了紧急撤退的原委。胡林翼微笑着竖起大拇指，夸赞他讲政治，讲正气，了不起！了不起！可他的轿子并没有掉头，仍然按照既定方针办事，径直去官文邸宅，把祝寿活动进行到底。走了臬司，来了巡抚，那位如夫人不仅将折掉的体面悉数挣了回来，还赚得不少盈余，心下自然感激胡林翼的侠义救场。没过多久，官文的如夫人就主动拜胡林翼的母亲为义母（干妈），而且如愿以偿地做了官文的正室。

此后，胡林翼在军政方面想要有所兴革，估计官文会掣肘，就先跟那位义妹打声招呼，让她大扇枕边风。她也乐得胳膊肘外拐，经常在官文的耳畔聒噪道："你懂得什么打仗行文！你的才具识见哪一点比得上我胡大哥，不如依着胡大哥怎么办便怎么办罢！"她竟成了胡林翼安插在官文身边的特工人员，这真有意思。胡林翼能够在湖北巡抚任上大有作为，多多少少走了"裙带路线"。这也是被逼无奈，当时中国有中国的国情和政情，大丈夫要建功立业，枉尺直寻，宜有可为，岂能处处拘泥于细行琐德，完全按牌理出牌？必要时还得参用旁门左道才行。正人君子洁身自好，不愿干这类"曲线救国"的活儿，就注定了只能独善其身，无法兼济天下。

胡林翼有忍耐性，有大局观，我估计，将他放在秦末的淮阴街头，他也能像韩信那样甘受胯下之辱。中国正派的智者主要分两拨儿：一拨儿只愿自洁，口口声声宣称"大丈夫可杀不可辱"，存的是避世之意；另一拨儿则勇于自污，叫作"我不入地狱，谁入地狱"，存的是救世之心。我们很难简单地评定谁高明谁不高明，谁高尚谁不高尚，这要视各人的器质而定，勉强不得。但从操作的难度来讲，后者显然更不易握准确的分寸。

在乱世，胡林翼格外留意将才，他说："兵之嚣者无不罢，将之贪者无不怯；观将知兵，观兵知将。为统将必明大体，知进退缓急机宜；其次知阵法，临敌决胜；又其次勇敢；此大小之分也。"他治军武昌，所部以猛将鲍超一军为最强。鲍超这人，虽是赳赳武夫，平日却最爱面子。当时，有一位姓俞的学政（相当于省教委主任），任期已满，升为京官，胡林翼设宴为他饯行，因为鲍超功高望重，又是妇孺皆知的名将，就发帖请他作陪。没想到，俞某看不起武夫，席间竟然连头也不偏一下，故意不与鲍超搭腔，更别说敬酒。散了席，鲍超怒火中烧，跨马直奔军营，对左右嚷嚷道："大家散伙算了。武官真他妈的不值钱，俞学使不过是拈酸之辈，竟然瞧不起我，这班家伙在朝中作威作福，我们干吗替他们卖命！"鲍超正狂呼乱喊之际，胡林翼已拍马赶来，不待喘息平匀，立刻安慰鲍超："俞某少不更事，明天我要当面好好地教训他，明天中午特设'负荆宴'，请春亭一定到场，我让俞某向你赔个不是！"鲍超心里再怎么窝火，也不好驳掉胡老板的面子啊，他应承下来。翌日，三人再聚，胡林翼使用翰林大前辈面目，直言责备俞某待鲍军门无礼，俞某只好钩着头颈，老老实实地认错。吃完饭，胡又提议，三人换帖，拜为兄弟。俞又踌躇，胡林翼狠狠地瞪了他一眼，三人总算互换金兰之契。于是，胡林翼对鲍超说："如今，俞学使已是你我的小弟，就算有什么过错，不妨当面责备他，昨天的事，春亭千万别再芥蒂于心。"鲍超是个爽快人，酒入豪肠，心情大畅，把满腔的愤怒全抛到九霄云外去了。

五、爱惜人才

胡林翼与曾国藩、左宗棠、彭玉麟三人有所不同，他既能调和诸将，带兵与太平军正面对冲，又是行政好手和理财高人。他最为当世称道的有三点：其一是将武昌建成湘军稳固的大本营，广输粮饷，休整将士；其二是识才和爱才，唯才是举；其三是真诚调和诸将，苦心维持大局。其爱才之心见于言词：

> 国之需才，犹鱼之需水，鸟之需林，人之需气，草木之需土。
> 得之则生，不得则死。才者无求于天下，天下当自求之。

这样的人才观置于救死不暇的乱世和末世来看，意义尤其重大。在太平盛世，"珠玉买歌笑，糟糠养贤才"（李白诗句），为害并不显著，沧海遗珠，也无大碍。但乱世和末世则不同，得人才者兴，失人才者崩。太平天国闹腾了十余年就音消影灭，除了在政治上有太多的倒行逆施，在军事上有不少失策，还有一个不可忽略的重点和要点，那就是洪秀全妄自尊大，不注重吸纳人才，大学者王韬向忠王李秀成上万言书，提出了许多条拯救和改造太平天国的英明策略，比洪仁玕在《资政新篇》中提出的那些空论强远了，似这般自动送上门来的稀世珍宝，竟然被武大郎开店的天王洪秀全毫不在意而且嗤之以鼻地退了货，直退得天下士子为之裹足，为之寒心，避之犹恐不及。

胡林翼辞世后数十年，湖南学人章士钊曾撰《政本》一文，解释为政之本："为国如为医然，得其方则治；否则亡。其方为何？曰：为政在人。人存则政举。政治为枝叶，人才为根本。用才云者，乃尽天下之才，随其偏正高下所宜，无不各如其量以献于国。……有一分之才务得一分之用。毋投间，毋躐进，用为所学，学为所用，于是天下之智勇辩力，各得其所。太息之声，不闻于垄畔，责任之重，尽肩于匹夫。……君子曰：为政有本，不好同恶异。斯诚政之本矣。"应该说，在人治而非法治的国度，这段话显然在理，证之于历史，如合符契。政治相对昌明的朝代，例如汉朝、唐朝、宋朝，始终人才济济，"野无遗贤"的说法虽然过于溢美，但能将人才的浪费降至较低限度，就算难能可贵了。

在《能静居日记》中，赵烈文记下了曾国藩的原声感慨："世人聪明才力，不甚相悬，此暗则彼明，此长则彼短，在用人者审量其宜而已。山不能为大匠别生奇木，天亦不能为贤主更出异人。"赵烈文在曾国藩幕府做过多年机要秘书，亲聆謦欬，每闻必录，他的记载可信度很高。

沧海横流，人才不出，为之奈何！光绪三年（1877），左宗棠回复刘典，论及人才匮乏，感叹道："武乡当日因乏才故而录及马谡，卒至流涕废人，可为前鉴。高其格以求之而不得，则不如因其才而器使之，俾尽其长，尚是稳着也。"在另一封信中，他再次谈及人才危机："军兴已久，人才日益衰耗，思之令人心瘣。弟所至之处，亦尝极意访求，而迄鲜所得。因思陶桓公殁后，只一王愆期，诸葛亮殁后，只一姜伯约，古人遗恨尚且有难言者，得非气数足以限之乎，何况今人。"人才匮乏，关乎气数，这似乎不科学，却像一个事实从镜子里清晰地反映出来。

同治年间，人才激增，"生为名将，死为忠魂者，尤不可胜纪"，破格提拔乃是最大的助力。除开曾国藩、胡林翼做过京官外，其他的显赫人物绝大多数起于草莽，出自行间，荐擢显秩，寄以重柄。至光绪年间，吏部、兵部的条条框框增多。左宗棠感叹道："保举补缺之准驳，专以部费之有无多寡为断，其无资者往往借故推延，甚或求免保举，求缓补缺，为省凑部费起见，良可悯也！"如是人才日乏，如源涸根枯。倘若胡林翼地下有知，必定踢烂棺材板。

清朝有曾国藩、胡林翼、左宗棠这样爱才惜才的封疆大吏，诚为斯民之幸、社稷之福，只可惜如此求才似渴的大臣多乎哉不多也。这就说明，在君主专制时代，即使到了国家危亡之际，人才的出路依然壅塞不通，与民主国家那种人尽其才、才尽其用的景象根本不可同日而语。

在乱世的苍茫暮色中，胡林翼目光如炬，对晚清吏治的症结看得分明，他的批评是一针见血的："国家之败，皆由官邪……民乱必由官贪"，"上下相蒙，恬不知耻。误于使贪使诈，而实为贪诈所使"。他对症下药，开出的药方中有两味主药：一是"劾黜货之人"，黜斥"贪诈之吏"；二是重用廉洁爱民的人才。将这两味药和在一起，可收立竿见影之效。他说："凡办事，首在得人……地方之事，以十万兵而不足者，以一二良吏为之而有余。"如何觅得良吏？居高位者、膺重任者就得具有一双伯乐的发现之眼。

胡林翼受儒家正统思想的局囿，当然不可能认识到这样一点：倘若不从根本上铲除君主专制政体中腐败的温床，代之以真实无欺的民主监督（绝非左手监督右手，上身监督下身），任何严厉的反腐反贪措施都只能收一时之微效，而要动摇君主专制政体，他再怎么开明，恐怕也不会点头赞成吧。胡林翼显然夸大了清官良吏的作用，殊不知，周围的贪官恶吏视清官良吏为仇雠，为眼中钉、肉中刺，务欲拔之斥之毁之灭之，方才快心惬意。更何况，贪黩自上而下，层层相因，贪官在上，清官在下，后者很难找到突围的机会。摆明了，清官只有三条路好走，一是同流合污，二是洁身远引，三是像胡林翼那样弥缝其间，必要的时候，就得和稀泥。然而资质中流者即算苦学十年，也很难学到胡林翼的高超技艺。胡林翼内心更深层的感慨是："识之而不能用，则千里马亦且自悲！"所以说，识才仅仅是初步，关键是能够量才器使。

在《胡文忠公语录序》中，清人唐文治对胡林翼有两句恰如其分的赞语："此其量，江海之量；此其心，江海之心也。"唯有江海能吸纳百川，包容万有，这话是不错的。《清史稿》也对胡林翼识才、爱才和用才三方面的过人之处不吝笔墨，评价甚高："驭将以诚，因材而造就之，多以功名显，察吏严而不没一善，手书褒美，受者荣于荐剡，故文武皆乐为之用。士有志节才名不乐仕进者，千里招致，于武昌立宝善堂居之，以示坊表。……举荐不尽相识，无一失人。曾国藩称其荐贤满天下，非虚语。"胡林翼能效仿祁黄羊"外举不避仇，内举不避亲"，已相当不易，他能"不失一人"，难度之高，可想而知。作为"人鉴"，胡林翼不以一眚掩大德，不像哈哈镜那样专以丑化他人为能事和乐事。"人才何常，褒之则若甘雨之兴苗，贬之则若严霜之凋物。"曾国藩的这句话提醒那些居高位者、负大任者，人才难得，褒贬之间，功罪非轻。

咸丰、同治年间，清政府能够度过千灾百劫，撑过一道道难关，就因为有胡林翼、曾国藩这样的治世能臣为国家举荐和擢拔大批文武干才，弥缝了江心漏船的裂罅。要不然，清王朝早就遭到了灭顶之灾。见识短浅的人也许会简单粗暴地说，胡林翼使没落的清王朝苟延残喘，是历史的罪人！殊不知，在任何年代，人才遭到遗弃都是可耻的浪费，此王朝与彼王朝并没有什么实质区别，对好王朝与好皇帝寄予幻想，适足以证明做梦者的天真幼稚。胡林翼极尽所能举荐人才，擢拔人才，这已是莫大的功德，放在任何年代都是值得赞誉的善举。

在乱世和末世，政治家肩头的责任远远要重于和平时期，仅仅发现人才还不够，还要合理地使用人才。人才的调配无疑是一门大学问。一支世界全明星足球队未见得能击败一支中流的意大利甲级队伍，原因何在？就因为人才过于密集，内耗十分严重，不解决这点，就休想取胜。多年前，金牌教练里皮在意大利国际米兰队执教，麾下拥有罗纳尔多、维埃里和罗伯特·巴乔这样的超级球星，仍然被弱队"揍"得鼻青眼肿。明白了这个常识，我们才能充分评估胡林翼真诚调和诸将、苦心维持大局的不凡价值。

当年，湘军水师的两位大统领杨岳斌和彭玉麟，都是身经百战的虎将，分掌长江内湖水师，因故失和，一度闹到反目成仇的地步。原因很简单：水师攻打武昌时，彭玉麟在中流，船桅被炮弹击断，旗舰眼看就要倾覆了，危急关头，他向杨岳斌呼救，后者奋勇攻敌，竟置之不顾，事后，彭玉麟心中极为不快。杨岳斌以武职为水师总理，彭玉麟以道员为副手，也并不服气，他们的不协不和就成了难分难解的死结，同袍内讧，这是兵家之大忌。胡林翼很清楚，这个心结一日不解，则一日隐伏祸患，于是，他写信邀请杨岳斌和彭玉麟前来湖北抚署商量军情。杨岳斌捷足先至，宾主握手言欢，彭玉麟后到，杨岳斌起身要走，胡林翼强行将他摁在座位上，彭玉麟见此情形，也打算掉臂而去，胡林翼又强行将他摁在座位上，只差没用两颗大钉子将他们钉牢在原处了。彭、杨二人相对无语，很是尴尬。胡林翼于是令手下设席开宴。方宗诚著《柏堂师友言行记》，对这个宴会的高潮有精细的描写："（胡林翼）酌酒三斗，自捧一斗，跪而进曰：'现在天下糜烂到这等地步了，确实仰赖你二人和衷共济，支撑危局；你二人如今闹别扭，又如何佐助中兴大业？'说完，泣下沾襟。"彭玉麟和杨岳斌都是性情中人，见胡林翼出此至诚，当即感愧，赶紧扶起胡老板，谢了罪，道了歉，彭、杨二将岂是鸡肠鸭肚之徒，遂捐弃前嫌，从此和衷共济。

胡林翼与曾国藩终生讲求一个"诚"字，但程度和质量上大有轩轾，如果说胡林翼待人往往出于赤诚和至诚，曾国藩则不免显得半吊子，甚至假惺惺，戏份较足；如果说胡林翼使足了百分之九十九的心劲，曾国藩则顶多只拿出百分之六十六的心劲，行有余力，都对自家那几位老弟呵护备至了。谁教曾国藩的老妈替他生了那么多宝贝老弟呢？

六、英年早逝

由于积劳成疾，再加上咸丰皇帝在热河驾崩，胡林翼大恸呕血。其后，曾国荃统领湘军吉字营围困安庆城中的太平军，胡林翼带病去前线视察，见太平军犹如瓮中之鳖，颇感欣慰。但他骑马到江滨，看到两艘洋人制造的轮船疾如飘风，向西驶去，不禁心中一凉，脸色陡变，勒马回营时，中途呕血，精力衰竭，险些坠落于马下，从此一病不起。咸丰十一年（1861年）八月，胡林翼病逝于武昌。弥留之际，他留下遗嘱："吾死，诸君赙吾，唯修书院，无赡吾家。"他的遗嘱仍是教人务实学，兴教育，培植人才。

胡林翼犹如东晋时期的卫玠，高才弱体，积劳成疾，死于盛年。胡林翼只活了五十岁，倘若他能活到六十岁，甚至七十岁，必定建成奇功伟业，与曾国藩、左宗棠形成"三星辉耀"，放射出更夺目的光芒。

胡林翼去世后一个月，曾国藩在日记中感叹道："赤心以忧国家，小心以事友生，苦心调护诸将，天下宁复有斯人哉！"他还在奏议中称赞"胡林翼之才胜臣百倍"，及至上胡公死事状，又大加揄扬，"坚持之力，调和诸将之功，总核之才，皆臣所不逮，而尤服其进德之猛"。这句赞颂之语可见曾大帅的心悦诚服，并非全是溢美之词。

清末民初的文学家李慈铭读过胡林翼的奏议之后，在《越缦堂日记》中赞叹道："文忠（胡林翼谥文忠）老谋深识，烛照不遗，固中兴第一流人。其行文辞意严正，绝无枝叶。往往援证古事，深挚剀切。国朝言经济者，莫之或先。其集在天壤间，自不可磨灭。"王闿运著《湘军志》，在光绪四年（1878）二月二十九日的《日记》中写道："作《胡军篇》，看咏芝奏牍，精神殊胜涤公（曾国藩字涤生）。有才如此，未竟其用，可叹也！"嗣后，在同年三月十六日的《日记》中，他又怅叹道："……今乃知胡之不可及，惜交臂失此人也！"

同时代人和后人发自真心的赞誉，对九泉下的胡林翼究竟有多大意义和价值？我不得而知；我所知道的是，他有江海之心和江海之量，任何赞美都只不过是其中的浮沫而已，不足以给他增光添彩。因此，尽管历史的记忆力容易衰退，但要淡忘掉胡林翼这种重量级的"中流砥柱"，也是一件千难万难的事情，似他那般一心为国、一心为民的高官，在贪渎成风的官场是再也找不到几个影子了。

人才代代不乏，可是居上位者多半喜欢提携奴才而捐弃英才，乐得堂上一呼，堂下百诺，真要在末世和乱世威福自享，短期还行，时间一长，只恐怕他们被众奴才要了、卖了、杀了，仍然死得不明不白。对这些横死的达官贵人，我丝毫不表同情，但肯定会临风怀想胡公的雅量高致，只可惜似他那样俊朗的人物不世而出，非绝佳的运气无法遇到。

伍 辑

——现实总是向诗人摆出一副臭脸，诗人焉得不愤？焉得不狂？

我有迷魂招不得

  远远的，我眺见一位面容清癯的少年，骑着瘦马从唐朝溟濛的雨雾中走来，愈行愈近。他的装束有点古怪，一袭青布袍太过宽松，瘦体愈显羸弱。也许你不会问，究竟是贫穷，还是疾病，伤害了这位少年？但你一定会问，系在他腰间的那只旧锦囊作何用处？少年的神情痴痴的，口中念念有词，时不时还用纸片记些什么，随手纳入囊中。瘦马乖觉极了，它比谁都更了解少年的心性，专拣景色如画的地方盘桓，少年只要轻拍它挺直的脊背或轻拉它蜷曲的鬃毛，它就停下脚步，嚼两口青草，喷几个响鼻，它猜想少年一定又吟出了得意的诗句。你别说，这匹瘦马徐徐行走在西风古道上，造物主赋予它的灵性确实足以笑傲江湖，即使是大宛国进贡的汗血宝马，曾被汉武帝视为稀世奇珍，也没得可比啊！

  黄昏了，快活悠悠的瘦马把满脸潮红、意犹未尽的少年驮回了家。孀居的母亲并不急于问长问短，而是先去翻寻那只旧锦囊，只见里面拥挤着几十张纸片。慈母皱紧眉头，心疼地说："这孩子！你硬要呕出心来才算完吗？"

一

  李贺的诗名，韩愈已有所耳闻。

  韩愈是文坛领袖，是当年"名誉股市"最神奇的操盘手。他推重前辈，原本惆怅的杜甫，诗名即强势反弹；他奖誉同辈，原本落魄的孟郊，诗名即低开高走；他提携晚辈，原本寂寞的贾岛，诗名即一路飙升。谁若能得到他的首肯和赏识，就准能誉满京华。

  中唐是华夏古典诗歌的极盛时期，谁的诗写得好，谁的诗写得孬，还有韩愈不知道的吗？他虚怀若谷，赞赏和品鉴天下英才，全无傲色，不吝美言。尽管如此，当别人夸赞这位七岁的孩童李贺是诗歌界近来最大的发现，是百年一遇的天才时，他仍有些将信将疑。

"我要去当面考考这位童子，看看他的诗才究竟如何。"

韩愈性急，心中存不下疑团，他特意邀约了诗文家皇甫湜一同去昌谷寻访李贺。皇甫湜披览了李贺的新诗，也击节称奇，不敢相信自己的眼睛，他说："若是古人，吾曹或许有所不知；既是今人，岂有不识之理？"

试想，此前何曾有哪个乳臭未干的毛孩子如此劳动过二位文曲星的大驾！李母闻讯，大喜过望，赶紧差人去郊野外，唤回在瘦马上痴了心、迷了眼的李贺。李贺原是唐皇室郑王李亮的玄孙，他父亲李晋肃虽也任过一官半职，但去世早，家道已然中落，幸亏孀居的母亲郑氏精明能干，全家才不至于滑向冻馁之途。

李贺兴冲冲地赶回来，瘦马气喘咻咻。这孩子一点也不慌张，他笑容可掬，向两位文坛前辈行礼，也是有模有样。韩愈和皇甫湜放眼打量，只见李贺身形纤瘦，左右眉毛相连，手指细长，神情从容自若。李贺见此阵仗，心想：二位大人风尘仆仆，无缘无故怎会从长安城远道而来，寻访蓬门荜户的童子？摆明了，来者不"善"啊！我索性一鼓作气，先拔头筹。李贺毕竟是初生牛犊不怕虎。

"二位大人光临寒舍，愚童得承教诲，幸莫大焉。献芹之美古已有之，愚童不揣浅陋，吟诗一首，以记今日之雅集。"

韩愈与皇甫湜相视一笑，意思不言自明：你赶紧使出浑身解数，让我们看看功夫如何。

李贺沉思少顷，即操觚染翰，奋笔疾书，简直有点旁若无人。

> 华裾织翠青如葱，金环压辔摇玲珑。
> ……
> 二十八宿罗心胸，九精照耀贯当中。
> 殿前作赋声摩空，笔补造化天无功。
> ……
> 我今垂翅附冥鸿，他日不羞蛇作龙！

李贺平日赋诗，苦吟为多，少有捷才，今日受到现场气氛的激发，居然诗思泉涌，整首诗一气呵成。好诗还得有个好题目，他大笔一挥，题为《高轩过》，搁笔而立，望着两位前辈，毫不掩饰自己的踌躇满志。

韩愈频频点头，抚掌叫好，皇甫湜也情不自禁，拍案叫绝。

"好一个'我今垂翅附冥鸿，他日不羞蛇作龙'，真是后生可畏啊！"

李贺的母亲郑氏见儿子受到两位大人毫无保留的赞赏，立刻绽露欢颜。

"小儿迷诗若狂，爱诗如命，还望两位大人多多点拨栽培。"

"好说，好说。家有凤凰不用愁！"

二

年少多才，而且声名籍籍，这是好事，又未必全是好事，它能使人晕眩，使人轻狂，使人眼高于顶，目空一切。李贺就是这样。元稹比李贺大十一岁，诗才不弱，与白居易齐名，世称"元白"。唐朝科举，诗为首重，进士科登第最难，每年上榜者仅有二三十人。说白了，科举就像是赌博，赴考者除了要有才华，还要有运气，有门路，大多数士子铩羽而归，并非才华不济。诗圣杜甫客居长安多年，屡试不第，堪称典型。这就难怪了，贫寒士子一跃龙门，则身价百倍。在唐朝，进士科极优越，明经科、幽素科则相形见绌，不可等量齐观。元稹是明经出身，在人前先就气短三分，这无疑是他最大的一块心病。

二十八岁的校书郎元稹兴冲冲地去拜访十七岁的"神童"李贺，你猜猜看，他们之间会发生怎样的交集？李贺只冷淡地瞄了一眼元稹的名帖，就让仆人传话给这位不速之客："明经擢第，何事来见李贺？"元稹饱吃了一顿闭门羹，被李贺涮得满面羞惭，讨个老大没趣，乘兴而来，败兴而返，内心的恼怒开了锅。未见面，这个梁子就结下了，这个仇怨就记下了。君子报仇十年未晚，用不着十年时间，元稹的官职升迁很快，话语权比往日大了百倍有余。李贺要考进士，元稹就找茬作梗。诗人修理诗人，手法贼高明，元稹从儿子必须避父亲名讳的角度入手，彻底堵死李贺在仕途上的入口。他上书给唐宪宗，说是李贺的父亲名为晋肃，进士之"进"与晋肃之"晋"属于同音犯讳，李贺应避父讳，不宜考进士。此招相当阴损，可是元稹言之有据，稳操胜算。

李贺万万没有想到，他的功名之路竟是一条漆黑的死胡同。这条死胡同，他砌了前弄，元稹筑了后弄。世间万事皆有因果，元稹是鸭肚鸡肠，挟嫌报复也不算磊落光明，但李贺昔日对元稹轻侮傲慢，祸根是由他本人埋下的，丝毫怨不得旁人。

李贺悲愤满怀，忧伤莫解，却欲辩无言。

韩愈出于公心，激于义愤，写了一篇《讳辩》，为李贺叫屈："父名晋肃，子不得举进士，若父名为仁，子不得为人乎？"

韩愈的文章雄辩有力，掷地有声，却无法说服那些嫉妒李贺诗才的朝臣。他们众口一词：这是祖宗订立的规矩，难道李贺就能例外？

至此，李贺的政治生命被终审判决为"死刑"，真是莫名其妙。

"我当二十不得意，一心愁谢如枯兰！"唯有悲叹，少年时期的意气风发已荡然无存。

不妨对比一下，几年前，他创作的《南园》何其豪迈：

> 男儿何不带吴钩，收取关山五十州。
> 请君暂上凌烟阁，若个书生万户侯？

在昔日的《咏怀》诗中，他也曾心雄万夫，乐观言志：

> 我有迷魂招不得，雄鸡一声天下白。
> 少年心事当拿云，谁念幽寒坐呜呃！

久病转为沉疴，李贺在《示弟》诗中，有句"病骨犹能在，人间底事无"，显见这位弱质天才已万念俱灰。

诗能穷人，能害人，甚至能杀人，这绝非危言耸听。雕琢肝肠，戏拟物象，既伤及身心，又惹恼神灵。李贺除却纯粹的诗歌天赋，全无一点诗外的功夫。那些"生来不读半行书，只把黄金买身贵"的俗家弟子善于钻营征逐，日子自然好过。尽管在韩愈等人的力荐下，朝廷给李贺补授了一个奉礼郎，区区九品闲曹，除了微薄的俸禄，还能有多大意思？

理想宛若巨大的气泡，骤然破灭了，无声无息，全然不留丝毫痕迹。

今夕岁华落，令人惜平生。

心事如波涛，中坐时时惊。

这是心情最为明了的写照，没有几人真正懂得，唯独李贺清楚刀锋在心头切割，点点滴滴，心头的热血流失在世情的荒漠里。

诗歌能惊天地泣鬼神，却不能改变诗人的命运。

寻章摘句老雕虫，晓月当帘挂玉弓。

不见年年辽海上，文章何处哭西风。

谁肯为这位天才诗人掬一捧同情之泪？韩愈爱才惜才，却由于上表谏止昏君迎接佛骨，被贬到潮州去了，关山万重，音信渺茫。他们终于就此永诀。

李贺瘦成了一把枯柴，待病情稍稍稳定，他骑上那匹老态毕显的瘦马，带着破旧的锦囊，仍去郊野觅诗。

哪还有昔年的心情和心境呢？他满怀愁绪，眼前的青山不再是青山，眼前的碧水不再是碧水。诗兴得不到激发，生命已憔悴枯槁，宛若枝头的黄叶。

李贺心中郁闷，想喝酒，想醉倒在这寂寥的郊外。瘦马却十分懂事，把主人驮回家，免得白发老母倚闾久望。它已隐隐地预感到，主人这是在作无声的诀别，两行清泪便从眼中流出来，咸咸的，涩涩的，滴落在草叶上，草叶为之颤抖，仿佛被灼痛了一般。世间竟有如此善解人意的老马，它丝毫也不逊色于堂吉诃德骑乘的那匹骓辛难得。

劝君终日酩酊醉，酒不到刘伶坟上土！

李贺吟诵着《将进酒》中的诗句，不由得涕泪满襟。

锦囊空空如也，慈母为之泫然。她看着李贺凄绝的神情，心中一阵阵绞痛。

天才的母亲总要流淌更多的苦泪，然而天公却毫无慈悲恻隐之心，毫无体恤之意，李贺的诗句早已命中要害："天若有情天亦老。"

李贺天才早露而不及中寿而殂，爱才者、惜才者情何以堪？《唐才子传》的作者辛文房认为，天既予之，天又夺之，符合孟子总结的"其进锐者，其退速"的规律，"贺天才俊拔，弱冠而有极名。天夺之速，岂吝也耶？若少假天年，涵养盛德，观其才，不在古人下矣"。老天爷以万物为刍狗，既谈不上吝，也谈不上惜，更谈不上爱，何况这位全智全能的大魔术师从来就不嫌洗牌麻烦。

三

"太白仙才，长吉鬼才。"才如江海命如丝。

李贺的诗才耀眼夺目，在当世和后世的文人骚客中，他从来就不缺少"粉丝"，从来就不缺少读者缘。据唐代张固的《幽闲鼓吹》所记，门下侍郎李藩为李贺整理诗集，总觉数量不够，经过几番打听，他得知李贺有一位表兄，两人不仅是亲戚，兼具同窗之谊。于是，李藩把李贺的这位表兄找来，托他搜集李贺的遗作。这位表兄一口应承，表示乐意效劳，还特意请求道："我有他的原稿，他的诗作颇有改动，请大人将编好的集子给我看看，我为大人修订一番。"李藩闻言大喜，对方肯热心帮忙，他自然毫无保留，将底稿全部托付给他。可是一年半载过去了，李贺的表兄连鬼影子都不露一个，李藩心里犯了嘀咕，就询问他此事进展如何，那位表兄却放出狠话："我与李贺，既是表兄弟，又是发小，我恨他目中无人，瞧我不顺眼，早就想过怎样报复他。老实禀告大大，我已把他的旧作和大人的底稿全都扔进了灶膛，付之一炬！"李藩被气得浑身发抖，却无可奈何。这就是李贺诗集存诗不多的缘故。

然而轶事就像地雷，很容易踩爆。朱自清就考证出，李藩去世先于李贺两年，张固提供的"珍闻"纯属杜撰。

我们现在看到的李贺的诗篇，是其好友沈子明悉心保存下来的。李贺病逝之前，由于没有家室子弟可以信托，就将自己亲手编定的诗集托付给沈子明，共计四编，二百三十三首。多年后，沈子明追忆亡友，泪湿青衫，他写信请求著名诗人杜牧为李贺的诗集作序。杜牧再三推辞，其情难却，遂撰成《李长吉歌诗叙》：

……云烟绵联，不足为其态也；水之迢迢，不足为其情也；春之盎盎，不足为其和也；秋之明洁，不足为其格也；风樯阵马，不足为其勇也；瓦棺篆鼎，不足为其古也；时花美女，不足为其色也；荒国陊殿，梗莽邱垄，不足为其怨恨悲愁也；鲸吸鳌掷，牛鬼蛇神，不足为其虚荒诞幻也；盖骚之苗裔，理虽不及，辞或过之。……

李贺毕竟是李贺！英年早逝固然不幸，他的诗才却受到两位晚辈大诗人杜牧和李商隐的极赏，一个为他作序，一个为他作传，此种际遇，举世再无第二人。才子惺惺相惜，亦隔代相知。杜牧比李贺年轻十三岁，他对前辈"鬼才"的总结纤毫无遗，评价既高且准；李商隐比李贺年轻二十三岁，他为前辈"鬼才"撰写小传，崇敬之情简直浓得化不开。最奇者，是他说李贺回光返照时，大白昼抬头看到一位绯衣人，驾驭赤龙，从天而降，手中捧着的请柬是用极古老的文字写成。绯衣仙人说："我来召长吉上路。"李贺下了病榻，叩头婉谢，以母亲年老多病为由，不愿应召。绯衣人笑道："天上新修的白玉楼刚刚竣工，玉皇大帝召你去作《白玉楼记》。天上很快乐，一点也不苦。"李贺独自饮泣，没过不久就气绝了。李商隐在小传中感叹道："噫！又岂世所谓才而奇者，不独地上少，即天上亦不多耶？"

爱子英年早逝，太夫人郑氏悲恸欲绝。唐人张读著传奇小说《宣室志》，记录了一个奇特的梦，李贺对泪痕未干的母亲说："贺幸得为夫人子，而夫人念贺且深。贺从小奉旨命，能通《诗》《书》，为文章。所以然者，非止求一位而自饰也。且欲大门族，上报夫人恩。岂期一日死，不得奉晨夕之养。岂不苦哉！然贺虽死，非死也，乃上帝命。"于是太夫人询问上帝是何人，爱子在天宫所为何事，李贺一一作答："上帝，神仙之君。近者迁都于月圃，构新宫，命曰白瑶。以贺业于词，故召贺与数文士辈，共撰新宫记。帝又作凝虚殿，使贺辈纂乐章。贺今为神仙宫人，甚乐。愿夫人无以念！"在异度空间，究竟为鬼为仙，该如何辨识？是否吓人，是否害人，也许是其分界线。李贺瘦弱，瘦不胜衣，弱不禁风，在人间难免劳累病苦，做神仙则可以无病无灾，永生永乐。"既告去，太夫人寤，甚异其梦，自是哀少懈。"能安慰人的梦便是好梦。从人生如梦到人死如梦，都是一叠不可把控的镜像，做美梦的好处是实惠还是虚美？各人的评判不尽相同，将梦到视为赚到，亦未尝不可。可惜的是，李贺在天宫吟成的诗歌无法传播到人间来。想来颇有奇趣，张读所说的白瑶宫，就是李商隐所说的白玉楼吧？倘若李贺能亲手编选一部《白玉楼诗歌》，必定大有可观。中国古人的感情具有强烈的倾向性，他们热爱谁，就希望谁死后能够成仙。当然，这也是一句梦话，姑妄言之，姑妄听之，姑妄疑之，姑妄信之。

世间不少大人物以妒才、忌才、害才为能事，而天帝倒能爱才、惜才、用才，李商隐巧用曲笔写出这层意思，读者于会心处，更加感到刻骨的悲哀。

片云独鹤

元和八年（814），孟郊病逝，一时间，原本人丁就单薄的苦吟派大有断绝香火之虞，其掌门人的衣钵将由谁来继承？不劳读者为古人担忧，一位新掌门人已经应运而生，横空出世，他就是比孟郊年轻二十八岁的贾岛。

有人说，对于这位公推和公允的新掌门人选，韩愈十分认同，遂赋《赠贾岛》一诗，激赏之意溢于言表：

> 孟郊死葬北邙山，从此风云得暂闲。
> 天恐文章浑断绝，更生贾岛著人间。

可惜的是，这首诗在《韩昌黎全集》中遍寻不着，苏东坡称此诗为"世俗无知者所托"，是有道理的。如此一来，所谓苦吟派掌门人的衣钵传承便是有此说无此事了。

至于将孟郊和贾岛相提并论，则很少有人持反对意见。他们的诗歌风格被归纳为言简意赅的四个字——"郊寒岛瘦"。历代诗评家宁肯去给李白、杜甫当看门狗，也不肯去当孟郊、贾岛的座上宾，对苦吟派诗歌乐赞一词的名家、大腕多乎哉不多也，寒苦之音不祥，他们都害怕沾染晦气。南宋文人许尹于绍兴二十五年（1156）腊月作《黄陈诗集注序》，对苦吟派的两位大匠作出酷评："孟郊、贾岛之诗，酸寒俭陋，如虾蟹蚬蛤，一啖便了，虽咀嚼终日，而不能饱人。"他把丑话说到这个分上，苦吟派门下的弟子岂不是羞愤难当，要闷头撞死在大槐树上，或者寻找结实的索子来关门吊颈？

贾岛的人生经历相当曲折。都说"性格即命运"，他的悲剧命运就是由那柄性格的大铁锤锻造而成。唐朝的举子考取进士，比起今天购买彩票的升斗小民中得一等奖，难度还要高出五倍以上。名额极少，由于权贵的强势介入，变数很大。首次落第，贾岛的忧伤情绪尚在可控范围之内：

> 下第只空囊，如何住帝乡？
> 杏园啼百舌，谁醉在花傍？
> 泪落故山远，病来春草长。
> 知音逢岂易？孤棹负三湘。

忧伤之余，他的自信并没有碎落一地，只要诗才健在，功名迟早是囊中之物。"丈夫未得意，行行且低眉。素琴弹复弹，会有知音知。"然而他的自信经不起冷酷无情的鞭打，三番五次名落孙山之后，别人一如既往地低头认栽，而贾岛已经耗光库存的耐心，负面情绪被无限放大，竟抵达了非猛然泄愤不可的临界点。恰巧那时，当朝宰相、晋公裴度在长安兴化里建造府第，凿池种竹起台榭。贾岛怀疑朝廷执政对他心存偏见，有了这个现成的题材，一首讽刺诗《题兴化园亭》就脱颖而出："破却千家作一池，不栽桃李种蔷薇。蔷薇花落秋风起，荆棘满庭君始知。"他指责裴度奢侈倒犹自可，他认定求才若渴的名相裴度只肯种刺，不肯栽花，则迹近诽谤，因此触犯众怒，"皆恶其不逊"。

贾岛的霉运没那么容易一趟水走完，屡试不中使之落下心病，以往他骂的是晋公裴度一人，眼下他要骂的则是满朝公卿："病蝉飞不得，向我掌中行。拆翼犹能薄，酸吟尚极清。露华凝在腹，尘点误侵睛。黄雀并鸢鸟，俱怀害尔情！"贾岛似乎罹患了被迫害狂的妄想症。唐朝的诗人恃才傲物，极其强势，由于当时官方媒体奇缺，诗歌就俨然具备私媒体、自媒体的特性，传播之广，传播之快，无物能出其右。因此诗人牛气冲冲，很容易产生不太真实的幻觉，自以为拥有三头六臂。与贾岛同时期，还有一位诗人叫平曾，尤为放肆。他献诗给浙西节度使薛平，后者一时疏忽，怠慢了刻薄的诗人，惹恼了这位刺儿头。平曾写诗挖苦道："诚知两轴非珠玉，深愧三缄恤旅途！"薛平是封疆大吏，担心此诗传开后他会落下轻贤慢士的坏名声，便赶紧派人危机公关，挽留即将启程的平曾，"以殊礼（少不了美酒、娇娃、厚赂）待之"，然后礼送出境。

诗人再强势，毕竟胳膊拧不过大腿，贾岛和平曾玩火过界，长庆初年，以"挠扰贡院"的罪名，被逐出关外，号为"举场十恶"。诗人写诗，不怕放逐，放逐会助他们一臂之力，把诗写得更好，屈原和李白都遭到过放逐，事实胜过雄辩或等于雄辩。但诗人同样要食人间烟火，放逐之后，就有许多苦楚难受。贾岛落拓为僧，法号无本，驻锡洛阳青龙寺。洛阳令严禁僧侣午后踏出寺门半步，枯寂无聊而又丧失自由的佛门生活令贾岛暗自神伤，"不如牛与羊，犹得日暮归"。在他心目中，寺院是比牛栏羊圈更讨厌的地方。

这位天字第一号的诗痴，不懂人情世故，却把诗中的一词一字看得性命交关。一旦他深入诗境，苦索冥搜，心游神骛，就算身前站着几位王公贵胄，也浑然不觉。"一日不作诗，心源如废井"，其精神调度，不仅异于常人，也异于其他诗人，正如闻一多论及贾岛时所说的那样，"为责任作诗以自课，为情绪作诗以自遣"，难就难在他的超高频率。贾岛曾得句"落叶满长安"，欲寻属对，只有下句，苦无上句，偶然吟成"秋风生渭水"，恰成绝配，竟喜不自胜，如获至宝。贾岛还曾得句"独行潭底影，数息树边身"，诗境超妙，隐含禅机。为此，他赋诗一首："两句三年得，一吟双泪流。知音如不赏，归卧故山秋。"痴者艺精，这位苦吟派掌门人的五言诗堪称绝活。

贾岛自号碣石山人，曾喟然叹息道："知余素心者，唯终南紫阁、白阁诸峰隐者耳！"他那首《寻隐者不遇》已透露行迹："松下问童子，言师采药去。只在此山中，云深不知处。"隐得了身，却隐不了心，这是诗人的难解之惑，素心遥对红尘，妥协却不可避免。

倘若没有绝望，希望就不会触底反弹。贾岛是一位不合格的僧徒，有幸遇到了力主排佛的韩愈。据说，贾岛与韩愈的初次见面是由于贾岛在京城里骑蹇驴惊驾所致，这位诗痴正为炼字劳神，拿不定主意。韩愈问明缘由，思索片刻后，代为做主，道："推"则全无幽趣，"敲"则饶有清响。于是，贾岛的诗句就定型为"鸟栖池边树，僧敲月下门"。两人并辔而归，相谈甚欢，结为布衣之交。千余年来，众多诗评家都称赞韩愈是贾岛的"一字师"，殊不知，"推""敲"之际，贾岛在迥然不同的诗境和禅境中回翔，所获奇趣正复不少。

韩愈理解贾岛的苦衷，欣赏他的才华，同情他的身世，将他纳入自己的门墙，并且力劝他"去浮屠，举进士"，还鼎力相助，给他悉心传授正宗的文法。

按理说，有了韩愈这尊大神撑腰，贾岛在科场告捷将不再是长安清梦，然而他仍旧与科举功名无缘。辛文房的《唐才子传》说贾岛及第，只不过是以讹传讹。有一段时间，贾岛寓居在长安法乾寺的无可精舍，诗人姚合、王建、张籍、雍陶等人皆为其琴樽之友，日夜唱和，名动京师。辛文房在《唐才子传》中特意捏造了一个有鼻子有眼的传说：某日，唐宣宗李忱微服出游，忽然听到钟楼上有吟哦之声，于是欣然登临，从几案上拣起贾岛的诗卷，准备披览。可是贾岛有眼不识当朝皇上，"因作色，攘臂睨而夺取之"，气犹未平，意犹未尽，还出语嘲弄对方："郎君鲜醲自足，何会此耶？"唐宣宗讨了个老大的没趣，讪笑而已，默然下楼。事后，贾岛方才惊觉自己冒犯的对象来头不小，竟是当朝圣上，顿时惶惧不安，赶紧伏阙待罪。唐宣宗李忱倒也大度宽容，没有计较诗人的失礼，只是用不太耐烦的语气说道："方知卿命薄矣！"意思不言自明，诗人与朕单独相处、谈论文学的机会可谓千载难逢，却被你轻易糟蹋了。这个传说比妙龄美女的迷你短裙还要吸睛，可惜经不起细心人的考证。贾岛去世三年后，李忱才加冕登基，两人又何来钟楼偶遇？

为了谋生，贾岛一度混入官场，做过小小的长江主簿，官卑禄薄，勉强维持。晚年，他蛰居长安，更是贫困到比孔门贤弟子颜渊、原宪更为堪忧的程度。他的那首《朝饥》透露了若干消息："市中有樵山，此舍无朝烟。井底有甘泉，釜中乃空然。我要见白日，雪来塞青天。坐闻西床琴，冻折两三弦。饥莫诣他门，古人有拙言。"即使生计如此拮据，他对诗歌的热爱依旧有增无减。每到岁末，他都会将一年的诗作收拾整齐，置放在几案上，"焚香再拜，醑酒祝曰：'此吾终年苦心也！'痛饮长谣而罢"。好友王建看在眼里，又是同情，又是敬佩，"尽日吟诗坐忍饥，万人中觅似君稀"。岂止是稀，简直就是片云独鹤，高步尘表。贾岛病逝时，家无余钱，只有病驴一头，古琴一架，但只要传世之作不朽，他就心满意足，含笑九泉。

贾岛的性情也有其开朗、达观的一面，偶尔还会流露出侠客的豪气，能够写出《述剑》的诗人，不可能是委琐之辈。

　　十年磨一剑，霜刃未曾试。
　　今日把示君，谁有不平事？

世间的不平事太多太多了，别说利剑削它们不平，就是时光也磨它们不灭。这一点，贾岛心里当然是明白的，所以他的沉痛只能借助诗歌，如同苦药借助醇酒，强咽下肚。

俊鸟还投高处栖，腾身戛戛作云梯。

有时透雾凌空去，无事随风入草迷。

迅疾月边捎玉兔，迟回日里拂金鸡。

不缘毛羽遭零落，焉肯雄心向尔低！

这首《病鹘吟》是贾岛的人格宣言。他就是那只"病鹘"，毛羽零落了，自不免为愚氓所笑，为俗类所讥。此种境遇仿佛是上苍特意安排的，他无法改变。雄心不死，大志难酬，这是诗歌永恒的主题之一。午夜时分，欣赏贾岛的作品，既令人挑灯看剑，也令人扼腕叹息。

有诗肠，有侠胆，有佛心，贾岛将多重角色集于一身。在其诗作中，寒苦之音固然不绝如缕，但于消沉之际往往能够自振，他并不颓废，只不过打击太多，都已超出了常人所能忍受的极限，他才不得不在诗中宣泄自己的愤懑与忧伤。其实这很不容易，诗弦未断，诗心不死，侠胆之上另有佛心照料，否则，他一生颠沛流离，也许早已沉沦不起。

闻一多在《唐诗杂论》中论及贾岛，有一个创见，他说："休息，这政治思想中的老方案，在文艺态度上可说是第一次被贾岛发现的。……每个在动乱中灭毁的前夕都需要休息，也都要全部地接受贾岛，而在平时，也未尝不可以部分地接受他，作为一种调剂，贾岛毕竟不单是晚唐、五代的贾岛，而是唐以后各时代共同的贾岛。"

晚唐、五代时期，崇拜贾岛的诗人相当多，晚唐李洞为贾岛铸造铜制挂像，随身佩戴，视之为佛，持珠诵念，经常手录贾岛的诗作赠给有缘人，必叮咛再四："此无异佛经，归焚香拜之。"南唐孙晟的表现丝毫不逊色于李洞，他绘制贾岛像，悬挂壁间，早晚馨香祷告。"粉丝"崇拜诗人到如此地步，"连杜甫都不曾那样老实的被偶像化过"（闻一多先生语），这当然是一种莫大的荣誉。

一头爱喝酒的虎

就算你走遍天下，见过各种姿态和脾性的虎，也不可能与一头爱喝酒的虎偶然交集。他不在山林出没，只在人世悠游；他未曾遭遇过好汉武松的拳打脚踢，却历练过比死亡更可怕的残酷和冷漠；他的风雅从不追求脱俗的效果，尘世的声色犬马居然无法将他的虎气消磨。

这头虎，绘画吟诗时不可无酒，呼朋唤友时不可无酒，止痛疗伤时不可无酒，寻欢作乐时不可无酒。琼浆玉液源源不竭，激活了他的天才，救赎了他的灵魂，也决定了他的命运。

这头虎，才名独擅一时，经历颇多变故，他常用闲章高自标榜，"江南第一风流才子"，"天上闲星地上仙"，"龙虎榜中名第一，烟花队里醉千场"，"百年障眼书千卷，四海资身笔一枝"。奇怪的是，五百多年来，肯买账的豪客总是远远多于不服气的下家。

一、盛名所累，大祸临头

唐寅（1470—1524），字伯虎，又字子畏，自号桃花庵主、六如居士等，江苏吴县人。

少年时，唐伯虎梦见九鲤仙子赠给他一囊龙剂墨，从此文思泉涌。在诗作《咏鸡声》中，他以报晓鸡自况，"一声啼散满天星"，气魄非凡。唐伯虎鄙视当朝的八股文，不屑于捣糨糊。他欣赏古代的倜傥之士，不乐于循尺寸。绝大多数读书人对仕途经济趋之若鹜，相比而言，唐伯虎更率真，也更任性。

写作八股文，就像是戴着镣铐跳舞，不懂套路，累死也白搭。大儒顾炎武著《日知录》，其中有《试文格式》一则，介绍了八股文的来龙去脉："经义之文，流俗谓之'八股'，盖始于成化之后。"唐伯虎恰巧出生于明朝成化年间（1465—1487）。八股文讲究对偶、反正、虚实、浅深，采用古圣贤语录和朱熹的《四书章句集注》重构新作，美其名为"代圣人立言"。王夫之著《宋论》，其中论及科举考试的变迁，将八股取士批判得体无完肤："乃司试者无实学，而干禄者有鄙心，于是而王鏊、钱福之徒，起而为苟成利试之法。法非义也，而害义滋甚矣。大义有所自止，而引之使长；微言有所必宣，而抑之使隐；配之以比偶之词，络之以呼应之响，窃词赋之陋格，以成穷理体道之文，而使困于其中。始为经义者，在革词赋之卑陋，继乃以词赋卑陋之成局为经义，则侮圣人之言者，白首经营，倾动天下，而于道一无所睹。如是者凡屡变矣。而因其变而变之，徒争肥瘤劲弱于镜影之中，而心之不灵，已濒乎死。风愈降，士愈偷，人争一牒，如兔园之册，复安知先圣之为此言者将以为何邪？是经义之纳天下于聋瞽者，自成（化）、弘（治）始，而溃决无涯。"王鏊是明朝的大学士，钱福是明朝的状元，他们是唐伯虎的前辈，大力提倡八股文，并且现身说法，确定范式，将天下读书人引进一条精神的死胡同。那些急于金榜题名的官迷不再认真领会圣人之言的精意，他们仿佛是药店的学徒，将圣人之言随意割裂，重新配方。

书法家祝允明曾经感叹道："天地英灵，数百年一发，子畏得之！"按照现在通俗的说法，就该是：像唐伯虎这样得天独厚的英才，数百年方能一遇啊！唐伯虎出生于中产家庭，"其父广德，贾业而士行"。有道是"知子莫若父"，唐广德预言道："此儿必成名，殆难成家乎？"唐伯虎才华横溢，成名毫无难度。至于唐广德所说的"成家"，并非泛指成为画家、文学家，而是专指发家、兴家。唐伯虎天性疏狂洒脱，嫌"立德"太劳神，"立功"太费力，要他光宗耀祖，还真是不太靠谱。

不同于那些文质彬彬、循规蹈矩的书香子弟，唐伯虎身上有一股子浓郁的市井气息。他贪玩，好动，有一颗澎湃的心，脑瓜子特别好使，与发小张灵结为莫逆之交，三天两头形影相随。唐伯虎的《怅怅词》确定了他的人生基调，自始就非"看多"，而是"看空"的："怅怅莫怪少时年，百丈游丝易惹牵。何岁逢春不惆怅？何处逢情不可怜？杜曲梨花杯上雪，灞陵芳草梦中烟。前程两袖黄金泪，公案三生白骨禅。老后思量应不悔，纳衣持盏院门前。"唐伯虎具备超群的天赋，却不愿做正面示范，在苏州城里，难免招惹物议，令人侧目之余，很难邀得上流社会的谅解。

祝允明比唐伯虎年长十岁，就像大哥，不忍眼睁睁地看着小弟自毁前程，苦口婆心地劝道："倘若你还记得父亲的遗愿，就应当在举业上努力一番。倘若你只想随心所欲，何不脱下襴幞，烧掉科册，乐得轻松？如今你厕身于秀才行列，却荒废功课，辱没斯文，这种快感和逸趣到底还能够持续多久？"直谏不会比恭维话好听，但满满的都是善意和正能量，唐伯虎深受感染，拱手而答："那好吧，明年是大比之期，我尝试花费一年的工夫从事举业，如果没能金榜题名，我就把八股时文抛之脑后。"

苏州城的秀才们听说唐伯虎要重操举业，乐见其成的不多，打趣和嘲笑的倒是不少，什么"临时抱佛脚"啦，"酒囊饭袋也想装文章"啦，真要是听了，肺都会气炸。这就狠狠地刺激了唐伯虎的自尊心，他当众放出豪言来："骑驴看唱本——走着瞧吧，我闭户攻读，只须一年，取解元易于反掌！"

弘治十一年（1498）秋，唐伯虎参加应天府乡试，果然出手不凡，高中解元（乡试第一名）。好友文徵明拼搏多年，反而名落孙山。

唐伯虎考中解元时，二十九岁。正应了老子《道德经》中的那句法言——"祸兮福之所倚，福兮祸之所伏"。座师梁储极赞唐伯虎的卷文，珍若拱璧，视之为本朝不可多得的奇作，他将唐伯虎的卷文拿去给侍讲学士程敏政铨叙，后者再三玩味，拍案叫绝。

唐伯虎名满京城，不少头面人物都急于要结识他。没过多久，好消息传来，程敏政领旨，总裁会试，唐伯虎欲登科及第，良机就摆在眼前。孰料节外生枝，江阴举人徐经与唐伯虎结伴，两人相交甚欢。富家子弟自有富家子弟的行为逻辑和办事作风，徐经只相信一点：有钱能使鬼推磨。他贿赂程敏政的家人，窃取了试题，然后交给唐伯虎，请他撰文。唐伯虎哪里知道内情？这浑水蹚不得，他失足蹚下去，就是跳进黄河洗不清。

朝臣傅瀚与程敏政素不相能，心里有个梗，他要晋升礼部右侍郎，就必须搬开这块绊脚石。一旦风闻试卷泄题之事，他立刻抓住热点题材，指使同党华昶参劾程敏政，将老冤家推向风口浪尖。在明朝，与科举相关的案件很容易整成大案要案。洪武三十年（1397）丁丑科殿试，主考官刘三吾、白信蹈是南方人，所取进士也全是大江以南的举子，因此舆论大哗，大江以北的举子联名告御状。明太祖朱元璋便借题发挥，视之为科场舞弊大案，下令推翻原榜，重新殿试，亲自主考，全部擢选北方举子。这个"南北榜糊涂案"充分彰显了朱元璋极其混账的威权逻辑，刘吾三、白信蹈全取南方人是"私其乡"，是舞弊，他全取北方人却是公平公正。刘三吾年近八旬，死罪可免，活罪难饶，充军西北仍要感戴皇恩浩荡，白信蹈、张信等二十余人惨遭凌迟，南榜状元陈安尚未将功名焐热，就身受酷刑而死。千古奇冤，又能到何处申诉？一桩科场案，明太祖朱元璋就下令虐杀了那么多人，真不愧为宇内大魔王，将斯文扫地轻易升级为斯文溅血。所幸明孝宗朱佑樘尚属宽厚仁慈，虽然未做到疑案从无，但毕竟没让刽子手进场挥刀，只是将徐经、唐伯虎刑事拘留，褫夺其举人资格。程敏政无辜受害，惨遭双开，出狱之后仅仅四天，就由于痈毒发作，不治身亡。其好友、书画家沈周获悉讣闻，悲愤填膺，痛悼不已，挽诗曰："君子不知蝇有恶，小人安信玉无瑕！"这两句诗不禁使人想起怡红公子贾宝玉为晴雯所赋的《芙蓉女儿诔》，"偶遭蛊虿之谗，遂抱膏肓之疾"，终天之恨，无计可消除。

文徵明的口述实录提供了一个关键的细节：唐伯虎的好友都穆在马侍郎家饮酒，给事中华昶在座。有一位朝廷要员来拜访马侍郎，马侍郎出去接待，谈及会试的结果，那位要员说："唐子畏又高中第一名。"都穆在隔壁听到这个消息，心底立刻打翻了五味瓶。那位要员走后，马侍郎回席谈起唐伯虎联捷，不禁喜形于色。都穆的妒意顿时涌上心头，声称本次会试出了很大的幺蛾子，主考官程敏政向举子徐经、唐寅泄题，私底下必有猫腻。华昶闻言，如获至宝，回家后，连夜草拟弹章，翌晨就引爆朝堂。文徵明是唐伯虎的终生好友，为人正直，妄言的可能性不大。都穆是位好学不倦的儒者，被视为江南的"读书灯"，但他早年卖友是板上钉钉的事实，这个道德瑕疵，纵然倾太湖之水，也难洗净。

文徵明的口述实录对此事还有一个交代：唐伯虎痛恨都穆，说过"遭青蝇之口而蒙白璧之玷"的恨语，发誓终身不复见此人。多年之后，有一位朋友想做和事佬，趁唐伯虎饮酒甚乐的时候，他突然说："都穆快到了。"唐伯虎闻言，神色骤变。都穆满以为友人先已疏通妥当，他疾如流星，快步登楼，若能跟断交的旧友一笑泯恩仇，他就可以卸下悬于心中多年的大石头。唐伯虎瞥见都穆的身影后，立刻从窗口跳下楼，摔了个结实，忍痛爬起，狂奔回家。友人担心他受伤，赶来探视，唐伯虎又是捶胸顿足，又是咬牙切齿，原版录音是："咄咄！贼子欲相逼耶？"从此以后，这对冤家就再也没有见过面。若不是恨之入骨，潇洒哥唐寅又何至于与"读书灯"都穆不共戴天？

两百多年后，机缘凑巧，清朝诗人沈德潜（1673—1769）在御书房读到《明孝宗实录》，据此还原出弘治科场案的真相：会试之前，徐经和唐伯虎确实拜访过程敏政，一同猜测试题，程敏政拟了几道题目给他们。嗣后，程敏政被朝廷任命为会试主考官，也不知是他粗心大意，还是健忘，所拟的试题居然与上次拟给徐经、唐伯虎的题目有些重合，此前，唐伯虎的拟作已为诸友所知晓，华昶逮住这个所谓的"铁证"，参劾程敏政故意泄题。程敏政百口莫辩，徐经和唐伯虎遂惨遭池鱼之殃。

　　如此说来，不仅程敏政、唐伯虎是蒙冤的，就连徐经也是蒙冤的，他花钱买试题一说根本不能成立。科场案发后，唐伯虎受到刑事拘留，吃尽皮肉之苦。结案之后，朝廷决定给他一个洗心革面、脱胎换骨的机会，实施的却是凶巴巴、恶狠狠的折辱，命令他去浙江藩司做小吏，接受再教育。古时候，官、吏两个阶层紧邻而悬殊，吏是普通公务员，事务繁多，薪资菲薄，忍受鸟气是必修功课，要出人头地却难于登天。唐伯虎傲骨铮铮，如何能吞咽下这只漂在汤钵里的苍蝇？他拒绝了朝廷的"美意"，先是仗剑远游，"登祝融、匡庐、天台、武夷，观海于东南，浮洞庭、彭蠡"，然后他返回苏州，愈益沉湎于酒色之中，放浪于形骸之外。

　　一个人身处绝境的时候，八方受困，四处碰壁，最怕的就是被憋死，被闷死，朋友的存问和安慰乃是可靠的透气孔。天汉二年（前99），司马迁为李陵辩护，遭受了惨无人道的腐刑，好友任安写信给他，"教以慎于接物，推贤进士为务"。征和二年（前91），奸臣江充穷治巫蛊，太子刘据被逼反抗，兵败自杀，北军使者护军任安坐观成败，被朝廷判决腰斩。任安受刑之前，司马迁有感于他昔日的隆情厚谊，终于打开心扉，作书回复，椎心泣血，倾吐积懑，给后世留下了一篇灼热滚烫的心里话。《报任安书》的重点、要点是："仆诚以著此书（《史记》），藏之名山，传之其人，通邑大都，则仆偿前辱之责，虽万被戮，岂有悔哉！然此可为智者道，难为俗人言也！"唐伯虎落难之后，好友文徵明也及时写信给他，犹以英雄相期许，他百感交集，裁书剖白心迹。《与文徵明书》堪称奇文，一千余字的篇幅，颇有可观：

　　　　寅白：徵明君卿。窃尝闻之，累吁可以当泣，痛言可以譬哀。
　　故姜氏叹于室，而坚城为之隳堞；荆轲议于朝，而壮士为之征剑。
　　良以情之所感，木石动容；而事之所激，生有不顾也。昔每论此，
　　废书而叹；不意今者，事集于仆，哀哉！哀哉！此亦命矣！俯首自
　　分，死丧无日；括囊泣血，群于鸟兽，而吾卿犹以英雄期仆，忘其

罪累，殷勤教督，馨竭怀素。缺然不报，是马迁之志不达于任侯，少卿之心不信于苏季也。计仆少年，居身屠酤，鼓刀涤血。获奉吾卿周旋，颉颃婆娑，皆欲以功名命世。不幸多故，哀乱相寻；父母妻子，辍踵而没；丧车屡驾，黄口嗷嗷。加仆之跌宕无羁，不问生产；何有何无，付之谈笑。鸣琴在室，坐客常满；而亦能慷慨然诺，周人之急。尝自谓布衣之侠，私甚厚鲁连先生与朱家二人，为其言足以抗世，而惠足以庇人，愿赉门下一卒，而悼世之不尝此士也。

芜秽日积，门户衰废；柴车索带，遂及蓝缕。犹幸藉朋友之资，乡曲之誉，公卿吹嘘；援枯就生，起骨加肉。猥以微名，冒东南文士之上。方斯时也，荐绅交游，举手相庆，将谓仆滥文笔之纵横，执谈论之户辙。岐舌而赞，并口而称；墙高基下，遂为祸的。侧目在旁，而仆不知；从容晏笑，已在虎口。庭无繁桑，贝锦百匹；谗舌万丈，飞章交加；至于天子震赫，召捕诏狱。身贯三木，卒吏如虎；举头抢地，涕泗横集。而后昆山焚如，玉石皆毁；下流难处，众恶所归。缋丝成网罗，狼众乃食人；马鬣切白玉，三言变慈母。海内遂以寅为不齿之士，握拳张胆，若赴仇敌；知与不知，毕指而唾，辱亦甚矣！整冠李下，掇墨甑中；仆虽聋盲，亦知罪也。当衡者哀怜其穷，点检旧章，责为部邮；将使积劳补过，循资干禄。而藜藿咸施，俯仰异态；士也可杀，不能再辱。

嗟乎吾卿！仆幸同心于执事者，于兹十五年矣。锦带悬鬃，迫于今日，沥胆濯肝，明何尝负朋友？幽何尝畏鬼神？兹所经由，惨毒万状；眉目改观，愧色满面。衣焦不可伸，履缺不可纳；僮奴据案，夫妻反目；旧有狞狗，当户而噬。反顾室中，甋瓯破缺；衣履之外，靡有长物。西风鸣枯，萧然羁客；嗟嗟咄咄，计无所出。将春掇桑椹，秋有橡实；余者不遑，则寄口浮屠，日愿一餐，盖不谋其夕也！

吁欷乎哉！如此而不自引决，抱石就木者，良自怨恨；筋骨柔脆，不能挽强执锐，揽荆吴之士，剑客大侠，独当一队，为国家出死命，使功劳可以纪录。乃徒以区区研摩刻削之材，而欲周济世间。又遭不幸，原田无岁，祸与命期，抱毁负谤，罪大罚小，不胜其贺矣。窃窥古人，墨翟拘囚，乃有薄丧；孙子失足，爱著兵法；马迁腐戮，《史记》百篇；贾生流放，文词卓落。不自揆测，愿丽其后，以合孔氏不以人废言之志。亦将隐括旧闻，总疏百氏，叙述十经，翱翔蕴奥，以成一家之言。传之好事，记之高山。没身而后，有甘鲍鱼之腥，而忘其臭者；传诵其言，探察其心，必将为之抚缶命酒，击节而歌呜呜也。

嗟哉吾卿！男子阖棺事始定，视吾舌存否也！仆素佚侠，不能及德；欲振谋策，操低昂，功且废矣。若不托笔札以自见，将何成哉？譬若蜉蝣，衣裳楚楚，身虽不久，为人所怜。仆一日得完首领，就栖下见先君子，使后世亦知有唐生者。岁月不久，人命飞霜；何能自戮尘中，屈身低眉，以窃衣食？使朋友谓仆何？使后世谓唐生何？素自轻富贵犹飞毛，今而若此，是不信于朋友也。寒暑代迁，裘葛可继，饱则夷犹，饥乃乞食，岂不伟哉！黄鹄举矣！骅骝奋矣！吾卿岂忧恋栈豆、吓腐鼠邪？

此外无他谈。但吾弟弱不任门户，傍无伯叔，衣食空绝，必为流莩。仆素论交者，皆负节义，幸捐狗马余食，使不绝唐氏之祀；则区区之怀，安矣乐矣，尚复何哉！唯吾卿察之。

三十岁，适值而立之年，唐伯虎就领受了别人终其一生也未曾领受的挫折教育：父母双故，小儿夭折，妻子反目，家庭幸福荡然无存；受科场舞弊案牵连，功名遭褫革，声誉被污损，没吃到羊肉反惹了一身膻；内无余钱剩米，外无豪友强援，衣食不继，生计成忧。此时，唐伯虎已被逼至悬崖边。他受到好友文徵明的激励，仍决心向古代受苦受难的仁人君子墨翟、孙膑、司马迁、贾谊看齐，发愤著述，以成一家之言。战国时期，张仪在楚国相府当食客，被人诬陷为窃贼，打落门牙。回家后，他受到妻子的奚落，居然不恼，而是笑嘻嘻地伸出舌头，只要三寸不烂之舌安然无恙，好戏就没谢幕。棺未盖，舌犹存，唐伯虎托笔札自见，以诗画自娱，他的人生另有新篇，谁敢断定他的生命质量就一定会输给那些被名缰锁索套牢的大小官员？

有人考证出，"一失足成千古恨，再回首是百年身"是唐伯虎的弃诗。有人记载道：四十多岁时，唐伯虎梦见自己再入科场，不免有"鸡虫得失心犹悸，笔砚飘零业已荒"的感慨。这些都是完全可能的，一生中最大的心结只能慢慢解开。

二、退隐桃花坞，诗酒亦逍遥

文人多半是天真的，古今并无二致。扬雄吹捧王莽，蔡邕揄扬董卓，李太白有永王之累，柳子厚有叔文之讥，这样的例子不胜枚举。天真的文人易患政治夜盲症，怕就怕"盲人骑瞎马，夜半临深池"。李白遭到蓄意谋反的永王李璘的挟持，事后，被朝廷流放夜郎，途中遇赦，好不容易捡回一条老命。唐伯虎接受宁王朱宸濠的礼聘，也是纵身往火坑里跳，躬腰往刀丛里钻，幸亏他见机早，抽脚快，否则后果不堪设想。

宁王朱宸濠久怀异志，为了拼凑班底，他派人从南昌前往苏州，重金招揽名士。文徵明婉言谢绝，唐伯虎则欣然而往，赋诗《上宁王》，以为答谢："信口吟成四韵诗，自家计较说和谁？白头也好簪花朵，明月难将照酒卮。得一日闲无量福，做千年调笑人痴。是非满目纷纷事，问我如何总不知。"应该说，宁王朱宸濠待唐伯虎不薄，将他安置在五星级宾馆，食有鱼，出有车，美酒和美女样样不缺。几个月下来，唐伯虎昼则遨游，夜则饮宴，但他的理智频频发出红色警报，宁王府不宜久留。朱宸濠勾结朝中佞臣钱宁，蓄养亡命，纵容盗贼，攫夺民田，劫掠商贾，肆意残害地方官员和无辜百姓，为非作歹，无法无天，日后完全有可能干出大逆不道的事情来。于是唐伯虎借酒装疯，宁王派人送珍贵礼物给他，他故意"裸形箕踞，讥呵使者"。朱宸濠笼络江南名士，目的是为了给自己脸上贴金，唐伯虎不肯给他挣面子，他的评语就相当刺耳："谁说唐寅是难得的贤士，只不过是一介狂生！"朱宸濠端茶送客，唐伯虎抬脚走人，总算是全身而退。他返回苏州城，在金阊门外的桃花坞觅地，建造桃花庵。此后，"家无担石，而客常满座。风流文采，照映江左"。

明武宗正德十四年（1519），南赣巡抚王守仁统兵剿灭了朱宸濠的叛军，此逆案株连甚广，尽管唐伯虎已经辞别宁王府多年，但仍有可能沦为阶下囚，受到严惩。所幸主审法官并未胡乱作为，从宁王府抄录的题壁诗来看，唐伯虎归心似箭，并不是朱宸濠的死党。"碧桃花树下，大脚黑婆娘。未说铜钱起，先铺芦席床。三杯浑白酒，几句话衷肠。何时归故里，和他笑一场。"真想不到，区区一首嘻哈风格的打油诗，竟帮助唐伯虎摆脱了牢狱之灾和杀身之祸。

万历年间，苏州文人何大成撰文反驳"良玉善剖，宝剑善割"的俗议，为唐伯虎辩护道："伯虎当宸濠物色时，名已败矣！身已废矣！英雄末路，能不自点者几人哉？伯虎佯狂自污，卒以获免；此岂风流跌宕之士所能窥其际乎？其殆几于智者欤？"何大成认为唐伯虎是全身而退的智者，既没有自暴自弃，也没有助纣为虐，这相当不容易。文人无行，文人失足，常在不经意间干出大蠢事、大祸事，只有智者才能够悬崖勒马。

唐伯虎为名医朱大泾作《菊隐记》，他认为，"君子之处世，不显则隐"，显隐虽异，但济物之心相同，否则无足轻重。"朱君于余友也，君隐于菊，而余也隐于酒；对菊命酒，世必有知陶渊明、刘伯伦者矣。"刘伯伦是晋代的著名酒鬼刘伶。其言行，《世说新语》中有记载："刘伶嗜酒，常乘鹿车，携一壶酒，使人荷锸随之，曰：'死便埋我！'"刘伶的行为艺术，好玩是好玩，但还不够洒脱，高阳酒徒乐居醉乡，生死罔顾，何必留意形骸？

文人失意，而且是迹近于绝望的失意，他们的人生规划就只剩下"沉沦"和"放浪"两种选择。"放浪"也许仍然难免"沉沦"，但他们毕竟是从茫茫大海游向孤岛，而不是从孤岛游向茫茫大海。孟子说："哀莫大于心死。"唐伯虎不甘于心死，此时此地，酒就是麻醉药，动手术缺它不可，他的诗歌如同李白的诗歌，充满了浓郁的酒气，这是不难理解的。

唐伯虎的诗歌，不事雕琢，浑然天成，比李白更接地气。明代"后七子"的领袖是王世贞，此公官运亨通，文运昌盛，但他在《艺苑卮言》中以"乞儿唱莲花落"五字贬低唐伯虎的诗歌，不免露出马脚，他的复古主张排斥和摒除来自生命体验的诗歌，等于拎个灯笼，给人指条黑路。他提倡"真情"，却又规定尺码，难免削足适履。时至今日，唐伯虎的诗歌仍然鲜活，他感慨时光不驻，世事无常，好花易谢，大梦难觉，唯有窥破铁律者能与天地同秋，亦能与天地同春。

明代文学家袁宏道说得好，"子畏诗文，不足以尽子畏，而可以见子畏"，下面这五首"唐诗"（唐伯虎的诗）全都见性见情，能够帮助我们拉近与唐伯虎之间的距离。

> 我观古昔之英雄，慷慨然诺杯酒中。义重身轻死知己，所以与人成大功。我观今日之才彦，交不以心唯以面。面前斟酒酒未寒，面未变时心已变。区区已作老村庄，英雄才彦不敢当。但恨今人不

如古，高歌伐木矢沧浪。感君称我为奇士，又言天下无相似。庸庸
碌碌我何奇？有酒与君斟酌之！

——《席上答王履吉》

九十春光一掷梭，花前酌酒唱高歌。枝上花开能几日？世上人
生能几何？昨朝花胜今朝好，今朝花落成秋草。花前人是去年身，
去年人比今年老。今日花开又一枝，明日来看知是谁？明年今日花
开否？今日明年谁得知？天时不测多风雨，人事难量多龃龉。天时
人事两不齐，莫把春光付流水。好花难种不长开，少年易老不重来。
人生不向花前醉，花笑人生也是呆。

——《花下酌酒歌》

桃花坞里桃花庵，桃花庵里桃花仙。桃花仙人种桃树，又摘桃
花换酒钱。酒醒只在花前坐，酒醉还来花下眠，半醒半醉日复日，
花落花开年复年。但愿老死花酒间，不愿鞠躬车马前。车尘马足贵
者趣，酒盏花枝贫者缘。若将富贵比贫者，一在平地一在天；若将
贫贱比车马，他得驱驰我得闲。世人笑我忒疯癫，我笑世人看不穿，
不见五陵豪杰墓，无花无酒锄作田。

——《桃花庵歌》

人生七十古来少，前除幼年后除老；中间光景不多时，又有炎
霜与烦恼。花则月下得高歌，急须满把金樽倒。世人钱多赚不尽，
朝里官多做不了。官大钱多心转忧，落得自家头白早。春夏秋冬撚
指间，钟送黄昏鸡报晓。请君细点眼前人，一年一度埋荒草。草里
高低多少坟，一年一半无人扫。

——《一世歌》

李白前时原有月，唯有李白诗能说；李白如今已仙去，月在青
天几圆缺。今人犹歌李白诗，明月还如李白时；我学李白对明月，
月与李白安能知？李白能诗复能酒，我今百盏复千首。我愧虽无李
白才，料应月不嫌我丑。我也不登天子船，我也不上长安眠。姑苏

伍　辑

城外一茅屋，万树桃花月满天。

——《把酒对月歌》

有人说，唐伯虎写诗，先学六朝，后学白居易，但他放开手脚，敞开心胸，其自由洒脱的程度甚至超过了白居易。也有人说，唐伯虎的诗歌"多不经思，语殊俚浅"，这是他的短板。唐伯虎从不苦吟，也从不把写诗当成留名千载的事业，他认定"后世知我不在是"。尽管如此，他的诗歌既能换取酒食，又能扣人心弦，流传不没，仍能为他加分。

万历年间，曹寅伯校刻《伯虎集》。当时，唐伯虎的作品已多半散佚，《伯虎集》中存录的诗文十有七八是唐伯虎中年时期的作品。在序言中，曹寅伯评点道："悲歌慷慨，而寄韵委婉；谑浪笑傲，而谈言微中。"这十八个字对唐伯虎诗文的特质把握得相当准确，非爱之深者，岂能一语中的？

二十年前，我在电影院观看香港影片《唐伯虎点秋香》，周星驰饰演唐伯虎，巩俐饰演秋香。星爷无厘头，油滑古怪最拿手，我一路看下来，只觉好笑，直到他朗声念出四句诗来，"世人笑我忒疯癫，我笑世人看不穿，不见五陵豪杰墓，无花无酒锄作田"，立刻震到了筋脉，又仿佛从远处飞来一颗石子，击中我的额头。

与陶渊明一样，唐伯虎只注重艺术人生和人生艺术，花酒当前，便是盎然生机、欣然快意。世人大多半看重权术、谋术、相术、道术、骗术、隐身术、易容术，忽略艺术人生中的海量细节。即使面对鲜花美酒，他们仍心有旁骛，宛若风筝，在名利场的顶空虚飘。

唐伯虎的《桃花庵歌》和曹雪芹的《好了歌》，均于"看空"二字上卓见功夫，应该说，只有当"看空的者"的足音响起来，世间的营营扰扰方始锐减，"看多者"才不至于弄出铺天盖地的泡沫，造成难以挽救的崩盘。

三、朋友圈：得二三至交足矣

当年，苏州繁华富庶，乃是屈指可数的商业大区，精英荟萃，又是不可多得的文化高地。唐伯虎赋诗《阊门即事》，留下了传神的描写："世间乐土是吴中，中有阊门更擅雄。翠袖三千楼上下，黄金百万水西东。五更市卖何曾绝，四远方言总不同。若使画师描作画，画师应道画难工。"

唐伯虎的诗不忌俚俗，与当时诗坛的靡丽之风并不合拍，许多人承认他是大才子，却不肯承认他是大诗人。然而唐伯虎的山水画和人物画颇受时人珍重，被誉为画坛的名师巨擘，很少有谁质疑。祝允明评论道："唐伯虎托情诗酒，寄兴绘事。有所临摹，则乱真迹。或寄趣于画，下笔辄追唐宋名匠。"诗难卖钱，画能卖钱，画中配诗更能卖钱，唐伯虎没有粮田，只有砚田，诗酒之余，绘画就不仅关乎趣味，而且关乎生计。在这方面，有诗为证。"不炼金丹不坐禅，不为商贾不耕田。闲来写就青山卖，不使人间造业钱。"卖画的钱，他得来舒心，用来随意。当时的笔记小说中多有记载，唐伯虎无钱时卖画疗饥，有钱时则"烹鲜热酒招知己"。某日，唐伯虎与友人聚饮东市，酒兴未阑，钱已不够，大家就一起当掉外衣，继续豪饮，"竟夕忘归，乘醉涂抹山水数幅，明晨得钱若干，尽赎诸典衣而返，其旷达如此"。弘治、正德年间，苏州物价平稳，鱼米皆贱，市民的日子并不难过。唐伯虎享受财务自由，乐得在桃花坞里悠闲如仙，唱一唱"遥望黄尘道中客，富贵于我如云烟"的凌云高调，也确实底气蛮足，无须精神胜利法拍马驰援。

　　有道是，"同声相应，同气相求"。唐伯虎的三位至交，文徵明、祝允明、张灵，也都是闻名遐迩的诗人和书画家，他们过从甚密，交情深厚。世界大不同，差异在其中，难能可贵的是，他们尊重彼此间的个体差异性，狂者自狂，静者自静，刚者自刚，柔者自柔，长年累月，居然相得益彰，相安无事。

　　文徵明字徵仲，唐伯虎与他同龄，年长十个月，两人相识于少年时期，交往密切。文徵明的父亲文林做过温州知府，家教极严，他认为，士族子弟与商户子弟交朋友，不可不慎重。在管教儿子的同时，文林也管教儿子的朋友，唐伯虎调皮捣蛋，他就痛切训导，不给好脸色看。因此唐伯虎特别害怕这位严厉的文林老伯，跟市面上一群狐朋狗友都断了交，安心读书。文林倒也爱才，人前人后，逢人说项，他写信给礼部尚书吴宽，对唐伯虎盛赞有加，吴宽回信，不免生疑："吴地安得有此人耶？"从信息对称的角度来看，文林写信给儿子文徵明，就相当于关起门来，自家人说自家话："子畏之才宜发解，然其人轻浮，恐终无成。吾儿他日远到，非所及也。"文林的意思是：唐伯虎天才俊逸，适合去礼部参加会试，但他性格轻浮，恐怕最终也难有成就。我儿将来大器晚成，不是他能比得上的。文徵明屡试不售，文林如此安慰和鼓励爱子，情有可原。文徵明不泄气，没有辜负父亲的殷切期望，风雅数十年，高寿九十岁，残膏余馥莫不流润千里。从世俗的角度来看，文林对唐伯虎的前程所作的预测，也算得上奇准。

都穆考中戊午科进士后，回乡时很神气，别人都不敢为唐伯虎主持公道，甚至提都不敢提，文徵明却挺身而出，当众指斥都穆卖友求荣，以正是非。唐伯虎致书好友，对此义举念念不忘。一个人，只有当他落难时、受罪时，才能看清谁是真朋友，谁是假朋友，那些平日握手言欢、嘘寒问暖的好友，一旦翻脸不认人，落井下石，也许比谁都手辣，比谁都心狠。

真正的益友，无论是出手相护，还是出言相谏，都不失分寸原则。文徵明赋诗《简子畏》，批评唐伯虎风流放诞，犯规逾矩太多。全诗如下："落魄迂疏不事家，郎君性气属豪华。高楼大叫秋觞月，深幄微酣夜拥花。坐令端人疑阮籍，未宜文士目刘叉。只应郡郭声名在，门外时停长者车。"邻家美少妇当垆卖酒，晋朝名士阮籍酣睡其侧，招惹正人君子的猜疑。唐代诗人刘叉任性使气，举动颇为出格，他在长安顺手牵羊，捎走大文豪韩愈撰写墓志铭得来的润金，说是"此谀墓中人得耳，不若与刘君为寿"，竟不辞而别，远飏齐鲁。刘叉的七绝诗《偶书》非常有名，"日出扶桑一丈高，人间万事细如毛。野夫怒见不平处，磨损胸中万古刀"，这样的文士当然是非主流的。文徵明希望唐伯虎能够收敛一下自己的出格行为，尝试与主流社会达成和解，过上正常人的生活，这个愿望不能说不好，但唐伯虎已走得太远，不可能回头，尤为关键的是，他不想回头。

文徵明洁身自好，言行素称端方，他劝导唐伯虎回归正途，固然无效，唐伯虎引导文徵明入于蹊径，也难以得逞。清人沈雄的《古今词话》中有个小故事，可见两人"斗法"的另一面。"衡山待诏性本方正，不与妓接。吴门六月廿四，荷花洲渚，画舫弦歌咸集。祝枝山、唐子畏匿二妓人于舟尾邀之，衡山又面订不与妓席。唐、祝私约酒阑，歌声相接，出以侑觞。衡山愤极欲投水，唐、祝急呼小艇送之。"唐伯虎、祝允明邀请文徵明结伴出游，为此偷偷地预备了船妓，文徵明事先就声明席间有船妓他就走人，等到酒兴高起，满湖歌声相接，船妓突然现身，入席陪酒，唐伯虎、祝允明想造成文徵明酒后乱性的既成事实，无奈文徵明定力十足，不肯轻易就范，瞧他生气的样子，非要投水不可。如此一来，唐伯虎、祝允明没辙了，赶紧叫来舴艋舟，送文徵明上岸。类似的试探不止一次、两次，文徵明每次均突围而去，这位真君子最终折服了唐伯虎和祝允明，将他比作当世柳下惠，坐怀不乱的定力直追古人。

唐伯虎居处桃花庵，轩前庭院半亩，多种牡丹花，花开时，他亲邀文徵明、祝允明、张灵赋诗饮酒于其下，朝夕不倦。他们时而大叫，时而恸哭，如痴如狂，其雅人深致，在凡夫俗子看来，自然莫名其妙。待到落花时节，唐伯虎遣小僮一一拾掇，盛以锦囊，葬于药栏东畔。唐伯虎赓和前辈画家沈周《落花诗》三十韵，可见他系情之久，用情之深。曹雪芹创作长篇小说《红楼梦》，其中"黛玉葬花"的情节即是从唐伯虎葬花的故事获得启发。《葬花吟》与《落花诗》多有瓜葛。林黛玉的《桃花行》更是直接模仿唐伯虎的《桃花庵歌》，从句式到意蕴，不仅形似，而且神似。有人说，曹雪芹喜爱唐伯虎，所以《红楼梦》中常引用这位风流才子的诗句，例如"红杏枝头挂酒旗""处处烟波处处愁"；曹雪芹还特别喜爱唐伯虎长期生活过的姑苏城，于是将林黛玉的出生地设定为苏州，这位文学精灵美丽不可方物，确实很难从别处冒出来。

唐伯虎与文徵明亲如手足兄弟，别人用言语挑拨，也无法离间。唐伯虎的《与徵仲书》，可谓知己知彼，他欲以文徵明为师，字字恳切："寅每以口过忤贵介，每以好饮遭鸠罚，每以声色花鸟触罪戾；徵仲遇贵介也，饮酒也，声色也，花鸟也，泊乎其无心而有断在其中，虽万变于前，而有不可动者。昔项橐七岁而为孔子师，颜路长孔子十岁；寅长于徵仲十阅月，愿例孔子，以徵仲为师，非词伏也，盖心伏也。诗与画，寅得与徵仲争衡；至其学行，寅将捧面而走矣。寅师徵仲，唯求一隅共坐，以消镕其渣滓之心耳。非矫矫以为异也；虽然，亦使后生小子钦仰前辈之规矩丰度，徵仲不可辞也。"明代文学家袁宏道读罢这封尺牍，评点道："真心实话，谁谓子畏狂徒者哉？"唐伯虎的狂傲冷若冰霜，是针对群小、群丑的，对于至交好友，他心服口服，全是春风般的和煦。

文徵明的特质是端方、高雅，祝允明的特质是诙谐、放诞，后者与唐伯虎的性情、趣味更为合拍。某个夏日，唐伯虎寻访祝允明，恰逢祝允明大醉，赤身裸体，纵笔疾书，对于好友的到访漫不在意。唐伯虎采用《诗经·豳风·七月》中的诗句调侃道："无衣无褐，何以卒岁？"仓促之间，祝允明急中生智，采用《诗经·秦风·无衣》中的诗句来回敬唐伯虎的调侃："岂曰无衣？与子同袍！"倘若按照酒鬼刘伶"我以天地为栋宇，屋室为裈衣"的逻辑，称唐伯虎与祝允明是"同袍"战友，完全讲得通。还有一次，在雨雪中，唐伯虎与祝允明、张灵做乞儿鼓节，唱莲花落，得了赏钱，他们就在闹市沽酒，去荒寺痛饮，唐伯虎感叹道："可惜这样的赏心乐事无法让李太白知道！"

上文已提及，张灵是唐伯虎的发小，而且是邻居。两人在郡学同窗，都喜欢古文，鄙弃时文。提学御史方志到吴中督学，专门查处那些厚古薄今的生员，唐伯虎被他锁定为头号嫌疑犯，后果堪忧。张灵闻讯后，怔忡不安，悒郁难遣。唐伯虎问道："你又不是方某人的下饭菜，为何愁苦成这样？"张灵的回答相当妙："独不闻龙王欲斩有尾族，虾蟆亦哭乎？"我们将这话理解为兔死狐悲，物伤其类，就对了。

张灵嗜酒，无奈家贫，箪瓢屡空，釜中生尘。有天早上，唐伯虎叫醒张灵，张灵非常生气，嚷嚷道："我在梦中饮酒，刚至半醺，好不快活，你把我叫醒了，难道能拿美酒陪我一醉？"令人叫绝的是，唐伯虎与张灵迷恋行为艺术，他们扮成乞丐，赋诗讨酒喝。有一次，唐伯虎穿一袭破衣，趿一双烂鞋，去游虎丘。他见一位行客赋诗，不甚得力，就上前凑趣，说是他能属和，只求酒喝，对方将信将疑，让他试作。他就挥笔书写"一上"二字，行客看不出有何高明，就让他继续写，他又书"一上"二字，对方大笑，认为唐伯虎只会夸海口。唐伯虎就说："我生性嗜酒，喝至微醺才能赋诗，你能否让我先过过酒瘾？"那位行客倒也爽快，当即拿出酒来，唐伯虎喝得兴起，于是将袖操觚，此诗一挥而就："一上一上又一上，一上上到高山上。举头红日白云低，四海五湖皆一望。"那位行客心知遇到了高手，却万万没有料想到这位乞丐就是唐伯虎。还有一次，张灵与唐伯虎游虎丘，见到几个商人在亭中聚饮，费神费劲地赋诗，于是张灵换上乞丐装，去讨取酒食。他一边吃喝，一边谈论，妙语连珠。几个商人很惊奇，就恭请张灵赋诗，他挥毫不止，总共写下二十首绝句，然后掷笔而去。商人们到处寻他不着，都以为张灵是济公再世，或者是神仙下凡。这类即兴创作的行为艺术，唐伯虎和张灵能从中获取玩世不恭的乐趣。

张灵画人物，"冠服元古，形色清真，无卑庸之气"。他画山水，"笔生墨劲，斩然绝尘，多有可观"，但他动笔不勤，画作太少，"唯掩其醉得之，莫可购取"。张灵不善经营家计，有钱就喝酒，这样的狂士无疑是天才的艺术家，却很难得到家庭幸福，也不可能长寿。相比张灵，唐伯虎的名气更响，狂气稍逊，他的境况却要强出许多，在苏州城金阊门外的桃花坞，他有一座桃花庵，足以安身立命。

清代诗人吴仰贤在《小匏庵诗话》中指出："以烟云养其性情"的画家多

半长寿，如黄公望、沈周、文徵明、王翚等人。"神动天随，专写寄托"的诗人也多半长寿，如白居易、杨万里、陆游、范成大、袁枚等人。"抉摘刻画，露其情状"的诗人，由于"暴殄天物"，则往往短命，如王勃、李贺、黄景仁等人。唐伯虎既是画家，又是诗人。绘画时，"以烟云养其性情"，他做到了；写诗时，"抉摘刻画，露其情状"，无不淋漓尽致；再加上"烟花队里醉千场"，他只活了五十四岁，得中人之寿，也就合情合理了。

四、民间传说，才子风流

唐伯虎自命为"江南第一风流才子"，在常人的想象和印象当中，才子佳人的关系无异于鱼水相亲。唐伯虎嗜酒，自古酒色不分家。因此，民间有关唐伯虎的传说，多半都是在"酒色风流"的范畴内兜来转去。

唐伯虎在南都（今南京）应试，某日出游，抬头看见雅园楼上有位亭亭玉立的美人，向他暗送秋波。唐伯虎内心怦怦，亦殷勤致意。这位美人是某某指挥使的千金，仰慕唐伯虎的才名，暗通情款，订下的幽会日期是中秋之夜。唐伯虎喜欢流连于酒肆茶楼，很少窝在客栈，一位朋友闲来造访，翻寻案上的书籍，发现那封订约的薛涛笺，心下波澜起伏，来了个顺手牵羊。

乡试完场，翌日就是中秋，这位朋友选在大酒楼设下盛宴，众书生中不乏高阳酒徒，缠住唐伯虎，觥筹交错，酒令愈出愈奇。唐伯虎善饮，却招架不住车轮大战，饮至晚间，烂醉如泥。这位朋友赶紧付账，雇了马车，冒名前往绣阁，与佳人幽会。再说，唐伯虎醒酒之后，将近三更时分，恍然记起前约，匆匆整装出门。半路上，他听说某指挥使家闹出了一桩离奇的入室强奸案，一位年轻书生潜入绣阁，欲行非礼，某指挥使及时察觉，一怒之下，手刃花贼。唐伯虎闻讯，顿时肉跳心惊，冷汗浃背，不禁暗呼侥幸，晚宴若非醉倒，这场血光之灾的苦主就该换成他唐寅了。

风流才子并非个个都能像温庭筠、柳永那样讨得美人的青睐和厚待。有道是，人靠衣装马靠鞍，真是没办法，势利眼的认知水准和判断能力总是见低不见高。有一次，唐伯虎出门会友，布衣布履布帽，形象不免寒酸。他从花船边经过，一位新来的船妓凭栏哂笑，漫不为礼，唐伯虎就驻足问她："倚栏何事笑嘻嘻？"对方不识唐才子的真容，自恃急智，应声作答："笑你寒儒穿布衣！"既然来者不善，唐伯虎就见招拆招，续下后面两句："锦绣空包驴马骨，那人骑过这人骑。"这样的恶谑之语会不会出自唐伯虎之口呢？我还真拿不准。那位船妓用势利眼量人，又以小慧利齿哂人，唐伯虎即兴敲打她两句吧，不算太过分。

唐伯虎有一首《花酒》诗，这样写道："戒尔无贪酒与花，才贪花酒便忘家。多因酒浸花心动，大抵花迷酒性斜。酒后看花情不见，花前酌酒兴无涯。酒阑花谢黄金尽，花不留人酒不赊。"在这首诗中，"花"与"酒"二字形影不离，与"酒"结盟的"花"，唯有青楼美人当之无愧。唐伯虎深知，男人嗜酒爱花，欲壑必大，黄金再多，也不够砸。既然戒色是难以完成的任务，那就勉力留住几分清醒吧，别贪享非分的艳福，以免沦为"路人甲"。

明代嘉兴名士项元汴著《蕉窗杂录》，其中记载了唐伯虎与秋香的故事，后世剧目《唐伯虎点秋香》即以此为蓝本。相比戏剧的高潮迭起，故事的发展略显平淡，趣味却半点不少。

话说唐伯虎在京城应试，吃了官司，仕途经济已彻底无望，回家后，他就由着性子休掉了悍妻。某日，在金阊门外，他见到一艘画舫，珠翠盈座，舱内有一位女郎，面容姣好，姿态妩媚，笑意撩人。唐伯虎一见心动，于是换上布衣，租来小艇，尾随其后，径至吴兴。他上岸打听之后得知，那艘画舫里的女客是某某官员的家眷。此后数日，唐伯虎每天都去那位官员的宅门前溜达，作落魄状，作窘困状，请求主人雇他为两位公子服务。主人动了恻隐之心，就让他上门试工。唐伯虎手脚勤快，心思细密，颇得主人的欢喜。两位公子有了强援，文章越写越好，令人称奇，他们的父亲和塾师哪里知道，全是唐伯虎背后代为捉刀。不久，唐伯虎以娶妇为由，打算返回苏州，两位公子死活不肯放行，他们说："家里有许多年轻漂亮的婢女，任由你挑选一个就是，何必多费周折？"此言正中唐伯虎下怀，挑中秋香就在情理之中，意料之内。不用再猜，秋香正是他当日一见钟情的那位美丽女郎。

新婚之夜，秋香询问唐伯虎："郎君岂不是几个月前我在金阊门外见过的那位书生吗？"唐伯虎应答如响："是啊，就是我！"秋香责备道："郎君是读书人，何苦这样自轻自贱呢？"唐伯虎如实相告："昔日，娘子多看了我几眼，我不能忘情啊！"原来如此，秋香也不打诳语："那时候，贱妾见到一群少年簇拥着郎君，拿出素净的扇面求郎君题诗作画，郎君挥翰如流，一边欢呼，一边畅饮，旁若无人，贱妾就知道郎君不是凡庸的书生。"现场还原，果然有趣，唐伯虎的调侃更像是自嘲："哪里来的奇女子，竟然能在红尘之中识得真名士？"

唐伯虎娶得秋香为妻，两情甚是欢洽。过了数日，有贵客来府中拜访，主人让唐伯虎出面接待。席间，贵客总是注目唐伯虎，私底下问道："为何先生的容貌酷似唐子畏呢？"唐伯虎自觉兴味十足，火候已到，就主动揭开谜底："在下就是唐寅，由于爱慕主人家的女郎，乘船追随，来到吴兴。"这可是一条天大的新闻，贵客将实情告诉主人，主人又惊又喜，赶紧请唐伯虎坐上贵宾席，宾主尽欢。翌日，主人花费巨资为唐伯虎和秋香置办行装，派人护送他们返回姑苏城。

在《古今词话》中，清代文人沈雄猜想这则轶事中的主人是学士梁毂，却没有拿出令人信服的证据。在《唐伯虎点秋香》的剧本中，唐伯虎十八岁就入华府做书僮，好玩是好玩，但改编力度太大，与事实相去甚远。这则轶事经过长期不断的艺术加工，较真已毫无必要，想考证，我估计也无从下手。

唐伯虎倜傥不羁，那些卫道士嫉视他，诟病他，永远不愁找不到猛料。这位江南大才子不仅出入秦楼楚馆，真要是玩嗨（Hi）了，他还喜欢动手绘制栩栩如生的工笔春宫，风行市井，娱乐众生。在唐伯虎之前，大画家多半爱惜羽毛，他们羞于（也可能是拙于）绘制春宫秘戏图。唐伯虎却敢吃"河豚"，爱吃"河豚"，会吃"河豚"，他画过一套《风流绝畅图》，多达二十四幅，经由徽派刻工贵一明摹刻，制成版画，遂被视为中国古代春宫图之瑰宝。

在《红楼梦》第二十六回中，有个小笑话。呆霸王薛蟠曾在别人家里见过一幅十分精致的春宫画，讲起此事，眉飞色舞，可是他胸无点墨，把画家"唐寅"误读为"庚黄"。起初，宝玉颇为疑惑，待他猜出谜底后，"薛蟠只觉没意思，笑道：谁知他'糖银''果银'的"。读书至此，不笑都难。

此外，在《红楼梦》第五回中，贾宝玉进入秦可卿那间"大约神仙也可以住得了"的卧房，首先映入眼帘的就是唐伯虎的名画《海棠春睡图》，画中人杨贵妃醉态可掬，睡眼惺忪。风流角色必有风流装饰，唐伯虎风流，杨贵妃风流，秦可卿自然也风流。曹雪芹善用伏笔，也善用暗示。正是在秦可卿的卧房中，贾宝玉梦游太虚幻境，警幻仙子确认他为"天下古今第一淫人"，并且"秘授以云雨之事"。紧接着，到了《红楼梦》第六回，贾宝玉就学以致用，与袭人偷尝禁果，初试云雨情。

二十世纪中叶，荷兰汉学家高罗佩编著《中国古代房内考》和《秘戏图考》，仍对《风流绝畅图》津津乐道。明代大画家仇英亦善画裸体相交的男女，但较为拘谨。这就毫不奇怪了，明代的市井文化极其发达，文人墨客踊跃跟进，并且推波助澜，《金瓶梅》这部久禁不绝的"淫书"就在那时应运而生，横空出世。

寒山一片，空老莺花，功名之外，自足千古。唐伯虎以风流自命，以才子自居，以诗酒自娱，他置身于主流社会之外，隐居在桃花坞，拥有自己的息壤和乐土，不做官，做个活神仙，有何不可？

五、做个堂堂好男子

明朝中叶，工商业发达，非农经济日益活跃，由此带来的变化相当显著。以唐伯虎的个案为例，他终身与仕途绝缘，凭借书画手艺和诗词功夫，仍可以活得游刃有余。

在《守质记》中，唐伯虎写道："全其天赋，不为众物所诱夺，确乎其不可拔，坚乎其不可乱，整不可紊，守夫天之所赋而不失。"这样的高手极为罕见，但毕竟没有绝种。狂于士林，隐于民间，他活出了真性情、真本色。只喝"随缘冷暖开怀酒"，只下"懒算输赢信手棋"，"赢了我时何足幸，且饶他去不为亏"，"生涯画笔兼诗笔，踪迹花边与柳边"，"万事由天莫强求，何须苦苦用机谋？饱三餐饭常知足，得一帆风便可收。生事事生何日了？害人人害几时休？冤家宜解不宜结，各自回头看后头"，究竟是他更快活，还是那些禄蠹更快活？唐伯虎拥有这样的状态和觉悟，自订游戏规则，而非身不由己，憋屈在那些不许修改、不准校正的潜规则中，闷闷不乐。谁说他不幸？不幸者另有其人。相比唐代诗人孟浩然怨天尤人，"不才明主弃，多病故人疏"，唐伯虎的精神质地岂不是要俊朗、潇洒得多吗？

平日，唐伯虎倚坐在临街的小楼上。若有求画者携美酒、捧鲜花来拜访他，便呼朋唤友，酣畅终日，"醉则岸帻浩歌，三江烟树，百二山河，尽拾桃花坞中矣"。唐伯虎既任性又随意，但他从不苛求，也从不苟取。

唐伯虎反复强调"不炼金丹不坐禅"，但他晚年学佛，自号六如。这个法号取自《金刚经》，"一切有为法，如梦幻泡影，如露亦如电，应作如是观"，六种喻物皆难以坚久，以示执着大可不必。他自题画像的偈子《伯虎自赞》就显得禅味十足："我问你是谁？你原来是我；我本不认你，你却要认我。噫，我少不得你，你却少得我；你我百年后，有你没了我。"一位不朽的艺术家，他的寿命再长，也不如自己的作品和画像的寿命长，然而将二者摊开在广大无垠的时空中去细加辨识，其长短有无，则又毋庸纠结。

最不可思议的是，唐伯虎潜心研究过与象数、律历、元虚、五遁、太乙等相关的各类深奥的古书，在明朝中晚期刻印的《周髀算经》中，收有他对赵君卿、甄鸾等人勾股法数十条辨证，堪称精核。这位天才的画家、诗人，一度将兴趣的根须伸向玄学和数学，说奇怪并不很奇怪，能够不断拓展自我边际的心灵才是自由的心灵。

知命之年，唐伯虎赋《言怀》诗，仍然一如既往，难离"花""酒""神仙"字样："笑舞狂歌五十年，花中行乐月中眠。漫劳海内传名字，谁论腰间缺酒钱？诗赋自惭称作者，众人都道我神仙。些须做得功夫处，莫损心头一寸天。"自古以来，成仙者多为平民，而少有帝王，这是为何？帝王囊括四海，包举八荒，却不得自由。唐伯虎自称为"天上闲星地上仙"，在意的是有花有酒、无拘无束的存在感，以及心中良知灼然的"一寸天"。

唐伯虎的绝笔诗是："生在阳间有散场，死归地府又何妨？阳间地府俱相似，只当漂流在异乡。"此诗另有个定本，前三句被修改得面目全非："一日兼他两日狂，已过三万六千场。他年新识如相问，只当漂流在异乡。"定本确实更接近唐伯虎的性格和风格。

祝允明撰《唐伯虎墓志铭》，愤愤不平："有过人之杰，人不歆而更毁；有高世之才，世不用而更摈。"抱怨何益？适见其小，适见其隘。唐伯虎不必混迹官场，方能舒展才华；不复留意仕途，才能做个堂堂好男子。

在官本位的畸形社会，几乎人人尊权，个个慕势，纯良的书生很容易被异化为禄蠹。唯有当他们功名受挫，仕途绝望时，貌似废弃，实为成全。在劣币驱逐良币的世道，一位天才被低估或许就是被高看，被埋没或许就是被珍藏。其天性避开了斧斤的砍伐，幸运莫此为大。

文坛飞将

龚自珍（1792—1841）的《病梅馆记》曾在我心头刻下一痕磨灭不去的印象。江、浙两地的文人墨客爱梅成癖，违背自然精神，"以曲为美"，"以欹为美"，"以疏为美"，颇有点像是薛萝村中效颦的东邻女儿，竟以西施捧心为美。要使病态美的效果臻于极致，他们使用的绝招有"斫直、删密、锄正"，扭曲梅的天性，不惜戕残其生机。龚自珍感叹道："文人画士之祸之烈至此哉！"作者同情病梅，更深层的意思则是同情专制时代的士子，从小到大，个个接受"思想改造"，诵读四书五经，信奉孔仁孟义，写作八股文章；被各种礼数牢牢束缚，像是端午节的粽子；他们时时处处俯首低眉，察言观色，生活得既不自然，又不自由，缺乏应有的个性和生趣。"天地之间，几案之侧，方何必皆中圭？圆何必皆中璧？斜何必皆中弦？直何必皆中墨？"龚自珍撰文，反复诘问，仍嫌不足，还要赋三百一十五首《己亥杂诗》，发出时代的强音：

九州生气恃风雷，万马齐喑究可哀。
我劝天公重抖擞，不拘一格降人才！

在龚自珍看来，举国萧条，人才奇缺，"左无才相，右无才史，阃无才将，庠序无才士，垄无才民，廛无才工，衢无才商，抑巷无才偷，市无才驵，薮泽无才盗"，这个现实令人沮丧。偷盗之徒中居然都缺乏功夫高强的狠角色，即使有"才士"与"才民"出现，"则百不才督之缚之，以至于戮之"，他们遭到围剿和摧残，也很难找到一条光明的出路。

龚自珍死于知命之年，他看到了鸦片战争波及东南沿海，却没能看到太平天国农民起义席卷江南各地。晚清七十年，最令人惊诧的现象莫过于"不拘一格降人才"，那个年代铁血交飞，生灵涂炭，始终充满了不确定性，动荡、黑暗、残酷、悲惨，怀疑、困惑、忧伤、绝望，几乎全是恶性循环，战争，还有饥馑，实为双鬼拍门。不用谁劝，天公也在重新抖擞，所以有洋务运动，有维新变法，其"好处"与"坏处"毗邻而居，五百年一遇的大变局，竟如同走马灯的戏台。乱世救死扶伤不暇，仿佛溺者拯溺，焚者救焚，人才的价值和作用就被一些积重难返的负面因素抵消了，这样的结果不容乐观，绝对是龚自珍晚年始料未及的。

一、负尽狂名，恃才傲物

龚自珍高蹈狂舞三十余年，被誉为"文坛之飞将"。湖湘才子汤鹏一向目高于顶，居然俯首虚心，称许龚自珍为"海内文章伯，周南太史公"。南海先生康有为以圣人自居，竟然也心悦诚服，赞扬龚自珍的诗文为"清朝第一"。

在教科书上，龚自珍的标签是"具有进步思想的清代诗文家"，他绝对不是英国人弗斯特在《小说面面观》中轻视的那种"扁平人物"，他的形象既是浑圆的，又具有立体感，个性的优劣表现均吸引大众的眼球。

龚自珍出生在杭州的诗礼簪缨之家，母亲段驯是文字学家段玉裁（代表作为《说文解字注》）的女儿，她爱好诗词，结集为《绿华吟榭诗草》，得益于家学渊源，善于"以经说字，以字说经"。这样的文化氛围，不用讲，龚自珍受惠良多。少年时期，他阅读《汉书·东方朔传》，神思恍惚，若有所遇，竟自称为"曼倩后身"（东方朔字曼倩），玩世不恭，愤世嫉俗，这方面，他不遑多让。

十三岁，龚自珍撰《水仙花赋》，以水仙花自喻，寄托其脱俗的高雅情怀；十五岁，他分韵赋诗。十九岁，倚声填词。二十三岁，作《明良论》四篇，请外公段玉裁斧正，第二篇中有"士不知耻，为国之大耻"的论断，与明末清初学问家顾炎武在《日知录·廉耻》一则中的论断——"士大夫之无耻，是谓国耻"，实属一脉相承。龚自珍自诩"少作精严故不磨"，段玉裁也称许这位外孙治经读史之作远胜凡品，"风发云逝，有不可一世之概"，赞美其文章才气逼人，"造意造言，几如韩、李之于文章，银碗盛雪，明月藏鹭，中有异境，此事东涂西抹者多，到此者少也。自珍以弱冠能之，则其才之绝异，与其性情之沉逸，居可知矣"。这段话的大意是：龚自珍的文章意味深长，文采斐然，可与唐代的文学家韩愈、李翱相比，就像银碗里装着皓雪，明月下藏着白鹭，文中有特殊的意境。东涂西抹的作者很常见，但能达到他这种境界的作者却罕见。二十多岁，龚自珍就能妙手著文章，其出类拔萃的才华，深沉而不失飘逸的个性，都已表现出来。段玉裁还为他晚年能见到外孙成才而备感欣慰，他感慨道："吾且耄，犹见此才而死，吾不恨矣！"他说的"不恨矣"就是不遗憾了。但段玉裁的头脑是清醒的，他谆谆告诫外孙："努力为名儒，为名臣，勿愿为名士。"曾经有人说："名士者，世界至不祥物也。其为祟，小之足以害家，大之足以祸国。古今贪冒之徒，多属一时知名之士。若扬雄、刘歆、谯周、魏收、褚渊、石崇、冯道、陶谷，皆名士也，或为篡贼之走狗，或为江湖之大盗，或为贰臣，或为秽吏，为百世所鄙弃。"段玉裁不希望外孙龚自珍是个名士坯子，就是担心他会迷失方向，误入歧途。

一位忧国忧民的诗人，不肯皓首穷经，老死雕虫，自然做不成名儒；一位针砭时弊的文人，傲骨铮铮，无意攀缘权贵，自然也做不成名臣；龚自珍任性使气，不拘细行琐德，早已狂名远播。"屠狗功名，雕龙文卷，岂是平生意"，他的词句剖白心迹，似侠客留下美誉，似文豪写出雄文，都不是他今生的志向所在。他的志向是什么？做一个我行我素的自由人，冲破网罗，放浪形骸，因此他若不肯做名士，谁还有资格做名士？

吴昌绶编纂的《定庵先生年谱》大体是粗线条的，细节不多。我找来找去，也只找到一条有趣的记载：龚自珍孩提时，只要过了正午，听见箫声就会生病，及至成年，仍旧如此，可谓应验如神。谁也弄不明白这究竟是什么缘故。龚自珍常对人说，他前身是一位修道未精的和尚，莫非和尚修道未精就听不得箫声？真是咄咄怪事。

箫与剑，是文才武略的象征。"剑"象征报国的雄心壮志，"箫"象征忧国的哀感深情。这就不奇怪了，在龚自珍的诗词中充满了剑气和箫声："来何汹涌须挥剑，去何缠绵可付箫"，"绝域从军计惘然，东南幽恨词满笺。一箫一剑平生意，负尽狂名十五年"，"气寒西北何人剑，声满东南几处箫"，"按剑因谁怒，寻箫思不堪"，"狂来说剑，怨去吹箫，两样销魂味"，"少年击剑更吹箫，剑气箫心一例消"，"沉思十五年中事，才也纵横，泪也纵横，双负箫心与剑名"。箫与剑，就如同龚自珍的左右手。

《清史稿·龚巩祚传》失之简略，对龚自珍的评价一语带过："巩祚（龚自珍又名巩祚）才气横越，其举动不依恒格，时近傲诡……其文字桀骜，出入诸子百家，自成学派。所至必惊众，名声藉藉，顾仕宦不达。"这段话的大意是：龚自珍的才名妨碍了他的仕途，"惊众"二字尤为醒目，惊世骇俗是官场的大忌讳。康（熙）乾（隆）盛世之后，嘉（庆）道（光）时期，国势已急转直下，朝野官绅柔媚取容，明哲保身。似龚自珍、汤鹏那样的倜傥不羁之士，不屑于世故圆滑，不乐于城府深沉，他们矫枉过正，言行举止怪诞不经，必然令人侧目。

　　龚自珍恃才傲物，自我感觉一贯良好，但对于已经成名的前辈还算尊重。他致书秦敦夫，态度谦逊："士大夫多瞻仰前辈一日，则胸中长一分丘壑；长一分丘壑，去一分鄙陋。"二十六岁时，他把讽世骂人的文章结集为《伫泣亭文》，恭恭敬敬地送给著名学者王芑孙过目，说是向老前辈请教，实则等待对方表扬。可是事与愿违，王芑孙的批评较为委婉，但并不客气："……至于集中伤时之语，骂坐之言，涉目皆是，此大不可也。"他还对症下药："不宜立异自高。凡立异未能有异，自高未能高于人者。甚至上关朝廷，下及冠盖，口不择言，动与时忤，足下将持是安归乎？足下病一世人乐为乡愿，夫乡愿不可为，怪魁亦不可为也。乡愿犹足以自存，怪魁将何所自处？……窃谓士亦修身慎言，远罪寡过而已，文之佳恶，何关得失，无足深论，此即足下自治性情之说也。唯愿足下循循为庸言之谨，抑其志于东方尚同之学，则养身养德养福之源，皆在乎此。虽马或蹄啮而千里，士或跅弛而济用，然今足下有父兄在职，家门鼎盛，任重道远，岂宜以跅弛自命者乎？况读书力行，原不在乎高谈。海内高谈之士，如仲瞿、子居，皆颠沛以死。仆素卑近，未至如仲瞿、子居之惊世骇俗，已不为一世所取，坐老荒江老屋中。足下不可不鉴戒，而又纵心以驾于仲瞿、子居之上乎？"

　　这段话的大概意思是：在你的文集中，讽刺时俗、斥骂权贵的句子比比皆是，这样做是很不恰当的。做人不宜标新立异，自视过高。你的文章很可能得罪朝廷和官场，与时政相抵触，你将如何收拾残局？你责备世人混世媚俗，固然没错，惊世骇俗同样不值得提倡。前者还能保全自己的羽毛，后者又到何处去寻找安身立命的地方？我私下认为读书人真正应该做的是勤于修身，慎于发言，远离罪恶，减少过失。至于文章好不好，无关紧要。我希望你三思而言，三思而行，抑制自己凌轹世俗的念头而尽量合群，那你就能寻觅到幸福的源泉。尽管世间也有烈马能行千里，也有狂士能办大事，但你是名门子弟，父兄都有官职，任重而道远，不宜树立狂放不羁的形象。何况读书人贵在努力实践，而非高谈阔论，本朝的狂士王昙、恽敬，已颠沛流离而死。我比他们有所收敛，已不被世人接受，只能隐居在旧屋中，一无所成。你应该把我们当作前车之鉴，不宜放纵身心，以超越前辈的狂名为平生快事。

世事多半难如愿，龚自珍满以为王芑孙是一位当代嵇康，会对他惺惺相惜，却没想到冷水浇背，只收获满纸规劝。他年少气盛，如何听得进逆耳诤言？一怒之下，把文集撕成了碎片。及至而立之年，龚自珍阅世渐深，《咏史》诗中便有了"避席畏闻文字狱，著书都为稻粱谋"的痛切之语，早年的棱角已被磨平了许多。

龚自珍俯视一世，很少有人能入他的法眼。据况周颐《餐樱庑随笔》记载，龚自珍曾嘲笑自己的叔父龚守正文理不通，甚至嘲笑自己的父亲龚丽正也只不过半通而已，由此可见，他是何等的狂妄自大，完全把礼法扔到一旁。

二、嘲笑翰林学问

在科举考试中，大才子落榜落魄者多，顺风顺水者少，在以诗赋取士的唐朝，杜甫尚且屡试不第，久困场屋。龚自珍才华横溢，但他并不擅长照猫画虎，撰写那种"万喙相因"（千篇一律、千人一面、千口一声）的八股文。人生出路，政治前途，均系于科场功名，他又不得不"疲精神耗目力于无用之学"。龚自珍总共参加过四次乡试，才中举人；参加过五次会试，直到三十八岁那年，才勉强考取殿试三甲第十九名，"赐同进士出身"。据《龚定庵逸事》记载：龚自珍会试时，墨卷落在王植的考房，王植认为这名考生立论诡异，于是边读边笑，忍不住笑出声来，温平叔侍郎从邻近的考房循声而至，检看考卷后，他以断定无疑的语气说："这是浙江卷，考生一定是龚定庵。他生性喜欢骂人，如果你不举荐他，他会骂得极其难听，天下人将归过于你。依我看，还是将他圈中为妙。"王植心想，龚自珍名噪天下，被他指名谩骂可不是好受的，头上生疮，背上生疽，都有可能，除了生前遭人戳脊骨，说不定还会遗臭万年，反正取舍予夺之权由我操持掌握，干脆成全这位狂生算了。放榜揭晓之日，有人问龚自珍："你的房师是谁？"龚自珍笑道："真正稀奇，竟是无名小卒王植。"王植听说之后，懊恼万分，他一个劲地埋怨温平叔："我听从你的建议，举荐了他，他也顺利地考中了进士，我仍旧免不了挨骂，我已做到仁至义尽，他到底还要如何？"

清代的殿试以书法为重，龚自珍的翰墨马马虎虎，单单因为这一项，他就跻身不了鼎甲、二甲之列，点不了翰林。龚自珍的官运可谓平淡无奇，四十六岁在礼部主事（从六品）任上封了顶，就再也没有任何升迁的迹象。

有一回，龚自珍拜访身为部长高官（礼部尚书）的叔父龚守正，刚落座，尚未寒暄数语，守门人进来通报说，有位年轻门生来府中求见。此人新近点了翰林，正春风得意着呢。龚自珍识趣，撂下话头，暂避耳房，外间的交谈倒也听得一清二楚。龚尚书问门生最近在忙些什么，门生回答，也没啥要紧的事情好忙，平日只是临摹字帖，在书法上用些粗浅工夫。尚书夸赞道："这就对啦，朝考无论大小，首要的是字体端庄，墨迹浓厚，点画工稳。若是书法一流，博得功名直如探囊取物！"那位门生正唯唯诺诺恭聆教诲，龚自珍却忍不住在隔壁鼓掌哂笑道："翰林学问，不过如此！"话音一落，那位门生颇感窘迫，慌忙告辞，尚书老叔则勃然大怒，将侄子狠狠地训斥了一番，叔侄间竟为此闹翻了脸。

在长篇小说《孽海花》第五回中，作者曾朴描写翰林学士金雯青准备朝考，"选了几支用熟的紫毫，调了一壶极匀净的墨浆"，随即以调侃的方式作了妙趣横生的交代："原来调墨浆这件事，是清朝做翰林的绝大经济，玉堂金马，全靠着墨水翻身。墨水调得好，写的字光润圆黑，主考学台，放在荷包里；墨水调得不好，写的字便晦蒙否塞，只好一世当穷翰林，没得出头。所以翰林调墨，与宰相调羹，一样的关系重大哩。"龚自珍的叔叔龚守正郑重叮嘱门生，用的就是翰林老前辈的心得。门生听了受益无穷，侄子听了却嗤之以鼻。

狐狸吃不到葡萄，便说葡萄酸，也很可能认为它格外甜。龚自珍未曾点翰林，受到的刺激还真不小，后来，他干脆让夫人、女儿、媳妇、小妾、宠婢日日临池，而且专练馆阁体。平常，若有人夸赞翰林学士如何了不起，他就会嗤之以鼻，挖苦道："如今的翰林，还值得一提吗？我家的女流之辈，人人都可点翰林，不凭别的，单凭她们那手馆阁体的毛笔字，就绝对够格！"瞧，他这话半是讽刺，半是牢骚，相当滑稽。

但事情还有另外一面，到了四十一岁，龚自珍终于为自己小时候不重视书法感到锥心痛悔，他在《跋某帖后》写道："余不好学书，不得志于今之宦海，蹉跎一生。回忆幼时晴窗弄墨一种光景，何不乞之塾师？早早学此，一生无困厄下僚之叹矣。可胜负负！"这段话语才是他的由衷之言。

大凡性情中人，喜欢讲怪话，管不住自己的嘴巴，动辄触犯时忌，就休想在官场中混出多大名堂。龚自珍撰写过一副对联："智周万物而无所思，言满天下而未尝议。"这种证悟法华三昧的明白话，不过说说而已，他岂能收敛狂性，归结禅心？龚自珍只好认命，做个诗酒风流的名士，感觉也不赖，至少比那些削尖脑袋苦苦钻营的硕鼠们活得更潇洒，也更快活。

三、自命不凡的"赌圣"

龚自珍在词作《金缕曲·癸酉秋出都述怀》中大放狂言："愿得黄金三百万，交尽美人名士，更结尽燕邯侠子！"若以金钱论交，黄金三百万实则区区不为多也。龚自珍的朋友个个有名有数，王昙、汤鹏、张际亮、姚莹、恽敬、孙星衍、赵怀玉、张维屏、阮元、程同文、庄绶甲、李兆洛、刘逢禄、王氏父子（王念孙、王引之）、魏源、林则徐，差不多个个都是重量级、次重量级的士林奇才，有的是平辈之交，有的是忘年之友。特别值得一提的是大学者阮元，晚年他退居扬州，不耐烦接见俗子，"人有以鄙事相污，则伪耳聋以避之"，更别说挽留对方共进午餐或晚餐了。龚自珍游历扬州，踵门拜访，两人一见如故，相谈甚欢，阮元吩咐摆家筵一席，盛情款待。扬州士女为此诌成两句调侃的顺口溜来："阮公耳聋，见龚则聪；阮公俭啬，交龚必阔。"由此可见，当时朝野名流对龚自珍的推崇和看重非比寻常。

张祖廉在《定庵年谱外纪》中收集了一些妙趣横生的逸事，值得一录：

> 定庵不喜修饰，故衣残履，十年不更。……又谈次兴浓，每喜自击其腕。尝乘驴车独游丰台，于芍药深处藉地坐，拉一短衣人共饮，抗声高歌，花片皆落。益阳汤海秋过之，亦拉与共饮，问同坐何人，不答。汤疑为仙人，又疑为侠，终不知其人也。

龚自珍貌古颧高，身短步急，说话唱歌嗓门大。他游历扬州，借住在好友魏源家中，魏源个子高，龚自珍穿他的衣服，仿佛身着道袍，雨天出门，下衫拖泥带水。龚自珍喜欢穿靴子，有时玩倦了回来，他懒得脱靴，就从脚上直接踢出去，落在哪儿算哪儿。有一天早晨，他起床穿靴，却只找到一只，到处寻找，都没找到另一只。等他出门以后，仆人这才在蚊帐顶上找到了那只会飞的靴子。

一个人放浪于形骸之外，身上总难免会有长年改不掉的老毛病。平日龚自珍身上不可有钱，有钱即随手花尽，花酒没少吃，赌博没少玩，差不多场场必输。所幸他名气大，崇拜者不乏其人，借钱给他，似乎仍嫌不够客气和义气，有人干脆送钱给他，将自己的痛苦建立在这位名士的快乐之上。因此龚自珍嗜赌成性，多半花别人的银钱，得自家的快活。如果真要他亏本破财，他一早就倾家荡产了。令龚自珍最沉迷的赌戏是摇摊（即押宝），他经常吹牛说他能够用数学公式推算出大小输赢的概率，分毫不差。令人咋舌的是，他的"研究工作"竟做到了卧室里，帐顶画满一大堆数字，没事时，他就躺在床上，抬头琢磨那些数字的排列组合，从中探寻消长盈虚的消息。龚自珍屡次当众吹嘘自己的赌术天下独步，了解他的人则心知肚明，其所谓独步天下的赌术，只不过是赵括之流的纸上谈兵，一旦实战，必败无疑。

有一回，扬州某盐商家大摆宴席，名流巨贾齐聚，酒过三巡，照例要开赌局。有位王姓客人喜欢附庸风雅，视龚自珍为超级偶像，那天他晚到，看见龚大诗人在花园里独自拂水弄花，昂首观云，一副萧然出尘的姿态，便凑到跟前去搭讪："先生不喜欢闹哄哄的场面，独自游园，可真是雅人深致啊！"龚自珍笑道："陶靖节（渊明）采菊望山，哪里是他的本意，只不过无可奈何，才纵情山水之间，以寄托感情。所以他的诗文越是旷达，就越是表明他不能忘怀世事。我拂水弄花，也是这种境况而已，没什么特别。"稍停，他又说，"今天的赌局，我早已看得雪样分明，只因阮囊羞涩，才使英雄无用武之地。可惜世间没有豪杰之士，肯匀出赌本让我去大干一场！"这位王姓富商不差钱，他喜欢攀附名流，以光颜面，听罢龚自珍的海侃神吹，立刻倾囊相助。两人联袂入局，坐庄做闲，呼卢喝雉，转眼间，连输数把，一千两银票化为乌有。王姓客人襄中多金，倒没有着恼，龚自珍却气得嗷嗷直叫，一跺足，拂袖而去。

四、是真名士自风流

倘若让龚自珍确定一门看家功夫，非怜香惜玉而莫属。他曾制作金钏，赠给美人，金钏上镌刻回文铭十二字，顺着读过去是："腕生兰，卷袖纨，款所欢，暖与寒。"倒着读回来是："寒与暖，欢所款，纨袖卷，兰生腕。"虽未直抒胸臆，深情自在其中。他还曾花费重金，收藏到汉代美人赵飞燕的玉印一枚，将它视为奇珍异宝，特意选址昆山，筑"宝燕楼"，顶层专藏此印，用情之深，一时传为佳话。某日，龚自珍见人在旧址上建新屋，挥利斧砍伐桃树、海棠，竟触发恻隐之心，从斧斤之下"救得人间薄命花"。他对同时代的美女、才女的呵护就更不用说了，与老前辈、随园主人袁枚相比，亦不遑多让。

据赵烈文《能静居日记》记载，咸丰十年（1860）五月十一日，他在上海蕴记楼初识粤东红顶商人、古玩古籍收藏家潘仕成，后者向他出示赵飞燕玉印。"面作'倢伃妾赵'，倢伃古与婕妤通，飞燕官婕妤时刻也。'赵'字独作鸟篆，意合飞燕名义。玉质纯净无点瑕，方今长一寸厚三分，上刻鸳钮，精美无对。向售龚祠部定庵先生家，价五百金，后与他物俱押潘处，价甚廉，龚竟无力赎之。"寻绎日记语意，将这枚赵飞燕玉印抵押给潘仕成的并非龚自珍，而是他的败家子龚橙。龚橙混在上海洋场，吃酒泡妞，呼朋引伴，花销不小，将父亲的心爱之物廉价抵押出去，却无力赎回。

龚自珍怜香惜玉，竟敢逾越雷池玩火。他挑选情敌，可真有慧眼，是荣恪郡王绵亿的儿子，姓爱新觉罗，名奕绘，此人文学上的造诣殊非浅显，所著《明善堂集》流传于世。奕绘受封贝勒，著名才女、美女太清西林春是其福晋（原为侧室，后扶正）。太清姓顾，江苏吴门人。奕绘做官颇能驾轻就熟，还特别喜爱交游，府邸中谈笑有鸿儒，往来无白丁。四十四岁时，龚自珍任职宗人府主事，是奕绘的下属部员，常去奕绘的府邸交差。贝勒从不把他当作属员看待，而是尊为座上宾，任由他在府邸中行走，与顾太清诗词唱和。

才高获赏，日久生情。龚自珍与顾太清的罗曼蒂克确实有风可捕，有影可捉，倘若与他的死因挂起钩来，就有点惊悚片的特殊风味了，容易离谱。龚自珍的《己亥杂诗》中有"一骑传笺朱邸晚，临风递与缟衣人"的诗句，"缟衣人"即指顾太清，她喜欢穿缟衣（白衣），朱邸指贝勒府，飞骑传笺，而且是在夜晚，稍有想象力的人就会脑门洞开。两人明里暗里通了情款，合手把一顶绿油油的草帽牢牢地扣在奕绘头上，难度还能有多大呢？太清的姿态之美颇具脱俗之韵，其定装照是：一身白衣，一袭红斗篷，凌波微步，宛若天宫仙子，皓腕、玉臂令人神迷，骑在高头骏马上，纤指轻捻慢拢琵琶弦，惊艳不可方物，见过的人都说她是王昭君再世。

情圣自有绝活儿。龚自珍与顾太清的会面非同一般，他们用蒙古话聊天，用京片子谈论诗词，用吴侬软语调情，以此瞒天过海，蛛丝马迹处处可寻，男女情之所钟，神魂为之颠倒，岂能长期遮掩众人耳目？何况龚自珍情场得意，也做不到守口如瓶，到底还是被奕绘瞧出了破绽。贝勒固然爱才，但也不肯扮演活王八，于是他暗中派人追杀龚自珍，一定要置他于死地。所幸顾太清的仆人忠于女主人，侦获这个阴谋，及时通知了龚自珍。

道光十九年（1839）四月二十三日傍晚，龚自珍突然辞职南行。"不携眷属，独雇两车，以一车自载，一车载文集百卷，夷然傲然，愤而离京。"他自谓出走理由是"罡风力大簸春魂"，意思是高空的强劲风力簸荡春魂，使之惊恐不安，借喻仕途凶险。有人说，这其实是打马虎眼，他逃之夭夭，是由于京城有无常鬼索命。龚自珍逃往江南，路费不足，只好到处蹭饭，好在他名气大，朋友多，不至于吃闭门羹。《己亥杂诗》中有句"侥幸故人仍满眼，猖狂乞食过江淮"，描写的即是这段不堪回首的经历。顾太清的遭遇也好不到哪里去，由于红杏出墙，百口莫辩，被奕绘之子逐出了贝勒府。

龚自珍与顾太清的情事有个非常诗意的名目——"丁香花公案"。此案传说各异。有人认为，顾太清瞧不起当时的无聊文人陈文述，后者怀恨在心，背地里扮演造谣者的角色，以致此案扑朔迷离。晚清文人冒鹤亭写过《孽海花闲话》，他言之凿凿，咬定奕绘用鸩酒谋害了龚自珍的性命。于是就有历史学家跟他较真，煞一煞他好为武断的文风。1936年，清史专家孟森撰《丁香花公案》一文，考证出己亥年（1839）奕绘已经亡故，地下枯骨何能派遣杀手寻仇？如此一来，冒鹤亭的断言不攻自破。

在长篇小说《孽海花》第三回、第四回中，作者曾朴借龚自珍的遗妾褚爱林之口，将龚顾之恋编织成艳情故事，连迷魂药都派上了用场，《聊斋》的气味挥之不散，小说家的编派功夫倒是不弱。

龚自珍仓皇离京，远赴江南，真正站得住脚的理由是：他引导舆论，力挺好友林则徐在广东禁烟、销烟，得罪了军机大臣穆彰阿，后者势焰熏天，龚自珍惹不起，倒还躲得起，于是乎弃官出京，诗人性情天真烂漫，满以为逃得越远越安全。

五、早死非不幸

知命之年，龚自珍殁于浙江丹阳。根据吴昌绶编纂的《定庵先生年谱》推算，确切地说，道光二十一年（1841）八月十二日，龚自珍在丹阳县署"暴疾捐馆"。当时，他担任云阳书院讲席。可是年谱语焉不详，谱主病状如何，全无记载，令人疑窦丛生。民间传说更是添油加醋，节外生枝：龚自珍竟然是被貌美如花的姬妾灵箫鸩杀的，只因灵箫移情别恋，与某生偷欢时，被龚自珍抓到现行，好不羞愤，变心的妇人下手遂如此之毒。这一说法也没有任何拿得出手的史料支持，仍属小说家的杜撰和臆测，不足为凭。一位诗坛巨擘，死因不明，徒有谜面，全无谜底，真是令人抓瞎。

嘉（庆）道（光）之际，龚自珍与魏源齐名，"龚魏"并称。以诗艺文才而言，龚胜于魏；以史识政见而论，魏胜于龚。龚自珍主张御外敌，禁鸦片。他关注塞防和海防，深谙边情，"九边烂熟等雕虫"，这句诗并非自吹自擂；他好为"天地东西南北之学"，研究边疆的历史地理，多有心得，曾编纂《蒙古图志》，洞悉沙俄的狼子野心。李鸿章为《黑龙江述略》作序，称道龚自珍的卓识："古今雄伟非常之端，往往创于书生忧患之所得，龚氏自珍议西域置行省于道光朝，而卒大设施于今日。盖先生经世之学，此尤为荦荦大者。"大意是：古今雄伟非常的动议，往往是书生饱经忧患之后的创见，道光年间龚自珍就提议在新疆建立行省，今日终于大举施行了；在龚先生利济天下的学问中，这是尤其显明昭著的。

道光十八年（1838），林则徐被朝廷任命为钦差大臣，赴广东厉行禁烟，龚自珍赠给好友一方紫色端砚，背刻"快雪时晴帖"，寓意明确，祝愿林则徐马到功成，尽快整顿出大好局面。林则徐极其珍视这份礼物，被流放伊犁时，囊橐至简，仍携带此砚，以为随身之物，后来又在砚背刻诗一首："定庵贻我时晴砚，相随曾出玉门关。龙沙万里交游少，风雪天山共往还。"

龚自珍意犹未尽，还撰写《送钦差大臣侯官林公序》，劝老友"宜以重兵自随"，"火器宜讲求"，多筑炮台，准备一战，他的确很有先见之明。林则徐迅速给予了回复，信中说："贵难陈义之高，非谋识宏远者不能言，而非关注深切者不肯言也。"可见林则徐对老朋友的多项建议确有采纳，确有认可。

龚自珍果真具备侠肝义胆吗？"狂来说剑，怨去吹箫"，可不是闹着玩的，可惜豪情都付与流水飘风，虽是极佳曲调，时人和后人多半听不分明。弱质书生自古好为大言，连诗仙李白也未能免"俗"，手中无剑，心中无剑，笔下却有剑气如虹。虽然与千秋功业无缘无分，能够神骛八极，心游万仞，也不错啊！怕就怕自始至终是一只去了势的瘟猴子，被专制帝王及其可恶的奴才折腾得只剩下半口气，还要撮圆喉咙尖声高喊"吾皇万岁万岁万万岁"，至死不醒，至死不悟。

"文坛之飞将"能往何处飞？晚清七十年犹如悲剧的第五幕，眼看就要完场了，龚自珍的翅膀折断于1841年，似乎很不情愿去亲睹中国近代史上耻辱连篇的纪录。犹如老房子着火，对于暮气沉沉的清王朝，那些耻辱的打击几乎是致命的，令爱国志士救死而不暇。龚自珍谢世也早，不及看到惨淡的一幕，这应该算是他个人的大幸。

龚自珍在《己亥杂诗》中称赞好友黄玉阶"亦狂亦侠亦温文"，此语又何尝没有自况的意味？他的豪情大都栖落在纸上，这样也好，一百多年后，我们阅读他的诗篇和词章，鲜血仍能烨然着火。

> 陶潜诗喜说荆轲，想见停云发浩歌。
> 吟到恩仇心事涌，江湖侠骨恐无多！

内受钳制，外遭欺侮，这样的年月，纵有侠骨也沉沦啊！林则徐是一代大侠，却含冤受屈，充军伊犁。此前，龚自珍已魂归道山，要不然，眼看老友茕茕孤影，踽踽艰步，西出玉门关，真不知他的赠别诗如何下笔。

是啊，如何下笔呢？墨还未磨，纸还未裁。纵然墨浓了，纸已铺就，写出来的恐怕也是不肯讨巧的句子。都说"愤怒出诗人"，但被黑暗现实气炸了心肺之后，诗人还能成其为诗人吗？

魏源曾作七言古诗《客怀柬龚定庵舍人》八首，其中第三首诗开头四句颇得要领："奇才与庸福，天地悭其兼。繁艳与硕果，华实无两全。"龚自珍是奇才，是硕果，他不该抱怨命运只给他熊掌，不给他鱼翅。他死于知命之年，可算中寿，是不幸，也是万幸。

六、虎父有犬子

在自然界，虎父犬子的事故不可能发生。换成人类社会，则无论医学多么进步，遗传多么靠谱，"虎父犬子"的实例仍层出不穷。

龚自珍的长子龚橙是个顽主，他聪明好学，天资过人，遍览宝艺阁藏书，兼通满文、蒙文和唐古忒文。龚自珍死后，龚橙还学会了英语、法语，在英国公使威妥玛的门下讨过几年生活。后来，他混在上海，境况不佳，一度靠变卖家藏的字画为生。龚橙没能继承到父亲的天才，却遗传了父亲的臭脾气。论恃才傲物，龚橙不遑多让，青出于蓝而胜于蓝。龚自珍目中无父，只不过背后嘀咕。龚橙目中无父，竟比法官还要严厉。

据清代小说家褚人获的《坚瓠集》所载，元代名士陆居仁请人为朱熹雕像，置于案头，他读《论语》《孟子》时，若认为朱熹的注解错误，就会敲击木雕，批评道："朱熹误矣！"龚橙效仿陆居仁，有过之而无不及。某日，他忽发奇想，删改父亲的诗文，号称善本，卖到坊间赚钱。当年，还没有父亲的版权由儿子继承一说，他算是开窍开得早的。

龚橙阅读父亲的诗文，必在身边摆放两件道具：一是龚自珍的木主（灵位牌），二是木方尺。如果他读到出乎意料的妙句，自愧不如，就会离开座位，礼拜一番，口中念念有词："难为吾父，想得到，亦写得出，诚不愧为一代文豪！"礼拜完毕，他奋笔疾书，原文照录，加上圈点，连呼"妙哉"。若有一字一词不合己意，他就立刻搁笔，举起木方尺，击打灵位牌，厉声责备道："不通，不通，亏你写得出手！"于是信笔涂抹，随意修订。待龚橙将龚自珍的诗文通改完毕，灵位牌已被他敲烂。有趣的是，尽管龚橙将这个通改本视为国内最具权威性的《龚自珍全集》善本，却没有任何一位书商肯出资承印，他的功夫到底还是白费了。

在长篇小说《孽海花》第三回中，落魄书生龚孝琪是个洋奴和汉奸坯子。在他的心目中，父亲龚定庵是个"盗窃虚名的大人物"，"他的香火子孙遍地皆是，捧着他的热屁当香，学着他的丑态算媚"，他痛恨父亲从前改他的文章，打他的屁股，所以要报仇，故意将他的诗文集篡改得面目全非。瞎子也看得出，这个小说人物龚孝琪是作者曾朴以龚橙为原型塑造的，严格地说，还算不上塑造，只是依葫芦画瓢。

龚橙别号"半伦"，意思是：他已五伦（君臣、父子、夫妇、兄弟、朋友）皆虚，但仍留恋一名小妾，仅剩"半伦"。龚自珍是爱国者，这一点应该没有疑议，龚橙却毫无爱国之心。据《孽海花闲话》记载：英国公使威妥玛与恭亲王奕䜣在礼部大堂议和，"龚橙亦列席，百般刁难，恭王大不堪，曰：'龚橙世受国恩，奈何为虎象翼耶？'龚橙厉声而答：'吾父不得官翰林，吾贫至糊口于外人，吾家何受恩之有？'恭王瞪目望天，不能语"。龚橙否认龚家"世受国恩"，不算离谱，但他以父亲未曾点过翰林、自己要给洋人打工度日为口实，就显得驴唇不对马嘴了。假若龚自珍高寿，耳闻此言，很可能当场羞死和愧死。

"虽然大器晚年成，卓荦全凭弱冠争。多识前言蓄其德，莫抛心力贸才名。"龚自珍作《示儿诗》，劝告两个儿子：年轻时要努力打拼，才可望大器晚成，积累高尚的品德是当务之急，千万不要浪费心力去追求才子的虚名。有道是，言传不如身教。龚自珍的这首诗算是白写了，他是一位成功的诗人，却是一位失败的父亲。他要的，不是造物主肯给的；他得的，却不是自己想要的。

龚自珍是虎父，他的《示儿诗》写得再好，也帮不上忙，无奈犬子把虎性、虎风遗落在娘胎里，如此一来，虎父的声名就成了犬子肩头不堪其重的负担，最终他连一只猛犬也未做成，非把虎父的颜面丢尽不可，直丢到爪哇国去。

陆　辑

——世间只有两种人：一是归顺心魔的，这种人比比皆是；二是降服心魔的，这种人寥寥无几。

悲欣交集

　　年纪还小的时候，我天真地认为，谱写一首歌曲，如同在云霄构筑一座仙楼，永久地"居住"在里面，那就是令人艳羡的幸福。

　　百年之后，千年之后，这首歌曲依旧在男人和女人的口齿间传唱，幸福就得以加倍地抻长放大。作者是谁？唱的人知道也行，不知道也行，反正他的灵魂仍是鲜活的，在曲调歌词之间，比苍穹上展翅高飞的鸟儿还要快乐，还要轻盈，还要自在。

　　确实有一首这样的歌曲，我听过不止一百遍，曾在风中听，月下听，花前听，雨后听，清晓听，黄昏听，无论何时，它都是贴心的宣叙。苍凉的意味萦绕在梁上、枝头、云间、心底，无论何处，也都是余韵悠邈，久久不绝。

　　　　长亭外，古道边，
　　　　芳草碧连天。
　　　　晚风拂柳笛声残，
　　　　夕阳山外山。

　　　　天之涯，地之角，
　　　　知交半零落。
　　　　一瓢残酒尽余欢，
　　　　今宵别梦寒。

　　我听得痴了，不止一回两回，心想，在这样的歌声中潸然落泪，有什么好奇怪的？在这样的歌声中瞑目沉思，绝不会真的死去。

　　我当然知道，这首歌曲的作者是弘一法师（1880—1942）。

一、许多个"想不到"

有三位近现代诗僧，一直是我敬佩、激赏和喜爱的，他们是八指头陀、弘一法师和曼殊上人。八指头陀专精于诗；曼殊上人能诗，能画，能文，能翻译；弘一法师则更为多才多艺，他除了在诗、词、文、画方面有很高的造诣，还能演剧弹琴，书法和金石也得心应手。这样的大才子总使人好一阵惊奇，他的宿慧何以得天独厚？

有人开玩笑说，弘一法师出生时，父亲六十八岁，母亲十九岁；孔子出生时，父亲七十岁，母亲十七岁；欧阳修出生时，父亲四十九岁，母亲二十岁；胡适出生时，父亲四十九岁，母亲十九岁。这就是诀窍。老夫与少妻的搭配，天高与地厚的结合，往往产得麟儿，纵然不成圣人，也会成为才子。

在弘一法师身上，有许多个"想不到"，这样一位奇人和畸人（他与苏曼殊被称为"南社两畸人"），竟然会不小心投胎世间，可能连造物主也感觉意外吧。想不到，他是第一个将西洋的油画、音乐和话剧引入国内的人；想不到，他在东京的舞台上演出过《茶花女》，扮演的不是阿芒，而是头号女主角玛格丽特；想不到，他是才子，是艺术家，本该落拓不羁，却偏偏是个最严肃、最认真、最恪守信约的人；想不到，他在盛年，三十九岁，日子过得天好地好，却决意去杭州虎跑寺削发为僧……

太多的"想不到"拼贴在一起，仍旧是不完整的，是模糊的，真实的那个人，有血有肉有灵有性的弘一法师，他随时都可能穿着芒鞋从天梯上下来，让我们一睹想象中所不曾有过的别样风采。读了他的诗词，我们笑了，他却不笑；我们忧伤了，他却不忧伤；我们等着他说话，他却悄寂无语地转过身，背影融入霞光，宛如槭树的尖尖红叶，在晚风中旋转几下，便飘逝了。

弘一法师俗姓李，幼名成蹊，字叔同，祖籍浙江平湖，先世移居津门，经营盐业。其父李筱楼是同治四年（1865）乙丑科的进士，当过吏部主事，后辞官经商，先后创办了"桐达"等几家钱铺，挣得偌大一份家业，被人称为"桐达李家"。尤其难能可贵的是，他乐善好施，设立义塾，创立"备济社"，专事赈恤贫寒孤寡，给穷人施舍衣食棺木，有"李善人"的口碑。他晚年喜好佛家内典，尤其耽爱禅悦。很显然，他的言传身教对儿辈影响极大。童年时，李叔同常见僧人到家中来诵经和忏悔，即与年纪相仿的侄儿李圣章以床罩作袈裟，扮成和尚念佛玩。他儿时的教育还得益于一位姓刘的乳母，她常教他背诵《名贤集》中的格言诗，如"高头白马万两金，不是亲来强求亲。一朝马死黄金尽，亲者如同陌路人"，虽只在八九岁间，他居然能够理解荣华尽头是悲凉的意思。李叔同的悲剧感可谓与生俱来，十二岁时，他就写下了"人生犹似西山日，富贵终如瓦上霜"的诗句，其悟性已经赶上甚至超过了《红楼梦》中二十岁时的贾宝玉。

李叔同五岁失怙，十八岁时遵奉母命与津门茶商之女俞氏结婚。百日维新时，他赞同康有为、梁启超"老大中华非变法无以图存"的主张，私刻一印——"南海康君是吾师"，乐于示人。戊戌政变后，当局视之为不折不扣的逆党中人，他被迫携眷奉母，避祸于沪上。

二、"做一样，像一样"

"我自二十岁到二十六岁之间的五六年，是平生最幸福的时候。此后就是不断的悲哀与忧愁，直到出家。"

在沪上的那几年，正是李叔同"二十文章惊海内"的时期。他参加城南文社的集会，与江湾蔡小香、宝山袁希濂、江阴张小楼、华亭许幻园义结金兰，号称"天涯五友"，个个都是翩翩浊世佳公子，不仅才华出众，而且风流倜傥。许幻园的夫人宋贞为《天涯五友图》题诗五首，其中咏李叔同的一首尤其传神，其诗酒癫狂之态活灵活现：

> 李也文名大似斗，等身著作脍人口。
> 酒酣诗思涌如泉，直把杜陵呼小友。

他竟把杜甫呼作"小友"，真是比盛唐侧帽癫狂的"饮中八仙"还要奔放。李叔同风神朗朗，是五友之中最俊者，他的才艺不仅使朋辈折服，也使北里的名妓为之倾心，朱慧百、李苹香和谢秋云都以诗扇就正于他。国事日非，报国无门，好男儿一腔热血，全寄托于风情潇洒间，"走马胭脂队里"，厮磨金粉，以诗酒声色自娱，果真能"销尽填胸荡气"？"休怒骂，且游戏"，这无疑是一句泄露少年风怀的说辞。

光绪二十七年（1901），李叔同二十二岁，考入上海南洋公学特班，与黄炎培、邵力子等人同学。有趣的是，这个特班中举人、秀才居多，普通资格的教师根本弹压不住，结果总办何梅笙专程请来翰林蔡元培做国文教授，如此匹配，就能一物降一物，名师出高徒了。

李叔同天性纯孝，丧母之痛乃是其人生之至痛。二十六岁那年，他成了孤儿，心中再无牵挂，遂决意告别欢场，留学东瀛。他特意填词一阕《金缕曲——留别祖国，并呈同学诸子》，其壮志奇情洋溢于字里行间：

披发佯狂走。莽中原，暮鸦啼彻，几枝衰柳。破碎河山谁收拾？零落西风依旧，便惹得离人消瘦。行矣临流重太息，说相思，刻骨双红豆。愁黯黯，浓于酒。

漾情不断淞波溜。恨年来絮飘萍泊，遮难回首。二十文章尺海内，毕竟空谈何有？听匣底苍龙狂吼。长夜凄风眠不得，度群生那惜心肝剖？是祖国，忍辜负！

母亲弃世后，李叔同改名为李哀，自号哀公。他既哀自身孤茕，也哀万方多难。次年（1906），他在日本感慨祖国民气不振，人心已死，赋诗明志：

故国荒凉剧可哀，千年旧学半尘埃。
沉沉风雨鸡鸣夜，可有男儿奋袂来？

这年（1906）秋天，李叔同考入东京美术学校油画科，改名李岸。其留学生涯中有一个值得称道的举动，与同窗学友创立春柳社演艺部。翌年，祖国多地告灾，春柳社首演《茶花女遗事》，募集赈资，日本人惊为创举，赞赏不绝。我国戏剧家洪深也誉之为"中国戏剧革命先锋队"。据欧阳予倩回忆，李叔同演戏固然是兴趣使然，但他的认真劲头丝毫不逊色于专业演员，"他往往在画里找材料，很注重动作的姿势。他有好些头套和衣服，一个人在房里打扮起来照镜子，自己当模特儿供自己研究。得了结果，就根据这结果，设法到台上去演"。他还特别喜欢扮演女角，在《茶花女遗事》中饰演茶花女，被日本戏剧界权威松居松翁赞为"优美婉丽"；在《黑奴吁天录》中饰演爱美柳夫人，也令观众认可。从留存至今的剧照看，李叔同居然将自己的腰肢束成了楚宫纤腰，细成一握，真是惊人。为了演剧，他舍得花本钱，光是女式西装，他就置办了许多套，以备不时之需，他饰演茶花女时穿的那套粉红色西装尤其养眼。

东京美术学校学制为五年，李叔同毕业时，已三十二岁。这一年，李家的票号遭遇了两次倒闭之灾，百万资产荡然无存。对此他处之泰然，不以为意，倒是对于当年武昌起义一战功成，大好河山得以光复，他感到异常兴奋，填词《满江红》，以志庆贺：

> 皎皎昆仑，山顶月，有人长啸。看囊底宝刀如雪，恩仇多少！
> 双手裂开鼷鼠胆，寸金铸出民权脑。算此生，不负是男儿，头颅好。
> 荆轲墓，咸阳道。聂政死，尸骸暴。尽大江东去，余情还绕。
> 魂魄化作精卫鸟，血花溅作红心草。看从今，一担好山河，英雄造。

这又是一个想不到，文质彬彬的书生将满腔豪情铸成伟词，再次爆出冷门。他的这阕《满江红》与岳飞的那阕《满江红》放在一起，同样力透纸背，义薄云天。毕竟是高才，琴心剑胆，如椽的巨笔哪怕一生只挥动一次，只铸成这样的一阕伟词，也足够了不起了！

素心人夏丏尊对素心人李叔同有一个简明的评价，即"做一样，像一样"。果然全是做的吗？当然啦，行者常至，为者常成，总须用心用力去植一棵树，才可望开花结果。但我们对于自然的助力，即天才，绝对不可低估。

素心人俞平伯先生也如是说："李先生的确做一样像一样：少年时做公子，像个翩翩公子；中年时做名士，像个风流名士；做话剧，像个演员；学油画，像个美术家；学钢琴，像个音乐家；办报刊，像个编者；当教员，像个老师；做和尚，像个高僧。"又岂止"像"，活脱脱就"是"，样样都能从一个"真"字中抽绎出人之为人的一等一的神韵，够好了。是真公子自翩翩，是真名士自风流，是真高僧自庄重。世人真不了的时候，才会去追求"像"，而在天地间，"像"字背后总不免藏着一个狐媚和猫腻的"假"字，让眼力不济的世人轻易辨别不了。

三、态度和性情

学成归国后，李叔同任教于上海城东女校，参与南社的各项活动，旋即出任《太平洋报画报》主编，刊发了许多令人耳目一新的作品，如苏曼殊的《断鸿零雁记》。画报停办后，他欣然接受旧友经亨颐之聘，赴杭州出任浙江两级师范学校（1913年改名为省立第一师范学校）图画音乐教员，但他提出了一个苛刻的条件，即必须给每位学生配备一架风琴。校长以经费拮据、市面缺货为由，想打折扣，李叔同答以"你难办到，我怕遵命"，硬是逼经亨颐乖乖地就范。美学家朱光潜称赞李叔同"以出世的态度做人，以入世的态度做事"，真是到点到位。据画家刘海粟回忆，李叔同是中国最早使用裸体模特儿进行美术教学的人，当年，民智未开，能如此引领风气，绝非简单容易。李叔同的教学方法颇为别致，吴梦非撰《弘一法师和浙江教育艺术》，揭示了要点："弘一法师的诲人，少说话，是行不言之教。凡受过他的教诲的人，大概都可以感到。虽平时十分顽皮的一见了他老，一入了他的教室，便自然而然地会严肃恭敬起来。但他对学生并不严厉，却是非常和蔼的，这真可说是人格感化了了。"

　　李叔同教得用心，弟子也学得上劲，身边有丰子恺和刘质平那样的高足，还有夏丏尊（他为人忠厚，调皮的学生暗地里谑称他为"夏木瓜"）那样的素心人做朋友，日子应该不会难过。但他是一个十分认真的人，认真的人决不会让任何一个日子变得骨质疏松。姚鹓雏撰《乐石社记》，对李叔同的评价颇为切当：

　　"李子博学多艺，能诗能书，能绘事，能为魏晋六朝之文，能篆刻。顾平居接人，冲然夷然，若举所不屑。气宇简穆，稠人广众之间，若不能一言；而一室萧然，图书环列，往往沉酣咀嚼，致忘旦暮。余以是叹古之君子，擅绝学而垂来今者，其必有收视反听、凝神专精之度，所以用志不纷，而融古若冶，盖斯事大抵然也。"

　　关于李叔同的认真守信，戏剧家欧阳予倩的回忆文章《春柳社的开场兼论李叔同的为人》也提供水镜般清晰的画面：

　　"自从他演过《茶花女》以后，有许多人以为他是个很风流蕴藉有趣的人，谁知他的脾气，却是异常的孤僻。有一次他约我早晨八点钟去看他……他住在上野不忍池畔，相隔很远，总不免赶电车有些个耽误，及至我到了他那里，名片递进去，不多时，他开开楼窗，对我说：'我和你约的是八点钟，可是你已经过了五分钟，我现在没有工夫了，我们改天再约罢。'说完他便一点头，关起窗门进去了。我知道他的脾气，只好回头就走。"

后来，弘一法师谈及他在俗时的性情，向寂山法师坦承："……弟子在家时，实是一个书呆子，未曾用意于世故人情，故一言一动与常人大异。"在母亲的追悼会上，他弹奏钢琴，吟唱悼歌，让吊客行鞠躬礼，津门的亲友笑称"李三少爷办了一件奇事"。夏丏尊为人敦厚，他撰写的回忆文章《弘一法师之出家》中也颇有些令人不可思议的内容，比如这一段："他（李叔同）的力量全由诚敬中发出，我只好佩服他，不能学他。举一个实例来说，有一次宿舍里学生失了财物，大家猜测是某一个学生偷的，检查起来，却没有得到证据。我身为舍监，深觉惭愧苦闷，向他求教。他指示给我的方法，说也怕人，教我自杀！他说，'你肯自杀吗？你若出一张布告，说做贼者速来自首，如三日内无自首者，说明舍监诚信未孚，誓一死以殉教育，果能这样，一定可以感动人，一定会有人来自首。——这话须说得诚实，三日后如没有人自首，真非自杀不可。否则便无效力。'这话在一般人看来是过分之辞，他说来的时候，却是真心的流露；并无虚伪之意。我自惭不能照行，向他笑谢，他当然也不责备我。"

李叔同并非拿夏丏尊逗乐子，这样冷峭尖刻的幽默也不是他的长项。严肃认真到没有半分虚伪的地步，他怎么会愿意看着自己的国家沦为军阀切分的"蛋糕"？怎么能够容忍政府比妓女还要鲜廉寡耻，比奸商还要缺乏信用？怎么能够忽视百姓流离失所，草间偷活？苦闷的灵魂别无出路，唯有去寻找宗教的抚慰。

四、出家的远因和近因

说起来，李叔同出家的远因，竟是由于夏丏尊的一句玩笑话。有一次，学校里请一位名人来演讲，李叔同与夏丏尊却躲到湖心亭去吃茶。夏丏尊说："像我们这种人出家做和尚倒是很好的！"正所谓言者无心，听者有意，李叔同内心顿时受到很大的触动。1916年，李叔同读到日本有关断食的文章，称断食为身心更新之修养方法，他认为值得一试，就在冬天择定虎跑寺为试验地点，断食二十余日，不但毫无痛苦，而且身心反觉轻快，有飘飘欲仙之象，好似脱胎换骨过了，尤其不可思议的是，他竟因此治好了纠缠多年的神经衰弱症。这无疑使其道心大增。李叔同体弱多病，自忖不能长寿，也是他决意出家、早证菩提的一个隐因。远离浊世，找寻净土，与其清高的性格也正相符合。在《题陈师曾画"荷花小幅"》中，他透露出个中消息："一花一叶，孤芳致洁。昏波不染，成就慧业。"断食期间，李叔同对出家人的生活非常喜欢，而且真心羡慕，对素食好感十足，这次断食便成了他出家的近因。

真要出家，李叔同仍有不少牵挂和阻碍，他的发妻俞氏和两个儿子李准、李端在津门还好安排，他的日籍夫人福基则不好打发，她哭过，求过，或许还闹过，但李叔同心如磐石，志定不移。他致书弟子刘质平：

"……不佞以世寿不永，又以无始以来，罪业之深，故不得不赶紧修行。自去腊受马一浮之熏陶，渐有所悟。世味日淡，职务多荒。近来请假，就令勉强再延时日，必外贻旷职之讥，内受疚心之苦……"

当然，还是李叔同口述的《我在西湖出家的经过》讲得更为详细："及到民国六年的下半年，我就发心吃素了。在冬天的时候，即请了许多的经，如《普贤行愿品》《楞严经》及《大乘起信论》等很多的佛典，而于自己房里也供起佛像来。如地藏菩萨、观世音菩萨的像，于是亦天天烧香了。到了这一年放年假的时候，我并没有回家去，而到虎跑寺里去过年。"

有这样的觉悟，有这样的愿力，李叔同注定会要剃度出家，皈依三宝。佛门广大，方足以容此心，容此愿。他原本就看重器识，"先器识而后文艺"的话，他多次讲给弟子听，其实也是讲给自己听。"应使文艺以人传，不可人以文艺传"，这就对了。1922年春，弘一法师在给侄儿李圣章的信中已表明了自己对文艺事业尽心尽力之后的欣慰之情："任杭教职六年，兼任南京高师顾问者二年，及门数千，遍及江浙。英才蔚出，足以承绍家业者，指不胜屈。私心大慰。弘扬文艺之事，就此告一结束。"文艺毕竟只是身外的附丽之物，只是枝叶，性命才是最紧要的根本。

民国七年（1918）2月25日，这天正是农历元宵节，李叔同皈依三宝，拜了悟和尚为皈依师，法名演音，法号弘一。当年7月，他正式出家。出家前，他将油画美术书籍送给北京美术学校，将朱惠百、李苹香所赠诗画扇装成卷轴送给好友夏丏尊，将音乐书和部分书法作品送给弟子刘质平，将杂书零物送给弟子丰子恺，将印章送给西泠印社。出家之后，他自认"拙于辩才，说法之事，非其所长；行将以著述之业终其身耳"。

李叔同突然出家，引起外间不少猜测和评议，丰子恺在《陌巷》一文中猜测他是"嫌艺术的力道薄弱，过不来他的精神生活的瘾"，只算是挨边的话。南社诗人柳亚子对故友弘一法师的苦行精修更是从未表示过理解。他认为，一位奇芬古艳冠绝东南的风流才子什么不好干？却"无端出世复入世"，偏要"逃禅"，是不可理喻的。缺少宗教情怀的人肯定看不明白，何况柳亚子还有趋炎附势的一面，临到晚境，处处随喜，吟咏诗词，拍马吹牛，相当顺手。弘一法师早早觉悟了，倘若他"一觉醒来"，看到这些表演，必定摇头，连声叹息。南社诗人柳亚子深深惋惜这位毅然出家的大才子过早地收卷了风流倜傥的怀抱，使中国文艺蒙受了巨大的损失，殊不知，作为智者，追寻灵魂、性命的究竟意义高于一切之上。柳亚子久染尘滓，无法参透此中的玄奥，也就不足为奇了。

出家人六根清净，诗文余绪也是纷扰，李叔同要与红尘旧梦作一番了结，将历年所作诗词精心拣择，工整誊抄，汇编成册，锁入老旧的木柜中。此事被丰子恺侦悉，他上伏虎山拜见恩师，当面提出建议，应及早将诗词付梓印行，以慰同好。李叔同坚词谢绝。丰子恺担心恩师的心血之作久藏柜底，日久易失易毁，于是他自作主张，买通一位叫小玲的姑娘，将稿本"盗出"，亲自绘制插图，以《护师录》为书名，交由商务印书馆印刷。集子出版后，丰子恺将稿费和样书寄给恩师，弘一法师对这位爱徒使用空空妙手的做法十分生气，木已成舟，也就只能听其自然了。

五、不做"应酬的和尚"

李叔同出家后，谢绝俗缘，尤其不喜欢接近官场中人。四十六岁那年，他在温州庆福寺闭关静修，温州道尹张宗祥前来拜望。弘一法师的师傅寂山法师拿着张某的名片代为求情，弘一法师垂泪道："师父慈悲，师父慈悲，弟子出家，非谋衣食，纯为了生死大事，妻子亦均抛弃，况朋友乎？乞婉言告以抱病不见客可也。"张宗祥只吃到了一顿扫兴的闭门羹。弘一法师五十八岁那年，居湛山寺，青岛市长沈鸿烈要宴请他，他引用北宋惟正禅师的偈句婉言谢绝："昨日曾将今期，出门倚仗又思惟。为僧只合居山谷，国士筵中甚不宜。"这回，有"国士"二字照应，沈市长的面子倒还好搁一点。

弘一法师以名士出家，钻研律部，发挥南山奥义，精博绝伦，海内宗仰。他日常以"习劳、惜福、念佛、诵经"为功课，以"正衣冠、尊瞻视、寡言辞、慎行动"为座右铭。他常以端正的楷书抄写经文——他一度打算刺血写经，为印光法师所劝阻，并集《华严经》中的偈句为三百楹联，凡求书法者则书之，作为礼物，送给有缘人，使俗家子弟对佛经起欢喜心，他将此视为普度众生的方便法门。叶圣陶非常欣赏弘一法师早年的书法，撰文称赞道："以西洋画素描的手腕和眼力去临摹各体碑刻，写什么像什么。极蕴藉，毫不矜才使气，意境含在笔墨之外，所以越看越有味。"总的来说，弘一法师早年的书法得力于张猛龙碑，高古清秀，少着人间烟火气，晚岁离尘，刊落锋颖，更显示出平淡、恬静、冲逸的韵致。用这样的书法抄写佛经，自然是绝配了。

弘一法师律己极严，深恐堕入名闻利养的陷阱，生怕接受了善男信女的礼拜供养，变成个"应酬的和尚"，因此每到一处，他必定先立三约：一、不为人师；二、不开欢迎会；三、不登报吹嘘。他日食一餐，过午不食。素菜之中，他不吃菜心、冬笋、香菇，理由是它们的价格比其他素菜要贵几倍。除却三衣破衲，一肩梵典外，他身无长物，一向不受人施舍，挚友和弟子供养净资，也全都用来印佛经。夏丏尊赠给他一架美国出品的铂金水晶眼镜，他也送给泉州开元寺，以拍卖所得的五百元购买斋粮。弘一法师对重病视若无事，工作如故，他对前往探病的广洽法师说："你不要问我病好没有，你要问我有没有念佛。"他这样虔敬的宗教情怀岂是常人可及？

"不为自己求安乐，但愿众生得离苦。"

这是弘一法师所书的偈句，其光风霁月的怀抱于此可见。他晚年驻锡闽南（栖止地主要是泉州，泉州相传为八仙之一的李铁拐所居之地，风俗纯古，有如世外桃源）十四年（1929—1942），弘扬律法，造就了一批优秀的僧徒，训导他们"惜福、习劳、持戒、自尊"，使东土八百年来湮没无传的南山律宗得以重新光大。同时，他也使相对闭塞的闽南人文气象蔚然一新。大师就是大师，如蕙风、朗月、煦日、甘霖，能够焕发天地间的勃勃生机。

六、爱国者和"二一老人"

具足大智慧大悲心的高僧虽超尘脱俗，但在乱世中，绝不会无视国难民瘼，弘一法师早年发誓"度群生那惜心肝剖"，所作《祖国歌》情词并茂："上下数千年，一脉延，文明莫与肩。纵横数万里，膏腴地，独享天然利。国是世界最古国，民是亚洲大国民。呜呼，大国民！呜呼，唯我大国民！幸生珍世界，琳琅十倍增声价。我将骑狮越昆仑，驾鹤飞渡太平洋。谁与我仗剑挥刀？呜呼，大国民，谁与我鼓吹庆升平？"弘一法师的爱国心老而弥坚。

五十四岁时，他在闽南潘山凭吊韩偓墓，收集这位"唐末完人"的生平资料，嘱咐高文显为之作传，便是因为他钦佩韩偓的为人，虽遭遇国破家亡的惨痛，仍然忠于唐室，不肯依附逆贼朱温。

弘一法师经常吟诵宋代名相韩琦的两句诗，"虽惭老圃秋容淡，且看黄花晚节香"，对于保全晚节一事，他真是极为用心。1937年8月，他在青岛湛山寺作"殉教"横幅题记："曩居南闽净峰，不避乡匪之难；今居东齐湛山，复值倭寇之警。为护佛门而舍身命，大义所在，何可辞耶？"其护佛殉教的决心跃然于字里行间。同年10月下旬，他在危城厦门致函道友李芳远："朽人已于九月二十七日归厦门。近日厦市虽风声稍紧，但朽人为护法故，不避炮弹，誓与厦市共存亡。……吾一生之中，晚节为最要，愿与仁者共勉之。"1941年，弘一法师作《念佛不忘救国·救国不忘念佛》题记，更言简意赅地阐明了自己的观点："佛者觉也。觉了真理，乃能誓舍身命。牺牲一切，勇猛精进，救护国家。是故救国必须念佛。"爱国之心不泯，护佛之志极坚，弘一法师晚年的精神力量即凭此得以充分外现。

有人统计，弘一法师一生所写的格言不下千条，每一条均入情入理，洞烛幽微，极具睿识。比如说，"实处着脚，稳处下手"，"不让古人，是谓有志；不让今人，是谓无量"，"日日行，不怕千万里；常常做，不怕千万事"，"人好刚，我以柔胜之；人用术，我以诚感之"，"声名，谤之媒也；欢乐，悲之渐也"，"谦，美德也，过谦则怀诈；默，懿行也，过默则藏奸"，"谦退，第一保身法；安详，第一处事法；涵容，第一待人法；洒脱，第一养性法"，弘一法师的精彩格言太多了，简直录不胜录。还有人统计，弘一法师一生所用的名、字、号超过二百个，真可谓飘然不驻。其较为常用的名、字、号是成蹊（取"桃李不言，下自成蹊"之意）、叔同、惜霜、广平（参加乡试时即用此名）、哀（母亲去世时所取的名，足见当时心境）、岸、息霜（在东京演剧时所用的艺名）、婴（断食时所取的名，取老子"能婴儿乎"之意，后将此名赠给丰子恺作法名）、黄昏老人、李庐主人、南社旧侣、演音（出家时的法名）、弘一（法号）、大心凡夫、无著道人和二一老人。在俗时与出家后，他的名、字、号虽然繁多，要之在俗时以李叔同之姓字，出家后以弘一之法号为世所通称。差不多每一个名、字、号的来历都是一个故事，其中"二一老人"的别号显得更为特殊些。弘一法师撰《南闽十年之梦影》，以谦冲自责的语气说："到今年民国二十六年，我在闽南所做的事情，成功的却是很少很少，残缺破碎的居其大半。所以我常常自己反省，觉得自己的德行，实在十分欠缺！因此近来我自己起了一个名字叫'二一老人'。什么叫'二一老人'呢？这有我自己的根据。记得古人有句诗，'一事无成人渐老'。清初吴梅村（伟业）临终的绝命词（《贺新郎·病中有感》）有'一钱不值何消说'。这两句诗的开头都是'一'字，所以我用来做自己的名字，叫作'二一老人'。……这'二一老人'的名字，也可以算是我在闽南居住十年的一个最好的纪念。"弘一法师将自己一生的作为看得很轻很轻，才会有此一说。如果像他那样成就了慧业的大智者都要归入"二一老人"之列，世间又有几人能侥幸不归入"二一老人"之列呢？

七、"悲欣交集"

五十六岁时，弘一法师对自己的后事作了明确的安排，其弟子传贯在《随侍音公日记》中有绘貌传神的描述："师当大病中，曾付遗嘱一纸予贯云：'命终前请在布帐外助念佛号，但亦不必常常念。命终后勿动身体，锁门历八小时。八小时后，万不可擦体洗面。即以随身所着之衣，外裹破夹被，卷好送往楼后之山坳中。历三日有虎食则善，否则三日后即就地焚化。焚化后再通知他位，万不可早通知。余之命终前后，诸事极为简单，必须依行，否则是逆子也。"1942 年 10 月 10 日（农历壬午年九月初一），弘一法师圆寂前三天，手书"悲欣交集"四字，赠给侍者妙莲，是为绝笔。这四个字完整地表达了他告别人世之前的心境，悲的是世间苦人多，仍未脱七情六欲的红火坑，欣的是自己的灵魂如蜕，即将告别婆娑世界，远赴西方净土。他在致夏丏尊、刘质平和性愿法师的遗书中附录了两首偈句。第一首偈句是："君子之交，其淡如水。执象而求，咫尺千里。"第二首偈句是："问余何适，廓尔忘言。华枝春满，天心月圆。"弘一法师对自己的精神归宿很有把握，他完成了人间的修行，辞世谢幕顺其自然。"华枝春满，天心月圆"，乃是修行者证得法华三昧后的极佳境界，绝大多数人一生无缘到此，亦无力到此。他奉劝世人：执着于外缘，执迷于表象，最是妨碍获取正觉正悟。大智者的告别仪式如此清静，的确迥异于凡夫俗子的热闹排场，弘一法师大慈大悲的临终关怀（死者关怀生者）给人留下了至为深切的感动。

在纷争不息的乱世，在名缰利锁的红尘，弘一法师堪称为佛门龙象，他究竟开解了多少欲海中迷溺的心灵？这个基数应该是不小的。他涅槃了，灵魂却将久久盘旋于大地之上，迟迟不肯飞向天国，他依然满怀悲悯，俯瞰人世，为苦苦挣扎在红火坑中的众生祈福。

听，那缥缈的歌声又从远处传来，唯剩苍凉别梦，酒杯已空，余欢将尽，还残留几许回忆的温馨？该上路的终归要上路，该告别的终归要告别。人生是一段不长不短的夜行，智慧才是我们手中的明灯，"一灯能除千年暗，一智慧能灭万年愚"，所以要学佛，"佛"的原意是"圆满的觉悟"；所以要修般若波罗蜜，"般若波罗蜜"的原意是"抵达彼岸的智慧"。一个人修持了慧业，经历这段夜行之后，就能抵达光明的净土。

> 长亭外，古道边，
> 芳草碧连天。
> 晚风拂柳笛声残，
> 夕阳山外山。
>
> 天之涯，地之角，
> 知交半零落。
> 一觚残酒尽余欢，
> 今宵别梦寒。

须知，人生就是一场"为了告别的宴会"，请不要把欲望满盈的肉身看得太重，也不要把此时此刻的享乐看得太美，寻找灵魂的出路才真叫迫在眉睫，天下有心人、有情人，何不为此设想得更为周全，行动得更为迅速？

飘飘何所似

一袭袈裟，一串念珠，一双芒鞋，一只盂钵，一身瘦骨，一怀愁绪。飘飘何所似？天地一沙鸥。他踟蹰于十九世纪末的血雨暗夜，徘徊于二十世纪初的腥风长街。他命定是弱者中的强者，却又是强者中的弱者；他命定是诗杰，是情圣，是丹青妙手，是革命和尚，却又是断肠客、伤心人、薄命者。参禅则意犹未定，避世则情犹未绝。他萍踪浪迹，四海为家，如此悲苦交煎之心，蒲柳弱质之体，却偏要向天涯更远处漂泊，漂泊……

数十年风雨后，我们邂逅于西湖边，孤山下，他依然清瘦若雏菊，忧郁似丁香。未及叩问，未及攀谈，闪霎之间，他就宛如一叶薄薄的剪影，随风飘逝了，茫茫白水上，只闻见琅琅诗声——

契阔生死君莫问，行云流水一孤僧。

无端狂笑无端哭，纵有欢肠已似冰。

这回，他真的转身走了，毅然决然地离去了。天底下第一痴子果真能赤条条来去无牵挂？果真能抛闪得下三寸灵台上那个如血奔心的"情"字？

一、身世之谜

苏曼殊（1884—1918）的一生，是烟花般灿烂而又短暂的一生，要了解它，无论如何也绕不过他的身世谜团，不愿示人的难言之隐，至死也未能解开的心结。

苏曼殊的父亲苏杰生，原籍广东香山县沥溪乡苏家巷，年轻的时候赴日本淘金，三十九岁那年，在横滨英商独资的万隆茶行任买办，出国前他还捐得五品官职，算得上脚跨官商两界，左右逢源。据冯自由的《革命逸史·苏曼殊之真面目》所记，苏杰生的妻子黄氏滞留在国内，他耐不住寂寞，也像别人那样"包日本婆"，与日本女子亚仙同居，生下苏曼殊。当年，这种华父日母的混血儿被旅日华侨称为"相子"。

坊间多种《苏曼殊传记》均误信柳亚子的杜撰为实，称苏杰生在横滨纳河合仙为妾，并勾引她的胞妹、时年十九岁的河合若，苏曼殊便是这场不伦之情珠胎暗结的产物，河合若将私生子留给姐姐抚养，然后半羞愧半欣喜地嫁给了一位仍在服役的海军军官。其实，这种类似于艳情小说情节的东西并不靠谱。苏曼殊小时候名叫子谷，并没有小宗之助的日本乳名。其脉管里流淌的一半是大汉民族的精，一半是大和民族的血；一半是咸腥，一半是苦涩；一半是无语话凄凉，一半是有心伤离别；在苏曼殊心目中，东瀛与赤县，都是故国，又都是他乡。这倒是千真万确的。

四岁时，苏曼殊的绘画天才即已显露，"伏地绘狮子频伸状，栩栩欲活"。一位路过门前的相士偶然见到双眸朗若流星的曼殊，忍不住驻足感叹道："是儿高抗，当逃禅，否则，非寿征也。"天机乍泄，当时却无人会意。

苏杰生喜欢这个宿慧天成的儿子，乐得由他来延续苏家的香火，光耀苏家的门楣。六岁时，苏曼殊随嫡母黄氏漂洋过海，回到广东香山沥溪老家，入读乡塾，他那病病歪歪的身子骨多少有些招架不住。何况身世成谜，平日里他受到族中子弟的奚落和排斥，似乎连阿猫阿狗都有资格瞧不起他。曼殊天性敏感，内心的悲愤无处诉说，其痛苦可想而知。曼殊九岁时，母亲亚仙与父亲苏杰生关系破裂，他在家族中的地位更是坠落谷底。十二岁那年，他大病一场，竟然被当家的大陈氏弃置于又脏又破的柴房，饱尝饥渴之苦，险些一命呜呼。

十五岁时，苏曼殊就读于横滨华侨创办的大同学校，冯自由与他同学，说他"性质鲁钝，文理欠通，绝未显其头角"。两年后，苏曼殊入读东京早稻田大学高等预科，此时他就有了轻度精神疾患的表现。某日夜里，他突然一丝不挂闯入刘师培、何震的卧室，手指洋油灯大骂，令刘师培夫妇莫名其妙。不知何故，苏曼殊的生活来源突然枯竭，仅由林姓表兄每月资助十元。他极为勤俭，住的是最便宜的房子，吃的是最差劲的伙食，为节省火油费而夜不燃灯。数月后，苏曼殊申请公费留学，转入振武学校，学习初级的陆军科目。

二、出家为僧

1904 年 1 月初，苏曼殊向冯自由求得一封介绍信，到香港去见陈少白，下榻于中国日报社。闲来无事，苏曼殊突发奇想，若能刺杀康有为，则可为天下除害。为何他要铲除那位保皇党领袖？起因是康氏吞没海外华侨的捐款，致使唐才常领导的庚子年（1900）武汉自立军起义胎死腹中，因经费支绌，枪弹匮乏，被迫延期，谋泄而败，二十余位志士身首异处。苏曼殊挺身冒险，完全是激于义愤，可是康有为防范甚严，他根本无从下手。这时，苏杰生听说儿子归国，便寻到香港，要苏曼殊回香山老家完婚，苏曼殊避而不见，玩了一回人间蒸发，无人知其去向。

离港后，苏曼殊前往广东番禺县雷峰寺（一说为海云寺）削发为僧，具足三坛大戒，皈依了主张"我心即佛"的曹洞宗。然而他不堪修行之苦，窃取已故师兄博经的度牒（僧人的身份证明和户口），重返香港。

1904 年春，苏曼殊以玄奘、法显为榜样，万里投荒，去泰国曼谷朝圣，在玉佛寺拜乔悉摩长老为师，研习梵文，为期不久，却大获裨益。他还独自前往锡兰（斯里兰卡）菩提寺驻锡（僧人出行，以锡杖自随，故称僧人住止为驻锡），开筵讲经，颇受欢迎。初夏时节，他途经越南回国，以当地烙疤的方式再度受戒。

1907 年秋，苏曼殊原打算与章太炎结伴西游，赴印度朝圣，深造佛学，终因川资短缺而未果。

苏曼殊在其笔记小说《岭海幽光录》中表彰明清换代之际抗节不挠、视死如归的义僧祖心，曾借题发挥："嗟夫！圣人不作，大道失而求诸禅；忠臣孝子无多，大义失而求诸僧；春秋已亡，褒贬失而求诸诗。以禅为道，道之不幸也；以僧为忠臣孝子，士大夫之不幸也；以诗为春秋，史之不幸也……"他在致刘三的信中有这样的句子："浊世猖披，非速引去，有呕血死耳。"苏曼殊为何要出家？这些话可以作为一部分注脚。

三、视拜伦为异代异国知己

三师七证又如何？燃顶烙疤又怎样？苏曼殊终究做不到禅家强调的"不

沾，不着，不滞，不昏，不染"，做不到四大（地、水、火、风）皆空，五蕴
（色、受、想、行、识）非有，六根（眼、耳、鼻、舌、身、意）清净，他做
不到。他的悲剧人生既由身世促成，由社会造成，也由性格铸成。他是任性
的，不仅偏执、脆弱、悲观，而且恃才傲物、愤世嫉俗、落拓不羁，因此之故，
虽誉满国中，遍交当时名士，却依然认定自己是孤独的漂泊者，伶俜一人面
对洪荒样的世界，满怀惊恐，无所适从。他与异域诗魔拜伦有着许多惊人的
相似之处：首先，两人均有容易伤及自尊的缺陷，拜伦跛足，而曼殊是私生子；
其次，两人均具有自由不羁的叛逆精神，永不餍足的激情，沦骨浃髓的厌世
感，与旧道德格格不入；其三，两人均多年漂泊异域，同样深爱着异邦的美
女（拜伦爱雅典女郎，曼殊爱日本的百助枫子），同具唐璜好色如狂的毛病，
惯用艺术创造力平衡内心的风暴。但他们的特点又有不小的差异：拜伦敢于
释放内心的魔鬼，并有勇气与之周旋，他的浪漫是从肉欲到精神的双重浪漫，
比唐璜更荒唐；曼殊则一心想与魔鬼媾和，在肉欲方面顶多打一些擦边球，
这种七折八扣的东方式浪漫（谓之意淫更恰当）显然带有自惩和自虐的倾向。
他在女友雪鸿所赠的《拜伦遗集》扉页上题写过这样一首诗：

> 秋风海上已黄昏，独向遗篇吊拜伦。
> 词客飘零君与我，可能异域为招魂。

曼殊视拜伦为异代异国的知己，他们热爱自由，追求浪漫，崇尚革命，
两人都英年早逝，一个三十五岁，一个三十六岁。

四、革命和尚

苏曼殊的朋友圈子半径很大，多数好友均是后来震荡了历史风云的人物：
黄兴、宋教仁、章太炎、陶成章、邹容、陈天华、廖仲恺、何香凝、陈独秀、
冯自由、章士钊、刘季平（刘三）、何梅士、赵声、于右任、柳亚子、陈去病等。
章太炎有一句名言："革命是补泻兼备的良药。"在乱世中，这副良药能
使各色人等为了不同的目的聚合在一起。1902年，苏曼殊加入陈独秀领导的
"以民族主义为宗旨，以破坏主义为目的"的"青年会"。1903年春，由横滨
侨商保送，苏曼殊从早稻田大学高等预科转学至成城军校，为了革命的需要，

他学习陆军，与蔡锷为先后校友。

生逢艰难时世，苏曼殊不想自求多福。在成城军校，他天天舞刀弄枪，胡服骑射，适逢东北受强虏践踏，遂毅然加入抗俄义勇队，立誓要血战沙场，马革裹尸还。然而志士归国失路，勇士报效无门。清王朝太黑暗了，太腐朽了，天柱将倾，四维欲绝，犹自酣沉于梦寐。苏曼殊热血未冷，他在孙中山与黄兴的麾下以笔为旗，以笔为枪，向黑暗势力发起强有力的挑战，恨不得一脚踹翻清王朝，一拳打倒袁世凯。他修持的是大乘佛谛，以天下为怀，以苍生为念，以救国为职志，万死不顾一身，因此他蜕变为名闻遐迩的"革命和尚"和"兵火头陀"。苏曼殊视躯壳为蔑有（乌有），富有牺牲精神，见义即赴，万死不辞，无算计，无保留，难怪孙中山称赞他"率真"。

> 蹈海鲁连不帝秦，茫茫烟水著浮身。
> 国民悲愤英雄泪，洒上鲛绡赠故人。

> 海天龙战血玄黄，披发长歌览大荒。
> 易水萧萧人去也，一天明月白如霜。

两首七绝豪迈而壮烈，哪有一丝一毫枯涩沉闷的僧侣气息？

这是一个正确的选择，曼殊手无缚鸡之力，上马杀敌不行，下马草檄则是顶尖高手，他要反清，唯有挥动手中的诗笔、文笔、画笔和译笔。起初，苏曼殊为陈独秀的《国民日日报》撰稿，将雨果的《悲惨世界》译为《惨社会》，奇就奇在他不愿受原著束缚，从第七回的后半回到十三回的前半回，他索性另起炉灶，自己塑造了一个革命侠士明男德，大骂皇帝是"独夫民贼"，"孔学是狗屁不如的奴隶教训"，公然蔑视"上帝""神佛""道德""礼义""天地""圣人"。主张无政府主义，土地、财产归穷苦的民众享有，他对极力倡导无政府主义的美国女杰郭耳缦尤为推崇，特别翻译了她的传记。苏曼殊的笔锋无比锐利，而且饱含激情，因此颇具感染力和批判力，且看他的杂文《呜呼广东人》的开篇："吾悲来而血满襟，吾几握管而不能下矣！吾闻之：外国人与外省人说，中国不亡则已，一亡必亡于广东人手。"这是何等斩截痛快的笔墨。除了凭仗译笔和文笔激浊扬清，苏曼殊还凭仗画笔除残去秽，他在《民报》副刊"天讨"的美术版上发表了《猎狐图》《扑满图》《太平天国翼王夜啸图》等画作，无不寓意深刻，仿佛一支支响箭，径直射向昏庸无道的满清专制王朝的脑门和胸膛，利箭脱弦，无一虚发。

革命者总是与死神为邻。由于交友不慎，苏曼殊险些被不明真相的革命党人视为内奸，加以铲除。1909年夏，苏曼殊与好友刘三避暑于杭州白云庵禅院，意外收到一封匿名的恐吓信。大意是，革命党人早就看出苏曼殊形迹可疑，与叛徒刘师培、何震夫妇（他们是密探，为两江总督端方搜集革命党的情报）瓜葛甚密，警告他若再敢与刘、何二人沆瀣一气，不加收敛，阎王殿上就会立刻多一个新鬼。

此事惊动了章太炎，他赶紧出面为苏曼殊辩诬，其词为："香山苏元瑛子谷（苏曼殊在俗时名元瑛，字子谷），独行之士，从不流俗……凡委琐功利之事，视之蔑如也。广东之士，儒有简朝亮，佛有苏元瑛，可谓厉高节，抗浮云者矣。……元瑛可诬，乾坤或几乎息矣。"后来大家才知道，这封令人屏息的恐吓信出自南社成员雷昭性之手，他怀疑苏曼殊与刘师培夫妇同流合污，一鼻孔出气。

1913年7月21日，苏曼殊以个人名义在《民立报》上发表了词锋凌厉的《释曼殊代十方法侣宣言》，撕下袁世凯的画皮，其词为："……自民国创造，独夫袁氏作孽作恶，迄今一年。擅操屠刀，杀人如草；幽蓟冤鬼，无帝可诉。诸生平等，杀人者抵；人伐未申，天殛不逭。况辱国失地，蒙边夷亡；四维不张，奸回充斥。上穷碧落，下极黄泉，新造共和，固不知今真安在耶？独夫祸心愈固，天道益晦；雷霆之威，震震斯发。普国以内，同起伐罪之师。衲等虽托身世外，然宗国兴亡，岂无责耶？今直告尔：甘为元凶，不恤兵连祸极，涂炭生灵；即衲等虽以言善习静为怀，亦将起而褫尔之魂！尔谛听之！"这篇宣言更像是檄文，正是它为苏曼殊赢得了"革命和尚"的美誉。

苏曼殊期望革命早日成功，心情过于迫切，眼看一次又一次武装起义连连喋血，一批又一批革命志士滔滔不归，他痛苦、消沉、绝望，他的性格太脆弱了，承受不住接踵而至的打击。朋辈凋零（邹容病逝于上海西狱、陈天华自沉于东京大森湾），同志反目（章太炎与孙中山失和），友人变节（刘师培夫妇投逆），有见于此，他心下倍感惨然、愀然且忱然。至情至性的曼殊不能理解这个世界的残酷与阴暗，他再也看不下去了，惨淡的人生和淋漓的鲜血，这一切过于沉重。他要逃，要逃得远远的，逃向深山更深处，逃进寂寂空门。然而国难方殷之际，何处又能找到可靠的心灵庇护所？更何况他是清廷通缉的要犯，满街鹰犬，防不胜防。他天性喜欢信马由缰，独往独来，又如何受得了繁苛戒律的约束？清苦之至的修行生活，令他既生畏，又生厌。于是他只好一而再、再而三地从红尘逃向庙宇，又从庙宇逃向红尘，他始终在逃避，却无逃于天地之间。依违于僧俗的生活，情与欲的反向拉拽，适足以令他陷入更深的矛盾和苦闷。天生的多情种子，天生的风流才子，别有伤心之处。"天生成佛我何能？幽梦无凭恨不胜。多谢刘三问消息，尚留微命作诗僧。"他毕竟不是百分之百的革命家，在铁血交飞的年代，他身上多有职业革命家所少有的脆弱性和悲悯之情，他不喜欢流血，无论哪种形式的流血他都不喜欢。在尘世与庙宇之间，是否另有一片乐土呢？他一直在找，仿佛就在朦胧的远方。最终，他如同少不更事的孩子，天真地认为，借助情禅就可顺利地抵达温柔乡和伊甸园。

五、情场上的逃兵

"多情却似总无情，唯觉樽前笑不成。"苏曼殊怀揣佛门的度牒，但他算不得究竟意义上的僧徒，纵然倾尽寒山冰雪，也难消他火热的儿女情肠。他对于"佛"自有与众不同的理解：多情即佛心。佛为何能看到众生万般皆苦？便因为佛陀也未免多情。在曼殊的心目中，诸佛固然可敬，但他最愿礼拜的是"情爱尊天"伽摩佛。然而，佛家的戒、定、慧与俗世的情、爱、欲形同冰炭，在其内心日夜不停地交锋，进则为欢场，退则为道场，孰是孰非？孰优孰劣？他进退两难，无法决断。

情爱，是曼殊一生中最好的风景，也是他一生中最大的隐痛。与他走得最近的女友和"情人"有雪鸿、静子、佩珊、金凤、百助枫子、张娟娟、花雪南等数人。于"情爱"二字，他比起俗世的常人来，一直都是太不完全，太不彻底。他渴望真爱，却又逃避激情，他割断了灵与肉之间最热切的呼应，使之各为其主，终于导致二者反戈相击。他裸身闯进女弟子何震的房间，指着洋油灯大骂，那既是无邪，也是轻度的迷狂；他出入青楼，拥校书（旧时对妓女的雅称），喝花酒，竟能全身而赴，全身而返。同为天涯沦落人，曼殊对众校书从无亵玩之意，他为她们赋诗，为她们作画，为她们排遣身世沉沦的伤感。

苏曼殊的初恋对象是一位不知名的日本姑娘，但很快初恋便无疾而终。其后，他的西班牙籍英文教师庄湘愿将爱女雪鸿许配给他，尚须等到他们成年。再后来，亚仙极力撮合曼殊与表姐静子成婚，曼殊此时已遁入空门，沙弥十戒中有一条是"不娶不淫"，他作茧自缚，唯有慧剑斩情丝。他留给静子的那封诀别信披露心迹，值得一读：

静姊妆次：
　　呜呼，吾与吾姊终古永诀矣！余实三戒俱足之僧，永不容与女子共住者也。吾姊盛情殷渥，高义干云，吾非木石，云胡不感？然余固是水曜离胎，遭世有难言之恫，又胡忍以飘摇危苦之躯，扰吾姊此生哀乐耶？今兹手持寒锡，作远头陀矣。尘尘刹刹，会面无因；伏维吾姊，贷我残生，夫复何云。倏忽离家，未克另裹阿姨、阿母，幸吾姊慈悲哀悯，代白此心；并婉劝二老切勿悲念顽儿身世，以时强饭加衣，即所以怜儿也。
　　　　　　　　　　　　　　　　幼弟三郎含泪顶礼

曼殊悄悄地离去了，做了情场上的逃兵，他还将反复多次扮演这种既可恨又可悲的角色。不久，痴情的静子抑郁致疾，芳魂缥缈。深深的负疚感和无法排遣的忧伤重如泰山，一齐压在苏曼殊的心上，他恨世道太险，嫌空门太闷，竟一头扎入秦楼楚馆，流连忘返。他醉卧在温柔乡中，管它是梦幻还是泡影，更不管这究竟是不是欺佛破戒，伤风败俗。

世人不能理解苏曼殊的是：他想还俗，谁也不会阻拦他，爱情既可圆满，婚姻也得成全，却为何偏要自己跟自己闹别扭呢？殊不知，自古多情者皆为多情所累，得其一，则不能得其二；得其二，则不能得其全。曼殊的人生绝非一场恋爱、一局婚姻即可包圆，于他而言，情爱永远都不是目的，而只是贯穿于生命过程中的阶段性体验。他逃来逃去，躲来躲去，每次逃躲的都是爱与被爱的对象，并非爱情本身。最知曼殊心肺的人莫过于挚友刘季平，"只是有情抛不了，袈裟赢得泪痕粗"，他的诗句道破了底细。

更令人奇怪不解的是，表面看去，苏曼殊是在纵欲，实际上他却是在禁欲。这就必须仔细寻究一下他的爱情观。苏曼殊曾对情人花雪南说过这样一番话："爱情者，灵魂之空气也。灵魂得爱情而永在，无异躯体恃空气而生存。吾人竟日纭纭，实皆游泳于情海之中。或谓情海即祸水，稍涉即溺，是误认孽海为情海之言耳。唯物极则反，世态皆然。譬如登山，及峰为极，越峰则降矣。性欲，爱情之极也。吾等互爱而不及乱，庶能永守此情，虽远隔关山，其情不渝。乱则热情锐退，即使晤对一室，亦难保无终凶已。我不欲图肉体之快乐，而伤精神之爱也，故如是，愿卿与我共守之。"他认定欲望的实现适足以导致爱情的失败，这个观念在他的头脑中太执着太顽固了，与美女肉袒相对，他居然也能悬崖勒马，虽说"偷尝天女唇中露"的诗句泄露了他与情人之间并非完全没有亲密接触，但他每次都能够守住最后一道防线，你就不能不佩服他所具有的非凡定力。苏曼殊所爱的人多半是歌台曲院的风尘美女，这些悲苦红颜在肉欲场中日夜打滚，竟然三生有幸，与一位痴情和尚体验一回精神恋爱，也可算是难得的人间奇遇了。

> 十日樱花作意开，绕花岂惜日千回。
> 昨来风雨偏相厄，谁向人天诉此哀？
> 忍见胡沙埋艳骨，休将清泪滴深怀。
> 多情漫向他年忆，一寸春心早已灰！

曼殊上人忆东京调筝大百助枫子，作此悲歌。另有"华严瀑布高千尺，未及卿卿爱我情""还卿一钵无情泪，恨不相逢未剃时""袈裟点点疑樱瓣，半是脂痕半泪痕"和"一自美人和泪去，河山终古是天涯"，这些绮语和痛语俯拾可得，足见其深衷为情所困，为情所伤。超越欲望的诗句就如同世外梵音，不再沾染人间的烟火气味。

1913 年 12 月中旬，苏曼殊因暴食致疾，缠绵病榻，百无聊赖，在东京写信给国内的至交刘三，堪称绝妙好词："芳草天涯，行人似梦，寒梅花下，新月如烟。未识海上刘三，肯为我善护群花否耶？"病中仍记挂着那些红火坑里的众姝，只有怜惜和关怀，并无一点亵玩之意。

佛家说："色即是空，空即是色。"情禅一味并非毫无依据。"忏尽情丝空色相""是空是色本无殊"，这多少有点像是在刀尖上跳舞，看上去很酷，却令人捏一把冷汗。八指头陀诗云："自笑禅心如枯木，花枝相伴也无妨。"他能够做到，曼殊则无法做到，他做不到身如槁木，心如死灰。他始终都在干苦差：自己跟自己拔河，左手与右手相搏。"与人无爱亦无嗔"，这是他的愿望，愿望而已。有人说：近现代三大诗僧，八指头陀堪称大明大德，弘一法师是律宗第十一代衣钵传人，他们两人均修成正果，唯独曼殊上人至死仍是一位佛祖不待搭理的花和尚，他的情禅终于妨碍了他的慧业。

六、令人不解的怪癖

苏曼殊的种种怪癖非常有名。"背人兀坐，歌哭无常"，还只是有点癫。他喜欢收集美人玉照，一如后世的李敖喜欢收集女明星的裸照，两人都是乐此不疲；他还喜欢描绘女子发髻，各型各款，见情见性。他视金钱如粪土，总是挥霍无度，在他看来，朋友的钱就是自己的钱，有时取而不告，有时借而不还，好友陈独秀、何梅士、章士钊、刘三等人均有多多领教的机会，不过朋友们知其根底，谁也不会为银钱的细故与他怄气。

苏曼殊"以绘画自遣，绘竟则焚之"，这让许多友人感到惋惜和痛惜。他为刘三画《白门秋柳图》《黄叶楼图》，乃是自愿，不仅出于友谊，还敬重刘三的侠义之举，为邹容收殓遗骨，葬于自家黄叶楼下。他遵守然诺，为赵声画《饮马荒城图》，则是酬报死友，托人代他焚化于赵声墓前，颇有延陵季子（季札，春秋时期吴国王室成员，以贤德著称）墓门悬剑（季札守信，为践行自己内心暗许的诺言，将宝剑悬挂在徐国国君的墓前）的遗风。曼殊生性浪漫，情绪多变，对自己的画作并不珍惜，旋绘旋弃，一旦别人开口索画，则又变得十分矜持，轻易不肯下笔。南社好友高吹万千里寄缣，请曼殊绘制《寒隐图》，尚且一再稽延，数年未能到手，其他人就只有垂涎的分儿了。《太平洋报》总编辑叶楚伧请苏曼殊作《汾堤吊梦图》，也是屡索不遂。于是他心生一计，某日闲谈时，他告诉苏曼殊，上海新到一批外国五香牛肉，闻香下马者不知凡几，他好不容易购得三斤，还有摩尔登糖和吕宋烟，一并放在楼上美术编辑室，你有空可去品尝。苏曼殊听说美味在楼上等他，就如同佳人有约，没有裹足不前的道理。他三步并作两步上了楼，叶楚伧就在他身后锁上房门，声称，好吃和尚若不完成《汾堤吊梦图》，就别想出来。有美食作陪，有好心情保底，灵感召之即至，绘画又有何难？香饵能钓大鲈鱼，叶楚伧果然得计。

苏曼殊贪图口福，豪于饮而雄于食，尤其喜爱糖果、冰激凌和五香牛肉，朋友们戏称他为"糖僧"和"牛肉大师"。他的观点是：酒肉穿肠过，佛祖心中坐，于精神毫无妨碍，我空，人空，宇宙空，今日之美食，不过是异日之尘埃，不吃白不吃。然而暴饮暴食损坏肠胃，最终要了他的命。

"舞低楼心杨柳月，歌尽桃花扇底风"，吃花酒要的就是这种情境和氛围，别人多半是醉翁之意不在酒，苏曼殊则于秀色可餐之余，放开肚量，将各种美味吃到盘碟见底。柳亚子回忆道："君工愁善病，顾健饮啖，日食摩尔登糖三袋，谓是茶花女酷嗜之物。余尝以芋头饼二十枚饷之，一夕都尽，明日腹痛弗能起。"曼殊对性欲的控制力堪称天下第一，对食欲的控制力则堪称天下倒数第一，他写信给柳亚子，信中谈及自己病中贪食，颇为诙谐："病骨支离，异域飘零，旧游如梦，能不悲哉！瑛前日略清爽，因背医生大吃年糕，故连日病势，又属不佳。每日服药三剂，牛乳少许。足下试思之，药岂得如八宝饭之容易入口耶？"在寄给另一位朋友的信中，他也将自己那副饿纹入口的老饕相活写如画："月饼甚好！但分啖之，譬如老虎食蚊子。先生岂欲吊人胃口耶？此来幸多拿七八只。午后试新衣，并赴顺源食生姜炒鸡三大碟，虾仁面一小碗，苹果五个。明日肚子洞泄否，一任天命耳。"他明知多食伤身，仍然对各类佳肴欲拒还迎，照单全收，这真有点"瘾君子"不怕死的劲头了。

有一天，苏曼殊未打招呼，跑去易白沙的住处作客，宾主相谈甚欢，到了吃午饭的时候，易白沙用中餐款待他。好家伙，苏曼殊放开肚量，总共吃下炒面一碗，虾脍二盘，春卷十枚，还有许多糖果。易白沙以为苏曼殊手头拮据，多日饿肚皮，才会这样狼吞虎咽，就邀请他明天再过来坐坐。苏曼殊连连摇头，对好友说："不行，吃多了！明日须病，后日亦病。三日后当再来打扰。"

鲁迅对苏曼殊的诗文评价很高，对他一团糟的个人生活则不表恭维："黄金白银，随手化尽，道是有钱去喝酒风光，没钱去庙里挂单。"苏曼殊去世前一两年，在东京十分落魄，有时竟会典当掉剩余的衣服，赤条条不能见客。有钱时饱撑一顿，无钱时饿瘪数天，这种生活方式简直就是玩忽生命，调侃死神，结果折腾出大病来，终于宣告不治。

"不可无一，不可有二"，苏曼殊是天下第一多情种子，也是天下第一伤心词客，其诗篇，十之八九都是和血和泪写成，绝非无病呻吟。以其多愁多病之身，天既未假其年，人又常沮其意，但他留下了许多优美之极的诗词、小说、绘画和译著，还编纂出一部厚厚的《梵文典》，若非大智大慧，怎能成就？大学者马一浮评论苏曼殊，十六个字堪称精准："固有超悟，观所造述，智慧天发，非假人力。"真是可悲可惜，"千古文章未尽才"，"才如江海命如丝"，天嫉多才的老套和俗套更像是一张疏而不漏的罗网。针对早熟的天才，死神挥舞那把收割的镰刀，确实要比平常更急更快，这个铁的规律横亘在苏曼殊面前，他无法逾越。

　　春雨楼头尺八箫，何时归看浙江潮？
　　芒鞋破钵无人识，踏过樱花第几桥？

　　怎么会无人识呢？苏曼殊一袭袈裟，逾越春夏秋冬而来，犹如天心的朗月、水心的皓月，可望而不可即，其出尘之姿，纵然是丹青妙手，也难描画。

生死成谜

1945 年 8 月 29 日傍晚，郁达夫吃完晚饭，在家中与几位朋友喝茶聊天，商谈如何结束酒厂和农场的事情。这时候，一位二三十岁的白衣青年走进屋来，把郁达夫叫到门口，讲了几句话。然后，郁达夫返回客厅，向大家告辞，说他有事先出去一下，暂且失陪。他的语气很平和，神色也无异样，甚至都不曾换件衣服，就身穿睡袍，脚跐木屐，离开家人和朋友，实在不像是外出料理要紧事。哪知郁达夫出门之后便杳如黄鹤，消逝得无影无踪。胡愈之撰写回忆文章《郁达夫的流亡和失踪》，其中有一个说法得自盟军的报告，值得一提：郁达夫被骗离家不久，日军宪兵就绑架了他，于 9 月 17 日将他和几名欧洲人士枪杀在丹戎革岱的荒野中，然后就地掩埋。郁达夫在日军宪兵队做过翻译，掌握鬼子不少罪证，在盟军远东军事法庭即将开启之际，日本宪兵既担心他出庭做证，又介意他回国撰文，因此非将他除掉不可。四十年后，铃木正夫发表调查报告《郁达夫被害真相》，以令人信服的证据链坐实了日本宪兵的罪行。郁达夫遇害的地点是在异国他乡，遇难的时间是在二战胜利之后，竟然尸骸无存，究竟是葬身大海，还是埋骨荒郊？只有天知道。

郁达夫的死曾经是一个谜团，他的生又何尝不是另一个谜团。

一、找到"女神"之后

朝来风色暗高楼，借隐名山誓白头。

好事只愁天妒我，为君先买五湖舟。

——郁达夫《寄映霞》

1916 年，郁达夫在日本写信给大嫂陈碧岑，谈的本是家事，结尾处他却掉转笔头，发表感想："弟看世界女人，都恶魔之变态，此后关于女色一途，当绝念矣。"这一年，郁达夫刚满二十岁，黄口白牙讲大话，未免言之过早。

郁达夫的运数和劫数都始于一场恋爱和一桩婚姻。这位风流才子阅尽人间春色，然而"曾经沧海难为水，除却巫山不是云"，王映霞之外，那些五分钟热度、半杯水深度的恋爱都可以忽略不计，一前一后两桩貌合神离的婚姻也不值一提。郁达夫生命中的华彩乐章奏响于1927年1月14日，谁知是偶然，还是必然？

那天，郁达夫在上海尚贤坊孙百刚家里初识王映霞，惊若天人，内心再度燃起追求"完美"的心灵之火。他对知根知底的好友孙百刚说："老孙！近来我寂寞得和一个人在沙漠中行路一样，满目荒沙，风尘蔽目，前无去路，后失归程，只希望有一个奇迹来临，有一片绿洲出现。"好运说来就来，"奇迹"远在天边，"绿洲"近在眼前，王映霞正值妙龄，刚满十九岁，这位杭州少女出身于书香门第。多年后，孙百刚著《郁达夫传》，描写王映霞，对她全是赞美："她的亭亭的身材，健美的体态，犀利的谈锋，对人一见就热络的面庞，见着男子也没有那一种忸怩造作之态，处处都显示出是一位聪明伶俐而有文化教养的女子。尤其她那一双水汪汪的眼睛，一张略大而带有妩媚曲线的嘴唇，更给人以轻松愉快的印象。"惊鸿一瞥，就足够了，郁达夫已被征服。王映霞跟他说上几句话，他全身的细胞和神经就仿佛经过熨烫似的舒适妥帖。尽管他很清楚中年热恋的后果常不佳妙，却拿定主意，去勇敢地尝试一番，在日记中吐露的心声是不会骗人的："我的心被她搅乱了，此事当竭力进行，求得和她做一个永久的朋友。"此后，他的表白更无遮掩："咳嗽总是不好，痰很多，大约此生总已无壮健的希望了，不过在临死之前，我还想尝一尝恋爱的滋味。"

《堂吉诃德》中有这样一句议论："一个正派女人的美貌好比一束独立的火焰或者一把利剑，如果不靠近它，它既不会烧人，也不会伤人。"那么靠近它，零距离接触，真的后果堪忧？难道就没有例外吗？郁达夫强烈地感受到内心的那头豹子在躁动，急于找寻出路。

陷入情网的郁达夫就像一只陷入蛛网的飞蛾。好友孙百刚、方光焘、章克标、徐钓溪等人时常恶作剧，变着戏法捉弄郁达夫，要么骗他去兆丰公园，要么骗他去火车站，要么骗他去别的什么地方，说是王映霞几点几刻将去那里，然后他们就静等着观赏郁达夫屡寻不遇的窘态。受过几次诓骗后，郁达夫自然明白过来，他对孙、方、章、徐等友人颇怀怨忿，把这几个不怀善意的家伙一体当作自己求爱路上的拦路虎。

郁达夫往昔的恋人和情人大都出身于贫苦家庭，在日本东京帝国大学留学期间，他拥入怀抱的后藤隆子、田梅野、玉儿，以及回国后在安庆结欢的海棠姑娘，再算上十三岁时的初恋对象"赵家少女"，她们不是农家女、小家女，就是侍女、妓女，王映霞是大家闺秀，毕业于新式学堂（浙江省立女子师范），这个区别相当明显。至于郁达夫的结发妻子孙荃，尽管其吐属风雅，但相貌平平，一桩成色十足的包办婚姻，情爱质量不可高估。郁、孙二人有过诗词唱和、书信往来，生儿育女之后，情意却并未转浓。

郁达夫初识王映霞的时候，就是这么个尴尬的处境，一个使君有妇，一个罗敷有约，但他毫无退缩之意。两人相识仅两个礼拜，郁达夫居然就交浅言深，写信去劝导王映霞："听说你对茗溪君的婚约将成，我也不愿意打散这件喜事。可是王女士，人生只有一次的婚姻，结婚与情爱，有微妙的关系，你但须想想你当结婚年余之后，就不得不日日做家庭的主妇，或拖了小孩，袒胸哺乳等情形，我想你必能决定你现在所考虑的路。你情愿做一个家庭的奴隶吗？你还是情愿做一个自由的女王？你的生活尽可以独立，你的自由，绝不应该就这样地轻轻抛去。"

这就是郁达夫为王映霞勾画的未可乐观的婚姻（与别人结婚）前景，他劝导她摆脱一切束缚，做一位"自由的女王"，这顶冠冕肯定得由他亲授才算正宗。王映霞经不住郁达夫"举着火把的狂热追求"，内心很有些松动，她仰慕郁达夫的才华，同情他的身世，但又害怕充当不光彩的"第三者"，插足男方的婚姻，招致外间舆论的谴责。有一次，孙百刚劝王映霞回避郁达夫，让他及早死心，王映霞说："倘若断然拒绝他，结果非但不能解除他的烦恼，也许会招来意外。"在她犹疑不决的那段日子，郁达夫的书信攻势堪称地毯式轰炸，一会儿说自己如何如何苦闷，一会儿说自己准备到法国去了却残生，一会儿说自己真快要死了，一会儿说自己的爱朝不待夕，"如猛火电光，非烧尽社会，烧尽己身不可的"，一会儿说王映霞是"一个被难者，一个被疯犬咬了的人"。他甚至绞尽脑汁，想出几条王映霞不爱他的理由："第一是我们的年龄相差太远，相互的情感当然是不能发生的；第二我自己的丰采不扬——这是我平生最大的恨事——不能引起你内部的燃烧；第三我的羽翼不丰，没有千万的家财，没有盖世的声誉，所以不能使你五体投地地受我的催眠暗示。"

总之，郁达夫把自己放到低至尘埃的位置。恋爱时，男人放低姿态，确实不失为高招，很容易打动女人的芳心。王映霞情窦初开，自然吃受不住这种"漫天的情火"，尽管她偷看了郁达夫1927年2月27日的日记——"我时时刻刻忘不了映霞，也时时刻刻忘不了北京的儿女。一想起荃君的那种孤独怀远的悲哀，我就要流眼泪，但映霞的丰肥的体质和澄美的瞳神又一步也不离地在追迫我"——知道郁达夫并未狠心与妻子离婚，确实有过恼怒，但郁达夫巧舌如簧，给出符合情理的解释，并且发下毒誓（三年内他若不与孙荃离婚，他就死给王映霞看），她终于转嗔为喜，不再顾忌举世非笑，不再固执少女的虚荣，不再计较郁达夫的专断独行，未经过她同意，就出版《日记九种》，向外界曝光情事。一旦生米煮成熟饭，她甚至不再强求郁达夫与孙荃先行离婚。巧的是，恰在那时，郁达夫身患重病——黄疸肝炎，令她心生恻隐。

1927年4月，郁达夫前往杭州王府，拜望王映霞的祖父和母亲，他心中原本惴惴不安，生怕遭到冷遇。始料不及的是，一切担心纯属多余，他居然受到视若东床快婿的高规格的款待，不禁喜出望外，乐不可支。据王映霞回忆，"在祖父的宽容、妈的勉强下"，她与郁达夫订立了婚约。郁达夫答应与王映霞去欧洲旅行结婚，这个信口许诺的画饼却好看不好吃。1928年春，郁达夫又虚晃一枪，向外界表示他要与王映霞赴东瀛举行婚礼，他们印发请帖，通知中外亲友，婚筵日期是2月21日，地点是东京精养轩。由于川资匮乏，他们并未成行。王映霞做了他的妻子，也就成了他的同谋。郁达夫瞒天过海，与新娘在上海北站附近的小旅馆住了一个多月，权且算是去了一趟日本，好在王映霞的祖父和母亲面前圆谎。他们"回国"后，选在上海南京路的东亚饭店摆了两桌喜酒，邀请的是双方的亲朋。嗣后，好友易君左赋诗相赠，赞美郁达夫和王映霞是"富春江上神仙侣"，令人羡煞，令人妒煞。

如花美眷也得食人间烟火，偏偏郁达夫囊中羞涩，手头拮据，喜兴未消，就要把《零余者》中叹穷的老调再弹一次："袋里无钱，心头多恨。这样无聊的日子，教我挨到何时始尽。啊啊，贫苦是最大的灾星，富裕是最上的幸运。"此调弹过之后，他早已记不起昔日情书中的那句话，他娶的这位王女士"当结婚年余之后，就不得不日日做家庭的主妇，或拖了小孩，袒胸哺乳"，做定了"一个家庭的奴隶"，到这时她才知道，他答应让她放胆做"自由的女王"，原是一句梦呓。郁达夫与王映霞租住在上海赫德路嘉禾里1476号，家具都是从木器店里租来的。墙壁上悬挂一副蔡元培书写的对联，用的是龚自珍的诗句，

"避席畏闻文字狱，著书只为稻粱谋"，十分切合郁达夫当时的处境。住所周边的环境如何？在《半生杂忆》中，王映霞有这样的描写："从亭子间的南窗望出去，正好是静安寺公墓（今名静安公园）的所在，那墓地里每一座坟的水泥盖上，竖立着的大理石安琪儿，也都历历可数。"天天与墓地为邻，真够瘆人的。嘉禾里是贫民窟，住的多半是电车司机、售票员和产业工人，在只认衣裳不认对象的上海滩，倒是个隐蔽身份的好住处。当时，正值白色恐怖时期，郁达夫不宜露面，身边有妙龄美妻相伴，叹穷诉苦之余，总还不至于寂寞。他可以饮酒，购买旧书，从中获得乐趣，酒醉到夜卧大雪长街，书多到满坑满谷，王映霞心疼他，有时，也会责怪他胡乱交朋友，胡乱花钱。郁达夫的口头禅是："我们无产者唯一可靠的财产，便是自己的身体。"于是，王映霞的兴趣集中在办好伙食方面，他们不讲究穿，只讲究吃，一门心思享口福。王映霞在自传中自豪地说："当时，我们家每月的开支为银洋二百元，折合白米二十多石，可说是中等以上的家庭了。其中一百元用之于吃。物价便宜，银洋一元可以买一只大甲鱼，也可以买六十个鸡蛋，我家比鲁迅家吃得好。"

然而羡煞神仙的好日子难以持久。郁达夫想把王映霞留在家中，供他一人欣赏一人享用，这在事实上不可能做到。

1931年春，王映霞怀着第三个孩子郁云，已有七个月身孕，只为喝酒的事两人发生几句口角，郁达夫就拿走五百元存单，精神和肉体一同重返"故乡"，回富阳去跟原配夫人孙荃同居了一个星期，他与王映霞的感情因此降至冰点。事后，为了补偿妻子的精神损失，在王映霞的祖父王二南的督促下，律师徐式昌、北新书局经理李小峰出面做证，郁达夫签署了一式三份的"版权赠予书"，受益人是王映霞，这事才算平息下来。

王映霞是新派女子，有倔强的个性，除了亲情、爱情之外，她还渴望友情滋润心田，这要求一点也不过分。1932年，王映霞浙师的同学刘怀瑜独身一人到上海旅行，她到旅馆去探望，同窗好友久别重逢，彻夜畅谈，是再正常不过的事情，郁达夫却十分生气，为此出走半个月，还写了一篇《她是一个弱女子》，影射王映霞与刘怀瑜搞同性恋，他出此大招，令王映霞十分恼怒。在自传中，她说自己不得已选择了原谅："我原谅他的病态，珍惜他的不健康的身体，另外，还感佩着他的才华。于是，只能言归于好。"但每一次和好的背后都积累了新的隐患。

王映霞最困惑也最不满意的是：郁达夫婚前亲密，婚后感情疏离，反差太大。家书中往往只有稿件如何处置、银钱如何分配、亲友如何交道等琐碎内容，很难再找寻到几句温暖情怀的话语，郁达夫早期情书中常常出现的那些鬼头鬼脑、贼头贼脑的英文字样"love""kiss"，更是扫地以尽，完全绝迹。1938年10月18日，她写信给郁达夫，抱怨道："别人都会在文章中称赞自己的妻子、爱人，只有你，一结婚后便无声无息，就像这世界上已经没有了这个人一样。做你的妻子，倒不如做个被你朋友遗弃了的爱人来得值得，就如徐亦定一样。"郁达夫将浪漫的爱情视为阶段性产物，此一时也，彼一时也，王映霞当然不满足，心中有一种挥之不去却招之即来的幻灭感。

郁达夫的好友曹聚仁具有犀利的眼光，看到问题的实质，他撰回忆文章《也谈郁达夫》，明确地指出：郁达夫身体一直不好，尽管激情澎湃，但玩的多半是精神体操，无法与美女打持久战。打井人胃口小，怨不得井水要四溢了。这个说法也没错，王映霞虽未做成"自由的女王"，但她逐渐成长为"刚强的女士"，身体强，个性强，欲望也强；郁达夫一介书生，蒲柳弱质，只能小范围开发，要使之全面开花，则力不从心。于是，他只能眼睁睁地看着王映霞的灵与肉从他身旁剥离开去，渐行渐远，终成路人。

二、举家移居杭州

钱王登假仍如在，伍相随波不可寻。
平楚日和憎健翮，小山香满蔽高岑。
坟坛冷落将军岳，梅鹤凄凉处士林。
何似举家游旷远，风波浩荡足行吟。

——鲁迅《阻郁达夫移家杭州》

1930年，郁达夫运交华盖。在家里，他与王映霞口角不断。在文坛上，他先是被一群左派小将利用，然后又遭到他们的攻击。1930年5月21日，郁达夫致信周作人，感叹道："沪上文学家，百鬼夜行，无恶不作，弟与鲁迅，空被利用了一场，倒受了一层无形的损失。"有个文学青年叫史济行，不仅将郁达夫的稿件偷去发表在下三滥的刊物《红杂志》《玫瑰杂志》上，而且盗用郁达夫的名义，四处借钱，弄得乌烟瘴气。美国女记者史沫莱特采访郁达夫，郁达夫实话实说："I am not a fighter, but only a writer。"（我不是一名战士，只是一位作家）没想到，他的这句肺腑之言引爆了当时的上海文坛，激怒了一些左派青年作家。他们只打算努力做战士，没打算认真做作家，他们使出的手段是阶级斗争，一齐出脚，将这位"反动老朽"踢出"左联"。

1933年，郁达夫决意离开上海这个是非之地，搬到杭州居住。郁达夫锐气磨灭殆尽，他开始求田问舍，搬迁书籍三万多册，准备在西湖的清风朗月下终老此身。他拿出全部积蓄，另外还从一位富阳籍丁姓女弟子处筹得一笔款项，合计一万五千多元，在杭州城东大学路场官弄购入一亩一分四厘地，建成风雨茅庐，请马君武题写匾额。

建造风雨茅庐前，郁达夫请风水先生郭某履勘指点，改五间一字排开的平房为前三后三的两进，以回廊相连。可惜建成之后，只见女主人的笑容若隐若现，不见男主人的身影时进时出。

1935年12月26日，在四十岁生日前两天，郁达夫与赵文龙唱和，赋诗二首，第一首绝句是："卜筑东门事偶然，种瓜敢咏应龙篇？但求饭饱牛衣暖，苟活人间再十年。"末二句可谓诗谶，郁达夫自此以往，果然只活够了十年。

在上海时，郁达夫、王映霞交往的基本上都是文人、画家、教授和学生，举家迁至杭州后，与市长周象贤之类的官场人物交往密切，郁达夫来钱更容易了，名士派头也更足了，牢骚大减，苦恼大减，文气也大减。王映霞与那些官太太周旋，也接收不到什么正能量。

多年后，孙百刚的表弟顾鑫重访场官弄，寻觅风雨茅庐的旧影，发现它已被某派出所改为办公地点，不禁感慨系之。他填了一阕词《兰陵王·访风雨茅庐有感》，下阕有句"夤缘竟逐豪华路，惜英才俊彦，兰心蕙质，沉浮竟教宦海误"，感叹的就是他们迁居杭州后，郁达夫动起了当官的念头，因而铸成大错。他的这个看法是颇有见地的。

1936年2月上旬，元宵节前三天，郁达夫离开杭州，前往福州，意在"游五夷太姥，饱采南天景物"，还抱着热切参政的念头。郁达夫早年报考外交官被黜，一直耿耿于怀，走仕途乃是他的一个未了心愿。经葛敬恩介绍，郁达夫结识了福建省主席陈仪。陈仪急于找到一位特殊人才：他必须精通日语，有声望有地位，足以应付蜂拥而至的日本政客、军人、特务、浪人。郁达夫再合适不过。郁达夫名士习气重，疏狂任性，不胜公务之烦，都没关系，他的实职是公报室主任，月薪二百元，对外则宣称是省参议，月薪三百元。王映霞一度想去福建陪伴郁达夫，他生怕自己好不容易重新获得的"单身汉生活"遭到搅扰，或许还有别的什么缘故，一再阻止王映霞成行，弄得她起了疑心。1936年3月7日，郁达夫在日记中没头没脑没肝没肺地写下这样一段话："自前天到今天，为霞即欲来闽一信，凭空损失五十多元。女子太能干，有时也会成祸水。"1937年春，王映霞还是去了福州，夫妻感情稍有修复。此后不久，华北就发生了震惊中外的卢沟桥事变，国难当头，无数家庭即将破碎，郁达夫和王映霞的婚姻也亮起了红灯。

为逃避战火，王映霞偕同老母亲和三个儿子辗转于富阳和丽水两地，当时浙江省政府的民、财、建、教四厅都已搬到丽水县城，条件比富阳要好许多，王映霞得到财政厅长程远帆的援助，住进省政府临时宿舍。这样一来，她就与住在楼上的教育厅长许绍棣朝夕相见。许有三个女儿，王有三个儿子，年龄相当，常常玩在一起。许绍棣年轻时留学日本，与郁达夫既有乡谊，又有交情，他为人风趣，性情温和，颇能识情揣意，王映霞尝够了郁达夫疏狂任性的苦滋味，更觉得许绍棣是做夫君的上好材料。小孩玩成一堆，大人也粘在一起，一个是鳏夫，一个是怨妇，一个是官场干员，一个是名士美眷，流言立刻插上翅膀，满世界乱飞。

当初，郁达夫不顾死活，追求王映霞，只贪美色，不计利害。他肯定读过唐朝诗人孟郊的那首《偶作》："利剑不可近，美人不可亲。利剑近伤手，美人近伤身。道险不在远，十步能摧轮。情爱不在多，一夕能伤神。"但他万万想不到，有朝一日他会戴上绿头巾，当面斥骂王映霞是淫妇。自酿苦酒，自食苦果，他实在怨不得别人。

郁达夫移家杭州，鲁迅并不赞成，赋诗赠王映霞，即有劝阻之意。后来，郁达夫撰《忆鲁迅》一文，悔不当初："我因不听他的忠告，终于搬到杭州去了，结果竟是不出他所料，被一位党部的先生弄得家破人亡。"与其说鲁迅有先见之明，还不如说郁达夫在感情方面逆水行舟，不进则退，辞别妻子，离家远游，迟早会出事。

三、鸠占鹊巢

寒风阵阵雨潇潇，千里行人去路遥。
不是有家归未得，鸣鸠已占凤凰巢。

——福州天王庙中的签诗

1937年底，郁达夫游福州天王庙，抽得一支下下签。他本就有自卑感，不放心王映霞与外界接触，害怕她接触之后，就会看轻他头上仅有的"才子""文学家"的那两道光环，而她的势利眼和虚荣心将全面占据上风。在战争年代，流离颠沛是无法避免的，杭州成了危城，风雨茅庐已难以安身，王映霞被迫接触社会，接触许绍棣，她的心理活动已经发生质的变化。郁达夫读完签诗，那句"鸣鸠已占凤凰巢"太刺眼了，不禁心烦意乱。在外面，他风闻了一些流言，说是许绍棣"新借得一位漂亮夫人"，女方是谁？会不会是王映霞？他简直不敢再想下去。

郁达夫回到丽水，在家中发现许绍棣的信件，终于忍不住大发雷霆。他的精神受到强刺激，理性已经"挂科"，既然王映霞红杏出墙，两人该吵架吵架，该离婚离婚，但大可不必将家丑外扬。"纵齐倾钱塘湖水，奇羞难洗"，太夸张了。当年他追求王映霞时，妻子孙荃正呻吟于产褥之上，他又何尝设想过孙荃的精神苦况？这就是他自私的地方，不公平的地方：只准许自己自由地寻找爱情，却不准许王映霞自由地寻找爱情；只准许自己动用别人的奶酪，却不准许别人动用自己的奶酪。郁达夫做同样的事是浪漫，王映霞做同样的事却是浪荡，施行双重标准，采取双重评价，怎能服众？他给《贺新郎》一词添加注释，言词诡激："许君究竟是我的朋友，他奸淫了我的妻子，自然比敌寇来奸淫要强得多，并且大难当前，这些个人小事，亦只能暂时搁起，要紧的，还是为我们的民族复仇！"这简直就是荒腔野板的胡诌，且不说"奸淫"一词使用不当，家丑与国仇也根本扯不到一块儿，女人红杏出墙的事何日无之、何年无之？这种"丑闻"并非战争时期所特有，将二者强行牵连，实为荒谬。此外，郁达夫将王映霞委身许绍棣归咎于她贪慕富贵虚荣，也是诛心之论。他说："映霞最佩服居官的人，他的倾倒于许君，也因为他是现任浙江教育最高行政长官之故。"这一推论太过简单，王映霞真要是贪慕富贵，当初她怎么可能看中郁达夫这种病病歪歪的文人？在青春资本最雄厚的时候，她尚且不贪慕富贵，岂有此时再贪慕富贵的道理？何况郁达夫也在官场打拼，也有个省参政的荣衔，已不是纯粹的文人。他还说："姬企慕官职，以厅长为最大荣名，对人自称为厅长夫人，予以取乐。"这是把谣言当真，既缺乏幽默感，又显得鸡肠鸭肚。

1938年10月18日，王映霞致书郁达夫，即表明了她的愿望——"做一个很贤惠、很能干的大家庭中的媳妇，让翁姑喜欢，（在）丈夫宠爱的和平空气中以终其身"，你可以讥笑她胸无大志，但你绝对不能唾骂她俗不可耐。郁达夫爱之欲其生，恶之欲其死，昔年赞之为天仙，今朝贬之为俗妇，处处走极端，我们该相信他哪一句？

郁达夫自曝家丑后，许绍棣深知人言可畏，还哪敢顶风作案，娶王映霞为妻？他终究还是有些本事的，最终娶了徐悲鸿的旧情人孙多慈，彻底从这桩丑闻中拔身而出，浑身上下洗刷得干干净净。他只是玩了一回心跳，枕边的誓言到底靠不住，苦的屈的只是王映霞，她与许绍棣挥泪而别，还得跟着郁达夫踏上颠沛流离的旅途，前往武汉。郁达夫难忍羞辱，心气总不能平，冷暴力之后，他与王映霞的争吵再次升级。王映霞一气之下，离家出走，住到朋友曹律师夫妇的家中。郁达夫慌了神，这是他玩熟了的游戏，也是他玩剩了的游戏，换成了女主角掌控局面，他残余的那点理智已经不敷所用，于是老虎吃砒霜，自己害自己，找《大公报》刊登极具侮辱性质的《启事》，向外界暴露家庭生活的负面和暗面：

王映霞女士鉴：

乱世男女离合，本属寻常。汝与某君之关系，及搬去之细软、衣饰、现银、款项、契据等，都不成问题，唯汝母及小孩等想念甚殷，乞告以住址。

郁达夫启

郁达夫精神狂躁，一不做，二不休，又影印了许绍棣的三封"情书"，声称这是"打官司的凭证"，还请郭沫若等人前来勘察"现场"，要他们看一看王映霞"卷逃"后的痕迹，甚至致电浙江军政府，吁请查找王映霞的下落。一时间，舆论哗然，流言纷起。郁达夫从曹律师那儿得知王映霞的行踪后，又急不可待地接她回家，王映霞自然不依。结果是，郁达夫乖乖认错，找《大公报》再登一则《道歉启事》，稿子是王映霞起草的：

达夫前以精神失常，语言不合，致逼走妻王映霞女士，并登报找寻。启事中曾误指女士与某君的关系及携去细软等事，事后寻思，复经朋友解说，始知全出于误会。

兹特登报声明，并致歉意。

此致

映霞女士

郁达夫启

这就叫"此地无银三百两"，越抹越黑，很傻很天真。郁达夫弄得王映霞名声扫地，也弄得自己颜面无存，最终两败俱伤。事后，他们重新订下誓约："让过去埋人坟墓，从今后各自改过，各自奋发，更重来一次灵魂与灵魂的新婚。"郭沫若居中调和，亦认定郁达夫应负主要责任，这场风波是个考验，类似的考验宜少不宜多。

1938年深秋，武汉岌岌可危，郁达夫听从好友、诗人易君左的建议，举家迁至后者的家乡湖南汉寿。一路上走走停停，王映霞恼怒未消，郁达夫愤懑不悦，就连和解的假象都难以维持。一对怨偶要尽弃前嫌，整理和修复感情的碎片，谈何容易。汉寿比武汉要安宁得多，但郁达夫徘徊于精神的歧路，每日每夜就如同困锁在牢笼之中。不久，他接到福建省主席陈仪的电报，再次远行，决心为国效力，哪怕舍命牺牲，也要逃离现实，获取暂时的解脱。

郁达夫到了福建，再度听信流言，说是许绍棣曾送给王映霞三十七万余元港币。王映霞被他的来信怄得手足冰凉，忍无可忍，在回信中予以还击："这三十七万余元港币的存折，于我们死后，都留在这里转赠你，让你再去买一个有这样身价的女子，因为你是喜欢有价钱的女人的。我始终未要你一个钱，这似乎亦是你怕我会收别人三十七万余元港币的原因。"战乱时期，郁达夫采取撒手主义，任由妻儿处于缺钱缺粮缺医缺药缺少安全感的苦况之中，却还要纠缠旧事，往妻子的伤口上抹盐，这种做法，不仅不智，而且不仁。王映霞发出了悲愤的感慨："假如我有女儿，则一定三世都不让她与不治生产的文人结婚！自已是一切都完了，壮志雄心尽付东流江水，我对你的希望与苦心，只有天晓得！"她原本也主张，在婚姻触礁时，"大家把一切的气愤全都丢弃了，来计划计划以后的家计"，但郁达夫心不在焉，她也只能徒唤奈何。

文人的性格多半脆弱，心理过于敏感，精神极容易陷入混乱的状态之中，郁达夫是典型的文人，情绪并不稳定，倘若他受到外界的强刺激，就会不顾一切，任性而为。所幸他不曾效仿卢梭弃子，也不曾效仿徐渭杀妻，总而言之，还算是偏于中庸的。

在现代，文人自暴隐私，蔚然成风，鲁迅出版《两地书》，自暴与许广平的"师生恋"；庐隐出版《云鸥情书集》，自暴与李唯建的"姐弟恋"；张竞生发表文章《恨》，谴责与他同居的褚松雪抛家弃子，另找情夫。这些书信、文章曾影响读者的视听，轰动一时。鲁迅、庐隐的自我曝光有所保留，张竞生、郁达夫的自我暴露无所顾忌，前二人听到了喝彩声，后二人则沦为笑柄。

"曾因酒醉鞭名马，生怕情多累美人"，这是郁达夫的名句，令人口诵心唯。他做得到仗酒使气，却做不到惜玉怜香，原因到底是能力不足，还是另有苦衷？

四、引爆丑闻的炸弹

> 急管繁弦唱渭城，愁如大海酒边生。
> 歌翻桃叶临官渡，曲比红儿忆小名。
> 君去我来他日讼，天荒地老此时情。
> 禅心已似冬枯木，忍再拖泥带水行！
>
> ——郁达夫《毁家诗纪·十五》

1938年冬，王映霞从湖南汉寿出发，前往福州与郁达夫会合，途经长沙时，正巧赶上"文夕大火"，行李、照片、书信和《版权赠予书》全都付之一炬。换个相对安全和陌生的环境，本来对他们修复感情的裂痕会有好处，可是郁达夫却在这节骨眼上再次犯浑。

当时，香港《大风旬刊》主编陆丹林向郁达夫约稿，很快就收到了二十首加添注释的旧体诗词，总题为《毁家诗纪》。这可是送上门来的名人丑闻，而且是令人难以启齿的"珍闻"，最能满足"扒粪族"的特殊嗜好，其中一条尤为刺眼：郁达夫、王映霞在金华重逢时，王映霞以刚来例假为由拒绝与郁达夫行房，两天后却与许绍棣同车夜奔碧湖。陆丹林如获至宝。本来他可以弭患于无形，规劝郁达夫慎重对待此事，但他把朋友之间的道义撇在一旁，竟急于引爆这颗丑闻的炸弹。

1939年3月5日，《大风旬刊》第三十期出刊，果然洛阳纸贵，万人争诵，连印四版，轰动海内外。王映霞在新加坡读到这组"家丑"全记录的诗词，仿佛五雷轰顶，怒不可遏。两人早就讲好了不再互揭伤疤，郁达夫背地里却又弄出这些诗词，弄出倒也罢了，居然拿去刊物上发表，将家丑大白于天下，将谴责公告于世间。王映霞认为，郁达夫出此昏着，与当初他在武汉《大公报》上刊登寻人启事性质大不相同，那回他是头脑冲动，这次则是早有预谋。王映霞彻底寒心，作为回应，她撰写了《一封长信的开始》和《请看事实》两文，试图漂白事实真相，可是收效甚微。在《一封长信的开始》中，王映霞甚至发誓离婚之后不再嫁人："实在说，又有谁逃出了棺材，而再爬进另一口棺材里去的？对于婚姻，对于女子的嫁人，那中间辛酸的滋味，我尝够了，我看得比大炮炸弹还来得害怕。我可以用全生命全人格来担保：我的一生，是决不致再发生那第二次的痛苦的了。"经此变故，覆水难收，他们终于以"协议离婚"作为最终的解决方式，曾经轰动文坛的爱情传奇至此凄然收场。

郁达夫与王映霞，由神仙伴侣沦为怨偶，对此，外界的评议主要分为两派意见。一派偏向男方，曲为之辩，虽未责怪女方，却认为王映霞能够与大才子郁达夫做一场夫妻，博取盛名，也算值当了，这派意见以易君左的评论为代表。易君左撰文《海角新春忆故人——小记郁达夫和王映霞》，说得轻松："然而我总有一个定见：王映霞无论怎样美，嫁给一个郁达夫，总算三生修到。我对这个朋友深致敬慕，他是一个人才、一个天才和一个仙才。天生之才不容易呀，数百世而不可一见。……一直到今天我看到创造社的诸人中，最天真最纯洁最富正义感和热情的，谁能比得上他呢，单凭《达夫九种》这部恋爱的圣经，王映霞亦足以千古了！"王映霞先为求名，后为求实，正因为虚名只是画饼，不足以裨益现实人生，她才会对郁达夫的名士性情越来越不满意，以至于无法忍受。外围那些饱汉的喝彩对她是无用的。另一派偏向女方，对郁达夫颇有微词，认为他在这局原本美好的婚姻中扮演的是破坏者的角色。郁达夫与郭沫若交情至深，可谓患难兄弟，曾自诩为"孤竹君之二子"（伯夷和叔齐）。郭沫若撰文《论郁达夫》，肯定不会厚诬知己，谈及《毁家诗纪》，他发表的看法值得留意："那一些诗词有好些可以称为绝唱，但我们设身处地替王映霞作想，那实在是令人难堪的事。自我暴露，在达夫仿佛是成了一种病态了……说不定还要发挥他的文学想象力，构造出一些莫须有的家丑。公平地说，他实在是超越了限度。暴露自己是可以的，为什么还要暴露自己的爱人？而这爱人假使是旧式的无知的女性，或许可无问题，然而不是，故所以他的问题就弄得不可收拾了。"莫非作者暴露得越彻底，就越能解气消愁泄恨，将心中的烦恼苦闷连根拔除？浪漫文人最喜欢向法国思想家卢梭看齐，那部《忏悔录》已成为他们的"圣经"。可是自暴隐私还得视国情差异而有所增减，各个民族的道德承载力颇有差异，评判眼光或高或低。在法国，无论文人怎样自曝家丑，都能得到社会的理解和原谅；但在中国，浪漫文人还是谨慎为好，将这柄见血封喉的双刃剑束之高阁为妙。

家庭破碎，咎由自取，郁达夫消沉了一段时间，也写过一首《寄王映霞》的诗怀念旧情："大堤杨柳记依依，此去离多会自稀。秋雨茂陵人独宿，凯风棘野雉双飞。纵无七子为衾社，尚有三春各恋晖。愁听灯前儿辈语，阿娘真个几时归。"但今时不同往日，这一次王映霞受伤太重，她毅然决然地离开新加坡，返回祖国，真就是"大江茫茫去不还"了。

在《郁达夫论》中，郭沫若还写道："（达夫）爱喝酒，爱吸香烟，生活没有秩序，愈不得志，愈想伪装颓唐，到后来志气也就日见消磨，遇着什么棘手的事情，便萌退志。"然而凡事不可一概而论，这一回，郁达夫很快就收起了那件"颓废的外套"，毕竟国难已经铺开无法计算的阴影面积，家祸只能暂且搁置一旁了。

五、万里投荒，横死异域

> 月缺花残太不情，富春江上暗愁生。
>
> 如非燕垒来蛇鼠，忍作投荒万里行？
>
> ——郁达夫《珍珠巴刹小食摊上口占和胡迈诗原韵》

1938年12月，郁达夫接受《星洲日报》总经理胡文虎的聘约，偕夫人王映霞和儿子郁飞乘船前往新加坡，主编该报的华文副刊。三年内，他撰写了大量文章，宣传抗日，在东南亚读者中形成了密集的影响。

郁达夫将妇挈儿，远离祖国，毅然前往南洋，视星洲为"新营生圹"之地，原因何在？令人费猜。从他的诗作中可见端倪："月缺花残太不情，富春江上暗愁生。如非燕垒来蛇鼠，忍作投荒万里行？"有人诠释，诗中的"蛇"指的是戴笠，这位军统特务头子霸占过王映霞的肉体；"鼠"指的是许绍棣，这位官员博得过王映霞的欢心。在诗文中，郁达夫还多次使用典故"鸠占鹊巢"，大家原以为此"鸠"是许绍棣，后经现代诗人汪静之暮年提点，才得知许绍棣只是小鸠，戴笠才是大鸠。细思极恐，手无缚鸡之力的书生郁达夫杠上了杀人如麻的恶棍戴笠，即使他不想逃往南洋，也没有别的出路。

1940年，郁达夫与王映霞协议离婚，此后他在星岛结识了身为记者和播音员的李筱瑛。李筱瑛是福州人，在上海长大，毕业于暨南大学，才貌双全，中英文俱佳。她年轻浪漫，崇拜郁达夫的文学天才，乐意以身相许。两人热恋一段时间后，李筱瑛即以"契女"的身份搬至郁家居住。王任叔（巴人）在《记郁达夫》一文中写到郁达夫与李筱瑛的恋情："达夫对于这位同住的女人，十分关心留意她的謦欬、笑貌和烦躁，忠顺与卑屈，已到奴隶的程度。而那女人呢，大有法国贵妇人气质，自恃青春，傲慢而骄横，在不可一世的气概之下，包着一颗实利主义的灵魂。尽可把一个男子作为工具而使用，但必须和她站在平肩的时候，既须有名士的才气，又须有达官的权势与巨贾的富有。"不知为何，王任叔的坏印象与刘海粟等人的好印象适相对立。郁达夫有了女朋友，这件事情不可能瞒得住十三岁的儿子郁飞。尽管李筱瑛对郁飞关心备至，带他看电影，买礼物，多方争取，郁飞还是坚决反对父亲跟李筱瑛同居。1941年12月7日，太平洋战争爆发，其后不久，李筱瑛随同英国军队撤退到印尼的爪哇岛，郁达夫则逃亡到苏门答腊，彼此消息隔绝，这段恋情便无疾而终了。

当时，在印尼苏门答腊的巴爷公务，一批流亡南洋的中国文化人合伙开办了一家赵豫记酒厂，郁达夫为了躲避日本人的迫害，掩藏真实身份，他化名为赵廉，出面做酒厂老板，张楚琨任经理，胡愈之当会计。郁达夫让人用汽油桶装酒，卖给日本兵，他开玩笑说："我虽无力杀死日本人，我要用含酒精度的烈酒醉死日本人！"由于他暴露出日语专长，被迫做了日本宪兵队的翻译，为期半年多，他利用这一敏感职位保护了陈嘉庚等进步侨领和一些地下党员。在此期间，郁达夫娶原籍广东、年仅二十岁的华侨女子何丽有为妻。她只有中人之姿，文化水平不高，连汉语也似懂非懂，郁达夫用马来语戏称她为"婆陀"（傻瓜）。直到郁达夫遇难后，何丽有才如梦方醒，丈夫赵廉竟然是大名鼎鼎的中国文学家郁达夫，如同潘兰珍认不出枕边的李老头竟是天字第一号钦犯陈独秀一样，谁也不清楚何丽有心中是悲是幸。

1945年8月29日傍晚，郁达夫吃完晚饭，在家中与几位朋友喝茶聊天，商谈如何结束酒厂和农场的事情。这时候，一位二三十岁的白衣青年走进屋来，把郁达夫叫到门口，讲了几句话。然后，郁达夫返回客厅，向大家告辞，说是他先出去一下，暂且失陪。他的语气相当平和，神色也无异样，甚至都不曾换件衣服，就身穿睡袍，脚跋木屐，离开家人和朋友，实在不像是外出料理要紧事。谁知郁达夫这一出门便杳如黄鹤，从此消逝得无影无踪。在胡愈之的回忆文章《郁达夫的流亡和失踪》中，有一个得自英美盟军报告的可靠说法：郁达夫被骗离家不久，日军宪兵就绑架了他，于9月17日将他和几名欧洲人士枪杀在丹戎革岱的荒野中，然后就地掩埋。郁达夫在日军宪兵队做过翻译，知道鬼子不少罪证，在盟军远东军事法庭即将开启之际，日本宪兵已侦悉其真实身份，既害怕他出庭做证，又害怕他回国撰文，因此非将他除掉不可。四十年后，日本学者铃木正夫的调查报告《郁达夫被害真相》彻底坐实了日本宪兵杀害郁达夫的罪行。值得一提的是，在郁达夫失踪后大约十二个小时，何丽有生下了第二个孩子，是个女儿，取名美兰，又名梅兰，可悲可怜的是，她与亲生父亲郁达夫缘悭一面。

郁达夫万里投荒，横死绝域。关于他的评价，历来褒贬不一，褒赞他的人称之为天才、大师、益友和现代诗坛执牛耳的龙头大哥，贬损他的人则骂他为花痴、汉奸、变态狂和堕落文人。即使1952年中央人民政府明确追认他为革命烈士，这种争议也没有停息过。香港学者梁锡华曾以严苛的态度批评郁达夫"忠奸飘忽"，因为郁达夫得到过日军大将松井石根的礼遇，在印尼当过日本宪兵队的翻译，梁锡华就指证他身上有洗刷不净的汉奸嫌疑。但我更相信郁达夫的爱国赤诚。"一死何难仇未复，百身可赎我奚辞？会当立马扶桑顶，扫穴犁庭再誓师！"这样的诗歌绝对不是什么汉奸能够写得出来的。

古语云，"知子莫若父"，实则知父也莫若子。在郁达夫的众多子女中，郁飞与父亲相处最久，相知最深。1992年，六十四岁的郁飞曾对新加坡记者说："我的父亲是一位有明显优点，也有明显缺点的人，他很爱国家，对朋友也很热心，但做人处世过于冲动，以至家庭与生活都搞得很不愉快。他不是什么圣人，只是一名文人，不要刻意美化他，也不要把他丑化。"郁飞这番话不仅说得诚恳，而且说得中肯。

郁达夫曾经反复强调"完成自己"，他说："做文士也好，做官也好，做什么都好，主要的总觉是在自己的完成。人家的毁誉褒贬，一时的得失进退，都不成问题；只教自己能够自持，能够满足，能够反省而无愧，人生的最大问题，就解决了。"那个"人生的最大问题"，死神帮他做了终极解决，是否圆满，则另当别论。正如郁达夫自己所承认的，"九州铸铁真成错"，那个"错"历经风雨，始终还摆放在原处，有一部分是他造成的，还有一部分则是产生小鸠、大鸠的社会造成的。

爱在云端不可攀

一、伦敦的虹影

这注定是古历每月朔日（初一）方可一见的太阳与月亮各在半天的特殊景象，太阳加快步子，异常炽热地吐放着光热，去温暖那片纯洁的冰魄，可是枉然，月亮在太阳的逼射下，反而更加惊慌地钻进云层，发足西奔，不肯轻易将自己交付出去。

浪漫派作家的祖师爷是谁？是法国思想家卢梭。他曾深有感慨地说："能够以我爱的方式来爱我的人尚未出世。"其悲观的口吻早已给徒子徒孙们的爱情事业定下了基调。

1920 年秋，在雾都伦敦，二十四岁的徐志摩邂逅了十六岁的林徽因（当时她的名字还是徽音），后者婉约的才情和长于审美的气质深深吸引了前者。不错，林徽因具有双重文化教养的背景，古典气质与现代精神正如一幅名为"梅傲千古"的双面绣，但此时她的心智和情感尚未发育成熟，就算是日后成熟了，她也比徐志摩要保守和务实得多。两人之间，她不是不可以走远，但她不可能走得跟徐志摩一样远；她也不是不可以走近，但她不可能走得像两片相邻的树叶那么近。

那年秋、冬的日子，徐志摩的激情太猛太烈，还不断添加"诗性浪漫"的特级燃油，一把火烧得西天红遍。疯狂的激情，足以焚山煮海的激情，在世间，很难得到同等强度的回应，将它作用于一位情窦未开的十六岁的中国少女，则只能盼望奇迹之外的奇迹了。但这样的奇迹并未来到人间。一位来自东方古国的大家闺秀，头脑睿智，一旦她意识到自己的初恋不是玫红色的故事，而是桃红色的事故时，她就不可能轻易入局，全身而退倒是明智的选择。已为人夫，已为人父，徐志摩也就只能自恨情深缘浅了。诗魔身上并不具有成年男子所通备的沉稳持重的性格，"责任"二字反衬得其浪漫的言行多少有点滑稽可笑。大雨之中，他在桥头守候彩虹，对英国文学界的"病西施"——凯瑟琳·曼斯菲尔德（徐志摩称她为曼殊菲尔）表现出近乎崇拜的爱慕，少女林徽因果真能理解如此炽热的浪漫情怀？顶多也就是一知半解吧。偏偏可惜的是，诗魔固然有能力融贯东西，创立一门爱情宗教，他本人却不是一位合格的启蒙牧师。

尽管他们有缘在伦敦相聚，用双楫剪开过剑河的柔波，并肩穿越海德公园的蹊径，内心的弦索弹拨复弹拨，却始终没有奏响同一支曲调。林徽因的父亲林长民，一位下野的北洋政府前司法总长，徐志摩的忘年交，这幕短剧的参与者，一身兼饰慈父和好友的角色，居然帮不上忙，提不出合情合理的忠告，只能旁观两个年轻人为一局无法合龙的感情苦苦地折磨自己。他唯一想做的事就是带着女儿归国，让空间和时间的"双槌"加以冷静的裁断。

林徽因走了，偌大的伦敦空寂下来，徐志摩极目长天，只见密不开缝的阴霾封锁着穹庐，于是他合上厚厚的日记本，任由方兴未艾的情愫在里面烧为一寸寸余烬。

1922年10月，徐志摩前往德国，逼迫发妻张幼仪在离婚协议书上签了字，重获自由身。他归心似箭，放弃了即将到手的剑桥大学的硕士学位，赶回国内，又见到了风华绝代的林徽因。简直不敢相认，分别不到两年，她已出落成美丽的天鹅，其秀润的神采很难用笔墨形容。诗魔头一眼就看出来了，她心里有了光，那是无远弗届的爱情的强光，昔日的云翳雾笼已不复存在。他满怀醋意，要问那个创造奇迹的情敌是谁。原来是他，是恩师梁启超的儿子梁思成，这个答案摆在面前，他无从发作，只好咽下一口唾沫，再咽下一口唾沫。认了？忍了？在情场上，他的勇气的确所向无敌，不怕任何对手，但在对手的身后，挺立着丰碑样的严师梁启超，他还有多少底气发动绝地反击？真不好说。

徐志摩的浪漫情怀大受挫折，但他还是有点失控，一有闲暇就跑去接触美貌顾顾的林徽因。那对志趣相投（都热爱建筑学）的年轻情侣常常结伴到北海公园内的松坡图书馆"静静地读书"，他也追踪蹑迹而至，稳稳地做着电灯泡，渐渐地不受欢迎。直到有一天，徐志摩看到了梁师弟手书的那张字条 Lovers want to be left alone（情人要单独相处），无异于一道冷冰冰的逐客令，他才惘然若失，怅然而返。

1924年4月，印度诗人泰戈尔应梁启超、林长民之邀来华访问，徐志摩、林徽因和"新月社"同人为庆贺泰翁六十四岁生日，特别演出泰翁的诗剧《齐德拉》，林徽因饰演公主齐德拉，扮相之美丽不可方物，一时引起轰动。泰翁在华期间，游览了故宫、颐和园和香山等地，徐、林二人陪同左右，被人戏称为"金童玉女"；报纸上还将白发苍苍的泰翁、郊寒岛瘦的徐志摩和清丽脱俗的林徽因形容为松、竹、梅"三友图"。对于这两个谑称，林徽因难免有点犯窘，徐志摩则坦然受之。诗人最天真，泰戈尔也不例外，他自以为出版过《新月集》，做月老该是分内事，帮助同行也是义不容辞。泰翁亲自出马，得来的答复却好比法庭上的终审判决：林徽因全心全意爱着梁思成，已没有空间装下别的求爱者。

二、横刀夺爱

山火不烧向这片树林，便会烧向另一片树林。旁人不难看出，徐志摩的叛逆性格含有明显的孩子气。此后，他冒着风险，转而追求有夫之妇陆小曼，并义无反顾地与之结合，即为明证。

曾有闭目为文者宣称，陆小曼初嫁王赓是一朵鲜花插在牛粪上，这话说得未免太过离谱。王赓毕业于清华园，留学于美利坚，先在普林斯顿大学主修哲学，其后转入西点军校攻读军事科目，与二战时期盟军统帅艾森豪威尔是同窗好友。归国后，王赓被称为军界的"希望之星"。1918年，他荣任巴黎和会中国代表团的武官，起点不低。才不过二十多岁，他就出掌哈尔滨警察局，晋升很快，在仕途上可谓步步莲花。

陆小曼的父亲陆定（字建三）是前清举人，曾留学于东京帝国大学，忝列于日本名相伊藤博文的门墙之下，他还是同盟会的老会员。学成回国之后，陆定出任过北洋政府财政部赋税司司长，还担任过多年的外交官。陆定共有九个儿女，存活下来的只有陆小曼一人，她被父母视为掌上明珠。陆小曼毕业于法国教会学校上海圣心学堂，法文底子好，英文也不错，读外文书，如履平地。她擅长歌舞，吟诗、作文、绘画、弹琴，也无不得心应手，游刃有余，是实打实的才女，再加上明眸善睐，尽态极妍，当属内慧外秀的名姝。当年，在社交圈中，"南唐北陆"叫得很响。"南唐"是上海的大家闺秀唐瑛，"北陆"

就是京城的大家闺秀陆小曼。

二十世纪二十年代初，北洋政府外交部的交际舞会人气最足，娇俏妩媚的陆小曼抢尽风头，哪天舞池里看不到她的倩影，四座就会为之不欢。中外男宾目眩神迷，纷纷拜倒于石榴裙下，可是求爱者和求婚者总也踩不中步点，一二三四，二二三四，三二三四，四二三四，她父母也不记得婉拒了多少纨绔子弟，最后才慧眼识英雄，挑中王赓这位东床快婿，将芳龄十九的掌上明珠毫不迟疑地许配给他。从订婚到结婚只花了一个月时间，是不是太仓促了些？许多人不无醋意地祝贺王赓，祝贺他冷手拣了个热饽饽，也不知前世辛辛苦苦筑了多少桥，修了多少路，积攒下一大把功德，才换来这辈子艳福齐天。当然，也免不了有人在背后冷言冷语，唱上一两句反调：可别把话儿说早了，这件事还指不定是福是祸呢。王赓与陆小曼的婚礼选在北平海军联欢社举行，排场真够大的，光是女傧相就有九位之多，而且是曹汝霖、章宗祥、叶恭绰这些名流高官的女公子，观礼的中外嘉宾达数千人之众，无论怎么讲，都算轰动京城，极一时之盛！

按理说，天上掉下个林妹妹，王赓该用双手小心翼翼地掬着、捧着、守着、护着、怜她、惜她、娇她、宠她，千万别让她生烦恼，受冷落。须知，没有爱情捍卫的婚姻只是冰碉沙垒，防线一触即溃。更不可以唱空城计，哄得了自己，哄不了别人。王赓总是忙，陆小曼又一味地闲，谁来陪她解闷？这真是个微妙的问题。王赓开动脑筋，左思右想，最终请了好友加师弟徐志摩（他们同为梁启超的弟子）来当差。诗人天生风趣，浑身艺术细胞，有不少逗人开心的绝招，又与小曼同为有闲阶级，正是护花使者的最佳人选。据说，胡适原本喜欢陆小曼，由于河东狮吼，他不敢有所作为，就怂恿徐志摩冲锋陷阵，做情场的"敢死队员"。胡大哥呢，则站在旁边支招看戏，也可略解心头之馋。

陆小曼品貌上乘，她的如意郎君该是个什么样儿？没谁说得清楚。王赓仪表堂堂，不乏英武气概，却对男女风情不求甚解，于文艺虽然不无爱好，又怎及徐志摩娴熟精通？王赓是一位不折不扣的事业狂，满心想的是如何平步青云，出人头地，居然不智到把个貌美如天仙的年轻妻子撂在冷冷清清的香闺，就好像把一件顶级的艺术品搁在深锁重门的祖屋；也不分点精力去好好地慰藉慰藉，温存温存。艺术品没有人性，任你如何冷落它，即算尘灰满面，也毫无怨尤；而美人拥有灵性，她若是不甘寂寞，就绝对不会寂寞。且听小曼在《爱眉小札·序》中的一段自述：

> 婚后一年多（我）才稍懂人事，明白两性的结合不是可以随便
> 听凭安排的，在性情与思想上不能相谋而勉强结合是人世间最痛苦
> 的一件事。当时因为家庭间不能得着安慰，我就改变了常态，埋没
> 了自己的意志，葬身在热闹生活中去忘记我内心的痛苦。又因为我
> 骄慢的天性不允许我吐露真情，于是直着脖子在人面前唱戏似的唱
> 着，绝对不肯让一个人知道我是一个失意者，是一个不快乐的人。
> 这样的生活一直到无意间认识了志摩，叫他那双放射神辉的眼睛照
> 彻了我的肺腑，认明了我的隐痛，更用真挚的感情劝我不要再在骗
> 人骗己中偷活，不要自己毁灭前程，他那种倾心相向的真情，才使
> 我的生活转换了方向，而同时，也就跌入了恋爱了。于是烦恼与痛
> 苦，也就跟着一起来。

　　陆小曼的兴趣和爱好特别广泛，又是聪明人中的顶尖角色，还怕找不到
消愁解忧破闷驱烦的灵方？何况探花者的长队中突然跻进一位剑桥才子徐志
摩。诗人毕竟是诗人，"太上忘情，其次不及情，情之所钟，正在我辈！"他
太喜欢这句话了。"热情一经激发，便不管天高地厚，人死我亡，势非至于将
全宇宙都烧成赤地不可。……忠厚柔艳如小曼，热烈诚挚若志摩，遇在一道，
自然要发放火花，烧成一片了，哪里还顾得到纲常伦教？更哪里还顾得到宗
法家风？当这事情正在北京的交际圈里成话柄的时候，我就佩服志摩的纯真
与小曼的勇敢，到了无以复加。记得有一次在来今雨轩吃饭的席上，曾有人
问起我对这事的意见，我就学了《三剑客》影片里的一句话回答他：'假使我
马上要死的话，在我死的前头，我就只想做一篇伟大的史诗，来颂美志摩和
小曼！'"郁达夫在《怀四十岁的志摩》一文中对于徐、陆恋爱事件，表示出
由衷的钦佩，并给予道义上的支持，当年，这样的朋友可是不多啊！其中自
然有个缘故，郁达夫与王映霞的结合应归属同一种版式，不同之处唯在王映
霞是未婚少女，而陆小曼是已婚少妇，但他们都是那么不顾一切，如飞蛾扑
火似的追求恋爱自由和婚姻自主。郁达夫声援徐志摩和陆小曼，实际上也就
是为自己与王映霞的新感情找寻合理的依据。
　　陆小曼集诸般才艺于一身，还特别喜欢演剧，演一出"春香闹学"就够

了，志摩扮老学究，小曼扮俏丫鬟，剧终人未散，情苗已破土而出。好个情圣和诗魔，瞅准时机，乘虚而入。王赓不健谈，不幽默，总是硬朗得像一块花岗岩，不会温存，不善逢迎，不记得嘘寒问暖，手面上也不够大方，举凡他的这些短处，徐志摩必续以所长。时不时地进奉巴黎香水和名贵饰物，贿赂门公五百元，只盼佳人一顾，这些花活儿，王赓的军人脑袋无论如何也想不周全。罗敷有夫，使君有妇，又何妨？双重锁链可以凭情剑斩断，"幸福还不是不可能的"，这是志摩当时对小曼说得最多的一句口头禅。

丈夫固定了死板的角色，多半是只呆鸟，不可能比穿绕于花丛间的蜜蜂蝴蝶更浪漫；情人的耳、目、身如三军听命，无不全智以赴，全力以往，单凭着一股子不胜不归的豪气和决心，通常就能占据上风。无论多么美丽的公主，在丈夫眼中都只不过是明日黄花、陈年挂历，被冷落一旁，而在情人眼里却是稀世奇珍、他山之玉，我见犹怜，因此茧结成百分之百的浪漫情愫。何况坐江山的满以为高枕无忧，永远都不如打江山的那样劲头十足，二者之间，尚未交战，便已胜负判然。

徐志摩、陆小曼的恋情起始就遭遇阻碍。她父亲陆定还好通融，她母亲则把妇道看得极重，她实在弄不懂，女儿好端端地嫁了人，为何还要桑间濮上，奢求什么男欢女悦的爱情？她处处设防，阻断女儿与徐志摩的交往，以维护家庭版图的金瓯无缺为己任。盈盈一水间，脉脉不得语，情人的眷恋之心遭到强行隔绝，还能不苦？难怪小曼一气之下竟诘问母亲："一个人做人是自己做呢，还是为着别人做的？"（《小曼日记》1925年4月15日）她母亲根本不可能理解女儿内心的渴求和怨怼，在她看来，嫁鸡随鸡，嫁狗随狗，天经地义，何况王赓前程似锦，徐志摩只是个身无长技、风流浪荡的公子哥儿，仗着老爹有钱，在外面拈花惹草，除非瞎了眼睛，这样的人哪能托付终身？在感情问题上，天下的父母与儿女十有八九都是这样卯不对榫，板不对腔，难怪小曼会在1925年3月11日的日记中哀叹：

> 可叹我自小就是心高气傲，享受别的女人不大容易享受得到的一切，而结果现在反成了一个一切都不如人的人。其实我不羡富贵，也不慕荣华，我只要一个安乐的家庭、如心的伴侣，谁知道这一点要求都不能做到，只落得终日里孤单的，有话都没人能讲，每天只是强自欢笑地在人群里混。

麻木不仁地混一世，这样的人并不为少，他们的灵魂冬眠着，未必不是一件幸事，一旦被唤醒，尤其是被爱情唤醒过来，他们反而会惶惶然不知所措。且听陆小曼在 1925 年 3 月 19 日的日记中的发问：

> 咳！我真恨，恨天也不怜我，你我已无缘，又何必使我们相见，且相见又在这个时候，一无办法的时候。在这情况之下真用得着那句"恨不相逢未嫁时"的诗了。现在叫我进退两难，丢去你不忍心，接受你又办不到，怎不叫人活活地恨死！难道这也是所谓天数吗？

时隔将近四个月，在 1925 年 7 月 17 日的日记中，小曼的疑虑已变得更难收拾：

> 摩！我的爱！到今天我还说什么？我现在反觉得是天害了我，为什么天公造出了你又造出了我？为什么又使我们认识而不能使我们结合？为什么你平白地来踏进我的生命圈里？为什么你提醒了我？为什么你来教会了我爱？爱，这个字本来是我不认识的，我是模糊的，我不知道爱也不知道苦，现在爱也明白了，苦也尝够了；再回到模糊的路上去倒是不可能了，你叫我怎办？

在这场恋爱事件的全过程中，徐志摩自始至终都是一位热血战士，"我心匪石，不可转也；我心匪席，不可卷也"，他有澎湃的激情，还有充足的韧劲，愈挫而愈奋，尽管有时调子也会低沉一点，但打破枷锁、重获新生的信念从未动摇。他曾想采取激进手段，与陆小曼私奔，去南方，去国外，都可以。在 1925 年 8 月 24 日的日记中，他给迟疑不决的小曼打气加油：

> 眉，只要你有一个日本女子一半的痴情与侠气——你早就跟我飞了，什么事都解决了。乱丝总得快刀斩，眉，你怎的想不通呀！

陆小曼毕竟不是莎士比亚笔下信奉爱情至上主义的少女朱丽叶，也不是易卜生剧中追求人格独立、尊严完整的少妇娜拉，她缺乏破釜沉舟的勇气。在此之前的三月间，迫于外界压力，小曼劝志摩先到欧洲去转一圈，一年也好，半年也好，让西风冷却冷却发烫的脑筋，也好让时间来考验考验彼此的感情。这一趟欧游，徐志摩意绪索然，仿佛那位在俄国吃了大败仗、只得仓皇退却的拿破仑大帝，天茫茫，地茫茫，心更茫茫。此后五个月，一个在海外惆怅，一个在闺中呻吟，万里长天隔着两地相思。其间，志摩的幼子在德国柏林不幸夭折，这样的惨事也只让他分心写了一首短诗敷衍过去，五个月后他才发表《追悼我的彼得》一文，流露出几许痛感和悔意。书信走得比蜗牛还慢，谣言倒是插上了翅膀，某位"友人"在酒桌上似无意又似有意发布了一条来自巴黎的消息，说是徐志摩在法国好不快活，成天出入欢场，而且还跟一位丰满的洋女人同居。陆小曼听了这话，如闻霹雳，心若刀绞，好像一下子从十八层楼上跌下，更加苦闷和灰心。1925 年 6 月间，一场大病将陆小曼击倒在床，7 月下旬，徐志摩从欧洲风尘仆仆地赶回。两人抱头痛哭，顿时所有的误会烟消云散。

三、爱情，诗意的宗教

叛逆，它是最烈性的助燃剂，能使男女之情变得格外非凡，焚情于令人窒息的道德铁律之下，要将高墙厚壁破开一个逃生的口子，这样做，情人们将尝到冒险的全套痛苦和乐趣。经典的爱情，戏剧中的罗密欧与朱丽叶，小说中的于连·索黑尔与德·瑞娜夫人，现实中的温莎公爵夫妇，他们身上为爱情迸发出来的叛逆精神莫不熠耀奇彩，无论生死成败，作为奖赏，爱情都将获得一时或永久的荣光。

徐志摩从来都只相信绝对理想的爱，对英国诗人罗伯特·勃朗宁那首《至善之境》中的诗句"宇宙间最光亮最纯洁的信任——我认为，全存在于一个女人的亲吻里"，他毫不迟疑，表示百分之百的赞同。

爱情，在徐志摩看来，它不仅是形而上的精神之恋，也不单是形而下的肌肤之亲，他视之为人间最高的宗教——"诗意的信仰"。在 1925 年 8 月 19 日的日记中，这位多情种子如此写道："须知真爱不是罪（就怕爱不真，做到真的绝对义才做到爱字）在必要时我们得以身殉，与烈士们爱国、宗教家殉道，同是一个意思。"倘若他读过英国作家奥斯卡·王尔德的童话《夜莺与玫瑰》，也会像那只夜莺一样欢叫："哲理虽智，爱比她更慧；权力虽雄，爱比她更伟！"或许他还会一百个乐意学那只可爱的夜莺将一根玫瑰树上的长刺插入自己的胸脯，歌唱着死去，让热血化作一朵冬日的玫瑰花，献给自己的爱人。徐志摩天生是为了爱情来到尘世，甘心做一位不知疲倦的跋涉者，无论爱神是现身在荒漠腹地，还是在大洋彼岸，他都会舍命追寻。以他的悟性岂能不知，理想的爱情从来都是美丽的虹影，根本无法将它挽留。然而诗魔的追求不重结果，只重过程，不管将来，只顾当下，神奇的幻想已预支给他无穷的美感和快乐，这或许是那些既不及他幸运又不及他聪明的旁人所无从明了的一个秘密吧。

徐志摩是一只离经叛道的孔雀，亮开的羽毛上全是火焰。他的《爱眉小札》署名耐人寻味，取"志摩"二字的下部而为"心手"，大有我手写我心之意。那些着火的文字在时间的烧杯里根本无法降温。请看下面这些句子：

> 爱是甘草，这苦的世界有了它就好上口了。
>
> 这时候，天坍了下来，地陷了下去，霹雳种在我的身上，我再也不怕死，我满心只是感谢。
>
> 我不仅要爱的肉眼认识我的肉身，我还要你的灵眼认识我的灵魂。
>
> 我没有别的方法，我就有爱；没有别的天才，就是爱；没有别的能耐，只是爱；没有别的动力，只是爱。

如同所有短命的浪漫派诗人（拜伦、雪莱、济慈、普希金、叶赛林……），徐志摩标榜的也是"All or Nothing"（全有或者全无），为了爱，他能万死不辞，他敢孤注一掷。对于这样的心魔，徐志摩的严师梁启超洞若观火，早在1923年1月2日，他就以智者的洞察和明见用书信作了百分百诚挚的警告：

> 其一，人类特有同情心，以自贵于万物。万不容以他人之苦痛，易自己之快乐。弟之此举其于弟将来之快乐能得与否，殆茫如捕风，然先已予多数人以无量之苦痛。
>
> 其二，恋爱神圣为今之少年所乐道。……兹事盖可遇不可求。……况多情多感之人，其幻象起落鹘突，而得满足得宁帖也极难。所梦想之神圣境界恐终不可得，徒以烦恼终其身已耳。

呜呼，志摩，天下岂有圆满之宇宙？……当知吾侪以不求圆满为生活态度，斯可以领略生活之妙味矣。……若沉迷于不可必得之梦境，挫折数次，生意尽矣。

悒郁侘傺以死，死为无名。死犹可也，最可畏者，不死不生而堕落至不复能自拔。

呜呼，志摩，可无惧耶？可无惧耶？

梁启超与徐志摩之间的分歧，正是思想家与诗人之间的分歧。思想家致力于参透人生之全面，诗人则致情于穿透人生之一点，思想家于一个"情"字外能眺望到更广大的秘密，诗人则是一叶障目，不见泰山。且看志摩的答复：

我之甘冒世之不韪，竭全力以斗者，非特求免凶惨之苦痛，实求良心之安顿，求人格之确立，求灵魂之救度耳。……我将于茫茫人海中访我唯一灵魂之伴侣；得之，我幸；不得，我命。如此而已。嗟夫吾师！我尝奋我灵魂之精髓，以凝成一理想之明珠，涵之以热满之血，朗照我深奥之灵府。

按说，徐志摩已得到世人企羡的一切，他有名（名满天下），有利（家财万贯），还有精明能干的妻子（张幼仪，是大教授张君劢、大银行家张君璈的胞妹，开办云裳公司和上海女子储蓄银行，均经营极善），有可爱的儿子（徐积锴）。但他毅然决然抛弃这一切，去追求海市蜃楼里的爱情，并将此悬为人生之最高目标，这在许多人看来，他是疯了，不可救药地疯了。你也可以说他是大梦未醒，"诗人们除了做梦再没有正当的职业"，诗魔早已不打自招。

1922年2月，陆小曼尚未出现在徐志摩的视野中，徐志摩就本着"美与爱与自由"的单纯信仰，其实是为了尽快获得自由身去追求林徽因，在国外正式与夫人张幼仪协议离婚，罔顾她当时已经怀孕的事实，未免太过残忍。他告诉她，他们不应该继续这短缺爱情没有自由的生活了，他提议"自由之偿还自由"，认为这是"彼此重见生命之曙光，不世之荣业"，并在信中强调自己的想法："真生命必自奋斗自求得来，真幸福亦必自奋斗自求得来，真恋爱亦必自奋斗自求得来，使此前途无限……彼此有改良社会之心，彼此有造福人类之心，其先自做榜样，勇决智断，彼此尊重人格，自由离婚，止绝苦痛，始兆幸福，皆在此矣。"嗣后，他拿出离婚协议书，"请"张幼仪签字，理由是"林徽因快回国了，我非现在离婚不可"。他离了婚，回了国，从社会和家庭两方面都未能得到谅解。最令人奇怪的是，他与张幼仪仳离后，两人的通信和交往反而更勤，感情反而更深，彼此嘘寒问暖，毫无芥蒂，让所有旁观的人都如堕五里云中，一头雾水。1923年元月，梁启超写信给徐志摩，质疑道："吾昔以为吾弟与夫人（此名或不当，但吾姑用之）实有不能相处者存，故不忍复置一词。今闻弟归后尚通信不绝，且屡屡称誉，然则何故有畴昔之举，实神秘不可思议矣。"徐志摩的任性不羁确实不是那么容易被人理解的。

1925年春天，身在上海的王赓扬言要杀掉徐志摩，然后给身在北平的妻子陆小曼寄去一篇措辞强硬的哀的美敦书（最后通牒）后，静等着她悔过自新，他也作好了既往不咎的打算，可是陆小曼到了上海，受到徐志摩的爱的鼓动，非但不再向王赓示弱，还表明了分道扬镳的决心。大画家刘海粟古道热肠，极力撮合徐志摩和陆小曼，他要使天下有情人终成眷属。此时，王赓因做军火生意不慎（白俄商人卷款潜逃）而身陷囹圄，沦落到这步田地，能文能武却不懂女人心海底针的王赓只好避贤让路，他无可奈何地承认姻缘已尽，同意与陆小曼离婚，并以醒悟者的口气感叹道：

"小曼这种人才，与我真是齐大非偶的！"

四、甘草变成黄连

各自挣脱了羁绊，打碎了枷锁，徐志摩与陆小曼终于自由地结合在一起。"幸福还不是不可能的"，这句口头禅果然灵验如神。

1926年8月14日（农历七月初七），徐志摩与陆小曼的婚礼在北京北海公园举行。九个女傧相免了，数千人的观礼也大可不必，只邀请至亲好友到场喝杯喜酒，就算有了交代，关键是爱神的虎符已经牢牢在握。可是千免万免，千省万省，还是有一件事不可免，不可省，那就是这对新人必须在大庭广众中被梁启超痛责一顿，这是任公答应做证婚人（证婚人的第一人选本是胡适，但他有意回避）的一个先决条件。若没有这项内容，他们的婚礼就算不上一场"世纪婚礼"了。请看，证婚人梁启超身穿一袭藏青色长衫，翩然出场，指着弟子徐志摩，声色俱厉地诃责道：

徐志摩，你这个人性情浮躁，所以在学问方面没有成就；你这个人用情不专，以至于离婚再娶。……以后务要痛改前非，重新做人！

莫非真是响鼓还得重槌敲？小曼的脸色乍红乍白，志摩低着头，也是且惭且愧，他赶紧上前，向老师讨饶："请老师不要再讲下去了，顾全弟子一点面子吧！"任公逞足了师道尊严，这才收起功架，赦免了这对十分窘迫的新人。

有道是，小人爱人则赠人以金，君子爱人则赠人以言。不过，也得看看是什么场合吧。在弟子的婚礼上，梁任公这样痛打"八百杀威棒"，是不是太过分了？须知，"良言美语三春暖，恶语伤人六月寒"，婚礼上无论如何都应该多一点祝福，多一点祥和。梁任公要扮演伦理纲常的卫道士，实在是找错了地方。他难道就没有想过，在婚礼上大耍威风地骂训一番，将会给徐志摩和陆小曼的婚姻蒙上阴影？但梁任公的初衷是好的，他的当头棒喝意在敲醒仍置身梦境乐不可支的徐志摩，至此浪漫恋情应当打个句号了。

事后，梁启超写信给女儿令娴，视陆小曼为"祸水"和"妖妇"，称她离婚再嫁为"不道德之极"，他写道："我看他（指徐志摩）找得这样一个人做伴侣，怕他将来痛苦更无限，所以对于那个人（指陆小曼），当头给了一棒，免得将来把志摩弄死。"三四年后，梁任公魂归道山，倘若他多活几年，就不免要悲叹"此事真被我不幸而言中"了。

新月派诗人邵洵美风趣而有人情味，他在徐志摩、陆小曼的新婚纪念册上画了一幅小画，名曰《茶壶茶杯图》，并题写打油诗一首："一个茶壶，一个茶杯。一个志摩，一个小曼。"这是套用辜鸿铭的典故。陆小曼引起警惕，立刻给徐志摩打预防针："志摩，你不能拿辜先生茶壶的譬喻来作借口，你要知道，你不是我的茶壶，乃是我的牙刷，茶壶可以公用的，牙刷不能公用的。"

直道飙车，顺风跑船，这样的爱情不能算是经典的爱情，只有当情侣抱成一团，心无旁骛地对抗强大的社会，冲决重重壁垒，剑气琴心，一路张扬，这样的恋爱才令人刮目相看。然而，绚烂之至便是平淡之始，有情人终于进了红绡帐，完整结合的灵与欲得到妥善保管，这恰恰是个天大的误区。冷酷无情的社会手中自有两套解决方案，强硬的做法是一举消灭那些叛逆者，阴柔的做法则是暂且容忍他们,眼看着失去压力的水管不能供水,失去压力的血管不能供血,剥落华彩的爱情一步步走向衰微,那才是大可悲的结局。岂不闻智者发言:大观园中的那对璧人儿——宝玉和黛玉未能圆成木石前缘是悲剧,倘若圆成了,则是更大的悲剧。王国维先生的《红楼梦评论》一文中有个观点值得细细玩味,他认为人生的痛苦原生于欲望不易餍足,"一欲既终,他欲随之,故究竟之慰藉终不可得也",就算是有朝一日欲望圆满了,翦除了痛苦的魔影,另一个祸害——厌倦,又会大驾光临。他的结论颇为消沉:"故人生者如钟表之摆,实往复于苦痛与倦厌之间者也。"诚然,人生的两极一为"苦痛",二为"倦厌",其间是折腾的过程,倦厌是苦痛的终点,也是它的起点,好似如来佛眼中的五行山,任凭孙悟空身手高强,一个筋斗翻出十万八千里,也休想逃离那个无边无际的怪圈,顶多也就只能在如来佛的手掌心撒一泡骚尿,聊以泄恨。

徐志摩与陆小曼同样不能例外。他们的欲望层层推进,起初两人只是渴望相见,然后是渴望相爱,最终是渴望结合,那两年也不知吃了多少苦,受了多少罪,看了多少白眼,听了多少流言,总算得偿所愿,郁积的痛苦一旦消弭了,便仿佛拨云见日,又好比乘上了直达天堂的升降机。然后呢?童话往往妙在结尾,"他们从此过上了幸福的生活",收束得恰到好处,应该可以打发你了。你若好奇心太旺,继续穷诘下文,下文便是:"他们在天堂里找到了厌倦,背靠背猛打哈欠。"你说,这是不是大煞风景?

上海是富人的乐园,陆小曼又是金枝玉叶,徐志摩怎会薄待她?在法租界里,他租得一座花园别墅来做香巢,雇了好几个用人,听候小曼的差遣。志摩有父亲给他的一份家产,赚钱的能力也不算差,可他还得在南京中央大学和上海光华大学教书,往返于宁、沪两地,疲于奔命,同时兼做中华书局、大东书局的编辑工作,外加笔下勤于耕耘,一月所得,恒在千元以上(以当时货币的购买力,可抵今日八万元以上),却仍然入不敷出,这就奇怪了。小曼最爱面子,她也的确有面子,先已是京城交际花,经此婚变,更是誉满九州。当时,沪上名媛贵妇常发起慈善募捐,演义务戏,均少不了她出面牵头。在恩派亚大戏院,她演过《思凡》和《汾河湾》,在卡尔登大戏院,她演过《玉堂春》和《贩马记》,都是与江小鹣、李小虞这些大名士合作,虽然只是票友,却常常压大轴,可见大家对她的爱重。平日里,她喜欢捧角,昆剧花旦马艳云、姚玉兰、袁美云,都是她一手捧红的,捧角方面,她向来出手大方，毫无吝色。

现在我们再看徐志摩婚后的《眉轩日记》，会惊异地发现，它比《爱眉小札》的热度大大下降了，而且多半只是寥寥数语，作者似乎是在敷衍了事。1926年底（婚后两个多月）他写道："……爱是建设在相互的忍耐与牺牲上面的……再过三天是新年，生活有更新的希望否？"作者的心底似乎一片茫然，毫无把握。到了1927年元旦这一天，在日记中，徐志摩的调子更灰，尽管用的是强行振作的语气："愿新的希望，跟着新的年产生；愿旧的烦闷跟着旧的年死去。……给我勇气，给我力量，天！"蜜月刚刚过去不久，若是幸福的婚姻，他内心是不会显得这样落寞的。再看看1928年2月8日他的心情写照："闷极了，喝了三杯白兰地。……（整）天是在沉闷中过的，到哪儿都觉得无聊，冷。"一场轰轰烈烈的恋爱，一场引人瞩目的婚姻，这么快就陷入了墓室般的冷寂，真是大大地出人意料啊！

郁达夫的夫人王映霞撰文《我与陆小曼》，披露了陆小曼对这场婚姻的特殊感受，其中的话语颇能解谜和揭秘："照理讲，婚后生活应过得比过去甜蜜而幸福，实则不然，结婚成了爱情的坟墓。志摩是浪漫主义诗人，他憧憬的爱，是虚无缥缈的爱，最好处于可望而不可即的境地，一旦与心爱的女友结了婚，幻想泯灭了，热情没有了，生活变成了白开水，淡而无味。志摩对我不但不如过去那么好，而且还干预我的生活。……我以最大的勇气追求幸福，但幸福在哪里呢？是一串泡影，转瞬化为乌有。"由此可见，对于婚姻，两位主人公都是越来越悲观，越来越失望。他们梦想的是一座美丽的花园，找到的却是一座寒冷的荒山，梦想宛如水晶球一般被现实的铁锤击成了永难修复的碎片。

可怜的徐志摩，先前王赓是陆小曼的合法丈夫，他去横刀夺爱，王赓守得破绽百出，他攻得不亦乐乎；现在攻守易势，他做定了合法丈夫的角色，成了呆鸟，要守住匣中明珠可就难了。何况，昔日效用神奇的句句甜言蜜语、种种呵护温存，此时已如过季的时装，大打折扣。陆小曼结婚时坚持要坐红轿子（女人只在初婚时坐一回），已引起徐家二老的反感，婚后她在二老面前公开发嗲，要徐志摩吃她剩下的冷饭，抱她上楼梯等，适足以令公婆生出厌恶，徐志摩本人也不会觉得如何受用吧。徐志摩的状况颇有点接近于俄国前辈情圣普希金，同样是娶了一位倾国倾城的大美人为妻，同样遭到一大群社交界的饿狼围追堵截。这怨得了谁？正是徐志摩本人促成了这场明争暗斗的竞赛，他是始作俑者，那些洋场恶少、舞台红人也凭空生出觊觎之心、侥幸之心和偷天换日之心。只不过还没有丹特士那样雄赳赳气昂昂的索命无常，腰间别一把左轮手枪，找上门来，寻他的晦气。

一个口口声声离不开"爱呀""梦呀""死呀""活呀""月亮呀""星星呀"的情人是容易讨好的，甚至是魅力四射的，因为他不食人间烟火；而一个埋头挣钱，既不满意这个，又看不惯那个的丈夫，则显得委琐，讨嫌，还谈得上什么磁石样的魅力？何况陆小曼是上海社交场上的明星，应酬不断，这里"请玉趾光临"，那里"请慧眼枉顾"，跳舞啦，看戏啦，演剧啦，打牌啦，花样繁多，真是忙得恨无分身之术。陆小曼如鱼得水，徐志摩这边却遭受冷落，正应了他先前的那句话，"成天遭强盗抢"，一点也没错，"忧愁他整天拉着我的心，像一位琴师操练他的琴"。昔日王赓身受的一切，现在都加倍地奉还，莫非真有所谓"现世现报"？

据徐志摩、陆小曼收养的义女何灵琰回忆，陆小曼"是以夜为昼的人，不到下午五六点钟不起，不到天亮不睡"，这样的生活习惯真够人瞧的。她还回忆说，徐志摩出远门时，陆小曼"既不帮同整理行装，也不送他动身"，这位交际场上的明星如此冷淡，绝对算不上一位体贴丈夫的妻子。

在失败的婚姻中，往往夫妻都是"罪人"。志摩有志摩的错，小曼也有小曼的错。还是小曼母亲的那句评语讲得比较公允：

"志摩害了小曼，小曼也害了志摩。"

五、火焰中的蝴蝶

徐志摩由希望坠于失望，精神日益消沉，于是发出哀叹："在妖魔的脏腑内挣扎，头顶不见一线的天光。这魂魄，在恐怖的压迫下，除了消灭更有什么愿望？"《生活》一诗作于空难前半年，真是一语成谶啊。当失望的徐志摩将目光从陆小曼身上游移开去，林徽因纯净、成熟的美丽又超乎以往地吸引着他。是啊，"曾经沧海难为水，除却巫山不是云"，他的感情几经顿挫，已变得沉着而深化。北京北总布胡同三号成了徐志摩的避风港，昔日慎为之防的梁师弟已不再将可怜的徐师哥拒之门外。陆小曼抓牢了徐志摩的身，林徽因则攥紧了徐志摩的心——她将他的这份感情视为"inspiring friendship and love"（富于启迪性的友谊和爱），然而沪、京两地的这场拔河尚未见出分晓，徐志摩搭乘的飞机（正顶着浓雾飞向北京）就轰的一声撞在离济南不到三十里的山峰上，骤然腾起的烈焰将那条拔河的长绳拦腰烧断了。

细想想，各人的爱情根器有大有小，徐志摩的极大，陆小曼的偏小，江河未满而井池已溢，这是谁都不能够怪怨她的。有的人打下江山就安心享受，有的人打下江山却还要不断建设；有的人结了婚就万事大吉，有的人结了婚却还要将爱情进行到底。这就是陆小曼后劲不足、徐志摩终于失望的原因吧。事情不只是这么简单，还有性格和生活态度上的差异所导致的抵牾，这再次验证了那条古老的定理：不受祝福的婚姻是爱情的致命伤。

其实，徐志摩早在恋爱时就看到了陆小曼好尚奢侈的毛病，在1925年8月27日的日记中，他写道："我不愿意你过分'爱物'，不愿意你随便化钱，无形中养成'想什么非要得到什么不可'的习惯；我将来决不会怎样赚钱的，即使有机会我也不干，因为我认定奢侈的生活不是高尚的生活。……论精神我主张贵族主义，谈物质我主张平民主义。"昔日，他纵容陆小曼，现在就得硬着头皮去挣钱，填补家中那个无底洞。

陆小曼成为"芙蓉仙子"（当时，鸦片被称为"阿芙蓉"），是拜翁瑞午所赐，翁某是官二代，父亲做过知府，家底殷实，名下有一座丰产的茶山，他还是书画收藏家、昆剧票友和手法高明的推拿师，其为人喜欢信口开河，极其风趣。据王亦令《忆陆小曼》所记，翁瑞午曾对他说："……小曼可以称为海陆空大元帅。因为：王赓是陆军，阿拉（翁某是江南造船厂的主任会计师）是海军少将，徐志摩是从飞机上跌下来的，搭着一个'空'字。"当时陆小曼在场，任由他编派，不以为忤。

陆小曼曾因堕胎健康受损，长年疾病缠身，翁瑞午的推拿功夫相当到家，能减轻她的痛苦，还让她试吸鸦片，小曼更觉精神陡长，百病全消，自然而然就上了瘾。对此，朋友们都觉得苗头不对，唯独徐志摩不以为然。陈定山在《春申旧闻》中叙述分明："志摩有一套哲学，是说：男女间的情与爱是有区别的，丈夫绝不能禁止妻子交朋友，何况鸦片烟榻，看似接近，只能谈情，不能做爱。所以男女之间，最规矩、最清白的是烟榻，最暧昧、最嘈杂的是打牌。"张竞生博士绝对不算保守，他写《美的社会组织法·情爱与美趣的社会》，也强烈反对打牌，原文是："天下最猥亵的事莫过于男女一桌赌牌：脸对脸儿，恐怕桌下还要脚勾脚儿。可是讲礼教的父母及半开通的丈夫们情愿其女儿及妻子与别人赌牌戏笑通宵达旦，甚且'履舄交错'，不愿伊们有些正当的朋友，这个真是世风日下，有心世道之人不免要痛哭太息了。"陆小曼打牌无瘾，吸鸦片有瘾，最终深陷毒坑，难以自拔。徐志摩急着劝她吹灭烟灯，重新振作，可为时已晚。他最后一次离沪赴京，就是因为他劝小曼戒烟，小曼大发雷霆，随手将烟枪往他的脸上掼去，虽未击中人，他躲闪时金丝眼镜却掉在地上摔得粉碎，一气之下，他离家出走，去北京听林徽因的建筑学讲座。

当时，不少朋友劝徐志摩赶紧了断这桩日益不幸的婚姻，但他出于两方面的顾虑，难以抽出慧剑，一是捍卫自由恋爱的斗士怎能自毁长城？岂不是授人以柄，让那些等着看他笑话的人得意吗？二是倘若离婚，日渐堕落的小曼就彻底毁了，将在毒品的泥潭中遭受灭顶之灾。

1931年6月25日，徐志摩从北平写信给上海的陆小曼，向他的"眉眉至爱"露出了一点不耐烦："……但要互相迁就的话，我已在上海迁就你多年……我是无法勉强你的……明知勉强的事是不能彻底的，所以看行情恐怕只能各行其是。"他所说的"各行其是"即是散伙的信号。四个多月后，一场飞机失事总算将破绽百出的婚姻掩蔽过去了。否则，谁还会相信他们能白头偕老？从徐志摩死后陆小曼不肯接收死讯电报、不肯收尸来看，彼时她对徐志摩的感情已打上大大的疑问号。及至葬礼前，她忽发奇想，决定改用西装入殓徐志摩（未遂），都是胡闹，难怪徐家二老始终只信任和倚赖张幼仪，从未从内心接纳过陆小曼。

在那个黑暗时期，胡适认为志摩再继续消沉郁闷，只有被毁一途，于是决心拉"溺水人"一把，让他到北大教书，换换空气，毕竟老朋友多半集结在京城。其中，林徽因从美国留学回来，刚当了母亲，更以其美丽成熟的风韵使徐志摩难以忘情，他的生命又处于极大的骚动和苦恼之中，上海——北京——上海，他在云端里思考着去路和归途，孰料飞机猛然撞击那座他命中注定无法逾越的山峰，浓雾中发出一声巨响，迸出一团火焰。不甘平庸的诗人终于有了一个绝对不平凡的死。

如果徐志摩得尽天年，他的婚姻真不知如何收场，而他新的恋爱眼看就要开篇。1931年11月19日，那场空难将所有疑问都一笔勾销了，如此甚好，免得一段爱情佳话落个十分难堪的结局。君不见，温莎公爵夫妇头顶奇异的光环，日后却在大众赞美的目光下互相玩弄瞒与骗的把戏，一旦真相被揭开，徒然使世人对神圣的爱情又额外丧失几分残存的信心，好端端的脑袋瓜都摇得快要脱臼了。

> 他的一生真是爱的象征。爱是他的宗教，他的上帝。……志摩
> 这样一个可爱的人，真是一片春光，一团火焰，一腔热情。

胡适的《追悼志摩》如是说。然而一个充满诗性的生命尚未吐尽光华，就在三十六岁的边界永久地打下了界桩。但愿他的上帝不曾死去，他的宗教也并未消亡。

在那篇悼文中，胡适对徐志摩的恋爱至上主义表现了足够的理解和同情，他本人也是高擎自由的火炬，以此为终生理想，可是他与江冬秀的婚姻由母亲一手包办，这位文化大师自始就甘心立于妥协的台阶，谨遵古色古香的孝道，顺受命运的裁决。说到底，他内心更赞同梁任公的主张，即揭橥"责任"二字为人生最紧要的一件事，此事一毕，了无遗憾，将生命的中心完全放在服务社会这一端。据新月派旧将叶公超回忆，江冬秀为着徐志摩与陆小曼的结合曾多次骂胡适，有的话骂得很重："大家看胡适之怎么样怎么样，我是看你一文不值……"胡适只好苦笑着向叶公超表明："陆小曼与徐志摩的关系只有少数人能够了解，还有几个人是'完全了解'，而我就是'完全了解'。他们结婚我并不赞成，不过像我太太这样的人不能跟她谈，她根本不了解这种关系。她对女人只有一种看法，你跟她的看法不同，你就是她的敌人。"胡适与江冬秀不仅同床异梦，有时还会同舟敌国，真够可怜的了。徐志摩则是完全相反的类型，他将生命的中心放置在实现自我这一面，追求理想的、唯美的、自由的人生境界，并以一位美貌女子作为象征，认定"恋爱是生命的中心与精华；恋爱的成功是生命的成功，恋爱的失败是生命的失败，这是不容疑义的"，置身于一个五色斑斓、大而又大的肥皂泡中，眼看着它高飘，眼看着它破灭，原以为湛若晨露的人生竟变得日趋阴沉和暗淡，内心的失望该是何等强烈啊！

凡事有好开篇，就难得有与之匹配的好结局，徐志摩与陆小曼，起先爱成一团烈火，其后烈火熄灭了，只剩下灰烬，这完全在情理之中。尽管如此，但他们有过相知，有过相爱，已远比世间那些"石雕"（用志摩的话说，该是"陈死人"）要强胜许多。

徐志摩飞机失事后，有人说是两个女人误了徐志摩的性命，并乘机痛骂

"女人是祸水"，以纾心头积忿。冰心虽与林徽因不和，与陆小曼更无交情，但她实在看不过去，在文章中写下这样一句公道话："谈到女人，竟是'女人误他'？也很难说。志摩是蝴蝶，而不是蜜蜂，女人的好处就得不着，女人的坏处就使他牺牲了。"这话很深刻，可算点中了徐志摩的要害。

柒 辑

——造物主果真是善意的吗？赐予了她们想要的才华，同时，也强加了她们未必想要的命运。

与伟大的心灵共舞

英国唯美主义作家王尔德取材于《圣经》，创作了悲剧《莎乐美》，仅用短短两万多字的篇幅就将女主人公的爱情推向绝境：在月黑风高之夜，希律王不惜以半壁江山为代价，请莎乐美为他跳舞，莎乐美对半壁江山毫无兴趣，她只想立即获得先知乔卡南完整的人头。她爱这位先知，却屡遭拒绝，激情得不到回应，她恼羞成怒，决心采用最诀绝的方式，割下他的人头，猎取一个亲吻。这个故事令人毛骨悚然，唯有疯狂的女人才会把如此血腥的爱情戏码摆上台面。且听莎乐美临死前亦狂亦喜的喃喃自白：

> 啊！我吻到你的嘴唇了，乔卡南。我吻到你的嘴唇了。你的嘴唇有一丝苦味。这是血的味道吗？……不，这也许是爱情的味道吧……人们说爱情有一种苦味……不过那又怎样？那又怎样呢？我吻到你的嘴唇了，乔卡南。

变态公主莎乐美捧着先知乔卡南的断头吻个不停，她满足了自己邪恶的占有欲，从此，她的名字就总给人一种不祥之感。其实，在希伯来语中，"莎乐美"的词义为"和平"，这无疑是一个刺骨的反讽。

放眼西方世界，除了《圣经》里这位冷血酷美人，还有另一位莎乐美广为人知。相同的是，她也渴望与伟大的心灵翩跹共舞，博得他们的爱情；不同的是，她犹如强力的助推火箭将一位又一位天才送往预定的太空轨道，她要的不是死吻，而是以创造为旨归，以探求人类灵魂的奥秘为目的。

露·莎乐美（1861—1937）是俄国将军古斯塔夫·莎乐美的掌上明珠。她天生丽质，智商和情商出类拔萃。十七岁时，她偶然聆听了一场布道，那位牧师咳唾珠玉，令她折服，竟自作主张，写信邀请他来做自己的家庭教师，信中有这样的话："……我希望这不是一位牧师与一位信徒的交往，而是两位同样对人类智慧充满好奇的人之间的交流。"这位牧师名叫济罗，他碰到过形形色色的怪人怪事，每回都能应付裕如，但这一次，其心弦被莎乐美的诚意拨出了悦耳的旋律，他决定倾其所有，去填满她求知若渴的"欲壑"。苏格拉底、柏拉图、奥古斯丁、笛卡尔、帕斯卡尔、歌德、席勒、康德、克尔恺郭尔、伏尔泰、卢梭、费希特、叔本华等哲人、文豪一个个风尘仆仆，被他从高高的书架上请了下来，他们的著作足以堆成一座小山。倘若换上资质平平的少女，二十年也未必能啃得完这些硬骨头。可是露·莎乐美照单全收，胃口出奇的好，消化力出奇的强，她面对知识的盛宴，"用膳"之后，居然连饱嗝都未打一个。唯有牧师的爱情她完璧归赵，这太不合时宜了，她敬仰上帝，看到的却是一张世俗的面孔，上帝的仆人不是理应无欲无求吗？济罗牧师的使命业已完毕，他为莎乐美开启了一扇大门——通向西方文明世界的大门，这无疑是决定性的。她将离开俄国，去远方寻梦。

在母亲露易丝的陪伴下，十八岁的莎乐美前往瑞士苏黎世上学，一年后，她从教师那儿博得了好评："思想非常成熟，天性则像孩子般纯净。"但她精进过猛，体质下降，时常会有咯血的病征。选择地中海边的意大利作为疗养地，对莎乐美而言，这个明智的决定会带来许多好处。此行，她最大的收获是结识了优秀的知识女性弗罗琳·冯·梅森伯格，后者对欧洲的文化版图和人物星象了如指掌。世间的探险活动五花八门，无非是追求远方的纯金、爱情、风景和海市蜃楼，但最令人激动的探险则是深入哲人、诗人和学者的精神国度，在那里，将有不可思议的遭逢。

一、哲人的假面舞

少女的祈祷总是虔诚的，少女的梦想总是热烈的。莎乐美渴望什么？她渴望有朝一日能与伟大的心灵当面对话，从那眼甘泉中舀取一瓢琼浆玉液。弗罗琳·冯·梅森伯格是莎乐美的知音，也是莎乐美的引导者，这位"女巫"仰望璀璨的星空，犹豫的只是该让谁来下凡？她的目光被一颗最闪亮的星（也是一颗最孤独的星）吸引了，他就是伟大而又可怜的弗莱德里希·尼采。弗罗琳待人接物的技巧颇为圆熟，她先给莎乐美寄去尼采的新著《悲剧的诞生》，然后又写了一封长信讲述这位哲人的故事。在她笔下，尼采的精神屹立不倒，人格独立不羁，他剑锋所指，哲言所及，竟迫得他尊崇已久的恩师瓦格纳无地自容，大有亚里士多德"吾爱吾师，吾更爱真理"的勇气和憨劲。这位思想界的巨人，偏偏是生活中的弱者，年近四十，却萍踪浪迹，居无定所，与病魔长年周旋。莎乐美读完全尼采的著作，不禁为他傲视尘寰的智慧所震撼，读了弗罗琳的长信，又不禁为哲人孤苦悲凉的身世而感伤。震撼加感伤，难道这还不够吗？她直觉自己已被他无形的巨掌征服，如同小妖被他收进了魔瓶。她渴望尽快见到尼采，与这位横空出世的天才对话。

帷幕徐徐拉开，导演弗罗琳·冯·梅森伯格已退到后台，她指点欧洲最伟大的哲人去约会欧洲最聪明的闺秀，地点选在罗马的圣彼得大教堂。弗罗琳急于将此喜剧导演成千古佳话。"副导演"保尔·李则有点奇怪，尽管他内心狂热地迷恋莎乐美，却甘愿退避三舍，为朋友让路。至于最迟登场的男主角尼采，经弗罗琳和保尔·李两人从旁激励，心中的那团烈火已经由深红趋于纯青。他飘飘欲仙，有点盲目乐观，在写给保尔·李的信中，跳闪着下面的语句："请您代我问候那位俄国女郎，如果这样做有意义的话。我正需要此种类型的女子。……一段篇章的开始是婚姻。我同意最多两年的婚姻，不过这也必须考虑到我今后十年内将做些什么而定。"这话说得过于托大了，他以为局势尽在自己的掌控之下？莎乐美未能征得兄长罗伯特的同意，他的眼光完全是世俗化的，对尼采这类饱学多才的老光棍抱有十足的戒心，怕妹妹会上当受骗；此外，他还告诫妹妹，身为大家闺秀，形象第一，名誉第一，人言可畏，浪漫无异于玩火自焚。向来特立独行的莎乐美十分反感兄长的提醒，她的回信中夹带着明显的火气：

> 我既不追随典范去生活，也不奢求自己成为谁的典范，我只为我自己而生活。因此我的生活中没有不可逾越的规则，而是有太多不可言传的美妙的感受——它们隐含于我自身，在喧闹的生活中越受压抑越要呼喊出来。

莎乐美的特立独行使人想起另一位"大师级的缪斯"贝蒂娜·布伦塔诺（1785—1859），年轻时，她同样以书信的方式抗拒过兄长克莱门斯的教诲和约束："别告诉我要平静，那没有用；对我来说，平静的意思就是正襟危坐，双手放在膝上，两眼直视着晚餐桌上的肉汤。……我的灵魂是一个热情的舞者，她伴着隐秘的音乐翩翩起舞，那些音乐只有我能听见。……不管世间的警察会制定怎样的规则来约束灵魂，我都决不遵守！"贝蒂娜·布伦塔诺是一位非凡的女性，她与重量级天才歌德、贝多芬、马克思都有过亲密接触，被人称为"十九世纪上半叶西方世界最具危险激情的女巫"。天才需要畅饮异乎寻常的鸡尾酒才能找寻到出神入化的感觉，这种烈性的鸡尾酒唯有贝蒂娜·布伦塔诺和露·莎乐美这类不守绳墨、好越雷池的"巫女"才能调制出来。

"一个真正的男子需要两种不同的东西：危险和游戏。因而他需要女人，当作最危险的玩物。"这是尼采的语录。那么，在罗马的圣彼得教堂，他与莎乐美的约会该算危险，还是游戏，抑或危险的游戏？

尼采未及躲闪，就吃了爱神的当胸一箭，莎乐美金黄色的鬈发、优美绝伦的面部轮廓、丰满鲜艳的嘴唇、朗若星辉的眼睛和扑面而至的青春气息，令这位老光棍无可救药地爱上了她。二十一岁的妙龄女郎举止娴雅，气质高华，思维敏捷，要言不烦，这些全都是尼采欣赏的。当弗罗琳问及第一印象如何，他的评价只有短短的一句话："那是一瞬间就能征服一个人灵魂的美人！"与尼采相比，莎乐美的回应要冷静得多，在她看来，尼采显然不是什么白马王子，与她常常见到的那些身着盛装华服的贵族青年相比较，尼采简直就是山野狂夫，在回忆录中，她使用以下这些词语去形容尼采：

孤僻——指尼采的性格，几乎是一目了然的。

平凡——指尼采的外表，没有任何动人之处。

朴素——指尼采的衣着，十分整洁。

慎重——指尼采的言行，节制而略显拘谨。

优美——指尼采的双手，非常吸引人。

半盲——指尼采的眼睛，高度近视。

笨拙——指尼采的客套，仿佛戴了一个假面具。

这七个关键词串联在一起，构成怎样的印象？已不言自明。尼采毕竟是一位伟大的哲学家，对此，她并没有感到失望。但敬重是一回事，爱慕则是另外一回事，对于一位比自己大十七岁的病夫，莎乐美的心扉欲开还闭。这时，她母亲——一位糖厂老板的女儿——开始嘀咕："尼采先生的财产还不够养活自己，你跟他去喝西北风？"她真的不了解女儿，受穷，这是莎乐美最不介意的一点。她只担心尼采伟大的心灵是一个风暴眼，除了填没俗世的幸福，她还将牺牲更多，包括人格的独立和精神的自由。

不管怎么说，尼采和莎乐美的旅行还算愉快，另一位护花使者保尔·李则未必有此同感。这是全新的体验，尼采仿佛扮演的角色是疯骑士堂吉诃德，护卫着自己的心上人杜尔西内娅。更妙的是，他与莎乐美单独去了一趟海滨城市蒙特卡洛（现为摩纳哥的赌城）。在那里，他是否把握住了机遇？哲学的玄谈顶多只能产生思想的共鸣。莎乐美透出的口风是："至于尼采在蒙特卡洛是否吻过我，我已经不记得了。"恐怕连傻瓜都能猜出此地无银三百两的意思。保尔·李见到尼采的"震颤"和莎乐美的神采飞扬，不由得心生嫉妒，难以平复。尼采胜券在握，假装大方，怂恿自己的道友迎娶莎乐美。保尔·李不是傻瓜，他处在下风，却摆出高姿态："我是一个厌世者，一想到生儿育女这类世俗生活就心存厌恶。还是你迎娶她吧，她正是你孜孜以求的灵魂伴侣。"其实，在尼采早先的设想中，恋爱时的近视只需一副眼镜就可豁然而愈，婚姻则是慢性疾病，不可能妙手回春，世间压根就没有那样的神医和良药。莎乐美是不是例外？秀色可餐的解语花在世间可是遍寻难得。她善于倾听，无论尼采谈到多么玄奥的问题，她全都听得懂，又岂止能够听懂，她还能恰如其分地补充几句，仿佛画龙点睛。为这样的女子动心，为这样的女子销魂，尼采一点也不感到羞愧。他决意为莎乐美破例，改变自己对女性不甚乐观的看法。幸福本来是可以这样成全他的，将他身上屡屡抬头的那股愤愤不平的戾气化为无形。如此一来，身为哲人的尼采也许会受损，身为常人的尼采则必定会受益。但他敲打的算盘过于理想："莎乐美具备高贵睿智的心灵，而且有鹰的视觉，有狮子的勇气，她一定愿意与我一道肩负起人类精神的十字架，走一条上升之路！"他反复思忖，居然找不到否定的可能性。那么，事不宜迟，他决定向莎乐美求婚，毕其功于一役。可怜的哲人，在思想领域他敢于冲锋陷阵，在感情的后花园则变成了彻头彻尾的懦夫，他让道友和情敌保尔·李相机行事，代为操办，自己却一溜烟逃回了瑞士的巴塞尔，静候远方的佳音。

此时，尼采身患恋爱狂热症，满脑袋蹦跶着怎样的念头？他想入非非：娶莎乐美为妻也许并不是最好的主意，他更看重精神恋爱，对肉欲是排斥和鄙视的，但为了她的名誉不遭外界的恶意中伤，将彼此的姓名联为一体仍属必要。他甚至考虑到了赖以生存的财产，应该采取怎样的办法获得最划算的版税？也许该去大学里谋取一席教职，源源不断的收入有利于家庭的稳定。最感欣慰的是，既然找到了心灵的伴侣，他就必定有许多元气充盈的精神之子呱呱面世。

然而尼采的幻想犹如初具雏形的瓷胎，被莎乐美的当头一棒击得粉碎。她的回答很简单，正因为简单，便愈加残忍。总之一句话：她不想结婚。她希望尼采能够比济罗牧师更为明智，但他们都无可救药地将心灵生活与世俗生活混为一谈，纠缠不清。说到底，他们都没有看出，她是一位奇异的女子，思想只是她的游戏，她欣然入局，并不意味着她要找一位游戏伙伴做自己的丈夫。没错，尼采是西方十九世纪后半叶首屈一指的哲人，但莎乐美毅然决然地将他的求婚挡了回去。

　　哲人毕竟是哲人，尼采的绮梦破灭了，并不意味着他就颓唐了，就完蛋了。他决意向古希腊哲人学习，舍弃世俗生活中的核心部分，妻子不再重要，又何妨退而求其次，他和莎乐美依然是心灵的朋友，依然可以诞生他们的精神之子——查拉图斯特拉。莎乐美也不愿看到这位伟大而可怜的哲人因为求婚受挫而一蹶不振，她给他寄去诗篇，这的确不失为一帖良药，使他的精神重又回到了安全的轨道：

　　　　谁一旦被你逮住还能逃脱？
　　　　要是他感觉你注视着他那双庄严的眼睛。
　　　　我无法拯救自己，假如你将我获取，
　　　　除了摧毁你还能做什么？我永远不会相信。

　　　　是啊，你必定会光顾尘世上的每一个生灵，
　　　　任何人都逃脱不了你的掌心：
　　　　生活没有你——依然美丽，
　　　　——你也同样值得生活下去。

　　有人说，尼采是古罗马暴君尼禄的异代兄弟，关于尼禄，普鲁东有一个精辟的论断："尼禄是一位艺术家，一位抒情戏剧的崇拜者、奖章的收集家、旅游家、剑客；他是唐璜，也是登徒子；他还是一位充满机智、幻想和同情心的高尚的人，在他身上洋溢着对生活和享乐的热爱。这就是为什么他成为尼禄的原因。"应该说，尼禄的某些特性尼采并不具有，但某些特性则在他身上得以强化，内心的风暴肯定是一致的，尼禄擅长于破坏，尼采则除此之外，还擅长于创造。能与这位伟大的创造者结为知己，莎乐美感到十分欣幸。

1882年8月14日，她在陶顿堡（尼采的居处）写信给保尔·李，表达得很明晰：

> 总体上说，尼采是一个有着坚强意志的人，单方面看，他又是个极其情绪化的人。同尼采谈话是十分惬意的事情——你一定也知道这一点，在这种有共同理想、共同感觉的交谈中，常常会心有灵犀一点通，尼采本人也这样说："我相信，我们之间唯一的区别就是年龄。我们的生活和思想是多么一致。"

对于这种"一致性"，保尔·李的内心充满了醋意，另一位以尼采的保护神和知己自居的女人则感到异常妒忌，她就是伊丽莎白·尼采，哲学家的妹妹。伊丽莎白心胸狭隘，她眼看着莎乐美的风头处处盖过自己，让哥哥像傻瓜似的意乱情迷，令她遭到日甚一日的冷落，因此她对莎乐美的敌视日甚一日。女人之间的怨恨如同死结，很难解开，她挖空心思，中伤自己的对手。她绞尽脑汁，寻思有效的对策。伊丽莎白找准哥哥的软肋猛力捶打，讽刺他的哲学越来越带有莎乐美的色彩，那位俄国女子的个性在左右一切。尼采受到妹妹的刺激，立刻就鬼魂上身了，多年来，他以君临思想界的哲王自居，不容许有异样的声音在耳畔响起，莎乐美虽然是他的知己，在许多方面能与他产生共鸣，但她决不盲从，也不愿成为别人的附庸，她有她的立场，有时，她会质疑，有时，她会坚持相反的意见，每当这种时候，尼采就怒火中烧，甚至拂袖而去。这对性格古怪的兄妹终于迫使莎乐美踏上了归程。这是富丽的九月，尚未剥蚀光彩的仲秋，但一股萧瑟的别情已萦绕在尼采和莎乐美的心间，久久挥之不散。

莎乐美走了，尼采仿佛脱水的大鱼，一时间，茫然无主，就连思考和写作都丧失了原有的动力。莎乐美再次听到了老妈的唠叨："和弗莱德里希在一起你是不会幸福的，不错不错，我指的是世俗的幸福，也许他是一位圣人，可是失去世俗的幸福，做个圣人又怎样呢？上帝原谅我说这样的话，可这就是我的观点。这位尼采先生不仅渎神，而且全身是病，虚弱不堪，你怎么可以嫁给他？除非你疯了，想做一个终身制的护士或大夫。还有他的母亲和妹妹，他们会想尽一切办法赶走你的，别傻了，我的孩子。"莎乐美没疯，也不傻，此时，她身体内似乎有两个自己，一个是虚荣的，以驾驭和支配两位哲人（尼采和保尔·李）的感情为快，以两位哲人竞相博取她的欢心为荣；另一个是理智的，看到尼采生出妒忌心，听他中伤保尔·李是个时刻准备服毒自杀的胆小鬼，她就心生轻蔑。当莎乐美再次遭到伊丽莎白的恶语中伤（称莎乐美与尼采交往，纯粹出于卑劣的虚荣心，而哲学家从未爱过她，这无疑是同归于尽的招数），人格上受到莫大的侮辱，一气之下，她与这对兄妹恩断义绝了。其后不久，莎乐美与保尔·李在柏林同居，尼采永远失去了能够减轻其孤独与痛楚、赋予其勇气和希望的天使。他对莎乐美的谴责又一次暴露了他受到刺激之后的偏激：“我以为我已经找到了一位能帮助我的人；当然，这不仅需要高超的智力，而且还要有第一流的道德，但是相反的，我却发现了一位只想娱乐自己的人物，她不害臊的是，梦想把地球上最伟大的天才作为她玩弄的对象。”保尔·李读了道友尼采的这封信，是否也有同感？莎乐美与他只同居了不到一年，就因为他坚持学医，也因为彼此意气不投而分道扬镳了，也许他更有资格说莎乐美玩弄了他的感情。十八年后，一直抑郁寡欢的保尔·李最终选择了自杀。对此，莎乐美并未感到良心不安，她认为良心不安是一个人软弱的表现。

告别了天使，尼采只好与自己最新创造的精神之子查拉图斯特拉组成“单亲家庭”，他只好独自闯进生命中疯狂的黑洞，宣称：“我就是太阳！”他还冲到大街上，抱着被鞭打的骏马的脖子，热泪迸涌地高呼：“我的兄弟！”那一刻，这位疯子的表情极为壮美，也极为善良。

或许，在尼采的脑海中，有一首歌的词曲仍如佛殿的长明灯一样闪烁不灭。词作者是莎乐美，曲作者是尼采，《赞美生活》是他们唯一的“私生子”：

像朋友那样
真诚地爱着一位朋友。
就如我爱你一样。
呵，我的内心翻卷着怎样的波浪？
如果你为我带来喜悦或忧伤，
如果我低声啜泣或纵情欢唱，
那就是以不同的面孔
倾诉着对于你的爱的衷肠。
你的别离

为我留下深深的绝望，

而你的拥抱

又使我抹去眼角的泪光。

让我们像知已一样心心相印，

并且在寂静中

倾听着它们的碰撞。

如果你仍旧不曾使我狂喜，

那就努力吧，

因为同样的悲戚也在折磨着你的心房。

哲人的假面舞曲终人散了，原本心心相印的舞伴以快乐开始，却以痛苦告终。但正是此番精神痛苦促使尼采酿出了史上最具诗意的哲学著作——《查拉图斯特拉如是说》，哲学意义上的超人得以降临世间。此番精神痛苦也凸显了不容低估的副作用，在生命的最后七年，尼采对女性的仇视和轻蔑臻于极致，"你到女人那儿去吗？别忘了带上你的鞭子"，这无疑是泄愤之语，哪怕他心里针对的只是某个女人——露·莎乐美，仍然不足为训。

莎乐美以不爱为大爱，这原本是尼采的思路，后者是不该抱怨的。她毕竟没有砍下这位先知的头颅，给他最残忍的一吻。何况，在尼采辞世后四年，莎乐美出版了自己的精心之作《尼采评传》，这本书足以纪念他们心灵相拥相握的那些美好时光。

二、诗人的华尔兹

莎乐美离开尼采后，非凡的才华已为世人所知。她先后创作了思想录《与上帝之争》和小说《露特》，在欧洲赢得了广泛的声誉。她独立了，她不再只是作为尼采和保尔·李的不光彩的"情人"被长舌妇们挂在嘴上，嚼在齿间。谁也不能否认，昔日那位善解人意的漂亮小姐露·莎乐美现在已是富有魅力和才情的女士。二十六岁那年，她做出了一件令人惊讶的事情，她曾经拒绝了一位弗莱德里希，现在嫁给了另一位弗莱德里希——柏林的西亚语言学教授弗莱德里希·卡尔·安德列亚斯。这位老书生比莎乐美年长了整整十五岁，究竟有何绝招猎获美人心？说出来，十分可笑，他以自杀相威胁，因而成功地夺取了芳标。尼采的想象力太卓越了，像这样下三烂的招数，他既想不出，更做不到。此亦弗莱德里希，彼亦弗莱德里希，用招却是天差地别，胜负也是判若云泥。不过，说句公道话，这位枯燥乏味的语言学教授也有一宗不易有的好处，他从不干涉莎乐美的自由，婚姻成了保护伞，从此以后她更加天马行空。

勒内·马利亚·里尔克是幸运的，二十二岁时，他在舞会上遇见了三十六岁的莎乐美，她魅力四射，才华一流，具有极高的眼界和洞察力。里尔克身形瘦小，体质羸弱，性格腼腆，然而几次交往后，她就看出他是一块非凡的璞玉，若假以时日，由高手精心雕琢，必能光耀欧洲，成为诗国的雄奇王者。尼采曾是她的引路人，现在，莎乐美是里尔克的明灯，她乐意扮演这个角色。里尔克生长于捷克首都布拉格，一年前刚逃离小市民家庭，走向西方，他宣称："我是我自己的立法者和国王，在我之上别无他人，连上帝也没有。"如今置身于西方世界里，其敏感的心灵渴求许多东西——母爱、恋情、学识和荣誉，这四项，他从莎乐美那里都可以获得，这太神奇了。他从未遇见过这样优秀的女性，智慧，大度，而且极具理解力和包容性，他明白了，为什么连最高傲的哲人之王尼采都甘心拜倒在她的石榴裙下。

莎乐美收到了里尔克的情书，对于这样的"刺激——反应"，她见惯不惊，但她还是发出一句感叹："多么细腻而内敛的灵魂，他会大有作为的！"只挑选天才作为自己心灵的舞伴，这是莎乐美的原则。里尔克的幸运正是天才的幸运，尽管他既不伟岸，也不雄健，但他具有刺入骨髓的孤独感和穿透时空的敏锐性，这就足够了。依照尼采永劫轮回的定律，里尔克也许就是另一个尼采？莎乐美昔日不肯给予尼采的爱情，今日尽可慷慨地给予里尔克，这仿佛是命运之神的旨意。

里尔克的告白异常热烈，这是无烟的火焰，纯青，不含任何杂色，火焰本身就是花朵：

> 我要通过你看世界，因为这样我看到的就不是世界，而永远只是你，你，你！……只要见到你的身影，我就愿向你祈祷。只要听到你说话，我就对你深信不疑。只要盼望你，我就愿为你受苦。只要追求你，我就想跪在你面前。

这番爱的告白是激情和诗意的交融，除了盲目盲心的女子，谁能无动于衷？莎乐美笑了，女人的笑是花园的钥匙。她接受最高的礼赞——在里尔克书信中仍有所保留而在他诗歌中则无所保留的那份最高的礼赞：

> 挖去我的眼睛，我仍能看见你，
> 堵住我的耳朵，我仍能听见你；
> 没有脚，我能够走到你身旁，
> 没有嘴，我还是能祈求你。
> 折断我的双臂，我仍能拥抱你——
> 用我的心，像手一样。
> 钳住我的心，我的脑子不会停息；
> 你放火烧我的脑子，
> 我仍将托举你，用我的血液。

若非情热到极限，向来以冷静平和著称的里尔克绝对写不出这样灼人胸臆的诗句。正是他深度的迷恋打开了莎乐美心灵中久已扃闭的那扇门，这是以往任何男人都未曾涉足的区域，里尔克的闯入，促成了她身上母爱的觉醒。这种感觉简直太新奇了，太美好了。莎乐美带着里尔克漫游欧洲，讨论哲学，写诗，唱歌，会友，闲聊，野餐，打猎，在月光下漫游，在花丛中拥吻，一切都是那么美好。里尔克"就像个孩子紧紧攥住母亲的衣角"，别有一番情趣。在希腊神话中，巨人安泰的母亲是大地之神盖娅，只要他身不离地，就能源源不绝地吸取母亲的力量。莎乐美便是里尔克的大地，是他精神的母亲。在她身边，他的创作如有神助，灵感纷至沓来。一旦莎乐美回到丈夫身边，里尔克就会坠入相思的苦海，失去工作的热情和兴趣。每当这时，莎乐美总会写信安抚他。

> 不要着急，我的孩子。真正的艺术家总是要经历无限的孤独和
> 漫长的痛苦，你必须在安静中等待回应。忍耐，忍耐，再忍耐，终
> 有一天你将脱颖而出，展翅高飞。正如总有一天我会再次回到你的
> 身边。

寓教于爱的指点，如同母亲的叮咛。里尔克是受益者，他同时享受了母爱和情爱，啜饮了生命的双杯。莎乐美唯一担心的是，里尔克的天才会在误打误撞的野路上迷失，于是她建议他去大学听课，弥补知识方面的缺陷，提高理论修养，积累文化底蕴。她还劝导他从相对空洞的内宇宙转向自然和真实，从抒写主观的"我"转向观察芸芸众生，刻画大千世界。这些适时适地的点拨都收到了奇效。她给予他恰如其分的自由和孤独，这是必要的，对一位正在蓬勃上升的天才，她不能听任情爱的烈焰烧坏他的脑子，里尔克必须拥有自己的空间和时间。莎乐美对这位诗歌王子的改造无微不至，包括他的大名，她打趣说"勒内"有脂粉气，里尔克便将它改为"莱纳"，这也可以见出他对自己的女友和"母亲"是如何的尊敬，她的话就是圣旨。

三十八岁时，莎乐美决定回返阔别了二十年的祖国俄国，去找回自己少女时代的感觉。陪同她前往的有里尔克，也有她的丈夫安德列亚斯，在外人看来，这样的三人行也许有点尴尬，但换个角度，一位女王配上两名侍卫，却相当正常。毕竟一切都由莎乐美做主，她是"女王"。这趟俄国之行，莎乐美和里尔克各有收获：里尔克的收获主要是文化意义上的，那片广袤的土地、纯朴的民情民风，时时都能给他提供一些西方世界里找不到的素材，它们异常鲜活，极其生动；莎乐美的收获则主要是生命意义上的，她找到了故乡，找到了久违的亲人，找到了儿时的伙伴，找到了记忆的源头，她的脸上再次焕发出青春的光彩。

1900年，莎乐美和里尔克又做了第二度的俄国之行，这一次他们拜访了契诃夫和高尔基，还去了位于图拉的亚斯纳亚·波良纳庄园，拜访了七十二岁高龄的列夫·托尔斯泰。在芳香弥漫的花园里，他们聆听托翁畅谈他的福音和改造俄国乡村的计划，也聆听他批评西方文明的虚伪和浅薄。他们还亲眼见识了托翁的夫人索尼娅的阴郁脾气。

两次俄国之行结束了，莎乐美与里尔克的爱情也结束了。她认为里尔克已到了他的"心理断奶期"，他必须从恋母情结中解脱出去，正如小袋鼠最后一次从母亲的胸袋中跳出来，才能宣告独立和成熟。这个决定是痛苦的，但诗人的心灵需要痛苦的淬炼。里尔克为此陷入了迷惘，有一种被抛弃的感觉，一年后，他与罗丹的女弟子、画家克拉拉·韦斯特霍夫仓促结婚，仍带有负气的成分。但里尔克一旦走出痛苦的阴影，重新开始他的漫游和等待，他的创作就达到了崭新的境界。里尔克写于1903年的那首名诗《豹——在巴黎植物园》将现代诗歌"思想知觉化"的特点展示得淋漓尽致，令读者耳目一新。

这对天才恋人分手二十六年后，里尔克去世了。莎乐美一生阅人多矣，在其回忆录《生命的回顾》中宣称："我是里尔克的妻子。"这一大胆告白说明莎乐美对这段爱情格外看重。正如她当初预言的那样，里尔克成为了欧洲的诗国之王。再次证明，莎乐美与天才共舞，既充满了理性之美，也充满了诗性之美。

三、心理学家的探戈

1902年，莎乐美出版了一部成熟的心理小说《中途降落》，涉及的主题是乱伦和不贞，是性欲的倒错和癫狂。对于性饥渴这个女性作家的禁区，她产生了异常浓厚的兴趣。莎乐美果然是惊世骇俗的，她写了一本名为《性爱》的书，探讨性与爱的融合与分离。在这本书里，她将一个离经叛道的观点推到了卫道士们的鼻尖下：婚姻和爱情可以并行不悖，从婚姻中能获得安慰和支持，从爱情中则可以汲取力量和快乐。在她看来，性爱是人类生活的动力源泉，它最能显示人性的本质，所以它是高贵而圣洁的，践踏它的人即践踏人性本身，是不可饶恕的罪过。但她并非一味地贪求床笫之欢，她看重性与爱的水乳交融。她讲过这样一个故事：

有一回，她已入住某家旅馆，约好与男友共度良宵，可是她突然感到忐忑不安，也许这一切都搞错了，她并非真心实意地爱他。怎么办？她赶紧一走了之，乘车去邻近的城市，入住一家旅馆。然而，下榻伊始，喘息未定，她却又强烈地意识到此举的荒唐可笑，她百分之百地爱着那位朋友，可现在她与男友遥隔两地，如何慰藉相思？她想起手头有那位朋友的一封信，好，就吃了它，味道还真不赖。

这样的浪漫，许多人一生都不会有一次，而在莎乐美的生活中，这只不过是她的日常功课。离开里尔克后，私人医生泽克曼成了莎乐美的情人，这段感情既开了花，也结了果，却谈不上美满温馨。莎乐美有了做母亲的欣喜，也有了进退两难的尴尬，安德列亚斯不肯离婚，泽克曼的母亲则将她轰出家门，更伤心的是，她因采摘苹果不慎跌倒而流产。泽克曼的出现使里尔克嫉妒得发狂，但这位医生只是过渡性人物，他消逝得比晨露还快。在他之后，另一位同行，瑞典的精神疗法医生希尔·比耶尔接管了莎乐美的感情领地，正是他将莎乐美引领到精神分析学大师西格蒙德·弗洛伊德的座前。

莎乐美对弗洛伊德的理论（主要是无意识学说、本能学说、梦的解析学说和人格学说）充满好奇和兴趣。弗洛伊德的理论并不枯燥，他的比喻异常生动："无意识"好比一个宽敞的门厅，其中拥挤着各种各样的冲动，都想闯入"前意识"控管的小间会客厅，得到那位雄居其中的"意识"先生的青睐。可是接待室外门口（学名为"意识阀"）站着警卫，将那些硬往里闯的欲念一一挡驾。那些被拦阻在"无意识"大厅里的冲动贼心不死，倘若乘乱过了玄关，为"意识"所接纳，则万事大吉；倘若一再遭到压制，就可能酿成危险的变态心理。精神分析学要做的就是撤除那些"警卫"，使"无意识"与"意识"会晤。弗洛伊德的理论过于尖新，研究的又是人类以往欲说还休的性意识，自不免被人骂成"一心要败坏公众道德的淫棍"，但在莎乐美的眼中，他是学术界大智大勇的普罗米修斯。何况莎乐美撰写过《性爱》那样的著作和《物质的爱情》那样的文章，探讨的同样是人类共有的心魔——性意识，当时她掘进得不够深，只能说是浅尝辄止，现在她运用弗洛伊德的理论则可以钻探到真正的"矿层"。

1912年秋天，莎乐美正式决定前往维也纳，在弗洛伊德的手下受训。应该说，他们并不是那种严格意义上的师徒关系，作为朋友，两人的理论观点不无分歧，谁也不能说服谁，谁也不愿放弃自己的立场，但他们彼此尊重。在智力游戏中，弗洛伊德和莎乐美是同一类型的天才，他们罕逢对手，是不折不扣的工作狂，因为离经叛道而树敌多多，淡泊名利，甘于寂寞。但他们在情场上则是完全不同的两类人，弗洛伊德从不寻求爱情的确定性，只寻求知识的确定性，他悲天悯人，也害怕在不确定的情感状况中遭受痛苦，因此他尊崇意志和理性这两位铁面门神，宁肯回避和舍弃生命中某些强烈的欢愉和喜悦。莎乐美则是一个在感情和理智中都能得到快乐的冒险家，她对多变情感和欲望的驾驭得心应手，堪称最好的驯马师，尽管也有痛苦，也有别离，也有忧伤，但正是这些深切的负面感受构成了生命中另一道奇异的风景。

在精神分析学专家的圈子里，绝对没有任何禁区，或者说，常人的那些禁区恰恰是他们的花园。对于性欲冲动的形象化比喻总是信手拈来。有一次，莎乐美一边听着那些专家谈话，一边织毛衣，竟有人脑袋里灵光一闪，指着莎乐美调侃道，她通过织毛衣的动作表现出了女性潜意识中对不间断性交的渴望。这当然不会惹她生气，这并非冒犯和侮辱，这是不拘一格的论学。

专家也是正常的人，有正常的七情六欲，追求莎乐美的男士一大把，夺得芳标的却只有一个，他就是维克多·陶斯克——弗洛伊德门下最有才华的弟子之一，此时莎乐美已五十一岁，仍有十足的魅力捕获这位三十五岁的英俊男子。陶斯克原本喜欢的是莎乐美的朋友、妩媚多情的爱伦·德尔普，但莎乐美横刀夺爱，使陶斯克投入了她的怀抱。这无疑又是一段"母子恋"的翻版，外人可能想当然地认为，莎乐美给陶斯克的精神安抚多过性满足，事实却恰恰相反。她正是有感于陶斯克身上"人类创造力的斗争"过于酷烈，遂决定用自己的爱使他体内猛兽一般的原始力量得到纾解。事实上，他们对于爱情的理解是完全歧异的，陶斯克向往稳定和永恒，莎乐美则喜欢变数和短暂，她认为女人只须对自己保持忠诚，女性对男人"不忠"恰恰是为了回归自我，并非欺骗和淫荡。恋爱中的女人仿佛是"一棵等待闪电将其劈开的树"，它或者内心分裂，或者发出新芽长出新枝；也就是说她要么牺牲自我，要么对男人"不忠"。除此之外，别无他途。在莎乐美看来，爱情只是风暴，只是彩虹，只是海市蜃楼，想把它固定在婚姻的框架中，并不现实，也不明智。陶斯克的出局早已注定，当莎乐美离开奥地利维也纳返回德国哥廷根时即已注定。十五年后，陶斯克历经战争磨难，成为精神分析专家，他终于如愿以偿，有了自己的诊所，有了心爱的女人（一位音乐家），但他在结婚的日子里，将脖子伸进窗帘的拉绳套，开枪自杀了。猝闻噩耗，莎乐美写信给弗洛伊德，感慨系之："可怜的陶斯克，我曾爱过他，认为了解他，却从未想过他会自杀。这种死亡的方式既是一种暴力行为，同时也是一个承受过巨大痛苦的人的最佳选择。"她此时已对生死洞若观火，并未使用人们惯用的那种怜悯痛惜的滥调。

第一次世界大战的残酷屠戮使莎乐美看清人类欲望中最卑劣最阴暗的一面——魔鬼一样的嗜血如狂。这不只是某个军事集团的罪责，而是人类全体的罪责。她在自己的文章中不止一次地表明她有"反对普遍犯罪的感情倾向"，因此她决定拿起精神分析疗法为患者服务。从1921年起，作为心理医生，莎乐美每天工作十小时以上，这大大超过了弗洛伊德忠告的极限，但她乐此不疲。她使不少身如槁木、心如死灰的病人重新燃起了生活的希望，这的确是非凡的功德。里尔克写完长篇小说《马耳他手记》后，痛感"肉体面临着堕为心智漫画的危险"，向莎乐美求救。她劝里尔克接受心理分析，但随后又劝阻了他，因为成功的分析有利有弊，它既可以驱走折磨艺术家的恶魔，也可能会吓跑那位附着在他心灵中的缪斯。

四、天才心灵的最佳舞伴

希尔·比耶尔回忆莎乐美，已值风烛残年，她眼神中仍闪烁出朝霞之光，他的描绘值得留意："她是一个与众不同的女人，人们立刻就会发觉这一点。她具有能够直接切入到他人思想世界深处的天赋，尤其是当她爱那个人时，她那巨大的精神专注力仿佛点燃了她爱人的精神之火……"莎乐美无疑是一位决定命运的女人，她天生具有一种本事，让命运老老实实地跟着她的节奏亦步亦趋。她不是那种紧跟在天才身后"拾麦穗"的安琪儿，她与天才并驾齐驱，甚至超越他们。这才是她奇特的地方。

"一半是贞洁的月光，一半是放荡的肉体"，克莱门斯对妹妹贝蒂娜·布伦塔诺所下的评语也适用于一生风流韵事不断的莎乐美。所不同的是，莎乐美比前者更有魔力，从世俗的角度去看，凡是爱过她的男人都没有幸福的结局，三位终身未娶（尼采、保尔·李、泽克曼），两位自杀身亡（保尔·李和陶斯克），这更证明了她的激情令那些男人蚀骨销魂，曾经沧海难为水。客观地说，其自然力所产生的风暴并非全是"毁人不倦"，还使那些天才的鹰翼得到强风的鼓荡，尼采的哲学和里尔克的诗歌中包含了许多由她激发出来的灵感，她将那些天才托举到更高的海拔。即使是号称"定海神针"的弗洛伊德，也险些被莎乐美的风暴卷走，她和煦的微风（友情）同样使那位精神分析学大师受益无穷。绝顶智慧的莎乐美堪称二十世纪欧洲不可多得的自由的女人和自足的女人，她是欧洲文化史上不可多得的亮点和奇迹，称她为尼采的"曙光"，里尔克的"圣母"，弗洛伊德的"吉兆"，可谓毫不夸张。身为天才心灵的最佳舞伴，她的表现无可挑剔。

爱伦·德尔普指出，她在莎乐美身上看到了饱满充实的人生所必备的三种激情：对爱情不可遏止的追求，对真理不可遏止的探寻，对人类苦难不可遏止的悲悯。正是这三种不可遏止的激情使她成为魅力无穷、个性独具的尤物，那些傲睨人间不可一世的天才便纷纷拜倒在她的石榴裙下，为她迷狂，为她痛苦。但希尔·比耶尔特意指出："莎乐美可以在精神上对一位天才全神贯注，却不能彻底与之融合。这或许是她生命中真正的悲剧。她渴望从自己强烈的个性中解放出来，却得不到拯救，从某种深层意义上说，莎乐美是一位未曾获救的女人。"这当然只是他的一面之词。在我看来，莎乐美享受了生命的自由，攀上了精神的高度，她就时刻掌握着获救的先机，她主宰了自己的心灵，就无须顶礼膜拜他人的上帝，那么，莎乐美还需要谁来拯救她？

及至晚年，莎乐美身患糖尿病，还因为胸部肿瘤切除了乳房，但她从未抱怨过什么，也从不接受别人的同情，她工作到了生命的最后一刻——1937年2月5日的夜晚。

石语者

　　艺术家的最高本领是化腐朽为神奇，其中最令人惊讶的是，雕塑家既能扮演魔法师，也能扮演造物主。他们具有不可思议的力量，能从黏土、木头、石块和青铜等材质的内部找寻到深藏不露的美妙的形体，并赋予那些冷冰冰的雕像和塑像以生命的气息。当雕塑家以赤裸裸的方式将青春、爱情、梦想、快乐、痛苦、悲伤诸元素和盘托出的时候，世人震惊了，也恐惧了，仿佛被施加了魔法，遭到了诅咒，异形异质的"生命"令人意乱心慌。

　　试想，当造物主亲手创造尽善尽美的生命时，竟不由自主地产生迷离的幻觉，雕塑家同样如堕梦境。希腊神话传说中的人物匹格美林（或译为皮格马利翁），一位极具审美眼光的塞浦路斯国王，竟狂热地爱上了自己雕刻的少女石像，天天亲吻她，抚摸她，拥抱她，精诚所至，金石为开，最终爱神阿弗洛狄忒大受感动，将那座石像从亘古未变的沉睡中唤醒，让她跟匹格美林结为伉俪。

　　表面看去，雕塑家是冷静节制的，米开朗琪罗的《夜》和罗丹的《思想者》都显现出这样的品质。然而实际上他们的内心是狂野不羁的，斗胆与造物主分庭抗礼的人只可能是疯子和狂人。无论是雕塑家嫉妒造物主化繁为简的功夫，还是雕塑家鬼斧神工的手艺为造物主所欣赏，在万丈悬崖上，那些自命不凡的"超人"必将一脚踏空。西班牙超现实主义画家和雕塑家萨尔多瓦·达利曾用七位美女搭成活体雕塑《骷髅》，深刻揭示了美色背面另有残酷的真相，比佛家《金刚经》中的警示"人生如梦幻泡影，如露亦如电"更令人触目惊心。1991年，爱尔兰雕塑家奎因用九品脱鲜血，凝固后制成自己的头像，他将这件惊世骇俗之作题名为《我》。这无疑是世间脆弱之至的"我"，只能小心翼翼地保存在低温的冰箱中，一旦温度上升，顷刻间，"我"就会化为一摊血液，回归乌有之境。若不是雕塑家参透生命的奥秘，如此震撼心灵的怪念头不可能产生。

雕塑家的幻觉扑朔迷离，他们勇于触犯禁忌。当杰出的女雕塑家卡米尔·克洛岱尔（1864—1943）终老于疯人院，那架悬挂在爱情和艺术两棵常青树上的秋千就如同上足了发条的钟摆，无休无止地荡来荡去，从远处（只会越来越远）观望的世人根本无法给出一个帮她安全着陆的理由。"罗丹的情人"，这不是她渴望获得的封号。她一生只犯过一次重大错误：迷恋她的天敌和克星——奥古斯特·罗丹，就受到了高于常人千万倍的惩罚。

一、自由大胆的野姑娘

在法国维尔纳夫广袤的原野上，卡米尔·克洛岱尔是自由的精灵，她纵情狂奔，尖叫，高歌，特别是在雷电交加、风雨咆哮的夜晚，她跑得更为欢快，因为大自然的狂暴恰好平衡了这位少女内心的狂暴，她"毫不在乎路旁张牙舞爪的树丛，在熟悉的小路上飞速奔跑起来，步伐坚定有力"。卡米尔的胆量大得出奇，她总喜欢随身携带一把寒光闪闪的小刀，同龄的男孩子都对她心存戒惧，如果谁敢去招惹她，冒犯她，她肯定会在他们身上留下可资纪念终生的伤疤。她走路大步流星，举止无拘无束，身上全然没有窈窕淑女应有的矜持。她的主要爱好，差不多是唯一的爱好，更令人吃惊，她喜欢用胶泥塑像！为了避人耳目，她出门去野外挖黏土，多半选在午夜时分。

"谁见过大姑娘成天撒野玩泥巴的？你这是在给弟弟保罗树立一个坏榜样！"

母亲的指责和抱怨终归无效，卡米尔有父亲为她撑腰。路易－普罗丝佩·克洛岱尔对长女卡米尔的期望甚至高于对儿子保罗的期望，他坚信卡米尔具有卓越的天才，她一定会成为杰出的雕塑家。

"女孩子成为雕塑家？真新鲜，我可从没听说过！"母亲不以为然。

"你很快就会听说的！"父亲相当乐观。

十六岁时，卡米尔已长成亭亭玉立的少女，她有一副绝代佳人的前额，一双紫罗兰色的眼睛，一张与其说富有性感，不如说傲气十足的大嘴，一簇披散至腰际的赤褐色秀发。那双深邃的蓝眼睛尤其显得与众不同，她的目光比狸猫更为警觉，比通灵者更为敏锐，比传说中的蛇怪更具有穿透力。

巴黎国立美术学校的教授阿尔弗雷德·布歇先生有幸第一个鉴赏卡米尔·克洛岱尔的作品《大卫与歌利亚》，他对天才少女的父亲说：

"这真是出人意料。所有部分对比鲜明，力量饱满。她具有创造生命的天赋。对于一位雕塑家而言，这一点至关紧要。她好像跟罗丹学过。……她应该去巴黎，马上就去。当然，您得拿主意。一个人单枪匹马地干，这份职业确实太艰苦了，男人都吃不消。关键的是，她必须为圈内的行家所承认，作品在沙龙里展出。我可以帮忙，但作用不大。……至于罗丹，兴许肯提携她……"

有人如此赏识爱女的天才，肯定爱女的技艺，卡米尔·克洛岱尔的父亲路易－普罗丝佩·克洛岱尔既感到欣慰，又感到骄傲。

二、"狮子"遇上了"龙卷风"

在巴尔扎克的长篇小说《幻灭》中，外省青年拉斯蒂涅（傅雷译作吕西安）发誓要征服巴黎。狂傲不羁的卡米尔·克洛岱尔同样志向远大，十八岁那年她来到花都，要征服的城市已被她践在脚下。谁说女人不能成为职业雕塑家？她要让他们大开眼界。男人没什么了不起，那个以《青铜时代》名声大噪的老家伙罗丹——他比卡米尔大二十四岁——也没什么了不起，在艺术的天地里，她不会向任何人示弱，更别说投诚。

尽管有阿尔弗雷德·布歇先生大力推荐，卡米尔·克洛岱尔仍被巴黎国立美术学校的雕塑室拒之门外，没人肯相信一位美貌颀颀的妙龄女郎会对那些脏兮兮的黏土和冷冰冰的石块持之以恒地保持兴趣。不错，她天资过人，艺术感觉出众，但她完全没必要自找罪受，与男人争吃雕塑这碗掺砂拌土的伙食。还是早点择人而嫁吧，那才是美女的正途。卡米尔·克洛岱尔从巴黎国立美术学校校长的办公室走出来，头顶热辣辣的阳光，她决心自立门户，无所依傍。

一位交际面狭窄、经济实力平平的黄毛丫头，要单枪匹马地蛮干，在巴黎的艺术圈中站稳脚跟，引起关注，谈何容易。但卡米尔天生就不缺乏绝境求生的勇气。最终，还是罗丹主动找上门来。他有饱满的前额，浓密的胡须，宽阔的胸膛，健壮的胳膊，一双鹰隼般犀利的眼睛，犹如米开朗琪罗从大理石中千辛万苦找到的先知摩西。罗丹欣赏卡米尔以弟弟保罗为模特塑造的《少年胸像》，对她的艺术才华赞不绝口。临别时，他邀请卡米尔去他的雕塑室工作。地址是：大学街"T"雕塑室，或大理石仓库"H"雕塑室。

造物主将美貌赐予卡米尔·克洛岱尔，显然是极大的浪费，她从不与脂粉香水和梳妆台打交道，从不穿华丽的服装。她总是衣衫不整，一头松散的长发乱蓬蓬的，里面常常落满灰屑。她就像一位自愿受虐的苦工，生活中的主要快乐竟然只源于石块和黏土！

"罗丹总是骑在良种牝马的身上……"

人人都这么说。那头强壮的雄狮有取之不尽、用之不竭的精力，工作室的女模特和上流社会的贵妇不断向他投怀送抱。过了四十岁，对于风流艳遇，罗丹还没有学会说"不"。工作室里的人都在暗地里猜测，谁将会是他的下一个猎物。

"这还用费神去猜？肯定是卡米尔·克洛岱尔小姐。"

两道雄狮的目光越来越频繁地着落在卡米尔的身上。她当然清楚危险正步步紧逼。烈火也同时在她的肉体深处燃烧，与之相抗争的理智已化为灰烬。在雕塑室里，在罗丹身边，"她感到自己的小腹在发热"，身上的衣服——沉重的大衣、衬裙、羊毛袜，还有压抑两只饱满乳房的胸罩——都已成为难以忍受的束缚。面对雄狮的迫近，究竟是像一头羚羊那样逃之夭夭，还是像一头母狮迎上前去？她毅然选择了后者。她渴望了解深藏在女人肉体里的欲望和智慧，并且运用它去征服一位天神样的男子。

是爱也好，是欲也罢，两头狮子的激情异常疯狂。从她的发髻后披散下满头发丝，"那些小发绺如同点点鬼火在飘动"，天性叛逆的女人肯定是狂野的女人，她的欲望是看不见涯岸的汪洋，他要泅渡过去，就让他泅渡吧，反正有足够的时间，等到他游不动时，恐怕已回头无岸。

卡米尔·克洛岱尔是奥古斯特·罗丹一百个情人中的一个，他无须想得太多，就朝着激情和欲望一个猛子扎了下去。她能供给他源源不绝的灵感，这是上天的恩赐。但他很快就意识到，在这个与众不同的女人面前，他并未处于理所当然的主宰地位，卡米尔的激情具有超过龙卷风的力量，能将他的肉体和心灵席卷一空，他异常健壮的手臂根本无法阻挡住那股漩涡中的逆流，他已经晕头转向。对此，罗丹感到了震惊和恐惧。

三、转瞬即逝的爱情

1888 年，在巴黎美术展览会上，卡米尔·克洛岱尔的石膏塑像《沙恭达罗》获得鼓励奖。这是她纯个人风格的作品，罗丹连手指尖都不曾碰触过一下。然而还是有人评论她不过是巧妙地模仿了罗丹的作品，仍有人不怀好意地说罗丹暗地里教会了她一切（包括性爱）。卡米尔的自尊心受到了深深地刺伤。

好在罗丹不是那种贪天功为己有的人，他耳闻众人的窃窃私语后，立刻站出来，当众澄清了事实：

"先生们，你们弄错了。卡米尔·克洛岱尔小姐曾经是我的学生，但是，她很快成为了我的合作者。我的理论最出色的实践者。……我对你们说这样一句话：我可能向她指出了可以找到黄金的地方，但是她所找到的黄金就蕴藏在她自家的花园里。"

"转瞬即逝的爱情"，多好的题目，多好的雕塑。它预示着什么？卡米尔·克洛岱尔要了解奥古斯特·罗丹的一切。他有一位美丽的姐姐玛丽亚，正是这位意志坚强的姐姐说服父母让弟弟学画。玛丽亚爱上了罗丹的同学巴努万，可是那位负心汉却弃她而去。她年纪轻轻就进了修道院，二十岁就撒手人寰。后来，罗丹去当了一段时间的神父，反而离上帝更远了。再后来，罗丹遇见了罗丝·伯雷，一位相当俗气也相当能干的姑娘，他糊里糊涂地与她同居。他当然略去了许多关键的细节，比如他和罗丝曾经共渡患难，穷得食不果腹，衣不蔽寒，生活在一个废弃的马厩里；罗丝在缝缝补补之余，为他搅拌石膏，计算账目，做模特儿，还为他生育了一个男孩。这就是为什么罗丹纵有一长串情人却迟迟不肯离开罗丝的根本原因。一句话，人总得有点良心。当狂热的爱情与冷静的良心发生冲突时，聪明的男主人公用"良心"做挡箭牌会更少受到舆论的谴责。"良心"是所有托词中最高尚的托词。

"你必须在我和罗丝之间做出抉择！"

罗丹在做他的美梦，自顾陶醉于田园诗般的浪漫，卡米尔·克洛岱尔却不愿扮演废墟里的鬼魂，更无法与另一个女人——尤其是像罗丝那样俗不可耐的女人——分享罗丹。她向自己的情人发出了最后的通牒。

"罗丝有病……我总不能像开除一位女用人那样开除她。"

"你不爱我？你不想娶我？"卡米尔步步紧逼。

"我尽可能找罗丝谈谈……"罗丹依然闪烁其词。

说到底，罗丹内心真正害怕的是丑闻。当年，在法国上层社会，名流贵胄私底下偷情没什么大不了的，人非圣贤，孰能无过？但由偷情而闹得满城风雨就不可原谅了，这种行为被视作公然破坏游戏规则和伦理道德，是往大家的脸上啐口水，必定招致众怒和公愤。可想而知，罗丹要是抛弃罗丝，罗丝可不是一盏省油的灯，她决不肯善罢甘休，卡米尔也同样寸步不让，寸土必争，她们之间的战斗即将掀起轩然大波。罗丹奋斗多年，好不容易才拥有现在的名誉地位，正稳步攀上事业的巅峰，大大小小的订单像雪片一样飞来，他与法国政界和文化界的高层人士交往密切。罗丹权衡再三，他可以爱卡米尔，也乐于承认她是他生命中"最亮的闪电"，但他不可能扮演悬崖撒手的情圣，更不愿沦为被上流社会唾弃的罪人。他拿捏得极准，以卡米尔的高傲，她会怒火冲天，但绝对不会滋事。

爱情是蒙在痛苦之上的那层薄薄的糖衣。自从二十岁开始，卡米尔就放下自己的创作，为罗丹做工人、模特、缪斯和性伴侣，一位天才给另一位天才当仆妇，一当就是好几年，整天苦干加巧干，劳累得腰酸背痛，精疲力竭。她栖身在罗丹的阴影之下，独立门户遥遥无期，与自由创作的初衷大相违背。这且不说，她还要忍受罗丝劈头盖脑地辱骂：

"不要脸的小偷！婊子！你成天撅起屁股以为自己是他唯一的女人。做梦吧，小野心家！小妖精！跟他睡觉是轻而易举，你要嫁给他，屁股撅得高过阿尔卑斯山也没用！"

就在卡米尔怒不可遏而又万念俱灰的时候，她怀孕了。罗丹是世间最好的雕塑家，他的手掌敏感之极，然而，他一再抚摸她赤裸的腹部，居然没有及时发现微妙的变化。在卡米尔看来，这既是对她肉体的漠视，也是对她爱情的忽略。她决心离开那头自私自利的雄狮，将腹中的胎儿送还造物主的怀中。

四、爱之深，则恨之切

两年后，罗丹夜间造访卡米尔的工作室，他们似乎尽弃前嫌，仍然紧紧地拥抱在一起，但一场火爆的争吵在所难免。他不让她开灯，而是用手去逐一抚摸她的作品，用心感受其非凡的创造力和表现力。

"你为什么不过来抚摸我？"卡米尔问道。

"请等等。"

"你怕我超越你吗？"

"不，不，也许怕你抄袭我吧。"

罗丹的姿态高高在上。他摸到了那尊巴尔扎克像，他怀里抱着一个女人，身旁还有一个女人半跪着向他乞取爱怜。顿时，罗丹勃然大怒，狂吼道：

"我告诉过你巴尔扎克带给我的麻烦。你把我弄得像被两个女人撕裂的没骨气的木偶！我不许你这样为所欲为！"

"我已赢得做我自己作品的权利，我本来就有这个权利！"

"如果你的作品是要丑化我，摧毁我，那你就得放弃！……把你的创意交给我。你与我没得比，你只是三流的雕塑家。"

"你为什么要这么恶狠狠地打击我？"卡米尔质问道。

"你为了雕塑太过争强好胜了……"

"你这是妒忌！"

"我做有生命的雕塑，不是死的。你轻视生命，只寻求痛苦。因痛苦而醉酒，你还创作痛苦。你把自己刻画得像个受害者，像个烈士！"罗丹反击道。

"说什么便宜话，要知道是你造成了我的痛苦。我为你拼死拼活地干，好让你有工夫去外面四处钻营，大搞公关活动。你经营三个工作室，有一群学徒由你呼来唤去，他们敲打石头，你只做些扫尾工作。请问，艺术家是这样工作的吗？"

"好啊，好啊！你终于变成了我最强悍的敌人。"

"我现在才体会到，我的青春，我的作品，我的一切，都被你偷走了。我希望从未遇见你，我情愿去一家疯人院！"

卡米尔的满腹怨气终于到了临界点，到了燃爆的时候，你说她歇斯底里也好，称她火山喷发也罢，她不愿再在罗丹面前委曲求全，低眉顺眼。正应验了那句话："爱之深，则恨之切。"她痛恨罗丹利用了她，辜负了她，耍弄了她。

五、闯入封闭的情欲世界

卡米尔流产之后，身心两方面度过了痛苦的恢复期，她搬到意大利大街113号，决心重新开始创作。既在意料之中，又在意料之外的是，她铸造了一座青铜的《罗丹胸像》，看过的同行都说她已经具备大师成熟的风格，在美术展览会上，卡米尔·克洛岱尔的新作引起了轰动。

"这座青铜像巧妙地运用了淡红和深绿相间的色调，从而突出了那位富有思想和情感的伟大雕塑家的形象。"

《罗丹胸像》博得好评如潮，卡米尔·克洛岱尔因此获得了"黑白银质纪念章"，被提名为国家艺术协会会员。巴黎所有的报纸都在谈论一桩国家订货，她很快就会收到订单。不难预料的是，各种各样的好运都将主动找上门来。

罗丹——这位宜解不宜结的冤家再次现身，他送给卡米尔一把火红的花边伞，撑开来就像一轮灼热的太阳。这一回，他收敛了高傲的心气，告诉卡米尔：她完全可以也绝对应该在自己的雕塑室里独立创作，他愿意随时伸出援手；他承认她是一流的雕塑家，一个和他势均力敌的雕塑家；离别的这段时间，他看见了一座敞开的地狱，他心烦意乱，无所事事；他想和她一块儿生活，打算娶她为妻，在她的父母和弟弟妹妹面前，在所有人面前相亲相爱。然而，他说这些话仍是心血来潮，空口许诺，毫无实际行动。生病的罗丝再次成为他懈怠和逃避的借口。

所幸卡米尔还有自己的创作，可以纾解体内的激情和欲望，可以宣泄心底的痛苦和悲愤。在绝望之中，卡米尔·克洛岱尔全身心投入雕塑中，《华尔兹》《克罗拉》《画家》和《城堡小女人》，她闯入了别人不敢靠近的禁区：一个遭到封闭的情欲世界。她以自己的身体为模特，借助大胆的姿势使凝固的雕塑充满肉欲的成分，这种越轨的表达令世人大为震惊，同时他们（包括罗丹）也感到害怕和羞愤，因为石像似乎在嘲弄世人的虚伪和软弱。很快，比预想的还要快，她的作品招来攻讦、诽谤和仇恨，她的创作动机受到质疑。罗丹也对旧情人的大胆僭越和挑衅感到气恼。

"一位女雕塑家怎么可以这样放纵无耻，蔑视艺术的最高准则？"

卡米尔·克洛岱尔的噩运降临了，她的胸像被人故意放置在展厅的出口处，在太阳下曝晒，蒙上厚厚的灰尘，结果被黑压压的人群踩得粉碎。她到底做错了什么？竟招致整个巴黎艺术界无情的摒弃，落到众叛亲离的境地，甚至连弟弟保罗，与卡米尔最为知心的诗人和外交家，也疏远了她，避之唯恐不及。

除了天才，卡米尔真的一无所有了。她收不到订单，只好变卖家具，变卖自己收藏的艺术品。当她迫不得已卖掉自己最珍爱的一幅莱罗尔的绘画时，她向这位好友解释道：

"……您会原谅我的，是不是？您了解所有陷入绝境、走投无路的艺术家的疯狂举动……"

还不能简单地断言卡米尔一无所有，因为她早年的幻觉又回来了，敲着得胜鼓，一群木偶在她眼前翩翩舞动，然后追逐她。卡米尔深夜跑向阒寂的长街，直到精疲力竭。

这位天才的女雕塑家患上了受迫害妄想症。

六、漂泊无依的公主

1905 年 11 月 14 日，模特阿斯兰遵约去见卡米尔，发现她迟迟不肯开门、吓得魂不附体。她告诉阿斯兰："昨天夜里，两个家伙企图撬开我的百叶窗，我认出了他们，是罗丹的两个意大利模特。他命令他们杀死我，我妨碍了他，他想让我销声匿迹。"话音刚落，她就晕厥倒地，不省人事。

卡米尔的怀疑也不是完全没有来由，她早就发现罗丹公然剽窃她的创意，然而谁也不肯为她撑腰，哪怕是说一句公道话。正是基于这种难以平息的义愤，她将猫粪寄给文化部长，扔石块砸碎罗丹家的窗户玻璃，断然拒绝十座罗丹胸像的订货，彻底剪断了对那头"雄狮"的最后一丝眷恋。这位被社会排斥和摒弃的天才女性将自己的内心世界訇然关闭了，里面只剩下黑暗和疯狂。她砸碎了雕塑室里自己全部的作品，斩断了与冷酷无情的世界发生联系的最后一根纽带。

1906 年 11 月 27 日凌晨 4 点，披头散发的卡米尔·克洛岱尔从她的住处跑出来，穿过大街，飞快地跑，像一道黑色的闪电，早年的活力又回到她身上。不知跑了多远的路，她的脚步渐渐地慢了下来，脚掌开始流血。她想回家，可是没有谁愿意帮助这位迷路的女人。他们用冷漠的眼光打量她，她的衣服十分肮脏，神情尤其怪异。

"一个女疯子！"

"一个流浪婆！"

在人世间，卡米尔是一位漂泊无依的公主，卓尔不凡的天才自始至终未能带给她足够的愉快。谁知道她的王国在哪儿？她从何处来？又到何处去？

1913 年春，卡米尔的父亲因病去世，她自觉辜负了他多年的殷切期望，内心深感愧疚，病情一发不可收拾，随即被家人送进埃维拉尔城精神病院。一位心灵奔放不羁的天才女性最终被一件束缚疯子的紧身衣牢牢地捆住了，她被剥夺了与人交谈的权利，更别说奔跑的自由。她"一没武器，二没诡计，三没伪装。仅有赤手空拳，别无其他。他们拿走了一切"。精神病院明确规定：不允许任何人拜访卡米尔·克洛岱尔小姐，有关她的消息不予公布。

1943年10月19日，三十年的活埋总算宣告结束，卡米尔·克洛岱尔走完了七十九度春秋的人生苦旅。多年后，她的墓地被当局征用，她留在人世间的痕迹被擦拭得干干净净。

然而一切并未就此完结。卡米尔·克洛岱尔就像一曲催人泪下的悲歌，刻录在时间的光盘上，永远也无法抹去其痕迹。当你面对罗丹的雕塑《转瞬即逝的爱情》《沉思》和《吻》时，当你面对卡米尔的作品《华尔兹》《克罗拉》《画家》和《城堡小女人》时，凝然不动的她并没有昏睡，这位不死不眠的精灵依然活现在艺术殿堂里。

"为什么两位天才艺术家的恋爱注定是一场悲剧？"

"为什么奥古斯特·罗丹不肯竭力保全与他的精神适相匹配的卡米尔·克洛岱尔？"

"卡米尔·克洛岱尔有美貌，有天赋，为什么造物主却要将自己的精心之作和得意之作当成敝屣，弃之不顾？"

无论你怎样神通广大，也休想找到这些问题的标准答案，因为你永远都找不到机会去盘问喜怒无常的命运女神。

瓶中美人

1932 年 10 月 27 日，西尔维娅·普拉斯出生于马萨诸塞州韦尔斯利镇。童年时，她随父母住在波士顿郊外的温思罗普，蓝天与大海是她最早的识字课本和启蒙老师。她父亲奥托·普拉斯是德国移民，波士顿大学的生物学教授，主要研究野蜂，出版了《大黄蜂及其生存方式》等专著。因为求医不当，奥托·普拉斯被锯掉一条伤腿，随即死于坏疽症。八岁丧父，这是西尔维娅生命中第一道大坎。当母亲将父亲的死讯告诉她时，她生气地说："我绝不再和上帝讲话了。"第二天放学回家，西尔维娅递给母亲一张已经草拟好的誓约，上面只有一句话，"我发誓绝不改嫁"，她逼迫母亲在上面签名。身为"被遗弃的孤儿"，西尔维娅对于童年丧父的痛感终生难以释怀，起始就不稳当的精神根基决定了她进入社会后在依从与叛逆之间找不到应有的平衡点。更危险的是，她成为了不可逆转的唯美主义者，不仅强求自身完美，还要求亲人和爱人完美。早在少女时代，她就喜欢像蜂刺一样扎入死亡主题，渴望与世界尽快割别（一刀两断），那种心情异常强烈。

一、恋父、憎父和弑父

西尔维娅有恋父情结，这几乎是无疑的，后来，她苦心钻研弗洛伊德的心理学，目的只有一个：解开这个越扣越紧的死疙瘩。在她的诗歌中，比鬼魅更难缠的意念始终都是成长与死亡。为了成长，老爸，我不得不"干掉"你这个专横的独裁者；为了拒绝整个社会的揠苗助长（花样翻新的摧残）和薰莸同器，我不得不自杀。这种既不甘心被异化，又不甘心被同化的念头，在妥协屈从的大众看来，显然是疯狂，不折不扣的疯狂。为了发泄自己的愤怒，西尔维娅将恶语的利箭射向父亲的"铜像"，《爸爸》一诗发出的嘶叫近乎绝望：

> 爸爸，我要杀死你。
> 我来不及动手你就死去——

《爸爸》的主题层层推进，有点像二战时期的德国装甲车，从尸体上冷酷地碾过去，碾得每一个字每一个词都血肉模糊，这首诗的尾句最为沉痛：

> 爸爸，爸爸，你这混蛋，我一切都完了。

在父权社会里，在男权社会里，"爸爸"成了强权的象征。西尔维娅的心灵艰于呼吸，表现出令人惊悚的受虐倾向，甚至写出了这样的诗句——"每个女人都仰慕法西斯主义者"。她的恋父情结、憎父情结和弑父情结，千头万绪，纠缠在一起，快刀也斩不断这团乱麻。

奥托·普拉斯死后，这个中产家庭失去了经济支柱，西尔维娅和哥哥沃伦又都还年少，母亲奥里莉亚同时干两份工作，更为辛劳。在早期日记中，西尔维娅对母亲抱有明显的敌意，而且与日俱增。毫无疑问，丧父和憎母是她心理疾患的根源。谁又能想到，这位心灵莫名痛楚的少女具有极大的遮蔽力和上升能量？在学校，西尔维娅是天之骄女，一朵美丽的校花，从未掉出优秀生的行列，她的生涯就是门门功课全"A"的生涯，获得各类奖学金简直如探囊取物。1950年至1955年，她就读于全美著名的女子学校——史密斯学院。那几年，从西尔维娅写给母亲的家书中不难看出，她的情绪相当飘忽：一方面，她渴望非同凡响的成功，为此不惜将自己的心弦绷得紧而又紧；另一方面，激情的追鞭狠狠地抽打她，心灵宛如马蹄一般奔驰在荒原上，预想中的海市蜃楼却迟迟不肯现身，为此她感到异常沮丧，饱受失眠之苦。

1953年，西尔维娅在纽约流行杂志《女士》编辑部实习，由于被哈佛大学的夏季诗人研修班拒之门外，精神一落千丈，回家后服用了过量的安眠药，泡在游泳池里，险些丧命。此事居然也有它的好处，给西尔维娅带来了众人的关心，使她初尝自杀的"甜蜜"。从少女时代开始，西尔维娅即强烈渴望功名和财富，这常常使她焦虑不安，自尊心持续陷入十面埋伏的险境，可以说，成长的苦闷贯穿了她的整个青春期。

西尔维娅相当早慧，从小喜欢童谣，认为自己也能写出同样美妙的东西。八岁半时，她的第一首诗发表于《波士顿旅行者报》，缪斯的偶然眷顾竟决定了她的命运。西尔维娅后来向BBC电台的记者彼特·沃尔承认这样一个事实：

"不写诗我恐怕没法活下去。在我眼中，它好像面包与水，或者某种绝对本质的东西。当我写好了一首诗或正在写一首诗的时候，我感到绝对充盈。完成一首诗后，你就会从一个诗人的工作状态急速下滑成一个诗人的休息状态，这是两种截然不同的状态。但我还是认为，写诗的实际经验绝对是一种妙不可言的经验。"

在这段话中，西尔维娅总共使用了三个"绝对"，她的生命只喜欢极端，各种各样的"相对"都不在她的考虑之列。很显然，西尔维娅·普拉斯不怕别人拿这样的问题来纠缠她：你怎么敢写？你怎么敢发表？你就不怕成为众矢之的？与其说是她选择了诗歌，倒不如说是诗歌选择了她。这位"养蜂人的女儿"，根本不在意蛙塘里此起彼伏的批评之声，这位有九条命的"拉撒路女士"，也绝不认为英语文学的全副重量能将她压成碎片，永无生还之机。她充分信任自己的天才，除此之外，她还能信任什么？她曾经预言："一个新的夏娃即将诞生！"她还以毋庸置疑的语气说道：

"我将喜爱这样称呼自己：这个女孩要成为上帝。"

二、遇到命中注定的克星

1955 年，西尔维娅从史密斯学院毕业，获得富布莱特奖学金，到英国剑桥大学纽汉姆学院进修一年。在那里，她遇到了她的"巨神"、理想的情人、命中注定的克星——未来的英国桂冠诗人特德·休斯（Ted Hughes）。他比她大两岁，是主修英文和人类学的硕士生，大个子，皮肤黝黑，脸庞就像南太平洋复活节岛上的石像，充满刀劈斧削的阳刚之气。休斯给她的第一印象颇为奇特，他的身体像个"木头支架"，显得有点笨拙，可是手指修长，相当灵活，仿佛能跳芭蕾舞，最关键的是那张脸，犹如"一个紧绷绷的欢乐球"。他那充沛的激情与活力使他成为优秀的"捕兔者"，除非是性冷淡的女子，否则，一旦被他盯上，就休想挣脱，最终的结果只有一个，成为他的俘虏，登上他的"贼床"。

翌年二月，在《圣巴托尔夫评论》杂志举行的晚会上，两位年轻的天才不期而遇。当时，特德·休斯已有女友，名叫雪莉·埃德蒙兹，是剑桥大学纽汉姆学院英文系二年级学生；西尔维娅·普拉斯也有男友，名叫理查德·萨松，住在"双城记"中的另一城巴黎。但这样的局面并不妨碍西尔维娅与特德一见钟情，双双坠入爱河。那天晚上，西尔维娅的两个棕色小瞳仁宛如亮晶晶的宝石，身上还闪耀出蓝色的光环，松散的金色长发覆盖住半边脸，遮蔽了那道两年前自杀时留下的伤疤，健康的沙滩皮肤，丰满的非洲人嘴唇，修长的玉腿，酽酽的笑意，浓浓的口红，西尔维娅·普拉斯，这位美国美人，比铁扇公主更能煽沸特德·休斯的激情，以至于他撇开女友雪莉·埃德蒙兹，与西尔维娅躲到后面的房间里，拉开通往"新大陆"的爱情序幕。西尔维娅在日记中用滚烫的文字描述道：

> 我踮着脚，他踩踏着地板，然后他拼命吻我的嘴唇，扯下了我的发带……他吻我的颈子时，我长时间狠狠地咬住他的面颊。当我们走出房间，血淌在他的脸上。

这场爱情始于"刺刀见红"，堪称疯狂。雪莉一怒之下离开了特德，西尔维娅呢，在日记中承认，两人做爱时，特德给她留下了雄伟的印象，"我已极端地坠入爱情里，这只能导致严重的伤害，我遇到了世界上最强壮的男人，最硕大最健康的亚当，他有着神一般雷电的声音"。尽管如此畅意开心，翌日，她却不辞而别，前往花都巴黎，去寻找理查德·萨松，那位退避三舍的旧情人，领略被他厌弃的滋味。可想而知，特德·休斯感到何等失望和痛苦，"我只不过是她的临时替代品"，这个问题困扰了这位"天神"很长时间。

在此期间，特德·休斯通过了另一场高难度的考试，在慈善机构一间名为"亚历山德拉屋"的施粥所，他与一位可爱的离婚女子同居了一个月，几乎夜夜一丝不挂，却绝对没有做过哪怕一次爱，他还经受住了另一位漂亮女孩的引诱，同样隐忍未发。他能做到"春风不度玉门关"，只有一个原因，心里惦记着西尔维娅·普拉斯。亚当忠实于夏娃，就这么简单？特德·休斯用《生日信札》中的《忠实》一诗做了如下的总结："……我专注于你，／因此紧紧偎依在你上面，如此销魂，／除你之外，其余都迟钝。"那时，他忠实于西尔维娅·普拉斯，就是忠实于自己的心灵。

相识之后，没有过渡期，完全是热恋的节奏。四个月很快就过去了，1956年的"布卢姆日"（6月16日），他们在伦敦圣乔治教堂草草成婚，没有男女傧相，双方的家长也只有西尔维娅的母亲到场。简短的仪式结束之后，西尔维娅·普拉斯高兴得泪流满面，特德·休斯也得到了"一株水淋淋的丁香"，无论从哪个方面说，美与俊的结合都堪称天作之合。难能可贵啊！兰心蕙质、才思敏捷的美女，居然肯做宜室宜家的贤妻。西尔维娅·普拉斯以其慧眼挑选出特德·休斯的作品，将它们寄去参加一些重要的诗歌竞赛，助他赢得响亮的名声。尽管她对英国的看法——"部分是老人院，部分是陈尸所"——很糟糕，也很少有几个英国现代诗人能入她的法眼，但她热爱特德·休斯的作品，表现出毫不作伪的全身心的热忱，与此相应的是，特德·休斯也认定西尔维娅·普拉斯具有超凡的潜质，蛰睡在她体内的天才即将醒来。

婚姻的容器太狭小，诗人的天性太浪漫，何况一局婚姻中拘囚着两位天才诗人。他们必须面对一个避无可避的问题："彼此应该忠实于契约？还是忠实于心灵？"答案无疑是忠实于心灵，但他们的心灵变幻如虹。

三、"蜂王"背叛了"蜂后"

婚后的头两年可能是西尔维娅一生中最快乐的日子，一切都很祥和，蜜月期间，他们去了西班牙南部的小村庄贝尼多姆，西尔维娅热心于画画，休斯则坐在她近旁专心写作，几个小时总能过得充实而平静。但天才的诗人与理想的丈夫不可能无缝对接：他不修边幅，不理家政，而且好酒贪杯，喜怒无常。更要命的还有一点，他是不折不扣的登徒子，其天然的吸引力就像糖块吸引蚂蚁那样，能随时随地吸引年轻风骚的女人，那些"林泽仙子"个个对他虎视眈眈，馋涎欲滴。特德·休斯所到之处，少妇们自然而然向他投来好奇和嘉许的目光，他能够使她们瞬间记起"爱情"这个尘封的词眼，记起曾经享受过的最疯狂的性爱。尽管她们与这位高大英俊的男人只是萍水相逢，并不知道他是何方神圣，但他浑身散发出奇异无比的男性荷尔蒙气息，只有古希腊神话传说中那位万能的主神宙斯具备这样的勾魂魔力，他勾引女人简直比渔民用拖网捕鱼还要容易得多。女记者埃玛·泰南特在《爱恋特德》一文中自曝露水情缘，那显然不是孤立的个案。特德·休斯不可能像灰雁那样忠实于自己的第一个配偶，这原本就在意料之中。西尔维娅·普拉斯怀疑丈夫与人通奸，这种日益强烈的疑虑并未随着两位安琪儿的相继降临（女儿弗莉达·瑞贝卡生于 1960 年，儿子尼古拉斯·法瑞尔生于 1962 年）而有所减少。由于精神高度紧张和抑郁，疯狂的前奏出现了，她一开口就无法停住抱怨，一有钱就随手花光，特德·休斯仿佛一个遭到诅咒的人，他躲开她，去找寻乐子，而找寻某些乐子根本不费工夫。

早年，西尔维娅·普拉斯自称为"养蜂人的女儿"，特德·休斯也封她为"蜜蜂修道院的院长"，后来，她又多次在诗作中自比为衰老的"蜂后"。蜂群仿佛人类早期的母系氏族，雌性的蜂后是至高无上的统治者，雄蜂与她交配即意味着死亡。蜂后的竞争对手是那些处女蜂，当她体力衰弱，地位必然岌岌可危，最强壮的处女蜂随时都可能发出致命一击，成功地取而代之。还不到"七年之痒"的期限，婚后六年，西尔维娅的雷达上就捕捉到了情敌的踪影——加拿大诗人大卫·魏韦尔的妻子阿西娅·古特曼·魏韦尔，来者不善，已直接威胁到她的名分。初次见面时，阿西娅帮西尔维娅在洋葱地里清除杂草，两人亲切聊天，谁能料到她们将会因为一个男人而势不两立，最终又归于同一宿命？特德·休斯这回比偷嘴的馋猫走得更远，他移情别恋，与阿西娅公开同居。西尔维娅被嫉妒的鳄鱼大嘴咬啮和吞噬着，躺卧在公寓里发高烧，精神再度濒临崩溃，母亲邀她回家居住，但她的自尊心还要硬撑，她说："我一旦开始了奔跑，就不会停下来。我这一辈子都要听到特德的消息，他的成功，他的天才得到承认。"她还告诉母亲："有段时间我拿不出勇气见你。在我还没获致新生活之前，我再也无法面对你。"在分手后的那个寒冬，他们本来有一次黄金机会可以讲和，西尔维娅从德文郡乡下赶到伦敦与特德对话，打算消除旧日的积怨，一切重新来过。然而不巧的是，她翻阅莎士比亚戏剧集时，无意间从扉页上看到了阿西娅的题词，顿时怒火攻心，拂袖而去。

四、"最后的杰作"

1962 年 9 月，西尔维娅与特德从爱尔兰旅行归来，面对的已是婚姻的废墟。分居不算是最差的结局，休斯将共有的储蓄全部留给了西尔维娅和两个孩子。她充分利用自己生命中最后的秋天和冬天，做完了一生一世的事情：写成第二部诗集《爱丽尔》中最重要的四十首诗作，将父亲、母亲和丈夫放在笔下反复拷问。巅峰的状态、旺盛无比的创造力，一度使西尔维娅变得开朗、雀跃而且充满信心。清晨四点到八点，她以冲刺的速度进入缪斯的花园，采撷一枝带露的玫瑰——"每天早饭前写一首诗"，而那些诗——《蜜蜂会议》《针刺》《爸爸》《拉撒路女士》《爱丽尔》《死亡与商号》《尼克与烛台》《黑夜的舞蹈》——堪称英文诗歌中的稀世奇珍，为她赢得了身后不朽的声名。

1963 年 2 月 11 日，伦敦寒冷的早晨，西尔维娅·普拉斯陷入比沼泽更可怕的抑郁症，她扔下自己使用了多年的那支谢弗牌钢笔，毅然打开煤气罐的阀门。这一次，她"绝不再"（西尔维娅常用的口头禅）允许自己有失败的记录。你很难确定她此刻为什么要自杀，究竟是因为特德·休斯背叛了她的爱情，还是因为精神苦闷，经济拮据？或者只为了要完成"最后的杰作"？她一直将死亡视为最后的诗篇，最后的艺术，视为天鹅之歌，很少有人能够真正明白，西尔维娅，这位已臻于完美的女子，死去时脸上为何带着大功告成的微笑。

一生真伪有谁知？西尔维娅·普拉斯承认自己是那种拥有许多面具的女人，特德·休斯在西尔维娅·普拉斯日记的前言中也对此做了证实："虽然六年中我每天和她在一起，每次离开她很少超过两三个钟头，但我从不知道她对任何人显露过她真正的自我。"在她身上有一个本真的自我和一个诗化的自我，还有另一个深深藏匿的自我，完全不为人知，甚至连特德·休斯——她亲爱的夫君——在最逼近的距离（零距离、负距离）内，也未曾见到过她缥缈的惊鸿之影。她的日记所展现的是一个耀眼的、令人发狂的、自相矛盾的、碎片一样难以粘合的女人。不过，它也显影了一些鲜为人知的实情，比如她的精神狂躁与严重的月经前不快症有密不可分的关系。

有些传记确凿无疑地写到，西尔维娅为自己死后才出版的诗集《爱丽尔》认真排列过目录顺序，开卷诗是《晨歌》，压轴诗是《饲养蜜蜂过冬》。全书第一个词是"爱"（Love），"爱情驱使你像一只迟钝的金表在走动"；最后一个词是"春"（Spring），"蜜蜂在飞舞，它们体味出了春天"。然而她自杀后，特德·休斯将原定的目录序列打乱了，结果整体的意义也随之起了微妙的变化。特德·休斯这么做的个人动机是什么？他有意让世人误解自杀的妻子——认为她是一位彻底掉入了精神黑洞的女诗人？

西尔维娅·普拉斯自杀后，英、美两国的新闻媒体都视她为愤怒的烈女，特德·休斯呢？则难逃男性迫害者的干系，尤其是一些女性主义者，对他不依不饶，向他发出了措辞激烈的谴责之声。女诗人罗宾·摩根在《提问》一诗中，指着休斯的鼻子控告他是杀死西尔维娅的凶手。还有人做出更极端的事情，前后六次将西尔维娅·普拉斯墓碑上的夫姓"休斯"刮去，还挖掉他在墓地四周种植的水仙花球茎。特德·休斯抛妻弃雏，违背道德良心，难免为千夫所指，一系列被翻寻出来的证据对他更加不利，无一不雄辩地证明：特德·休斯——这个代表男性美的"巨神"——是不折不扣的风流鬼，是恐怖的蓝胡子，是喜欢吞噬女艺术家生命的残忍恶魔，美女只不过是他网中的猎物和盘中的食物。1969 年，特德·休斯的第二位妻子、昔日鸠占鹊巢的阿西娅·古特曼·魏韦尔，竟然也选择了与西尔维娅完全相同的方式（打开煤气阀）自杀身亡，并且亲手杀死了她与特德·休斯所生的女儿苏拉。在第三任妻子卡罗尔·奥尔加德出现之前，特德·休斯所交的两位女友均给了他相当厉害的下马威。第一个女友纵火焚烧了他在伦敦北部的住所，由于潮湿的缘故，只烧掉房屋的中间部分，但他的证件、所写的作品和许多坛坛罐罐均遭厄运。第二个女友则喜欢动不动就报警，控告休斯是"约克郡杀人碎尸犯"和"高速公路疯狂杀手"，因此他在回家或离家时经常遭到警察的盘问甚至逮捕。所幸这种苦日子不算长，1970 年，休斯与温柔贤淑的卡罗尔·奥尔加德结婚，身为继母，她对特德与西尔维娅所生的两个儿女无比慈爱，视如己出。

几乎是在最后关头，在逝世前的几个月，特德·休斯发表了诗集《生日信札》，向世人表明他一直深深爱怜年轻时的情侣和娇妻西尔维娅·普拉斯，理解她扭曲而痛苦的心灵，每年 10 月 27 日（西尔维娅的生辰）他都为她写诗，缅怀往昔的悲欢苦乐。这八十八首诗感情丰沛而真挚，满怀创巨痛深的坦率。与其说人们原谅了这位老诗人，毋宁说人们相信了这位老诗人，他打破长期的沉默，在风烛残年已无须作伪。

1998 年 10 月 28 日（西尔维娅生辰的第二天），六十八岁的特德·休斯死于癌症。

五、"死是一门艺术"

二战结束后的十年间，欧美诗坛沉寂冷落，古老学院暮色苍茫，青年人被命名为"沉默的一代"。他们从沉默中爆发只是迟早的事情。1955年，美国诗人艾伦·金斯堡在旧金山六号画廊当众脱得一丝不挂，跳上桌子朗诵他的长诗《嚎叫》，引发一波狂热的模仿秀。多米诺骨牌倒下了第一块，就必然发生连锁反应。罡风吹起来，道德的假面被刮掉，革命性的暴力姿态给学院派固有的陈腐诗风一记又一记响亮的耳光。1959年，从内部颠覆学院派的美国诗人罗伯特·洛威尔出版他的诗文集《生命探索》（Life Study），撕下温文尔雅的面纱，以惊人的袒露将传统诗人羞于启齿的个人体验和内心阴暗面（酗酒、吸毒、自杀、性变态、精神疾患）展露无遗，这些特殊的、隐私的、禁忌的、令人不寒而栗的主题恰恰是属于美国社会的典型主题，由此掀起了整个诗坛的自白热，罗伯特·洛威尔的得意弟子西尔维娅·普拉斯以其天纵诗才成为了自白派的先锋主将。

法国存在主义大师加缪在其惊世骇俗的论著《西西弗斯神话》中开宗名义："真正严肃的哲学问题只有一个：自杀。判断生活是否值得经历，这本身就是在回答哲学的根本问题。"哲学家视死如归，诗人更不在话下。二十岁时，西尔维娅·普拉斯就尝到了自杀的痛感和快感，远胜过初夜的体验，她抓住母亲的手叫道：

"这个世界太腐败了！我想要死！让我们一起死吧！"

后来，她的悟性更高，竟然以《圣经·新约》中被基督点醒的女子拉撒路自况。视生命为死神手中的作品——高价的纯金宝贝，肉体算什么？只不过是一堆糟粕。于是，这位笑盈盈的女士，年仅三十岁，却自以为有九条命，她渴望像猫一样死而复生。西尔维娅在《拉撒路女士》一诗中欢叫道：

> 死
> 是一门艺术，所有的的东西都如此，
> 我要使之分外精彩。

身着黑袍的绅士（死神）不再狰狞可怕，他比一位热衷于巡回画展的艺术家更令人感到亲切。在另一首诗《高烧103°》里，西尔维娅的精神触须在"纯洁"和"爱"这两个最容易幻灭的主题间游移，她决定将女人肉体上的屈辱感、沦落感和情爱上的极度困惑当众考量。在西尔维娅看来，"每一个女人都是妓女"（《莱丝奥丝》），心灵中的不洁和"罪恶"需要一把通天大火——华氏 103° 的地狱之火——来焚烧。最终的解药只可能是死亡，主动的死亡——自杀——更是解药中的极品灵丹。

自白派的另一位重要女诗人安妮·塞克斯顿曾与西尔维娅讨论解决之道，她说：

> 自杀，是和诗歌同等重要的，西尔维娅和我经常讨论这个话题。……死让我们感到，在那一瞬间我们更加真实……我们讨论死亡就像这是我们注定的生活，不以我们的意志为转移。……我知道这种对死亡的迷恋听起来十分荒唐，而且不会得到人们的理解。

在个性至上的诗人看来，生使人陷于无聊的集体游戏而不能自拔，唯有死才能使之与世人断绝联系，将社会的"债务"彻底清空。

西尔维娅·普拉斯渴望从事与写诗南辕北辙的另一种职业，穿上白大褂，全身净洁，看孩子出世，看尸体解剖，这一切都令她深度着迷。但要做一位出色的医生，就必须遵循许多规矩，几乎每个细节都不容有失，还必须经常与血污打交道，面对这种情形，她又难以忍受。因此，做医生，她也就是想想而已。应该承认，她是一位天生的诗人，纤纤玉手缝合、修补的"百衲衣"只可能是诗歌。西尔维娅·普拉斯反对温文尔雅和装腔作势，反对揽镜自照和顾影自怜，不能忍受那种扼制人性的力量摆布她。她相信一个人应该能够控制并支配最可怕的经验（如疯狂、受虐），而且应该能够凭借明朗与聪慧驾驭它们。但她内心深藏着另一个愿望：以自杀的方式赤裸裸地体验死亡，哪怕一生只有最完美的一次。

在自杀身亡前一个月，西尔维娅·普拉斯以笔名维多利亚·卢卡斯出版了自传体小说《钟形罩》，她揭示了一个精神崩溃、濒临死亡的女主人公在大学时代心理上的诸多阴暗面，对大都会，对平庸的生活，对常规的爱情，对一切的一切，她都感到无聊、郁闷和绝望。故事的背景是冷战时期的纽约，那个酷热的夏天，中央情报局指控罗森伯格为苏联间谍，将他送上了电椅。与此同时，西尔维娅也因为精神错乱接受了电休克治疗，那种从天堂跌落到地狱的感觉，并不比罗森伯格坐电椅更美妙。"钟形罩"，作为全书的核心意象，它既是一件实物——指主人公埃丝特在医院看到的浸泡死婴的大玻璃瓶，又是一个暗喻——社会整体就是这样一尊令人窒息的大瓶子，具备独立个性的灵魂必然遭到扼杀。这既是命运的判决，也是社会的判决。西尔维娅挖掘并且拓展了"女性受限制"这个主题，因此《钟形罩》成为适逢其时的女性主义者的流行读本。

发生在西尔维娅身上的周期性心理悲剧，也在同时代许多知识女性那儿得到了狂热的回应，甚至是原版复制，从内容到形式都很少走形。让自己成为生命的主宰者，这是一种至尊无上的巅峰体验，是在面临深渊的崖岸之间走钢丝，是精神世界的高空蹦极，它比过量吸食毒品还要危险。许多文艺天才所追求的异端感觉，逼近甚至逾越了疯狂的界碑，他们就这样义无反顾地踏上了不归路。诚如西尔维娅在《钟形罩》中所说的那样——"一起呕吐过的人最容易结为知交"，自白派的另一位女诗人安妮·塞克斯顿长得很美，与西尔维娅·普拉斯既是同窗（1959年，她们一同上过由罗伯特·洛威尔主持的波士顿大学诗人研修班），又是麦克林精神病院的病友。安妮是一位极其敏感的女诗人，经历过精神崩溃，因此她的诗作具有非同寻常的令人惊讶的心理深度，这正是西尔维娅激赏安妮的主要原因。

1974年10月3日，"自杀专家"安妮·塞克斯顿步西尔维娅·普拉斯的后尘自杀身亡。在此之前的1972年1月7日，自白派的另一位重要诗人约翰·伯里曼也以自杀的方式结束了生命。古今中外的诗歌流派很多，但像自白派这样四位主将竟有三人自杀的情形可谓旷古未闻。

西尔维娅·普拉斯才貌出众，她在自我格斗的紧张状态中度过了短暂的一生。她是一位欲望满满的诗人，具有远比常人更丰富更炽烈的情爱，为此她经常将自己逼入绝境，鞭打得精疲力竭，遍体鳞伤，一点也没有要怜惜自己的意思。她被公认为现代世界英语作家中最具才华的诗人之一，她的诗句恰似从她的神经末梢奔涌而出的电流，使读者的心灵受到猝不及防的冲击。她身后的哀荣——获得美国普利策诗歌奖，所有遗著（包括日记）都长期热读，获得狂捧——或许这可以告慰她的在天之灵。她的诗集《爱丽儿》以其持久不衰的魅力征服了欧、美文学界，成为二十世纪最具魔性的英文诗集。

读西尔维娅·普拉斯的诗歌，你可以了解自己的神经强度，测试自己的心理深度，丈量自己的梦想宽度。如果你不仅没有受到惊吓，而且还被她手术刀一样锋利的诗句拨动了心弦，甚至响起如诉如慕的旋律，那么祝贺你能轻松越过"防鲨网"，在人生的苦海中美美地冲浪。我可以断定，第一时间，你将牢牢记住《拉撒路女士》中气势凌人的诗句——

上帝先生，魔王先生
当心啊，
当心。

从灰烬中，
我会披着红发超生，
并且像呼吸空气一样吞吃活人。

墓地红莓

1919 年秋天，二十七岁的前苏联女诗人玛丽娜·茨维塔耶娃（1892—1941）从痛苦生活的泥潭中暂时拔足，坐在宁静的书桌前。此刻，她的心灵不再被面包、黄油、土豆占据，不再被生死不明的丈夫和无精打采的女儿占据，不再被四面八方震耳欲聋的政治喇叭占据，而是被死神巨幅的袍袖、诗歌凌空的飞翼、岁月诡异的笑脸一一占领。她以手支颐，眺望青空，幻想一百年后仍然有热爱她的隔世知己在冷冷清清的墓地里寻寻觅觅——

作为一个命定长逝的人，
我把我的肺腑之言亲笔
写给在我辞世一百年后
降临人间的你：

朋友！不要把我寻觅！时移俗易！
即使是老迈的长者也会把我忘记。
我够不着吻你！只能隔着忘川
伸过去我的手臂。

她幻想着那位风尘仆仆的寻访者是一位多情多义的男士，他的明眸宛若两团篝火，不仅能照耀她的坟茔，还能照彻整座地狱。她手中的诗稿几乎变成了一抔尘土，但在那位寻寻觅觅的神秘男士眼中，她不仅活在百年前，而且比那些浓妆艳抹的女子更为真切鲜明地活在此时此刻。

说不说呢？——我说！人生本是一种假定。

> 如今在客人当中你对我最富情意，
> 你会拒绝所有情人中的天姿国色——
> 为了伊人的玉骨冰肌。

人生得一知己足矣，哪怕岁月寸寸成灰，墓地人迹罕至，寻访者的脚步姗姗来迟。毕竟他来了，来了就值得惊喜。

世间吟咏爱情和死亡的诗歌不计其数，女诗人玛丽娜·茨维塔耶娃的《致一百年过后的你》绝对不是最为悲伤的那首，但肯定是最为凄美的那首，等齐生死，超越时空，这样的爱恋，只有极其浪漫的心灵才能感应。

> 越过所有世界，越过所有边疆，
> 在所有道路的尽头，
> 有永恒的两人——永远——无法相逢。

这是大孤独者的告白，也是大热爱者的告白。暗夜比狮爪更凶，却扑灭不了一豆萤火；寂寞比鲸口更阔，却吞噬不了一颗诗心。

"我深知一百年过后人们将会多么爱我！"

玛丽娜·茨维塔耶娃生前长期疏远和规避主流话语，被摈斥在政治的高墙之外，沦为百分之百的边缘人物，尽管生前也出版过几部诗集（《里程碑》《篝火》《少女沙皇》《卡扎诺娃之死》《房间的企图》），发表过一些零散的作品，却只有为数不多的人知道她，欣赏她，可说是默默无闻。但她从未丧失自信，时间将偿还给受屈者被剥夺的公平，令人陶醉的诗歌终将重见天日，获得读者的青睐，不再在书店里饱食尘埃。

一、"我是一个完全被遗弃的人！"

1917 年前后，玛丽娜·茨维塔耶娃经历了谈之色变的饥馑岁月。

她丈夫谢尔盖·埃夫隆，一位比她小两岁的美男子，自打参加白卫军后就杳无音讯，生死未卜，一度传闻他已被枪杀。他留给她的只有两个女儿——阿利娅和伊琳娜。战争期间，每个人都必须抖擞全部勇气，与命运开战，尽管胜机微乎其微。

陷身于蛛网的蛾子为生存而挣扎，景象是惨烈的，诗人有何不同？为了活着，玛丽娜把家什都变卖了，包括收藏在棺材里的老母亲的画像（并非出自名家手笔）。为了锯开一些生火的木柴，她把衣服弄出了一个破洞，大家都觉得怪可惜的，他们可惜的是她的衣服，而不是她为了锯开木柴而耗费的写诗的时间。大多数女子看到生活艰难就赶紧嫁人，纷纷拜倒甚至匍匐在市侩脚下，还有一些女子，改嫁更富有的丈夫。她妹妹阿霞（阿纳斯塔西娅·茨维塔耶娃，散文作家）遇到了同样的考验，一个腰缠万贯的鞑靼人以为有机可乘，对阿霞说："你干吗非要折磨自己呢？饿着肚子走到德国侨民的窗下，拿最后的几件上衣和连衣裙换牛奶养育儿子！何苦呢？晚上来吧，你和你的孩子什么都会有——有连衣裙，有鸡蛋，有肉，有牛奶……"他的"善意"遭到了阿霞的严词拒绝。

"我是一个完全被遗弃的人！"

这句话发自玛丽娜·茨维塔耶娃的灵魂深处，几乎是不假思索，脱口而出。她烦恼，苦闷，忧伤，怒不可遏，却又无可奈何。小女儿伊琳娜因为饥饿死于保育院，大女儿阿利娅高烧40.7度，两个都救——她做不到，阿利娅结实些，活下来了。令她痛苦和内疚的是，她甚至都抽不出身去给小女儿伊琳娜送葬。在供给最为困难的时期，吃上面包就是快乐，吃上黄油就是成就。茨维塔耶娃好不容易弄到了一份苏联科学院的口粮，她对病恹恹的阿利娅说："吃，别要滑头。你得明白，我从两个中救下你一个。……我选择了你……你是牺牲伊琳娜活下来的。"

俄罗斯的文学之所以犀利，是因为俄罗斯人的心灵异常敏感？俄国的冬季特别漫长，北风狂啸、大雪纷飞的严冬确实最适合阅读、畅谈和冥想。玛丽娜·茨维塔耶娃忍受着内心一波波寒战，在朋友的客厅，或是面对阿霞，朗诵自己的诗作：

> 你好啊！我不是箭，不是石头！
> ——我是最活泼的女人。

玛丽娜·茨维塔耶娃不能萎靡，她要尽可能地乐观，否则就会无声无息地死去。

二、流了几加仑泪水

多年后，阿霞的耳畔还时常响起姐姐玛丽娜的那句口头禅：

"这样的小事情！"

玛丽娜·茨维塔耶娃出身于贵族和书香门第，生性孤洁、高傲，最瞧不起庸俗和委琐。她不仅是写诗的天才，而且具有绘画的天赋。她说话时嗓门高，词锋犀利，语速快，声音尖脆。她剪着当时少见的短发，手腕上佩戴一对宽大的银手镯，气韵非凡，引人注目。

与茨维塔耶娃同时代的诗人曼德尔斯塔姆，是一位不折不扣的"病大虫"，简直比沙皇还要高傲。1919 年，他在白卫军的牢房中用十分强硬的语气对狱吏说：

"你们得放我出去，我生来就不是蹲监狱的！"

这是最典型的诗人口吻，命运却从未给予过诗人特殊的豁免权。诗人生来就是要受苦的，受更多的苦，遭更大的罪，正如耶稣一样，当然不是因为某些不足挂齿的"小事情"，诗人有更高尚的理由，比如爱。

"一生中，我在诗歌里把自己——分赠给了所有的人。"

玛丽娜·茨维塔耶娃爱她的丈夫——谢尔盖·埃夫隆，那位具有"受难之美"的男人，身患痼疾的男人，很少负起责任的男人。她的爱近乎狂热。

> 我在青石板上书写，
> 在褪色的扇面上勾勒，
> 在河边和海岸的沙滩上描画，
> 用冰刀在冰上，用戒指在玻璃上铭刻，
> 在经历过千百个严冬的树干上镌雕……
> 最后——为了让天下人都知道——
> 你为我所爱！为我所爱！为我所爱！
> 　　　　　　为我所爱！
> 我大书特书——挥洒经天的虹彩。

这首诗写于 1920 年 5 月。很难想象，贫病交加的玛丽娜·茨维塔耶娃，心中依然燃烧着一团爱情的烈火，她不能确定自己是不是遗孀，是不是寡妇，是不是未亡人，而遗孀、寡妇、未亡人都是相同的角色，相同的身份。

诗歌是一种选择，但不是唯一的选择，那么爱情呢？丈夫生死未卜，玛丽娜·茨维塔耶娃在思念他的同时还会爱上别人？对此妹妹阿霞不能理解，更不能相信，在她眼中，那位比姐姐大二十三岁的戏剧活动家沃尔康斯基给她的印象糟糕透顶："他是个高个子，头发半白半黑，我从他身上认出的唯一的东西，乃是狗类的一个'品种'，而且这就是全部。我的意思再明白不过了，他有智慧、体面和教养，可是，温情、灵魂和良知又在哪里？"这当然只是旁观者的质疑，身为当局者，玛丽娜·茨维塔耶娃倾慕他的风度，愿意付出辛劳，为他誊抄著作的手稿（沃尔康斯基的代表作《祖国》），将组诗《学生》和《手艺》奉献给他。"她每次与沃尔康斯基幽会，好像是要躲进诗情画意的密枝簇叶编织而成的窝棚，逃避对谢廖沙（谢尔盖的昵称）的、咬啮着自己的思念。……这种痛苦的思念时时刻刻缠绕着她，灼痛着她。"这不是爱，这只是邓肯的情伤效法——"以病治病"。沃尔康斯基只是一个符号，一味苦药，一枚过渡性的标点。阿霞终于释然了。

1922年，玛丽娜·茨维塔耶娃从作家爱伦堡那儿得到确信，谢尔盖·埃夫隆并未死于战争，也未死于痼疾（肺病），他在捷克等待她去团圆。听到这个消息，这位女诗人"流了几加仑泪水"。她要出国了，与阔别多年的谢廖沙会合，当着阿霞和友人，她眉飞色舞地说：

"你们等着瞧吧，我会生一个白白胖胖的儿子！"

出国前的一天，茨维塔耶娃走在莫斯科的库兹涅茨基巷，巧遇走在另一侧的"河马诗人"马雅可夫斯基，这位天之骄子一如既往地高视阔步。路上行人稀少，他认出了她。玛丽娜·茨维塔耶娃向他喊道："您好，我到西方去，有什么话要转告那边？"马雅可夫斯基不假思索地回答："请您转告：真理在这边！"

真理在何处？这不是玛丽娜·茨维塔耶娃关心的问题。她关心的问题是：爱情在何处？为此，她将用心找寻答案。

三、心尖上的芭蕾

爱情可以蕴含肉欲，也可以摒弃肉欲。假若你能理解柏拉图式的精神恋爱，就不难理解玛丽娜·茨维塔耶娃的心灵芭蕾。

1926 年是诗人莱纳·马利亚·里尔克（1875—1926）生命中的最后一年，他乐得承认"我这个人像折断的树枝"，但他决不会承认他已丧失了爱的能力。他一生爱过许多高贵的女人，但爱到心灵深处的只有两位俄国女子，一位是比他大十四岁的露·莎乐美，另一位是比他小十七岁的玛丽娜·茨维塔耶娃。

应该感谢《日瓦戈医生》的作者鲍里斯·帕斯捷尔纳克，正是他无私的爱促成了里尔克与玛丽娜·茨维塔耶娃的交往，促成了里尔克（诗歌国度里的王者和圣者）生命中最后一段触及灵魂的恋爱。

当时，玛丽娜·茨维塔耶娃侨居于法国巴黎。有一天，她意外地收到了里尔克寄自瑞士瓦尔蒙的书信和两本诗集——《杜依诺哀歌》和《致俄耳甫斯的十四行诗》，诗集扉页上的题词墨色犹新：

> 赠给玛丽娜·伊万诺夫娜·茨维塔耶娃：
> 我们彼此相触。以什么？用翅膀。
> 从远方我们领来自己的血缘。
> 诗人独在。把它领来的人，
> 短暂地与重负相逢。
>
> 莱纳·马利亚·里尔克

里尔克称呼玛丽娜·茨维塔耶娃为"亲爱的女诗人"，她喜出望外。

"如今，在鲍里斯·帕斯捷尔纳克的来信之后，我相信，一次相见也许会给我们两人带来最深刻的内在欢欣。我们何时能补救一下这件事呢？"

里尔克的这封信写于 1926 年 5 月 3 日。他身患白血病，生命已开始倒计时，但最后一段黄昏恋才刚刚开始。玛丽娜的回信很快就飞向了瑞士：

"在您之后，诗人还有什么事可做呢？可以超越一位大师（比如歌德），但要超越您，则意味着（也许意味着）去超越诗。"

玛丽娜·茨维塔耶娃对里尔克的推崇丝毫也不亚于鲍里斯·帕斯捷尔纳克，她认为里尔克是第五元素的化身——即诗本身。阅读里尔克的诗，只须闪电般的一瞥，就可看到奇迹，这有目共睹的奇迹是不可侵犯的，是难以理解的。更可贵的是，于推崇之外，她还有爱。

"我为何没去见您？因为我爱您——胜过世上的一切。这非常简单。因为您不认识我。出于痛苦的自尊，出于面临偶然事件（也许是面临命运，随您如何想）的惊颤。也许，出于恐惧，怕在您的房门口遇上您冷漠的目光。"

她没去见他，法国离瑞士不算远。她只是怕遇上他冷漠的目光（明知不会）？她怕的是后果，她的顾虑还要隐秘得多。

"归根结底，你是（我）能够去爱的唯一的人。"

她的表白非常热情，但一语滑过。里尔克则在回信中谈到了自己的女儿和短暂的婚姻，语气出奇的淡然。到了六月初，玛丽娜·茨维塔耶娃的书信骤然增温，她承认自己正在与内心的愿望进行搏斗。

"我想从你那儿得到什么？没什么。只想尽快地——在你身边。"

可她害怕彼此相见会产生三种后果：一是"没有信——没有你"；二是"有了信——没有你"；三是"有了你——没有你"。这就像哑谜，却不难猜到谜底。

此前，里尔克曾在信中谈到自己身患疾病，那种衰弱无力的感觉常常会妨碍他去做一些该做的事情，比如回信，玛丽娜·茨维塔耶娃过于敏感，她猜测里尔克在为自己的冷漠寻找借口，她在写给帕斯捷尔纳克的信中抱怨道："一阵有产者的寒意从他（里尔克）那里吹来……"遭到误解的里尔克除了解释还能做什么？在位于瑞士锡尔的慕佐堡，他为茨维塔耶娃创作了一首近百行的长诗《哀歌》，这首《玛丽娜哀歌》（她的称法）差不多是他一生最后的作品了。

得到这份伟大的礼物（还包括照片）之后，玛丽娜·茨维塔耶娃心旌摇曳，方寸大乱，在随后的信中，她重又发出梦呓般的呼唤：

"莱纳，请你带我走！"

"莱纳，我爱你，我想到你那里去。"

"读完这封信后，你所抚摸的第一只狗，就将是我。请你注意她的眼神。"

"我可以吻你吗？这比拥抱要少，而若要拥抱却不接吻——则几乎是不可能的！"

"莱纳，我想去见你，为了那个新的、只有和你在一起时才能出现的自我。还有，莱纳，请你别生气，这是我，我想和你睡觉——入睡，睡着。这个神奇的民间词汇多么深刻，多么准确，其表达没有任何歧义。单纯地——睡觉。再没有别的什么了。不，还有：把头枕在你的左肩上，一只手搂着你的右肩，然后再没有别的什么了。不，还有：就是在最沉的梦中，也知道这就是你。还有：要倾听你的心脏怦怦跳动。还要亲吻那心脏。"

之后，到了八月，玛丽娜·茨维塔耶娃开始订出大胆、浪漫的计划，在法国边境小镇萨瓦（离瑞士很近）与里尔克会面和生活一段时间。一切视两人相处的融洽程度而定，也由里尔克做主，他愿意长期居住就长期居住，愿意短暂停留就短暂停留。她热切希望有这样一次相会，却又心神不定，认为"爱情靠例外、特殊和超脱而生存。它活在语言里，却死在行动中"，她害怕自己的感情向肉欲倾斜，因此她要不厌其烦地强调：

"莱纳，我了解你，就像了解我自己。我愈远地离开自己，便愈深地潜入自己。我不活在自己体内——而是在自己体外。我不活在自己的唇上，吻了我的人将失去我。"

"如果你愿意，你可以……敞开你的双手。我反正将爱你——不多也不少。"

另一方面，她又隐隐然有一点责备的意思，里尔克真要是想尽快见到她，就应该拿出足够的热忱，像一个志在必得的男子汉——而不是优柔寡断的诗人——那样赶紧行动，主动发出邀约："两周后，我将去某个地方，你能来吗？"有趣的是，玛丽娜·茨维塔耶娃只有一次——唯一的一次——将自己的精神之翼落到了世俗的地面上，她用俏皮的语气问里尔克："你的钱够我们两个人花吗？"这之后里尔克就陷入了深深的沉默，白血病已到晚期，他的手指被玫瑰花刺扎伤后，破伤风使他丧失掉了最后一点力气。

1926年11月7日，对里尔克的病情一无所知的玛丽娜·茨维塔耶娃在花都巴黎向诗人发出了深情的呼唤：

> 亲爱的莱纳！
> 我就住在这里。
> 你还爱我吗？

里尔克的心弦已哑，无法回答，那些"蓝宝石般的药片"再也支撑不住诗国之王的宫殿。1926年12月29日，莱纳·马利亚·里尔克与世长辞。

猝闻噩耗，玛丽娜·茨维塔耶娃肝肠寸断，她深知梦的巢穴倾覆了，未来的相逢只能留待天国。两天后的夜晚，她写了一封悼亡的信——致里尔克，不仅仅是泪水，也不仅仅是悲伤，还有更多更多的爱恋。

"我与你从未相信过此世的相见，一如不信此世的生活，是这样吗？你先我而去，结果更好！为着更好地接待我，你预订了——不是一个房间，不是一幢楼，而是整个风景。我吻你的唇？鬓角？额头？亲爱的，当然是吻你的双唇，实在地，像吻一个活人。

"亲爱的，爱我吧，比所有人更强烈地、与所有人更不同地爱我吧。千万别生我的气——你应当习惯我，习惯这样的女人。还有什么？"

没有什么了，也许还有生者的余痛，死者的余悔？

> 我们彼此相触。以什么？用翅膀。

里尔克的这句题词包含着一个问题，也包含着一个答案。精神的相爱，灵魂的相拥，永远都只是一种内在的感应。行动的爱（迫切要求灵与欲的结合）属于人间，精神的爱（只要求心灵融为一体）则属于天国。须知，诗人的护照从来都是由天国签发的。

> 曾经开放过的玫瑰的芬芳在延续……

在玛丽娜·茨维塔耶娃心中，里尔克意味着什么？意味着清凉如薄荷的回忆，意味着温馨如四月的爱情，意味着精神的海市蜃楼，意味着诗歌的终极回归。

四、"你是我唯一合法的天空"

曾有人感到困惑：玛丽娜·茨维塔耶娃既然爱着丈夫谢尔盖·埃夫隆，怎么还能同时爱着莱纳·马利亚·里尔克；既然爱着莱纳·马利亚·里尔克，怎么还能同时爱着鲍里斯·帕斯捷尔纳克。她的爱能三足鼎立吗？能并存不悖吗？能环环相扣吗？她该如何分配，如何均衡？

有人巧为之辩，认为玛丽娜爱里尔克如任性的女儿那样爱父亲，爱帕斯捷尔纳克如热忱的姐姐那样爱兄弟，这也许"纯洁"了她的爱，却曲解了她的爱，也贬低了她的爱。

帕斯捷尔纳克在信中向里尔克谈起茨维塔耶娃时，称她为"我最好的，也许是唯一的朋友"。这一点也不奇怪，他与玛丽娜·茨维塔耶娃有太多的共同之处：年龄不相上下，同为莫斯科人，同样出身于书香门第，同样曾留学德国，同步踏上诗坛，双方的母亲都得到过钢琴大师鲁宾斯坦的指点。但在国内时，茨维塔耶娃与帕斯捷尔纳克仅匆匆谋面过三四次，彼此一点也没有擦出爱的火花。倒是茨维塔耶娃流亡国外后，帕斯捷尔纳克才开始青鸟殷勤频探问，可能真是，地愈远，心愈近，距离产生美感？茨维塔耶娃在致里尔克的信中对帕斯捷尔纳克评价极高："他是俄罗斯的第一诗人，我深知这一点，还有几个人也知道，其余的人不得不等待他的死亡。"她还向里尔克坦承："关于鲍里斯，我知之甚少，但我爱他，如同人们只爱那些从未谋面的人（早已逝去者，或尚在前方者：即走在我们之后的后来者），爱从未谋面的或从未有过的人。"

1926 年 5 月 5 日，帕斯捷尔纳克介绍玛丽娜·茨维塔耶娃与里尔克认识后不到一个月时间，他就向她发起了第一波强劲的爱的攻势。

"我可以、也应该在见面前对你保密，如今我再也无法不爱你了，你是我唯一合法的天空，非常、非常合法的妻子，在'合法的妻子'这个词里，由于这个词所含有的力量，我已开始听出了其中前所未有的疯狂。"

纸包不住火，很快，帕斯捷尔纳克的妻子冉妮娅就发现了危险所在，于是她变成了一阵"猛烈、滚烫的穿堂风"，却丝毫吓阻不住那列要驶出隧道的轰鸣的"火车"。他的表白一点也不含糊："哦，我完全是你的，玛丽娜！无处不在，无处不在。"但这个连环套的"等待戈多"很折磨人。茨维塔耶娃一再说要去见里尔克，却未能成行；帕斯捷尔纳克也一再说要去见茨维塔耶娃，也未能成行，彼此就那么空等着，直等到意兴阑珊，直等到另一个人意冷心灰，甚至猝然殒逝。

当帕斯捷尔纳克得知茨维塔耶娃爱上了里尔克，内心深感痛苦，为此，他中止了与里尔克的通信，尽管这样做他非常难过，要知道他极其崇拜那位诗歌王国里的圣者。帕斯捷尔纳克并未破釜沉舟，燃烧了一大堆词句后，他开始退却，"我怕恋爱，怕自由"；甚至向茨维塔耶娃摆出了最高姿态，"我只怕你爱他（里尔克）爱得不够"。尽管两人书面上的"拥抱"还是那么紧，书面上的"吻"还是那么热烈，但话题已更多地倾向文学，谈论他们的诗作，谈论他们的朋友，比如马雅可夫斯基。他们都明白精神恋爱的最高刻度在哪儿，他们的创造力和行动力只在诗歌中有效，在生活中则完全失效，这是他们的苦恼，也是他们爱情的现实困境。

"如果说我不能与你生活在一起，那么这不是由于不理解，而是由于理解。由于别人的、同时也是自己的真实的痛苦，由于真实而痛苦——这一屈辱我是无法承受的。"

玛丽娜·茨维塔耶娃所说的"屈辱"是什么？她认为帕斯捷尔纳克有两个"国外"（当时他妻子冉妮娅在德国慕尼黑），他的爱情正在下滑，正在回归，向他的妻子回归，他在信中也承认这一点。于是，她感到郁闷，谈到男人，谈到性，措辞很冷，比冬眠的蛇还冷。

"我从不看男人，我对他们视而不见。我不喜欢他们，他们有嗅觉。我不喜欢性。就让我消失在你的眼睛里吧，很多人曾为我所迷惑，却几乎没有人爱上我。没有一支中靶的箭——你想想看。"

她否定男人就否定了沃尔康斯基、里尔克和帕斯捷尔纳克？她否定的是男人的肉身，她否定的是性。当普绪喀（希腊神话中人类灵魂的化身，通常以纯真少女的形象出现）和夏娃（《圣经》中堕落的女人，代表肉欲）同时出现，男人会本能地选择夏娃，而她只愿意做普绪喀。有了理解——其实是失望——也就有了宽容，她发出了敕令：

"亲爱的，抛掉那颗被我所充满的心吧。别自寻烦恼了。好好活着。别因妻子和儿子而感到不好意思。我给你充分的自由。去把握你能够把握的一切吧——趁你还想把握的时候！"

不能说，玛丽娜·茨维塔耶娃与鲍里斯·帕斯捷尔纳克的精神恋爱随着莱纳·马利亚·里尔克的去世掉下了链子，但从此趋于平淡则是不争的事实。他们的通信长达十余年，但后来的多次见面却没有发生顺理成章的爱情故事或爱情事故。

玛丽娜·茨维塔耶娃一再宣称，鲍里斯·帕斯捷尔纳克是"一年五季、第六感觉和四维空间的兄弟"，鲍里斯·帕斯捷尔纳克也将玛丽娜·茨维塔耶娃称呼为"生活的姐妹"，当友情的帷幕徐徐升起，心灵拥有了一个更加宁静的舞台。

1955年8月20日，玛丽娜·茨维塔耶娃自杀后的第十四个年头，她女儿阿利娅·埃夫隆致信鲍里斯·帕斯捷尔纳克，谈及母亲的一生所爱，说出了下面的这番话："我给您抄录几段，很多内容您大概都不知道。她是多么爱您，而且爱得多么长久——她爱了您整整一生！她只爱过我的父亲和您，一直没有爱够。"很奇怪，在阿利娅的话语中，里尔克被简单地忽略了。当时的政治环境颇为严酷，这样的忽略也许是一种故意回避——对西方的回避？

五、"墓地的草莓更大更甜美"

玛丽娜·茨维塔耶娃在国外（主要是在法国）侨居了十七年（1922—1939），日子过得十分艰辛。起初，她得到捷克方面的资助（每月九百克朗），但因为她写了太多赞美德国的文章，而对捷克却保持岩石般的缄默，这笔赞助只维持了不足四年时间。在法国，玛丽娜·茨维塔耶娃的个性进一步张扬，她不懂政治，却对政治说了一大堆"刻薄的话"。她与白俄流亡者的文学圈多有接触，也多有抵触。因为多有接触，国内的同行（如阿谢耶夫和马雅可夫斯基）对她的思想倾向产生了怀疑；因为多有抵触，白俄流亡者的文学圈也视她为异己，是"那边"（苏联）的人。她就是这么一个动辄得咎的尴尬角色，左右都不逢源，里外都不讨好。

1939年，玛丽娜·茨维塔耶娃结束了寄人篱下的流亡生活，回到阔别多年的莫斯科。很显然，她选择了一个错误的时机，且不说战争的黑云已经逼近，她的流亡背景也使她在国内艰于立足，她得不到官方的信任，前途先已蒙上了浓厚的阴影。

为了生存，玛丽娜·茨维塔耶娃几乎放弃了诗歌创作，不可见的无形的"沙尘"正埋没她的才华。经由至交好友尼娜·格拉西莫夫娜·雅科夫列娃的大力推荐，她在莫斯科国家文艺出版社谋到了一个差强人意的差事，她用精湛的文笔翻译了不少格鲁吉亚的诗歌，如长诗《埃捷里》（王子与平民姑娘的爱情故事）。她特别渴望出版自己的抒情诗集，未获成功，在出版社内部，那些青光眼的批评家将她的诗歌贬斥为废品。为此，玛丽娜·茨维塔耶娃怒形于色，愤愤不平，私底下发出了抗议：

"能够把这样的诗鉴定为形式主义的人，简直没有良心。这话，我是从未来角度说的。"

在内外交困的处境下，玛丽娜·茨维塔耶娃感到心力交瘁。除了相信未来，盲目地相信未来，她还能相信什么？

生活是天天都可以见到的刀俎，是时时都难以逃避的瘴气，这才是它的冷酷之处和可怕之处。

1941年，莫斯科面临战争阴云的巨大压力，玛丽娜·茨维塔耶娃被疏散到偏远的小城叶拉布加。她只有一个念头，一定要保全儿子穆尔的生命，他才十六岁，是一位颇有艺术才华的英俊少年，他是她活下去的唯一理由和全部希望。这时，即使所有的亲友排在她面前，想阻拦她，她也会推开他们，像穿过树影似的穿过他们。她甚至都没去跟好友鲍里斯·帕斯捷尔纳克做礼节性的告别。

> 我能够做点什么使你欢喜——
> 请你随便给我一点信息，
> 没有说出的指责
> 就在你那默默的离去里。

　　帕斯捷尔纳克不必抱歉，这时爱情和友谊都已退居次席，她心中只有满溢的母爱，她的角色不再是诗人，而是母亲。可她并不了解儿子的心思，他满脑子英雄主义，渴望冒险，热爱莫斯科的生活，在小城叶拉布加，他就像一条鲱鱼失去了赖以生存的水域，总感到闷闷不乐。可悲而又不幸的是，穆尔能够理解瓦雷里的诗歌和卡夫卡的小说，却不能够理解母亲的苦心，也不看重她——俄罗斯优秀诗人——的真正价值。他将母爱视为令他受困的桎梏，只感觉她是他眼皮底下的天敌，他身上的大丈夫气概、极端的自我中心主义和天才的激情遭到了全面的压抑。他的反应最终趋向极端，他指责她没有能力获得任何东西，不可能找到工作，只是一个多余的人。这残忍的话犹如沥血的刀刃，衒割着她所剩无几的自尊。她凭着瞬间爆发的傲气，用挑战的口吻向儿子吼道：

　　"照你看，我除了自杀，就没有别的出路！"

　　"是的，照我看，你没有别的出路！"

　　他们之间的争吵继续升级，直到有一天穆尔发出了可怕的威胁：

　　"瞧着吧，我们之间说不定哪一个，会被别人双脚朝前从这里抬出去！"

　　"抬我！"

　　空气凝滞了，生命的钟摆静止了，玛丽娜·茨维塔耶娃听见儿子无情的蠢话，立刻看到了死神的袍影。她决不会做他的对手，拯救这生机勃勃的幼苗，保全这青春的嫩枝，使他免于闪电般的夭亡，这是一个母亲的终极愿望。

　　十七岁时，玛丽娜·茨维塔耶娃就演习过自杀，留给妹妹阿霞的遗书中有这样的话："但愿绳子别断了！不然，吊不死，那就讨厌了，是不是？"岁月消逝了，那根"绳子"却没有消失。

1934年11月21日，她在致捷斯科娃的信中用冷峭的语气说：

"——遗嘱的词句总是自动从心里冒出来。不是关心物质方面的——我一无所有——我需要的是让人们理解我：向人们做出解释。"

那时，玛丽娜·茨维塔耶娃无法痛下决心，她舍不得穆尔，他还只有九岁。可现在不同了，儿子已长大成人，他不再需要母亲，也不愿理解母亲，他需要的只是自由。

玛丽娜·茨维塔耶娃喃喃自语："我能够爱到我的限度，也就是没有限度。"死亡呢？它算不算一个限度？她抬起头，看见了横梁上那枚结实的钢钉，再找到一根同样结实（一定要结实）的细绳，事情顿时变得异常简单，她希望母亲的自缢能使儿子感到震惊，使他领悟到生命的重要性。一句话：她走，是为了他留。

1941年8月31日，玛丽娜·茨维塔耶娃带着满腔悲苦撒手人间，"这架高贵的钢琴受尽了生活的折磨"，眉间那道又长又直的皱纹为她做证，长达半个世纪的岁月中，她很少开心，微笑居然也是一种难得的奢侈品。

死后，玛丽娜·茨维塔耶娃被草草地埋葬在无名墓地，没人想到要为她立一块墓碑，留下可资将来辨认墓穴方位的标记。

> 请你为自己折一茎野草，
> 再摘一颗草莓。
> 没有哪里的野果
> 比墓地的草莓更大更甜美……

二十一岁时，玛丽娜·茨维塔耶娃就想象"过路人"将经过她的墓地，采摘那些鲜艳欲滴的草莓。多年后，阿霞去叶拉布加寻找姐姐的坟墓，一无所获，她写信告诉了外侄女阿利娅。阿利娅的回信令她感到惊诧："您到底去了叶拉布加！告诉您：我永远不会到叶拉布加去。对于我来说，那里没有妈妈。对于我来说，妈妈在她的作品中，在她的书里。"对此，阿霞除了痛心，当然也有责备："真遗憾，你母亲竟生了这样不平凡的子女：儿子不送葬，女儿永远不上坟。她还不如生下平凡的子女，将野花送到她的坟头……"那颗

"甜美的草莓"是她留给世人的礼物，谁能问心无愧地接受这份馈赠？谁又能无所用心地品尝它的甜馨？

多年后，阿利娅收到一份特殊的纪念品，她母亲自杀时用过的那枚钢钉。她能否掂量出它的轻重？

1944年夏天，穆尔为他的英雄主义付出了代价——在卫国战争的前线阵亡了。他的名字甚至没能进入烈士名册，也无人记得他葬身何处。

"我生活中的一切事物我都热爱，并且是以永别而不是相会，是以决裂而不是以结合来爱的。"

这是玛丽娜·茨维塔耶娃爱的宣言，也是她生命的纲领，异常痛切，其激烈性和绝对性尽在言语之中和言语之外。

你的摇篮是世界，世界也是墓地。

一切就是如此真实，却并不真实；一切就是如此简单，却绝不简单。

六、被藏匿在一代人胸口的诗人

世间有几人能像玛丽娜·茨维塔耶娃那样勇于承担而又敢于叛逆，追求自由而又保全良知，极端高傲而又异常质朴，崇尚万物和谐而又喜爱精神出位，恒久地处于贫困却轻视浮名，眼前锋矢如雨却将心灵的甲胄一一解除？

古往今来哪一个诗人不是黑人？

她一语揭秘，孤独，寂寞，忧伤，困苦，被冷落，被歧视，被忽略，被损害，这一切她太熟悉了。她选择了诗歌，她有难了；诗歌选择了她，诗歌有福了。

读玛丽娜·茨维塔耶娃的诗，我既对她炽热而狂暴的感情、锋利而尖锐的思想感到震惊，也对她使用得异常频繁、异常斩截的破折号感到神奇。要知道，她是最喜欢、也最会使用破折号的两位女诗人（另一位是美国的艾米莉·狄金森）之一。

我拒绝——存在

在非人的疯人院里

我拒绝——生活

同广场上的狼群一起

嗥叫——我拒绝

与平原上的鲨鱼相携——

同流合污——随波

逐流——我拒绝

在以上的诗节中，破折号宛如手术刀豁开了诗歌的胸膛，诗人正向你掏肝摘肺。阿霞认为那些破折号"好像是在往词语里打入桩子，把读者钉在意义上，钉在内容上"，她说得没错，即使把耶稣再次钉在十字架上，也不会产生比这更为强烈的视觉效果。

玛丽娜·茨维塔耶娃在一封致里尔克的信中用毋庸置疑的语气说："任何一个诗人的死，哪怕是最正常的死亡，也是反自然的，亦即凶杀。"世间被杀和自杀的诗人还少吗？光是俄罗斯，就能开列出一长串名字，它们比太阳神的金箭头更为耀眼，也更为炫目：雷列耶夫、普希金、莱蒙托夫、叶赛宁、马雅可夫斯基、茨维塔耶娃。被杀需要理由，自杀更需要理由。雷列耶夫是十二月党人，志在推翻沙皇的专制而被处以绞刑；同样是死于决斗，普希金为了保全男人的尊严而倒在丹特士的枪下，莱蒙托夫为了捍卫诗人的荣誉而倒在马尔泰诺夫的枪口；同样是因为绝望而自杀，叶赛宁为精神分裂感到异常痛苦，马雅可夫斯基为政治堕落感到极度厌倦，茨维塔耶娃为人性冷酷感到彻底悲哀。在这末后三人中，马雅可夫斯基似乎最没有理由自杀，他是"天生革命的"大诗人，具备拥有"幸福"的一切条件：与时代的协调，天才，力量，勇气，激情。也许是洞察力害了他，他看清了自己不遗余力加以歌颂的东西变得越来越丑恶。同样是洞察力害了茨维塔耶娃，她看清了人性深处那把冰冷的刀，她明白仅仅有爱还远远不够，但她只有爱，于是也就只有死——借此获得一个让自己解脱也让亲人解脱的机会。

感叹普希金不该迎娶倾国倾城的美女为妻是毫无意义的，感叹叶赛宁不该爱上比他大十九岁的舞蹈家伊莎多拉·邓肯是毫无道理的，感叹马雅可夫斯基的棺材太短（他身材高大）是不讲究幽默感的，感叹茨维塔耶娃的坟头没留下标识是不尊重差异性的。鲍里斯·帕斯捷尔纳克讲得好，玛丽娜·茨维塔耶娃是一位"被一代人藏匿着的、在胸口焐热了的诗人"。没错，只要时间的血液不冷，她的诗歌就不会丧失原有的体温。

捌 辑

——「却顾所来径，苍苍横翠微。」

慈母在天堂

一个人视力所及的距离能有多远？听力所及的范围又能有多大？你也许会说，这是完全不值得追根究底的问题。真是如此吗？我想眺望母亲久已鸿飞冥冥的身影，倾听她老人家早就喑哑在岁月喉咙里的声音，然而幽明永隔。我既不能上穷碧落，又无法下抵黄泉，只得把目光投向浩茫的天宇，投向形同蜂窝的星海深处，抱持着不肯割舍的愿望，久久祈祷——

"慈母在天堂！"

那正是善良者应有的归宿，也正是受难者应得的报酬。

我投生人世，的确有点姗姗来迟。母亲在体弱多病的四十二岁上，咬紧牙关，将她的第五个孩子，也是最小的一个，带到了寒流奔涌、毒气氤氲的世间。为此，母亲几乎丧命，我也险些夭折。

"总共有九百九十九个理由不生你，只有一个理由生你，那就是我想看看你的小模样。我拿自己的老命做赌注，好在是赢了这一局。"

话说得轻描淡写，然而我留意母亲的笑容，强烈感受到她创造生命于千辛万苦之后的喜悦。

我不幸出生在"文革"爆发前的那一年。某位专以打趣别人为乐的家伙竟拿捏我的苦经大加调谑，戏说我是"挑在一个错误的时间，做出一个错误的决定，投生于一个错误的地点"，似乎来赶那趟"浑水"，完全是我一念之差。怪只怪天意弄人，我的运气也不济，如同二战时期盟军的空降兵，因为细小的偏差，夜中误降在德军的营地；然后，就是密集的枪声，就是惨叫悲号，就是血肉飞迸。

在一片炫目的雪光中，我睁开惊奇的眼睛，看见母亲在命运的钢丝上颤颤巍巍地挪步，看见几乎所有的人都在命运的钢丝上战战兢兢地蠕行。钢丝悬在高可摩云的半空之上，一旦脚下失去平衡，"杂耍者"就会猛然栽落下去，万劫不复。这是谁也逃避不了的现实，但它比噩梦更像噩梦，比幻觉更像幻觉。

母亲牵着我，走向"钢丝"的另一端，那时我刚满四岁。

"还有一程路就到了。"

"就到了哪里？"

"好地方。"

所谓"好地方"，即是我命中注定要苦挨十年的异乡。那时，我重复得最多而又最令母亲发愁的两句话，比电报辞还要简短：

"妈妈，我饿！"

"妈妈，我冷！"

于是，我手中就添补一只甜香的烤白薯，身上就加厚一件改做的旧棉衣。

"还饿吗？"

"不饿。"

"还冷吗？"

"不冷。"

起码的温饱，简单的满足，就够母亲精打细算，运筹张罗一气了。在"生存"的重轭之下，"生活"二字趁早免提。那是动辄获咎的年代，对于摆在眼底的事实，如今你简直难以置信，像"越穷越光荣"那样愚不可及的提法，竟然是"太平盛世"里最鼓舞人心的口号！在当时，老百姓向往富足安乐的生活，即算不被划归"罪恶的念头"一类，也属于徒劳的向往和额外的奢求。

母亲天性爱美，我最早见到的艺术珍品就是她用五彩丝线针针绣出的花鸟虫鱼，乡人啧啧称奇，母亲却摇头不止，轻叹一口气——

"可惜没有好丝绸，这线也是自家染的，比不得先前绣庄里买到的好。"

仲春时节，鲜花烂漫，家务之余，母亲就去篱边屋后采摘好看的野百合回来，插在花瓶里。虽是陋室寒舍，却弥漫一季馥郁的芳香。

"苦中作乐也是一门本事。"

这般心法，我得了母亲的嫡传，够我一生受用无穷。

我的启蒙教育完全得益于母亲，从那些节奏明快的儿歌和意义深刻的寓言故事，我吸取了最早的文学养分。我总有层出不穷的问题，似肥皂泡一串一串的，母亲只要手上忙得过来，就会不厌其烦地给出答案，从不将我一巴掌打开。

"妈妈，为什么坏人要风得风，要雨得雨？"

"坏人为了达到目的，什么阴险狠毒的手段都想得出来，什么丧尽天良的勾当都干得出来，好人处于孤立无援的境地，就只能忍气吞声，一时半晌，阻挡不了坏人的脚步。"

"为什么他们硬要害人？"

"没有道理可讲啊，他们是豺狼，天性喜欢杀生。"

"那好人是什么？"

"好人是羊，生来就是要被剪毛、挤奶、剥皮、吃肉和熬汤的命。"

听了这话，我不禁浑身打了个冷战，待情绪稍稍平复了，然后再问——

"妈妈，为什么十个好人加在一起都斗不过一个坏人？"

"十只羊当然斗不过一头狼，他们太老实，太和气，太忠厚，不会弄奸耍狠。"

"做羊没有做狼好玩，真是太没意思了，老是受欺负，连小命都保不住。"

听我这样一讲，母亲立刻放下手中的针线活，叹息道——

"做狼做羊，一半是天性决定的，一半是环境造成的，也不是你想做什么就能做什么。我看你只能做羊，连蟑螂和壁虎这样的小东西都怕。"

"我不想做羊！"

"你叫得响，有什么用？不吭声的狗才咬人咧。"

我在七八岁时提出诸如此类的问题，母亲并没有随便糊弄过去，她的话句句落实，试图让我早些明白，这个世界到处充满了残忍和邪恶。在冷血寒骨的年代，母亲忧世伤生，我不能完全理解，但印象深刻。

有道是"人看其小，马看蹄爪"，对于我的早期教育，母亲非常注重。她是善良的"驯羊"，这就决定好了，她绝对不可能教会我做"恶狼"的种种本领。尽管她深知为羊的痛处和苦处多而又多，仍一门心思要将我引向正大光明的路径。倘若她发现我当面扯白撒谎，或在外面扑枣摸瓜，就会责罚我跪在搓衣板上，独自好生反省。有时一跪就是一两个小时。

"看看你这副样子，像棵歪脖子树，立不正，扶不直，岂不是枉费了为娘栽培你的一片苦心？你今天满肚子怨恨，不要紧，等将来我死了，你终究会有明白省悟的一天！只不过，那时候你想找娘讲一声'对不起'，保证要如何这样、如何那样重新做人，娘的影子都不在了，既看不见，也听不见了。"

世间任何雄辩滔滔的语言，都绝对不可能比慈母的一滴眼泪更有说服力。只要是性本善良的儿女，看见娘亲一夕伤神，泪落如珠，再怎么样的厚脸皮和狠心肠，也会痛加自责，认错知悔。除非是冥顽不灵之辈，才会任由慈母心碎心灰。

我十岁那年，母亲的身体更见羸弱，脸色愈显蜡黄，平日痰唾中所挟带的血丝足以证明她已经积劳成疾。然而她迟迟不肯就医，也没钱就医，硬撑了半年之久，一场突发的大咯血后，才查出是肺结核晚期。母亲自知来日无多，就将后事向父亲和姐姐一一交代清楚了，仿佛只是要出一趟远门，神色从容自若。在病榻前，她用手帕擦去我腮边的残泪，轻抚我单薄的身子，目光骤然黯淡下来。

"林儿，你还小，我唯一放心不下的就是你了！"

"妈妈，我害怕……"

"只要你心里总记挂着我，娘就不会死。"

多年之后，我才理解了母亲这句话中最深层的意思。每当我怀念她老人家至深至切的时候，她的音容笑貌宛若生前。诚然，在我雕版似的记忆中，母亲的形象始终不可毁损，不可磨灭；更何况我的每一滴血都源于母亲的血，我的每一滴泪都源于母亲的泪，母亲给了我生命，给了我热情，给了我意志，她老人家毫无保留的慈爱始终贯穿于我的一呼一吸之间。

那个雨横风狂的春夜，夹杂着电闪雷鸣，我家门前的两株大桃树竟然被连根拔起，累累的青桃撒满一地。家里的看门狗，唤作"好汉"，平日里人见人怕，它也禁受不住天崩地裂的惊吓，兀自瑟缩在屋角呜呜地哀鸣。

就是此夜，成了今生我遭遇过的最漫长的心痛之夜！

母亲的遗物至今仍深锁在红漆斑驳的老木箱中，那是一段不忍披阅的伤心史，我不敢揭视。其中有一本当年家庭开支的明细账，一针一线的前因后果，一鸡一蛋的来龙去脉，在里面都有确切、详细的记载。从一字一词，一笔一画，甚至一个微不足道的小数点，都可以见出母亲当年是何等殚精竭虑。异常窘困的日子，那本账簿乃是真实无欺的见证。不知"苦难"为何物的后人，倘若他们将来想提问，如何才叫"最低限度的生存"？怎样才算"艰难无比的挣扎"？无须旁搜别取，它就能给出一个令人酸楚而又令人信服的答案。

过早失去母爱，童年、少年的荒凉时光和空虚岁月就如同一片死气沉沉的沼泽。在成长的苦闷历程中，离开母亲的训导，许多次，我险些失足于歧途，陷身于泥淖。但我硬是站起来了，迅疾避开那些致命的诱惑，我想，这正是母亲所欢喜的。

但愿宇宙深处真有一座祥和旖旎的天堂，慈母就住在那里。终有一天，我将穿越悠长黑暗的时光隧道，去追寻她老人家的踪迹。我相信，而且坚信不疑，我与母亲，在生死契阔之后，必定还可以聚首。

"愿死者有可爱的天堂，愿生者有可靠的寄托。"

阿门。

圣巴巴拉广场上的鸽子

悠扬的排箫仿佛在云空中吹响，引得一群又一群雪白的鸽子飞向远方。圣巴巴拉广场上，一个孩子正目送天边的鸟影渐渐消失，然后，他低下头来，寻找那枚意念中的金币。瑞恰神父曾经说过："只有在广场上拾到那枚金币的人，上帝才肯重新铸造他的灵魂。"一时间，大家都去广场上寻觅，然而他们最终都垂头丧气地回家了。这孩子是镇上的孤儿，托身在教堂的阴影里，每天除了敲钟，就去圣巴巴拉广场上游荡，他的执着最终成为了镇上的笑谈。

有一天，他心里感到烦闷了，就去询问瑞恰神父："您所说的到底是真还是假呢？"

"我为上帝守牧，岂能口出戏言，愚弄教民？这是天启，孩子，这是神谕。"

当天夜里，他就做了一个梦，梦见一位慈眉善目的老人将金币置于掌心，让他仔细看过了，然后这位长者用柔和的语气问道："你能否一如既往地苦寻十年而绝不放弃？只要你能够坚持到底，我们就还有重逢的那一天。"

孩子早晨醒来时，梦中的情景历历如新。

"那位老人是谁？十年，总共多少日子？我的心将备受煎熬。"

从此以后，他每天都用力敲钟，仿佛要将洪亮的钟声直接送达天庭，借以表明自己坚定不移的信念。

春天过去了，他一无所获；夏天过去了，他空手而归。然而就是秋天的霜霰和冬天的冰雪，也难以将他挽留在教堂的火炉边。人生如白驹过隙，唯有那些站在历史峰顶高瞻远瞩的人才会这样看待苦多乐少的时光。这孩子的信心也不是完全没有动摇过，但他最终还是一次又一次地说服了自己。

瑞恰神父早就注意到他的一举一动，可是从不去惊扰他，也不去探问他的心思。

岁月就这样在痛苦的等待中悄然流逝。三年、五年、八年，这苦命的孩子已长大成人，他英俊潇洒，多才多艺，然而一贫如洗。镇上已不再有人骂他白痴和傻瓜，因为他们从瑞恰神父那儿了解到他的根底。这些人哪有渎神的胆量？他们只怀着潜滋默长的好奇心等待一个奇迹的降临，或者一个神话的破灭。因此，做父母的不再阻拦自己的女儿去接近这位可爱的青年。爱情的果子似乎就悬垂在头顶，要采撷它，只费举手之劳。但他很清楚，接受诱惑就会前功尽弃。他反复告诫自己：我的夙愿就要实现了，我已学会隐忍和克制，但愿我早日功德圆满，到时候，好用全部的爱心去回报每一个人。

　　与这群鸽子相处时，他可以尽情倾吐胸臆，包括他的疑惑和焦虑，他的快乐和忧伤。它们举目凝神，仿佛在静静地倾听，哪怕只是回应咕咕几声，也给予他莫大的慰藉。

　　十年眼看就要过去了，希望似乎愈来愈渺茫，但经过漫长时日的磨炼，他的心灵已格外地澄明，像一泓清清的泉水，能毕现自己的初衷。

　　最后一个黄昏，他在广场上静静地等待着，镇上的人们齐集在百叶窗后面，要看看这出戏的精彩结局。他的心情反而异乎寻常地平静，即使希望化为泡影，他也不会因此疯狂。

　　在黄昏的余晖里，一只鸽子飞到他的手掌上，他留意到这可爱的小精灵口中衔着一张纸条，上面分明写着这样一行字：

　　"你来践约吧。"

　　顿时，他心花怒放，将鸽子高高抛起，奔向教堂。那些百叶窗后的眼睛立刻转向餐桌上的盘子，咀嚼食物的同时，议论刚刚发生的一幕，他们始终不明白那究竟意味着什么。

　　此后，在圣巴巴拉广场上，再也见不到那位青年的踪影。当人们问及此事时，瑞恰神父总是闪烁其词：

　　"这可爱的孩子与上帝同在。"

　　鸽子回翔，排箫声自天际由远而近，宛如清风，荡开我心头的愁绪。我给你复述的这个故事可是意味深长的。

　　也许那位青年本身就是一只鸽子，它飞向苍旻，使众人无法把捉。我想，他必然要消失，因为他的心灵圣洁无瑕，世间不是他长久的居所。当他说"我爱……"时，将不会留意有很多人在大地上仰望并为之祈祷。

宗教中所蕴含的精神魅力在此表现俱足，他十年如一日地孜孜以求，也许并非为了上帝的约见，他所梦见的也都是虚幻的情形，圣巴巴拉广场上从来就没有什么"上帝的金币"，那张类似于天启的纸条，我也怀疑它是瑞恰神父为造就这位可爱的青年而特意做了手脚，但这种高贵的行为使他的灵魂得以彻底的飞升，飞升向浩浩天宇，再没有什么痛苦和灾难能够将它毁灭。这青年爱圣巴巴拉广场，也爱教堂的钟声，爱瑞恰神父，也爱那群洁白如雪的鸽子。他心中的理想使眼前的一切都闪耀出天堂的光辉。与其说他真的领悟了天启，毋宁说他懂得了对待这个世界的热爱。

排箫声就这样反复唤回那些鸽子，却再也无法唤回那位青年，因为他已经找到了自己精神的去向和归宿。

我徘徊在黄昏的余晖里，心情难以平复。我是否也像那个孤儿，正在这个世界上茫然地寻找"上帝的金币"？我是否也保持着一份信念，想亲手创造出一个奇迹？我同样是孤绝的，一如那个可怜的孤儿。然而他有一片广场和一群鸽子，我又有什么呢？他渴望生命中那个奇迹的诞生，用了整整十年心血，天天敲响教堂的巨钟，天天在广场上默默祈祷，无分酷暑寒冬，也不管有病无病，他的修行真是很苦很苦。我在安闲的环境里，有足够的时间和精力去开创自己心爱的事业，比起他来，已算十分幸运了。可是外界任何一点小小的波折都可能酿成我心中的狂澜。每当稍稍吃苦的时候，我就在想，我没有得到公平的对待；倘若被人背弃，被人欺骗了，我恨不得即刻把怒火的烈焰喷发出去。人生中，总是希望与失望交织，快乐和痛苦交融，我又怎能总是独享幸福无忧的人生呢？没有持之不懈的精神追求，这正是普遍的悲哀，人们只盯住眼前的好处，只在盲目地急功近利，最终又怎能有所作为？

为什么人们不善于等待呢？世间有投饵钓鱼的，有撒网捕鱼的，有涸泽求鱼的，用力各有大小，费时各有久暂，得益也各有多少。我就只能归入投饵钓鱼的行列中，偶有所获，则欣然而喜，殊不知圆满的快乐将因此离我而去。

这些日子里，我经常沉浸在那首排箫曲中而不能自拔。我清楚地感到自己的内心已滋生出强烈的愿望，要去开拓全新的人生，也许非得十年、二十年或者更久；也可能我的心血最终将付诸东流。但愿我能像那个青年一样坚忍，我的希望也不为日复一日的忧愁所蚀空。这不是一场无聊的赌博，因为仅靠运气是不行的，我必须把全部生命孤注一掷地投入进去。本来，我可以选择一条坦途去走，既可以得到安逸，又不用担当多少风险，但唯有富于创造意义的生活才是我真正渴望的。一生中必须出现一些或大或小的奇迹，尽管每一个奇迹的诞生都需要我用大量心血去孕育，而且还要饱尝无数折磨，我也不会轻言放弃。

你不必问那个青年是不是虔诚的教徒，我们可以远离宗教，但仍然需要信仰。这份激情就包含在我们对人生前景的营构之中。终有一天，圣巴巴拉广场上的那只鸽子将衔来一张纸条，上面写着"你来践约吧"，那时，你所期待的幸运之神就在你所知道的地方等候你。真的，你也会像那个青年一样心花怒放，因为就在那一时刻，天地间回荡着美妙的歌声，你感到自己并不是一个弃儿，你的希望也没有落空。

圣巴巴拉广场上的鸽子栖息在我的意念之中，它们咕咕地叫着，也许是要告诉我，那个年轻人将从远方冉冉而来，向我招手，并与我结伴同行。

远方的岛

　　一年中，我总怀着温馨的情感等待短短的枯水季，它并不像儿童等待一只水果，情人等待一个夜晚那样，抱有明确的目的。我只是喜欢在枯水季的那段时光独自去江心的小岛盘桓。天地空空阔阔的，精神清清爽爽的。

　　这条江从春流到夏，从秋流到冬，终于流到了几乎穷竭的时候，它全部的底蕴都摆在那里，沙床显露出来，犹如奄奄一息的母亲，对整年紧抱在怀中溺爱不已的小岛也就只能无可奈何地撒手了。

　　我走出城市的峡谷，走出一片片厚重的阴影，看冬天的阳光在岛上大幅地展开。沙滩伸出颀长的手臂，似乎要伸向天的尽头。昔日的渔人呢？昔日的帆影呢？地平线如弓弦，被沙滩拉出一个饱满的弧度。我躺在温软的沙床上，感觉天地是一间敞亮舒适的房子，也许真有一个上帝，他就是房东，也许没有上帝，这房子既不要购置，也无须租赁。

　　但我只是一个行色匆匆的过客，没有更好的情形。宴会是别人的，歌笑是别人的，名利也是别人的。我在那间狭小的屋子里，破坏了蜘蛛的把戏，粉碎了老鼠的阴谋，这些都无足挂齿。一些书籍用它们陈旧发霉的饶舌之辞套取我的好意，我一直信任它们，像信任自己的父兄。直到有一天，我远离那些狡诈难缠的捐客，偶然来到这座小岛，掀开大自然的第一页，圆润的鸟语和纯净的阳光一齐注入我的心中。

　　我冷静地审视自己和别人，这还是平生第一次。真正的恩典并不像我预想的那样，来得神秘莫测；它就在我手中，是我给予自己的一份不寻常的礼物。我用手撮起匀细的沙末，筑成一个方圆有致的平台，以指当笔，将一句西方古神庙的铭文刻写在上面："复生于必死之时。"谁能明白它的准确含义呢？我在最深的孤寂里，感到过死神冰冷的指尖，它教我拿起锋利的刀片去切断生命的源流，它教我用足量的安眠药去换取永恒的梦境。我虚与委蛇，微笑着点头，却无动于衷。它被我貌合神离的态度激怒了，一时却又无力将我生吞活剥，它只好找来一位惯善助纣为虐的兄弟，慢慢地收拾我。我的确无法逃脱衰老的指爪，它攫着我年轻的生命，如同苍鹰攫着小鸡。反抗是无用的，也是无益的。

小岛能设下一个谜，也能解开一个谜。它永不衰老，因为它得到江水和阳光的厚爱。它的林子逢秋落叶，却丝毫也没有凋败的迹象。它遵守自然的信念与法则，新生替代了死亡，因此它不会遭到毁弃的劫难。飞鸟从头顶掠过，如石子一般纷纷投入林中。它们生活在自由广大的空间里，既不害怕衰老，也不畏惧死亡，真正令人羡慕。

一群少年在远处的沙滩上踢球，我眺见他们矫健的身影。一对情侣漫步而来，午后的阳光给他们神情欢悦的脸颊涂上了一层金色的釉彩。少年和情侣是我视野中唯一变化的风景。他们感到幸福，因为有一局如火如荼的球赛和一季青青郁郁的爱情给予他们满意的补偿。在城市里，正有激烈的角逐与畸形的世态演化到不可收拾的地步。参与者是不幸的，见证人是痛苦的。人类在生存与生活的旋涡中挣扎，侥幸上得岸来，也仍是惊魂不定。我在岛上想起一些朋友，他们的全部德行就是曲解真实的人生，找一些观念来奴役自己，找一些事情来折磨自己，犹如一个逢庙必拜而能自得其乐的香客。他们一旦醒悟，就用古怪的方式加以矫正，那些拔去蛀齿的病人总想换上满口金牙，二者似乎是同样的类型。

二十岁时，我还在轻信某些书中的鬼话，并且奉之为金科玉律。我生活在城市，远离真实的大自然，虚伪的气息使我的心灵日渐萎缩，难以舒展。人们放纵我的恶习，宽容我的弱点，却独独看轻我的才智。当我向庸俗的坡道滑去时，没人肯救我脱险。我忽然清醒地意识到自己所面临的危境，因而毅然决然地纵身一跳，虽然留下了"残疾"，却抢救了纯良的天性。

像女人爱护脸、男人爱护头那样，我爱护自己的一番憬悟。走出城市，回到岛上，小憩或者沉思。它启迪我的心智，去对付一些强有力的诱惑，它们形形色色，在各个角落里设下骗局。我并不强行抹杀自己的欲望，那将是徒劳的，况且这些欲望或多或少地滋养了我。我只是不想让诸多贪鄙的念头盘踞下来，因为它们会挟迫我走向深渊。

岛上有一具沉船的残骸，我猜想曾经发生过的一幕，然而不得要领。沉船上没有半点可以辨识的标志，它不肯提供任何精彩或平淡的细节。也许我只用知道它是沉船就足够了。人，成了大自然首先要逐出"客厅"的对象，因为这些狂妄的家伙（尽管他们自己也是造物主的得意之作）往往无端地毁损造物主的其他作品。我依稀看到雪亮的斧斤强暴山林，坎坎伐木，然后做成舟船，泛舸中流。人类自以为能凌驾于造物主之上，这种疯狂的意念遭到了一次又一次的惩罚，人类却依旧重复自己的过错，不肯幡然悔悔。

我不再穷诘那些随处都可以碰到的疑问，只用心去体贴身边的事物，以求获得它们的同情。这是不是某些混乱的错觉？我每天顺利地进入公式化的生活程序：走上楼梯，又走下楼梯，躺倒又起来。离开与返回之间，只见岁月匆匆流失。究竟我给这个世界增添了什么呢？一张毫无新意的面孔，一些絮絮叨叨的声音，仅此而已。"总该创造些什么！"这个意念强烈地呼唤我的心灵。岛上的宁静并不能平息我心中的喧哗与骚动。我注定属于那座城市，就这样生老病死，与世无争吗？我不是一个卑怯的人，我的意志依然如宝刀新发于硎。英国十八世纪的大智者塞缪尔·约翰生曾说："所有对这个世界的抱怨都是不公正的。我从未见过一个有才能的人被埋没。一个人的不成功，一般说来，都是由于他自己的失误。"因此，尽管愁情万斛，我仍然认定世界不可能完全埋没我，除非我自己埋没自己。

季节疾走循环之路，自然万物在这个封闭的圆圈中孳生繁衍，衰老死亡。我只是这条生死巨链上的一个小小的环节，正如这沙滩上一粒被忽略的细沙，它可以安静得无声无臭，但它也有存在的意义。

我原本就无须寻找理由责怪和鄙夷我的某些朋友，他们用各自的方式领会生活表面或深处的况味，给世界带来了纷扰，也带来了乐趣。我真喜欢他们红润的脸庞和快活的神情！他们总是那么毫不在意地说："这点难处没什么了不起的，好好地对付一下，就可以顺利过关。"虽是轻描淡写，但这种生活的决心却使我钦佩。因此我不再怀疑他们怎样耍弄心计。毕竟不同的人有不同的生活轨迹，评价他们理应格外谨慎。

一场大雪，这是冬天的杰作。我离开火炉，仍去岛上度过闲暇的时光。卢梭在最困苦最孤独的日子里，在法兰西最偏僻的一隅漫步遐想，终于抖落了心灵中郁积的重负。他被人爱过，也被人误解伤害过。在生命的薄暮时分，他感叹道：

"我活了七十岁，却只生活了七年！"

我漫步在广袤无垠的雪原上，想起卢梭，想起这位不幸的哲人。我为自己对生活仅有一些肤浅的认识而感到羞愧。我走向一个巨大的空白，走向世界的深处，七十岁的时候，我会说些什么？

回头望去，皑皑的岛上，只有一行蜿蜒的脚印。这是最沉寂的时刻，也是最热烈的时刻。低垂的苍穹上，铅灰厚重的云块就像刚刚解冻的冰河缓慢地向远方飘移。雪片仿佛漫天飞舞的玉蝴蝶，正纷纷扬扬地落下，落在我的肩头，落在空蒙的视野里。

致一千年过后的你

　　一千年的长度相当于一条河流的长度，起始两端之间，我们只能眺望而不能相遇。命定在此时，命定在此地，我写下这篇文章，想象一千年过后，你将在温暖的南窗下偶然读到它，细细咀嚼文中的每词每字，也认定你是与我从无一面之雅却心予魂授的隔世知音。读它吧，用你湛亮如斧的眼光，更要用你变化如虹的灵智，但愿你不会将它视为一篇写于二十世纪末某个风雪之夜的"古文"，你将感知到捧于手掌的这颗心，已搏跳千载，犹然鲜活。

　　我从未奢望过你是异代的红颜知己。前苏联女诗人玛丽娜·茨维塔耶娃有一首名作，题为《致一百年过后的你》，她明知"我够不着吻你！只能隔着忘川／伸过去我的双臂"，却依然在诗中大胆地想象，会有一位"明眸宛若两团篝火"的英俊男子去寻谒她的芳茔，而且坚信"你会拒绝所有情人的天姿国色——／为了伊人的玉骨冰肌"。那绝对是太凄美太浪漫的念头，一个再典型不过的女诗人的念头。

　　我手中的玫瑰瓣瓣零落，纷纷凋谢了，但内心的情意并未枯竭。真正的思慕如同逢春盛放的山花，岂是望秋飘陨的木叶？我的奢望仅仅表现在：这篇文字能够化作窖底的芳醇，虽逾千岁，漱齿犹香。

　　我在高山之巅，万年的积雪之上，巍巍然，苍苍然，皑皑然，如同一棵孑遗的古树，枝柯上挂着朝云的白手绢、晚霞的金丝带，空阔辽远的天地间，只有星星的宝殿和日月的行宫。谁说"维北有斗，不可以挹酒浆"？那长柄的杓就在我手中，我醉，天人同醉，报晓的锦鸡也忘了鸣喔。可叹人生苦短，奄忽如白驹过隙，能有多少欢乐？一入烂柯山，世上已千年，且让麻姑仔细看来，哪是沧海？哪是桑田？只见白发三千丈，红颜一瞬间。在这绝世离尘之处，李太白的《悲歌行》依稀可闻——

"悲来乎，悲来乎！主人有酒且莫斟，听我一曲悲来吟。……／天虽长，地虽久，／金玉满堂应不守。／富贵百年能几何？／死生一度人皆有……"

杜甫滴泪情何限？李白斗酒诗百篇。诗人，你要御风而去，入广漠之野，寻乌有之乡，然而既乏天梯，又无羽翼，难得消息。多少挂碍，多少牵绊，不得已啊，让人世留住了骸骨，留住了坟墓，留住了悲歌，又岂能留住那无以羁縻的一缕诗魄？

我并非吟风弄月的诗家，置身于历史的大定式或大变式中，也绝不是那种独具手眼，别有怀抱的顶尖角色。重重帘幕密遮灯的政治赌局永无收场的那天，我若即若离，充当微笑的看客——只在幻念中充当冷面的刺客——看他们得志时赢得佛祖升天，失意时输得人头落地！一拨又一拨"政坛赌圣"张狂或沮丧一阵之后，统统销声匿迹了。我若指称那些孤坟荒冢中的累累白骨为王侯将相，没人会认同，也没人肯相信，可它是千真万确的事实。

我不赌，不赌的看客才能立于不败之地。

我在高山之巅，万年的积雪之上，横笛一吹，吹落五千年的血色梅花，我是迈绝古今的剑侠，视人间丑类为蛇鼠蝼蚁，不值一哂，不堪一击。

这柄龙吟之剑，采自一万年的玄铁，炼于一万年的洪炉，经过一万年的锻造，淬于一万年的雪水而成，谁敢引颈以试其刃？

在历史的大剧院里，正上演最揪心的一幕又一幕——

是我，图穷匕首见，血溅秦廷。

仍是我，项庄舞剑，意在沛公。

一击不中，再击不中，并非我真的疏于技艺，或失于一念之仁，实为天命难逆。对此，我无话可说。

我在高山之巅，心中的积雪更厚。我是大孤独者，如这柄旷世无俦的宝剑，不再饥渴，不再愤怒，只沉静地怀想昔日的荣光。它不愿重返人世，就让这万年的寒雪悄寂无声地埋葬它，也埋葬我吧，死于无人知晓的时刻是最快意的时刻。

积雪粹白，谁能痛书半纸？

西风狂悲，我要强求一醉。

我在逝川之上，裁芙蓉以为衣，制芰荷以为裳。至情至性的一江春水呵，你将我带回三千年前《诗经》的首篇，开宗明义："关关雎鸠，在河之洲。窈窕淑女，君子好逑。"莫非我就是那位辗转反侧的多情公子？也是，也不是。说是，我的确来自水之湄，水之涘，三千年前，我曾涉江采芙蓉，那位淑女微微颔首，就有了千古如斯的风流；说不是，我出生在离风雅颂很远的时代和完全不相邻的地方，那窈窕淑女嫁给了谁？早已不得而知。

我为情而生，生于三千年前，或三千年后，生于北地，或南方，又有什么两样？我渴饮黄河水，饥食江南蕨，仅在一首国风里活着，就是幸福而且幸运的，更何况我枕息在一百六十篇国风的"乳峰"之上！我有千千万万之身，有千千万万之心，身外有心，心外有身，体验了人间至纯至美的情爱，春朝夏午秋暮冬夕，沸响的血液使我复活，一次又一次，无止无休，无休无止。

"蒹葭苍苍，白露为霜。所谓伊人，在水一方。"

唱着这支古歌，我顺流而下，溯流而上，不畏三千年九万里的道阻且长。

我在逝川之上，范蠡也在逝川之上，桂棹兮兰桨，那击水声、谈笑声冷然在耳。我们曾在某时某刻擦舷而过，我忘了问他："西子是浣纱时温柔，还是著锦时更温柔？"他会如何作答？但我能猜想到，西施入吴宫前已解风情，出吴宫后更解风情。范蠡乃是举世无双的大智者，明知越王勾践"长颈鸟喙，蜂目豺声"，最是天底下第一等刻薄寡恩的忍人，竟然还舍得将自家如花美眷做其复国大钓的香饵，投于吞舟之鲸的口腹？这等大勇之后的"大智慧"，别说你我无法甚解，想必西施也难以渐悟。

在逝川之上，或许我就是范蠡，是那道解不开的千古之谜。烟波浩淼，漂舟不系，袅娜的西子画上心头。天际雁字横斜，声声嘹呖，仿佛告诉世人，那是不足采信的越传越奇的传奇。

"若有得选择，你最喜欢生活在哪个朝代？"

"我不曾仔细掂量过，也许……"

"若想少年封侯，你最好生于西汉。汉武帝好大喜功，鞭笞匈奴，开拓疆土。霍去病十八岁即勇冠三军，荣封为冠军侯，去病固然少年果毅，肝胆绝人，但也颇得益于一位大将军舅舅——卫青。卫青功烈盖世，也颇得益于一位好姐姐——卫子夫，她是汉武帝宠幸的夫人。卫青早年牧羊，受尽薄待和欺侮，然而时势造就了他，七击匈奴而贵为万户侯。"

"历史不尽如此。飞将军李广劳苦功高，大小七十余战，未有封爵，暮年自刭而死。李陵败降，终绝南归之路。太史公直言取祸，受辱于蚕室，惨遭腐刑。如此结算，汉武帝何等冷血寒心，薄情寡义！"

"身为文人，做大唐的士子，可谓至幸。"

"有道是，'秀句出寒饿，诗人例穷蹇'，'珠玉买歌笑，糟糠养贤才'，李白、杜甫二人，一为诗仙，一为诗圣，尚且终身怫怫不乐，余子可想而知。"

"那么，宋朝如何？"

"只要看看苏东坡的遭遇，就明白了，真情至性的文人并没有什么好的出路。"

"其余元、明、清……"

"每况愈下。"

五千年间，何曾有过什么光明自由的黄金时代？我始终游弋在历史的血河泪海之中，别无选择。我行走在每个日子的刀尖之上，是歌，是舞；是笑，是哭；是和平，是战争；是创造，是毁灭；是上升，是沉沦；是生而又死，是死而又生。

我是一，是二，硬币正正反反，在空中翻飞，坠地的金声可以期待。

"历史的大潮涨了又退，退了又涨，将那些空空如也的贝壳信手扔满滩头。"

是啊，所有血肉被吮吸而去，荡然无存，索然无味。

我早已预料到，你将惆怅于千秋之下。不知今日的风，能否吹动你异日的衣襟？想必你在荒漠的午夜，等待禅悦来临，可是顿悟往往不在今世，更不在此时。

孤独使人裸露，完全裸露，仿佛不畏豺狼虎豹的赤子裸露在荒原，我的心灵裸露在时间的刀俎侧畔！

雪落心丘，何其安详。你能相信吗？这纷纷飘撒的玉屑正体现了生命轻若无物的质量，谁因而妄自菲薄，谁就会完全失重，被阴风卷走，有去无回。

你说："真白啊，真干净啊！"这就对了，从一朵晶莹的雪花，你认出我的魂魄，也认出我是你前生的前生，是你往世的往世，是你的宿命之影。这些文字又何尝不是翔舞的雪花呢？落在你手心，飘逸是其超然的舞姿，净洁则是其淡然的气韵。

就这样吧，我在此端大声疾呼，你在彼端回应如响。

千年的日子逐页翻过，你阖上这部大"书"，一切重又混沌如初。

玖 辑

——除了思考，我们还应该适配相当的理解和同情。

成才率

　　孔子被誉为中国古代历史上最伟大的教育家，其"因材施教""有教无类"的教育思想贯穿千古，深入人心。"弟子三千，贤人七十二"，这无疑是孔子教育成就的集中体现，折算为百分比，成才率为 2.40%。也就是说，在一千名孔门弟子中，贤人（高端人才）就出品二十四名。这个成才率究竟如何？请容我慢慢细细地分析。

　　读过《论语》的人都知道，孔门弟子并非整齐划一，同样良莠不齐，有的脾气暴躁，有的性格懦弱，有的心口不一，有的言行相违，日上三竿仍有人蒙被呼呼，至于稀泥糊不上墙、朽木不可雕的小伙伴，也并非极个别。

　　孟子认定"君子有三乐"，"得天下英才而教育之"便是其中的选项。孔子收徒，门槛很低。只要对方送来束脩，表明求知好学的诚意，他就会欣然接纳，诲人不倦。孔子的包容度很高，即使弟子的成色不够好，他也不会将他们逐出门墙，开除学籍。他的学生中既有贵族子弟、富二代，也有不少草根和苦菜花。子贡家财万贯，孔子待他不薄；原宪蛰居陋巷，颜回箪食瓢饮，他们同样博得了孔子的厚遇和高看。在初始未加甄选的情况下，孔子能从三千名弟子中培养出七十二位贤人，这个成才率堪称奇高。

　　"十年树木，百年树人"，成才之难，可想而知。世间不缺好苗子，不乏头脑聪明的青少年，为何成才者总是极少数？原因是多方面的。

　　其一，家长和老师揠苗助长，欲速则不达。神童可谓好苗子中的好苗子，智力发育早，专项表现优，但无论是谁，要将一位神童转化为高端人才，都没有太大的把握。神童多半会遭到捧杀，王安石的《伤仲永》就提供了一个"小时了了，大未必佳"的显例。神童很容易被亲人过高的期望值压垮，华容神童之母曾学梅的忏悔就令人深思，发人深省，她的殷切期望最终换来的却是儿子魏永康被中科院勒令退学的通知书。好苗子往往毁在亲人之手（"爱之不当实害之"），健儿往往毁于观众之口（"杀君马者道旁儿"），原因是亲人的期望值太高，观众的喝彩声太响。

其二，不少头脑聪明的青少年尚在成才的路途中，即因为各种缘故被毁掉了。在当代，专以分数论英雄的应试教育毁掉了一批好苗子，破碎、冷漠的家庭毁掉了一批好苗子，不良的习惯毁掉了一批好苗子，交友不慎毁掉了一批好苗子，沉迷于网络游戏毁掉了一批好苗子，形形色色的外界诱惑毁掉了一批好苗子。

其三，大器无法速成，可是整个社会追求快速高效，缺乏等待的耐心，功利主义泡沫越吹越大。十年铸一剑的贤才不受待见，一日造十剑的庸才却是抢手的香饽饽。

其四，真正的人才往往具有坚挺的傲骨和倔强的个性，既不肯与时俯仰，也不愿与人勾兑，敢言常人所不敢言，敢行常人所不敢行，桀骜不驯，惊世骇俗。居于显位和要津的伯乐不多，忌才者、妒才者却不少，他们习惯于将不羁之才视为害群之马，以严酷的手段加以剔除。这就半点也不奇怪了，某些强梁的表现超乎想象，不仅轻视人才，疾视人才，而且封杀、猎杀、扼杀人才，以此树立个人权威，达到阻吓群贤的作用。

其五，唯才是举的激励机制瘫痪，人才的入口太窄，奴才的入口太宽。以人才的质量和数量而论，和平时期远逊于乱世，验之战国、三国和民国，皆丝毫不爽。唐朝初期大才济济，也都是隋末乱世的产物。乱世群雄逐鹿，人才是显著的硬实力，倘若首领不肯重用人才，他们就难以保全自己的身家性命和核心利益，因此人才的甄选和擢用都处于极优状态，其间很少阻塞和窒碍。在乱世，一方面，人才能够野蛮生长，另一方面，人才能够脱颖而出。我们很难想象，像诸葛亮那样傲岸不羁的天才，倘若生长于和平时期，如何能够一展抱负，成为杰出的政治家？和平时期，筹码高度集中，既得利益集团霸据大量的优质资源，从马太效应的角度来看，无疑是强者运强的"铁板烧"。久而久之，社会各阶层高度固化，人才的流通渠道如同高血脂病人的心血管，阻塞不畅，奴才的攀附阶梯却如电动升降机，颇有回旋余地，劣币驱逐良币的逆淘汰机制遂占据绝对上风。许多半成品的人才纷纷改弦易辙，为了突破瓶颈，争先恐后地转型。近年来，公务员考试火爆异常，即是一个值得警惕、令人忧虑的现象。

其六，整个社会和时代对于人才的定位出现偏差，改变了青少年的价值取向，使之迷途难返。爱因斯坦从小就喜欢拉小提琴，但他的天赋在彼（科学）不在此（音乐），倘若他生长在一个娱乐至死的年代，蒙着头径直奔向音乐圣殿，狂走到黑，其物理学天赋很可能连端倪都无从一露。现在的青少年，同质同构的太多了，把本该玩耍、阅读、培养兴趣的时间用于补习功课的太多了，这还是培养人才的节奏吗？

有人说，在民国时期，赴东洋、西洋自费留学和官费留学的青年人成才率极高，尤其难能可贵的是，差不多个个学成归来，极少有人滞留海外。目前的统计数据显示，留学生学成之后不肯回国的比率居高不下。成才率究竟是多少？却不得而知。媒体上常有报道，某些留学生出国数年，花费重金，只学到皮毛，徒有留学之名，却无求学之实，这样的海归高不成低不就，连留洋期间的巨额花销都很难回本。这就说明，镀金与成才并不是完全搭调，虚假的光环只能用来自欺欺人。

我们再返回本文的开头，孔门弟子的成才率是 2.40%，它是否具有参考价值和标杆意义？我们只需做一道算术题。2016 年，全国高校毕业生总数为765 万人，7650000×2.40%=183600。这个数据令人欢欣鼓舞，然而且慢，我们的乐观指数必须打三折，甚至打两折才行，如果各个领域的高端人才真能达到这个数目的三分之一、五分之一，大家就应该万分庆幸了。

中国的高等教育产能惊人而质量羞人，其深层次的原因恐怕是既缺少优秀的教育家，又缺乏良好的培养机制，仅靠谋财逐利的产业化压住阵脚，仅靠大跃进式的人海战术撑住场面，虽能长期保持虚假繁荣，却绝非善之善者。

留名与留国

多年前，我阅读奥地利作家斯蒂芬·茨威格的历史特写集《人类的群星闪耀时》，书中那篇《滑铁卢的一分钟》令我印象深刻。此文的开头语是："命运总是迎着强有力的人物和不可一世的角色走去。多少年来，命运总是使自己屈从于这样的个人：恺撒、亚历山大、拿破仑，因为命运喜欢这些像自己一样不可捉摸的强权人物。"这段话与英国思想家托马斯·卡莱尔的英雄史观十分合拍，气味相当接近。然而作者的笔锋陡转，他认为滑铁卢战役的胜负枢机并未掌握在法军统帅拿破仑和联军统帅威灵顿手中，而是掌握在法军元帅格鲁希手中，倘若这位奉命追击敌军（实则踪影全无）的法军元帅能够脑筋急转弯，率领精兵强将杀回主战场，在联军背后狠狠地捅上一刀，整个战局就将发生戏剧性的大逆转，拿破仑势必反败为胜。平庸刻板的格鲁希元帅原本可以逮住这个千载难逢的机遇，成为历史上有名有数的英雄人物，可是他缺乏天才必备的灵活敏捷，军情岌岌可危之时，他必须当机立断，却迟疑不决。作者的感想耐人寻味："一个平庸之辈能够抓住机缘使自己平步青云，这是很难得的。因为伟大的事业降临到渺小人物的身上，仅仅是短暂的一瞬间。谁错过了这一瞬间，它绝对不会再度恩赐。"

格鲁希元帅错过了一生中唯一的良机，因此无以成名。拿破仑·波拿巴是一位横空出世的天才人物，他不仅能够逮住转瞬即逝的机遇，而且能够创造自己亟须的时势，他的各类事迹占据了法国历史和欧洲各国历史的大量篇幅，人们早已耳熟能详。拿破仑最终以惨败出局，以囚徒的身份死于圣赫勒拿岛。单从技术层面分析，你可以说，他征服欧洲的野心过于膨胀，远征俄国的壮举过于冒失，这些失误确实是显而易见的，但并不是致命的。其致命的失误是冒天下之大不韪，悍然称帝，将自己亲口许诺的民主、自由践踏在脚底。他答应解放民众，结果却给他们戴上更为沉重的镣铐和桎梏。一个独裁者，无论他的才智多么杰出，骨子里面仍然是虚弱的；尽管他指挥的军队所向披靡，但是崩盘的危险始终挥之不去。

近日，我阅读法国作家夏多布里昂的《墓畔回忆录》，首卷中有一篇《华盛顿和拿破仑之对比》，可谓洞察幽微，切中肯綮。以下引用的就是此文的部分文字：

华盛顿跟波拿巴不同，不属于那种超过人类高度的种族。他身上没有任何惊人之处；他并未置身于广阔的舞台；他不曾同那个时代最能干的将军和最强大的君主打交道；他没有从孟菲斯转战维也纳，从加的斯转战莫斯科；他在内部狭小的圈子里，在一片无名的土地上，带着一小帮人进行自卫。他并未发动战争，取得可以同阿尔贝尔（公元前四世纪，亚历山大大帝在那里取得对波斯国王大流士三世的决定性胜利）和法尔撒尔（公元前一世纪，恺撒在那里打败庞培）的大捷相媲美的胜利。他没有推翻王位，用王位的残余部分组成新王朝；他不曾让那些国王在他门口说："他们让人等得太久，阿提拉厌烦了。"

华盛顿的行动被某种无声无息的东西包围着；他行动缓慢，仿佛感觉肩负未来自由的重任，担心损害它。这位新式英雄承担的并非他自己的命运，而是他的国家的命运；他不允许使用并不属于他的东西去冒险；但是，这种深深的谦卑放射出耀眼的光芒！到华盛顿的剑锷曾经闪光的树林中去搜寻吧：你在那里找得到什么呢？华盛顿在他的战场上留下合众国作为战利品！

波拿巴没有这位严肃的美国人的任何特点。他在一片古老的土地上进行有声有色的战斗；他想到的只是创建功名；他肩负的只是自己的命运。他似乎知道，他的使命是短暂的，从那么高的地方冲下的激流将很快流走；他急于享受和滥用他的光荣，好像享受转瞬即逝的青春。他仿效罗马的神圣们，企图迈出四步就走到世界尽头。他出现在一切海岸上；他匆忙将自己的名字写进各民族的大事记中；他将王冠掷给他的家庭成员和士兵们；他在他的建树、他的法律、他的胜利中是匆遽的。他俯视着世界，用一只手打倒国王们，用另一只手击败革命巨人；可是，在粉碎无政府状态的时候，他窒息了自由，而最终在他最后的战场失去他自己的自由。

　　每个人按照他完成的功业获得报酬：华盛顿使一个国家赢得独立；这位平静的法官，在他的同胞的叹惋中，在各族人民的崇拜中，在自己的家中，悄然长眠。

　　波拿巴剥夺了一个民族的独立：他从一个被废黜的皇帝变成被流放的囚徒，人们由于惊魂未定，认为海洋还不是可靠的监狱。他死了：在那个征服者叫人宣布过那么多丧礼的大门口，公布的这个消息既不能令行人止步，也不会令他们感到难过：公民们有什么好哀悼的？

　　华盛顿的共和国留存下来了，波拿巴的帝国毁灭了。华盛顿和波拿巴都是民主的儿子，他们都出身于自由，前者对自由是忠诚的，而后者背叛了它。

　　华盛顿是他的时代的需要、思想、智慧和舆论的代表；他帮助思想运动，而不是阻挠它；他希望得到他应该得到的东西，他被指定完成的东西；因此，他的事业是连贯和持久的。此人很少有惊天动地的举动，因为他有正确的分寸，将他自己的存在同他的国家的存在融为一体。他的光荣是我们的财富；他的声名犹如那些公众的圣殿，从中流出丰沛和永不干涸的泉水。

　　夏多布里昂认为，拿破仑并未将自己的命运与同时代人的命运紧密联系在一起，他的丰碑就像古埃及法老的金字塔，矗立在寸草不生的荒漠中，徒然令人感到惊讶和诧异。

　　任何一位伟大的历史人物，留名都轻而易举，留国却难于登天。只要他的天才足够出众，事功足够显赫，即可留名。他要将自己的深谋远虑和大公无私实现无缝对接，方能留国。

　　独立战争取得胜利后，有人建议华盛顿称帝，他斥之为"荒谬透顶"。他当选为美利坚合众国的首任总统后，又有不少国会议员联名动议，乔治·华盛顿功勋卓著，理应担任终身总统，这种美事也被他断然拒绝。两任总统之后，他毅然辞去一切公职，返回自己的庄园，安度晚年。美利坚合众国能够日益强大，是因为在乔治·华盛顿的主导之下，将民主制度建立在坚不可摧的基石之上，就像核反应堆一样提供源源不竭的动力。诚然，美国的民主制度并不完美，但它拥有自我更新、自我修正、自我完善的良性机制，因此能够一次又一次渡过难关，逾越险隘。

孙宝瑄是清末民初的开明人士。他有许多离经叛道的见解，讲出来必定吓倒旁人，只好私自写在《忘山庐日记》里。最突出的地方是，他向往民主，批判专制，言论直击要害，比如这一句："尧、舜不如华盛顿，何也？尧、舜私荐人于天，华盛顿定公举之法者也。"相比当时读书人的认知水准，孙宝瑄发出这样的异响简直就是"鹤鸣九皋，声震于天"。

如果说拿破仑的"天才是现代的，野心却是旧式的"，袁世凯的天才和野心全都是旧式的。他凭仗自己多年积攒的政治势力和军事本钱，利用革命党人的软弱可欺，实现了乾坤大挪移，"当选"了中华民国大总统，即使是终身总统，也只要他点头就有得做。可是袁世凯意犹未尽，欲壑难填，非要称帝不可，非要独裁不可，非要专制不可，非要用家天下取代假共和不可，最终弄得天怒人怨，一地鸡毛。袁世凯执政期间，中华民国尚处在孩提时代，就已经元气大伤，筋骨大损，"癌细胞"在全身扩散。至于他个人留名千载，当然丝毫不成问题，但臭名昭著，于国于民于己，究竟有何裨益？

神医也有"六不治"

　　神医，即是被神化了的中医。据宋人周辉的笔记《清波杂志》所载："秦医和诊晋侯之脉，知其良臣将死"，"宋妙应大师智缘诊王安石之脉，知其子王雱翌年登第"。这样的奇技妙术完全超出了医师诊断的范畴，不禁令我感叹：常人只长一个脑袋根本不够用啊！

　　晋朝之前，中国最为著名的正牌神医非扁鹊（秦越人）、仓公（淳于意）、董奉、华佗、张仲景五位莫属，其他的神医，如苗父、俞柎、长桑君、文挚等人，名气则要小一些。神医通常被获救的病人视为再生父母，实际上，他们与死神掰腕子，以乐观的心态去看，也只有不到三成的胜算。

　　神医屈指可数，扁鹊的表现尤其抢镜，他留下许多传奇故事，两千余年来，民间对他的赞美一直都在滚雪球。

　　据先秦道书《鹖冠子》记载：有一次，魏文侯询问扁鹊："寡人听说你家三兄弟全都行医，谁的医术最高明？"扁鹊如实回答："我家长兄的医术首屈一指，次兄的医术稍逊一筹，我的医术只能叨陪末座。"江湖上明明传闻扁鹊是无人能出其右的神医，因此魏文侯大惑不解，他问道："何以见得？"扁鹊给出的理由是："在病情尚未成形时，我家长兄就能将它消灭，所以他的名声传不出家门；在病情刚刚萌芽时，我家次兄就能将它拔除，所以他的名声传不出里巷；相比而言，我完全是后知后觉，要等到病象呈现出来，才能望闻问切，对症下药，可是我的名声反而传遍诸侯各国。"扁鹊的话充分说明了一个道理：能防微杜渐的人最高明，可是这种顶尖好手也最容易遭到低估和忽略。

　　《列子》的某些记载极其夸张，扁鹊居然给鲁公扈、赵齐婴做过换心手术，信不信由你。公扈"志强而气弱，多谋而寡断"；齐婴"志弱而气强，少虑而伤专"。如果置换他们的心，彼此就能取长补短，堪称两全其美。当年，没有手术室，没有心电仪，没有麻醉药，没有抗生素，没有输血装置，扁鹊的操作流程相当粗放：让公扈、齐婴饮下毒酒（起麻醉作用），沉睡三日不醒，然后，他"剖胸探心，易而置之，投以神药"，免不了还要术后缝针。等到他们一觉醒转，手术早已完工。有趣的是，换心之后，两人性情大变，公扈返回齐婴家，齐婴返回公扈家，两家的妻儿惊诧不已，为此闹出纠纷来。解铃还须系铃人，扁鹊将换心手术的前因后果解释一遍，众人大眼瞪小眼，将信将疑，但好歹平息了争议。

《说苑》也是有闻必录，扁鹊居然从死神的魔爪中夺回一条生命。他经过赵国时，听说赵王太子刚刚暴病过世，问明症状后，他大胆地断定赵王太子只是尸蹶（休克），并未死亡，立刻指导几位弟子分工协作，给太子扎针、捣药、吹耳、反神、扶形、按摩，与现代心肺复苏法全然不同。经过一番抢救，太子苏醒过来。这个消息迅速传播开去，大家都夸赞扁鹊起死回生，他却实言相告："太子奄奄一息，并没断气，我只不过使原本还能活着的人继续活着。"

中医治病，望闻问切是基本功。在《韩非子·喻老》中，扁鹊具备超人九等的洞察力。他寓居蔡国，在宫中行走，发现蔡桓侯的病情一天天加重，便一而再再而三地提醒对方要赶紧治疗，否则后果不堪设想。然而蔡桓侯讳疾忌医，竟怀疑扁鹊耸人听闻，是想捞取厚利。过了一段日子，蔡桓侯病入膏肓，扁鹊自知回天乏术，赶紧逃出蔡国，他可不干那种把死马当活马医的蠢事。这就证明，扁鹊所言不虚，他并没有起死回生的魔力。

扁鹊认为，良医悬壶济世，若想妙手回春，就必须具备两个先决条件：一是病情要发现得早，二是病人要配合得好。然而世间疾病繁多，治疗方法有限，所以神医也会声明六不治："骄恣不论于理，一不治也；轻身重财，二不治也；衣食不能适，三不治也；阴阳并，藏气不定，四不治也；形羸不能服药，五不治也；信巫不信医，六不治也。"六者有其一，医生就难于措手，而某些病人身兼数项，蒙着头往死路上狂奔，纵然世间一百位神医赶来会诊，也注定救不了他们的小命或老命。

扁鹊精通医术，善治疑难杂症，无论在哪儿，病人都对他感恩戴德，视若神明。但他的天才使一些居心不良的庸医恼羞成怒，秦国的太医令李醯见识了扁鹊的高超医术之后，自愧不如，竟然妒火中烧，派人刺杀了扁鹊。

疾病难治，人心更难治。李醯患"妒贤病"而行凶，肯定无药可医。对照扁鹊的"六不治",我们应该反省:自己的身心与"骄恣不论于理""轻身重财""衣食不能适""阴阳并,藏气不定""形羸不能服药""信巫不信医"有没有千丝万缕的瓜葛?讳疾忌医的人,真到了"六不治"的绝境,就算他们"有幸"找到胡万林之类专开虎狼药的当代"神医",也绝对不会巧遇起死回生的奇迹。

临到本文的结尾,我再提及一件趣事。后世,追认扁鹊为祖师爷的杏林高手不知凡几,最替扁鹊争脸的则是北宋御医许希。据《宋史·许希传》记载,有一次,许希治好了宋仁宗赵祯的头痛病,获得重赏。他拜谢皇上的恩赐之后,特意向西恭行大礼。赵祯不解其故,许希说:"扁鹊是我的师祖,我能治愈皇上的病痛,是因为师祖传下的医理高明。请皇上允许我将所得的赏金用来修建扁鹊庙。"宋仁宗满口答应,不仅赞助许希在汴梁城西建造了扁鹊庙,景祐元年(1034),还将扁鹊册封为神应侯。

尊重他人的脆弱

物性脆弱，不难认知。相比于石头，鸡蛋是脆弱的；相比于炸弹，石头是脆弱的；相比于时间，炸弹是脆弱的。无论从哪个起点开始，唯有时间处于终端，绝对强大，连死神都莫奈它何，只能退避三舍。

人类早已习惯于敬佩坚强，殊不知，坚强只是表象。钻石够坚强了吧，但在飞秒激光面前，它脆弱得如同初生的婴儿。

数年前，一位朋友不幸罹患鼻咽癌，在肿瘤病医院接受治疗。我对他的病情很担忧，他却反过来安慰我："鼻咽癌就相当于癌症中的小感冒，你瞧我这身板子，它可吓不倒我！"乐观当然好，也有必要，但这场战役不可能轻松，他的胜算顶多只有五成。癌细胞是一群冷血杀手，化疗和药物都没能阻遏住它们的脚步。半年后，癌细胞已经转移到身体的其他部位，医生的结论出来了，他顶多还能活半年。从那时开始，他彻底放弃了住院治疗，带着药物，搬到一个偏僻的山村去居住，空气新鲜，泉水纯净，果蔬环保，只有妻子陪伴他。这时，他面色灰暗，身体枯瘦，目光中的热力渐渐消失。他在期盼奇迹出现吗？并非如此。他在反思自己的人生。他告诉妻子，以往，他处处好强，事事好胜，从不示弱，现在才明白，比自己强悍的人和物太多了，那些在显微镜下才能看得见的癌细胞都能轻易地打败他，打垮他，使他变得如此乏力和无助，何况世间还有许多显在或潜在的东西比癌细胞更为强悍。

当情绪低落的时候，他读到一位远方癌友撰写的博文，其中讲述了一个令人振奋的故事：一对英国夫妇韦德和安妮双双遭遇癌魔，已被医生判定不久于人世，于是他们列出死前要干的五十件事情，以倒计时的紧迫感去做好它们，但求人生无憾。他们有一个共同的心愿，那就是环游世界。于是他们拿出家中的全部积蓄四万英镑，与旅行社签约：只要两人中有一位离开人世，旅行合同即自行终止，否则他们可以继续旅行。旅行社很慎重，派人调查了韦德和安妮的病况，得悉他们是癌症晚期病人，生命顶多还能维持一个月时间，四万英镑则足以支付两人环游世界半年的费用。这笔生意包赚不赔。2003年5月7日，韦德夫妇乘坐豪华游轮，从利物浦出发。此后一年多，主治医生威斯里未收到韦德夫妇的音讯，估计他俩早已不在人世。2004年11月7日，威斯里突然接到韦德的电话，得知这对夫妇刚刚回到利物浦，他们本可以按照合同继续航程，却不忍心让旅行社吃亏太大。韦德还以异常兴奋的声音告诉威斯理，他们在英国最权威的伦敦皇家医院做了彻查，他与安妮的癌细胞已在体内全部消失。威斯里觉得不可思议，当初的确诊是无误的，变数难道发生在旅途中？数日后他们见了面，威斯里详细询问韦德夫妇旅途中的身体状况。他们告诉他，除了贪恋沿途的美景，根本无暇顾影自怜。在北冰洋漂浮的冰川中，在极地不落的太阳下，在复活岛耸立的石像前，他们只感到美妙和沉醉，那一刻仿佛可以永生；等到了夏威夷海滩边，他们惊喜地察觉到体内的痛苦已悄然消失，精力则日益旺盛。这次环游世界的告别之旅无疑是超值的。威斯里医生认识到，奇迹必有其发生的根本原理，那就是对个体生命的珍惜和享受，对大自然美景的欣赏和体验，使他们的身心在持续不断的愉悦和满足过程中获得了自愈的能力，从而击退癌魔，重获新生。

这位好友读完韦德夫妇抗癌成功的故事后，受到空前未有的精神激励，立刻与妻子商量，效仿韦德夫妇，乘坐豪华游轮踏上环游世界之旅。为此，他们作好了充分的思想准备。可就在出行前两天，一次剧痛的地毯式轰炸使他颓然放弃了整个计划。两个月后，他与世长辞。

你也许会轻下结论，这位朋友太脆弱了，临战怯阵。但我尊重他的脆弱，尊重彼此的个体差异。尊重比同情更适宜，也更正确。有了尊重，才会有体恤，其立足点不在高处，而在相互平等的位置。许多时候，常人的性格和意志力都是脆弱的，活着，不能取法乎上，知而不能行，行而不能远，很难战胜比病魔更难战胜的心魔。这也许就是混沌逻辑：因为脆弱，所以脆弱。但有一点是明确无误的，如果我们不尊重他人的脆弱，就等于不尊重自己。

拾 辑

——勘破生死，则无所惧，亦无所惧。

假如生活欺骗了你

十多年前，我在电大教过一学期写作课。有一次，我自作主张，先是朗诵普希金的名作《假如生活欺骗了你》，然后让他们同题作文。学生的文思被彻底激活了，写出不少掏心窝子的真话来。

一位男生这样写道："在我的生活中，已没有'假如'这两个字的立足之地，它不敢再在我面前招摇。高中毕业后，社会就以极不友好的方式对待我，称心如意的工作一个不剩，真心实意的女生悉数蒸发，手头无银，办事不灵，处处吃瘪。我的生活才刚刚开盘，它就给了我八辈子用不完的教训。现在，我读电大，只是为了拿到一张可能有用也可能无用的文凭，借它的光，再到别处碰碰运气，或许能多碰几面铜墙铁壁吧。"一位女生笔锋婉转，她写道："我是个胆小的人，遭到生活的欺骗，那是多么严重的事情啊！我受得了吗？我有位闺密，高考落榜后想到自杀，我还变着法子安慰她。很奇怪，她觉得自己受够了命运的捉弄，而我只是觉得有点难堪，这是不是说，我的承受力还可以？我拿不准，生活欺骗我要达到什么程度，我才会抱头痛哭一场。"一位男生用表面的潇洒包藏着无奈："我认为生活是一盘棋，我仿佛是棋枰上的一枚卒子，只许前进，不许后退，舍了老命往前拱，拱过了河，未必幸运，做了炮灰，也只能认命。就这样血拼一场，管他娘的！"也有人故作强者之论："假如生活胆敢欺骗我，那它就得领教我的拳头，看看是它的鼻梁骨硬，还是我擂钵大的拳头硬！总之，要做到两清，它不欠我，我不欠它。"也有人语惊四座："假如生活欺骗了我这样忠厚老实的人，我才无所谓呢，那是它的损失，不是我的损失。"也有人大度为怀："假如生活欺骗了我，我就去吃一顿好的，别亏待了自己。不能发财，还不能发福吗？"也有人抚膺悲叹："生活骗人没商量，就看它用心狠不狠，下手重不重，不幸的人生共分为三个阶段，第一个阶段是寻寻觅觅，第二个阶段是冷冷清清，第三个阶段是凄凄惨惨戚戚。

现在，我还看不到幸福的影子，我该怎么办？天晓得！"也有人玩世不恭："我现在就专等着生活来骗财骗色，反正这两样我都没有。"

他们用文字抒发性灵，满是苦闷和焦虑，我越读心情越沉重。我给了他们倾吐一番的契机，却提不出宝贵建议，开不出显效药方。一位坐在前排的学生对我说："普希金的这首诗能安慰我五分钟，可生活严酷的考验不知有多少年。当年，他被生活欺骗后，选择了决斗，结果被丹特士一枪夺命。他的诗连自己都无法说服，还怎能说服别人？"这位学生的诘问令我无语。

在现实生活的帷幕后面，诸多美丽的假象和丑陋的真相触目惊心，大家就害怕这个，你越是纯真，越是赤诚，越是对这个世界充满信任，上当受骗的概率就越大。有时候被欺骗的感觉糟糕到极点，你会万念俱灰。

中国人喜欢孙悟空，除了赞赏他天生反骨，更羡慕他有一双能够识别妖魔鬼怪的火眼金睛，保证自己不受形形色色假象的欺骗，较之世间普通智者更能料敌于机先。但孙悟空也有孙悟空的烦恼，他只能保证自己不受骗，却不能保证自己的团队成员不受骗，比如唐僧，以妇人之仁、小儿之智、鸵鸟之策应对外界的危险，有时被坑骗得鼻青脸肿，仍心甘情愿舍去一身白花花的好肉给那些妖魔鬼怪充作长生不老之药，还搬出"舍身饲虎"的典故来标榜自己。你能奈他何？纵然有火眼金睛，孙悟空也只能保证自己不受骗不上当，却不能保证自己不蒙冤不受屈，他要想通这个问题并不容易。

放眼古今中外，凡是弱势群体得不到充分爱护的社会，必定是骗子多如牛毛、骗局多于棋局的社会。"假如"二字纯属多余，生活随时随地都可能会变着法子欺骗你，使你白费力气，心血付诸东流，令你美梦落空，好事难圆。你究竟如何应对？"以眼还眼，以牙还牙"，"要么一招鲜，要么出老千"，"吃一堑，长一智"，"机会一到，有仇必报"，"认命，认头，认输，认栽"，"宁可生活欺骗我，我决不欺骗生活"。我欣赏最后的这种态度，如果你识破各类骗局之后仍然保持善意和良知，没设想过骗人，没尝试过骗人，就能拥有一盏光明的心灯，不失生命的尊贵。哀怨和仇恨只会使你沉沦于地狱般的黑暗之中，饱受挣扎和煎熬的万般苦楚，那才是一条真正的绝路。

学佛与还债

宋神宗熙宁年间（1068—1075），有两位姓王的文臣武将为举国上下所瞩目：宰相王安石变祖宗之成法，边帅王韶灭西夏之气焰。王韶收复了西部边塞的多个军事重镇，时人谓之"以奇计、奇捷获奇赏"，四十多岁就荣升为枢密院副使（与参知政事平起平坐）。王韶统领宋军攻城拔寨，杀人如麻，该杀的敌军将士他放胆斩杀，不该杀的平民百姓他也忍心屠杀。由于滥杀无辜，落下悔恨，这就成了他晚年难以治愈的一块心病。王韶学佛，目的十分明确，就是要将自己万劫不复的灵魂从肮脏的地狱中解救出来，洗涤干净，熨烫平整。

王韶常请高僧佛印升座说法，佛印法师明白他的本意，每每为之焚香，口中喃喃有词："此香奉为杀人不眨眼上将军，立地成佛大居士！"王韶听完祷告后，顿觉心安。可是没过多久，故态复萌，他又疑虑重重，跑去向祖心法师请教："昔未闻道，罪障固多，今闻道矣，罪障灭乎？"祖心法师从不故弄玄虚，他的回答极其平实："如有人贫时负债，及富而遇债主，其必偿乎否也？此债必偿。虽闻道矣，奈何债主不相放耶？"祖心法师的答案有点像是民谚所说的"杀人偿命，欠债还钱"，学佛闻道并不能勾销罪孽，免除债务。王韶听了祖心法师的这番话，怏怏不悦，心病有增无减。

有一天，王韶游览金山寺，他用同样的问题请教众僧，出乎意料的是，众僧的说辞非常一致：王韶遵照王法杀人，就如同大船行驶在水中，压死了水底的螺蚌，纯属无心之过，他不必为此焦虑不安。

当时，有一位年长的学士叫刁约，学佛多年，很有心得，退休后，定居于金山（今镇江）万松堂。某日，在长老座间，王韶仍用那个揪心的问题请教高僧大德，结果众说纷纭，只有刁约缄默不语。私底下，王韶特别想听一听刁学士的意见。刁约问他："不知贤打得过心下这个魔念否？"王韶没有必胜的把握，刁约接着说："以某所见，贤打它不过。若打得过，自不问也。"王韶无言以对，内心益发怔忡不安。

五十二岁时，王韶背部长出一颗大毒疮，终日趴在床上，闭目不视。医生对他说："看病亦须看眼色，枢密试开眼看。"王韶实言相告："安敢开眼？斩头截脚人有许多在前。"黑夜被噩梦占领，白昼被幻觉包围，王韶的精神世界彻底沦为了一座古战场。背上的毒疽溃烂成洞，依稀可见腑脏，其状惨不忍睹，由于医药罔效，很快他就奄然物故了。

佛家强调"放下屠刀，立地成佛"，为何王韶放下屠刀之后，悔恨之后，学佛之后，修行之后，其深重的杀业依旧无法清空归零？

在王韶的个案中，追债的是那些"斩头截脚人"，是他幻视到的鬼魂。中国现代史还提供了另外一个典型的案例，堪称离奇，追债者竟然是遇害者的女儿。

1925 年 10 月，大军阀孙传芳自封为五省联军总司令，发动战争，与奉系军阀张作霖争夺地盘。其后不久，孙传芳亲自下令杀害了被俘的奉军主将施从滨，在安徽蚌埠车站暴尸三日。施从滨的女儿施剑翘誓报杀父之仇，十年不懈，终于在天津的功德林佛堂中击毙孙传芳。有人说，这桩奇案有国民党军统局介入的痕迹，有借刀杀人的嫌疑。原因是日本特务头目土肥原贤二与孙传芳有过秘密接触，触发了杀机。不管内幕如何，施剑翘的身份是"追债人"，这一点确凿无误。

孙传芳心狠手辣，杀人如麻，他有句名言——"秋高马肥，正好作战消遣"，竟将寡人妻、孤人子、墟人庐、埋人井当成赏心乐事，由此可见其鬼蜮之心、豺狼之性。晚年，孙传芳退居天津，皈依佛门，自以为找到了躲债、逃债的好地方，从此可以勾销债务，落得逍遥。但他做梦也没有想到，孝女施剑翘与杀父仇人不共戴天，寻踪觅迹，追至佛堂之中，来讨还那笔积欠多年的血债。

据说，孙传芳学佛很虔诚，参禅也很用功，捐钱做功德十分慷慨，但他欠债如山，要偿还"驴打滚的高利贷"，已经力不从心。

还是祖心法师的那句解答点到穴位：尽管欠债人学佛闻道了，奈何债主不肯放手。世间法就是如此。当初，他们放胆挂账打白条时，应该想明白，行恶之后，休想免责逃债。

更多的人死于心碎

写下这行字——"更多的人死于心碎",就等于写完了所有的字。

一年中,我参加了好几次告别仪式。殡仪馆极度压抑的气氛使人感到每分每秒都不自在。那些苍白的纸花是怎么回事?还有那张比纸花更显苍白的遗容,仿佛萎缩了许多,比一条失水太久的鱼好不到哪儿去,摆在盘子里,已不再光鲜,怪可怜的。

"兔死狐悲,物伤其类",果真如此吗?一束束真假悲哀的目光游移闪烁,但总也躲不开那些花圈和挽联。于是,讲求格律的人干脆用心琢磨那些挽联中对仗和平仄的毛病,还与身边的同伴交流看法,谋求认同,他顿时觉得心里舒坦多了。不少久未谋面的熟人,彼此行过点头注目之礼,忍住没笑,百忍成钢啊,今天又算是炼了一把好阴火。死者仰卧在鲜花翠柏丛中,一副睡得无比香甜的样子,却显出从未有过的伶俜无助。致悼词的人总共清了九次喉咙,擦了八次眼角,这十七次的刻意停顿,我不能肯定全都是假惺惺,他总算把死者的平生业绩一一细述完毕,"继承遗志"之类的套语,听起来更像是一句不负责任的玩笑,因此谁也不会当真。非得等一个人死了,才给予他善遇和高估,这正是生死场上司空见惯的游戏规则之一。

不知为何,我老是担心死者不肯配合,会一个鲤鱼打挺,坐在灵床边,金刚怒目,愤愤然大声抗议道:"省省吧,乌鸦的哀歌,鳄鱼的眼泪,我宁愿看见你们围成一个大圈笑逐颜开,笑我一生郁郁不得志,笑我钱眼不大,色胆太小,野心几乎为零,笑我脖子、腰板和膝盖不够柔韧,笑我太迂腐、太耿直、太天真,直到死后才有这么一点点可怜巴巴的体面!"听完他这通发言,灵堂里参加吊唁仪式的人准定会吓得面色如土,夺门而逃。然而我所担心的事故并未发生,据说,数十年间在这座偌大的殡仪馆中也从未发生过。悼词致完了,致辞者掏出手帕,这小小的道具在他手中比在魔术师手中显得更为神奇，引得好多人一阵阵唏嘘啜泣。他向死者深深一鞠躬，那样子更像是道歉，也许他还细若蚊鸣地咕哝了一句"谢谢合作"或"死鬼，我可是尽释前嫌了"之类的妙语，更体现出他的高风亮节。洗耳恭听死者的冤家对头致悼词，这是天底下常见的黑色幽默和荒诞派喜剧，如果你不能接受这别具风味的"大餐"，那只能说明你根本没有幽默感。一个人死了，但他的幽默感并不因此而完全丧失，静静地躺在那儿，安息给一切赐足光临的人看，他已尽其所能。一小时后，尸体焚化为灰，一个人在世间就彻底失去了质量，剩下的只有类似槟榔的姓名，大家还将在口齿间反复咀嚼数遍，味道可想而知，其结局与口香糖无异。

走出殡仪馆，外面阳光灿烂，这不像是一个给人送葬的日子，似乎没有什么可悲哀的，在如此晴淑暄和的天气，世人通常要寻欢作乐。上车前，大家已将胸前的白花摘下来，扔进垃圾桶，笑着约定下午的牌局。

"几天没过牌瘾了，这心里痒得像猫爪子挠。"

汽车进入市区，繁华景象一幕接一幕，比最好的戏剧还要好得多。好就好在每个人既是演员，又是观众，把世相的肥皂剧永无止境地演绎下去，演绎出无数花花绿绿的泡沫。谁也不知道这台无厘头的剧目后面潜台词会是什么，下面的情节又当如何，就这样更妙，大大小小一长串的悬念赚我们活够一生。

"毕竟还活着，只要活着就好！"

刚从殡仪馆出来不久的人，一下子就想通了，变得心平气和。只要活着，多少总还会有些甜头等着自己，寻求诸多美好的受用，这就是人生全部精义要诀之所在吧。表面看来，城市是一座大而又大的热灶，人们既发疯又着魔似的朝那灶膛里填塞柴草，要熬制一锅异常可口的香汤，真不知那达于沸点的"浆汁"烫坏了多少人的舌头。好喝，好喝，津津有味地喝了一碗，意犹未尽，再加一碗。城市毕竟不是一座兵营，它对每天都有的减员现象毫不在意，真不知有多少人正眼巴巴地等着"蜂窝"中那个空缺，因此城市对死神表现出一贯的冷漠，放鞭炮，奏哀乐，并不表示它有多么热忱。"先死的人给后死的人腾地方"，此话初初听去，相当残忍，但这是一种经常的残忍，无法规避的残忍。一个人死了，他就得把自己在社会中所占据的一小块或一大块"地盘"腾出来，给活着的人一个安身立命之处。只不过生者为了抢占那不可多得的宝座与肥缺，往往会拼得头破血流。这有什么可大惊小怪的？对于一群狼狗而言，给它们扔下一块骨头，就等于挑动一场战争。想及身后事，子孙将为争夺遗产而化玉帛为干戈，死者有几人还能瞑目？眼睁睁地躺在冰凉的墓穴里，愁肠百结，忧心忡忡，那可不是好玩的，更不是好受的。

"死神的权柄太大，我怎么拗得过他？"

胳膊拗不过大腿，就不要强行发难，何不顺其自然，听天由命？

忧伤，人心中普遍生长的忧伤，似乎是唾手可得的果子。

找不出任何一条理由非吃不可，然而你无法拒绝。当你进餐时，饮酒时，调情时，睡觉时，甚或造爱时，这种名为"忧伤"的水果都摆在眼前，其腐香气息无所不至。你不得不靠它充饥，尽管其味道令人难以下咽。

我算是明白了，人生自始至终都是在忧伤之上的搏斗，或是在忧伤之下的挣扎。某男用三十块钱买回的忧伤与某女用三十万块钱买回的忧伤，并无真伪优劣之分，它们一模一样，这就说明，忧伤从无定价。有一种说法，穷人的忧伤基于生存苦闷，富人的忧伤基于精神空虚。二者似乎有天渊之别，看透看穿，无非丧失了生趣，为辘辘饥肠而忧，并不比为别事别情忧虑更低下。

贾谊在历史中忧伤，李贺在诗歌中忧伤，范仲淹在官场中忧伤，叔本华在哲学中忧伤，肖邦在音乐中忧伤，我们在一蔬一饭间忧伤，其形式完全不同，其结果却毫无二致，要问什么是心碎，这就是心碎。医学鉴定人的死亡，从无呼吸、无心跳到脑电波消失，愈益精准。殊不知真正意义上的死亡远在无呼吸、无心跳和脑电波消失之前就已发生，死亡更多的时候是一个过程而非结果。

"老祖宗的话，我只相信一句说得对，那就是'哀莫大于心死'。我的心死过许多次了。年轻时，我听得懂所有的标语口号，现在回想起来却反而糊涂了。我的人生，到目前为止，贯穿其中的是一系列的破产，先是信仰破产、知识破产，然后是爱情破产、婚姻破产，最终是精神的总破产，每破产一次，我就死一次，这样的死毫无悲壮可言，因此我成不了烈士。现在我很有钱，够我挥霍一辈子，别人都羡慕我活得有声有色，然而，我自己最清楚，我的心早就死了。这话若说给狐朋狗友听，他们会说我开什么玩笑，像我这样滋润的，放眼全世界，也顶多只有百万分之一的比率；这话若说给那些专拿天王尺来量我钱袋深浅的女人听，她们会众口一词夸赞我有幽默感，因为她们不担忧我的心死了，只要其他关键部位的零件运转正常，我就是一个相当可取的大活人。对此，谁也不会怀疑。

"心碎了，就像精美的玉器掉在地上，简直不可收拾，如果看见金钱、美女和虎皮交椅，我的心跳立刻加快，那么我不会觉得可耻，也不会觉得不好意思，我反倒会感到万分庆幸，这说明我还可救药，比宣告不治要强得太多。然而这些东西并不比糖果更有吸引力。我的口头禅由早先的'真的吗'变成了现在的'没兴趣'，我在四十岁前受够了伤害，到如今刀枪不入，其实是没什么可伤害的了，你说这是多大的悲哀？"

我知道这悲哀有多大，从殡仪馆里出来时，我就知道了，焚化为灰是一个人走完红尘之旅的最后一笔代价，也是最小的一笔代价。心碎了，你仍要草间偷活，仍要苟延残喘，仍要掩耳盗铃，仍要刻舟求剑，逼迫自己找寻一些足以自欺欺人的理由，那才是最为难受的。坚守信仰的人往往死于信仰，坚守爱情的人往往死于爱情，坚守道德的人往往死于道德，坚守真理的人往往死于真理，死过一次又一次之后，信仰、爱情、道德和真理一一冰消，当今时代，这样的悲剧恒演不衰，即算抱持十足的外星人的兴趣，你也看不过来。具体到你自己身上，悲剧常常以喜剧和滑稽剧的形式上演，尽管你是一位修复专家，能把破碎了的心修复得像崭新的水晶球一样，熠熠有神，但它仍经不起轻轻一击。

那又有什么用？作为死者，竟以生者的面目出现。

"我还没有死透。"

哦，这倒不失为一条可信的理由，既然无可置疑，我们何不去喝几杯酒，下几盘棋，或者打几局保龄球。把头昂起来，把胸挺起来，显得更神气点，我们要给孩子们树立光辉榜样。

霄壤

两千多年前，老妇人辛追即已瞑目于黄泉之下，按理说，她与生者道了永别，无复有相见之理。然而，后世的看客挤挤匝匝站在一个密封的玻璃大罩外面，俯视她的遗骸，两千多年的岁月顿时变成了一笔糊涂账。她鼓眼咧嘴，这是临终时的神情？还是近来的愤懑所致？如今，她静躺在透明的密封罩中，你很难说她一无所思，一无所视。她原本是养尊处优、一呼百诺的贵妇人，唯有夫君欣赏过她横陈的玉体，哪知两千多年后，她时来运转，居然躺在无影灯下的手术台上，听由那些手持柳叶刀的专家不厌其烦地摆弄，她已不再有疼痛的感觉，也不再难为情，更谈不上羞辱，而是尽可能地配合他们的好奇心。可她万万没想到的是，仿佛满架的黄瓜、茄子，她的内脏全被采摘得干干净净，脑颅也被掏空成一只无瓢的葫芦瓢。

辛追被埋葬在地下二十多米深处，有严严实实的封盖，有密密层层的包裹，不透气，不渗水，不见光，原以为可保万世不腐。谁知两千多年后，忽闻头顶有掘土的声音，有镐头轻敲墓砖的声音，有撬动外椁的声音，有揭开棺盖的声音，有解散尸布的声音。她赤裸裸地暴露在众目睽睽之下，听见人们异口同声地惊叹："面目如生！完好无损！"随后，她就遭到了合法的"谋杀"——无影灯下的解剖。她能忍受第二次死亡——有人竟称之为复活——却无法忍受新的防腐处理做得如此笨拙和粗暴，将她掏成一具空壳。她的脑髓和内脏与身体彻底分离，被浸泡在瓶瓶罐罐里，摆放在与尸骸毗邻的玻璃罩下，这是饶有意味的隔绝，是存在主义小说和荒诞派戏剧中方可一见的处理手法。她不能明白这样的"善意"，她有足够的理由感到愤怒。

一

处处都能见到宇宙中飘荡的流云,在墓壁和棺椁上,也在那些织品和漆具上。这位轪侯利仓家的贵妇人身后并不寂寞。从水果、药草、种子到铜制、陶制、木制、竹制的种种器皿;从赌具、香料、化妆用品、琴、瑟、竽、笛到钱币、竹简、帛书、弓、弩、剑、矢,尤其惊人的是那件完整的金缕玉衣。随葬物十分丰富,无论是生存(温饱)还是生活(享受)的必需品,均可谓应有尽有。

西汉以前,统治阶级为了显示自己的富贵尊荣,死后往往以活人殉葬。《诗经·秦风·黄鸟》篇中就留下了怨忿之极的句子:"临其穴,惴惴其栗。彼苍者天,歼我良人。如可赎兮,人百其身!"春秋五霸之一的秦穆公死后以国中的三位良臣——子车氏的奄息、仲行和针虎殉葬,结果遭到了国人强烈的抗议和谴责。西汉初年,汉高祖刘邦诏告天下,禁绝以活人殉葬的野蛮风俗,但余风所及,汉人筑墓仍喜尚以一些精雕细刻的木俑作为替身。从马王堆一号汉墓中总共发掘出了十多件木俑,均为半身胸像,模样端正大方,因为身份不同,神情各异。有优伶、书生、仆佣、武士等等,或喜悦,或恭谨,或平静,或威严,栩栩如生。浏览众多的出土文物,那些大大小小的漆器最令人叹为观止,时隔两千多年,依旧焕然如新。漆器上所描画的全是灵动不拘的云彩。流云或聚或散,若即若离,给人一种多维视觉上的动态美感,其实这已无限接近现代的构图方式,但它们是原创,更是绝活。难怪湘地几位前卫的青年画家见过这些云图之后,眼界为之大开,从中揣摩出不少久已失传的彩绘技法。

一具九弦琴断去三弦,汉代的乐音已成绝响;一支笛浸入试管之中,它也永远离开了两片温润的嘴唇;一架瑟,只有二十五弦,不像李商隐《无题》诗中所说的"锦瑟无端五十弦",但它同样该是"一弦一柱思华年",因为摆放在地下室中的那具枯槁的女尸也曾有过"豆蔻梢头二月初"的年华,也曾美丽过,也曾快乐过,也曾以凌波微步走向她的新婚之床;一把竽,令我既感到熟悉,又感到陌生,熟悉的乃是南郭先生"滥竽充数"的成语,陌生的则是它的形状和它所奏出的音乐。春秋战国时期最普遍的乐器现在已难得一见,唯独南郭先生那样的货色从古至今代有传人,不必到这空阔冷清的展厅里来找寻。

幸好我不是女人，否则，就会羡慕辛追拥有如此漂亮的化妆盒和眉刷、梳子、篦子之类的用品。那把篦子做工尤为精致，整整齐齐密密匀匀的细齿，真不知手工如何做成。

我第一次见到佩兰、杜蘅等多种《诗经》中即提到、屈原在楚辞中亦复歌咏过的药草。我想象那只大香囊中所盛的香料仍散发出怡人的芳馨，两千多年足以使绝大多数有声有色有味的物体化为乌有，而它们得以幸存，这种存在自不免使人疑幻疑真。

棺椁上的流云本该将辛追的灵魂带向天国，飞翔在众生的顶空。然而，这起始就是一个错误和矛盾：把流云连同棺椁、器具深埋地底，上面再用青砖和夯土封牢，她想在得到安宁的同时，还能得到不朽。但流云注定要升向天空，宇宙才是它们乐于游牧的原野。它们的生命一旦遭到幽禁，就会在死亡的牢笼里苦苦挣扎，它们岂能甘心陪伴一具尸体极其缓慢地走向腐灭？流云知道黑暗的尽头一定会出现光亮，它们有十足的信心等到那一天。

安宁和不朽很难兼取而并得。大地上的安宁短暂而飘忽，犹如战争的间歇，人们枕戈待旦，根本无法充分享有那份令神经发烫的"宁谧"；永久的安宁则只存在于流云之上，因为宇宙能包容多如恒河沙数的灵魂，使它们拥有广大自由的空间。

辛追想在流云之中安睡，寄存于一个非常不可靠的假想的天国里，继续享受世间尚未享尽的荣华。可她根本没有料到，这种不朽本身只是一场幻梦，时间既然不肯放过任何一粒细沙和微尘，又怎么可能对她格外开恩？

终于，两千年后，棺椁被一群充满好奇心而且训练有素的考古人员揭开了，原有的安宁也在那砰訇一声中化为齑粉。她远离了流云，她的灵魂也不再有机会升入天国。在霄壤之间，她只属于一间空空荡荡冷冷清清的地下室。

众人俯视辛追时，不再将她看作两千多年前轪侯利仓家的贵妇人，而只把她视为干瘪丑陋的老太婆。参观者漠然地走开了，就像刚刚看过阿猫阿狗的尸体，并未产生丝毫的同情。

智者原本不会如此看重不朽，尸身的长存终究是虚妄的，也是危险的，世间唯有那些狂夫愚妇才会将"金棺葬寒灰"的哀荣看得太重。岂不见楚平王被伍子胥斫棺，吕后被绿林军奸尸，慈禧太后被孙殿英毁墓，都被折腾得尸骨狼藉，或抛之浊浪，或弃之荒野。相比之下，这位轪侯利仓家的贵妇人重见天日之后能享受到如此周全的"礼遇"——经过巧妙包装后变成重要的展品，她真该额手称庆了。

二

那些流云把我带向高处，看清人们如何迷恋骸骨。说起来，博物馆的展厅还只是具体而微之的所在，另有一种持久的偶像崇拜正煽惑芸芸众生的激情和理智。一群人紧紧抱住某具尸体不放，并且为之歌哭，为之蹈舞，这是中国偶像崇拜史上常有的事情，早已不足为奇。这既是死者的不幸，也是生者的不幸。死者被那些狂热的生者牢牢地攫住，这本身就是一种极其可怕的侵害。生者之所以希望他永垂不朽，是企望从他（或她）那里得到额外的赐福，或谓利润。殊不知，后人这种自私自利的行为会直接将他（或她）推向随时都可能被毁的危险境地。几代人之后，狂热消退了，代之以冷若冰霜的怀疑，众人就将急不可待地解剖其尸体和精神。

这一天也许要经过漫长的岁月才会最终到来，即如马王堆西汉女尸在地下躲藏了两千多年，也没能逃脱重见天光的命运。可悲啊可悲，人们追求安宁与不朽，却遭到时间不怀好意的暗算。

三

那些舒卷自如的流云被描画和镂刻在棺椁之上，你会觉得这其中也体现了"天人合一"的道家思想。然而，道家是根本不看重形骸的。在《庄子·列御寇》中，有这样一段话："庄子将死，弟子欲厚葬之。庄子曰：'吾以天地为棺椁，以日月为连璧，星辰为珠玑，万物为赍送。吾葬具岂不足邪？何以如此！'弟子曰：'吾恐乌鸢之食夫子也。'庄子曰：'在上为乌鸢食，在下为蝼蚁食，夺彼与此，何其偏也。'"从以上引文我们不难看出庄子的主张非常出格，他认为"不葬"——任由尸身速朽速灭——的好处更大，如此为之，人于死后精神才能挣脱旧皮囊的拘束，获取完全自由的上升空间，最终与自然万物达成毫无抵触的和谐。

除开道家，正宗的儒家也同样不主张厚葬。孔子葬母于鲁之防邑，他说古代墓而不坟，但自己是东西南北四处周游的人，不能不起四尺土堆以利辨识。后来，一场暴雨，坟堆垮塌了，孔门弟子将它修好，然后告诉老师，孔子却不以为然。他十分赞同吴国的王室成员、大贤人季札埋葬儿子于千里之外的异地，"穿不及泉，敛以时服，封坟掩坎，其高可隐"。孔子见到宋桓司马造石椁，就说"不如速朽"。春秋之后，礼崩乐毁，厚葬成风，秦国尤其野蛮，不仅以珍宝重器殉葬，而且用活人殉葬。汉代吸取亡秦的教训，治国治家均尚俭朴，但厚葬之风却未得纠正。每当盗寇蜂起，皇陵的殉葬品最为贵重丰富，这是人所共知的常识，它们就难逃被发掘的厄运。西汉末年，竟然发生了绿林军奸辱吕后尸体这样骇人听闻的恶性事件。民国年间，慈禧太后的墓室被军阀孙殿英的士兵炸开，这位昔日威风八面的老佛爷同样被抛骨荒郊。从战国以来两千多年，盗墓辱尸的恶性事件数不胜数，之所以发生这些恶性事件，多半是厚葬惹的祸。

有一次，汉文帝登上霸陵，北临霸水，念及身后事，悲情郁结，他对群臣说："嗟乎！以北山石为椁，用纻絮斫陈漆其间，岂可动乎？"意思是：啊，若用北山的大石头做椁（外棺），把纻絮剁碎放在里面，再刷上漆，谁能动摇得了呢？大臣张释之当即进谏道："使其中有可欲，虽锢南山而有隙；使其中无可欲，虽无石椁，又何戚焉？"这就是说，厚葬之后，即使固若南山，仍会勾动盗贼的欲望，难保安全，倘若墓室中没有什么东西吸引后人，薄葬又何必多忧？这无疑是智者极为通透的看法。

《汉书·楚元王传》中有这样一段话值得记取："是故德弥厚者葬弥薄，知愈深者葬愈微。无德寡知，其葬愈厚，丘陇弥高，宫庙甚丽，发掘必速。"马王堆辛追之墓够得上厚葬的典型，结果是：她貌似有幸实则不幸地成为了中国的木乃伊，她的随葬品也成为了再现人间的奇珍异宝。这对于她本人而言，又有什么意义和价值？倘若她生前能够预料到后事如此，想必也不愿接受风光大葬的吧？

访谈　谛听历史的心音

周新民　王开林

周新民（湖北大学文学院教授）：您出生于二十世纪六十年代中期，今天看来，出生在那个年代的人，大都有一个特殊的童年经历。而一个作家的童年经历直接影响着他的创作。这一点在无数作家的创作上都有验证。请您谈谈童年、少年时期的生活。

王开林：生活在那个年代，童年、少年时期的生活无疑是个伤感的话题。由于父母成分不好，我受到株连，"上山下乡"的画风并不美丽。1969年冬天，我随家人离开长沙市西区，落户在湘北的华容县东山公社黄合大队第七小队。长达十年，生活在那个穷困山村，我遭遇了命运的"全武行"对待：食不果腹，衣不蔽体；遭同龄人歧视；在邻村拾稻穗时被恶狗咬成重伤，命悬一线；在学校务农时偷懒，被班主任老师冠以诨名"孔老二的学生"，受到同学的嘲弄和耻笑；最不幸的是，母亲积劳成疾，客死异乡……这些厄运反复向我昭示：受苦是人间常态，怨尤只会使苦水漫过头顶。那时候，温暖的来源不多，我的性格异常孤僻，一天到晚很难说上几句话，最可意的玩伴是一条名为"好汉"的忠犬，除了不陪我上学外，它常常陪我干活和玩耍。1979年春，父亲和姐姐已回城办理手续，我读初中二年级，还有一个学期要念，独自留守三间土砖茅草屋，喂一头不足百斤的猪。屋前屋后都有坟冢，一个十四岁的孩子要独自应对漫漫长夜，鼠窜虫鸣，风吹草动，已足够惊魂。我说"独自"也不尽然，毕竟还有"好汉"蹲守在床边，但它的过度警觉使我更加紧张。从童年到少年，那个山村圈住了我，感伤只是一面，感悟则是另外一面。现在回过头去看，更为分明。那十年间，比我的遭遇更惨更苦的大有人在，我没有失学，实属不易。六十年代出生的人，普遍有个苦难的童年、少年时期，有人将它视为"毕生的财富"，未免太夸大苦难的好处了。但有一点我还是承认的：论处境，那个年代的受害者并不见得比沙漠中迷路的旅人更强，希望就如同行囊中残剩的几滴清水，想留着它救命，又怕它很快蒸发掉，揪心的感觉应该是一致的。

周新民：在您看来，童年记忆，包括文化大革命时期的记忆，对您的创作有何影响？

王开林：童年的某些记忆如斧砍刀刻般久远留痕，我的早期散文中运用了不少笔墨去记录和再现，但只限于素材方面的采择。我本能地反感和抗拒"文革"大字报的文风，对那个时代极端乖戾的气性深恶痛绝。集体无意识和各种各样的"人来疯"都是可怕的。如果一定要说"文革"的记忆对我的散文还有什么益处，那就是它会经常唤醒我内心打盹的人道主义精神。懂得痛苦，才有悲悯。

周新民：我很想知道，在那样的一个特殊的时代里，您为何萌发了对文学的兴趣？您能谈谈您的文学启蒙么？

王开林：我的文学启蒙缺乏完整性，很简单，甚至可以称之为出奇的简单。在乡下，除了课本，连环画就算"营养大餐"，获得它们的难度可不低。我父亲读过一些古典文学名著，农闲时他心情好，会给我讲些《水浒传》中的故事，林冲、武松、李逵、鲁智深这些人物令我着魔，有时他也会讲《三国演义》，但我对曹操没有好感，对关、张、赵、马、黄的兴趣也不太浓，对神人一样无所不知、无所不能的诸葛亮则半信半疑。我父亲还给我讲过《儿女英雄传》中的桥段——大战能仁寺，很多年，侠女十三妹都是我心目中最完美的女性形象。我最怕父亲讲《聊斋》，每次我都听得背脊直冒冷汗，整夜都要钻进被窝里。老实说，在十七岁之前，我对国内的文学名著和文学大家都只有模糊的认识，更别说国外的文学名著和文学大家了。上大学后，经过两年恶补，我才有了一点胆量踏上文学殿堂的"三十九级台阶"。

周新民：看来大学期间的学习对您的文学创作起到了至关重要的影响，何况您是在文学重镇的北京大学学习。您能给我们谈谈在北京大学期间的文学梦么？

王开林：1982 年夏，我顺利地考入了北京大学中文系，选择的是汉语专业，对文学专业居然视而不见。这充分说明，我原本没有想过要当作家。进入北大不久，我就猛然间爱上了文学，眼睁睁地看着主修文学专业的同学逍遥自在地读名著，而我每日要狂啃枯燥无味的语言学理论，嘴巴里简直淡得出鸟来，这才把肠子悔得铁青。不过也无妨，我选修了一些文学课程，加入了五四文学社，参加了一些校际文学活动。我尝试写诗，完全是受了当时方兴未艾的朦胧诗热潮（弄潮儿是北岛、舒婷、顾城、欧阳江河等人）的影响，炮制了一些晦涩的诗歌。三年级后，我的兴趣转移到散文上来，我觉得写散文更加提神，也更加对路。1985年底，我凭一篇《二十岁人》获得了"北大首届散文大奖赛"第一名。这极大地鼓舞了我的士气，增强了我的信心，决定了我的创作方向。大学期间，我在《北大校报》《散文》《丑小鸭》等报刊上发表了一些习作，作文也被收入了《全国大学生优秀作文选》，文学梦已初具雏形。

周新民：除开专业知识外，哪些知识对您的创作影响比较大？

王开林：中国历史对我的散文创作影响很大。在所有的书籍中，我最喜欢阅读史乘。原因很简单：我读一部长篇小说，比如说《红楼梦》，家族命运和人物命运的演变、发展，过程缓慢。在史书中，这类演变节奏奇快，上一页某公还在钟鸣鼎食，下一页就已经身首分离，九族夷灭。历史既具有野蛮的激情，又具有冷酷的理性，其中留下了巨大的想象空间。我脑子里曾有不少幻想，内心也颇多热血，历史却教导我，激情终将被理性抚平，野蛮终将被文明战胜。生命来来去去，一切恩恩怨怨皆与时俱丧，人类的进化过程历尽劫波，但不可逆转。历史就是一面永不蒙尘的镜子，现实在里面藏不住自己的狐狸尾巴。什么样的蛊惑，什么样的欺骗，什么样的愚弄，历史的镜子都能毕现其原形。懂得历史的人对谎言的甄别力很强，对现实的认知力也不会弱。

我对历史的认识愈深广，对现实的理解就愈透彻。一个作家应该具有理解力、想象力、创造力和悲悯心，理解力居于首位。对于万事万物，你不要轻易设防，划出禁区和警戒线，这个世界不可能简单地用好与坏、是与非、黑与白来划分，大多数的人和物恒处于中间地带。好的少，坏的也少，真正多的是不好不坏、亦好亦坏、小好小坏、可好可坏。人性复杂多变，恰恰在这个中间地带蔚然成景。

周新民：您说过，创造历史、书写历史、解读历史是人类生死以之的三件事，您能详细地解释一下吗？

王开林：人类社会的所有活动，除了最简单的衣食住行之外，还有各种各样合人性合人道、反人性反人道或依违于二者之间的活动，演绎出一幕幕喜剧、闹剧、荒诞剧和悲剧，这些由人类创作和书写的剧目，有的是集体无意识的结果，有的是由强梁、智者、善类、邪党、丑角、浑球等分工协作的结果，即使是平庸无奇的角色，也可能对历史产生决定性作用，例如滑铁卢战役中被拿破仑委以重任、寄予厚望的格鲁希元帅。人类全体无一例外地参与创造历史（作用或微或巨），一部分人书写历史（章节或短或长），一部分人解读历史（认识或深或浅），这三件事由不得你想不想做，实际上每天都在做，只不过有的人是自觉地做，有的人是被动地做，有的人负有使命感，有的人毫无责任心。从生到死的全过程，人类都离不开这三部曲，区别只在有的人跑龙套，有的人演配角，有的人演主角，顶不济的，也挤在硕大无朋的历史剧场中做吃瓜的观众。

周新民：您的思考富于哲理，哲学对您的散文创作一定有所影响吧？

王开林：哲学使我的思维更加缜密。我考虑任何问题，都不会单选一个角度切入，而会从多个角度对那个问题实行包围，然后分解，这样做能够避免一根筋式的偏执。哲学使我格外冷静，向内观省的同时向外打量，不复以哗众取宠为良能，也不再以管窥蠡测为满足，与世俗的热闹保持应有的距离，做一个合格的观察者、思考者、认知者和写作者。这已是最好的情形，舍此，夫复何求？

周新民：我想和您谈谈您的早期创作。《站在山谷与你对话》《落花人独立》是您最初的两部散文集，这两部散文集主要表现的是青年人的幽思和愁绪，其主题是"忧""愁""孤""寂"，文字典雅华美，您现在还能回忆起创作这些散文的情形吗？

王开林：我创作散文是从 1985 年开始的。当时，我性格孤僻，不太合群，读书，静思，玄想，比交友更重要，我喜欢独自一人到未名湖畔徜徉。对外宇宙关注得少，对内宇宙谛视得多。为什么会发生这样的向内转？因为早年的经历使我得出一个结论：人生是不折不扣的悲剧，不仅结局难好，而且过程不妙。就像蛾子落在蛛网中，挣扎无益，徒增烦恼。但我又不是一个肯低头认命的人，这就形成了不可避免的内心冲突。人生的最佳状态是身心平衡，而悲喜忧乐都对这种平衡形成威胁。身心平衡是一件难事，那时，我根本无法完成这项任务。爱情、事业、友谊等等，都有待开张，而我在书本的世界里听不到希望的空谷跫音。精神像雾气一样迷茫，文字也就被"忧""愁""孤""寂"这四个小鬼牢笼住了，一时间难以从那团雾霭中走出。在语言文字方面，我自始就有一种唯美的倾向，可能是深受古典诗词浸润的缘故吧，并没有怎么刻意，就写成那个样子，一些生僻字和生僻词都奔来笔底，踊跃报名。

周新民：《站在山谷与你对话》主要开掘的是"内宇宙"，主要采用的是抒情的表达方式，而到了《灵魂在远方》则开始关注现实，有了许多针砭现实的文字，您面对的是"外宇宙"，而议论也多了起来，您能谈谈《站在山谷与你对话》与《灵魂在远方》的关联么？

王开林：这两本散文集中所收的文章，大致写于同一时期。二十世纪九十年代初，出书很难，还没有出版社卖书号的现象。当时，中华文学基金会要编辑出版"二十一世纪文学之星丛书"首辑，给全国十五位青年作家出第一本书，小说集为主，诗集、散文集、评论集为辅，要求文章整齐，不芜杂，于是我将唯美倾向较明显的一批散文汇编在一起，由湖南省作协创研部报送上去，顺利入选了那套丛书。有趣的是，同一时期，湖南文艺出版社也想给我出一本散文集，剩下的篇章（都是在报刊上发表过的）还够出两本书，一本是同期出版的《落花我独立》，另一本是一年后由中央编译出版社出版的《灵魂在远方》。回头来看，《站在山谷与你对话》和《灵魂在远方》这两本集子的内容确实有些不同。《灵魂在远方》中的一些文章关注社会，关注历史，虽然谈古论今，却很少有直接批判和正面冲撞的文章，所以还谈不上向外宇宙的明显转向。

周新民：《天地雄心》又是一种变化，您开始将笔触深入历史，探讨在历史变迁中的历史人物。与《站在山谷与你对话》《落花人独立》《灵魂在远方》相比较，思虑更深，笔力更雄浑。您为什么去写这些历史人物？

王开林：一是机缘凑巧，二是求变的想法起了作用。1999 年，上海东方出版中心的资深编辑褚赣生先生到长沙组稿，顺利拿到了李元洛先生的新书稿《怅望千秋——唐诗之旅》，因此心情格外舒畅。他跟我聊天时，谈到东方出版中心在《文化苦旅》之后又出版了几部历史文化散文集，社会反响不错，发行成绩也不俗，他问我有没有想过创作这类历史文化大散文。褚先生的话题正好触到了我心头的"痒处"，我写作纯散文的时间长了，感觉那条路子已越走越窄，越走越黑，再往前走下去，就要上独木桥，过高空钢索了，求变的念头时不时地在脑海里冒泡。但怎样转变，往哪个方向转变，我并没有想好。褚先生不仅挑起了这个话头，还给我出了个金点子："在近现代史上，湖南人才辈出，魏源、曾国藩、谭嗣同、黄兴、蔡锷、宋教仁，许许多多，他们与中国的前途、命运息息相关，你把他们的际遇、思想和对历史正反两面的影响写出来，读者一定会喜闻乐见。当然，你也可以扩大视野，不受湖南地域的限制。"他的话使我茅塞顿开，拿定了转向的主意。此后一年多时间，我写作和发表了二十多篇历史人物散文，并未局限于湖南。2001年6月，我的第一部历史人物散文集《天地雄心》由东方出版中心出版，褚赣生先生理所当然地成为此书的责编。现在想来，我写这些中国近现代人物，是源于内在的冲动，想尝试解开某些疑团，寻求相对靠谱的答案。问题有这样几个：个人（尤其是伟人、强人、猛人）在历史中的作用究竟有多大？边际在哪里？启示是什么？因此我要穿透固有的史料坚壳，往最内核的部位靠拢，循着他们的命运轨迹去找寻答案。

周新民：《天地雄心》中的这些历史人物大都是在时代漩涡中的人物，他们大都是被世人称之为英雄。他们是否是我们应该去学习的对象？在这些所谓英雄人物身上，哪些值得今天我们去思考？

王开林：在《天地雄心》这本书中，至今仍值得我们去认真考量的历史人物是很多的。比如，楚霸王项羽究竟是不是顶天立地的英雄？非人道非理性的疯狂杀戮之后，此类"英雄"究竟应该获得进入荣誉殿堂的门票，还是应该收到前往道德法庭的传票？魏源强调"师夷长技以制夷"，科技现代化之外是否还应该有个政治现代化？谭嗣同强调他个人为变法流血的必要性，但流血不止能否带来变革的成功和国家的进步？诸如此类。我们思考这些问题，未必就能够找到标准答案，但大家因此能够从不同角度对这些问题实行包围，也是好的。说到英雄人物，在我的心目中，他们该是这样的人：集才能、智慧、胆气、良知于一身的人；心系民生疾苦而极度同情弱者并使众生安居乐业的人；不畏强暴而伸张正义的人；宁鸣而死，不默而生，秉笔直书，不怕脑袋搬家的人；杀身成仁，舍生取义的人；带头抗击外敌，抵御外侮的人；决不向邪恶势力低头认输、缴械投诚的人；达则兼济天下的人；富贵不能淫，威武不能屈，贫贱不能移的人；对祖国的文化、艺术、体育事业有杰出贡献的人。诸项之中，专其一则可，兼及多项尤为难得。在我的心目中，英雄不该是这样的人：视人命如草芥，杀人如草不闻声的嗜血魔头；极力推行暴政、肆意愚弄民众的人；无恻隐之心，无是非之心，无羞恶之心的人；助纣为虐的人；无法无天的人；翻手为云，覆手为雨的人；背信弃义的人。在人世间，一个没有英雄的时代是平庸的时代，一个"英雄"辈出的时代则是黑暗的时代。

周新民：以《天地雄心》为发端，您开始了历史散文创作。我们知道，历史散文是上个世纪九十年代末和本世纪初盛行的散文门类。不过，到了新世纪，历史散文已经暴露出了许多问题，比如，史料过剩，才情不足，滥情、虚构与写实失衡等。您对历史散文写作，有些什么样的心得体会？

王开林：学者胡松年、赵强二位先生曾撰文《历史文化散文写作的本体策略》，评论我的历史文化散文，其中的核心观点是："他关注更多的是人物的命运、人生的价值以及心灵的光辉或者人性的遗憾。"这种文学的本体策略使我避免陷入史料的泥潭中而不能自拔，也使我避免因为不必要的矫情、煽情和滥情而偏离正轨。牢牢地抓住人物命运的线索，设身处地，向其心灵世界靠近，然后顺藤摸瓜，理解其命运的悲剧感，这是我写作此类历史人物散文的主要方法。

周新民：《双面绣》的书名很有意思，怎么解释？您在书中解读历史的法则是什么？

王开林："双面绣"是一个比喻，一般的绣品都是单面绣，双面绣的工艺水平更高，针法也更讲究。双面绣可分为两种：一种是正反两面的花色相同，一种是正反两面的花色不同，比如正面绣的是熊猫，反边绣的是家猫，正面绣的是老虎，反面绣的是狮子。人们看历史通常只满足于看一个单面，历史书上给你一个现成的结论，你就乖乖地接受它，相信它，传播它，从未想过它是否可信，是否可靠，是否经得起推敲。有时，你也可能怀疑，猜想它还有另外一面，但很快又说服自己，隐藏的反面跟显露的正面是相同的，总之放弃了去探寻其他可能的努力。省心固然省心，却因此长期被蒙蔽，被忽悠。有时，好奇心的损失会直接导致比盲信、盲从更可怕的盲动。历史起码有两面，更准确地说，历史应该是多棱镜，由多个受光切面组成，所以才会仁者见仁，智者见智。我解读历史就是抱着怀疑精神去寻看双面或多面，不受那些定论的制约，勇敢地讲出自己的想法和看法，有时，对与错并不是最关键的，最关键的是要敢于独抒己见。

周新民：是什么原因促使您去写作《国士无双——清华大学的龙虎象》《国士无双——北京大学的龙虎象》？您要表达什么？

王开林：在这两本书面世之前，2006 年，我已在中华书局出版过《大时代与狂书生》《新文化与真文人》，其中就有数位历史人物是北大、清华的教授。后来，我想，民国时期的北大、清华是思想最活跃、学术最发达的两座高等学府，是各类文化精英的头号渊薮，要了解这两拨学者的命运史、心灵史、思想史，理应将他们列队检阅，找出其共性和特质。"龙虎象"当然只是比喻。大致来说，云从龙，风从虎，法从象。云龙有霸者气，风虎有王者气，法象有士者气。陈独秀是云龙，蔡元培、梅贻琦、胡适是风虎，王国维、陈寅恪、傅斯年是法象。既是三种相异的性格，也是三种不同的风范。我选择北大、清华，当然也考虑到这两所百年名校如今已缺乏大师和国士，确实有重新振作的必要。

周新民：您的散文创作前期主要是美文写作，后期大致是历史散文写作，这与二十世纪八十年代以来散文写作的趋势也是基本一致的，似乎很多散文家都经历了这样的创作转型，发生这种转型最主要的原因是什么？

王开林：主要是因为表达上的不满足造成的，内宇宙中的情调、感觉和幽思冥想能够变成美文，但这种产出就像挤牙膏一样，起初是畅然无碍的，然后就会渐趋枯竭，最终难以为继。历史文化散文的选材范围极大，与现实的对照交映也可百计千方，创作的灵感纷至沓来，不虞匮竭，全无艰涩之感。试想，一个人有了娴熟的泳技，他是更喜欢在泳池中游泳，还是更喜欢去大江大海中游弋？我见过少数一直不肯转型的散文作家，至今仍在孜孜不倦地创作美文，仿佛是在螺蛳壳里做道场，看着都不免感觉窘迫。一个作家成熟的标志就是他能自觉朝向更广袤的现实、更深远的历史走去，视野的宽度绝对不会妨碍思想的深度，二者相辅相成。从精短美文到历史文化散文的转变，就像一个人从青年转入中年，是自然而然的事情，它与写作的策略无关，也与文学的风向无关。

周新民：您散文创作历时三十年，发表了大量散文，取得了较高成就，也形成了独特的散文观，您能谈谈您的散文观么？

王开林：一位成熟的散文作家，须有充分的阅读积累和广泛的生活体验垫底，须有洞察力、理解力、想象力、创造力和悲悯心辅翼，然后将史识、哲思、文采与素材四者熔于一炉，烩于一鼎，这样创作出来的散文不可能差到哪儿去。我想，写散文最难的部分是前期的积累，庄子在《逍遥游》中说，"水之积也不厚，则其负大舟也无力"，"风之积也不厚，则其负大翼也无力"，就是这个道理。积累包括了阅读积累、素材积累、思想积累等多个方面，缺乏积累的散文作家，纵然语言天赋出众，文字感觉非凡，也达不到文与质的平衡。还有一点，散文作家要有过人的理解力和判断力，有的作家写历史散文，就因为历史观背离人道精神和宗教情怀而彻底砸锅，颂圣歌德却对所颂之圣和所歌之德缺乏相对靠谱的是非判断，这样的文章与豆腐渣工程无异。我的散文观，一言以蔽之，就是：深刻地观省，诚实地表达，才与识融合，文与质平衡。

周新民：您的散文吸收了哪些中国散文、外国散文的营养？

王开林：先秦诸子的散文对我影响不小，《庄子》的汪洋淡泊和《孟子》的议论纵横，尤其令我心折。中国的史书多半出自大手笔，司马迁的《史记》很生动，班固的《汉书》很条畅，都是我写作历史人物散文的范本。在技术层面上，唐宋八大家的散文也惠及了我的创作，这不难理解，中国古典散文的技巧至此已登峰造极。明清小品对我帮助不大，但袁氏三兄弟、张岱、张潮等作家的才情给我留下了很深的印象。在外国散文作家中，我青睐蒙田、兰姆、爱默生、梭罗、茨威格，乐意做这几位作家的私淑弟子，在理性认识的训练方面，他们的功劳盖过了中国的那些老祖宗。至于中国现代散文，对我影响甚微。

周新民：您的散文创作之路在外人看起来走得非常平稳，写作状态似乎一直很好，出版的散文集和得奖都不少，但您说过您的散文写作也是几度徘徊，备尝艰辛，想听您具体谈谈。

王开林：我最早的徘徊是在创作美文的那个阶段，我写过不少表现青春迷茫、爱情失落的苦调散文，百余篇之后，不想再写，以免自我复制，但下一个目标并不明确，于是我写了一些不痛不痒的游记文章，现在来看，这个过渡阶段是失败的。嗣后，我钻进故纸堆，花去两年时间完成了那本《穿越诗经的画廊》，这次转向有得有失，"得"是受到了《诗经》风雅的浸润，解读《诗经》的性灵文字有别于写作青春美文；"失"是我对古代生活与现代生活的两相比照做了过多的减法和除法，所发议论也不尽妥帖。这十余年间，由内宇宙向外宇宙进发，我做过多次尝试，却屡有车行泥路时抓地不牢的感觉。直到《天地雄心》的奋力娩出，我才有了钻出秦人洞后豁然开朗的快意。又是十余年过去了，我的下一个目标已经锁定，那就是尝试边缘文体的写字，融合历史散文和历史小说的要素，建构实而虚之、虚而实之的异度空间，在那里，历史人物还有别形别态的演绎。我将借此探索写作与阅读的其他可能性。目前，这个阶段还没到来，但我已经在做一些必不可少的前期准备。

周新民：这么多年来，您一直孜孜于散文写作，《王开林历史人物散文系列》多卷本已由复旦大学出版社出版，对您来说，这应该具有阶段性的总结意义。从您长期的散文写作中，您感受最深的一点是什么？

王开林：这个历史人物散文系列由复旦大学出版社重新编排和集中出版，对我来说，是一次非同寻常的激励。这个系列收入了我此前发表和出版过的约三分之一数量的历史文化人物散文，确实是一个阶段性的总结。我将从局内转到局外，去审视自己的作品，评判自己的作品，对今后的创作是大有裨益的。

注：以上访谈文章摘自《中国"60后"作家访谈录》，周新民著，中国社会科学出版社，2017年2月第1版。收入本书时，有删节。

附录

王开林主要作品出版年表

1994 → 《站在山谷与你对话》（散文随笔集），百花文艺出版社。

　　　《落花人独立》（散文随笔集），湖南文艺出版社。

1996 → 《灵魂在远方》（散文随笔集），中央编译出版社。

1997 → 《湘军百家文库·王开林卷》（散文随笔集），湖南文艺出版社。

1999 → 《穿越诗经的画廊》（散文随笔集），岳麓书社。

2001 → 《天地雄心》（散文随笔集），东方出版中心。

2002 → 《火焰与花朵》（散文随笔集），新世界出版社。

　　　《表演与旁观》（散文随笔集），大象出版社。

2003 → 《她故事》（散文随笔集）（中国卷），百花文艺出版社。

　　　《她故事》（散文随笔集）（外国卷），百花文艺出版社。

2004 → 《生命如歌》（散文随笔集），岳麓书社。

　　　《纵横天下湖南人》（散文随笔集），北京十月文艺出版社。

2005 → 《心灵的巷战》（散文随笔集），河北人民出版社。

2006 → 《沧海明珠一捧泪》（散文随笔集），京华出版社。

　　　《大变局与狂书生》（散文随笔集），中华书局。

　　　《新文化与真文人》（散文随笔集），中华书局。

　　　《文人秀》（长篇小说），上海《小说界》。

2007 → 《敢为天下先》（散文随笔集），经济日报出版社。

2008 → 《非常爱非常痛》（散文随笔集），华夏出版社。

2009 → 《非常人非常事》（散文随笔集），华夏出版社。

2010 → 《小智慧　大历史》（散文随笔集），中国友谊出版公司。

　　　《桃木匕首》（长篇小说），文化艺术出版社。

2012 → 《国士无双——北京大学的龙虎象》（散文随笔集），华文出版社。

　　　《国士无双——清华大学的龙虎象》（散文随笔集），华文出版社。

　　　《双面绣》（散文随笔集），百花文艺出版社。

《奇官罗崇敏》（长篇传记），人民文学出版社。

2013 →《民国女人：岁月深处的沉香》（散文随笔集），东方出版社。

《百年湖南人》（散文随笔集），江苏文艺出版社。

《大师》（散文随笔集），复旦大学出版社。

《高僧》（散文随笔集），复旦大学出版社。

《先生》（散文随笔集），复旦大学出版社。

《裱糊匠》（散文随笔集），复旦大学出版社。

《狂人》（散文随笔集），复旦大学出版社。

《隐士》（散文随笔集），复旦大学出版社。

2014 →《四种活法》（散文随笔集），民主与建设出版社。

2015 →《谈史色变》（散文随笔集），中国工人出版社。

《战国九局》（散文随笔集），四川文艺出版社。

《人生智者苏东坡》（长篇传记），中华书局。

2016 →《我跟孩子讲道理》（散文随笔集），复旦大学出版社。